Las mujeres *de* la casa de las lilas

Martha Hall Kelly se licenció en Periodismo y trabajó como publicista para agencias como J. Walter Thompson, McCann-Erickson y BBDO. Mientras estaba de baja por maternidad, descubrió la historia de Caroline Ferriday, una residente de Connecticut, y de su labor de investigación nació *Las mujeres de la casa de las lilas*, convertido en un best seller internacional. En *Las rosas olvidadas*, de próxima publicación, cuenta la historia de Eliza Ferriday, la madre de Caroline, y nos sorprende con esta precuela que, al igual que su primera novela, está basada en hechos reales.

www.marthahallkelly.com

Si tienes un club de lectura o quieres organizar uno, en nuestra web encontrarás guías de lectura de algunos de nuestros libros.
www.maeva.es/guias-lectura

Este libro se ha elaborado con papel procedente de bosques gestionados de forma sostenible, reciclado y de fuentes controladas, avalado por el sello de PEFC, la asociación más importante del mundo para la sostenibilidad forestal.
www.pefc.es

EMBOLSILLO apuesta para frenar el cambio climático y desea contribuir al esfuerzo colectivo y permanente de proteger y preservar el medio ambiente y nuestros bosques con el compromiso de producir nuestros libros con materiales responsables.

Las mujeres *de* la casa de las lilas

MARTHA HALL KELLY

EMBOLSILLO

Título original: *Lilac Girls*

Benito Castro, 6
28028 MADRID
emaeva@maeva.es
www.maeva.es

ISBN: 978-84-18185-17-5
Depósito legal: M-219-2021

Diseño de cubierta: The Coffee Pot Bcn, S. L.

Diseño de colección: Toni Inglès

Imagen de portada: iStockphotos®

Fotografía de la autora: Jeffrey Mosier Photography

Preimpresión: MT Color & Diseño S.L.

Impresión y encuadernación: CPI BLACK PRINT

Impreso en España / Printed in Spain

Para mi marido, Michael, que todavía consigue
que mi corazón haga ese clic.

PRIMERA PARTE

1

Caroline

Septiembre de 1939

SI HUBIERA SABIDO que estaba a punto de conocer al hombre que me iba a hacer añicos el corazón, como un cuenco de porcelana que se estrella contra la terracota, ni me habría levantado esa mañana. Pero lo que hice fue sacar de la cama a nuestro florista, el señor Sitwell, para que me preparara un ramillete para la solapa. Mi primera fiesta de gala para el consulado no era ocasión para escatimar en nada.

Me uní a la enorme marea de gente que recorría la Quinta Avenida. Vi abrirse paso por mi lado a hombres con sombreros de fieltro gris que llevaban en sus maletines los periódicos de la mañana con los últimos titulares optimistas de la década. Ese día no había ninguna tormenta formándose al este, ni nada presagiaba lo que estaba por venir. La única señal de que desde Europa podría llegar algo malo era el olor de la marea muerta que llegaba desde el East River.

Cuando me acerqué a nuestro edificio, que estaba en la esquina de la Quinta Avenida con la calle Cuarenta y Nueve, vi a Roger arriba, mirando por la ventana. Había despedido a gente por mucho menos que llegar veinte minutos tarde, pero el único día del año en que la élite de Nueva York abría sus carteras y fingía que le importaba lo que ocurría en Francia no era precisamente el momento para racanear con las flores de la solapa.

Tomé la esquina y vi los destellos que el sol arrancaba a las letras doradas esculpidas en la piedra: LA MAISON FRANÇAISE. El French Building, donde estaba el consulado francés, estaba justo al lado del British Empire Building, en plena Quinta Avenida. Los dos edificios formaban parte del Rockefeller Center, el nuevo complejo de granito y caliza de Rockefeller Junior. Muchos consulados extranjeros tenían allí sus oficinas y eso producía una interesante mezcolanza de diplomacia internacional.

–Vaya hasta el fondo y espere mirando al frente –dijo Cuddy, nuestro ascensorista.

El señor Rockefeller elegía personalmente a los ascensoristas atendiendo a criterios de buena presencia y educación. Cuddy destacaba en cuanto a su apariencia, pero ya lucía algunas canas en el pelo y parecía que su cuerpo tenía prisa por envejecer.

Cuddy fijó la vista en los números que se iban iluminando sobre las puertas.

–Hoy hay una buena multitud, señorita Ferriday. Pia me ha dicho que han llegado dos barcos nuevos.

–Estupendo –respondí.

Cuddy se sacudió algo de la manga de la chaqueta de su uniforme azul marino.

–¿Le toca trabajar hasta tarde hoy también?

Para ser los ascensores más rápidos del mundo, me dio la sensación de que el nuestro estaba tardando una eternidad.

–Tengo que salir a las cinco. Damos una fiesta esta noche.

Me encantaba mi trabajo. La abuela Woolsey empezó con la tradición de que las mujeres de nuestra familia trabajasen cuando decidió hacerse enfermera para atender a los soldados en el campo de batalla de Gettysburg. Pero mi puesto voluntario de directora de asistencia familiar en el consulado francés no se podía considerar trabajo, en realidad. El amor por todo lo francés era algo que estaba en mi genética. Mi padre era medio irlandés, cierto, pero su corazón era francés. Además, mi madre heredó un apartamento en París, donde pasábamos todos los años el mes de agosto, así que aquello era como mi casa.

El ascensor se detuvo. Incluso con las puertas aún cerradas, desde allí dentro se oía una terrible algarabía de voces. Sentí un escalofrío.

–Tercer piso –anunció Cuddy–. Consulado de Francia. Cuidado con...

En cuanto se abrieron las puertas, el ruido ahogó sus educadas instrucciones. El pasillo que llegaba hasta la recepción estaba tan atestado que apenas se podía pasar. El *Normandie* y el *Île de France*, dos de los transatlánticos más importantes de Francia, habían llegado esa mañana al puerto de Nueva York llenos de pasajeros ricos que huían de la incertidumbre que reinaba en Francia. En cuanto la sirena señaló que ya podían desembarcar, la élite del barco fue directa al consulado para resolver problemas con los visados y otros asuntos peliagudos.

Entré como pude en la recepción, atestada de humo, tras pasar junto a señoras con vestidos de día a la última moda en París, que estaban por allí, cotilleando, en medio de una deliciosa nube de perfume Arpège y con gotitas de agua de mar aún en el pelo. Las personas que conformaban ese grupo estaban acostumbradas a que las siguiera un mayordomo con un cenicero de cristal y una copa alta de champán. Los botones con la chaqueta de color escarlata del *Normandie* se medían con sus colegas con la chaqueta negra del *Île de France*. Crucé entre la multitud, abriéndome paso con el hombro, en dirección a la mesa de nuestra secretaria, al fondo de la sala, pero mi pañuelo de gasa de seda se quedó enganchado en el cierre del collar de perlas de una mujer deslumbrante. Mientras intentaba desengancharlo, el intercomunicador empezó a sonar, pero nadie respondió.

Roger.

Seguí avanzando, hasta que sentí que me daban una palmadita en el culo y me giré. Ante mí encontré a un guardiamarina que me miraba con una sonrisa de dientes sucios.

–*Gardons nos mains pour nous-mêmes* –O lo que es lo mismo: «A ver si nos guardamos esas manos».

El chico levantó el brazo por encima de la multitud y agitó la llave de su camarote del *Normandie*. Al menos no tenía más de sesenta, como los hombres que normalmente se fijaban en mí.

Por fin llegué a la mesa de nuestra secretaria, donde la encontré sentada, con la cabeza gacha, escribiendo a máquina.

–*Bonjour*, Pia.

El primo de Roger, un chico de dieciocho años y ojos oscuros, estaba sentado en el escritorio de Pia, con las piernas cruzadas. Tenía un cigarrillo en la mano y elegía cuidadosamente de entre el contenido de una caja de bombones, el desayuno favorito de Pia. La bandeja de documentos para mí que había en su mesa ya estaba llena de carpetas.

–*Vraiment?* ¿Y qué es lo que tienen de buenos? –dijo ella sin levantar la cabeza.

Pia era mucho más que una secretaria. Todos desempeñábamos muchos papeles y entre los suyos estaba hacer el registro de nuevos usuarios y crear una carpeta para cada uno, pasar a máquina la considerable correspondencia de Roger y descifrar la colosal marea de mensajes en código morse que llegaban a diario y que eran parte vital de lo que hacíamos en nuestra oficina.

–¿Por qué hace tanto calor aquí? –pregunté–. Pia, está sonando el teléfono.

Ella se decidió por un bombón de la caja.

–Sí, no deja de hacerlo.

Pia atraía pretendientes de una forma sorprendente, como si emitiera una frecuencia que solo los hombres podían detectar. Tenía un atractivo salvaje, pero yo sospechaba que su popularidad se debía en parte a sus jerséis ajustados.

–¿Puedes ocuparte de alguno de mis casos hoy, Pia?

–Roger ha dicho que no puedo levantarme de esta silla. –Dio la vuelta al bombón y separó un poco el papel de la base, con el pulgar de manicura perfecta. Buscaba uno con crema de fresa–. También ha dicho que quería verte en cuanto llegaras, pero creo que la mujer que está en el sofá ha dormido esta noche en el pasillo. –Pia agitó la mitad de un billete de cien dólares delante de mí–. Y el señor gordo con los perros me ha dicho que te dará la otra mitad si le atiendes primero. –Señaló con la cabeza a una pareja mayor y rechoncha que esperaba cerca de la puerta de mi despacho. Cada uno llevaba en brazos un par de perros salchicha con el hocico gris.

Igual que ocurría con Pia, mi trabajo incluía varias tareas, entre ellas atender las necesidades de los ciudadanos franceses en Nueva York (muchas veces familias que estaban pasando por situaciones duras) y supervisar el Fondo para Familias Francesas, una organización benéfica a través de la que enviaba paquetes con artículos de primera necesidad a huérfanos franceses al otro lado del océano. Acababa de retirarme tras casi dos décadas dedicada a Broadway, y aquel trabajo me parecía fácil en comparación. Desde luego, no había que deshacer tantos baúles.

Mi jefe, Roger Fortier, apareció en el umbral de su despacho.

–Caroline, te necesito ahora mismo. Bonnet ha cancelado.

–No lo estarás diciendo en serio, Roger.

Esa noticia fue como un puñetazo. Yo había confirmado meses atrás que el Ministro de Asuntos Exteriores de Francia sería nuestro orador estrella en la fiesta de esa noche.

–No es fácil ser el Ministro de Asuntos Exteriores francés ahora mismo –aseguró Roger, dándome la espalda para entrar de nuevo en su despacho.

Yo entré en el mío y revisé la agenda giratoria. ¿Estaría libre esa noche mi amigo y monje budista Ajahn Chah?

–¡Caroline! –me llamó Roger.

Agarré la agenda y fui corriendo a su despacho, evitando a la pareja de los perros salchicha, que estaba haciendo grandes esfuerzos para dar verdadera lástima.

–¿Por qué has llegado tarde? –preguntó Roger–. Pia ya lleva aquí dos horas.

Como cónsul general, Roger Fortier dirigía el consulado desde su despacho, que estaba situado en una esquina del piso y tenía unas vistas impresionantes del Rockefeller Plaza y del Promenade Café. Normalmente la famosa pista de patinaje ocupaba la parte cóncava, pero la habían cerrado durante el verano y en esa época el espacio estaba lleno de mesas de cafetería entre las que corrían de acá para allá unos camareros de esmoquin con delantales hasta los tobillos. Detrás se veía el enorme Prometeo dorado de Paul Manship ya de vuelta en la tierra, sosteniendo en alto el fuego robado. Tras él se elevaba hacia el cielo de color zafiro el RCA Building, con sus setenta plantas. Roger tenía mucho en común con la imponente figura masculina de la Sabiduría que había tallada sobre la entrada del edificio: el ceño fruncido, la barba, la mirada furiosa.

–He tenido que pasar a recoger el ramillete para la solapa de Bonnet...

–Oh, y eso te parece lo bastante importante para mantener a media Francia esperando.

Roger le dio un bocado a un donut y le cayó sobre la barba una cascada de azúcar glas.

A pesar de tener una figura que, siendo amable, se podía calificar de fornida, nunca le faltaba compañía femenina.

Su mesa estaba cubierta de pilas de carpetas, documentos de seguridad y dosieres de ciudadanos franceses desaparecidos. Según el *Manual para el consulado francés*, su trabajo consistía en: «Ayudar a los ciudadanos franceses en Nueva York en caso de robo, enfermedad grave o arresto; asistirles en los trámites para obtener certificados de nacimiento, de adopción o reemplazar documentos perdidos o robados; proporcionarles apoyo en momentos de dificultad política o desastre natural; y planificar las estancias de cargos públicos en visita oficial y de otros diplomáticos». Si considerábamos a Hitler como desastre natural por los problemas que estaba causando en Europa, podíamos decir que no nos faltaba el trabajo en ese aspecto.

–Tengo casos que revisar, Roger...

Él me lanzó una carpeta de color marrón que se deslizó por encima de la brillante mesa de reuniones.

–No solo no tenemos orador. He estado despierto la mitad de la noche reescribiendo el discurso de Bonnet. He tenido que eludir el tema de que Roosevelt haya permitido que Francia compre aviones estadounidenses.

–Francia debería poder comprarnos todos los aviones que quiera.

–Lo que queremos es recaudar dinero, Caroline. No es momento de irritar a los aislacionistas. Sobre todo a los ricos.

–Pero si ellos no apoyan a Francia de todas maneras...

–No nos conviene tener más mala prensa. ¿Estados Unidos le está abriendo demasiado las puertas a Francia? ¿Eso provocará que Alemania y Rusia acerquen posturas? No puedo acabar una comida sin que me interrumpa algún periodista. Y no podemos mencionar a los Rockefeller... No quiero otra llamada de Junior. Aunque creo que la voy a recibir de todas maneras ahora que Bonnet ha cancelado.

–Es un desastre, Roger.

–Tal vez tengamos que suspenderlo todo. –Roger se pasó los largos dedos por el pelo, haciéndose nuevas hendiduras entre los mechones engominados.

–¿Y devolver cuarenta mil dólares? ¿Y el Fondo para Familias Francesas? Está bajo mínimos. Y ya hemos pagado por casi cinco kilos de ensalada Waldorf...

–¿A eso lo llaman ensalada? –Roger fue pasando las tarjetas con los contactos de su agenda, la mitad ilegibles y llenas de tachones–. Es *pathétique*... No hay más que trozos de lechuga y manzana. Bueno, y esas nueces reblandecidas...

Yo también revisé mi agenda en busca de famosos que nos pudieran servir. Mi madre y yo conocíamos a Julia Marlowe, la actriz, pero estaba de gira por Europa.

–¿Y Peter Patout? La gente de mi madre lo ha empleado.

–¿El arquitecto?

–Sí, el de la Exposición Universal. Tenían ese robot de más de dos metros.

–Aburrido –contestó Roger dándose golpecitos en la palma con un abrecartas de plata.

Pasé a la L.

–¿Y el capitán Lehude?

–¿Del *Normandie*? ¿Lo dices en serio? Le pagan para que sea aburrido y soso.

–No puedes descartar todas mis sugerencias de esa forma, Roger. ¿Y Paul Rodierre? Betty dice que todo el mundo habla de él.

Roger frunció los labios, algo que siempre era buena señal.

–¿El actor? He visto su espectáculo. Es bueno. Alto y atractivo, si te gustan los hombres de ese tipo. Tendrá un metabolismo rápido, claro.

–Al menos sabemos que es capaz de memorizar un guion.

–Es un poco bala perdida. Y también está casado, así que mejor que no se te ocurran malas ideas.

–Yo no quiero saber nada de los hombres, Roger.

Con treinta y siete años, ya me había resignado a la soltería.

–No sé si Rodierre querrá hacerlo. A ver qué puedes conseguir, pero asegúrate de que quien sea se ajuste al guion. Nada de Roosevelt...

–Ni de los Rockefeller –concluí.

Entre un caso y otro fui llamando a los posibles candidatos de última hora y al final acabé con una sola opción: Paul Rodierre. Estaba en Nueva York, en el Broadhurst Theatre, actuando en una revista musical, *Las calles de París*, el gran debut en Broadway de Carmen Miranda.

Llamé a la agencia William Morris y me dijeron que iban a preguntar y que me llamarían. Diez minutos más tarde el agente del señor Rodierre me dijo que no tenía función en el teatro esa noche y que, aunque su cliente no tenía ropa adecuada para una gala, se sentía muy honrado por mi invitación para que diera un discurso en la fiesta de esa noche y que podíamos vernos en el Waldorf para hablar de los detalles. Nuestro apartamento, en la calle Cincuenta Este, estaba a tiro de piedra del Waldorf, así que tuve tiempo de pasarme por casa para ponerme el vestido de Chanel negro de mi madre.

Encontré al señor Rodierre sentado a una mesa del Peacock Alley, el bar del Waldorf, que estaba pegado a la recepción, justo cuando los dos relojes de bronce de dos toneladas marcaron los dos cuartos con un bonito sonido que era igual que el de la catedral de Westminster. Los invitados a la fiesta, con sus mejores galas, ya iban subiendo hacia el gran salón de baile.

–¿*Monsieur* Rodierre? –saludé.

Roger tenía razón con lo de su atractivo. Lo primero de Paul Rodierre en lo que se fijaría cualquiera, tras el impacto inicial de su belleza física, era en su arrebatadora sonrisa.

–No sé cómo darle las gracias por acceder a hacer esto en el último minuto, *monsieur*.

Él se levantó de la silla y me encontré ante un hombre con una constitución más propia de un remero que fuera a participar en la regata del río Charles que de un actor de Broadway. Hizo un amago de besarme en la mejilla, pero yo le tendí la mano y él me la estrechó. Me resultó agradable estar frente a un hombre de mi estatura.

–Un placer –dijo a modo de saludo.

Pero su atuendo suponía un problema: pantalones verdes, una americana de terciopelo color berenjena, zapatos de ante marrón y, lo peor de todo, una camisa negra. Solo los curas y los fascistas llevaban camisas negras. Bueno, y los gánsteres, claro.

–¿Quiere ir a cambiarse? –Tuve que contenerme para no arreglarle el pelo, que llevaba lo bastante largo como para recogerlo en una coleta–. ¿Y a afeitarse tal vez?

Según me había dicho su agente, el señor Rodierre se alojaba en el hotel, así que su navaja de afeitar estaba a solo unas plantas de allí.

–Esta es mi ropa para la ocasión –afirmó con un encogimiento de hombros.

Muy típico de un actor. ¿Cómo no lo había previsto? El desfile de invitados que iba hacia el salón iba aumentando, las mujeres impresionantes con sus elegantes vestidos y todos los hombres con chaqué y zapatos tipo Oxford de charol o zapatos de salón de piel.

–Es la primera gala que organizo –confesé–. Además, se trata de la única noche en la que el consulado puede recaudar dinero. Y es de etiqueta.

¿Le quedaría bien el antiguo esmoquin de papá? El tiro le podría estar bien, pero le iba a quedar estrecho de hombros.

–¿Es usted siempre tan... digamos... enérgica, señorita Ferriday?

–Bueno, aquí en Nueva York no siempre se aprecia la individualidad. –Le pasé unos folios grapados–. Estoy segura de que tiene muchas ganas de leer el discurso.

Pero él me los devolvió.

–No, *merci*.

Volví a ponérselos en las manos.

–¡Pero el discurso lo ha escrito el cónsul general en persona!

–Recuérdeme por qué estoy haciendo esto...

–Para conseguir una cantidad de ayuda para los ciudadanos franceses desplazados que nos dure todo el año y para contribuir a mi Fondo para Familias Francesas. Ayudamos a los huérfanos de Francia que han perdido a sus padres por alguna razón. Con toda la incertidumbre que hay al otro lado del océano, nosotros suponemos un suministro fiable de ropa y comida. Además, los Rockefeller van a venir esta noche.

Él hojeó el discurso.

–Podrían extender un cheque y evitarse todo esto.

–Están entre nuestros donantes más generosos, pero no los mencione, por favor. Ni tampoco al presidente Roosevelt. Ni los aviones que Estados Unidos ha vendido a Francia. Algunos de los invitados de esta noche aprecian a Francia, pero creen que deberíamos mantenernos al margen de la guerra por ahora. Roger quiere evitar cualquier controversia.

–Evitar las cosas estropea cualquier sensación de autenticidad. Y el público lo nota.

–¿Le importaría simplemente limitarse a leer el discurso, *monsieur*?

–Las preocupaciones provocan problemas de corazón, señorita Ferriday.

Saqué el adorno que había ido a buscar a la floristería y separé el alfiler de la flor, un lirio de los valles.

–Tome. Un ramillete para la solapa por ser el invitado de honor.

–*Muguet?* –preguntó el señor Rodierre–. ¿Dónde lo ha encontrado en esta época del año?

–En Nueva York se puede encontrar de todo. No sé cómo lo hace, pero nuestro florista los cultiva y consigue que florezcan.

Apoyé la palma en su solapa y clavé el alfiler con fuerza en el terciopelo francés. ¿Ese olor delicioso provenía de él o de las flores? ¿Por qué los estadounidenses no olían así: a nardos, a madera, a almizcle...?

–Sabe que el lirio de los valles es venenoso, ¿verdad? –comentó el señor Rodierre.

–Pues no se lo coma. Al menos no hasta que haya terminado el discurso. O solo en caso de que la multitud se lance a por usted.

Él rio y eso provocó que me apartara. Fue una risa genuina, de esas que normalmente no se oyen en una reunión de clase alta, y menos aún con mis chistes.

Acompañé al señor Rodierre entre bambalinas y me quedé asombrada al ver el enorme escenario, que era el doble de grande que cualquiera de los que yo había pisado en Broadway. Miramos al salón, un mar de mesas iluminadas por velas que parecían barcos cargados de flores flotando en la oscuridad. Aunque las luces estaban atenuadas, la lámpara de araña de cristal de Waterford y sus seis satélites resplandecían.

–Este escenario es enorme –exclamé–. ¿Podrá con él?

El señor Rodierre se volvió hacia mí.

–Señorita Ferriday, a eso es a lo que me dedico.

Por no contrariarlo más, dejé al señor Rodierre con su discurso detrás del escenario e intenté olvidar mi fijación con sus zapatos de ante marrón. Fui hasta el salón para ver si Pia había ejecutado bien la organización de los asientos que yo había diseñado y que había resultado ser algo más complejo y peligroso que un plan de vuelo de la Luftwaffe. Cuando llegué, vi que solamente había dejado tiradas unas cuantas tarjetas en las seis mesas de los Rockefeller, así que me puse a colocarlas y después ocupé mi lugar, cerca del escenario, entre la cocina y la mesa principal. Tres plantas de palcos forrados de terciopelo rojo se elevaban sobre el gran salón y en cada uno había una mesa para la cena. Se iban a llenar las mil setecientas localidades. Eso supondría mucha gente descontenta si algo no salía bien.

Los invitados se fueron acercando para ocupar sus asientos, un mar de corbatas blancas, diamantes con solera y tantos vestidos provenientes de la Rue du Faubourg Saint-Honoré que seguro que habían vaciado la mayoría de las mejores tiendas de París. Solo con los fajines, los almacenes Bergdorf Goodman habrían alcanzado tres cuartas partes de sus objetivos de ventas totales.

A mi lado había una hilera de periodistas que acababan de sacarse los lápices de detrás de las orejas. El jefe de sala estaba preparado detrás de mí, esperando mi señal para empezar a servir. Entró en la sala Elsa Maxwell (cotilla oficial, anfitriona de fiestas profesional y el culmen del refinamiento según ella misma). ¿Se quitaría los guantes para escribir cosas terribles sobre esa velada para su columna o solo memorizaría todo lo que le pareciera horroroso?

Las mesas estaban casi llenas cuando llegó la señora de Cornelius Vanderbilt, «Su Excelencia» como la llamaba Roger, con un collar de diamantes de cuatro vueltas de Cartier que llenaba su escote de destellos. Di la señal de empezar a servir en cuanto el trasero de la señora Vanderbilt entró en contacto con el asiento de su silla y ella colgó del respaldo la estola de zorro blanco, con cabeza, patas y todo. Bajaron las luces y Roger avanzó torpemente hacia el atril, iluminado por un foco y acompañado de sinceros aplausos.

–*Mesdames et messieurs*, el Ministro de Asuntos Exteriores, el señor Bonnet, no ha podido acompañarnos esta noche, pero me ha pedido que les trasmita sus más sinceras disculpas.

Se oyó un rumor entre la multitud, que no estaba segura de cómo reaccionar ante esa decepción. ¿Escribir una carta para que les devolvieran el dinero? ¿O sería mejor llamar a Washington?

Roger levantó una mano.

–Pero hemos logrado convencer a otro ciudadano francés para que se dirija a ustedes esta noche. Aunque no ocupa ningún cargo en el gobierno, es un hombre que interpreta un papel estelar en Broadway.

Los invitados intercambiaron comentarios en susurros. No hay nada como las sorpresas, sobre todo si son buenas.

–Déjenme que les presente a *monsieur* Paul Rodierre.

El señor Rodierre ignoró el atril y se dirigió al centro del escenario. Pero ¿qué estaba haciendo? El foco se puso a barrer el espacio, intentando localizarlo. Roger volvió a su asiento en la mesa principal, al lado de la señora Vanderbilt. Yo me quedé de pie cerca, pero a una distancia prudencial, donde no pudiera alcanzarme para estrangularme.

–Es un gran placer para mí estar aquí esta noche –anunció el señor Rodierre cuando el foco lo encontró–. Y siento muchísimo que *monsieur* Bonnet no haya podido venir.

Incluso sin micrófono, la voz del señor Rodierre llenaba la sala. Y se podía decir que brillaba con luz propia bajo el foco.

–Yo no estoy a la altura de tan distinguido invitado. Espero que no haya tenido ningún problema con el avión. Si ese ha sido el caso, seguro que el presidente Roosevelt estará encantado de enviarle uno nuevo.

Se oyeron risas nerviosas por toda la sala. No tuve que mirar a los periodistas para saber que estaban escribiendo como locos. Roger, que era un experto en el arte del *tête-à-tête*, logró seguir conversando con la señora Vanderbilt y atravesarme con la mirada al mismo tiempo.

–Pero bueno, me han dicho que no puedo hablar de política –continuó el señor Rodierre.

–¡Gracias a Dios! –gritó alguien desde una mesa del fondo.

Los invitados volvieron a reír, algo más fuerte esta vez.

–Pero sí puedo hablarles de los Estados Unidos que yo conozco, un lugar que me sorprende cada día. Un lugar donde una gente de mente abierta acepta de buen grado, no solo el teatro, la literatura, el cine y la moda franceses, sino también a nosotros, los ciudadanos de Francia, a pesar de todos nuestros defectos.

–Mierda –murmuró un reportero que había a mi lado, porque se le había roto la punta del lápiz. Le pasé el mío.

–Veo todos los días a gente que ayuda a los demás. Estadounidenses, inspirados por la señora Roosevelt, que tienden su mano al otro lado del Atlántico para auxiliar a los niños franceses. Estadounidenses como la señorita Caroline Ferriday, que trabaja todos los días para hacerle la vida más fácil a las familias francesas que están aquí, en Estados Unidos, y también para enviar ropa a los huérfanos de Francia.

Roger y la señora Vanderbilt miraron en mi dirección. El foco me iluminó, de pie junto a una pared, y esa luz, que me era tan familiar, me cegó. Su Excelencia aplaudió y la multitud siguió su ejemplo. Yo estuve saludando hasta que el foco me abandonó (muy pronto, por suerte) y volvió al escenario, dejándome envuelta en una fría oscuridad. No echaba de menos los escenarios de Broadway, pero no estaba mal sentir el calor de la luz de los focos sobre la piel una vez más.

–Estamos en un país que no tiene miedo de venderle aviones a la gente que estuvo a su lado en las trincheras de la Gran Guerra. Un país que no duda a la hora de ayudar a mantener a Hitler lejos de las calles de París. Un país que no temerá luchar hombro con hombro a nuestro lado en caso de que ocurra lo peor...

Yo lo miraba fijamente, incapaz de apartar la vista, aunque un par de veces le eché un vistazo al público. Estaban embelesados y sin duda nadie se había fijado en sus zapatos. Pasó media hora en un instante. Cuando el señor Rodierre concluyó con una reverencia, yo contuve la respiración. Los aplausos comenzaron tímidamente, pero fueron creciendo en oleadas, como una tremenda tormenta que golpea un tejado. Una Elsa Maxwell con los ojos llenos de lágrimas utilizó una servilleta del hotel para enjugárselos. Para cuando el público se puso en pie y se lanzó a cantar *La marsellesa*, me alegré de que Bonnet no hubiera venido para leer el discurso. Incluso el personal del hotel se puso a cantar con las manos sobre los corazones.

Cuando subieron las luces del salón, Roger pareció aliviado y saludó a un grupo de gente que se había acercado a la mesa principal. Tras la cena, él se fue al Rainbow Room con algunos de los mejores donantes y unas cuantas Rockettes, las únicas mujeres de Nueva York que hacían que yo pareciera bajita.

El señor Rodierre me puso una mano en el hombro cuando salíamos del salón.

–Conozco un sitio con vistas al Hudson que tiene un vino estupendo.

–Tengo que volver a casa –contesté yo, aunque no había comido nada. Me vinieron a la cabeza imágenes de pan caliente y caracoles con salsa de mantequilla, pero no era aconsejable que me vieran por ahí, cenando a solas con un hombre casado–. Lo siento, esta noche no, *monsieur*, pero gracias.

Mi casa estaba a pocos minutos del hotel. Allí me esperaba un apartamento frío y las sobras de ensalada Waldorf.

–¿Va a permitir que cene solo después de nuestro triunfo? –insistió el señor Rodierre.

¿Y por qué no iba a ir? La gente que me conocía solo iba a unos cuantos restaurantes, que se podían contar con los dedos de una mano y que estaban en un radio de cuatro manzanas desde el Waldorf, todos ellos lejísimos del Hudson. ¿Qué daño podía hacerme ir a cenar con ese hombre?

Fuimos en taxi hasta Le Grenier, un bistró lleno de encanto en el West Side. Los transatlánticos franceses subían por el río Hudson y atracaban frente a la calle Cincuenta y Uno, así que en esa zona estaban los mejores locales pequeños de Nueva York, que aparecían como setas tras un buen chaparrón. Le Grenier estaba a la sombra del *SS Normandie*, en el ático del edificio donde en otro tiempo vivió el capitán de puerto. Cuando salimos del taxi, nos encontramos con el enorme casco del barco cerniéndose sobre nuestras cabezas, con la cubierta alumbrada por los focos y cuatro niveles de ojos de buey iluminados. Un soldador que había en la proa provocaba unas chispas de color albaricoque que volaban por el cielo nocturno, mientras los marineros bajaban un farol por uno de los lados para iluminar a unos pintores subidos en un andamio. Allí, debajo de esa enorme proa negra y mirando sus tres chimeneas rojas, todas más grandes que los edificios de almacenes que ocupaban el muelle, me sentí diminuta. El aire de finales de verano olía a salitre, proveniente del lugar donde el agua salada del Atlántico se encontraba con la dulce del río Hudson.

Las mesas de Le Grenier estaban ocupadas por personas con bastante buena pinta, sobre todo de clase media, entre las que se encontraba uno de los reporteros que habían asistido a la fiesta y unos cuantos comensales, que parecían pasajeros de alguno de los transatlánticos, celebrando que por fin estaban en tierra firme. Nosotros elegimos un reservado estrecho, de una madera bastante gastada, que parecía pensado para el interior de un barco, porque era un espacio en el que cada centímetro contaba. El *maître* de Le Grenier, *monsieur* Bernard, se emocionó mucho al ver al señor Rodierre, le dijo que había visto *Las calles de París* tres veces y le contó, con gran profusión de detalles, cómo iba su carrera en el teatro comunitario de Hoboken.

Después *monsieur* Bernard se volvió hacia mí.

–Y usted, *mademoiselle*, ¿no compartió escenario con la señorita Helen Hayes?

–¿Es usted actriz? –exclamó el señor Rodierre con una sonrisa.

De cerca esa sonrisa era peligrosa. Tenía que mantener la cabeza fría, porque los franceses eran mi talón de Aquiles. De hecho, si

Aquiles hubiera sido francés, seguramente yo le habría llevado en brazos de acá para allá hasta que se le curara el talón.

–Las críticas fueron muy injustas... –comentó *monsieur* Bernard.

–Vamos a pedir –intenté cambiar de tema.

–En una utilizaron la palabra «acartonada», pero yo creo... –insistió él.

–Tomaremos los caracoles, *monsieur*. Con poca nata, por favor...

–¿Y qué fue eso que dijo *The Times* sobre su *Noche de Reyes*? «La señorita Ferriday estuvo "justita" como Olivia.» Creo que fueron demasiado crueles...

–Y sin ajo. Y que no los cocinen mucho, para que no estén muy duros.

–¿Quiere usted que vengan arrastrándose hasta la mesa, *mademoiselle*? –*Monsieur* Bernard escribió la comanda y se dirigió a la cocina.

El señor Rodierre estudió detenidamente las marcas de champán de la carta.

–Conque actriz, ¿eh? Nunca lo habría dicho.

Había algo atractivo en su apariencia desaliñada, como un jardincillo que solo necesita que le arranquen la maleza.

–El trabajo en el consulado casa mejor con mi personalidad. Mi madre conoce a Roger desde hace años y cuando me propuso que lo ayudara, no me pude resistir.

Monsieur Bernard colocó una cesta de pan en la mesa y se quedó un momento mirando fijamente al señor Rodierre, como si quisiera memorizar sus facciones.

–Espero que esta noche no le esté quitando tiempo para estar con su novio –dejó caer Paul.

Los dos estiramos la mano a la vez para hacernos con un panecillo y la mía rozó la suya, suave y cálida, pero la aparté rápidamente y la apoyé en el regazo.

–Tengo demasiado trabajo para encontrar tiempo para un novio. Ya sabe cómo es Nueva York, todas esas fiestas y compromisos. Agotador.

–No la he visto nunca en el restaurante Sardi's.

Abrió un panecillo y de su interior salió una voluta de vapor que se elevó, iluminada por la luz.

–Oh, trabajo mucho.

–Tengo la sensación de que no lo hace por dinero.

–Es un trabajo sin sueldo, si es a lo que se refiere. Pero eso no es algo de lo que se suela hablar dentro de la buena sociedad, *monsieur*.

–¿Podemos prescindir del tratamiento de cortesía? Me hace sentir un anciano.

–¿Quiere que nos tuteemos? Pero si acabamos de conocernos.

–Estamos en 1939.

–La sociedad de Manhattan es como un sistema solar, tiene su propio orden de las cosas. Una mujer soltera que cena con un hombre casado ya es suficiente para sacar a más de un planeta de su órbita.

–Aquí no nos va a ver nadie conocido –aseguró Paul mientras le señalaba un champán de la lista a *monsieur* Bernard.

–Pues creo que eso tendría que decírselo a la señorita Evelyn Shimmerhorn, que está allí, en el reservado del fondo.

–¿He arruinado su reputación? –dijo con una especie de amabilidad que no se veía a menudo en hombres tan tremendamente atractivos. Tal vez la camisa negra no era tan mala elección para él, después de todo.

–Evelyn no va a decir nada. Va a tener un bebé que no llega en el momento adecuado, pobrecilla.

–Niños... Lo complican todo, ¿verdad? No hay lugar para los hijos en la vida de un actor.

Otro actor egoísta.

–¿Cómo se ha ganado su padre su lugar en este sistema solar? –continuó él.

Paul estaba haciendo demasiadas preguntas, teniendo en cuenta que acabábamos de conoceros.

–Ganó, en pasado. Trabajaba en el negocio textil.

–¿Dónde?

Monsieur Bernard colocó en la mesa una cubitera, con unas asas que parecían pendientes de zíngara, de la que asomaba por un lado el cuello verde esmeralda de la botella de champán.

–Tenía una sociedad con James Harper Poor.

–¿De los hermanos Poor*? He estado en su casa de East Hampton. Y no hacen honor a su nombre, porque no tienen nada de pobres. ¿Va mucho a Francia?

–Voy todos los años a París. Mi madre heredó un apartamento... en la Rue Chauveau Lagarde.

Monsieur Bernard le extrajo el corcho al champán, que hizo un sonido muy satisfactorio, más seco que sonoro. Sirvió el líquido dorado en mi copa y las burbujas llegaron hasta el borde, estuvieron a punto de rebosar, y después bajaron hasta un nivel perfecto. La forma de servir de un experto.

–Mi mujer, Rena, tiene una tiendecita cerca de allí que se llama Les Jolies Choses. ¿La has visto alguna vez?

Le di un sorbo al champán y sentí el cosquilleo de las burbujas en los labios.

Paul sacó la foto de su mujer de la cartera. Rena era más joven de lo que yo había imaginado y llevaba el pelo oscuro cortado como una muñeca de porcelana. Sonreía con los ojos muy abiertos, como si encerraran un secretito delicioso. Era preciosa y seguramente todo lo opuesto a mí. Me imaginé que la tienda de Rena sería uno de esos locales diminutos tan chics que visitaban las mujeres para vestir «a la francesa»: con prendas no demasiado coordinadas, pero con el toque justo de extravagancia.

–No, no la conozco –contesté y le devolví la foto–. Pero su mujer es preciosa.

Vacié la copa de champán. Paul se encogió de hombros.

–Es demasiado joven para mí, claro, pero... –Miró la foto durante unos segundos con la cabeza ladeada, como si la viera por primera vez, antes de volver a guardarla en la cartera–. No nos vemos mucho.

Se me aceleró un poco el corazón al oírlo, pero después se calmó, lastrado por la idea de que, aunque Paul estuviera libre, mi naturaleza enérgica acabaría saliendo a la luz, extinguiendo cualquier leve chispa de romance.

* El adjetivo *poor* significa «pobre». *(N. de la T.)*

Por la radio de la cocina, que estaba a todo volumen, se oía a una Edith Piaf con interferencias.

Paul sacó la botella de la cubitera y me sirvió más champán. Burbujeó y una espuma rebelde rebosó la copa. Lo miré. Los dos sabíamos lo que eso significaba, por supuesto. La tradición. Cualquiera que haya estado en Francia la conoce. ¿Lo había hecho a propósito?

Sin dudar, Paul mojó el dedo en el champán que resbalaba por la base de mi copa, se acercó y me rozó detrás de la oreja izquierda con el líquido frío. Estuve a punto de dar un respingo al notar su contacto, pero me quedé esperando mientras me apartaba el pelo y me tocaba detrás de la oreja derecha, donde su dedo se quedó un momento. Después fue su turno de tocarse detrás de las dos orejas sin dejar de sonreír.

¿Por qué de repente tenía tanto calor?

–¿Y viene a verlo Rena alguna vez? –pregunté.

Me froté el dorso de la mano para intentar quitarme una mancha oscura, pensando que era de té, pero descubrí que era de la edad. Estupendo.

–Aún no ha venido. No le interesa el teatro. Ni siquiera ha visto *Las calles de París* todavía, pero yo no sé si podré quedarme mucho tiempo. Hitler tiene a todo el mundo de los nervios en Francia.

En alguna parte de la cocina dos hombres se pusieron a discutir. Pero ¿dónde estaban nuestros caracoles? ¿Es que habían ido a Perpiñán a buscarlos?

–Al menos Francia tiene la Línea Maginot –respondí.

–¿La Línea Maginot? Por favor... Un muro de hormigón y unos cuantos puestos de vigilancia. Eso es como darle con un guante en la cara a Hitler.

–Tiene veinticinco kilómetros de ancho.

–Nada detendrá a Hitler si se le mete algo en la cabeza –aseguró Paul.

Lo de la cocina ya se había convertido en un verdadero griterío. No me extrañaba que los entrantes no hubieran llegado aún. El cocinero, un artista voluble sin duda, estaba teniendo una pataleta por algo.

Monsieur Bernard salió de la cocina. La puerta de vaivén con un ojo de buey se cerró tras él, se abrió y se cerró varias veces y por fin se quedó quieta. El hombre fue hasta el centro del comedor. ¿Había estado llorando?

–*Excusez-moi*, señoras y caballeros...

Alguien empezó a dar golpecitos a una copa con una cuchara y el comedor se quedó en silencio.

–Me acaba de contar una fuente fiable... –*Monsieur* Bernard inspiró hondo y su pecho se expandió como un fuelle de chimenea–. Sabemos de buena tinta que... –Hizo una pausa, abrumado durante un momento, y después continuó–: Adolf Hitler ha invadido Polonia.

–Oh, Dios mío –exclamó Paul.

Nos miramos mientras en el comedor estallaban conversaciones nerviosas, un runrún de especulaciones y temores. El periodista que había estado en la fiesta se levantó, dejó unos billetes arrugados en la mesa, se puso el sombrero y salió apresuradamente.

Las últimas palabras de *monsieur* Bernard quedaron ahogadas en medio del alboroto que siguió al anuncio.

–Que Dios nos ayude.

2

Kasia

1939

EN REALIDAD, FUE idea de Pietrik Bakoski subir al promontorio que había en la Pradera de los Ciervos para ver a los refugiados. Lo digo solo para que quede constancia. Matka* nunca me creyó cuando se lo conté.

Hitler le había declarado la guerra a Polonia el 1 de septiembre, pero sus soldados tardaron en llegar a Lublin. Y a mí eso me alegró, porque no quería que cambiara nada. Lublin estaba perfecta como estaba. Oíamos por la radio los discursos que daban desde Berlín para informar de las nuevas normas y habían caído algunas bombas en las afueras de la ciudad, pero nada más. Los alemanes se habían concentrado en Varsovia. Y desde que las tropas se atrincheraron allí, empezaron a llegar miles de refugiados a Lublin, donde nosotros estábamos. Llegaban las familias en manadas, tras viajar más de ciento sesenta kilómetros al sudeste, y dormían en los campos de patatas que había por debajo de la ciudad.

Antes de la guerra nunca pasaba nada emocionante en Lublin, así que disfrutábamos con un buen amanecer a veces incluso más que con una película en el cine. Llegamos a la cumbre desde la que se veía el prado la mañana del 8 de septiembre, justo antes del amanecer, y vimos que había miles de personas en los campos, por debajo de donde estábamos, durmiendo en la oscuridad. Me tumbé a observarlo todo entre mis dos mejores amigos, Nadie Watroba y Pietrik Bakoski. Nos situamos sobre una camita de hierba seca aplastada que todavía estaba caliente porque una

---

* Significa mamá en polaco. *(N. de la T.)*

cierva había dormido ahí con sus crías. A aquella hora ya se habían ido; los ciervos son animales que se levantan pronto. Eso era algo que tenían en común con Hitler.

Cuando de repente el alba asomó por el horizonte fue como si el aire se me quedara atravesado en la garganta, esa sensación que tienes a veces cuando ves algo tan bonito que casi duele, como un bebé o un cachorro, la nata fresca cayendo sobre la avena o el perfil de Pietrik Bakoski realzado por la primera luz del amanecer. Su perfil, que era perfecto en un noventa y ocho por ciento, se veía especialmente bonito cuando incidía en él la luz del amanecer y parecía sacado de una moneda de diez zlotys. En ese momento tenía la apariencia que tienen todos los chicos cuando se levantan, antes de lavarse, con el pelo, del color de la mantequilla, pegado en el lado de la cara sobre el que había dormido.

El perfil de Nadia también era casi perfecto, como era de esperar en una chica con unas facciones tan delicadas. Lo único que evitaba que llegara al cien por cien era un moratón en la frente, un recuerdo de un incidente en el colegio. Ya no parecía un huevo de ganso, pero todavía se veía. Llevaba el jersey de cachemir, del color de un melón cantalupo sin madurar, que me dejaba acariciar siempre que quería.

Costaba entender cómo una situación tan triste podía crear una escena tan bonita. Los refugiados habían montado una intrincada ciudad de tiendas hechas con sábanas y mantas. Cuando el sol salió, fue como si rayos X atravesaran las sábanas floreadas de una tienda para dejarnos ver las sombras de las personas que había dentro, que se estaban vistiendo para empezar el día.

Una madre, que llevaba ropa de ciudad, abrió la sábana que hacía las veces de puerta y salió llevando de la mano a un niño vestido con pijama y botas de fieltro. Los dos se pusieron a remover la tierra con palos buscando patatas.

Lublin se iba despertando a lo lejos, más allá de los campos donde estaban ellos, y parecía una ciudad salida de un cuento de hadas, con sus edificios viejos con tejados de un rojo pastel repartidos aquí y allá, como si un gigante los hubiera agitado dentro de una taza y después los hubiera esparcido sobre las colinas. Algo más al oeste estaba la zona donde una vez estuvo nuestro pequeño aeropuerto y un complejo de fábricas, pero los nazis ya la habían bombardeado. Fue su primer objetivo, pero al menos los alemanes no habían marchado todavía sobre la ciudad.

–¿Crees que los británicos nos ayudarán? –preguntó Nadia–. ¿O los franceses?

Pietrik examinó el horizonte.

–Tal vez. –Estaba arrancando hierba del suelo y tirándola al aire–. Es un buen día para volar. Será mejor que se den prisa.

Una hilera de vacas con manchas, pastoreadas por unas mujeres con pañuelos en la cabeza, iba bajando parsimoniosamente por la colina hacia donde estaban las tiendas, haciendo sonar sus cencerros y buscando un lugar para pastar. Una vaca levantó la cola y soltó un montón de excrementos tras ella. Las que venían detrás lo esquivaron. Todas las mujeres llevaban dos lecheras altas y plateadas, una en cada hombro.

Forcé la vista para encontrar nuestro colegio, la escuela católica femenina de santa Mónica, con su bandera naranja ondeando en la torre del campanario. Era un lugar con los suelos tan pulidos que dentro teníamos que llevar zapatillas de raso. Un colegio con clases muy exigentes, misa diaria y profesoras estrictas. Y ninguna ayudó a Nadia cuando más lo necesitaba; solo la señora Mikelsky, claro, nuestra profesora de matemáticas favorita.

–Fijaos –comentó Nadia–. Las mujeres vienen con las vacas, pero sin las ovejas. A esta hora siempre han sacado ya las ovejas.

Nadia era de esas personas que se fijaban en las cosas. Aunque era solo dos meses mayor que yo (ya tenía diecisiete), ella parecía más madura, no sé por qué. Pietrik miró a Nadia por encima de mí, como si la viera por primera vez. A todos los chicos les gustaba, con su voltereta lateral perfecta, su piel inmaculada como la de Maureen O'Sullivan y su gruesa trenza rubia. Yo no era tan guapa y como atleta era pésima, pero una vez, en una votación que se hizo en nuestro colegio, me eligieron la chica con las mejores piernas y la que mejor bailaba de mi clase del *gimnazjum*.

–Te fijas en todo, Nadia –comentó Pietrik.

Ella le sonrió.

–En todo no. ¿Deberíamos bajar y ayudarles a sacar patatas? A ti se te da bien la pala, Pietrik.

¿Estaba flirteando con él? Eso era una violación directa de mi regla número uno: «¡Las amigas primero!». Pietrik sacó *mi* corona de flores del río en el solsticio de verano y me regaló una cadena con una cruz de plata. ¿Es que las tradiciones ya no significaban nada?

¿Estaría empezando a gustarle Nadia a Pietrik? Tenía sentido. A principios de mes las exploradoras habían estado vendiendo bailes con los chicos del pueblo con el objetivo de recaudar fondos para la beneficencia y Luiza, la hermana pequeña de Pietrik, me contó que Nadia había comprado todos los bailes de Pietrik, los diez. Y luego pasó lo de aquel horrible incidente en la puerta del colegio. Nadia y yo salíamos del colegio cuando unos niños de la calle empezaron a tirarle piedras a Nadia y a llamarla cosas porque su abuelo era judío. Y Pietrik vino corriendo a rescatarla.

No era raro ver a gente tirándoles piedras a los judíos, pero sí era extraño que se lo hicieran a Nadia. Hasta entonces no supe que era en parte judía. Íbamos a un colegio católico y ella se sabía más oraciones que yo. Pero todo el mundo sabía que nuestro profesor de alemán, *Herr* Speck, nos pidió que hiciéramos un árbol con todos nuestros antepasados y se lo enseñó a toda la clase.

Ese día, cuando los niños empezaron a tirarle piedras, intenté llevarme a Nadia, pero ella se quedó allí, aguantando. La señora Mikelsky, embarazada de su primer bebé, vino corriendo, abrazó a Nadia y les gritó a esos acosadores que pararan o llamaría a la policía. La señora Mikelsky era la profesora favorita de todas las niñas, nuestra Estrella Polar, porque todas queríamos ser como ella: guapas, inteligentes y divertidas. Ella defendía a sus niñas como una leona y nos daba *krówki*, caramelos de tofe, cuando hacíamos los exámenes de matemáticas sin ningún error. Yo siempre me los ganaba.

Pietrik, que había venido para acompañarnos a casa, persiguió a esos chicos blandiendo una pala, pero acabó perdiendo un trocito de un incisivo, aunque eso era algo que no le estropeaba la sonrisa, ni mucho menos. De hecho, le daba un aire más tierno.

Me sacó de mi ensoñación un sonido peculiar, similar al ruido que hacían los grillos, pero que parecía que nos envolvía. Fue aumentando hasta que la vibración que producía empezó a trasmitirse a través del suelo.

¡Aviones!

Pasaron a toda velocidad sobre nosotros, volando tan bajo que volvieron la hierba del revés. La luz se reflejaba en sus vientres plateados. Se fueron hacia la derecha en formación de tres rumbo a la ciudad, dejando un olor aceitoso en su estela. Sus sombras grises cruzaron los campos de más abajo. Conté doce en total.

–Parecen los aviones de *King Kong* –comenté.

–Son biplanos, Kasia –explicó Pietrik–. Curtiss Helldiver. Son bombarderos alemanes.

–Quizá sean polacos.

–No son polacos. Se sabe por las cruces blancas que tienen bajo las alas.

–¿Y llevan bombas? –preguntó Nadia, con más curiosidad que miedo. Ella nunca tenía miedo.

–Ya han atacado el aeropuerto –dijo Pietrik–. ¿Qué otra cosa van a bombardear? No tenemos almacenes de municiones.

Los aviones rodearon la ciudad y después fueron hacia el oeste, uno tras otro. El primero bajó en picado con un aullido terrible y dejó caer una bomba en medio de la ciudad, justo en Krakowskie Przedmieście, nuestra calle principal, flanqueada por los mejores edificios del lugar.

Pietrik se puso de pie.

–*Jezu Chryste, no!* –exclamó.

Un fuerte impacto hizo temblar la tierra y se elevaron columnas de humo negro y gris desde el lugar donde había caído la bomba. Los aviones rodearon la ciudad de nuevo y esta vez dejaron caer sus bombas cerca del ayuntamiento. Mi hermana, Zuzanna, que acababa de terminar los estudios de medicina, algunos días trabajaba de voluntaria en una clínica que había ahí. ¿Y mi madre? Por favor, Dios mío, llévame directa al cielo si a mi madre le pasa algo, pensé. ¿Estaba papá en correos?

Los aviones dieron unas cuantas vueltas sobre la ciudad y después vinieron volando hacia donde estábamos nosotros. Nos tiramos sobre la hierba cuando pasaron sobre nuestras cabezas una vez más. Pietrik se colocó encima de Nadia y de mí. Su cuerpo estaba tan cerca que sentí el latido de su corazón contra mi espalda a través de su camisa.

Dos aviones dieron la vuelta, como si se les hubiera olvidado algo.

–Tenemos que... –empezó a decir Pietrik, pero antes de que nos diera tiempo a movernos esos dos aviones bajaron para acercarse a la tierra, justo encima del campo que había abajo.

Un instante después oímos los disparos de las ametralladoras. Dispararon a las mujeres que estaban con las vacas. Algunas balas impactaron en el suelo, haciendo que salieran terrones de tierra despedidos por el aire, pero otras alcanzaron a las mujeres, derribándolas y provocando que se derramara la leche que llevaban. Una vaca gimió al caer y se oyó cómo las balas atravesaban las lecheras metálicas.

Los refugiados de los campos soltaron las patatas y se dispersaron, pero las balas impidieron su huida. Yo agaché la cabeza cuando los dos últimos aviones pasaron otra vez sobre nosotros, dejando el campo de abajo salpicado de cuerpos de hombres, mujeres y vacas. Las vacas que todavía podían correr iban corcoveando de acá para allá, como si estuvieran medio locas.

Yo eché a correr colina abajo, con Nadia y Pietrik pisándome los talones. Crucé el bosque por los caminos cubiertos de agujas de pino en dirección a mi casa. ¿Estarían heridos mis padres? ¿Y Zuzanna? Con solo dos ambulancias, iba a tener que trabajar toda la noche.

Cuando llegamos al campo de patatas nos detuvimos. Era imposible no quedarse mirando. Pasé a poca distancia, tal vez lo que medía una de esas lecheras metálicas, de una mujer de la edad de Zuzanna que tenía unas cuantas patatas esparcidas a su alrededor. Estaba tumbada boca arriba encima de unos surcos en la tierra, con la mano izquierda sobre el pecho y el hombro cubierto de sangre, que también le había salpicado la cara. Había una niña arrodillada a su lado.

–Hermana –decía la niña, dándole la mano–, tienes que levantarte.

–Haz presión sobre la herida con las dos manos –le aconsejé, pero ella solo me miró fijamente.

Una mujer que llevaba un vestido de chenilla se acercó y se arrodilló a su lado. Sacó un trozo de goma de color amarillo de su maletín negro de médico.

Nadia tiró de mí para que me alejara.

–Vamos. Los aviones pueden volver.

En la ciudad se veía por todas a partes gente corriendo, llorando, gritándose y huyendo en bicicleta, a caballo, en camión, en carro o a pie.

Cuando nos acercamos a mi calle, Pietrik tomó a Nadia de la mano.

–Ya casi estás en casa, Kasia. Voy a acompañar a Nadia.

–¿Y qué pasa conmigo? –les grité, pero ya se habían ido por la calle adoquinada hacia el apartamento de la madre de Nadia.

Pietrik había elegido.

Me dirigí al túnel que pasaba bajo la antigua Puerta de Cracovia, una torre alta de ladrillos coronada por una aguja con forma de campana, que una vez fue la única entrada a la ciudad. Era mi monumento favorito de Lublin. Las bombas habían hecho que se formara una grieta en un lateral de la torre, pero todavía resistía.

Mi profesora de matemáticas, la señora Mikelsky, y su marido, que vivían cerca de mi casa, iban en bicicleta en dirección opuesta y pasaron por mi lado. La señora Mikelsky, con un embarazo muy avanzado, se giró sin dejar de pedalear.

–Tu madre está como loca buscándote, Kasia –dijo.

–¿Adónde van? –pregunté.

–A casa de mi hermana –contestó el señor Mikelsky a gritos.

–¡Ve a casa con tu madre! –dijo la señora Mikelsky mirando hacia atrás por encima del hombro.

Siguieron adelante con sus bicicletas y desaparecieron en medio de la multitud. Yo seguí hacia mi casa.

No dejaba de pensar: Por favor, Dios mío, que Matka esté ilesa.

Cuando llegué a nuestra manzana, al ver que el rinconcito rosa que era nuestro edificio estaba en pie, el alivio me provocó un hormigueo que recorrió todas las células de mi cuerpo. La casa que había al otro lado de la calle no había tenido la misma suerte. Había quedado reducida a escombros y ahora solo era un amasijo de hormigón, paredes de yeso y camas de hierro forjado tiradas por toda la calle. Esquivé el desastre y cuando me acerqué todavía más, vi que una de las cortinas de Matka se escapaba por la ventana, agitada por la brisa. Entonces me di cuenta de que las bombas habían hecho reventar el cristal de nuestras ventanas, con su papel de oscurecimiento y todo.

No me hizo falta sacar la llave del apartamento de detrás de un ladrillo suelto, porque la puerta estaba abierta de par en par. Encontré a Matka y a Zuzanna en la cocina, al lado de la mesa de dibujo de Matka, rescatando pinceles esparcidos por el suelo. En el aire se notaba el olor del aguarrás derramado. *Psina*, la gallina que teníamos como mascota, las seguía por todas partes. Gracias a Dios que no había resultado herida, porque para nosotros era parte de la familia, más un perro que una gallina.

–Pero ¿dónde te habías metido? –preguntó Matka con la cara tan blanca como el papel que tenía en la mano.

–Hemos subido a la Pradera de los Ciervos –expliqué–. Fue idea de Pietrik...

Zuzanna se levantó con una taza llena de trozos de cristal en la mano. Su bata blanca de médico estaba manchada de ceniza. Le había costado seis largos años conseguir esa bata blanca. Su maletín estaba al lado de la puerta. Seguramente cuando cayeron las bombas estaba haciendo las maletas, preparándose para mudarse al hospital donde iba a hacer la residencia en pediatría.

–¿Cómo es posible que seas tan tonta? –preguntó Zuzanna.

–¿Dónde está papá? –dije cuando las dos se acercaron y empezaron a quitarme trozos de cemento del pelo.

–Salió... –empezó a decir Matka.

Zuzanna la agarró por los hombros.

–Díselo, Matka.

–Salió a buscarte –soltó Matka al fin, a punto de romper a llorar.

–Probablemente estará en correos –aseguró Zuzanna–. Voy a buscarlo.

–No te vayas –intervine–. ¿Y si vuelven los aviones?

Sentí que una especie de corriente eléctrica me atravesaba el pecho. Era miedo. Esas pobres mujeres tiradas en los campos...

–Me voy –insistió Zuzanna–. Pero volveré.

–Déjame ir contigo –pedí–. Me van a necesitar en la clínica.

–¿Pero por qué haces esas cosas tan estúpidas? Papá está ahí fuera por tu culpa. –Zuzanna se puso un jersey y fue hacia la puerta–. En la clínica no te necesitan. Si lo único que haces es enrollar vendas... Quédate aquí.

–No te vayas –suplicó Matka, pero Zuzanna salió apresuradamente. Siempre tan fuerte, como papá.

Matka fue hasta la ventana y se agachó para retirar esquirlas de cristal, pero no pudo hacerlo porque le temblaban mucho las manos y volvió donde estaba yo. Me acarició el pelo, me dio un beso en la frente y después me abrazó fuerte diciendo una y otra vez, como un disco rayado: *Ja cię kocham*.

Te quiero.

MATKA Y YO dormimos en su cama esa noche, las dos atentas por si papá o Zuzanna entraban por la puerta. *Psina,* más perro que gallina, durmió a los pies de nuestra cama, con la cabeza metida bajo una de sus suaves alas. Se despertó y soltó un graznido cuando papá volvió a casa por fin, mucho antes del amanecer. Él se quedó de pie en el umbral del dormitorio, con su chaqueta de *tweed* cubierta de ceniza. Papá siempre tenía una expresión triste, como la que tienen los perros sabuesos. Incluso en las fotos que tenía de cuando era un bebé se le veían las mismas arrugas y le colgaban unos pliegues de piel. Pero esa noche la luz que llegaba desde la cocina proyectaba en su cara una sombra que le hacía parecer aún más triste.

Matka se incorporó en la cama de un salto.

–¿Ade? –Apartó la manta de un tirón y fue corriendo hacia él. La luz que venía de la cocina convertía sus figuras en siluetas oscuras–. ¿Dónde está Zuzanna?

–No la he visto –dijo papá–. Como no encontré a Kasia, fui a correos y saqué los archivos a la calle para quemarlos. Tenían información que los alemanes querrán. Nombres y direcciones. Listas militares. Han ocupado la oficina de correos de Varsovia y han cortado la línea de telégrafo, así que nosotros seremos los siguientes.

–¿Qué ha pasado con los empleados? –preguntó Matka.

Papá miró hacia donde yo estaba y no respondió.

–Creemos que las tropas alemanas llegarán a Lublin dentro de una semana. Es posible que el primer sitio que visiten sea este.

–¿Vendrán aquí? –Matka se llevó la mano a la garganta y con el movimiento tiró de la bata que llevaba para andar por casa y se le formaron varios pliegues alrededor del cuello.

–A buscarme. Les puedo ser útil. –Papá sonrió, pero seguía habiendo oscuridad en su mirada–. Querrán usar la oficina de correos para sus comunicaciones.

Nadie conocía esa oficina como papá. La había dirigido desde que yo tenía memoria. ¿Sabría secretos? Papá era un patriota. Preferiría morir antes que contarles algo.

–¿Y cómo van a saber dónde vivimos?

Papá miró a Matka como si fuera una niña.

–Llevan años planeando esto, Halina. Si me llevan con ellos, es posible que me necesiten, así que tendrán que mantenerme con vida. Espera dos días. Si no sabes nada de mí, coge a las niñas y marchaos al sur.

–Los británicos nos ayudarán –afirmó Matka–. Los franceses...

–No va a venir nadie, amor mío. El alcalde está evacuando la ciudad con la policía y los bomberos. Por ahora tenemos que esconder lo que podamos.

Papá sacó el joyero de Matka de la cómoda y lo tiró sobre la cama.

–Primero lava y deja secar todas las latas que tengamos. Tenemos que enterrar todos los objetos de valor.

–Pero nosotros no hemos hecho nada malo, Ade. Los alemanes son gente culta. Hitler los tiene a todos bajo algún tipo de encantamiento.

La madre de Matka era alemana cien por cien y su padre medio polaco. Y ella era preciosa, incluso nada más despertarse. Tierna sin ser frágil y rubia natural.

Papá la agarró de un brazo.

–Esa gente tan culta quiere que nos vayamos para poder instalarse aquí, ¿es que no lo ves?

Papá recorrió el apartamento reuniendo todo lo que tenía algún valor y metiéndolo en una caja metálica que tenía una tapa con bisagras: el título de enfermería de Matka, su certificado de matrimonio, un anillo con un pequeño rubí de la familia de Matka, un sobre con fotos familiares.

–El saco de mijo. Lo vamos a enterrar también.

Matka extrajo el saco de tela de debajo del fregadero.

–Seguramente registrarán casa por casa en busca de soldados polacos escondidos –explicó papá en voz baja–. Han publicado nuevas normas. Polonia ya no existe como país. No se puede hablar polaco. Se van a cerrar todos los colegios. Habrá toque de queda. Para saltárselo hace falta un permiso rosa y no podemos tener armas, ni botas de esquí, ni más comida que la que nos permitan nuestras cartillas de racionamiento. Esconder cualquiera de esas cosas conlleva un castigo que consiste... –Papá volvió a mirarme y dejó de hablar–. Lo más probable es que se lleven lo que quieran.

Papá sacó su revólver plateado del cajón de la cómoda. Matka dio un paso atrás para apartarse.

–Entierra eso también, Ade –pidió con los ojos desorbitados.

–Tal vez lo necesitemos –contestó papá.

Matka le dio la espalda.

–Las armas no traen nada bueno.

Papá dudó y al final metió el arma en la caja.

–Entierra tu uniforme de las exploradoras, Kasia. A los nazis no les gustan. Dispararon a un grupo de scouts en Gdansk.

Sentí un escalofrío. Sabía que no debía discutir con papá, así que metí mis posesiones más preciadas en latas metálicas: una bufanda de lana que Pietrik se puso una vez y que todavía olía a él; el vestido rojo nuevo de pana, corto y sin mangas, que me había hecho Matka; la camisa y el pañuelo del uniforme de las exploradoras; y una foto en la que estábamos Nadia y yo montadas en una vaca.

Esa noche solo las estrellas iluminaban el jardín de atrás, un trozo de tierra rodeado por unos tablones de madera, que aguantaban en pie gracias a las malas hierbas que crecían a su alrededor. Papá apoyó todo su peso sobre la oxidada pala para que entrara en la tierra. Atravesó el suelo como si fuera bizcocho y después fue agrandando el agujero, como si estuviera haciendo una tumba para un bebé.

Ya casi habíamos acabado, pero incluso en esa oscuridad casi total yo me di cuenta de que Matka todavía llevaba su anillo de compromiso en el dedo, el que su madre le había dado cuando papá no tenía suficiente dinero para comprarle uno. El anillo tenía la forma de una flor exquisita, con un diamante grande en el centro, rodeado de pétalos de zafiro de un profundo azul oscuro. Brillaba como una luciérnaga nerviosa cuando la mano de Matka se movía en la oscuridad. «Es un diamante con corte cojín. Es del siglo XVIII, cuando cortaban las piedras preciosas con la intención de que la luz de las velas les arrancara destellos», contaba mi madre cuando la gente lo admiraba. Y sí que brillaba, resplandecía, casi como si estuviera vivo.

–¿Y el anillo? –preguntó papá.

La luciérnaga desapareció tras su espalda, buscando protección.

–Eso no –exclamó Matka.

Cuando éramos niñas y teníamos que cruzar la carretera, Zuzanna y yo siempre peleábamos para ser la que se agarrara de la mano en la que Matka llevaba el anillo. La mano bonita.

–¿Es que no hemos enterrado ya bastante? –dije–. Nos van a pillar.

Quedarnos allí, discutiendo en la oscuridad, solo iba a servir para llamar la atención.

–Como quieras, Halina –aceptó papá.

Empezó a echar paladas de tierra en el agujero para cubrir nuestros tesoros. Yo arrojé tierra con las manos para ayudar y acabar antes. Después papá lo pisó para que quedara nivelado. Al final contó los pasos que había hasta el edificio para recordar dónde habíamos escondido nuestras pertenencias.

Doce pasos hasta la puerta.

ZUZANNA POR FIN volvió a casa, contando historias terribles sobre médicos y enfermeras que habían tenido que trabajar toda la noche para salvar a los heridos. Se decía que todavía había personas con vida bajo los escombros. Vivíamos con miedo de que los alemanes aparecieran en nuestra puerta y pegados a la radio de la cocina, esperando buenas noticias, aunque las que llegaban no podían ser peores. Polonia se defendía, estaba soportando grandes pérdidas, pero no podía plantarle cara a las modernas divisiones acorazadas y a la fuerza aérea alemana.

Me desperté el domingo 17 de septiembre y oí a Matka contarle a papá lo que había oído en la radio. Los rusos también habían atacado Polonia por el este. ¿Es que nadie iba a poner fin a las agresiones de otros países contra nosotros?

Encontré a mis padres en la cocina, mirando por la ventana. Era una fría mañana de otoño y se colaba una leve brisa entre las cortinas de Matka. Cuando me acerqué a la ventana, vi a unos hombres judíos con trajes negros quitando los escombros que había delante de nuestra casa.

Matka me rodeó con los brazos. Cuando la carretera estuvo limpia, vimos que llegaba un montón de soldados alemanes en formación, como nuevos inquilinos que llegaran a una casa de huéspedes con sus montañas de equipaje. Primero llegaron los camiones, después los soldados de infantería y detrás más soldados altivos sobre las atalayas de sus tanques. Al menos Zuzanna no llegó a ver esa imagen tan triste, porque se había ido al hospital por la mañana.

Matka se puso a calentar agua para hacerle un té a papá mientras él seguía contemplándolo todo. Yo hacía lo posible por estar muy callada. Si guardábamos silencio, tal vez no vinieran a molestarnos. Para tranquilizarme conté los pájaros de ganchillo de las cortinas de Matka. Una alondra. Dos golondrinas. Una urraca. ¿No eran las urracas un símbolo de muerte inminente? El sonido de un camión se oyó más fuerte.

Inspiré hondo para calmar el pánico que sentía. ¿Qué iba a pasar?

–¡Fuera, fuera! –gritó un hombre.

Después se oyó el terrible repiqueteo de botas con tachuelas sobre los adoquines. Había muchas.

–Apártate de la ventana, Kasia –ordenó papá, alejándose también.

Lo dijo de una forma tan brusca que supe que estaba asustado.

–¿Deberíamos escondernos? –susurró Matka.

Giró el anillo en su dedo y cerró el puño para esconder las piedras contra su palma.

Papá fue hacia la puerta y yo me puse a rezar. Oímos muchos gritos y órdenes, y pronto el camión se alejó.

–Creo que se van –le susurré a Matka.

Y un segundo después me sobresalté cuando se oyó un fuerte golpe en la puerta y después una voz.

–¡Abran!

Matka se quedó petrificada donde estaba y papá fue a abrir la puerta.

–¿Adalbert Kuzmerick? –preguntó un soldado de las SS que entró muy altanero y pagado de sí mismo.

Era dos palmos más alto que papá, tanto que su gorra casi chocó con el dintel de la puerta al entrar. El soldado y su subordinado llevaban el uniforme del Sonderdienst, con las botas negras y la gorra con el horrible emblema de la calavera con dos agujeros negros por ojos. Cuando entró, noté el olor del chicle Clove. Estaba claro que estaba bien alimentado e iba con la barbilla tan alta que le vi un trocito de papel blanco con un poco de sangre que tenía sobre la nuez, donde se había cortado afeitándose. Hasta su sangre era rojo nazi.

–Sí –contestó papá con toda la tranquilidad que pudo reunir.

–¿El director del Centro Postal de Comunicaciones?

Papá asintió.

Otros dos soldados agarraron a papá por los brazos y lo sacaron por la puerta sin que le diera tiempo siquiera a girarse para mirarnos. Intenté ir tras él, pero el soldado alto me bloqueó el paso con su porra.

Matka fue corriendo a la ventana con los ojos desorbitados.

–¿Adónde se lo llevan?

De repente sentí frío por todo el cuerpo. Me costaba respirar.

Otro soldado de las SS, más delgado y más bajo que el primero, entró con una bolsa de pan de tela cruzada sobre el pecho.

–¿Dónde guarda su marido los papeles del trabajo? –preguntó el alto.

–Aquí no –contestó Matka–. ¿Pueden decirme adónde lo llevan?

Matka se quedó de pie, con los dedos entrelazados sobre el pecho, mientras el más delgado iba por toda la casa abriendo cajones y guardando en la bolsa todos los papeles que se iba encontrando.

–¿Tienen radio de onda corta? –preguntó el alto.

–No –contestó Matka, negando con la cabeza.

Sentí un dolor en el estómago cuando vi al soldado delgado abrir las puertas de la alacena y meter en su bolsa la poca comida que nos quedaba.

–Todas las provisiones son propiedad del Reich –anunció el alto–. Les darán cartillas de racionamiento.

Unos guisantes en lata, dos patatas y una pequeña y triste col acabaron en la bolsa del delgado. Después sacó una bolsa de papel con el extremo enrollado en la que estaba lo que quedaba del café de Matka.

Ella intentó detenerlo.

–Oh, por favor... ¿Podemos quedarnos con el café? Es todo lo que tenemos.

El alto se giró y se quedó un momento mirando a Matka.

–Déjalo –ordenó y su subordinado lo dejó caer sobre la encimera.

Los soldados entraron en los tres diminutos dormitorios, abrieron los cajones de las cómodas, sacaron los calcetines y la ropa interior y los tiraron al suelo.

–¿Armas? –preguntó el alto mientras los otros miraban en los armarios–. ¿Algo más de comida?

–No –respondió Matka.

Nunca la había visto mentir.

Él se acercó a ella.

–Seguro que sabrá que esconder lo que le corresponde al Reich se castiga con la muerte.

–Lo sé –contestó Matka–. Si pudiera ir a ver a mi marido...

Seguimos a los hombres afuera, al jardín de atrás. Con los hombres de las SS allí, el jardín, vallado por todos los lados, de repente pareció aún más pequeño. Todo aparentaba normalidad, pero la tierra donde habíamos enterrado nuestras cosas la semana anterior se veía muy aplanada. Era obvio que ahí había algo enterrado. Conté los pasos del soldado mientras recorría el jardín. Cinco... seis... siete... ¿Verían cómo me temblaban las rodillas?

Nuestra gallina, *Psina,* se acercó al lugar donde habíamos enterrado los tesoros y empezó a arañar el suelo, buscando bichos. Dios mío, la pala seguía allí, apoyada contra la pared de atrás de la casa, con la parte metálica sucia de tierra. ¿Nos llevarían al castillo de Lublin o simplemente nos dispararían allí mismo, en el jardín, y nos dejarían tiradas para que mi padre nos encontrara cuando volviera?

–¿Creen ustedes que somos idiotas? –dijo el soldado alto, acercándose al lugar exacto.

Ocho... nueve...

Dejé de respirar.

–Claro que no –dijo Matka.

–Coge la pala –le dijo el soldado alto a su subordinado–. ¿De verdad creían que se iban a salir con la suya?

–No, por favor –suplicó Matka. Se agarró la medalla de santa María que llevaba colgada del cuello con una cadena–. Yo soy de Osnabrück. ¿Lo conoce?

El soldado alto le quitó la pala a su subordinado.

–Claro que lo conozco. ¿Quién no ha estado en su mercadillo navideño? ¿Se ha registrado como *Volksdeutsche*?

Volksdeutsche era la denominación alemana para los descendientes de alemanas en países que no fueran Alemania. Los nazis presionaban a los ciudadanos polacos con ascendencia alemana, como Matka, para que se registraran. Una vez registrados conseguían más comida, mejores trabajos y les asignaban las propiedades que les confiscaban a los judíos y a los polacos no alemanes. Matka nunca aceptaría, porque era señal de simpatía hacia Alemania. Pero esa decisión la ponía en peligro, porque iba en contra de lo que ordenaba el Reich.

–No, pero soy casi alemana. Mi padre solo era medio polaco.

Psina arañó la tierra alrededor de la zona aplanada y rebuscó con el pico.

–Si fuera alemana, no rompería las reglas, ¿verdad? No le quitaría al Reich lo que es suyo.

Matka le tocó el brazo.

–Es duro todo esto, ¿no lo entiende? Imagine que fuera su familia.

–Mi familia le habría dado todo lo que tiene al Reich.

El hombre de las SS siguió acercándose al lugar con la pala en la mano.

Diez... Once...

–Lo siento mucho –dijo Matka mientras iba detrás de él.

El hombre ignoró a Matka y dio un paso más.

Doce.

¿Cuánto tendrían que cavar para encontrar la caja?

–Denos otra oportunidad, por favor –rogó Matka–. Las reglas son muy recientes.

El soldado se giró, se apoyó en la pala y miró a Matka de arriba abajo. Sonrió y le vi perfectamente los dientes, iguales que pastillas de chicle.

Él se inclinó para acercarse a ella y bajó la voz.

–¿Ha oído lo de la norma del toque de queda?

–Sí –dijo Matka. Se le había formado una pequeña arruga entre las cejas y cambió el peso de un pie a otro.

–Esa regla se la puede saltar.

El hombre de las SS sujetó la medalla de Matka entre el pulgar y el índice y la frotó, sin apartar los ojos de Matka.

–Hace falta un pase de color rosa para saltarse el toque de queda –dijo Matka.

–Los tengo aquí mismo, en el bolsillo.

Soltó la medalla y se puso la mano sobre el corazón.

–No lo entiendo –confesó Matka.

–Creo que sí que lo comprende.

–¿Me está diciendo que se olvidará de esto si voy a verlo?

–Si es eso lo que ha entendido...

–Los alemanes que yo conozco son personas cultas. No me puedo ni imaginar que un alemán le pida a una madre de dos hijas que haga algo así.

El hombre ladeó la cabeza, se mordió el labio y agarró la pala.

–Siento que piense así.

–¡Espere! –intentó detenerlo Matka.

El hombre levantó la pala en el aire, por encima de su cabeza.

–¡Dios mío, no! –chilló Matka.

Intentó agarrarle el brazo, pero ya era demasiado tarde. Una vez que la pala empezó a cruzar el aire, ya no hubo forma de detenerla.

3

Herta

1939

A MEDIANOCHE MI padre y yo recorrimos seis manzanas desde el sótano en el que vivíamos hasta un barrio más elegante de Düsseldorf, donde había casas de piedra blanca en las que el personal de servicio limpiaba la acera y cuidaba los geranios de los alféizares. Era finales de septiembre, pero el aire todavía era cálido; «el tiempo del Führer» lo llamaban, porque contribuía al éxito de las campañas militares de Hitler. En Polonia había ayudado, eso era innegable.

Subí unos escalones hasta la puerta doble de la casa, que tenía un cristal esmerilado decorado con filigranas de hierro pintado de blanco, y toqué un timbre plateado. ¿Estaría Katz en casa? Se veía una luz tenue tras el cristal, pero los faroles de gas que había a ambos lados de la puerta no estaban encendidos. Mi padre esperaba en la calle, en la oscuridad, abrazándose el pecho.

Ese año, en el que yo ya había cumplido veinticinco, los síntomas de mi padre empeoraron tanto que tuvo que recurrir a su ya veterano cuidador de enfermos judío, un hombre que se llamaba Katz. No nos permitían llamar «médicos» a los judíos; preferían el término «cuidador de enfermos». Tampoco estaba permitido que a los arios los trataran médicos no arios, pero mi padre no acostumbraba a seguir las reglas.

El timbre sonó en algún lugar de lo más profundo de la casa. Yo nunca había pisado la casa de un judío antes y no es que tuviera muchas ganas de hacerlo entonces, pero mi padre había insistido en que lo acompañara. De todas formas quería estar allí el menor tiempo posible.

Vi una luz más fuerte tras el cristal esmerilado y acercarse una silueta oscura. La hoja de la puerta que estaba a mi derecha se abrió un poquito y apareció un antiguo compañero de la Facultad de Medicina, uno de los muchos alumnos judíos que ya no podían asistir a la universidad. Estaba totalmente vestido e iba metiéndose la camisa por dentro de los pantalones.

–¿Qué quieren a esta hora de la noche? –preguntó.

Por detrás de él vi a Katz, que bajaba las escaleras con pasos silenciosos, amortiguados por la gruesa alfombra. Llevaba una bata azul oscuro con una cola que arrastraba desplegada detrás de él. Se quedó parado, dudando, agachado como una vieja bruja y con los ojos muy abiertos. ¿Pensaría que era la Gestapo?

Mi padre subió los escalones de la entrada hasta llegar a mi lado.

–Disculpe, *Herr Doktor* –dijo con una mano apoyada en la jamba de la puerta–. Sentimos molestarle, pero el dolor es insoportable.

Katz reconoció a mi padre, sonrió y nos hizo pasar. Cuando entramos, mi antiguo compañero de la Facultad de Medicina me miró con los ojos entornados.

El médico nos llevó a su estudio revestido de madera, que era tres veces más grande que nuestro apartamento y tenía las paredes cubiertas de libros encuadernados en piel. Había una escalera de caracol que llevaba a una planta superior donde se veía una galería con una barandilla que también estaba llena de estanterías. Katz giró un pomo que había en la pared y la araña de cristal que teníamos sobre nuestras cabezas cobró vida haciendo resplandecer un millar de cristales que colgaban como carámbanos.

Katz le indicó a mi padre que se sentara en una silla que parecía el trono de un rey. Yo acaricié con los dedos el brazo, tapizado con un damasco rojo bordado con hilos de oro que era suave y fresco al tacto.

–No es ninguna molestia –respondió Katz–. Estaba leyendo. Mi maletín, por favor, y un vaso de agua para *Herr* Oberheuser –pidió mirando hacia atrás por encima del hombro, dirigiéndose al estudiante de medicina.

El joven apretó los labios hasta que formaron una fina línea y salió de la habitación.

–¿Cuánto tiempo lleva con ese dolor? –preguntó Katz.

Yo no había conocido a muchos judíos, pero había leído muchas descripciones de ellos en los libros de texto y en el periódico *Der Stürmer*. Avariciosos y controladores, acaparaban oficios como el de abogado o médico. Pero Katz parecía casi contento de ver a mi padre, algo raro dado que habíamos ido a importunarlo a esas horas. Obviamente tenía delante a un hombre al que le encantaba su trabajo.

–Desde la hora de la cena –respondió mi padre abrazándose la tripa.

En esa época yo ya casi había terminado mis estudios de Medicina y podría haber atendido a mi padre, pero él insistió en ir a ver a Katz.

Observé detenidamente la habitación mientras Katz examinaba a mi padre. La chimenea de mármol blanco y negro, el grandioso piano. Los libros de las estanterías parecían cuidados y sin una mota de polvo. Cada uno valdría más de lo que yo ganaba en todo un año cortando piezas de carne para asar en la carnicería del tío Heinz cuando podía. Había, por supuesto, un volumen muy gastado de Freud entre ellos. Por toda la habitación se veían repartidas varias lámparas encendidas, que creaban zonas de luz aunque nadie las estuviera usando. Si Mutti* viera semejante despilfarro...

Katz le palpó los lados del cuello a mi padre. Cuando le volvió la mano hacia arriba para tomarle el pulso, la luz arrancó destellos de una gruesa letra K bordada con hilo de plata en la manga de la bata del médico.

–Es posible que el trabajo en la fábrica de Horschaft sea la causa de su mal –le dijo a mi padre–. Yo le aconsejaría que dejara de trabajar allí inmediatamente.

Mi padre hizo una mueca de dolor. Tenía la piel cetrina.

–Pero no podemos vivir si no trabajo.

–Bueno, al menos intente trabajar en una zona ventilada.

El estudiante de medicina volvió con un vaso de agua y lo dejó en la mesa que había junto a nosotros. ¿Es que no podía dárselo a

---

* Significa mamá en alemán. *(N. de la T.)*

mi padre? No tenía ni idea de que él estaba de su lado. Si no estuviera enfermo, mi padre habría escondido todo un vagón de tranvía lleno de gente como ellos en nuestro dormitorio de atrás.

Katz sacó una píldora de un bote y se la puso a mi padre en la mano. Después sonrió y dijo:

–Gratis.

¿Eso era lo que hacían? ¿Te engatusaban así la primera vez y después se aprovechaban y te cobraban lo que querían? En nuestros libros de texto del colegio se describían las diferentes estrategias que los judíos utilizaban para socavar los esfuerzos alemanes. Estaban monopolizando la profesión médica. Mis profesores decían que eran poco claros en cuanto a los resultados de sus investigaciones y que no les gustaba revelar sus descubrimientos fuera de sus círculos.

Mientras mi padre se tomaba la medicina, yo revisé los títulos de la estantería: *Cirugía clínica. Fases del desarrollo embrionario de humanos y vertebrados*. Había baldas enteras llenas de tomos encuadernados en piel verde con títulos como: *Atlas de las enfermedades del ojo externo* y *Atlas de la sífilis y otras enfermedades venéreas*.

–¿Te gusta leer? –me preguntó Katz.

–Herta está a punto de licenciarse en la Facultad de Medicina –apuntó mi padre–. Un curso acelerado. Le interesa la cirugía.

Había destacado en las pocas clases de cirugía a las que me dejaron asistir, pero, bajo el régimen del nacionalsocialismo, a las mujeres no se nos permitía especializarnos en cirugía.

–Ah, cirugía –exclamó Katz sonriendo–. La reina de las especialidades médicas, o al menos eso es lo que dicen los cirujanos. –Sacó uno de los libros de piel verde de la estantería–. *Atlas de cirugía general*. ¿Lo has leído?

No dije nada. Él me acercó el libro por encima de la mesa. Al parecer a algunos judíos no les importaba compartir.

–Cuando hayas aprendido todo lo que hay ahí dentro, tráemelo y te presto otro –ofreció.

No lo toqué. ¿Qué iba a decir la gente si se enteraba de que había aceptado un libro de un judío?

–Es usted demasiado generoso, *Herr Doktor* –dijo mi padre.

–Insisto –respondió él, que seguía tendiéndome el libro.

Parecía pesado. La cubierta era suave y tenía el título grabado con letras doradas. ¿Podía aceptar el préstamo de un libro así? Lo quería. Y no tanto por lo que estaba escrito dentro. Ya tenía libros de texto; feos y de segunda mano, con las notas de otras personas escritas en el margen y migas atrapadas en el pliegue. Pero ese libro era una preciosidad. Estaría bien que me vieran entrando en clase con él y dejándolo sobre la mesa despreocupadamente. Mutti se pondría como una fiera con mi padre por haberme permitido aceptarlo, pero solo por eso merecía la pena.

Cogí el libro de manos de Katz y le di la espalda.

–Se ha quedado sin palabras –dijo mi padre–. Mi hija lee muy rápido. Se lo devolverá pronto.

RESULTÓ UN LIBRO útil, porque en algunos aspectos era más detallado que nuestros libros de texto de la facultad. En menos de una semana me leí desde «Inflamación y reparación del tejido» hasta «Cáncer del sistema linfático». El texto y las láminas de ilustraciones en color sirvieron para darme información adicional sobre la enfermedad de mi padre. Epitelioma. Sarcoma. Tratamientos con radio.

Cuando llegué al último capítulo del libro de Katz, «Amputaciones y prótesis», y practiqué dos nuevos nudos quirúrgicos que había allí descritos, volví a la casa del judío para devolvérselo, deseando que me prestara otro.

Cuando llegué, las puertas dobles de entrada estaban abiertas de par en par y las SS estaban sacando a la acera cajas de cartón llenas de libros, el maletín médico negro de Katz y un cochecito de bebé de mimbre blanco con unas ruedas que giraban en el vacío. Alguien estaba aporreando el piano del médico en un intento de arrancarle una canción popular alemana.

Yo abracé el libro con fuerza contra el pecho y volví a casa. Katz no iba a venir a buscarlo. Todo el mundo sabía lo de esos arrestos. La mayoría de las veces los realizaban por la noche. Era muy triste ver cómo se llevaban las pertenencias de alguien de esa manera, pero los judíos ya estaban avisados. Conocían los requisitos que había impuesto el Führer. No era agradable, pero tampoco nada nuevo, y era algo que se hacía por el bien de Alemania.

Menos de una semana después vi a una nueva familia, con cinco hijos y una hija, metiendo un montón de maletas y una jaula con un pájaro en esa misma casa.

A MI MADRE le gustaba trabajar con su hermano Heinz en su carnicería en Oberkassel, al otro lado del puente, en una parte rica de la ciudad, y me consiguió un trabajo allí a mí también. Era un comercio pequeño, pero Heinz lo tenía llenísimo, hasta el más mínimo espacio estaba ocupado. Colgaba jamones y largas ristras de costillas de cerdo fuera, delante de la tienda, como calcetines en una cuerda de tender, y tenía en exposición cerdos enteros abiertos en canal, con las tripas al aire; las entrañas brillantes las extraía y las guardaba en otro lugar.

Al principio me incomodaba ver esas cosas, pero como era alumna de medicina y me gustaba la cirugía, fui aprendiendo gradualmente a encontrar belleza en los lugares más insospechados, como el impresionante color marfil de un costillar al aire o la cabeza cortada de una ternera, con las gruesas pestañas negras sobre la piel húmeda y una expresión pacífica, como si estuviera dormida.

Heinz decía con frecuencia: «Yo le saco partido a todo lo que tiene un animal. Aprovecho todo menos los chillidos».

Se pasaba todo el día con el hornillo encendido, hirviendo trozos de cerdo, hasta que las ventanas se empañaban y la tienda se llenaba del olor, acre y penetrante, que solo puede tener una carnicería.

Como cada vez más judíos abandonaban la ciudad, su carnicería acabó siendo una de las pocas que tenía carne de calidad y el negocio crecía día a día. Una tarde Heinz contó algo que le podía interesar, y mucho, a las clientas que aguardaban su turno en dos filas delante de su mostrador.

–Tienen que ir a la *platz*, señoras. Están vendiendo todo lo que tienen en los almacenes. He oído que *Frau* Brandt ha encontrado ahí un abrigo de pieles con el forro de seda. Dense prisa.

Nadie especificó que lo que vendían eran los objetos que les habían confiscado a los judíos, pero todos lo sabíamos.

–Es horrible que le arrebaten sus cosas a la gente de esa forma –decía la tía Ilsa, la mujer de Heinz, que evitaba pasar por la tienda todo lo que podía.

Cuando venía me traía un tarro de mermelada de fresa, porque una vez le dije que me gustaba. Ilsa siempre venía bien envuelta en su abrigo, aunque fuera verano, y solo se quedaba por allí dos minutos.

–Es pecado apropiarse de las cosas de la gente como si estuviera muerta –insistía.

La tía Ilsa era la que pagaba la mayor parte de los costes de mis estudios en la Facultad de Medicina. Era una mujer con pinta de mantis religiosa: alta y delgada, con una cabeza demasiado pequeña para su cuerpo. Había heredado mucho dinero de su madre y lo gastaba con moderación, por mucho que el tío Heinz se burlara de ella.

Al oír a Ilsa, Heinz sonrió, lo que hizo que sus ojos porcinos desaparecieran detrás de los pliegues de su cara rolliza.

–Oh, no te preocupes, Ilsa. Seguramente a estas alturas ya estarán todos muertos –respondió.

Las clientas hicieron una mueca, pero yo sabía que era cierto. Y si Ilsa no tenía cuidado con lo que decía, sus pertenencias, que no eran pocas, podían acabar con las de todos aquellos judíos. La cruz de oro que llevaba al cuello no le serviría de protección. ¿Sabía Ilsa lo que Heinz hacía en la cámara frigorífica? Tal vez a cierto nivel no del todo consciente, como una ternera que se pone nerviosa el día que la van a llevar al matadero.

–Se te escapó una lágrima cuando cerraron la carnicería del judío Krystel, Ilsa. Mi propia mujer, una amiga de los judíos que compraba en la tienda de la competencia. Menuda lealtad, *nicht?*

–Es porque tiene esas gallinitas que me gustan.

–Tenía, Ilsa. No ayuda a mi negocio que se sepan esas cosas. Como sigas así, pronto estarás en la *Pranger-Liste*.

Me mordí la lengua, pero ya había visto el nombre de la tía Ilsa en la *Pranger-Liste*, la lista pública de mujeres alemanas que compraban en tiendas de judíos. La lista estaba cruzada por una línea diagonal negra y la colgaban por toda la ciudad.

–Nadie ha visto a la mujer de Krystel aquí –continuó Heinz–. Gracias a Dios. Ni tampoco ha vuelto a aparecer *Frau* Zates. Quiere una col, pero solo quiere pagar por media. ¿Quién quiere media col? Si la parto, ¿quién me compra la otra mitad? Nadie, nadie me la compra.

–¿Y por qué la va a comprar entera, si solo necesita media? –preguntó Ilsa.

–*Mein Gott*, pero si lo hace a propósito. ¿Es que no te das cuenta?

–Será mejor que apartes el pulgar de la balanza, Heinz, o te vas a quedar sin clientes.

Mutti y yo dejamos a Heinz e Ilsa discutiendo para ir a ver el mercadillo de la plaza. Mutti normalmente no tenía tiempo para ir de compras, porque se levantaba a las cinco y media todos los días para zurcir antes de irse a limpiar casas o a la carnicería. Gracias al milagro económico del Führer, ella trabajaba menos horas por la tarde, pero se la veía igual de cansada al final del día. Me dio la mano para cruzar la calle y yo sentí la aspereza de su piel. A mí me dolía mirarle esas manos de fregona, enrojecidas y con la piel levantada de tanto limpiar baños y fregar platos. Por mucha crema con lanolina que se aplicara, no había forma de que mejorasen.

Había un montón de gente reunida en la plaza, mirando a los soldados de la Wehrmacht formar grandes montones con todo tipo de menaje y colocar con más cuidado los objetos más delicados sobre unas mesas. Se me aceleró el pulso cuando me acerqué a los montones, organizados por categorías de uso y por sexos. Zapatos y bolsos. Cajas de bisutería. Abrigos y vestidos. No todos eran de buena calidad, pero rebuscando un poco se podían encontrar las mejores marcas por muy poco. Todo aquello mejoró el humor de Mutti, que empezó a hacer un montoncito para nosotras.

–Mira, ¡Chanel! –exclamé mostrándole un sombrero rojo.

–Sombreros no –ordenó Mutti–. ¿Es que quieres coger piojos? ¿Y por qué te vas a tapar el pelo, que es lo mejor que tienes?

Me sentí halagada por ese cumplido, así que devolví el sombrero al montón. Aunque mi pelo, que llevaba largo hasta los hombros, no era rubio platino, con la luz adecuada se podía decir que era rubio dorado, y eso era algo bueno, porque todas las chicas alemanas querían tener el pelo rubio y no estaba bien visto usar agua oxigenada.

Pasamos delante de un montón de lienzos y cuadros enmarcados. Encima del todo había uno en el que se veía a dos hombres abrazados, la tela del cuadro atravesada por la lanza de la escultura que había debajo.

–Dios mío, arte judío –murmuró mi madre–. ¿Es que no pueden colgar de la pared un calendario, como todos los demás?

Mi padre, que volvía a casa desde la farmacia, nos vio junto a los montones de enseres y se unió a nosotras. Las arrugas de su cara parecían más profundas ese día. Habría pasado una noche difícil en el sofá.

Cogí un álbum de una mesa y hojeé las páginas llenas de fotografías en blanco y negro de las vacaciones que su dueño había pasado en la playa.

–Esto es indecente –dijo mi padre–. ¿Y vosotras os llamáis cristianas?

Cómo no iba a desaprobar mi padre todo aquello... Pero ¿por qué se había parado a hablar con nosotras si no le gustaba? Tiré el álbum al montón que estábamos haciendo.

–Anton, ¿no puedes relajarte un poco? –dijo Mutti.

Saqué de un montón enorme de obras enmarcadas un cuadro de unas vacas pastando. Había dos parecidos. Estaba bien pintado, tal vez fuera de algún pintor famoso. Y era arte tradicional alemán. Justo lo que al Ministerio de Propaganda le parecía adecuado y algo que toda mujer culta debería tener.

–¿Qué te parece, Mutti?

Mutti señaló las vacas y rio.

–Oh, son como tú, *Kleine Kuh*.

Kleine Kuh era como me llamaba cariñosamente Mutti. Vaquita. Porque le recordaba a la vaca marrón que tenía cuando era pequeña. Hacía mucho que había aceptado que nunca sería tan delicada y rubia como mi madre, pero ese apelativo seguía molestándome.

–No llames así a Herta–la regañó mi padre–. No sé cómo puedes comparar a una niña con una vaca.

Apreciaba el apoyo de mi padre, aunque él tuviera esa costumbre de romper las normas, escuchar programas extranjeros e incluso leer todos los periódicos de otros países que podía conseguir. Cogí los dos cuadros de las vacas y los puse en nuestro montón.

–¿Dónde estarán los propietarios de todas estas cosas? –pregunté, aunque tenía cierta idea.

–En algún campo de concentración, supongo –contestó Mutti–. Pero ellos se lo han buscado. Podrían haberse quitado de en medio. O haberse ido a Inglaterra. No trabajan; ese es el problema.

–Los judíos tienen trabajos –replicó mi padre.

–*Ja*, claro, ¿pero qué trabajos? ¿Abogados? Eso no es un trabajo de verdad. Y tienen fábricas en propiedad, pero ¿trabajan de verdad? No. Yo preferiría trabajar en diez sitios que trabajar para ellos.

Mutti sacó una bata de la pila, la extendió y la examinó.

–¿Esto te estaría bien a ti, Anton?

A mi padre y a mí no nos hizo falta ver la K plateada de la manga para saber a quién había pertenecido esa prenda.

–No, gracias –dijo mi padre, y Mutti se alejó para revisar otras cosas.

–¿Estás seguro, papá? –Cogí la bata y se la tendí–. Es bonita.

Él se apartó.

–¿Pero qué te pasa, Herta? ¿Dónde está mi niña de corazón generoso que era siempre la primera en coger la hucha de donativos para pedir ayuda para los necesitados? Katz era un hombre del que podrías haber aprendido mucho.

–Yo no he cambiado.

Estaba claro que en ese momento no me estaba apoyando, seguramente hasta sentiría asco, pero ¿tenía que demostrarlo abiertamente delante de todo el mundo?

–Katz era una persona con compasión. Un médico que no demuestra amor por los demás no es muy diferente a un mecánico.

–Pero yo también tengo compasión. ¿Sabes cómo es poder cambiar la vida de una persona solo con estas manos?

–No podrás ser cirujana mientras Hitler esté en el poder. ¿Es que no lo ves? Los de tu generación sois demasiado cortos de miras.

Aunque no me gustaba nada admitirlo, tenía razón sobre lo de ser cirujana. Era una de las pocas mujeres en la Facultad de Medicina y había tenido suerte de que me permitieran estudiar dermatología, y aún más de que me hubieran dejado practicar un poco de cirugía, pero solo había recibido una formación muy básica.

–Todos tenemos que sacrificarnos, pero Alemania está cambiando, gracias a mi generación, para superar la pobreza que nos ha dejado la tuya.

–Hitler va a suponer la muerte para todos nosotros. Se limita a apropiarse de los lugares que le vienen en gana...

–Calla, papá –lo interrumpí. Era muy peligroso que hablara así en público. Incluso se atrevía a contar chistes sobre los líderes del Partido–. Hitler es nuestra esperanza –contradije–. En muy poco tiempo ha hecho desaparecer los barrios deprimidos. Y tiene que conquistar otros territorios, porque no nos van a devolver los que perdimos, y Alemania no puede prosperar sin tierra donde expandirse.

En aquella época muchos padres procuraban no enfrentarse a sus hijos porque tenían miedo de que ellos los denunciaran a las autoridades, pero no era el caso de mi padre.

–Está matando al país para alimentar su vanidad.

–Esta guerra acabará dentro de pocas semanas, ya verás –aseguré.

Él hizo un gesto despreciativo con la mano y me dio la espalda.

–Vete a casa y descansa un poco antes de la hora del café, papá.

Se alejó hacia la calle, donde el tranvía estuvo a punto de atropellarlo. Mi padre necesitaba echarse una siesta. El cáncer se estaba cebando con su cuerpo. ¿Podría Katz haberlo ayudado a vivir más? No tenía sentido perder el tiempo pensando en esas cosas. Me entretuve buscando libros de medicina en aquellas pilas hasta que Mutti me llamó.

–He encontrado jabón con olor a rosas... ¡Y una tostadora!

–¿No te preocupa papá, Mutti? Alguien lo va a denunciar. Estoy segura.

Aunque los progenitores tanto de mi madre como de mi padre eran totalmente alemanes y en nuestro árbol genealógico solo había alemanes puros por lo menos desde 1750, mi padre no podía ocultar su falta de entusiasmo por el Partido. Todavía insistía en poner la tradicional bandera alemana de rayas en la ventana de la fachada, al lado de la nueva roja del Partido que ponía Mutti, aunque ella siempre quitaba la que él colgaba y se la llevaba a una ventana donde se viera menos. Nadie se fijaba en ella en medio de la marea de banderas con esvásticas que engalanaban todos los edificios, pero solo era cuestión de tiempo que alguien lo denunciara por esas cosas.

–*Ja, feind hirt mitt*, Herta –contestó Mutti. El enemigo siempre está escuchando. Tiró de mí hacia ella y añadió–: No te preocupes por eso, *Kleine Kuh*. Tú céntrate en el trabajo.

–Pero solo me permiten hacer dermatología...

Mutti me apretó el antebrazo con los dedos.

–Basta de quejas. Pronto estarás trabajando con los mejores y los más brillantes. Y podrás llegar adonde te propongas.

–Pero alguien tiene que controlar a papá.

Mutti me dio la espalda.

–¿Qué diría la gente si tuviéramos estas cosas en nuestra casa? –dijo, mirando la tostadora que tenía en la mano y negando con la cabeza.

Pagamos por lo que habíamos elegido: la tostadora, el álbum, los cuadros y una estola de visón que tenía dos cabezas con ojos de cristal en los extremos, una prenda de lujo por la que a mi madre no le importaba arriesgarse a tener piojos. Los soldados añadieron un título de Medicina enmarcado, que Mutti dijo que iba a utilizar para poner su certificado de sangre aria, y unas zapatillas deportivas de lona para mí. Todo eso por solo diez marcos. Normalmente no teníamos pan para tostar y Mutti no iba a ninguna parte donde pudiera lucir esa estola, pero la sonrisa de su cara hizo que el gasto mereciera la pena.

ME VINIERON BIEN esas zapatillas nuevas porque la semana siguiente tenía programada una excursión al Blumenkamp, un campamento que había en un pinar que estaba al norte de Düsseldorf, a medio día de tren. Lo gestionaba la organización *Glaube und Schönheit*, que era parte de la BDM (*Bund Deutscher Mädel*, es decir, la Liga de las Jóvenes Alemanas, el ala femenina del movimiento de las juventudes del Partido Nazi). Esa organización era solo para chicas mayores y su finalidad era prepararlas para la vida doméstica y la maternidad. La excursión era para que algunas chicas pequeñas hicieran la transición a la organización, y mi tarea como líder de la unidad consistía en cuidar a las niñas que había en mi cabaña (y no era tarea fácil).

Todos los días las líderes de unidad recibían las tareas de las que debían ocuparse. A mí me enviaron a la caseta de manualidades, una decisión nefasta, porque a mí pintar acuarelas y trenzar cordones para hacer adornos me parecía una total pérdida de tiempo. Además, mis muchos talentos no eran compatibles con el mundo del arte. Con mi amplia formación médica debería haber estado dirigiendo la clínica del campamento, pero todas teníamos que estar donde hiciéramos falta. Al menos la caseta tenía vistas al lago, en el que se reflejaban los árboles rojizos y anaranjados que lo rodeaban.

Una tarde llegó Pippi, otra chica a la que le habían asignado la misma caseta que a mí. Conocía a Pippi desde que las dos nos unimos a la BDM, y aunque era unos años más pequeña que yo, éramos buenas amigas, camino de convertirnos en mejores amigas, que era algo que todas las chicas parecían tener. Pippi y yo habíamos hecho todas las cosas de la BDM juntas. Conseguimos las insignias y los galones de líder, nos turnábamos para sostener la bandera en las reuniones y en el campamento comíamos juntas e incluso limpiábamos y ordenábamos las mesas de la caseta de manualidades juntas.

–Tenemos que darnos prisa –le dije esa tarde–. Va a llover.

Pippi cogió las tijeras de las mesas y las metió en varias latas metálicas que había por allí. Pero lo hizo todo muy despacio.

Entonces señaló con la cabeza hacia la ventana.

–Mira quién nos está esperando.

En el extremo del bosque había dos chicos, uno rubio y otro moreno, al lado de un bote de remos que estaba varado en la orilla. Se veía un profundo surco en la tierra detrás del bote. Los reconocí: eran líderes de unidad del campamento de chicos que estaba junto al nuestro y llevaban las camisas y pantalones cortos de color caqui del uniforme. Eran parte del grupo que se ocupaba de las barcas. Unos chicos muy guapos, por supuesto. No se le permitía asistir a los campamentos juveniles a ningún joven de bajo valor racial, así que allí todos eran atractivos y de pureza racial garantizada. No había necesidad de medirnos las cabezas y las narices con calibradores y craneómetros. Todos habíamos presentado nuestros historiales genéticos de pureza certificada.

Fingían estar ocupados con los soportes de los remos, pero de vez en cuando miraban hacia la caseta de manualidades.

–Ya sabes lo que quieren esos chicos, Pippi.

Pippi se miró la cara en el espejo que había encima del fregadero. A su lado había un póster fijado a la pared con chinchetas que decía: RECORDAD QUE SOIS ALEMANAS. ¡MANTENED LA SANGRE PURA!

–¿Y qué? Yo quiero probarlo. Es divertido.

–¿Divertido? Aquí no hay forma de acabar una carrera de relevos sin que alguna pareja se pierda por el bosque. –¿Qué gracia tenía una carrera si nadie ganaba?

En Blumenkamp, el personal tenía órdenes de mirar para otro lado si una pareja aria se escabullía por ahí. Si se producía un embarazo, a la madre la enviaban a una lujosa clínica y balneario que gestionaban las SS y el nacimiento de cualquier niño sano era motivo de celebración, no importaba si la madre estaba casada o no. Darles tanta importancia a los niños era comprensible, claro, porque el futuro de Alemania dependía de que nuestro país se poblara, pero como yo tenía la vista puesta en convertirme en médico, no podía permitirme un embarazo. Cogí unas tijeras de una de las latas de metal y las escondí en el bolsillo de mis pantalones cortos.

Pippi me miró con los ojos como platos.

–¿Tú lo has hecho alguna vez? –preguntó, intentando parecer despreocupada.

–Duele, ¿sabes? Y no hagas caso de lo que te digan; si tienes un bebé, te sacarán de la BDM y te enviarán a Wernigerode, que está en medio de la nada.

Pippi sacó un montón de postales del bolsillo. Tenían fotos de Die Mutter-hauser des Lebensborns, un chalé majestuoso. En una se veía a una enfermera, agachada sobre un moisés lleno de volantes, en una terraza rodeada de árboles bajo una bandera de las SS.

–Dicen que es como estar de vacaciones. Y te dan lo mejor de lo mejor: carne, mantequilla de verdad...

–Tal vez, pero el padre no se hace responsable. Cuando el niño nace, se lo llevan para que lo críen unos extraños.

–Herta, siempre eres una aguafiestas con todo –dijo abanicándose con las postales.

Cuando los chicos acabaron con la barca, se quedaron de pie con las manos en los bolsillos. Yo intenté hacer tiempo para ver si se aburrían y se iban, pero al final tuvimos que salir.

Pippi y yo cogimos el camino que llevaba a nuestra cabaña. Nos giramos, vimos que los chicos nos seguían, aceleramos el paso y Pippi sonrió y se mordió el labio.

–Vamos, date prisa –dije agarrándola del brazo y tirando de ella.

Los chicos aceleraron y Pippi y yo echamos a correr hacia el bosque. Yo salí del camino y crucé unos arbustos y unas zarzas, pero Pippi se fue quedando atrás, aunque era una buena corredora. A mí se me clavaba en la pierna la punta de las tijeras mientras corría. ¿Por qué eso me hacía sentir tan extrañamente viva?

Seguí corriendo hasta rodear una cabaña abandonada al lado de un arroyo y me agaché junto a la orilla llena de musgo para esconderme. Mientras recuperaba el aliento, saqué las tijeras y me miré la herida del muslo. Era una herida superficial, pero había mucha sangre. A pesar del ruido del agua, oí que los chicos atrapaban a Pippi.

–Pero qué rápido corréis –dijo ella, riendo.

Los tres se metieron en la cabaña y yo ignoré los celos que sentía. ¿Cómo sería darle un beso a un chico guapo? Si Pippi se dejaba, ¿tendría que contárselo a mi supervisora?

–Pero qué bien besas –oí decir a Pippi.

Me llegó el crujido de los muelles de la cama, más risitas de Pippi y los gemidos de un chico. ¿Y dónde estaba el otro? ¿Mirando?

Pippi opuso muy poca resistencia, qué vergüenza, y pronto oí los jadeos de ambos. Pero ¿cómo podía?

–No puedes quedarte con la ropa puesta –dijo uno de los chicos.

–Pero esto está muy sucio –rezongó Pippi.

Yo me quedé ahí agachada, inmóvil, porque cualquier movimiento podría revelar mi posición. Pippi parecía estar disfrutando, pero de repente cambió de opinión.

–No, por favor –dijo–. Tengo que volver...

–No me puedes dejar así después de haber llegado hasta aquí...

–Me haces daño. ¡Herta! –gritó.

Las amigas se ayudan, pero yo la había avisado. ¿Por qué no me había hecho caso? Su falta de disciplina era una debilidad.

–¡Socorro! –gritó Pippi–. Que alguien me ayude, por favor...

Ayudarla me pondría en peligro a mí, pero no podía dejarla en esa situación. Cogí las tijeras, frías y pesadas, y fui hasta los escalones podridos de la cabaña en medio de una oscuridad casi total.

La puerta mosquitera tenía las bisagras rotas y estaba tirada en el suelo, así que por ahí se veía bien. Había muchas camas metálicas oxidadas colocadas en vertical y Pippi estaba tumbada en la única que estaba en horizontal. Se había hundido y sobresalía el colchón, manchado y roto. Uno de los chicos estaba tumbado sobre ella. Su culo blanco destacaba en medio de la oscuridad de la habitación, liso y duro, subiendo y bajando sin parar mientras ella gritaba. El segundo chico, el del pelo oscuro, estaba junto al cabecero de la cama, agarrando a Pippi por los hombros.

Yo zigzagueé entre los agujeros de las tablas que faltaban y entré en la cabaña.

–Parad –dije.

El segundo chico sonrió al verme, tal vez pensando que él también iba a tener su recompensa. Yo blandí las tijeras que lanzaron un destello plateado en la habitación oscura.

–Lo dice en serio –dijo el chico moreno y le soltó los hombros a Pippi.

El rubio empezó a embestir a Pippi con un vigor renovado al ver que ella podía escabullirse.

Me acerqué.

–Apártate de ella –ordené.

–Vámonos –dijo el moreno.

El rubio se apartó de Pippi, cogió los pantalones del suelo y se fue con su amigo, evitando acercarse a las tijeras. Pippi se quedó llorando en el colchón. Yo me quité el pañuelo del cuello y lo dejé en la cama.

–Usa esto para limpiarte –le dije.

La dejé allí y salí para asegurarme de que los chicos se habían ido. Satisfecha al ver que no iban a volver, fui hasta el arroyo. Levanté las tijeras, cogí un mechón de mi pelo largo, lo estiré y me lo corté. Todos mis músculos se relajaron al sentir esa liberación y continué cortando mechones hasta que no quedó ni un pelo más largo que mi pulgar. Lo tiré al agua y vi cómo se alejaba corriente abajo, resbalando sobre las rocas, hasta perderse en la oscuridad.

Ayudé a Pippi a volver a nuestra cabaña. Entre llantos me dio las gracias por rescatarla y admitió que tenía que haberme hecho caso. Prometió que me escribiría cuando llegara a casa, a Colonia.

Los padres de Pippi vinieron a buscarla al día siguiente, nada contentos a juzgar por su comportamiento brusco. La vi marchar mientras ella se despedía con la mano por la ventanilla de atrás del coche de sus padres. Mi única amiga se había ido.

Durante el resto del tiempo que estuve allí mantuve las tijeras a mano, pero en realidad el pelo tan corto sirvió para mantener a los chicos alejados. Cuando la estancia terminó, la mitad de las chicas que había en mi cabaña regresaron a casa con los dedos cruzados y la esperanza de tener un bebé, mientras que yo me fui del campamento encantada de no tener un óvulo fecundado.

4

Caroline

1939

CUANDO HITLER INVADIÓ Polonia, en todos los consulados de Nueva York la moderada aprensión se convirtió pronto en verdadero pánico; en nuestra oficina se desató el infierno. Para empeorar las cosas, Washington aumentó las restricciones para los visados y entrar en Estados Unidos desde Europa se volvió casi imposible. Francia también limitó los visados. En noviembre había personas que se enfrentaban al frío y dormían a la intemperie en sacos de dormir bajo la ventana de mi oficina para ser los primeros en entrar. Cuando abríamos por la mañana, la cola de ciudadanos franceses desesperados por volver a casa muchas veces era tan larga que incluso salía de recepción y llegaba hasta el pasillo.

Betty Merchant, mi íntima amiga, eligió un día gris de finales de noviembre para pasarse por el consulado con su donación. La oí llegar y le pedí a Pia que nos trajera un té, pero ni rastro de Pia ni del té. Betty, vestida con un traje de buclé azul índigo de Schiaparelli y un sombrero adornado con plumas escarlatas y azules como el traje, llevaba un periódico doblado bajo el brazo. Consiguió llegar hasta mi despacho abriéndose paso entre la gente, no sin esfuerzo. En una mano llevaba algo que una pareja de Nueva Jersey le había regalado el día de su boda: un árbol de dinero, de casi un metro de alto, hecho con sesenta billetes de cien dólares plegados formando abanicos y fijados a una base de madera. En la otra mano sostenía en equilibrio una torre de cajas de zapatos.

Betty colocó el árbol de dinero sobre mi mesa.

–He traído esto para tus bebés franceses. Seguro que servirá para comprar unas cuantas latas de leche en polvo.

Me alegró ver a Betty, pero llevaba mucho retraso con mi trabajo y montones de archivos se apilaban sobre mi mesa. Siguiendo la tradición francesa, nuestra oficina cerraba de doce y media a tres de la tarde para comer, pero yo tenía intención de comerme una lata de atún en mi mesa y dedicar ese tiempo a ponerme al día con todos los expedientes para estar preparada para la oleada de la tarde.

–Gracias, Betty, me alegro de verte, pero...

–Y cajas de zapatos, como te prometí. Solo he traído las de los franceses, para que a los niños les parezcan algo cercano.

La obsesión de Betty por los zapatos me proporcionaba un suministro constante de cajas, que eran los embalajes perfectos para los paquetes de productos básicos que enviaba a Francia.

Betty cerró la puerta de mi despacho.

–La cierro para que no nos oiga la señorita cotilla de ahí fuera.

–¿Pia?

–Está siempre con la oreja puesta, ¿sabes? Está deseando saber dónde vamos a comer, está claro.

–Betty, estoy desbordada y la verdad es que tampoco tengo hambre.

–¿No te puedes escapar a tomar algo? Lo mejor para despertar el apetito es un martini antes de comer.

–¿Cómo podría ir a comer con toda esa gente ahí, esperando? Acabo de hablar con una pareja de Lyon que aún no sabe nada de su hija, que volvió a Francia en junio. Ninguno de los dos podía parar de llorar.

–Pero bueno, Caroline... ¿Trabajas aquí como voluntaria y no puedes salir un momento a comer?

–Esa gente me necesita.

–Pues creo que me voy a llevar conmigo a ese ascensorista... ¿Cuddy se llama? Me voy a ir con *él* a comer al restaurante 21. Siempre me ha parecido que los hombres con uniforme tienen algo especial.

Betty sacó su polvera y se miró en el espejito buscando alguna imperfección. Como no encontró ninguna, se encogió de hombros, decepcionada. A Betty la comparaban a menudo con Rita Hayworth, porque tenía la suerte de poseer una melena muy abundante y unas curvas que una vez provocaron que un hombre mayor que iba en silla de ruedas se levantara y echara a andar por primera vez en años. No siempre se podía decir que fuera la más guapa de la sala, pero tenía el mismo efecto que un accidente de tren o un oso bailando: llamaba la atención y costaba apartar la mirada de ella.

–Tienes que descansar un poco, Caroline. ¿Por qué no eres mi pareja de bridge?

–No puedo, Betty. Esto es una locura. Con Hitler en plena conquista del continente, la mitad de Francia intenta salir y la otra mitad está desesperada por volver. Tengo sesenta paquetes de ayuda que preparar. De hecho me vendría bien que me echaras una mano, si quieres.

–Me encantan los franceses. Y parece que a ti también. Ayer vi a ese nuevo novio que te has echado cuando iba de camino al teatro donde trabaja.

Empezaron a caer copos al otro lado de la ventana. ¿Estaría nevando en nuestra casa de Connecticut?

–No es mi novio.

Era cierto, por desgracia, aunque había visto mucho a Paul durante el otoño y principios del invierno. Se pasaba por el consulado antes de los ensayos y subíamos al jardín de la azotea del edificio, hiciera el tiempo que hiciera, para compartir la comida que él traía.

–Pues parece que para él sí que tienes tiempo. Mi madre me ha dicho que te vio entrando en Sardi's. «Iba a comer a solas con un europeo alto», fueron sus palabras exactas. Toda la ciudad habla de ello, Caroline. Parece que ahora es él tu mejor amigo y no yo. –Betty dejó el periódico doblado que traía sobre mi mesa–. Hablan de vosotros dos en *The New York Post*. ¿Sabías que la revista *Physical Culture* lo eligió el hombre más atractivo del mundo?

No me sorprendía, pero me sentí extrañamente halagada. Y a todo esto, ¿quién votaba para elegir esas cosas?

–Salí con él a comer una vez –puntualicé–. Solo una. Quería que le diera consejos para su obra...

Betty se inclinó sobre la mesa.

–Te mereces un amante, Caroline, pero tienes que ser discreta, querida. ¿Tiene que ser alguien del mundo del teatro? ¿Y tan... público? Sé que todavía estás dolida por lo de David. Si hubiera sabido que mi hermano...

–Eso ya es agua pasada, Betty.

–Puedo tratar de interceder por ti, pero una vez que se mancha una reputación, ya no hay forma de limpiarla. Evelyn Shimmerhorn está enorme. No puede salir de casa.

–¿Por qué no dejas en paz a Evelyn? No me importa lo que piense la gente.

–Te importará cuando no te inviten a ningún evento. ¿Por qué no me dejas que yo te busque a alguien? En serio, David será mi hermano, pero tiene muchos defectos, bien lo sabe Dios. Estás mejor sin él, pero no te lances a los brazos del primer francés que aparece solo para fastidiarle. Todos los hombres tienen un perfil de la mujer con la que quieren acabar, ¿sabes? Solo tienes que encontrar al hombre adecuado y que busque a alguien como tú.

–Seguro que tienes mejores cosas de las que preocuparte, Betty.

Betty había sido mi mayor apoyo desde nuestro primer día en la escuela Chapin, que entonces era mixta, cuando un niño de la clase de francés me llamó *le girafon* y ella le dio un buen pisotón con el tacón de su botín blanco de piel de cabra.

–Si por mí fuera, querida, Paul y tú podríais subir a lo más alto del edificio Chrysler totalmente desnudos; solo intento protegerte.

Para mi gran alivio, en ese momento Betty dijo que tenía que irse. La acompañé a la recepción, y dejó el árbol de dinero en la mesa de Pia.

–Espero que no tenga que llevar esto al banco –dijo Pia, arrellanándose en la silla con un cigarrillo Gauloise en la mano.

–¿Y no iba a ser un espectáculo verte con él por la Quinta Avenida? Por cierto, ¿es que no tienes sujetador, Pia?

–Se dice sostén.

Betty dejó un dólar en la mesa de Pia.

–Ten y cómprate uno. Los de la sección infantil son más baratos.

Justo cuando Betty abandonaba la recepción, Paul salió del ascensor con una bolsa de comida en la mano. Se detuvo y le sujetó la puerta para que pasara. Betty me miró con cara de «ya sabes lo que te he dicho» y se fue.

Paul había ido al consulado ese día para ver a Roger y arreglar unos asuntos relacionados con su visado y yo me colé en la reunión. Quería mostrarle mi apoyo porque estaba segura de que eso serviría para convencer a Roger de que lo ayudara a quedarse. Roger había instalado un cama abatible en su despacho y en ese momento la tenía abierta y con las sábanas arrugadas, hechas un guiñapo, como si fueran pañuelos usados. Parecía que no la había usado para echar una siesta tranquila.

–Tengo que sacar a Rena de Francia –anunció Paul.

Roger sacó una maquinilla eléctrica de un cajón y la colocó sobre su mesa.

–Podemos intentarlo. Pero el visado para viajar a Estados Unidos es un artículo muy cotizado en estos momentos. Ya has visto la cola. Incluso hay ciudadanos franceses con visado que todavía están atrapados en Francia. Salen muy pocos barcos.

–El padre de Rena es judío –continuó Paul–. ¿Eso puede complicar las cosas?

Fui hasta la cama y estiré las sábanas.

–Desde que Washington cambió las cuotas de inmigración en el año 1924, todo es más difícil –respondió Roger.

–Le valdría con un visado de turista.

Roger cerró el cajón de su mesa con un golpe seco.

–¿Puedes dejar la cama en paz, Caroline? Todas las personas de esa cola se conformarían con un visado de turista, Paul. Rena necesita que dos personas respondan por ella.

–Yo puedo ser una –ofrecí mientras ahuecaba la almohada de Roger. ¿Esa mancha era de pintalabios? Rojo, como el de las Rockettes.

–Gracias, Caroline –respondió Paul con una sonrisa.

–¿No deberías estar ayudando a Pia ahí fuera, Caroline? –preguntó Roger.

Metí la manta por debajo del colchón.

–¿Rena ya ha reservado un pasaje? –Quiso saber Roger.

–Sí, pero como no tenía visado, se le pasó la fecha del billete. Reservará otro cuando tenga el visado.

Roger encendió la maquinilla, se la acercó a las mejillas y fue limpiando los pelos que caían. Si la dejara a su libre albedrío, esa barba acabaría devorándole la cara.

–No puedo prometerte nada. Van a dictar nuevas restricciones para los visados un día de estos.

–¿Más todavía? –pregunté yo.

–Ya sabes que no es cosa mía –respondió Roger.

Levanté la cama abatible y la guardé en el armario de la pared.

–¿Y no podemos acelerar las cosas? No es justo. Paul es un importante ciudadano francés, un embajador de su país en el mundo...

–Estoy a merced del Departamento de Estado, Caroline. Una caja de champán de vez en cuando no puede conseguirlo todo.

–Creo que voy a ir a Francia de visita –aventuró Paul.

–Si vuelves, tendrás que quedarte definitivamente –advirtió Roger.

Me acerqué a la silla donde estaba Paul.

–¿Por qué no esperas hasta la primavera?

–En primavera todo será muy diferente –apuntó Roger–. Paul, si estás decidido, yo me iría ahora.

Paul se irguió en su asiento.

–Claro que estoy decidido.

¿De verdad lo estaba? Le había dado los formularios para la vuelta y los había perdido, dos veces. Aunque tampoco es que yo quisiera que se fuera...

–Entonces tendrás que hacer la solicitud –dijo Roger.

–Podemos rellenarte los formularios aquí –ofrecí.

Paul extendió el brazo y me apretó la mano.

–Debes estar deseando volver a ver a tu mujer –intervino Roger.

–Por supuesto –aseguró Paul.

Roger se levantó.

–Eso es decisión tuya, pero si estás en tu habitación del Waldorf cuando Hitler decida hacer el intento de invadir Francia, no podrás volver a casa.

La reunión había terminado. Paul también se puso de pie.

–Caroline, ¿puedes quedarte un minuto? –pidió Roger.

Paul se dirigió a la puerta.

–Te veo arriba –dijo para despedirse y se fue a la azotea.

Roger cerró la puerta.

–Espero que sepas dónde te estás metiendo.

–Ya me he ofrecido para responder por diez solicitantes...

–Ya sabes lo que quiero decir. Me refiero a Paul.

–No hay nada entre nosotros –contesté.

Calma, me dije. Roger siempre se volvía problemático cuando estaba cansado.

–Paul ya se habría ido si no fuera por ti. Está claro lo que está pasando.

–Eso es injusto, Roger.

–¿De veras? Tiene familia, Caroline. ¿No es raro que no esté deseando volver? –Roger cogió la carpeta de Paul y hojeó lo que había dentro.

–Es que su nueva obra... –repuse.

–¿Es más importante que su esposa?

–Creo que los dos están... distanciados, digamos.

–Claro, claro –Roger tiró la carpeta sobre la mesa–. Pia dice que los dos coméis juntos todos los días en el jardín de la azotea.

–No hace falta montar esta escena, Roger –concluí y fui hacia la puerta.

Roger no tenía ni idea de que Paul y yo habíamos recorrido juntos Manhattan varias veces. Y habíamos comido *chop suey* y pastelitos de arroz en la calle MacDougal en Greenwich Village y paseado por el jardín japonés de Prospect Park.

–Mira, Caroline, seguramente te sentirás sola...

–No me insultes, Roger. Solo estoy intentando ayudar. No es justo que Rena y él sufran de esta manera. Con todo lo que ha hecho Paul para ayudar a Francia.

–Vamos... Quieres que saque de allí a Rena para que él se quede aquí. Pero ¿después qué? Tres son multitud, Caroline, y creo que ya sabes quién se queda fuera. Él tiene que cumplir con su obligación como ciudadano francés y volver a casa.

–Nosotros tenemos que hacer lo correcto, Roger.

–Nosotros no tenemos que hacer nada. Ten cuidado con lo que deseas, Caroline.

Volví con prisa a mi despacho, esquivando como pude una bola de petanca que había en el suelo. ¿Estaría Paul esperándome todavía?

Seguía dándole vueltas a las palabras de Roger. Tal vez sí que me sentía atraída por Paul. Esperaba que Betty tuviera razón sobre eso de los hombres y sus perfiles. ¿A Paul le gustaría el mío? Había cosas peores en la vida, sin duda.

ESTÁBAMOS OCUPADÍSIMOS EN el consulado, pero mi madre insistió en que fuera voluntaria en el *thé dansant* que ella y sus amigas habían organizado en el Plaza. Por si nunca han asistido a uno, un *thé dansant* es una reliquia de una época pasada, una reunión vespertina informal en la que se sirven sándwiches ligeros y se anima a la gente a bailar.

Había un millón de lugares en los que yo habría preferido estar ese día, pero mi madre organizaba aquella reunión con el fin de recaudar fondos para los «rusos blancos», los antiguos miembros de la aristocracia rusa que habían apoyado al zar durante la guerra civil rusa y que desde entonces vivían en el exilio. Ayudar a esos antiguos aristócratas había sido la causa predilecta de mi madre durante años y yo me sentía obligada a colaborar.

Había reservado el gran salón de baile neorrococó del Plaza, uno de los más bonitos de Nueva York, con paredes revestidas de espejo y arañas de cristal, y había contratado una orquesta de balalaica rusa para el acompañamiento musical. Seis antiguos músicos de la corte del zar, vestidos de etiqueta, estaban sentados muy erguidos en taburetes altos en un extremo del salón. Cada uno tenía preparada su balalaica triangular de tres cuerdas sobre la rodilla, aguardando la señal de mi madre. Aunque se trataba de músicos de prestigio mundial que se habían visto reducidos a tocar en pequeñas fiestas como aquella, parecían contentos de tener trabajo. Las ayudantes de mi madre, miembros del comité a las que ella había casi obligado a participar y unas cuantas amigas de la Junior League[*], iban por la sala supervisando los detalles vestidas con el atuendo tradicional ruso. Incluso había convencido a la arisca Pia para que se uniera a nuestras filas.

Aparte de las demás ayudantes que me acompañaban, nadie sabía que era voluntaria en esas reuniones, porque me resultaba tremendamente humillante que algún conocido me viera con uno de esos vestidos rusos. En mi faceta de actriz había llevado sin reparos todos los disfraces imaginables, pero esto era demasiado, porque incluía un sarafán, un vestido largo negro, suelto desde los hombros, bordado con llamativas rayas rojas y verdes, y una blusa blanca con las mangas abullonadas adornadas con flores bordadas. Mi madre también insistía en que todas lleváramos un *kokoshnik*, que era lo más ridículo de todo: un tocado alto bordado con hilos de oro y plata y piedras semipreciosas con el borde decorado con largas cadenas de perlas de río. A mí, que ya era muy alta, el tocado me hacía parecer prácticamente de la altura del Empire State, lo que me convertía en un rascacielos humano cubierto de perlas.

Mi madre se acercó para colocar en la mesa principal un cuenco ruso dorado y esmaltado para las donaciones, y al pasar me puso una mano sobre la manga bordada. Ese gesto hizo que me envolviera una agradable nube del perfume que siempre llevaba, creado especialmente para ella por su amigo, el príncipe Matchabelli, un nacionalista georgiano exiliado. Tenía todos sus aromas favoritos: lilas, madera de sándalo y rosa. Él y su mujer, la princesa Norina, que era actriz, le enviaban a mi madre todas las fragancias que creaban, lo que había dado como resultado una variopinta colección de frascos de cristal coronados por una cruz, que parecía una verdadera ciudad sobre su tocador.

–Va a venir poca gente –dijo mi madre–. Lo presiento.

---

[*] Las Junior Leagues son organizaciones sin ánimo de lucro formadas por mujeres dedicadas a promover el voluntariado y mejorar la situación de sus congéneres. Su principal objetivo es educativo y de bienestar social. La primera la fundó Mary Harriman Rumsey en 1901, en Nueva York. Hoy forman una asociación internacional integrada por 291 miembros. *(N. de la T.)*

Aunque no quería decírselo a mi madre, la escasa asistencia era inevitable, porque los estadounidenses se estaban volviendo cada vez más aislacionistas. Los sondeos demostraban que nuestro país, todavía resentido por las enormes pérdidas sufridas durante la Primera Guerra Mundial y la Gran Depresión, no quería verse arrastrado a un nuevo conflicto. Los neoyorquinos no estaban de humor para fiestecitas en beneficio de nadie que no proviniera de uno de nuestros cuarenta y ocho estados.

–Con la guerra en Europa, tus rusos blancos ya no son una prioridad, mamá.

Mi madre sonrió.

–Sí, hay que pensar en todos esos pobres europeos desplazados.

A mi madre le gustaban tanto las oportunidades de hacer obras de caridad como a otras personas un plato de deliciosos pasteles.

Nuestro cocinero, Serge, cruzó el salón con un sombrero plisado en la cabeza y la chaquetilla manchada de harina. Llevaba abrazada contra el pecho una fuente plateada de *tvorog*, un plato típico de los campesinos rusos hecho con una especie de requesón mezclado con sirope de moras. Su nombre completo era Vladímir Serguéievich Yevtushénkov y descendía de algún noble ruso, pero mi madre nunca era muy clara cuando hablaba del tema. Tener a Serge viviendo con nosotras era como tener un hermano mucho más joven y con un acento muy fuerte que se pasaba el día pensando en algo nuevo que flambear para mi madre y para mí.

La aparición de Serge hizo que Pia, con una copa de cristal llena de ponche en la mano, viniera directa hacia nosotras, como un cocodrilo cruzando la superficie del agua.

–Eso tiene una pinta deliciosa, Serge.

Serge se sonrojó y se limpió las manos en el delantal. Larguirucho y con el pelo rubio oscuro, Serge podría haber encandilado a cualquier chica de Nueva York, la que quisiera, pero había nacido con una timidez paralizante que lo mantenía siempre encerrado en la cocina, felizmente ocupado preparando su *crème brûlée*.

–Tal vez haya sido un error alquilar el gran salón, mamá –dije.

Las posibilidades de llenar de gente con ganas de fiesta los más de trescientos setenta metros cuadrados de aquel salón eran muy limitadas. Cogí del plato de mi madre un trocito del *khachapuri*, que era una especie de pan de mantequilla cortado en triángulos.

–Pero si pusimos un anuncio en *The Times*... Seguro que viene gente.

La orquesta de mi madre empezó a tocar una versión muy enérgica de la canción popular rusa *El viejo tilo*, totalmente incompatible con cualquier paso de baile moderno.

Mi madre me agarró por el codo y me apartó a un lado.

–Vendemos té y cigarrillos rusos, pero no te acerques a ellos. Pia dice que has estado fumando de esos con tu amiguito francés.

–No es...

–Tu vida social es asunto tuyo, pero necesitamos el dinero de la venta.

–Sé que no te gusta Paul, pero solo somos amigos.

–Yo no soy tu confesor, Caroline, pero las dos sabemos cómo es la gente del teatro. Sobre todo los actores casados que están lejos de casa. Eres una mujer de treinta y cinco años...

–Treinta y siete.

–Y no necesitas mi aprobación. Pero si quieres saber mi opinión, hay un par de músicos de la orquesta que serían unos pretendientes más que adecuados. –Y señaló a los músicos con la cabeza–. En otro tiempo pertenecían a lo mejorcito de la aristocracia rusa.

–No hay ni uno en esa orquesta que tenga menos de sesenta.

–El que mucho escoge se queda sin nada, cariño –sentenció mi madre.

Mi madre se alejó para buscar donaciones y yo me centré en terminar de poner a punto el salón. Estaba subida a una escalera para dirigir uno de los focos hacia la orquesta, perfectamente consciente de que desde allí llamaba aún más la atención, cuando Paul apareció en el umbral del salón de baile. Vino directo hacia la escalera.

–Roger me ha dicho que te encontraría aquí.

Paul parecía estar hecho para ese salón tan grandioso; las paredes de color crema con detalles dorados contrastaban con su figura morena y atractiva. Sentí una oleada de *douleur*, una de las muchas palabras francesas para las que no he encontrado una traducción lo bastante exacta, porque se refiere al dolor que se siente al querer a alguien que no se puede tener.

–Muy amable por su parte –dije sarcásticamente mientras bajaba los peldaños de la escalera con las perlas bamboleándose. ¿No podía Paul al menos reprimir esa sonrisa?

–Voy de camino al teatro, pero necesito tu firma para la solicitud del visado de Rena. Si no te viene bien ahora...

–Sí, no hay problema.

Mi madre se acercó a nosotros y la orquesta aceleró el ritmo de la música.

–Mamá, te presento a Paul Rodierre.

–Encantada de conocerle –dijo mi madre–. He oído que actúa usted en *Las calles de París*.

Paul le dedicó a mi madre una de sus mejores sonrisas.

–Sí, soy uno de los cien actores de la obra.

Mi madre parecía inmune a sus encantos. Alguien que no la conociera bien pensaría que estaba siendo cordial, pero, tras años de observarla en sociedad, yo podía detectar su frialdad.

–Si me disculpáis, tengo que reponer el *khachapuri*. Parece que alguien se lo ha comido todo.

Paul se volvió hacia mi madre.

–¿*Khachapuri*? Mi plato favorito.

–Es para los invitados que pagan la entrada, me temo –replicó mi madre–. Aunque no sé si habrá muchos esta noche.

Paul le hizo una leve reverencia a mi madre, muy formal.

–Si me disculpan, señoras, tengo que irme. –Me dedicó una sonrisa y se fue por donde había venido. ¿Tan pronto?

–Muy bien, mamá. Has espantado a nuestro único invitado.

–Los franceses son demasiado susceptibles.

–No sé cómo esperas que venga la gente a una reunión de estas. Los neoyorquinos preferirían morir a comer *tvorog*, y servir alcohol a veces tiene cierta utilidad, ¿sabes?

–La próxima vez serviremos salchichas con judías. Si por ti fuera, haríamos una cena en un bar, sentados en bancos corridos y con una jarra de whisky de maíz en la mesa.

Me escabullí para colgar las guirnaldas de pino de mi madre sobre las puertas, ayudada por la huraña Pia. Mientras trabajábamos, repasaba mentalmente la larga lista de cosas que ya tendría que haber hecho. Los informes para Roger. Mis paquetes de ayuda. ¿Por qué mi madre era tan testaruda? Tenía que adaptarse al siglo XX. Sentí que alguien me observaba, y al volverme mi mirada se cruzó con la de uno de los músicos más mayores de la orquesta, con su balalaica en la mano, que me guiñó un ojo.

Una hora después, hasta mi madre tuvo que aceptar la derrota. Nuestros únicos clientes potenciales habían sido unos huéspedes del Plaza, una pareja de Chicago que había entrado en el salón por error y que se fue lo más rápido que pudo, como si se hubieran colado sin querer en una colonia nudista.

–Bueno, esto ha sido un fracaso –reconoció mi madre.

Y arrancó una guirnalda de la pared.

–Ya te había dicho...

No pude acabar la frase porque en ese momento nos llegó tal alboroto desde el pasillo que llevaba al salón que no oíamos lo que decíamos. Las puertas se abrieron de par en par y de repente entró una multitud compuesta por todo tipo de personas, provenientes de lo más alto y lo más bajo de la escala social, todas muy maquilladas y vestidas con trajes franceses de los años veinte. Había mujeres con *twin sets* que les llegaban por debajo de la cintura y ondas al agua en el pelo, otras llevaban vestidos de cintura baja y melenas a lo Louise Brooks, y unas cuantas criaturas hermosas lucían informales vestidos de verano cortos de raso, bordados con cuentas y lentejuelas, y el pelo muy corto y pegado con brillantina a lo Josephine Baker. Los hombres llevaban trajes de época y bombines. Al final llegaron un montón de músicos con esmóquin negro cargados con violines y saxofones. Mi madre parecía estar a punto de explotar de felicidad al verlos y les indicó a los músicos que se unieran a nuestra orquesta.

–Tenemos *khachapuri* para todos –anunció–. Denle los abrigos a Pia.

En la retaguardia de esa variopinta multitud apareció Paul.

–Dios santo, pero ¿qué es todo esto? –exclamó al pasar como pudo entre dos mujeres que llevaban una batería en la mano y casquetes calados hasta los ojos. Yo los había reconocido a todos, por supuesto.

–Creo que lo sabes perfectamente, Paul. ¿Cómo has conseguido que venga aquí todo el reparto?

–Ya conoces a la gente del teatro. Ya estaban vestidos para una fiesta. Y Carmen tiene migraña, así que no habrá matiné hoy. Estamos libres hasta que se levante el telón a las seis.

La orquesta de *Las calles de París* congenió bien con los músicos rusos y pronto encontraron un puente musical entre naciones y culturas: *Love is here to stay*. En cuanto los asistentes reconocieron la canción, ocuparon la pista de baile y se vieron mujeres bailando el foxtrot y el swing entre ellas y a hombres bailando con otros hombres.

Mi madre vino corriendo a donde estábamos nosotros, agarrándose el tocado.

–Es un grupo muy agradable, ¿verdad? Sabía que al final lograríamos reunir una multitud.

–Mamá, ha sido Paul el que ha organizado todo esto. Son de su obra. Se ha traído a todo el elenco.

Mi madre parpadeó, momentáneamente desconcertada, y después se volvió hacia Paul.

–Bueno, pues el Comité Central Americano para la Ayuda a Rusia se lo agradece, señor Rodierre.

–¿Hay alguna forma de que ese agradecimiento se traduzca en un baile? Nunca he bailado una canción de Gershwin tocada con la balalaica.

–Bueno, pues no podemos privarle de esa oportunidad –contestó mi madre.

En cuanto se corrió la voz de que el famoso Paul Rodierre estaba en el *thé dansant*, todo el hotel quiso unirse a la fiesta y Serge tuvo que reponer el *tvorog* tres veces. Pronto conseguí quitarme el tocado y perderlo intencionadamente. Se notaba que todo el mundo se lo estaba pasando en grande, incluidos los amigos de la orquesta de mi madre, que se habían traído un poco de vodka ruso para condimentar el té helado.

Paul se fue con los bolsillos llenos de cigarrillos rusos que le había metido allí mi madre, y el cuenco para las donaciones estaba a rebosar.

Mi madre se me acercó para recuperar el aliento entre un baile y el siguiente.

–Cariño, ten todos los amigos franceses que quieras. Echo de menos a la gente del teatro, ¿tú no? Es un cambio agradable para variar.

Desde la puerta, Paul se despidió de mí con la mano mientras intentaba sacar a todo el elenco para llevarlos al teatro antes de la función. Mi madre no podía estar más agradecida por su amabilidad. Había bailado como no lo hacía desde que murió mi padre. ¿Cómo no iba a sentir yo también un agradecimiento inmenso hacia él?

Betty tenía razón. Ahora mi mejor amigo era él.

5

Kasia

1939

MATKA CHILLÓ CUANDO el hombre de las SS dejó caer la pala sobre *Psina*. La gallina dejó escapar un graznido espeluznante y se quedó allí tirada, inerte. Solo se oía el ruido que hacían sus patas, que todavía se movían, al arañar el suelo. Unas cuantas plumas de color caramelo quedaron flotando en el aire.

–Así es como hacemos las cosas en Alemania –sentenció el hombre.

Tiró la pala a un lado, cogió a la pobre *Psina* por el cuello flácido y se la tiró al soldado delgado. Yo intenté no mirarle las patas, que seguían agitándose en el aire.

–Voy a dejar pasar este asunto –le dijo el hombre de las SS a Matka mientras se limpiaba las manos con un pañuelo–. Pero recuerde que ocultarle comida al Reich es un delito grave. Esto es solo un aviso, ha tenido suerte.

–Claro –dijo Matka con una mano en la garganta.

–*Psina...* –balbuceé yo con los ojos llenos de lágrimas calientes.

–Fijaos –dijo el soldado delgado, sujetando a Psina cabeza abajo y evitando los espolones–. *Psina* significa «perrito» en polaco. Llamaban «perro» a una gallina. Estos polacos son imbéciles.

Por fin los soldados se fueron, llevándose a *Psina* y dejando todo el suelo manchado de tierra.

Me temblaba todo el cuerpo.

–Matka, has dejado que la maten.

–¿Es que querías morir por una gallina? –replicó Matka, pero ella también tenía los ojos llenos de lágrimas.

Volvimos corriendo a la cocina y vimos por la ventana que los soldados se iban en su camión. Menos mal que mi hermana no había presenciado todo aquello.

Zuzanna volvió al día siguiente tras pasar la noche en el hospital. Habían arrestado a su mentor, que también era el director del hospital, el doctor Skala, famoso por su cirugía de reparación del paladar hendido, y a ella le ordenaron irse del hospital y le dijeron que los polacos no podían ostentar ningún cargo importante. Nunca la había visto tan alterada, enfadada y furiosa; la habían obligado a dejar a sus pacientes, que eran en su mayoría niños. Después nos enteramos de que los nazis llevaban desde 1936 preparando listas de polacos de quienes sospechaban que eran antialemanes, e incluso marcando con una X enorme lugares, como hospitales, blancos que sus pilotos pudieran ver desde el aire. Sabiendo eso, no era extraño que hubieran alcanzado los objetivos que más les convenían.

Tras tres días de interrogatorio de la Gestapo, papá volvió a casa también. No le habían pegado, pero lo habían puesto a trabajar en la oficina de correos desde muy temprano y lo obligaron a pasar allí muchas horas. Nos sentimos muy aliviadas de que estuviera vivo, pero nos contó que había sido muy duro para él ver a los nazis abrir paquetes y cartas sacados de los apartados de correos de los ciudadanos polacos y coger lo que les daba la gana. Al final del día cubrían el suelo de serrín para asegurarse de que ni mi padre, ni nadie de su personal entraran en la oficina cuando no había nadie vigilándola.

Pronto pareció que en nuestra ciudad se habían reunido todos los nazis de Alemania. Nuestros vecinos alemanes salieron a la calle y festejaron la llegada de sus compatriotas con saludos nazis y flores, pero nosotros permanecíamos en casa. Las tropas rusas se quedaron al este de donde estábamos; detuvieron su avance al llegar al río Bug.

Después de eso nosotros éramos como moscas pegadas a la miel: estábamos vivos, pero no teníamos una vida de verdad. Tuvimos suerte de que los nazis reasignaran a Zuzanna al Cuerpo de Ambulancias de Lublin, porque a todos los demás médicos del hospital, hombres y mujeres, los reunieron y se los llevaron. Le hicieron papeles con su fotografía y una docena de sellos negros con las águilas nazis, que le permitían salir a cualquier hora, incluso después del toque de queda. Cada mañana dábamos gracias por levantarnos en nuestras camas. Muchos de nuestros amigos polacos desaparecían en mitad de la noche sin que nadie diera explicaciones.

Un día, para no tener frío, me senté en la cama envuelta con una colcha y me puse a hacer un test de un número ya viejo de la revista *Photoplay*, mi pasatiempo favorito cuando tenía que estar en casa. Un alumno de la clase de economía que daba Pietrik a escondidas le había pagado con revistas americanas, y yo memorizaba todo lo que contenían. El test decía que, si estabas enamorada, sentías en el corazón un clic como el que hace una polvera al cerrarse: que todo encaja. Yo sentía ese clic cada vez que veía a Pietrik. Nuestros intereses coincidían a la perfección (algo que no era común, según el test).

Pietrik se pasó por casa ese día. Me gustaba verlo. No me importaba el tema del que habláramos; solo quería mantenerlo allí conmigo todo el tiempo posible.

–¿Cuánto tiempo te puedes quedar?

Me puse a recortar una foto de Carole Lombard que había en la revista. Estaba en alguna parte de Los Ángeles, rodeada de flores de Pascua blancas. Era difícil seguir como si no pasara nada, porque estaba sintiendo ese clic en mi interior todo el rato.

Pietrik se acercó y se sentó a mi lado en la cama. Los muelles se hundieron bajo su peso.

–Poco. He venido a pedirte un favor. Tiene que ver con Nadia. –Parecía cansado y hacía días que no se afeitaba–. Tiene que desaparecer durante un tiempo.

–¿Qué ha pasado? –pregunté. De repente sentí todo el cuerpo frío.

–No puedo decírtelo.

–Pero...

–No es seguro para ti saberlo. Pero confía en mí, hay gente trabajando para cambiar las cosas.

Me quedó claro que estaba ayudando a la gente de la resistencia clandestina. Aunque no lo dijo, debió de ser uno de los primeros en unirse a ellos después de la invasión nazi. Me había dado cuenta de que tenía reuniones misteriosas por las noches, muy tarde, y que se ausentaba durante días sin dar explicaciones. No llevaba las grandes botas negras que se ponían algunos de los chicos de la resistencia, que solo servían para convertirlos en blanco fácil de los alemanes, pero estaba muy implicado en ello.

Solo esperaba que a las SS no les resultara tan evidente como a mí. La mayoría de nosotros boicoteábamos las órdenes alemanas y los saboteábamos todo lo que podíamos, pero el Armia Krajowa (AK), el Ejército Nacional, era algo muy serio. Aunque al principio todavía no se llamaba oficialmente AK, representaba al gobierno polaco, que estaba exiliado en Londres. Nuestro gobierno transmitía avisos para la población a través de la BBC, la radio polaca Swit y los diecisiete periódicos clandestinos de Lublin.

–Si quieres ayudar, puedes hacerme un gran favor, Kasia.

–Cualquier cosa.

–Cuando Nadia y su madre se vayan, tendrán que dejar aquí a *Felka*. Pero los nazis les están haciendo cosas horribles a los perros y los gatos de los judíos. ¿Puedes ir a su casa y traértela?

–¿Dónde está Nadia? ¿Puedo verla?

Ya no me importaba que Pietrik y ella estuvieran enamorados. Solo quería que los dos estuvieran a salvo.

–Solo te puedo decir que los nazis han estado a punto de arrestarlas y que han escapado justo a tiempo.

–¿Por ser judías? Pero si ella es católica.

–Sí, pero su abuelo era judío y eso la pone en peligro. Nadia tiene que irse de aquí una temporada. Ella estará bien, pero *Felka* no. –Me agarró del brazo–. ¿La ayudarás? ¿La traerás aquí?

–Claro.

–También la madre de Nadia dejó una cosa en su mesita de noche y necesita que alguien la guarde en lugar seguro. Es un sobre amarillo metido que está guardado dentro de una guía de teléfonos.

–No sé, Pietrik. La madre de Nadia siempre cierra todo con llave.

–La puerta de atrás está abierta. Tienes que llevarte la guía de teléfonos con el sobre dentro. No me gusta meterte en esto, porque eres muy importante para mí, pero no tengo a nadie más.

¿Tenía lágrimas en los ojos?

–Sí, ya sabes que te ayudaré.

¿Que yo era importante para él? Me tomó la mano, la giró y me dio un beso en la palma. Creí que me iba a derretir allí mismo y escurrirme entre las tablas del suelo hasta llegar al sótano. Durante un momento se me olvidaron todas las cosas malas que estaban pasando.

–Lleva la guía de teléfonos con el sobre dentro al número 12 de la calle Lipowa mañana por la mañana, después de las diez. Toca el timbre. Alguien preguntará quién es y tú debes contestar: Iwona.

–¿Es un nombre en clave?

Iwona significa «tejo». Yo habría preferido tener un nombre en clave más sugerente, como *Grazyna*, que significa «hermosa».

–Sí, ese es tu nombre en clave. Wiola te abrirá. Dale la guía y dile que es para Konrad Zegota. Después vete y cruza el parque Ludowy antes de volverte a casa.

Más adelante, cuando reproduje esa escena en mi cabeza una y otra vez, ya no estaba segura de si había dicho realmente «eres muy importante para mí». Pero tal vez el test romántico de la *Photoplay* estuviera en lo cierto.

A LA MAÑANA siguiente salí para ir a casa de Nadia, un bonito apartamento en el primer piso de un edificio de dos plantas, a cinco minutos a pie de nuestra casa. Quería hacer muy bien esa primera misión que me había encargado Pietrik.

De camino me detuve delante de un muro de piedra que había al lado de la casa de Nadia, donde teníamos un escondite en el que nos dejábamos notitas secretas e intercambiábamos los libros que más nos gustaban. Saqué nuestra piedra especial, lisa y con los bordes redondeados tras tantos años apartándola para meter secretos en el hueco del muro. El último libro que le dejé todavía estaba allí: *Szatan z siódmej klasy* de Kornel Makuszyński*, nuestro libro favorito, que nos habíamos intercambiado muchas veces. ¿Tendría oportunidad de volver allí a cogerlo? Lo dejé en el escondite y volví a colocar la piedra en su lugar.

Continué muy tranquila hasta que llegué a la casa de Nadia. Entonces fue cuando me puse muy nerviosa. En cuanto vi la puerta naranja de su casa empezaron a temblarme las rodillas. «Inspira profundo y exhala despacio», me dije.

Fui a la parte de atrás del edificio, hasta el diminuto jardín vallado, miré entre los listones de la valla y vi a *Felka* hecha un ovillo en el escalón de atrás. Se le veían claramente las costillas bajo el grueso pelaje. El jardín de Nadia era incluso más pequeño que el nuestro, y los únicos adornos que había allí eran un rosal enfermizo y una carretilla de juguete oxidada.

Salté la valla como pude y después me acerqué despacio a *Felka*. ¿Estaba esperando a Nadia? Le acaricié el pecho y al notar el contacto intentó menear la cola, pero apenas podía levantar la cabeza. Estaba caliente, pero respiraba débilmente. El pobre animal se estaba muriendo de hambre.

Pasé por encima de *Felka*, abrí la puerta de atrás y me colé en la cocina.

Por la pinta que tenía el *kugel* de manzana que había en la mesa, había pasado por lo menos una semana desde que Nadia y su madre se habían ido de allí. La leche de los vasos estaba cortada y las moscas se habían dado un festín con las ciruelas. Crucé la cocina para ir al dormitorio de Nadia. Su cama estaba hecha, como siempre.

Recorrí el resto de la casa y entré en el dormitorio de la madre de Nadia. En esa habitación había muy pocas señales de que alguien hubiera huido de allí, precipitadamente o de cualquier otra

---

* *Szatan z siódmej klasy*, traducido al inglés como *Satan from the Seventh Grade* (que podía traducirse al español como *El diablo del séptimo curso)* es un libro considerado un clásico en Polonia en el que un inteligente alumno de secundaria resuelve misterios siguiendo pistas. No está traducido al español. *(N. de la T.)*

forma. La mayor parte de la habitación estaba ocupada por una cama de hierro pintada de blanco, cubierta por un edredón de plumas y con una colcha de ganchillo a los pies. Había una depresión en las plumas del edredón, donde se había apoyado una maleta. Un ejemplar de *Lo que el viento se llevó* en polaco se había quedado esperando en la mesita de noche. En la pared había dos tapices con escenas campestres, un pequeño crucifijo y un calendario con la ilustración de una mujer elegante delante de una locomotora, con un ramo de flores amarillas en los brazos. El mensaje impreso en la parte superior de la imagen decía: ALEMANIA QUIERE VERTE y también se podía leer el nombre de la agencia de viajes de la señora Watroba: VIAJES WATROBA. TE LLEVAMOS ADONDE QUIERAS.

Abrí el cajón de la mesita de noche, encontré la guía de teléfonos y la hojeé hasta que encontré el sobre grueso. Estaba cerrado y tenía la palabra «Zegota» escrita al dorso con una letra de trazos delgados e inseguros. Se distinguía un poco el color del dinero a través del papel. Cogí la guía y la colcha del pie de la cama y volví sobre mis pasos. Al pasar por la cocina me llevé también un brillante pan trenzado de huevo que había en la mesa. Estaba duro como una piedra, pero el pan no se podía desperdiciar.

Salí al jardín y metí a *Felka* en la carretilla. Solo soltó un débil gemido, la pobrecilla. Puse la guía a su lado, lo tapé todo con la manta y me dirigí a la calle Lipowa caminando por callejuelas laterales para evitar a los soldados nazis. Cuando ya nos quedaba poco para llegar, aceleré el paso y la carretilla empezó a dar saltitos sobre los adoquines.

–¿Pero qué tenemos aquí?

Un hombre de las SS con camisa marrón salió de un callejón y me sobresaltó. Vi a una chica de mi clase de pie detrás de él, pero se ocultó entre las sombras. Estuve a punto de caerme porque las rodillas se me doblaron.

–Voy a mi casa –dije en alemán. Por suerte sabía ese idioma, porque se había prohibido mantener conversaciones en polaco.

–Ah, ¿eres alemana?

Se acercó y levantó un poco la colcha con su porra.

–No, polaca.

El oficial me ignoró y se acercó para ver mejor la carretilla.

–¿Qué es esto? ¿Un perro muerto?

Apenas podía oírle, porque el corazón me latía tan fuerte que la sangre me atronaba en los oídos.

–Solo está enfermo. Espero que no sea contagioso.

El soldado dejó caer la colcha.

–Continúa –ordenó–. Y llévate a ese animal enfermo a casa.

Y volvió a desaparecer en el callejón.

Para cuando llegué a la oficina de la calle Lipowa, estaba empapada en sudor. En la calle había mucho movimiento. Dejé a *Felka* tapada en la carretilla y subí los escalones, con las piernas temblando tanto como la gelatina que acompañaba los filetes de carpa que preparaba Matka. Ya era, por fin y oficialmente, una espía. Con solo dieciséis años era una enemiga de los nazis. ¡Qué poderosa me sentía! Me erguí un poco y toqué el timbre. ¿Cómo era el nombre en clave de la persona que tenía que aceptar el paquete?

Wiola.

–¿Quién es? –preguntó una voz desde dentro.

–Soy Iwona –contesté.

Volví a mirar la calle, en la que había muchos coches y carros tirados por caballos en la calzada y gente en las aceras. Rápido, Wiola, pensé. Alguien de las SS podría verme allí, con la guía en la mano, a plena luz del día.

Me abrió la puerta, entré y cerré detrás de mí.

Reconocí a la chica cuyo nombre en clave era Wiola: era Janina Grabowski, de mi antiguo grupo de exploradoras. Tenía los diez dedos de las manos muy separados, todos ellos decorados con un esmalte rojo rubí todavía húmedo.

–Perdona que haya tardado tanto en abrir –dijo.

Le tendí la guía de teléfono.

–Wiola, esto es para Konrad Zegota.

Janina era una buena chica, con el pelo teñido de rojo fuego y la constitución de una chica de campo, pero no habría sido mi primera elección como compañera en una misión que suponía arriesgar mi vida. No había conseguido ni una insignia de excelencia seria con las exploradoras, ni la de primeros auxilios ni la de orientación, y todo el mundo sabía que había conseguido su insignia de manualidades por maquillarse.

Janina sujetó la guía entre las palmas de sus manos.

–Gracias, Iwona.

La oficina estaba en un edificio de apartamentos renovado con altas ventanas que tenían vistas a la calle, cubiertas solo por unas cortinas transparentes. El mobiliario consistía en un escritorio de metal con una vieja máquina de escribir, dos butacas mullidas y una mesa auxiliar llena de polvo con un montón de revistas de moda polacas anticuadas encima. Alguien había puesto una pecera de cristal sobre la mesa, con un pez de colores dentro. El pez, suspendido allí en medio con las branquias abriéndose y cerrándose, me miró fijamente con la boca abierta formando una O perfecta que parecía una expresión de sorpresa. Hasta él se había dado cuenta de que esa oficina era de pega.

Janina dejó caer la guía de teléfonos en la mesa. Estaba medio sonriendo y al final no aguantó más y soltó una fuerte carcajada.

–No puedo quedarme tan seria, Kasia, quiero decir, Iwona. Esto es muy divertido.

El nombre que le había dado Pietrik a ella, *Wiola,* significaba violeta, y no le pegaba, porque Janina era una chica alta con unas muñecas tan gruesas como las patas de una mesa.

–No hables tan alto. No sabemos quién puede estar cerca, observando.

Las luces eran demasiado fuertes. ¿Es que quería que la vieran todos los nazis de la ciudad?

–Los únicos nazis que han estado por aquí son los que vinieron siguiendo a Anna Sadowski cuando se metió granadas en el sujetador. Y vinieron todo el camino flirteando con ella. A ella sí que le dan trabajos divertidos. –Janina se acercó–. ¿Quieres quedarte a jugar a las cartas?

¿Jugar a las cartas?

–Hay dinero en esa guía. ¿No deberías esconderla? ¿Es que quieres que nos fusilen?

–Vamos, quédate. Te arreglaré el pelo.

–Tengo que volver a casa antes de que oscurezca.

Ella se puso las manos sobre el pecho con gesto de súplica.

–¿Un recogido?

Janina trabajaba media jornada en la mejor peluquería de Lublin.

–Pietrik me dijo que me fuera inmediatamente.

–¿Vosotros dos estáis juntos?

–Tengo que irme...

–Todo el mundo dice que le gustas...

Fui rápidamente hacia la puerta.

–No hagas caso de los rumores.

Janina cogió una revista de la mesa y se sentó en el escritorio.

–Ah, ¿no quieres saber lo que se dice por ahí?

Me volví.

–¿Ni siquiera lo que se dice de... Nadia Watroba?

Me acerqué al escritorio.

–¿Qué sabes?

Janina alzó la barbilla.

–Oh, ahora sí quieres quedarte.

–Es mi mejor amiga.

–¿Ah, sí? –dijo Janina, hojeando la revista.

–Déjalo ya. Tengo fuera a su perra, esperando. Está muy enferma...

Ella cerró la revista bruscamente.

–¿*Felka*?

Felka, la perra de Nadia, era famosa.

–Sí, *Felka*. Venga, cuéntamelo.

–Bueno, no sé mucho...

–Janina, si no me lo cuentas...

–Vale, vale. Todo lo que sé es que Pietrik... Bueno, al menos creo que ha sido Pietrik, se ha llevado a Nadia y a su madre a un lugar seguro.

–¿Cerca?

–En Lublin, sí. Pero eso es todo lo que sé.

–¿Seguro que no sabes nada más?

–Solo he oído que es un lugar que está justo delante de las narices de los nazis.

Un poco aturdida le di las gracias a Janina, volví a bajar los escalones de entrada y me fui a casa tras cruzar el parque, como me había dicho Pietrik. ¡Era cierto que Nadia estaba a salvo! Todo mi cuerpo se relajó y empujé la carretilla más rápido para llevar a *Felka* a casa cuanto antes y darle de comer. Nadia estaba con su madre y las dos seguían en Lublin. Y había muchas cosas que podía hacer por ella: cuidar a *Felka* y seguir trabajando para la resistencia.

Mi primera misión había ido bien, aunque Janina no se la hubiera tomado en serio. ¿Ahora formaba parte de la resistencia? Había entregado dinero. Podría hacer el juramento al día siguiente y hacerlo oficial.

A medio camino de casa el cielo descargó toda su furia y empapó las calles adoquinadas, a *Felka* y a mí.

A cada paso sentía como si mis zapatos me estuvieran diciendo: «Has tenido suerte una vez. No creas que siempre será así».

6

Herta

1939-1940

COGÍ EL TREN para volver a casa desde el Blumenkamp, contenta de irme de allí, con una idea fija en la mente: encontrar trabajo como médico. Llevaba el uniforme de la BDM, pero me arrepentí pronto de habérmelo puesto. Habría hecho el viaje más tranquila, contemplando los espesos bosques que pasaban a toda velocidad por delante de la ventanilla del tren y haciendo mentalmente una lista de las clínicas a las que podía ir a pedir trabajo, pero no tuve ni un momento de tranquilidad, porque todos los pasajeros se paraban a mi lado para admirar mi uniforme.

–¿Puedo tocarle el águila, *Fräulein*? –me preguntó un niño.

Estaba plantado delante de mi asiento en el tren, con una postura erguida aceptable, los brazos junto a los costados y bamboleándose un poco por el movimiento del tren. Su madre estaba detrás de él, con dos dedos sobre los labios y los ojos muy abiertos, como si tuviera delante al mismísimo Führer. Sí, era engorroso representar a la BDM, pero también halagador, porque a las que llevábamos ese uniforme siempre nos demostraban gran respeto. Para ser tan jóvenes, ya teníamos mucho poder.

–Sí, claro –contesté.

Se le llenaron los ojos de lágrimas mientras acariciaba el hilo dorado con un roce tan leve como el de una mariposa.

Nada resulta tan emotivo como un niño alemán bien educado.

Era comprensible que mi uniforme causara tanto revuelo, porque la mayoría de los alemanes nunca habían visto a una mujer que luciera todas las insignias de la BDM. En las Juventudes Hitlerianas había insignias y alfileres que se concedían por actividades de todo tipo, hasta por plantar arbustos, pero en la BDM las insignias eran limitadas y costaba mucho trabajo conseguirlas. En mi chaqueta de líder azul marino llevaba una insignia con la Cruz Roja, la plateada por destacar en enfermería y las de primeros auxilios y condición física.

Pero lo que atraía más miradas era el águila, el pájaro dorado que llevaba sobre el corazón, con las alas desplegadas, que indicaba el más alto nivel de la jerarquía. Mutti lloró de orgullo el primer día que me la vio cuando llegué a casa. Le impresionó más esa insignia que el título de la facultad de medicina, que había conseguido en menos tiempo de lo habitual a causa de la guerra.

Cuando llegué a casa, intenté encontrar mi primer trabajo como médico, pero aunque me había licenciado la segunda de mi promoción, las clínicas no querían contratar a una mujer. Parecía que había calado la retórica del Partido sobre que el lugar más adecuado para las mujeres era el hogar en el que criar a sus hijos, porque muchos pacientes pedían que las atendiera un médico varón. Como en la universidad, por ser mujer, había tenido que dar clases de costura, aceptaba trabajos de modista para ganar algo de dinero.

Por fin encontré un trabajo a tiempo parcial en la Clínica Dermatológica de Düsseldorf, que me pagaba una pequeña cantidad por cada paciente que atendía. Era un trabajo aburrido; la mayoría de los días lo más interesante que llegaba a hacer era abrir un forúnculo. ¿Se me olvidarían las pocas técnicas de cirugía que había aprendido en la facultad? Un cirujano tiene que operar a menudo para conservar y mejorar su habilidad.

Para entonces nuestra economía había mejorado considerablemente, lo que reducía el número de pacientes que buscaban tratamiento dermatológico. Incluso las manos de fregona, que hasta hacía poco habían sido el pan nuestro de cada día en la dermatología, ya no eran un problema para la mayoría de las mujeres alemanas. Las trabajadoras polacas que proporcionaba el Reich, importadas del este, eran las que se ocupaban de fregar y limpiar.

Como resultado, mi sueldo pronto se quedó casi en nada. La salud de mi padre pasó de grave a crítica y Mutti tuvo que quedarse en casa para cuidarlo. A mí me costaba muchísimo mantenernos a los tres. En poco tiempo me convertí en el único médico de Düsseldorf que no ganaba para comer, así que tuve que seguir trabajando media jornada en la carnicería del tío Heinz.

Tras la tranquilidad de los bosques del Blumenkamp y el silencio de la clínica, fue para mí un cambio agradable el bullicio de la gente que venía a la carnicería, esas amas de casa ansiosas, con sus batas bien planchadas, organizadas como un rebaño de vacas bien educadas. Ahí podía evadirme de mis problemas y centrarme únicamente en rasgar grandes trozos de papel blanco del rollo y practicar nudos de sutura con el cordel de rayas que utilizaba para atar los paquetes.

Los domingos también iba a trabajar a la carnicería, aunque la tienda estaba cerrada al público. Era el día que Heinz quería que estuviera allí sola, para que nadie viera lo que hacía para él.

Era su proyecto especial.

–Date prisa –exclamó Heinz.

Se apretó contra el bloque de carnicero que tenía la superficie de madera desgastada en el centro por los golpes del cuchillo que daba, y su padre antes que él. Se veía claramente la erección, incluso debajo del delantal con manchas secas de sangre de ternera. ¿Cómo me había metido en eso? Por culpa de años de tener miedo a contarlo, así era como me había metido en ese lío.

Heinz me observó ponerme delante de la encimera y elegir el intestino de cordero más tenso. La espera era a la vez la mejor y la peor parte para Heinz. Le di la vuelta al tejido, lo sumergí en lejía y extraje la membrana mucosa con mucho cuidado de dejar las capas peritoneal y muscular. Mi tío intentó meterme prisa, pero yo me tomé mi tiempo, porque cualquier desgarro o agujero podría provocar un desastre.

–Voy lo más rápido que puedo –contesté.

Era mejor ir despacio, porque una vez que terminara, llegaría lo peor y empezaría todo el proceso otra vez.

Me acosaban pensamientos negativos mientras trabajaba. ¿Por qué no estaba en casa buscando otro trabajo? Era culpa mía verme atrapada allí, con Heinz, siempre con miedo de que revelara nuestro secreto. Tenía que haberlo contado años atrás, pero, si se hubiera enterado, la tía Ilsa no habría pagado mi educación. ¿Y qué diría Mutti? Nunca podría contarlo, jamás. Mi padre, aunque estaba enfermo, mataría al tío Heinz si lo supiera. Ese era el precio que tenía que pagar por mi educación. Heinz decía que yo me lo había buscado al meterme allí, una mujer sola con él.

Heinz se puso a mi lado y me levantó la falda. Sentí cómo me recorría el muslo con sus dedos callosos, como hacía siempre.

–¿Por qué tardas tanto? –preguntó Heinz.

Olí en su aliento ese vino dulce que le gustaba.

Le aparté la mano.

–Las cosas llevan su tiempo.

Heinz no era exactamente lo mejor de la raza aria. Con un coeficiente intelectual entre casi deficiente y un poco retrasado, era fácil quitárselo de encima con una excusa que tuviera más de dos palabras. Sequé el delicado tejido, lo medí y lo corté. Para cuando terminé de enrollarlo, liso y transparente como una media de seda, Heinz tenía la cara enrojecida.

Ya no hacía falta que me dijera que fuera a la cámara frigorífica con el cubo de latón lleno de grasa. Sentía un curioso consuelo porque todo fuera siempre igual. Tiré de la cuerda que colgaba junto a la bombilla pelada que iluminaba el espacio y me apoyé contra la fría estantería de madera que tenía detrás. Incluso con el saco de harina sobre la cara, sabía lo que iba a pasar. El olor dulce de la harina bloqueaba el olor a sangre de vaca, puros y lejía que desprendía él. «No llores», pensé. Llorar solo servía para poner a Heinz de mal humor y hacía que durara más. Se colocó el fruto de mi trabajo y lo fue desenrollando poco a poco, hundió una manaza en la grasa, cubrió la membrana con ella y empezó.

Yo me dediqué a repasar mentalmente los huesos de la mano. «Uno: el hueso escafoides, cuyo nombre deriva del griego *skaphos*, que significa "barco".»

Pliegues de grasa colgaban del abdomen de Heinz como un delantal peludo y me golpeaba con ellos en cada embestida. Su respiración irregular se estaba acelerando, así que no iba a durar mucho.

«Dos: el hueso semilunar, que tiene la forma de media luna.»

Ya hacía mucho tiempo que había dejado de desear que tuviera un repentino ataque al corazón. Años de grasientos asados tenían que haberle producido una acumulación de placas arteriales de dos dedos de grosor, pero a pesar de todo seguía con vida.

«Tres: el hueso piramidal. Cuatro: el hueso pisiforme, que recibe su nombre de la palabra latina para designar guisante.»

Heinz no pudo contenerse y empezó con sus habituales gemidos y otros ruidos. Su aliento era una niebla fría sobre mi cuello. Le temblaban las manos con las que se agarraba a la estantería y sus gruesas muñecas de carnicero soportaban todo su peso.

De repente, sin previo aviso, se abrió la puerta de la cámara frigorífica. Se me resbaló el saco de harina de la cara. Ilsa estaba en el umbral. Con una mano sujetaba la puerta y en la otra llevaba un tarro de mermelada. Debía haber oído a Heinz gruñir como un cerdo.

–Cierra esa puerta, mujer –exclamó Heinz, con los pantalones por los tobillos y la cara escarlata.

¿Era asco lo que se veía en su cara o solo hastío? Ella dejó la mermelada en la estantería del refrigerador, se giró y salió.

La puerta de la cámara se cerró sola y Heinz siguió con su tarea.

SENTADA EN MI mesa tras un día aburrido en la clínica, después de terminar con mi último paciente, un niño de cuatro años rechoncho que se chupaba el pulgar (le había dado a su madre una crema antiséptica para la erupción), me pregunté cómo me iba a ganar la vida con eso. Estaba mejor preparada para un tranquilo puesto en la universidad, pero el salario de profesora no era mucho mayor que lo que ganaba allí y no iba a servir para mantener a mi familia.

Cogí una revista de medicina para hojearla y me fijé en un anuncio: «Se precisa médico para un campo de reeducación de mujeres, a unos noventa kilómetros al norte de Berlín, cerca de la pequeña ciudad de vacaciones de Fürstenberg, junto al lago Schwedt». En aquella época había muchos campos de esos, llenos de mujeres sin ganas de trabajar y delincuentes menores. La idea de cambiar de aires me resultaba atractiva. ¿Una ciudad de vacaciones? Echaría de menos a Mutti, pero no a Heinz.

Lo único que sabía de ese campo, aparte de lo que decía el anuncio, era que allí trabajaba Fritz Fischer, un antiguo compañero de la facultad, pero me pareció que el lugar tenía un nombre muy bonito.

Se llamaba Ravensbrück.

7

Caroline

Diciembre de 1939

EN NOCHEBUENA, PAUL y yo fuimos a patinar sobre hielo a The Pond, en Central Park, muy cerca de la Quinta Avenida. Me encantaba patinar; había aprendido en Bird Pond, cerca de nuestra casa en Connecticut, pero practicaba muy poco, porque siempre intentaba evitar cualquier actividad que me hiciera parecer más alta de lo que era. Además, nunca había tenido a nadie con quien ir; Betty habría preferido tragar abejas vivas a ponerse unos patines. Así que decidí aprovechar al máximo el tiempo que le quedara a Paul en Nueva York.

Hacía un tiempo perfecto para patinar. Era un día despejado y frío, con un viento fuerte que por la noche había dejado el hielo tan liso como la superficie de una bola de billar. Como resultado, en el castillo Belvedere habían izado la bandera que todos los patinadores deseaban ver: una con una esfera roja sobre un campo blanco. La noticia de que el hielo estaba en condiciones óptimas se fue trasmitiendo de portero en portero por toda la Quinta Avenida y pronto el lago se llenó de patinadores.

La primera oleada ya estaba allí cuando llegamos Paul y yo. Los hombres, casi profesionales, hacían genuflexiones y molinetes con carámbanos colgándoles de la barba y la nariz. Después llegaron las mujeres, de dos en dos o de tres en tres, con gruesos abrigos que parecían velas ondeando sobre el hielo. Con un poco de práctica, Paul demostró ser un patinador aceptable, y los dos, con los brazos entrelazados, nos deslizamos sobre el hielo recorriendo la red de lagos comunicados. Mi antiguo yo nunca se habría atrevido a patinar en un lugar público como aquel, pero ese día me lancé al hielo con ganas y pronto establecimos un buen ritmo coordinado. Y de repente me encontré intentando todas las cosas nuevas que se me ocurrían.

Patinamos bajo los arcos de los puentes al son de la *Sonata del claro de luna* de Beethoven y del *Vals de los patinadores* de Waldteufel, que no podría haber sonado mejor, a pesar de que lo hacía a través de los diminutos altavoces de la caseta de los patines.

Según avanzaba la mañana, la superficie se fue llenando de gente, así que volvimos a la caseta. El olor de las castañas calientes inundaba el aire. Estábamos a punto de sentarnos para quitarnos los patines cuando oí que alguien me llamaba.

–¡Caroline! ¡Aquí!

Era David Stockwell. Vino patinando hasta donde estábamos nosotros y paró en seco cortando el hielo, con una sonrisa y una pose que parecían sacadas de un anuncio de la marca de ropa masculina Brooks Brothers. Se quedó allí plantado, apartándose la chaqueta con una mano enguantada. ¿Cómo podía actuar David como si no hubiera pasado nada entre nosotros, como si largarse de repente y casarse con una conocida después de haber estado tonteando conmigo durante diez años fuera algo completamente natural?

–¿Quién es este hombre, Caroline? –preguntó David.

¿Y eso era un ataque de celos? David parecía muy pequeño en comparación. ¿Pensaría que Paul y yo teníamos una relación romántica? Pues no había muchas posibilidades de eso. Paul mantenía las distancias y solo emitía señales de amistad, ni siquiera se colocaba demasiado cerca de mí. ¿Y si hacía algo para que David pensara que había algo entre él y yo? Cuando se me ocurrió, deseé que lo hiciera.

Paul le tendió la mano.

–Paul Rodierre.

David se la estrechó.

–David Stockwell. Conozco a Caroline desde...

–Tenemos que irnos –interrumpí.

–Sally está allí, atándose los patines. Seguro que quiere saludarte.

Betty ya me había informado sobre Sally, claro. Su nueva cuñada era una chica menuda a la que la señora Stockwell le había preparado un ajuar de boda de alta costura que costó una indecente cantidad de dinero que podría haber alimentado a media Nueva York durante un año. Miré a David con cara de: «Lo siento, pero es que no puedo».

Él se volvió hacia Paul.

–Trabajo en el Departamento de Estado. Intentamos mantenernos al margen de la guerra. He oído hablar de su discurso en la gala. Parece que usted se esfuerza para conseguir justo lo contrario, que nos metamos en ella.

–Solo dije la verdad –repuso Paul.

–Y fue la fiesta que mejor ha ido de todas las que hemos organizado –añadí.

Paul patinó hasta donde yo estaba y me tomó el brazo para entrelazarlo con el suyo.

–Sí, querida. Fue impresionante, ¿verdad?

¿Cómo que querida?

David parpadeó, desconcertado.

Me acerqué a Paul.

–Un aplauso ensordecedor. Y menuda cantidad de donaciones... Después de eso todo el mundo apoya a Francia.

Sally Stockwell se acercó hacia nosotros patinando entre la gente. Era difícil ignorar lo pequeñita que era, uno sesenta de estatura como mucho. Llevaba el equipo completo para patinar: una falda de lana hervida con forma de campana, una chaqueta tirolesa acolchada muy gruesa y por encima de los patines le sobresalía una piel blanca. La borla que coronaba el gorro de lana, que llevaba atado bajo su bonita barbilla, se movía de un lado a otro mientras se acercaba.

–Debes de ser Caroline –dijo Sally a modo de saludo.

Me tendió una mano cubierta por un mitón de angora y yo se la estreché.

Sally era más Olivia de Havilland que Bette Davis, y era imposible que te cayera mal porque exhibía una franqueza que desarmaba y que hacía que la conversación más trivial se volviera incómoda.

–David me ha hablado mucho de ti: «Caroline ayuda a los bebés franceses», «Caroline y yo fuimos los protagonistas de nuestra primera obra»...

–Yo fui el primer coprotagonista masculino de Caroline –añadió David–. Fui Sebastian y ella Olivia*.

Paul sonrió.

–Esos personajes se besan, ¿no? ¿Qué tal fueron las críticas?

–Poco entusiastas –contesté yo.

Sally se acercó un poco más sobre sus patines.

–A veces pienso que David y tú deberíais haberos casado...

–Me ha alegrado mucho veros a los dos –interrumpí en ese momento–. Perdonad las prisas, pero tenemos que irnos ya.

–Sí, vamos a pasar todo el día juntos, ¿verdad, cariño? –dijo Paul.

Estaba cargando las tintas. Eso iba a poner en funcionamiento la maquinaria del cotilleo, pero me daba igual. Daba gusto sentirse querida, aunque solo fuera una pantomima.

Nos despedimos y seguí diciéndoles adiós con la mano a Sally y a David hasta que se mezclaron con la marea de parejas de patinadores. Qué buen gesto había tenido Paul, fingiendo que era mi pretendiente. Yo no podía ir por ahí luciéndolo, por supuesto, pero era agradable tener a alguien en mi vida del que poder alardear, sobre todo delante de David Stockwell, después de que me pisoteara el ego como lo había hecho.

Tras la sesión de patinaje, Paul volvió al Waldorf a cambiarse y yo me dediqué a decorar el grueso abeto azul que nos había traído desde la casa de campo el amigo del alma de mi madre, el señor Gardener, y después preparé *coq au vin*. Serge había enviado desde Connecticut una sopa de verduras de invierno, con abundancia de chirivías, gruesas zanahorias y delicioso hinojo dulce, como primer plato.

Esa noche, la nieve, que había llegado antes a Connecticut, empezó a caer con fuerza sobre Manhattan y dejó a mi madre atrapada con Serge en nuestra casa de campo. Paul apareció en mi puerta con copos de nieve en el pelo y sobre los hombros del abrigo. Noté su cara fría contra la mía cuando me dio un beso en

---

* Son los protagonistas de *Noche de Reyes*, de Shakespeare. *(N. de la T.)*

cada mejilla. Se había puesto mucho Sumare, uno de los perfumes favoritos de mi padre. Le había echado un vistazo al armarito del baño de Paul en el Waldorf y había visto allí un frasco de ese perfume al lado de un tarro azul de crema de afeitar.

Paul traía una botella de borgoña y un ramillete de unas hermosas rosas carmesíes envueltas en papel blanco. Iba a tener que mantener la cabeza bien fría y vigilar cuánto vino bebía. Me alivió ver que se había arreglado y llevaba su chaqueta de color berenjena, porque yo llevaba un vestido y medias de seda.

Me puso la botella, pesada y fría, en las manos.

–*Joyeux Noël*. Es la última de una caja que me envió mi primo de su viñedo. Espero que no te importe, pero le he dejado tu número a la operadora del Waldorf, por si alguien necesita localizarme.

–Claro que no me importa. ¿Estás preocupado por Rena?

–Siempre, pero ha sido solo por precaución. He hablado con ella esta mañana para contarle cómo va lo de su visado. Roger dice que sabrá algo dentro de unos días.

Rena. Era como si estuviera allí con nosotros.

Paul entró en el salón.

–Aquí dentro podría aterrizar un avión. ¿No viene nadie más a cenar hoy?

–No han podido salir de casa en Connecticut.

–¿Así que voy a ser yo el único entretenimiento? Demasiada presión.

Después de cenar, dejé los platos en el fregadero y me senté en el sofá de pelo de caballo lleno de bultos para compartir con Paul una botella del coñac de papá. Ese sofá había pertenecido a la madre de mi madre, a quien llamábamos «mamá Woolsey». Lo había comprado para evitar que los pretendientes de mi madre se quedaran mucho tiempo.

Cuando el fuego se redujo a solo unas ascuas empezó a hacer frío, porque en el apartamento normalmente manteníamos la calefacción baja. Paul echó un tronco de abedul a la chimenea y la llama se avivó, lamiendo el hueco de la chimenea y produciendo mucho calor, que empecé a notar en la cara.

Me quité los zapatos y metí los pies debajo del cuerpo.

–Alguien ha estado bebiendo coñac –dije mirando la botella al trasluz.

–Tal vez lo que falta es «la parte de los ángeles». Así es como llaman en las bodegas de coñac a la parte que se evapora–explicó Paul.

Removió el tronco con el atizador. Su cara se veía muy pensativa a la luz del fuego. ¿Por qué los hombres se ponían tan serios cuando removían el fuego?

Volvió al sofá.

–Cuando estoy aquí, así, me da la sensación de que todavía lo tengo todo por delante. Me siento como un niño.

–En algún rincón de nuestros corazones todos tenemos siempre veinte años –dije. ¿Cuántas veces había repetido eso mi madre?

Paul se echó un poco de coñac en el vaso.

–Tu exnovio es un hombre muy guapo.

–Él estaría de acuerdo contigo, sin duda.

Le tendí el vaso para que me sirviera más coñac.

Paul dudó.

–«Puesto que el hombre es razonable, necesario resulta que se embriague» –recité. ¿Por qué estaba citando a Byron? Eso me hacía parecer vieja, como si tuviera dos millones de años.

–«Ya que los momentos de embriaguez son los mejores de la vida» –contestó Paul, mientras me servía más coñac.

¿Conocía la obra de Byron?

–¿Cómo es que nunca me has preguntado por Rena? –preguntó Paul de repente.

–¿Y por qué iba a hacerlo? –Ese era el último tema del que yo quería hablar.

–Oh, no sé. Pensaba que tal vez tendrías curiosidad por saber por qué estoy lejos de casa tanto tiempo.

–Por la obra, ¿por qué si no? –contesté sin vacilar.

El líquido de color ámbar de mi vaso resplandeció a la luz del fuego.

–Lo nuestro prácticamente ya no es un matrimonio.

–Paul, eso es un tópico terrible...

¿Por qué no podía dejar de hablarles a los hombres como una maestra de escuela? Me merecía acabar abandonada por los míos en medio del hielo, como hacían las tribus esquimales con los ancianos.

–Rena es muy joven y muy divertida, te caería bien, seguro, pero nosotros nunca podríamos sentarnos así, a hablar de la vida.

–¿Qué le gusta hacer a ella? –pregunté.

El fuego chisporroteó y siseó al consumir una gota de savia.

–Bailar, las fiestas. No es más que una niña en muchos sentidos. Nos casamos muy poco tiempo después de conocernos. Era muy divertido al principio, y el tiempo que pasábamos en el dormitorio era increíble, pero pronto se empezó a aburrir. He oído que ha tenido unos cuantos amantes atractivos.

¿Que el tiempo que pasaban en el dormitorio era increíble? Seguro que sí. Me quité una pelusa de la manga.

–Por cierto, para que lo sepas, en este país los hombres no hablan de sus hazañas de alcoba.

–En este país los hombres no tienen nada de qué hablar –repuso Paul–. Se casan y sus hazañas se marchitan y se caen al suelo muertas. Rena es una chica estupenda, pero, según ella, somos incompatibles. Créeme, lo he intentado.

Se levantó a revolver el fuego un poco más y volvió de nuevo, pero esta vez se sentó más cerca en el sofá. Para ser un hombre tan viril, tenía una boca muy sensual.

–Pero ¿queda alguien realmente compatible? –pregunté–. Mis padres son la única pareja de las que he conocido que me parecían realmente afines.

–¿Cómo murió tu padre?

–Nunca se lo he contado a nadie. Tenía once años y entonces no se hablaba de esas cosas.

–¿Era un buen padre?

–Los fines de semana salíamos de la ciudad e íbamos a Connecticut. Se quitaba el cuello almidonado y el chaleco, se ponía pantalones informales y nos daba charlas interminables en el campo de béisbol que mi madre había instalado en un extremo de la finca.

–¿Se ponía enfermo con frecuencia?

–Jamás. Pero un día de la primavera de 1914, sin previo aviso, lo aislaron en su dormitorio de este apartamento. Solo podían entrar el doctor Forbes y mi madre. Cuando me enviaron con la maleta a casa de unos parientes supe que algo iba muy mal. Las doncellas dejaban de hablar cuando yo entraba en la habitación y mi madre tenía una expresión atormentada que no le había visto nunca antes.

–Lo siento mucho, Caroline. –Paul me apretó la mano con una de las suyas, caliente y suave, y después me la soltó.

–Cinco días después me permitieron volver a casa, pero nadie me miraba a los ojos. Me enteré de la información que necesitaba saber escondiéndome en el montaplatos que había junto a la cocina y mirando por una rendija, como había hecho muchas veces. En aquel momento teníamos cuatro doncellas irlandesas internas. La mayor, Julia Smith, les contó a sus compañeras lo que estaba pasando mientras todas pelaban guisantes en la mesa de la cocina. Todavía recuerdo todas y cada una de sus palabras. Julia dijo: «Sabía que el señor Ferriday no se iría sin luchar». Y Mary Moran, una doncella nueva muy delgada, que estaba fregando los azulejos blancos y negros con una fregona de tiras grises que parecían los tentáculos de un calamar, dijo entonces: «Morir de neumonía es la forma más terrible de morir. Es como ahogarse, solo que más lento. ¿Has estado en la habitación? Espero que no lo hayas tocado». A lo que Julia contestó: «De pronto se estaba riendo como un loco y al momento se agarraba el pecho, decía que hacía mucho calor y le decía a gritos al doctor Forbes: "Abra una ventana, por todos los santos". Después empezó a preguntar por su hija, Caroline, y eso estuvo a punto de romperme el corazón. La señora Ferriday no dejaba de decir: "Henry, cariño, no me dejes", pero ya debía de haber muerto, porque el doctor Forbes sacó la cabeza por la puerta y me dijo: "Ve a buscar al encargado de la funeraria"». Lilly Clifford, la más joven de las cuatro, fue la que habló entonces: «Vi un segundo a la señora Ferriday. Estaba abrazándolo allí, en la cama, y repetía: "No puedo vivir sin ti, Henry". Se la veía tan triste y sola que estuve a punto de echarme a llorar». Esa tarde mi madre me dio la noticia. Me quedé mirando fijamente el humidificador de puros de mi padre, preguntándome qué pasaría con ellos ahora que ya no estaba. Mi madre y yo nunca hablamos de la muerte de mi padre y ella nunca lloró delante de mí ni de ninguna otra persona después de ese día.

–Qué historia tan terrible, Caroline –contestó Paul–. Eras tan pequeña...

–Siento haber aguado la fiesta.

–Es una carga muy pesada para una niña.

–Hablemos de algo más alegre.

–Tienes buen corazón, Caroline –aseguró Paul, y se acercó para colocarme un rizo detrás de la oreja. Casi di un salto al notar su contacto y sentí una oleada de calor.

–Basta de hablar de la muerte –insistí–. ¿De qué otra cosa podemos hablar?

Los dos nos quedamos un rato contemplando el fuego y escuchando los crujidos de los troncos al quemarse.

Paul se volvió hacia mí.

–Tengo que hacerte una confesión.

–¿Los buenos católicos no se confiesan delante de un cura?

Me recorrió con uno de sus dedos el pie cubierto por la media de seda.

–Bueno, lo que te iba a decir es que no me puedo controlar cuando tengo cerca una media de seda.

¿Entendía Paul el poder que tenía ese dedo?

–Me temo que la culpa la tiene un amigo del colegio –continuó.

Me erguí un poco en el asiento.

–No sé si quiero saberlo.

–Tenía cajas de fotos viejas bajo su cama.

–¿Fotos de desnudos?

–Bueno, sí, en cierto modo. La mayoría eran de mujeres que llevaban medias de seda y poco más. –Paul hizo girar el líquido ámbar en el vaso–. Después de eso ya nunca volví a ser el mismo. Es algo que tienen esas costuras. Después de ver a Marlene Dietrich en *El ángel azul* cantando *Naughty Lola* tuve que esperar a que todo el mundo hubiera salido del cine antes de levantarme.

–Marlene llevaba unas medias finas negras en esa escena.

–¿Podemos no hablar de eso? Todavía... bueno, me afecta físicamente.

–Eres tú quien ha sacado el tema.

–Supongo que siempre me han atraído las mujeres fuertes –prosiguió Paul.

–Dile a mi madre que te presente a Eleanor Roosevelt.

Paul sonrió y dejó el vaso en el suelo.

–¿Sabes? Eres única, Caroline. Tienes algo que hace que quiera desnudarte mi alma. –Me miró un momento en silencio–. Tengo tendencia a aferrarme a las personas. Tal vez luego no puedas deshacerte de mí.

–Como una lapa –bromeé.

Él sonrió y se inclinó hacia mí.

–Sí, sea lo que sea eso.

Me levanté y me estiré el vestido. Teníamos que reducir la tensión antes de que las cosas se pusieran complicadas.

–No te muevas. Tengo una cosa para ti. No es nada sofisticado –aclaré.

–Siempre tan misteriosa, Caroline. Te pareces mucho a Marlene.

Fui a mi dormitorio. ¿Era un error todo esto? ¿Los amigos de diferentes sexos se hacían regalos entre ellos? Pero él no había traído nada para mí, en realidad. Saqué el paquete cubierto en papel plateado que había envuelto y desenvuelto varias veces para darle una apariencia más informal y se lo llevé a Paul.

–¿Qué es? –Quiso saber.

¿El rubor de sus mejillas era por la vergüenza o por el coñac?

–No es nada –dije sentándome otra vez a su lado.

Pasó una mano por debajo del papel para romper la cinta adhesiva.

–No es más que el regalo de una amiga –añadí–. Betty y yo nos hacemos regalos continuamente. Algo informal.

Desdobló los extremos y se quedó mirando el contenido del envoltorio, un rectángulo plegado del color del clarete añejo, que tenía sobre las rodillas. Se había quedado sin palabras.

–Era de mi padre. Tenía muchas, pero nunca se las ponía. Tal vez si se hubiera puesto alguna...

Paul sacó la bufanda, que era de lana merina con el forro de seda, y la sostuvo en la mano, acariciando la tela con los dedos.

–No sé qué decir –dijo al fin.

Se me secó la boca. ¿Me había excedido con un regalo tan personal?

–¿No le molestará a tu madre?

–Ella ya se habría deshecho de todas las cosas de mi padre si yo la hubiera dejado.

–Tal vez le cueste verlas ahora que él no está.

–Estuvo a punto de regalarle su abrigo de vicuña a un chico de los recados que no llevaba suficiente ropa de abrigo.

Él levantó un extremo de la bufanda y lentamente se envolvió el cuello con ella, con la cabeza gacha.

–Es demasiado bonita, Caroline. –Terminó de ponérsela y abrió las manos con las palmas hacia arriba–. ¿Me queda bien?

Con ese rubor en las mejillas parecía un niño a punto de cruzar en trineo el Bird Pond de Bethlehem. ¿Cómo sería besarle? ¿Nos arrepentiríamos los dos porque él tenía una esposa, incompatible o no, que pronto se despertaría en Francia esperando su llamada? Por supuesto que sí.

Me levanté, un poco mareada.

–¿Quieres verla? La ropa de mi padre, quiero decir.

Llevé a Paul por el pasillo hasta la habitación de mi padre. Mi madre y mi padre tenían dormitorios separados, como era costumbre entonces. La lámpara de escritorio que había en un rincón proyectaba sombras en la pared. Las doncellas seguían limpiando el polvo de la habitación, lavaban las cortinas de organza todas las primaveras y cambiaban la ropa de cama adornada con una greca, como si esperaran que mi padre volviera cualquier día y gritara: «¡Hola a todos!» después de dejar su maleta de cuero sobre la cama. Había un pequeño sofá en el hueco de la ventana en saliente, tapizado con cretona de flores relajante y desvaída que había perdido su capa brillante tiempo atrás. Abrí la puerta del armario de papá y del interior escapó una nube de olor a Vicks VapoRub y a tabaco. Encendí la luz interior.

–Oh, Caroline –exclamó Paul.

El armario doble de papá estaba casi como él lo había dejado: había hileras de pantalones de algodón, de lana marrón y de franela blanca doblados sobres perchas; todo tipo de chaquetas, desde unas cuantas Norfolk con sus cinturones, pasando por las de lana de estambre, hasta cruzadas con un botón; cantidad de zapatos de dos colores y un par de zapatos de vestir de charol, rellenos con papel tisú y alineados en el suelo; y las corbatas compartían espacio con los cinturones, todos colgados de sus hebillas metálicas. El crespón negro que mi madre llevó en el funeral estaba en la balda de arriba, en un montoncito. Yo no estuve en la iglesia de Saint Thomas ese día, porque solo tenía once años. Pero *The New York Times* escribió: «En el primer banco, las mujeres Woolsey se sostuvieron mutuamente cogidas del brazo». Saqué un cinturón y acaricié con los dedos la piel de foca forrada de ante.

–Era un hombre muy elegante –dijo Paul.

–La verdad es que no. Era mi madre la que se ocupaba de que fuera arreglado.

Paul bajó de la balda de arriba un sombrero gris relleno con un papel tisú amarillento. Lo hizo girar, como un científico que examinara un raro meteorito, y volvió a dejarlo en su sitio. De repente parecía taciturno. ¿Por qué había tenido que estropear la velada?

–Mi padre no tenía ojo para las combinaciones de colores, ¿sabes? –expliqué.

Paul solo se me quedó mirando. ¿Es que no podía dejar de parlotear?

–Y para empeorarlo todo, se negaba a que le vistiera un ayuda de cámara.

Paul no intentó frenarme, solo me miró con una expresión que no pude identificar. ¿Lástima por una pobre solterona que echaba de menos a su padre fallecido?

–Mi padre insistía en vestirse solo. Así que mi madre le compraba únicamente colores básicos. Marrón y azul marino. –Apagué la luz del armario–. Tenías que haber visto lo que se ponía antes.

Cuando cerré la puerta del armario, sentí los ojos llenos de lágrimas.

–Una mañana, a la hora del desayuno, apareció con una chaqueta amarilla, una corbata morada, pantalones de un naranja fuerte y calcetines rojos. Mi madre estuvo a punto de ahogarse de la risa.

Giré la cara hacia la puerta del armario y apoyé la frente sobre la pintura, que noté fresca.

–Lo siento, Paul. Ahora me recupero.

Paul me tomó por los hombros, me giró y me acercó a su cuerpo. Me apartó el pelo y rozó mi mejilla con los labios. Se demoró brevemente bajo la comisura del ojo y después me recorrió la cara. Se tomó su tiempo para llegar hasta mi boca y una vez allí, noté que sabía a *coq au vin* y a cigarrillos franceses.

Paul se quitó la bufanda del cuello y el movimiento provocó que me llegara una oleada de Sumare.

Pino. Cuero. Almizcle.

Volvimos al sofá mientras una nieve helada azotaba las ventanas que teníamos encima como arena en medio de un huracán. Se me paró el corazón un segundo cuando su mano me rozó el interior del muslo mientras me bajaba una de las medias. Metió dos dedos bajo la seda y la fue deslizando. Yo le desabroché el botón de arriba de la camisa. Y después el siguiente. Metí las manos por la abertura de su camisa y las bajé por sus costados, que eran tan lisos como el interior de la concha de una caracola.

–Creo que te has tomado algo más que la parte de los ángeles de ese coñac –me susurró Paul al oído.

Y me desabrochó el botón de arriba del vestido. En la penumbra su cara se veía especialmente hermosa, así, tan seria. Lo estábamos haciendo de verdad... Aparté de mi mente todo pensamiento de él con Rena.

Muy despacio fue soltando el segundo y tercer botón.

Me bajó el vestido por el hombro y me besó la piel desnuda.

–No me puedo creer lo guapa que eres –dijo bajando poco a poco con los labios hacia mi pecho, sin la más mínima prisa–. Tal vez sería buena idea irnos a la cama –sugirió

Solo pude asentir. ¿Mi cama con dosel con la colcha de raso rosa? Esa cama nunca había visto nada como Paul Rodierre.

Nos dirigimos haciendo eses hasta mi dormitorio y mi ropa interior se fue quedando por el camino.

–Sube los brazos –pidió Paul cuando llegamos a la cama.

Los levanté como si me fuera a tirar de cabeza y él me quitó la combinación y el vestido de una vez. Se desprendió de la chaqueta y me acercó a su cuerpo. Me temblaban los dedos cuando los acerqué a su cinturón. Me besó mientras yo sacaba el extremo por la hebilla y después lo deslizaba por todas las trabillas. La cremallera siseó al bajar. Él salió de sus pantalones y me guio hacia la cama hasta caer juntos sobre el suave raso. Las lamas del somier emitieron un sonido al recibir el peso repentino.

–¿Todavía llevas puestos los calcetines? –pregunté.

Él me besó la base de la garganta.

–¿Qué es ese ruido? –preguntó Paul siguiendo su camino descendente.

–¿Qué? –Me incorporé sobre un codo–. ¿Hay alguien ahí?

Él me empujó otra vez sobre la cama y acercó los labios a mi oreja.

–No es nada. –Su barbilla áspera me arañó la mejilla de una forma que me gustó–. No te preocupes.

Era estupendo tener a Paul en mi cama, todo para mí. Me hundí más en la colcha de raso rosa mientras él se colocaba encima de mí y me besaba en la boca, esta vez con más urgencia.

Pero entonces fui yo la que oyó el ruido. Alguien llamaba a la puerta. ¿Cómo habría logrado quienquiera que fuera que el portero le dejara subir? Me quedé petrificada mientras los labios de Paul seguían bajando.

–Hay alguien en la puerta –dije, estremeciéndome en la oscuridad.

8

Kasia

1940-1941

DEBEN ENTENDER QUE las actividades de la resistencia clandestina tenían para los jóvenes un componente social. Después de que los alemanes nos invadieran y decidieran considerar organizaciones criminales a los scouts y las exploradoras, nosotros continuamos con nuestras actividades a escondidas y nos convertimos en las *Szare Szeregi*, es decir las Columnas Grises. Respondíamos solo ante el gobierno polaco exiliado en Londres y la mayoría de las exploradoras se unieron. En mi caso, el grupo era la única compañía que tenía, porque Zuzanna trabajaba muchas horas en el Cuerpo de Ambulancias de Lublin y nunca estaba en casa. Además, era una buena forma de darle salida a la frustración que nos provocaba la ocupación alemana.

En las exploradoras habíamos recibido una excelente formación en primeros auxilios, pero en las Columnas Grises la ampliamos asistiendo a cursillos médicos secretos. Las chicas mayores luchaban codo con codo junto a los chicos o trabajaban como enfermeras, costureras, o en la gestión de orfanatos. Algunas incluso ayudaban a liberar a personas encerradas en las prisiones alemanas, a volar puentes o a robar planes militares alemanes.

Las más pequeñas de mi escuadrón de siete salvábamos libros polacos para evitar que los soldados alemanes los destruyeran e impartíamos clases secretas. Nos formábamos como descodificadoras y entregábamos carnés de identidad falsos y mensajes. También hacíamos lo que podíamos para sabotear a los nazis, como cambiar los letreros de las calles para que los de las SS se perdieran. Por la noche nos conectábamos a los altavoces alemanes que había en las calles y poníamos el himno nacional polaco. Cuantas más cosas conseguíamos, más queríamos hacer; era como una droga. Pero debíamos tener cuidado, no solo porque Lublin era el cuartel general de los nazis en Polonia, sino también porque los espías alemanes repartidos por todo el país habían empezado a identificar a las antiguas líderes de las exploradoras y a arrestarlas.

Además, cada vez más a menudo se producían lo que se conocía como łapanka: cacerías repentinas y salvajes que organizaban las SS, y lo que Matka más temía que nos pasara. Las autoridades ya no esperaban a que llegara la noche. Atrapaban a sus presas, ciudadanos polacos elegidos aleatoriamente, a plena luz del día y en los lugares más inesperados: iglesias, estaciones de tren, colas para el racionamiento... Cualquiera que tuviera la mala suerte de estar en esos lugares era arrestado y enviado a un centro de confinamiento. A la mayoría los enviaban a Alemania para hacer trabajos forzados hasta que morían. Los niños polacos de aspecto ario también corrían peligro. Habían empezado a desaparecer en grandes cantidades de las ciudades. Un día llenaron un tren con ellos y se los llevaron sin más. Los soldados alemanes dispararon a las madres que salieron corriendo detrás del tren. En el campo, si no había suficiente gente para trabajar, se quemaban pueblos enteros.

Aunque Pietrik no quería hablar de ello, su padre, capitán del Ejército polaco, había sido arrestado junto con otros oficiales, y Pietrik se había convertido en el único hombre de la casa. Antes de la guerra se exigía que todos los hombres licenciados en la universidad se unieran al ejército como reservistas, así que a las autoridades alemanas les resultó fácil eliminar a aquellos de nuestros hombres que tenían educación superior; solo tuvieron que arrestar a todos los miembros de los Cuerpos de Oficiales polacos. Por suerte, a Pietrik no lo habían reclutado para el ejército aún cuando empezó la guerra.

Le suplicaba constantemente a Pietrik que me asignara encargos más importantes, como los que hacían las chicas mayores, pero él era el comandante del grupo y siempre me salía con excusas.

–No me puedes decir que no hago bien las misiones –le dije a Pietrik una tarde que los dos estábamos en mi casa–. Mira qué bien me encargué de lo de la casa de Nadia.

Pietrik me estaba ayudando a limpiar los pocos pinceles que Matka no había enterrado. Los guardaba bajo una tabla del suelo para poder pintar por la noche. No eran unos pinceles cualquiera, eran pinceles para acuarela de pelo de marta cibelina de la marca Kolinsky, y limpiarlos era una tarea importante y muy delicada que mi madre solo me confiaba a mí. Ella había heredado de su madre esos Stradivarius del mundo de los pinceles. Cada uno de ellos valía una fortuna. Venían guardados en un estuche enrollado de franela roja, dividido en secciones estrechas para cada uno, y estaban hechos con el pelo de esos animales rusos que parecían comadrejas, pero solo el de los machos (cada kilo de ese pelo valía tres veces más que el oro).

–No tengo nada para ti, Kasia –aseguró Pietrik–. Las cosas están tranquilas.

Para ser un chico con las manos tan grandes, era muy delicado con los pinceles. Mojó uno en el agua con jabón y pasó los dedos suavemente por la parte de níquel y la brocha de pelo.

–Si tengo que pasarme otro día encerrada en esta casa, me voy a volver loca.

Pietrik dejó su pincel al lado del mío en el escurreplatos.

–Ya conoces las reglas. No tienes la edad suficiente. Lee un libro.

–Pero yo puedo hacer más...

–No, Kasia.

–Nada te hace sentir mejor que luchar contra ellos, Pietrik. Envíame a cualquier parte. No tiene que ser algo grande.

–Si te cogen, ser una niña guapa no te va a servir de nada con ellos. Disparan a las niñas bonitas igual que a las otras.

¿Bonita? ¿Yo? ¿Guapa?

–Si tú no me encargas alguna tarea, iré a pedir trabajo a la prensa libre. He oído que necesitan mensajeros.

–Estás más segura conmigo.

–Veo que lo entiendes.

¡Un progreso! ¡Por fin!

Pietrik se volvió para mirarme, serio.

–Bueno, hay algo. Es un asunto complicado, así que tienes que escucharme con atención.

–¿En el gueto? –pregunté.

Él asintió.

Sentí miedo inmediatamente, pero no me atreví a demostrarlo. Si dejaba ver que estaba asustada, las misiones se acabarían.

–Tienes que ir a la farmacia de Z. –Se detuvo–. No, he cambiado de idea. No vas a hacerlo.

–Pero ¿quién puede hacerlo mejor? Antes iba a tomar helado de chocolate a la tienda de Zaufanym con Nadia. Y el señor Z va a nuestra iglesia.

Aunque estaba en el gueto, no había ninguna regla que prohibiera a los cristianos ir a comprar al establecimiento del señor Z. Allí iba todo tipo de gente, incluso los de las SS, porque el farmacéutico y propietario, al que la mayoría conocíamos como el señor Z, era prácticamente médico y, además, no sabíamos cómo, pero conseguía tener en su farmacia todos los remedios que hacían falta, incluso desde que estábamos en guerra.

–¿Podrías estar allí a las dos en punto de mañana?

–¿He llegado tarde alguna vez?

–A esa hora cambia el turno de la patrulla, así que tendrás exactamente cinco minutos en los que no habrá guardias que puedan detenerte. Intenta evitar a los camisas negras. Han puesto nuevas patrullas.

–Entendido –dije con una sonrisa, aunque sentía que toda la sangre se me había helado en las venas. Tenía una sensación en las tripas que me decía: «Piénsatelo dos veces antes de hacerlo», pero la ignoré.

–Entra y ve directamente a la puerta que hay en la parte de atrás de la tienda –explicó Pietrik.

–¿La que conduce al sótano?

–Sí. Y baja las escaleras. –Pietrik me cogió la mano y me miró a los ojos–. Cuando establezcas contacto, quédate solo cinco minutos. Vas a recoger un paquete importante, Kasia. ¿Lo entiendes?

Asentí y esforzándome para mantener la voz tranquila, pregunté:

–¿Puede explotar?

–No, pero no hables con nadie al salir. Vuelve y ve a hacer tu turno habitual en el cine. Tu tapadera es que has ido a comprar aspirinas.

Pietrik me dio las instrucciones con expresión muy seria. Y tenía incluso tapadera. Era una misión real y, aunque me temblaban las manos, iba a realizarla a la perfección. Cinco minutos era muchísimo tiempo solo para recoger un paquete.

ESA NOCHE APENAS dormí porque no hacía más que pensar en todas las cosas que podían salir mal. El gueto. Te podían arrestar solo por estar en el lugar equivocado. Todos los días nos enterábamos de que a vecinos o amigos se los habían llevado al cuartel de la Gestapo, a «La Casa bajo el Reloj», un edificio de oficinas de apariencia inocente pero que tenía celdas en el sótano, o peor, al castillo de Lublin, donde fusilaban a los prisioneros en el patio.

Al día siguiente por la tarde, cuando salí hacia la farmacia del señor Z, me temblaban las piernas. Era un día gris, con el cielo cubierto por unas nubes negras arrastradas por el viento. No había motivo para tener miedo. Eso era lo que hacía que te cogieran. Los nazis olían el miedo.

Estaba a medio camino de la puerta Grodzka, la entrada oficial al gueto, cuando vi algo que hizo que me parara en seco. Era Matka, que salía de la Deutsche Haus, el restaurante donde comían todos los alemanes de la ciudad, el que tenía en la puerta un cartel enorme que decía: FÜR POLEN VERBOTEN! A los hombres de las SS les gustaba especialmente ese sitio, porque sabían que la comida era pasable, les salía prácticamente gratis y, además, estaban seguros de que no tendrían que comer al lado de ningún polaco. Los rumores decían que el lugar estaba lleno de humo de cigarrillos y que las raciones eran tan grandes que la mayoría volvían a la cocina sin terminar, pero yo no conocía a nadie que hubiera estado allí dentro (o eso creía). Al menos a nadie que hubiera vivido para contarlo, porque esa era la regla: no se permitían polacos. Justo la semana anterior habían pillado a nuestro tendero en la cocina cuando fue a entregar unas patatas, y lo habían arrestado. No volvimos a verlo.

Esos arrestos se estaban convirtiendo en algo habitual. Esa mañana había leído en el periódico clandestino de Zuzanna que en solo tres meses de guerra habían sido arrestados y asesinados cincuenta mil ciudadanos polacos, unos siete mil de ellos judíos. La mayoría eran ciudadanos destacados de la comunidad: abogados, profesores y líderes religiosos. Pero podía ser cualquiera que rompiera las reglas o se opusiera a las fuerzas ocupantes. Los nazis veían la Iglesia católica como un enemigo peligroso y había una larga lista de sacerdotes arrestados. Muchas veces acusaban en falso de algún delito a los ciudadanos y los enviaban lejos o los ejecutaban en plazas públicas por la noche, despertándonos a todos con los disparos.

Cuando vi a Matka salir de la Deutsche Haus, abrazando contra el pecho un paquete marrón que no era más grande que una hogaza de pan, quise saber qué estaba haciendo allí. Era la hora de comer y las aceras estaban llenas de gente que agachaba la cabeza para caminar contra el viento. Ella lo hacía en la dirección contraria a la mía, de vuelta a casa.

Me abrí camino a empujones para llegar hasta ella.

–¡Matka! –la llamé.

Matka se volvió, y al verme fue como si la hubiera tocado la mano helada de un espíritu.

–¡Kasia! ¿No estás en el cine? Iba a ir a llevarte el bocadillo luego.

–Hoy voy a hacer el turno de tarde.

Trabajaba como taquillera en el cine que había cerca de nuestra casa, un trabajo que me había legado Zuzanna.

Esquivamos una cola para obtener la ración de agua que daba la vuelta a la manzana.

–¿Estabas en la Deutsche Haus? Allí no pueden entrar los polacos.

–A mí me consideran alemana.

Sentí náuseas solo de pensar que había estado en ese lugar. ¡Y lo del humo de los cigarrillos era cierto! Mi madre olía a tabaco.

–¿Cómo has podido?

–No te pongas histérica, Kasia. Solo he ido a dejar...

Las dos nos bajamos de la acera para que pasara una pareja alemana, algo que era obligatorio por ley.

–¿A dejar qué?

Matka apretó la bolsa de papel más fuerte y de ella escapó un olor delicioso, oscuro y exótico, a palmeras y sol de Brasil. Café.

–Me lo puedes contar, Matka. –Inspiré hondo para controlar el pánico–. ¿Eso que huelo es una nueva colonia?

Ella volvió a la acera y aceleró el paso.

–Déjalo estar, Kasia.

Había visto las nuevas medias de seda que tenía en el último cajón de su cómoda, escondidas bajo camisas dobladas, lacias como pieles de serpiente después de la muda. Y entonces me di cuenta.

–No puedes hacer como si nada. Te tienes que confesar.

Ella se detuvo de nuevo, se acercó y dijo en voz baja:

–¿Bendígame, padre, porque he tomado café con un hombre de las SS? Lennart es...

Solté una carcajada.

–¿*Lennart?* Ese nombre significa «valiente», Matka. Lennart, *el Valiente*, mató a nuestra *Psina* de un palazo.

El sol se coló entre las nubes y la luz irisada fue a iluminar una leve mancha oscura que Matka tenía debajo del pómulo. Carboncillo.

–Los has estado dibujando.

Inspira profundamente..., repetí para mis adentros.

Matka tiró de mí para que me acercara a ella.

–Calla, Kasia. Les gusta mi obra y eso me acerca...

–Es peligroso.

–¿Crees que a mí me hace feliz? Es todo por tu padre. Lo iban a fusilar, Kasia.

–Si yo tuviera un marido como papá, preferiría morir a serle infiel.

Ella siguió caminando, abriéndose paso entre la multitud, y yo la seguí, chocando continuamente con gente que iba con prisa en todas direcciones.

–¿Cómo lo vas a entender tú? –replicó.

Le tiré de la manga de la chaqueta, pero mi madre se zafó de mi mano.

–LO LLAMAN PROFANACIÓN de raza, Matka. Una polaca y un alemán. Juntos.

Se volvió bruscamente para mirarme.

–Pero ¿te quieres callar? ¿Qué te ocurre? –Su aliento olía a café y a *chruściki* de pera.

Yo no era capaz de llorar siquiera. ¿Cómo podía ser tan inconsciente?

–Nos van a arrestar a todos. A papá también.

–Vete a trabajar –me ordenó con mirada enfadada y se alejó apresuradamente cruzando la calle.

Se libró por poco de que la atropellara un elegante descapotable que conducía una pareja, que hizo sonar el claxon y le gritó algo en alemán. Ella llegó a la acera y se volvió. ¿Se sentiría mal por haber sido brusca conmigo?

–Luego te llevo el bocadillo al cine –me gritó haciendo bocina con la mano–. ¡Me pasaré pronto!

Como no le respondí, ella apretó el café contra su pecho y siguió caminando hasta que la multitud la engulló.

Me quedé allí temblando. ¿A quién podía contárselo? A papá no. Mataría a Lennart, *el Valiente*, y él acabaría fusilado. Miré atrás, a la Deutsche Haus, y vi que Lennart bajaba los escalones acompañado de otros tres hombres, hurgándose entre los dientes con un palillo. ¿Cómo podía Matka verse con un hombre así?

Pero volví a centrarme en la misión. ¿Cuál era el lema de las exploradoras? «¡Siempre alerta!». Era importante estar muy concentrada para realizar a la perfección la misión que me había encargado Pietrik. Se lo contaría a Zuzanna después. Ella conseguiría que Matka recuperara la cordura.

Continué hacia el gueto. Crucé la puerta Grodzka y llegué a la farmacia de Zaufanym en tiempo récord. Eso era fácil. Había estado allí millones de veces con Nadia, pero esa vez, mientras caminaba por la calle adoquinada, no podía evitar sentir que estaba descendiendo al Infierno de Dante.

En el pasado, el casco viejo de la ciudad había sido el distrito comercial más activo de Lublin; siempre me lo había pasado bien con Nadia paseando por allí, viendo tiendas y dándonos atracones de rosquillas de Janucá calientes y cubiertas de azúcar glas. Las calles solían estar atestadas de carros a rebosar de nabos y patatas, grupos de niños que jugaban y tenderos con sombrero negro y gabardina con mangas de farol delante de sus tiendas, hablando con los clientes, con las puertas abiertas de par en par para enseñar sus mercancías: zapatos y zapatillas, rastrillos y horcas, o gallinas y patos que no paraban de graznar dentro de sus jaulas.

Por entonces, de la enorme sinagoga de Chewra Nosim, en la calle Lubartowska, entraban y salían hombres con sus chales de oración de color blanco y negro sobre los hombros. Y veíamos muchos que volvían a casa desde los baños para hombres, de donde se escapaba un vapor que flotaba por toda la calle.

Pero desde que llegaron los alemanes, cuando entrabas en el gueto tenías una sensación horrible y triste. El castillo de Lublin, que se elevaba sobre el barrio, había sido requisado por los nazis para convertirlo en su principal prisión. Desde él se veían las serpenteantes calles adoquinadas de debajo, que ya no estaban llenas de tenderos, ni de niños que jugaban. Los nazis se habían llevado a la mayoría de los hombres jóvenes para un proyecto de construcción: estaban preparando un terreno para construir lo que ellos decían que era un nuevo campo de trabajo que se llamaba Majdanek, a las afueras de Lublin, al sur de la ciudad. Como resultado, muchas tiendas estaban cerradas, y los pocos vendedores que abrían sus puertas no tenían gran cosa que ofrecer. Los soldados de las SS patrullaban por todas partes y los adolescentes en edad de trabajar que no se habían llevado los nazis pasaban el rato por allí, reunidos en grupos con aire preocupado. Vi a unas mujeres apelotonadas alrededor de una bandeja de restos de carne que había en el suelo. Un niño pequeño vendía brazaletes blancos que lucía en el brazo, todos con una estrella de David dibujada. La sinagoga estaba tapiada, con carteles en alemán clavados en las puertas, y los baños estaban en silencio y ya no salía vapor de ellos.

Sentí alivio cuando llegué a la farmacia. Era uno de los pocos lugares que permanecían abiertos y a esa hora de la tarde había bastante gente. Se decía que el señor Z sobornaba a todos los nazis que podía para mantener su negocio, porque era el único tendero de todo el gueto que no era judío.

A través del escaparate de vidrio cilindrado de la parte de delante de la tienda, vi en las mesas a unos hombres con sombreros negros, enfrascados en sus partidas de ajedrez. El señor Z estaba tras el mostrador de madera que iba de lado a lado de la farmacia, ayudando a una pareja con un remedio.

Giré el pomo liso de cristal. La puerta crujió al abrirse y unos cuantos hombres de los que jugaban levantaron la cabeza. Me siguieron con la mirada cuando entré, algunos con expresión de curiosidad. Aunque conocía al señor Zaufanym un poco de la iglesia, él no me saludó cuando entré. Al pasar entre las mesas oí retazos de conversaciones, la mayoría en yidis, unas cuantas en polaco. Cuando llegué a la puerta que había en la pared del fondo del local, agarré el picaporte y lo giré, pero no cedió. ¿Estaba cerrada con llave? Lo intenté otra vez. Noté que me sudaba la palma y resbalaba sobre el metal. Esta vez tampoco hubo suerte. ¿Debería abandonar la misión?

Me giré para mirar al señor Z. Él se excusó y vino hacia mí.

Justo en ese momento un camisa parda nazi, uno de los matones de andar por casa de Hitler, con el arma cruzada sobre el pecho, se acercó al escaparate, se puso las dos manos a ambos lados de la cara y se asomó al interior. ¡Me estaba mirando a mí! Algunos de los hombres de las mesas lo notaron y se incorporaron en sus asientos, sin dejar de observar la escena. Yo repetí mentalmente mi juramento: «Serviré a las Columnas Grises, guardaré los secretos de la organización, obedeceré las órdenes y no dudaré en sacrificar mi vida».

En ese momento la parte de «sacrificar mi vida» me parecía muy real.

El señor Z llegó donde estaba yo y me llevó al mostrador. Me costó llegar porque me temblaban las piernas.

–¿Necesitas aspirinas? –me preguntó.

–Sí. Tengo un dolor de cabeza horrible.

Cuando el camisa parda siguió su camino, el señor Z me acompañó a la puerta del fondo, sacudió un poco el picaporte y me abrió con toda naturalidad.

Bajé hasta el final de las escaleras, llamé a la puerta de madera con los nudillos y me quedé de pie bajo la bombilla desnuda. Me recorrió un escalofrío. Tal vez debería decirle a Pietrik que aquella había sido mi última misión.

–¿Quién es? –preguntó una voz de mujer.

–Iwona –respondí.

La puerta se abrió.

–¿Me envían a una chiquilla? –dijo una mujer oculta entre las sombras.

Entré y ella cerró la puerta.

¿Una chiquilla? Tenía dieciocho años y muchas veces me decían que parecía mayor.

–He venido a por las aspirinas. Solo tengo cinco minutos.

La mujer se me quedó mirando un momento, con la misma expresión con la que se mira el último pescado que queda en la pescadería, y después fue a una habitación adyacente. Yo avancé hacia el interior del sótano. Era el doble de grande que nuestro apartamento y tenía las ventanas cubiertas con papeles negros, así que estaba oscuro. Olía mucho a moho y a calcetines sucios, pero estaba bien amueblado con un sofá largo, una mesa de cocina y unas sillas con una lámpara azul y roja encima que daba una buena luz, y un fregadero en la pared del fondo. Unas gotas alargadas plateadas caían del grifo y se oía el ruido de los pasos y el arrastrar de las sillas de la gente que había arriba. Pero ¿adónde había ido esa mujer?

Volvió al poco con un grueso paquete. Lo metí en la mochila y miré el reloj. Había terminado en menos de un minuto, y eso que la señora Tranquilona se había tomado su tiempo. Entonces fue cuando vi a la chica en el sofá. Estaba sentada en la oscuridad, con la cabeza gacha.

–¿Quién es esa? –pregunté.

–No es asunto tuyo. Deberías irte.

Me acerqué.

–¿Le has hecho daño?

–Claro que no. Anna se va a vivir con una familia católica. Sus padres creen que allí estará más segura.

–¿Vestida así?

La niña llevaba un abrigo oscuro encima de un jersey tejido a mano, botas negras y leotardos, y tenía el pelo cubierto por un pañuelo de cuadros escoceses negros y rojos atado como un turbante muy abultado en la parte superior. Yo era una experta en cómo vestían las niñas católicas, más que nada porque yo era una de ellas, la que, gracias a Matka, llegaba a misa la primera cada domingo. La chica no llegaría lejos con esa ropa.

–Ninguna niña católica iría vestida así –apunté.

Me giré para irme.

–¿Te importa quedarte un momento y decirle qué debe llevar? –pidió la mujer.

–No sé... –dudé.

¿Esa mujer era amable conmigo cuando necesitaba algo? Bastante tenía yo con mis propios problemas, como recorrer las calles llevando paquetes secretos.

–Es muy importante para ella –insistió la mujer–. Está sola en el mundo.

–Bueno, supongo que sí que puedo quedarme un momento –cedí.

Me acerqué a la niña y me senté en el sofá con ella.

–Yo me llamo Kasia. –Le puse una mano sobre la suya, que estaba aún más fría que la mía–. Anna es un nombre muy bonito. ¿Sabes que significa «agraciada por Dios»?

–Mi nombre real es Hannah –me dijo sin mirarme siquiera.

–Si vas a vivir con una familia católica, lo primero que tienes que hacer es quitarte el pañuelo.

Hannah dudó y me miró con expresión rebelde. Me costó no ir directa a las escaleras, subirlas y marcharme.

Pero se quitó el pañuelo despacio y el pelo oscuro le cayó sobre los hombros.

–Bien. Además, es mejor que no lleves medias negras ni botas. Ven, cámbiatelas conmigo.

La niña no se movió.

–No puedo hacerlo –dijo.

–Hannah...

–Quedan tres minutos –anunció la mujer, que estaba esperando de pie junto a la puerta.

–Tenemos que darnos prisa.

–He cambiado de opinión –intentó Hannah.

Me puse de pie y me sacudí la falda.

–Está bien. Pues me voy.

–Mi novio dice que si hago esto, será como si no existiera para él.

Volví a sentarme. ¡Pero cuántos problemas causaban los novios!

–No puedes decidir las cosas por lo que te diga un chico.

–De todas formas, ya me odia. Dice que estoy abandonando a mis padres.

–Tus padres son los que quieren esto y tu novio acabará dándose cuenta de que es lo mejor.

La mujer se acercó a nosotras.

–Acabad. Ya.

–Solo se llevan a los hombres –repuso Hannah–. Tal vez sería mejor que me quedara en casa...

–Será mejor vivir con una nueva familia que dejar que te envíen a trabajar a alguna parte. Sigue con el plan y podrás conseguirles comida...

–Imposible.

–La gente lo hace todo el tiempo. Pero por ahora tienes que animarte. Nada de miradas tristes. Los de las SS las van buscando.

Se limpió la cara y se sentó más erguida. Era un comienzo. Hannah era una chica guapa con la nariz cubierta de pecas.

–Coge mis zapatos. Venga, rápido.

–Dos minutos –avisó la mujer desde la puerta.

–Oh, no puedo –se acobardó Hannah.

–Vamos, tienes que hacerlo. Tus botas te delatan. Cámbiatelas conmigo.

¿Y si me paraban a mí? Yo tenía papeles auténticos y papá me ayudaría pasara lo que pasara. Hannah se quitó los leotardos oscuros y se los cambió por mis calcetines blancos. Yo cogí sus botas, que eran un poco más pequeñas que mis zapatos.

–Bien. Ahora gírate. –Le hice lo más rápido que pude una gruesa trenza de pelo oscuro que le cayó por la espalda–. Las chicas católicas que no están casadas se peinan con una trenza. ¿Te sabes el padrenuestro?

Ella asintió.

–Bien. Apréndete el himno nacional polaco también. Últimamente lo preguntan más a menudo. Y recuerda que si alguien te ofrece vodka, nada de dar sorbitos. O te lo bebes de un trago, si puedes, o recházalo.

–Ya es la hora –urgió la mujer.

Admiré mi trabajo.

Había una Biblia blanca en la mesa.

–Es una Biblia muy bonita. –Se la di–. Que se vean arrugas en el lomo. Así parecerá usada. En la iglesia, arrodíllate así, poniendo la rodilla derecha en el suelo y haz la señal de la cruz, así. –Y le enseñé cómo–. No, con la mano derecha. Sí. Y después haz lo mismo que los demás. Y no mastiques la hostia. Deja que se te funda en la boca.

Me agarró del brazo.

–¿Tendré que comer cerdo?

–Di que una vez lo comiste y te pusiste muy enferma y que ahora no lo puedes soportar, que no quieres ni verlo...

–Gracias –dijo Hannah–. No tengo nada para darte.

–Iwona, por favor –insistió la mujer.

–No te preocupes. Y sobre todo no te apures. Tu polaco es igual de bueno que el de cualquiera. Una última cosa. –Me quité la cadena con la cruz de plata que llevaba y se la puse al cuello.

La chica se miró el pecho.

–Puede que te resulte raro vértela, pero todas las chicas católicas la llevan.

Pietrik lo entendería.

Fui hasta la puerta y me detuve para echar un último vistazo. Hannah estaba allí de pie, con la Biblia en la mano y toda la pinta de ser una chica católica de camino a la misa del domingo.

–Han pasado más de cinco minutos –advirtió la mujer–. ¿No crees que deberías esperar a que oscureciera?

–No pasa nada –aseguré. Pietrik estaría esperándome.

Subí las escaleras, crucé la farmacia y salí a la calle. Me sentí bien al salir a la calle de nuevo tras un trabajo bien hecho. «Esta va a ser mi última misión por un tiempo», me dije mientras me dirigía al cine. Le eché un vistazo al reloj y vi que iba a llegar pronto a mi turno. Mi jefe estaría contento. Lo único que quería era llegar sana y salva. Pietrik estaría allí para ayudarme si lo necesitaba.

Caminaba deprisa, pero antes de salir del casco viejo, sentí que alguien me seguía. Me agaché para atarme la bota de Hannah. El paquete envuelto en papel crujió en mi mochila. Aproveché para mirar detrás de mí. Ahí estaba el camisa parda que había visto en la farmacia, ocupado dispersando a un grupo de chicos. ¿Me había visto entrar en el sótano? Aparté esos pensamientos y eché a correr.

Llegué al cine cinco minutos antes de que empezara mi turno. En la marquesina estaba el título de la película en grandes letras: EL JUDÍO ETERNO. Desde que los nazis requisaron el cine, todas las películas llegaban desde el cuartel general nazi, La Casa bajo el Reloj, y no se permitía entrar a los polacos. Aunque solo por el título todos sabíamos que esa película era propaganda nazi. Ya había una cola de alemanes delante de la taquilla, todos con esa expresión expectante que normalmente tenían los espectadores. Algo nuevo que nos habían impuesto los nazis era la música patriótica, que se reproducía a través de unos altavoces situados fuera del cine. Era una reproducción en bucle de la *Canción de Horst Wessel*, el himno del Partido Nazi, una marcha que parecía un canto fúnebre acompañado de trompetas y que no paraba de sonar en la plaza adoquinada durante toda la noche, ¡ni siquiera durante la película!

Die Fahne hoch! Die Reihen fest geschlossen! SA marschiert mit ruhig festem Schritt, cantaba en alemán el coro: «¡La bandera en alto! ¡Las filas bien cerradas! Las tropas de asalto marchan con paso firme y seguro».

Entré por la puerta de la taquilla y contuve la respiración. Era un cubículo diminuto, apenas del tamaño de un baño pequeño, y dentro había un taburete delante de un cristal, oscurecido con un papel, en el que había una ventanilla. ¿Me había seguido alguien? Encendí las luces y para tranquilizarme toqué la caja, fría y lisa. Necesitaba mantener la calma, organizar el dinero y mantener la ventanilla cerrada un poco más.

¿Dónde estaba Matka? Ya tendría que haber venido con el bocadillo de queso que me había prometido. Como en otro tiempo fue enfermera, la habían obligado a trabajar en el hospital de la ciudad vieja. ¿Por qué llegaba tarde justo ese día, que me moría de hambre? El olor de las barritas de caramelo de los alemanes hacía que me sonaran las tripas.

Aparté un poco la persiana que cubría la ventanilla y eché un vistazo. Me recorrió un escalofrío. ¿Era posible? El camisa parda que había visto en la farmacia del señor Z estaba allí, hablando con dos *Hausfrauen* mayores que había en la cola.

Me alegré muchísimo cuando vi a Pietrik entrar en la taquilla y sentarse donde siempre, a mis pies, bajo la ventanilla, con la espalda apoyada en la pared. Tenía las mejillas enrojecidas y eso hacía que sus ojos se vieran todavía más azules. Luiza, su hermana pequeña, llegó justo detrás de él. Pegó la espalda a la pared y se sentó a su lado. Era prácticamente lo opuesto a Pietrik: él tenía los ojos claros y ella oscuros, él era serio y ella se reía mucho, y con quince años Luiza abultaba prácticamente la mitad que él.

–¿Qué tal ha ido tu visita a la farmacia? –preguntó él.

Yo estaba sentada en el taburete alto y me coloqué la falda para que se me vieran las piernas más bonitas.

–Bien, solo hay un cabo suelto...

Él lanzó una mirada de advertencia para que no hablara delante de Luiza.

–Estoy buscando mi mayor talento –interrumpió Luiza–. ¿Cuál crees tú que es, Kasia?

¿Por qué Luiza tenía que sacar ese tema tan tonto justo en ese momento? Aparté la persiana y miré la cola que había delante. El camisa parda seguía allí, pero esta vez estaba manteniendo una animada conversación con dos hombres. ¿Sería sobre mí?

–No sé, Luiza –contesté–. Eres una buena repostera...

–Pero eso es algo que puede hacer todo el mundo. Quiero que sea algo único.

Volví a mirar hacia fuera. Algo no iba bien. No seas paranoica, me dije mientras preparaba el dinero y repasaba mentalmente la lista de cosas que tenía que hacer.

¿Las tarjetas con los precios de los caramelos estaban puestas? Sí.

¿La caja estaba ordenada? Sí.

Como el público que venía a ver las películas era en su mayor parte alemán, tenía que ser muy organizada, porque si cometía el más mínimo error, a mi jefe le hacían llegar una lista terrible de quejas.

Zuzanna entró en la taquilla y cerró la puerta.

–Kasia, ¿por qué estás tan pálida?

–¿Has visto a un camisa parda ahí afuera?

Ella tiró su maletín en una esquina.

–¿Así es como me saludas? Me he pasado el día en el campo tratando a enfermos a cambio de huevos para tu desayuno, querida hermanita.

Aparté otra vez la persiana y vi que seguía ahí, charlando con una mujer joven de la cola.

–Creo que me ha seguido. Desde la farmacia del señor Z. Vete. Ya. –Me volví hacia Pietrik–. Luiza y tú también. Si os encuentran aquí, nos arrestarán a todos.

Zuzanna rio.

–Hasta donde yo sé, no hay ninguna ley que diga que no podemos ir a la farmacia del señor Z. Pero en estos tiempos hay leyes para todo...

Miré otra vez hacia la gente que guardaba cola. La mujer asintió y señaló con un dedo la puerta de la taquilla. Sentí que se me helaba todo el cuerpo.

–Está preguntándole a la gente por mí –aseguré, y sentí como si se hubiera abierto un enorme agujero a mis pies–. Le están diciendo que estoy aquí.

Y al momento siguiente se me encogió el corazón por lo que vi: a Matka, al final de la cola, con una cesta en la mano, abriéndose paso hacia nosotras.

Zuzanna me arrancó la persiana de la mano.

–Como sigas pareciendo culpable, entonces sí que tendrás problemas.

Me costaba respirar.

No vengas, Matka. Vuelve por donde has venido antes de que sea demasiado tarde, recuerdo que pensé.

9

Herta

1940

FRITZ LLEGÓ TARDE a recogerme a la estación de Fürstenberg. No era una muy buena forma de empezar mi primer día como médico del campo de Ravensbrück. ¿Se acordaría de mí? Lo dudaba. En la universidad siempre iba con alguna guapa estudiante de enfermería del brazo.

El edificio de la pequeña estación de tren era de estilo bávaro y, como estuve allí plantada en el andén esperando durante cinco minutos, me dio tiempo de sobra para admirarlo. ¿Me encargarían cosas importantes? ¿Haría buenos amigos allí? Hacía un tiempo estupendo aunque ya estábamos en otoño, y el vestido de lana me irritaba la piel. Estaba deseando poder ponerme un vestido más fresco y una bata blanca de laboratorio suave y limpia.

Por fin llegó Fritz en un Kübelwagen tipo 82 con la capota bajada, una bañera verde con cuatro asientos, el vehículo utilitario que había en Ravensbrück. Paró el coche. Venía conduciendo con un brazo apoyado sobre el respaldo del asiento del acompañante.

–Llegas tarde –dije–. Tengo cita con el comandante a las diez y cuarto.

Él se acercó al andén y me cogió la maleta.

–¿Ni siquiera me das la mano, Herta? Llevamos un año entero sin vernos.

Sí que se acordaba de mí.

Mientras conducía, le eché un vistazo furtivamente. Todavía era igual de atractivo que en la universidad, cuando todas las mujeres de allí se fijaban en él. Alto, con el pelo oscuro bien peinado, profundos ojos azules y unos rasgos refinados que delataban su origen aristocrático. Pero parecía cansado, se le veía especialmente en los ojos. No podía ser muy estresante el trabajo en un campo de reeducación femenina, ¿no?

Sentí la agradable sensación del viento revolviéndome el pelo corto cuando enfilamos Fritz-Reuter Strasse para cruzar la pequeña ciudad de Fürstenberg. Unas casitas con tejados ajardinados flanqueaban la calle. La Alemania más tradicional. Como una escena de una de esas cajas de madera tallada estilo Selva Negra.

–A veces Himmler se queda aquí, en Fürstenberg, cuando está de paso. Y viene a menudo. Él le vendió al Reich las tierras en las que está construido Ravensbrück, ¿sabes? Ganó una fortuna con ello. ¿Ves aquel campo, al otro lado del lago Schwedt? Es nuevecito... ¿Estás llorando, Herta?

–Es por el viento, que me entra en los ojos –dije como excusa, aunque tenía razón.

Era difícil no emocionarse al cruzar Fürstenberg, porque yo había estado en una ciudad muy parecida con mis padres cuando era una niña en un viaje que hicimos para ir a pescar. Era la misma esencia de Alemania, hermosa e inmaculada. Era justo por eso por lo que estábamos luchando.

–¿Qué hora es, Fritz? –pregunté secándome los ojos. No quería que el comandante pensara que era una llorona–. No puedo llegar tarde.

Fritz aceleró y levantó la voz para que se le oyera por encima del ruido del motor.

–Koegel no es un mal tipo. Tenía una tienda de *souvenirs* en Múnich antes de esto.

El Kübelwagen levantaba una nube de polvo a su paso mientras avanzaba a buena velocidad por la carretera, que seguía la ribera del lago hasta el campo. Al tomar la curva miré hacia atrás, al lugar de donde veníamos, y admiré la silueta lejana de la ciudad de Fürstenberg con la alta aguja de su iglesia.

–Aquí vas a poder escoger el médico que más te guste –comentó Fritz–. Al doctor Rosenthal le encantan las rubias.

–Yo no soy rubia –contesté, aunque me alegró que él lo creyera.

En el coche con Fritz mi humor mejoró porque me vi a punto de embarcarme en una nueva aventura.

–Bueno, eres casi rubia. Una chica alemana y limpia es algo raro por aquí. Y todos están hartos de las eslavas.

–Me encantan los hombres con sífilis.

–Solo cumplimos con nuestra obligación de repoblar Alemania –repuso Fritz con una sonrisa.

–¿Así es como cortejas a las chicas?

Me miró brevemente, aunque se demoró un segundo más de lo necesario, lo que traicionó su tono de broma. Qué suerte tenía de ser una de las pocas doctoras del régimen de Hitler. Eso me situaba en una clase totalmente diferente. Fritz Fischer nunca habría flirteado así con un ama de casa de Düsseldorf. Tal vez me dejara el pelo largo otra vez. Seguro que le impresionaría cuando me convirtiera en el mejor médico de ese lugar.

Pasamos a toda velocidad junto a un grupo de mujeres con vestidos de rayas, demacradas y en diferentes estados de atrofia muscular, que apoyaban todo su peso en el arnés de metal de una enorme apisonadora de hormigón, como bueyes enfermos. Una guardia con un uniforme de lana gris llevaba un pastor alemán sujeto con una correa. Fritz saludó a la guardia cuando pasamos y ella lo miró con el ceño fruncido.

–Aquí todo el mundo me quiere –comentó Fritz.

–Eso parece –respondí.

Nos detuvimos en medio de una nube de polvo al final de la carretera, delante de un edificio de administración de ladrillo, lo primero que se veía al llegar al campo. Salí del vehículo, me sacudí el polvo del vestido y examiné lo que había alrededor. A primera vista todo me transmitió una sensación de calidad. El césped era tupido y verde, y había flores rojas rodeando la base del edificio. A la izquierda, sobre unos promontorios desde los que se veía el campo, había cuatro grandes casas construidas siguiendo el *Heimatschutzstil*, el estilo de preservación de la patria, con columnas de piedra natural y grandes balcones de madera, una mezcla del estilo nórdico y alemán que era muy agradable a la vista. Era un lugar de calidad superior, de clase alta se podría decir incluso.

–Allí, en lo alto del promontorio, la casa que tiene vistas al campo es la del comandante –explicó Fritz.

Si no fuera porque detrás del edificio de administración se veían los altos muros de piedra coronados de alambre de espino, se podría haber confundido el campo con una casa de convalecencia; nadie diría que todo aquello era un campo de reeducación para presas. Estaba decidida a que me gustara el comandante Koegel. Los que ostentaban los rangos superiores siempre se daban cuenta si no le caían bien a un subordinado y eso podía ser fatal para la carrera de uno.

Justo al otro lado de las puertas del campo, junto a la carretera, estaba el único elemento incongruente: unas enormes jaulas en las que había monos, loros y otros pájaros exóticos. Los animales reducen el estrés, eso está comprobado, pero ¿cuál era el propósito de semejante colección?

–¿Estás esperando al mayordomo, Herta? –me gritó Fritz desde el umbral.

Una secretaria me guio por suelos de parqué y unas escaleras hasta llegar al despacho del comandante. Koegel estaba sentado tras su escritorio, bajo un espejo rectangular en el que se reflejaba una planta del tamaño de un hombre que había en una maceta en un rincón. Costaba no sentirse intimidada por la grandiosidad de aquel despacho, con el suelo cubierto de alfombras de pared a pared, las cortinas de aspecto caro y una lámpara de araña. Incluso había un lavabo de porcelana. En ese momento pensé que ojalá me hubiera limpiado los zapatos antes de entrar.

Koegel se levantó e intercambiamos el saludo alemán.

–Llega tarde, doctora Oberheuser –comentó.

El reloj de cuco estilo Selva Negra que había en la pared marcó los dos cuartos y unos bailarines con pantalones de cuero y faldas con peto salieron dando vueltas por las puertecitas al son de la canción *Der fröhliche Wanderer* para celebrar mi retraso.

–El doctor Fischer... –empecé a disculparme.

–¿Tiene la costumbre de culpar a otros de sus errores?

–Siento haber llegado tarde, *Herr Kommandant*.

Él cruzó los brazos sobre el pecho.

–¿Qué tal ha ido su viaje?

Era un hombre rechoncho, un rasgo que me producía aversión, pero me obligué a sonreír.

La ventana del segundo piso del despacho de Koegel ofrecía una amplia vista del campo. Debajo de ella había un gran patio en el que las presas esperaban en formación, organizadas en filas de cinco personas. Una carretera cubierta de escoria negra, que brillaba al sol, dividía el campo en dos. Los barracones, en hileras perfectas perpendiculares a la carretera, se extendían uno tras otro hacia el horizonte. Resultaba muy agradable ver pequeños tilos, el sagrado «árbol de los amantes» del folclore alemán, plantados a intervalos regulares a ambos lados de la carretera.

–Ha sido muy cómodo, señor –contesté esforzándome para que no se me notara el acento de Renania–. Gracias por el billete en primera clase.

–¿La comodidad es importante para usted? –preguntó Koegel.

El comandante era un hombre brusco, con las piernas cortas y un carácter bastante agrio. Tal vez su comportamiento desagradable se debiera en parte a que llevaba muy prietos el cuello de la camisa parda y la corbata reglamentarias, y le constreñían el tejido adiposo del cuello, tanto que parecía que llevara una bufanda de grasa. La fricción le había producido una abundante cantidad de verrugas, que asomaban fláccidas sobre los bordes del cuello de la camisa. Lucía unas cuantas medallas en el pecho. Al menos era un patriota.

–La verdad es que no, señor. Yo...

–Me temo que ha habido una confusión –me interrumpió con un gesto de la mano–. No podemos alojarla aquí.

–Pero recibí una carta de Berlín...

–Usted sería la única doctora aquí. Y eso presenta problemas.

–No pensaba que...

–Esto es un campo de trabajo, doctora. No hay salones de belleza elegantes, ni sitios donde reunirse a tomar un café y cotillear. ¿Qué van a decir los hombres cuando la vean en el comedor de oficiales? Una mujer entre tantos hombres es un foco de problemas.

Mientras lo escuchaba, me pareció ver cómo mi sueldo salía volando, alejándose de mí. ¿Me podría llevar Fritz a la estación para coger el siguiente tren a Berlín? Mutti tendría que volver a trabajar a jornada completa.

–Estoy acostumbrada a la vida sencilla, señor.

Abrí los puños y me di cuenta de que me había estado clavando las uñas en las palmas, donde se me había formado una hilera de sonrisitas rojas que parecían burlarse de mí. Me lo merecía. ¿Cuándo aprendería a no ser tan arrogante?

–Le aseguro que me puedo adaptar a cualquier situación. El propio Führer dice que la vida sencilla es la mejor.

Koegel examinó mi pelo corto. ¿Se estaba ablandando?

–¿Me han enviado a una dermatóloga? Eso no nos sirve de nada aquí.

–También soy especialista en enfermedades infecciosas, señor.

Reflexionó sobre lo que le acababa de decir con una mano sobre la panza.

–Ya veo. –Se volvió hacia la ventana para examinar el campo–. Bueno, aquí nosotros hacemos un trabajo muy delicado, doctora.

Mientras hablaba, el restallar de un látigo que llegaba desde el patio atrajo mi atención. Una guardia estaba azotando con una fusta a varias prisioneras que había allí reunidas.

–Necesitamos confidencialidad total, doctora. ¿No le importaría firmar una declaración jurada? No podrá confiarse a nadie. Ni siquiera a su madre o a sus amigas.

No había nada de qué preocuparse en ese sentido. Yo no tenía amigas.

–Cualquier filtración de seguridad y tendrá que enfrentarse a la encarcelación de su familia y a una posible pena de muerte para usted.

–Soy bastante reservada, señor.

–Este trabajo es... digamos que no es apto para personas aprensivas. Nuestro equipamiento médico es adecuado, como mucho, pero está en un estado lamentable.

Koegel ignoró el espectáculo que se estaba produciendo bajo su ventana. Cuando la presa cayó al suelo, protegiéndose la cabeza con las manos, la guardia intensificó el castigo. Una segunda guardia sujetaba a un pastor alemán que enseñaba los dientes, deseando lanzarse a por la presa.

–Bueno, esto contentará a Berlín –concedió Koegel.

–¿Cuál va a ser mi papel en la reeducación, señor?

La guardia del patio empezó a darle patadas en el vientre a la mujer con la bota. Los gritos de la mujer eran difíciles de ignorar. Era una forma de reeducación bastante violenta.

–Se va a unir a un grupo de élite. Trabajará con algunos de los mejores doctores de Alemania para atender las necesidades médicas del personal del campo y de sus familias, así como de las mujeres que han traído hasta aquí para hacer el trabajo del Führer. El doctor Gebhardt tiene también varios proyectos.

En el patio, la guardia recogió la fusta y dos presas se llevaron a rastras a su compañera ensangrentada mientras el resto seguía en posición de firmes.

–Tras los tres meses de formación, no se aceptará su renuncia bajo ninguna circunstancia.

–Lo comprendo, señor.

Koegel volvió a su mesa.

–Compartirá casa con Dorothea Binz, la supervisora del personal de seguridad femenino. Nuestra peluquería no es muy elegante, pero sí bastante buena. Está abajo. La llevan las estudiantes de la Biblia. Llamamos así a las que son testigos de Jehová. Se esfuerzan por convertir mi vida en un infierno, pero son buenas con las tijeras.

–Lo tendré en cuenta, señor –dije, y me despedí con el saludo alemán.

Salí del despacho de Koegel feliz de que hubiera cedido, pero no del todo segura de querer quedarme en Ravensbrück. Me invadió una vaga sensación de inquietud. ¿Y si cogía el tren y me volvía a casa? Podría simultanear tres trabajos si hacía falta.

ME QUEDÉ ESTUPEFACTA al ver mi habitación en la casita de las guardias de alto rango, recién construida y solo a unos pocos pasos de la puerta de entrada. Era más grande que todo nuestro apartamento familiar de Düsseldorf y contaba con un baño compartido que tenía ducha y bañera, una cama cómoda con un edredón blanco y un tocador. Yo no me maquillaba, porque estaba prohibido por ley, pero el tocador me serviría de escritorio. Y lo mejor de todo, la casa tenía calefacción central. Además, en ese alojamiento tan limpio y elegante tenía mi propio balcón. Si Mutti me hubiera visto en un lugar como ese, solo habría podido sacudir la cabeza por el asombro.

Volví al campamento principal para comer. Crucé la entrada del personal y encontré el comedor de oficiales. Allí había mucho ruido, porque el pequeño edificio estaba lleno a reventar de médicos y guardias de las SS, entre ellos muchos de los cincuenta médicos de las SS asignados a Ravensbrück, todos varones que disfrutaban de una comida compuesta por cerdo asado, patatas con mantequilla y varios cortes de ternera. Yo esperaba poder conocer a esos médicos tan prestigiosos que me había dicho Koegel. Aunque no tenía ninguna prisa por encontrar a alguien, allí la proporción entre médicos varones y mujeres era de un prometedor cuarenta y nueve a una.

Cuando crucé la sala para acercarme a la mesa en la que Fritz estaba sentado, diferentes grupos de hombres interrumpieron sus conversaciones y se me quedaron mirando. Después de mis años en la Facultad de Medicina estaba acostumbrada a estar rodeada de hombres, pero habría estado bien tener al menos una colega. Encontré a Fritz y a sus tres compañeros sentados con el abdomen estirado y fumando un cigarrillo en una actitud que se podría calificar de postcoital.

–Ah, Herta –saludó Fritz–. ¿Quieres algo de comer?

Señaló un plato lleno de chuletas de cerdo grasientas y yo tuve que contener las náuseas.

–Soy vegetariana –confesé.

El hombre que estaba a su lado reprimió una carcajada.

Fritz se puso de pie.

–Pero ¿dónde me he dejado los modales? Te voy a presentar a mis colegas. Allí, en el extremo de la mesa, está el doctor Martin Hellinger, aclamado miembro del mundo dental de las SS.

El doctor Hellinger era un hombre con cejas muy pobladas, gafas con montura metálica y un cuerpo endomorfo que debía de tener el nivel de glucosa muy bajo, porque apenas fue capaz de saludarme. Estaba concentrado en el crucigrama de un periódico y escribía las respuestas con un lápiz.

–A su lado está el doctor Adolf Winkelmann, que ha venido de visita desde Auschwitz.

Winkelmann estaba despatarrado en su silla. Era voluminoso y parecía que las termitas le habían agujereado la piel.

–Y este es el famoso Rolf Rosenthal –dijo Fritz señalando a un hombre de pelo oscuro y cara de comadreja que estaba repantingado en una silla a su izquierda–. Anteriormente cirujano naval y nuestro prodigio en ginecología.

Rosenthal le dio una profunda calada a su cigarrillo y me miró con la misma expresión que utiliza un tratante de ganado para examinar una vaca que piensa comprar.

Se oyó el golpe de una mosquitera contra el marco y los médicos se volvieron hacia la puerta, por la que todos vimos entrar en el comedor a la guardia rubia que había visto desde la ventana de Koegel. Era más alta de lo que me había parecido desde arriba. Por fin otra mujer.

Vino hacia nuestra mesa. Sus pasos pesados resonaron sobre el suelo de madera. Llevaba la fusta metida en una bota, la gorra en la mano y el pelo apartado de la frente como estaba de moda entonces. Aunque era una mujer joven, de diecinueve años más o menos, en su cara ya se veía una colonia de manchas solares y pecas. ¿Serían resultado tal vez de haber trabajado en el campo?

Fritz rodeó con un brazo el respaldo de su silla.

–Aquí tenemos a la bella *Fräulein* Binz. La criatura más encantadora de Ravensbrück.

Fritz no se levantó para saludarla y los otros médicos se revolvieron en sus sillas como si hubieran sentido una corriente de aire frío.

–Hola, Fritz –saludó Binz.

–¿Es que no sabes que no se te permite entrar en el comedor de oficiales sin permiso? –soltó Fritz.

Encendió un cigarrillo con un mechero de oro que sostenía con unas manos tan blancas que parecían recién salidas de un baño de leche. Las manos que esperarías que tuviera un famoso pianista. Manos que nunca habían tocado una pala.

–Koegel quiere que prepare una reunión entre tu equipo médico y mis chicas.

–Otro pícnic no, por favor –pidió Rosenthal.

–Ha sugerido un baile... –dejó caer Binz.

¿Un baile? Yo era una gran aficionada al baile, así que el tema me interesaba.

Rosenthal gruñó.

–Solo si Koegel pone una caja de ese clarete francés –pidió Fritz–. Y si incluís a alguna polaca atractiva. Esas estudiantes de la Biblia casi no hablan.

–Y trae solo *Aufseherinnen* de menos de cien kilos –añadió Rosenthal.

–¿Tú vas a venir, Fritz?

Binz se encendió un cigarrillo.

Fritz me señaló con una mano.

–Binz, saluda a tu nueva compañera de piso. Doctora Herta Oberheuser, le presento a Dorothea Binz, la encargada del búnker de castigo. También se ocupa justo aquí, en este campo, de la formación de las *Aufseherinnen*, las guardias de todo el Reich.

–¿Una doctora? –preguntó Binz. Le dio una calada al cigarrillo y me miró de arriba abajo–. Eso es nuevo. Me alegro de conocerte, doctora. Vas a necesitar mucha suerte para lidiar con todos estos.

Me tuteó, lo que me resultó inapropiado, pero nadie pareció notarlo.

–Gracias, señorita Binz –respondí mientras la acompañaba a la puerta del comedor.

–Nunca le des las gracias a una guardia, doctora –advirtió Fritz–. Crea un mal precedente.

Binz cerró la puerta con fuerza al salir y se dirigió a la *platz*. Lanzó el cigarrillo, que no había fumado ni hasta la mitad, contra los adoquines con un movimiento del pulgar y el índice. Estaba claro que Binz no era la amiga que yo estaba buscando.

Después de comer, fui con Fritz y con el doctor Hellinger hacia el bloque polivalente, donde se inspeccionaba a las nuevas *Häftlinge*, las presas. De camino vi que todas las que llevaban uniforme lucían un triángulo de diferentes colores en la manga, justo debajo de su número.

–¿Qué significan las insignias de colores, Fritz?

–El triángulo verde significa delincuente condenada; vienen sobre todo de Berlín y son mujeres duras, aunque algunas están aquí por infringir alguna ley insignificante. Muchas *Blockovas*, que eran prisioneras jefas de bloque, llevan el verde. El morado es para las estudiantes de la Biblia: testigos de Jehová. Si firman un documento en el que dicen que ponen a Hitler por encima de todo pueden salir libres, pero no quieren... Están locas. Las del triángulo rojo son presas políticas. Principalmente polacas. Las del triángulo negro son prostitutas, alcohólicas o pacifistas. La letra cosida dentro del triángulo indica la nacionalidad. Las judías tienen dos triángulos juntos para formar una estrella. Fue idea de Himmler.

De camino al bloque polivalente, pasamos ante una hilera de mujeres desnudas que esperaban fuera. Todas parecían eslavas, de distintas edades y tipologías corporales. Algunas estaban claramente embarazadas. Cuando vieron a los doctores varones, algunas chillaron y todas intentaron cubrirse.

–Esas mujeres necesitan ropa, Fritz.

Cuando entramos, nos fuimos a un rincón tranquilo para hablar.

–Así es como hacemos las selección –explicó Fritz–. Primero Hellinger busca y registra si tienen empastes o puentes de oro y plata. Después elegimos a las que están en peores condiciones para trabajar. Si coinciden los dos criterios, la presa es seleccionada. Una presa demasiado enferma para trabajar y con la boca llena de metal entra en la lista. Y a ellas les decimos cualquier cosa menos la verdad.

–¿Y la verdad es...? –pregunté.

–Que van a coger un transporte directo al cielo: o van a la cámara de gas o usamos Evipan. Gasolina si nos quedamos sin el fármaco. Después de eso Hellinger les extrae su contribución al Reich. Hoy toca Evipan.

Me abracé por la cintura.

–Creía que necesitábamos a las presas para trabajar.

–Las ancianas no pueden tirar de una apisonadora de hormigón, Herta.

–Muy pocas son tan viejas y las que tienen muchos años pueden ocuparse de tejer. Y las embarazadas no deben trabajar.

–La ley alemana dice que no puede nacer ningún niño en los campos. Y tenemos que darle ese tipo de tratamiento especial a un cierto porcentaje. Si no, este lugar estaría demasiado lleno y, yo no sé tú, pero a mí no me emociona el tifus. Además, algunas son judías.

La etiqueta de «campo de reeducación» no era más que una fachada. ¿Cómo podía haber sido tan inocente? Volví a sentir náuseas.

–Tengo que ir a mi habitación para deshacer la maleta –me excusé.

–En la facultad no mostrabas reparos con los cadáveres del laboratorio.

–Pero esos no respiraban, Fritz. Preferiría no participar en esto.

–¿Preferirías? No vas a aguantar mucho aquí con esa actitud.

–No me siento cómoda con esto. Es demasiado... no sé, personal.

La idea de administrar una inyección letal era demasiado abominable para contemplarla siquiera. ¿Se las pondríamos en el brazo? Las inyecciones letales eran una práctica inhumana y era perjudicial a nivel psicológico para las personas que las administraban.

Le toqué la mano a Fritz.

–Pero el cianuro es rápido e imperceptible. Mezclado con zumo de naranja...

–Pero ¿tú crees que a mí me gusta esto? –preguntó Fritz, acercándose a mí–. Aquí haces lo que tienes que hacer. La alternativa para ellas es *Vernichtung durch Arbeit*. Muerte por extenuación a causa del trabajo. Matarlas de hambre a propósito. Son órdenes. Directas de Himmler. Solo reciben las calorías justas para sobrevivir y trabajar durante tres meses. Exterminación lenta.

–No puedo...

Él se encogió de hombros.

–Van a morir de todas formas. No le des demasiadas vueltas.

Fritz se acercó a la hilera de mujeres desnudas y dio unas palmadas. Todas se apiñaron, como caballos en un cercado.

–Buenos días, señoras. Las que tengan más de cincuenta años, fiebre superior a cuarenta grados y las embarazadas que se aparten a un lado. Vamos a vacunarlas contra el tifus y después las dejaremos descansar. Solo me puedo llevar a sesenta y cinco, así que dense prisa.

Las mujeres hablaron entre ellas, unas cuantas traduciendo lo que Fritz había dicho a otros idiomas, y pronto salieron voluntarias.

–Es mi madre –dijo una joven empujando a una mujer mayor para que diera un paso adelante–. Ha estado tosiendo mucho, no puede trabajar.

–Muy bien –contestó Fritz.

Una chica de piel oscura y con unos ojos de espesas pestañas que estaba claramente embarazada se adelantó con los brazos cruzados apoyados sobre el vientre hinchado y le sonrió a Fritz. En pocos minutos Fritz tenía sesenta y cinco candidatas y le dijo a una guardia que las acompañara a la clínica. Al menos así todas fueron sin rechistar.

–¿Desde cuándo existe una vacuna para el tifus? –pregunté en voz baja para que no me oyeran las presas, por si alguna entendía alemán.

–No existe. Las presas enfermas solo viven de media catorce días, así que solamente estamos acelerando el proceso. Es mucho más humano que otros métodos.

Fritz me llevó a mi nuevo lugar de trabajo, la clínica médica para las presas, que estaba en un bloque bajo idéntico al resto. Desde la recepción de la parte de delante se pasaba a una sala grande con catres y literas que estaba a reventar de pacientes. Había incluso presas tumbadas sobre el suelo, algunas con enfermedades en estados muy avanzados. Una presa tenía tantos piojos que se le veía todo el pelo blanco, y se había rascado tanto que tenía trozos de piel en carne viva. No era una consulta de categoría, por así decirlo.

Al entrar nos saludó una enfermera-presa que se llamaba Gerda Quernhein. Gerda, una chica guapa con el pelo castaño, se había formado en la Escuela de Matronas de su ciudad, Düsseldorf. Era una enfermera excelente, pero ni ella podía con toda la clínica.

Fritz me guio por el pasillo y pasamos por delante de una gran cámara frigorífica, muy parecida a la de Heinz.

–¿Qué es esto? –pregunté tocando la puerta, fría y húmeda por la condensación. Tuve que apartar de mi mente un recuerdo fugaz de la cara del tío Heinz.

–El lugar de almacenamiento en frío –contestó Fritz–. De Gebhardt.

Fritz fue hasta una sala situada al fondo, pintada de un relajante verde pálido, en la que los únicos muebles que había eran dos taburetes y una alta mesa de laboratorio. La luz arrancó un destello del perfil plateado de una jeringuilla, una de las tres que había sobre la mesa y que sin duda no estaban esterilizadas. Cuando entramos, el aire agitó un delantal de goma gris que estaba colgado de un gancho en la pared. Las ventanas de esa parte del edificio estaban cubiertas con pintura blanca; parecían ojos turbios por las cataratas. Sentí claustrofobia, como si estuviéramos atrapados allí a causa de la nieve.

–¿Por qué están cubiertas con pintura esas ventanas? –pregunté.

–Gebhardt es un obseso de la privacidad –aclaró Fritz.

–Fritz, de verdad, hoy estoy cansada del viaje.

–Tómate media petidina si te hace falta –contestó Fritz arrugando la frente–. ¿O prefieres ocuparte del último turno? Es el del paredón de fusilamiento.

–¿El paredón de fusilamiento? –exclamé–. Creo que prefiero esto.

–Esto es mucho más limpio, te lo aseguro. La primera es la más difícil, lo sé. Pero es como saltar a un lago helado.

Dos guardias trajeron a la primera presa de la selección de Fritz, una mujer mayor, aunque sorprendentemente llena de vida, que solo llevaba unos zuecos de madera y una manta sobre los hombros. Le dijo algo a Fritz en un polaco confuso. Tenía la dentadura en muy malas condiciones.

Fritz sonrió.

–Sí, sí, pase. Estamos preparando las vacunas.

Él se puso el delantal de goma y se lo ató.

–Las matamos, pero siempre somos amables con ellas –explicó Fritz–. Eso nos facilita la tarea a todos.

Las guardias llevaron a la mujer hasta el taburete. Por encima del hombro vi a Gerda cargar una jeringa hipodérmica de veinte centímetros cúbicos con Evipan, una cantidad del líquido rosa amarillento suficiente para matar a un buey.

–Hemos pintado esta sala de verde pálido porque ese color calma a las pacientes –explicó Fritz.

Las guardias le quitaron la manta a la mujer, le taparon la cara con una toalla y le estiraron el brazo izquierdo como si la prepararan para una inyección intravenosa.

–Las inyecciones no eran lo que mejor se me daba en la facultad –comenté.

Una de las guardias le puso una rodilla en la espalda a la mujer y empujó para obligarla a proyectar el pecho hacia delante.

Fritz me puso la pesada jeringa en la palma.

–Mira, les estamos haciendo un favor –insistió Fritz–. Piensa que son perros enfermos que hay que dormir definitivamente. Si lo haces bien, no sufrirán.

La mujer debió de ver la jeringuilla, porque empezó a resistirse y a sacudir el brazo libre. No me vendría nada bien que Fritz le dijera a Koegel que no podía hacer mi trabajo con las jeringuillas.

Me aparté. En la punta de la jeringuilla se veía una gota lechosa.

–Lo intentaré mañana.

–Vamos –animó Fritz. Entonces se colocó detrás de mí y me envolvió con los brazos–. Lo haremos juntos.

Me cubrió la mano que sujetaba la jeringa con la suya y colocó los dedos de mi otra mano sobre la piel de la mujer, por encima de las costillas. Las guardias utilizaron los brazos a modo de camisa de fuerza y Fritz fue bajando mis dedos por el torso, hasta el quinto espacio intercostal.

–Cierra los ojos –aconsejó Fritz–. ¿Lo notas? Justo bajo el pecho izquierdo.

Presioné con fuerza los dedos sobre la piel cálida y arrugada.

–Sí –conseguí decir.

–Bien. Ya casi hemos terminado.

Fritz puso su pulgar sobre el mío encima del émbolo, me guio la mano hasta el punto indicado y después me ayudó a clavar la aguja. Sentí el ruido seco cuando atravesó el espacio intercostal.

–Sigue conmigo –me dijo Fritz, con los labios muy cerca de mi oreja–. Respira.

Fritz presionó y los dos pulgares empujaron el émbolo liso con una fuerza constante para enviar el Evipan directo al corazón. La mujer intentó zafarse, pero las guardias se lo impidieron.

–Aguanta ahora –ordenó Fritz, con la boca aún pegada a mi oído–. Solo catorce segundos. Cuenta hacia atrás.

–Catorce, trece, doce...

Abrí los ojos y vi que a la mujer se le había caído la toalla de la cara. Su labio inferior dibujaba una mueca espantosa.

–Once, diez, nueve...

La mujer luchaba y yo inspiré hondo para contener las náuseas.

–Ocho, siete, seis...

Ella se inclinó hacia atrás, como si notara que le fallaba el corazón, y después quedó inerte. No respondía.

Fritz me soltó.

–Esta ha tardado poco –comentó–. Estás empapada.

Una de las guardias arrastró a la mujer a un lado de la sala. Gerda salió para traer a la siguiente.

–Gerda es la novia de Rosenthal –me contó Fritz mientras tomaba notas en un portapapeles–. Le hizo un aborto y guarda el resultado en un tarro en el refrigerador de Gebhardt. Ella escoge a algunas presas que trata como si fueran sus mascotas: les da un baño caliente en el que echa flores. Después las peina y les cuenta historias bonitas antes de traerlas aquí.

Fui hasta la puerta para respirar un poco de aire fresco.

–¿Cómo puedes hacer esto, Fritz? Es tan...

–Este trabajo no tiene *glamour*, pero si te vas, mañana llegará alguien que te reemplace. Tenemos una cuota que cumplir cada mes. Órdenes de Berlín. No se puede evitar.

–Claro que se puede evitar. Podemos negarnos a hacerlo.

Fritz volvió a llenar la jeringa.

–Buena suerte con Koegel si lo quieres intentar.

–Bueno, yo no puedo hacerlo.

¿Cómo podía haber acabado en un lugar como aquel?

Hellinger entró en la habitación con su instrumental guardado en una funda de cuero que llevaba enrollada. Intenté no escuchar mientras extraía todo el metal de los dientes de la mujer. Cuando terminó, le puso un sello con una estrella en la mejilla.

–Estarás bien, Herta –aseguró Fritz–. Cuando te acostumbres.

–No me voy a quedar aquí. No fui a la Facultad de Medicina para hacer esto...

–Lo mismo que dije yo –comentó Hellinger con una carcajada mientras se guardaba un saquito de algodón lleno de oro en el bolsillo de la chaqueta.

–Y yo –confesó Fritz–. Y antes de que me diera cuenta habían pasado tres meses. Después de ese tiempo ya tienes que quedarte, así que hazte a la idea cuanto antes.

No lo iba a dudar ni un momento. Me iría al amanecer.

10

Caroline

1939-1940

BUSQUÉ MI ROPA a tientas en el dormitorio a oscuras. Encontré la combinación y me la puse, después me topé con la chaqueta de terciopelo de Paul y me cubrí como pude con ella. Sentí el raso fresco en los brazos desnudos. ¿Quién estaría llamando así a la puerta del apartamento?

–Quédate aquí, Paul. Voy a ver quién es.

Él se apoyó sobre mi almohada de raso rosa, con los dedos entrelazados detrás de la cabeza y una sonrisa de gato de Cheshire muy blanca en la penumbra. ¿Le parecía divertida la situación? ¿Y si era mi madre? ¿Qué le iba a decir? ¿Tengo al hombre más guapo del mundo en mi cama, medio desnudo? Pero mi madre tenía llave. ¿Se le habría olvidado?

Recorrí el pasillo. ¿Quién estaría montando ese escándalo? Crucé el salón a oscuras. En la chimenea todavía chisporroteaban unas ascuas naranjas.

–Caroline –dijo una voz desde el otro lado de la puerta–. Necesito verte.

Era David Stockwell.

Me acerqué y puse una mano sobre la puerta lacada. David la golpeó con tanta fuerza que vibró bajo mis dedos.

–¿Qué haces aquí, David? –pregunté desde el otro lado.

–Ábreme. Es importante.

Aunque nos separaban casi trece centímetros de roble, me di cuenta de que había bebido.

–No estoy vestida.

–Necesito hablar contigo, Caroline. Solo será un momento.

–Vuelve mañana, David.

–Es acerca de tu madre. Necesito hablar contigo, es muy urgente.

Ya me había enfrentado antes a esas situaciones que David decía que eran «muy urgentes», pero no podía arriesgarme.

Encendí la luz del vestíbulo y abrí la puerta. Me encontré a David con un traje de etiqueta arrugado, apoyado en el marco de la puerta. Pasó a mi lado para entrar al vestíbulo con paso vacilante. Yo me cerré la chaqueta de Paul para ocultar lo indecente que iba.

–Ya era hora –exclamó David–. Dios mío, Caroline, pero ¿qué llevas puesto?

–¿Cómo has conseguido que el portero te deje pasar?

David me cogió por los hombros.

–No te enfades conmigo, por favor, Caroline. Pero qué bien hueles...

Lo empujé para intentar apartarlo.

–David, para. ¿Qué le pasa a mi madre?

Tiró de mí hacia él y me dio un beso en el cuello.

–Te echo de menos, C. He cometido un terrible...

–Apestas a alcohol, David.

Intenté zafarme, pero no pude conseguirlo antes de que apareciera Paul detrás de mí, vestido solo con los calzoncillos y la camisa, que se había puesto apresuradamente. Incluso bajo la inmisericorde luz cenital, Paul estaba estupendo: la camisa abierta y una mancha de mi pintalabios en la tirilla del cuello.

–¿Necesitas ayuda, Caroline? –preguntó.

David, que estaba como una cuba, levantó la cabeza al oír la voz de Paul.

–¿Quién es este? –preguntó David como si tuviera delante una aparición.

–Paul Rodierre. Te lo he presentado esta mañana, en el parque.

–Oh –exclamó David y se irguió–. ¿Y qué va a pensar tu madre si...?

Lo agarré del brazo.

–David, tienes que irte.

Él me cogió la mano.

–Ven conmigo, C. Hasta mi madre te echa de menos.

Lo dudaba mucho. La señora Stockwell seguía refiriéndose a mí siempre como «la actriz», a pesar de que me conocía perfectamente desde hacía años.

–No me llames así, David. Además, estás casado, ¿te acuerdas? «La boda de la década» la denominaron los periódicos.

Miró a Paul como si se le hubiera olvidado que estaba allí.

–Por Dios, hombre, póngase algo.

David acercó su cara a la mía. Tenía los ojos azules inyectados en sangre.

–Caroline, no puedes pensar que este hombre es bueno para ti...

–Tú no tienes nada que decir en lo que respecta a mi vida, David. Perdiste ese derecho cuando hincaste una rodilla en el suelo delante de todos en el Badminton Club. ¿Tenías que pedirle matrimonio en el club de mi padre? Fue él quien consiguió que aceptaran al tuyo como miembro.

Paul regresó al dormitorio. Con suerte habría vuelto a la cama, a esperarme.

–Era un sitio que tenía significado para nosotros. Sally y yo ganamos los dobles mixtos allí.

La noticia del triunfo en el bádminton de Sally y David salió en *The Sun* y también la pregonaron a los cuatro vientos personas como Jinx Whitney, mi némesis en la escuela Chapin. A mí nunca me gustó el Badminton Club, ni siquiera cuando mi padre vivía. Nadie se podía tomar en serio un club que tenía un volante de bádminton en su escudo.

Paul apareció de nuevo en el vestíbulo, esta vez con la camisa abrochada y los pantalones puestos.

–Creo que será mejor que vosotros dos acabéis esta conversación en otro momento –comentó mientras se ponía el abrigo.

–¿Te vas? –pregunté intentando no sonar desesperada.

–David necesita que lo acompañen a la puerta y yo tengo que levantarme pronto para ensayar mañana. –Se acercó y me dio un beso en una mejilla. Mientras me besaba en la otra yo aproveché para inhalar su olor. Entonces oí que me murmuraba al oído–. El berenjena es tu color.

Paul sacó a rastras por la puerta y por las escaleras a nuestro invitado inesperado, que no dejaba de protestar y soltar todo su repertorio de maldiciones. Fue doloroso ver marcharse a Paul. Mi virtud seguía intacta, pero ¿sería esa mi última oportunidad? Al menos no era mi madre quien había aparecido en la puerta.

CONSEGUÍ SOPORTAR LAS vacaciones de Navidad porque pasé con Paul más tiempo de lo que era recomendable. Escuchamos mucho jazz en Harlem, el uno junto al otro, los dos iluminados por las luces de las velas. Por esa época él tenía un compañero de habitación, un secundario del elenco de *Las calles de París*, y mi madre ya había vuelto a Nueva York, así que no teníamos un lugar donde estar a solas. Vi la obra de Paul siete veces y pude contemplar a toda la compañía de cien integrantes demostrar sus habilidades. Además de representar un papel protagonista, Paul cantaba y bailaba en la obra, una prueba de su amplia variedad de registros. ¿Qué no sabía hacer ese hombre? El cartel de la obra anunciaba que el reparto incluía 50 BELLEZAS PARISINAS. Con toda esa compañía femenina alrededor, era un misterio por qué Paul prefería pasar su tiempo libre conmigo.

LAS COSAS EN el consulado se pusieron insoportablemente tensas en la primavera de 1940. Para entonces podría decirse que casi vivía en mi despacho. Cuando Hitler invadió Dinamarca y Noruega el 9 de abril, el consulado se vio afectado por una nueva oleada de pánico y el mundo se preparó para lo peor.

Un frío día de finales de abril, Paul me pidió que nos viéramos después del trabajo en la terraza de observación que había en lo más alto del RCA Building. Me dijo que quería pedirme algo. ¿Qué sería? Ya me había ofrecido a firmar que respondía por Rena para su visado, así que no podía ser eso. Estuve pensando en ello todo el día. Muchas veces quedábamos en ese lugar para mirar las estrellas con el telescopio, pero tenía la sensación de que esta vez quería hablar conmigo de algo que no tenía nada que ver con la

Osa Menor. Había dejado caer que podríamos coprotagonizar algo. ¿Tal vez una obra de un solo acto? ¿Algo fuera del circuito de Broadway? Me lo pensaría, claro.

Subí a la terraza temprano, como siempre, y esperé.

Cerca de mí, tres enfermeras estaban acurrucadas en las sillas de madera tipo Adirondack que había en medio de la terraza. Después se pusieron a hacerse fotos las unas a las otras delante de un cartel que decía: UN RECUERDO DE TU VISITA. HAZTE UNA FOTO EN LA TERRAZA DE OBSERVACIÓN DEL RCA. Solo una barandilla de unos centímetros de alto nos separaba del borde, así que todo Manhattan estaba a nuestros pies, con el East River al este y Central Park al norte, como una alfombra de Saruk marrón e irregular que alguien hubiera desenrollado en medio de Manhattan. Al sur se elevaba el Empire Estate y al oeste los muelles de la calle Cincuenta que se introducían en el Hudson, rodeados de barcos que esperaban su turno para levar anclas. Debajo de nosotros llamaba la atención el cartel de Macy's que, pintado de blanco sobre el tejado oscuro, destacaba en medio del ocaso creciente: MACY'S. AHORRAR ES INTELIGENTE.

Paul llegó con un ramito de lirios del valle en la mano.

–No es la fecha correcta, pero espero que no te importe.

Se refería a la tradición de regalarles lirios del valle a tus seres queridos el 1 de mayo. Agarré los tallos verde esmeralda e inhalé su dulce aroma.

–Con suerte, el próximo 1 de mayo estaremos juntos en París –dijo a continuación.

Me metí el ramito en el escote del vestido y noté los tallos fríos contra el pecho.

–Bueno, Nueva York está precioso en mayo...

Pero no terminé la frase. ¿Cómo no me había dado cuenta? Iba vestido más formal de lo habitual, con un pañuelo de seda rojo en el bolsillo de la chaqueta azul marino. ¿Se iba?

–Vas muy chic –comenté–. Hoy no llevas franela blanca. Algunas personas se visten así para viajar.

Era demasiado tarde para suplicarle que se quedara. ¿Por qué no se lo habría dicho antes?

Paul señaló hacia el puerto.

–Voy a coger el *Gripsholm*. Salimos a las siete y media.

Los ojos se me llenaron de lágrimas.

–¿Un barco sueco?

–He conseguido pasaje en un viaje de la Cruz Roja Internacional, gracias a Roger. Gotemburgo y después Francia. Te lo habría dicho antes, pero acabo de enterarme.

–No puedes irte ahora. ¿Y los submarinos y los aviones? No es seguro. Vais a ser un blanco fácil. ¿Y el visado de Rena?

–Roger dice que puede pasar otro mes antes de que sepamos algo.

–Tal vez si Roger llama a Washington...

–No va a haber un milagro de última hora, C. Las cosas se están poniendo peor.

–Pero yo necesito que te quedes. ¿Eso no importa?

–Estoy intentando hacer lo correcto, Caroline. Y no es fácil.

–¿Y por qué no esperar y ver cómo van las cosas?

–Roger me ha dicho que lo seguirá intentando. Será más fácil conseguirlo desde allí, pero para eso tengo que irme. La mitad de la familia de Rena ya ha dejado París.

Apoyé la mejilla en su abrigo.

–Todavía la quieres...

–No es por eso, Caroline. Me quedaría aquí contigo si pudiera, pero ¿cómo me voy a quedar sentado en mi suite del Waldorf mientras en casa se desata un infierno? Tú no lo harías.

¿De verdad se iba? Seguro que no era más que una broma. Nos reiríamos de ello y después nos iríamos a la cafetería Automat a tomar tarta.

El sol se fue y la temperatura se desplomó. Paul me estrechó entre sus brazos; su calor era lo único que necesitaba para permanecer caliente. Aunque estábamos a setenta pisos de altura, podíamos distinguir los barcos atracados en la calle Cincuenta. El *Normandie* seguía en su lugar. También el *Île de France*. Solo el *Gripsholm* estaba listo para salir, con la bandera sueca ondeando en el mástil. El viento arrastraba río arriba el leve humo que salía de sus chimeneas.

Miré hacia el este. La mitad del Atlántico iba a ser la parte más peligrosa del viaje, porque era el área más amplia sin cobertura aérea. Incluso en esa fase tan temprana de la guerra, los submarinos alemanes ya habían hundido varios barcos aliados en el Atlántico para evitar que llegaran suministros a Inglaterra. Me imaginé a los submarinos alemanes allí, a la espera, suspendidos en el agua como barracudas.

Paul me cogió las manos entre las suyas.

–Pero lo que yo quería preguntarte es: ¿vendrás a París cuando todo esto pase?

Me aparté de él.

–Oh, Paul, no lo sé.

En mi mente apareció una imagen de nosotros dos en el restaurante Les Deux Magots de Saint-Germain-des-Prés sentados en la mesa de un café bajo el toldo verde, con un *café viennois* para él y un *café crème* para mí, viendo pasar la vida parisina. Cuando el sol se escondiera, un poco de coñac Hennessy. Tal vez champán y una tartaleta de frambuesas mientras hablábamos de su carrera teatral. Nuestra obra de un único acto.

–¿Qué dirá Rena?

Él sonrió.

–Rena estará encantada. Tal vez se venga con nosotros y su novio.

El viento me azotó las mejillas y me levantó el pelo, que nos envolvió a los dos. Él me besó.

–Prométeme que vendrás. Lo que más me duele es dejarte aquí con tu virtud intacta. –Sonrió y me rodeó la cintura con las manos–. Eso hay que subsanarlo.

–Sí, claro, pero solo si me escribes cartas. Largas cartas, con muchas noticias, en las que me cuentes cómo pasas cada minuto del día.

–No se me da nada bien escribir, pero haré lo que pueda.

Me besó otra vez, sus labios cálidos sobre los míos. Perdí toda noción del tiempo y el espacio y me quedé allí, en la cima del mundo, suspendida, hasta que Paul me soltó, dejándome aturdida y desubicada.

–¿Me acompañas a la puerta?
–Prefiero quedarme aquí.
Vete ya. No me lo pongas más difícil, pensé.
Fue hasta la puerta de la terraza, se volvió y se despidió con la mano.
No sé cuánto tiempo me quedé allí, apoyada en la barandilla, contemplando el atardecer. Me imaginé a Paul llegando al enorme barco en un taxi. ¿Le molestaría que la gente le pidiera un autógrafo? No, le molestaría más que no lo hiciera. ¿Los suecos conocerían a Paul? No iba a haber obra de un único acto para nosotros. Al menos en un futuro cercano.
–Vamos a cerrar –me dijo el guarda desde la puerta.
Vino hasta donde yo estaba, junto a la barandilla.
–¿Adónde ha ido su novio, señorita?
–De vuelta a casa, a Francia –respondí.
–Conque a Francia, ¿eh? Espero que llegue sano y salvo.
Los dos miramos hacia el Atlántico.
–Yo también –confesé.

LA MAÑANA DEL 10 de mayo fue como cualquier otra. A las diez ya se oía que la recepción estaba llena. Antes de la avalancha me entretuve ordenando los cajones de mi escritorio (cualquier cosa para no pensar en Paul).
–Más postales de tus amigas por correspondencia –anunció Pia soltando un montón de correo sobre mi mesa–. Y deja de birlarme los cigarrillos.
Era un día de mayo precioso, pero ni la brisa suave que agitaba los olmos que había al otro lado de mi ventana podía animarme esa mañana de lunes. Los días más bonitos eran los que más me costaban, porque no podía compartirlos con Paul. Revisé el correo, deseando que hubiera una carta suya. Estaba claro que las posibilidades de que sucediera eran escasas, porque el correo que llegaba por transatlántico tardaba al menos una semana por trayecto, pero yo lo busqué de todas formas, como un sabueso que olisquea en busca del zorro.

–Pero ¿es que lees mi correo? –acusé a Pia.

–Son postales, Caroline. Medio mundo las lee, aunque solo si tiene curiosidad por lo que pasa en un orfanato francés.

Miré las postales. Château de Chaumont. Château Masgelier. Villa La Chesnaie. Esas mansiones francesas que un día fueran grandiosas se habían convertido en orfanatos. Me escribían postales para confirmar que habían recibido los paquetes de ayuda que yo les enviaba. Esperaba que algo de lo que enviaba, bien envuelto con papel marrón (jabón de dulce aroma, un par de calcetines limpios, unos caramelos y un par de prendas hechas a mano por mi madre), sirviera para alegrarle la vida a algún niño.

Me levanté y pinché las postales en mi corcho, que ya estaba lleno de fotos de niños franceses. Un ángel de pelo oscuro tenía en las manos un cartel que ponía: MERCI BEAUCOUP, CAROLINE! Otros niños posaban bajo un tilo en una clase de manualidades al aire libre, un niño frente a un lienzo y el resto en sillas plegables, organizados por grupos de edad, haciendo como que leían unos libros.

Supuse que esa foto la había tomado *madame* Bertillion, una mujer muy amable a juzgar por lo que me escribía, que era la directora del Saint-Philippe, un orfanato situado en Meudon, al sudoeste de París. Me había hecho amiga suya por carta y esperaba con ilusión sus respuestas, que estaban llenas de encantadoras anécdotas sobre los niños y cuánto apreciaban mis paquetes. Había una carta suya en la pila que incluía un dibujo con pinturas de cera de Saint-Philippe, con la imponente fachada de piedra coloreada de amarillo limón y un humo que salía de la chimenea que parecía el glaseado de una magdalena. Lo pinché en el corcho también.

¿Cómo sería adoptar a uno de esos niños? ¿Un niño? ¿Una niña? Nuestra finca en Connecticut, que nosotras llamábamos The Hay, era un verdadero paraíso para los niños. Mi madre aún conservaba mi casita de juegos infantil en medio del prado, que tenía su propia estufa de leña. Adoptar a un niño me serviría para tener a alguien a quien poder legárselo todo. La copa ornamental con dos asas de la bisabuela Woolsey. Nuestra preciosa mesa con patas de pato. La plata de mamá. Pero aparté la idea de mi mente, porque yo no me sentía capaz de criar a un hijo sola. Conocía muy bien las dificultades de crecer sin un padre y el doloroso vacío que mi madre había intentado llenar por todos los medios. También sabía cómo era fingir que estabas enferma todos los días de padres e hijas en el colegio, o echarte a llorar al ver a una hija cogida de la mano de su padre por la calle. Y nunca me había abandonado el dolor corrosivo por no haberme despedido.

Al final de la pila de correo encontré una carta escrita con una letra muy bonita en el típico papel cebolla que se usaba para el correo aéreo. En el matasellos ponía: «*Ruán*». Paul.

Con lo bien que conocía a Paul, ¿cómo es que nunca había visto su letra? La que vi en la carta le pegaba.

Querida Caroline:

He decidido escribirte nada más llegar porque, como dices a menudo, lo de esperar no es tu fuerte. Aquí están pasando muchas cosas. Ruán se ha salvado bastante de este simulacro de guerra, pero muchos se han ido, entre ellos nuestros vecinos, que anoche se fueron caminando por la carretera, llevándose a su abuela metida en un cochecito de bebé. El resto solo podemos esperar y desear que todo se arregle. Estoy en negociaciones para empezar una nueva obra en París, *Bien está lo que bien acaba*, ¿te lo puedes creer? Shakespeare. Quiero pensar que es gracias a la buena influencia que ejerces sobre mí.

Rena va a tener que cerrar la tienda. Hay poca tela y artículos de mercería disponibles. Pero a ella no le importa. Su padre ha cogido la costumbre de fumar hojas de girasol, porque no hay forma de encontrar tabaco.

Espero que consideres esto una carta con muchas noticias, porque tengo que dejarte ya para poder llegar a la valija de la embajada. Recuérdale a Roger lo de nuestro visado. Me acuerdo mucho de ti y te veo ahí, en tu trabajo. No dejes que Roger te intimide. Ya sabes que te necesita.

Con mucho amor. Hasta la próxima.

Paul

PD: Anoche soñé que te veía en el escenario, aquí, en París, en una versión muy picante de *El sueño de una noche de verano*. Hacías el papel de ángel. ¿Podría significar algo relacionado con tu carrera de actriz? ¿O es simplemente que te echo de menos? Mis sueños siempre se hacen realidad.

Paul había llegado a casa, a Ruán, a pesar de los submarinos. Al menos estaba a salvo.

Para ser un hombre tan hablador, me había escrito una carta muy breve, pero eso era mejor que nada. ¿Una nueva obra? Tal vez las cosas se calmaran en Francia. Quizá los productores franceses sabían más de la situación que nosotros, a medio mundo de distancia. ¡Y ese sueño! Sí que me echaba mucho de menos.

Encontré un ejemplar del 23 de abril de *Le Petit Parisien*, uno de los muchos periódicos franceses que le traían por valija a Roger. Estaba un poco desfasado, pero era importantísimo por las noticias que traía. El titular principal decía: «¡El Reich en Escandinavia! Las tropas británicas luchan por tierra y por mar. Un éxito considerable en la guerra en Noruega, a pesar de las enormes dificultades». Mi humor mejoró al leer esas buenas noticias. Estados Unidos seguía evitando participar en la guerra, pero los británicos estaban aguantando bien, a pesar de los horribles bombardeos de la Luftwaffe. Tal vez Francia lograra escapar de Hitler después de todo.

Ojeé la página de espectáculos de teatro. ¿Alguna noticia sobre el nuevo proyecto de Paul? No encontré nada sobre Shakespeare, pero sí me topé con un pequeño anuncio de la tienda de Rena, un sencillo cuadro negro con un borde que parecía una hilera de perlas: LES JOLIES CHOSES. LINGERIE ET SOUS-VÊTEMENTS POUR LA FEMME DE DISCERNEMENT. ¿Lencería y ropa interior para la mujer con criterio?

Roger apareció en el umbral de mi despacho, con la corbata torcida y una mancha de café en la camisa que podría servir para hacer un test de Rorschach.

–Malas noticias, C. Hitler ha atacado Francia, Luxemburgo, los Países Bajos y Bélgica a la vez. Acaba de salir en las noticias. Creo que las cosas se van a poner complicadas.

Me levanté y fui tras él. Roger no paraba de caminar de un lado para otro de su despacho.

–Dios mío, Roger. ¿Has llamado a París?

El ventilador oscilante que había en la ventana refrescaba primero un lado de la habitación y después el otro. El lazo rojo que alguien le había atado ondeaba como una diminuta bandera nazi.

–Los teléfonos no funcionan –explicó Roger–. Lo único que podemos hacer es esperar.

Nunca antes había visto a Roger asustado.

–¿Y la Línea Maginot?

–Parece que Hitler la ha rodeado y ha pasado por encima y por debajo. Ha aparecido en medio de Bélgica.

–¿Y qué va a hacer Roosevelt?

–Nada, seguramente. No le queda más remedio que reconocer al gobierno que represente a Francia, sea cual sea.

Pia apareció en la puerta de Roger, con los auriculares de cifrado al cuello.

–He intentado llamar a mi padre en París, pero no puedo contactar con él. Tengo que ir a casa.

–Ahora no puedes ir a ninguna parte, Pia –aseguró Roger.

–Pero no puedo quedarme aquí.

–No seas ridícula, Pia –la amonesté–. No puedes irte así, de repente.

Pia se quedó de pie, con los brazos caídos junto a los costados y llorando con grandes sollozos. Yo me acerqué y la abracé.

–Todo va a salir bien, querida –aseguré.

Para mi enorme sorpresa, ella también me abrazó.

EL 14 DE junio de 1940 los alemanes invadieron París y ocho días después Francia se rindió.

Pia y yo escuchamos desde el despacho de Roger los informes de la radio que hablaban de que los nazis marchaban por delante del Arco del Triunfo. Dividieron Francia en dos zonas, la zona norte, ocupada por los soldados alemanes de la Wehrmacht, conocida como zona ocupada, y la llamada zona libre en el sur. El mariscal

Philippe Pétain estaba al frente de la nueva República Francesa, denominada Régimen de Vichy, en la zona libre del sur, que la mayoría consideraban como un estado títere de los nazis.

–¿Y qué va a pasar con nuestra oficina? –preguntó Pia.

–No lo sé –confesó Roger–. Por ahora seguiremos con lo nuestro. Y haremos todo lo que podamos por la gente que tenemos aquí. No consigo contactar por teléfono con París.

–¿No pueden ayudarnos los británicos?

–Ya lo han hecho –explicó Roger–. Acaban de compartir conmigo los informes sobre la actividad de los bombarderos alemanes en el Canal de la Mancha.

Teníamos suerte de que Roger tuviera buena relación con lo que Pia llamaba «sus amigos espías británicos», nuestros vecinos en el International and British Buildings del Rockefeller Center, que eran especialmente generosos con su información clasificada.

Sonó el teléfono de la línea personal de Roger y Pia lo cogió.

–Oficina de Roger Fortier. Oh, sí. Sí, está aquí. Espere un momento.

Pia me tendió el teléfono.

–Es Paul.

–¿Cómo ha conseguido llamar? –preguntó Roger.

Cogí el teléfono.

–¿Paul?

Casi no podía respirar.

–Solo tengo un minuto –dijo Paul.

Paul.

Su voz sonaba tan clara como si estuviera en la habitación de al lado. Me tapé la otra oreja con un dedo. ¿De verdad era él?

–Caroline. Qué maravilla oír tu voz.

–Dios mío, Paul. Acabamos de enterarnos. ¿Cómo has conseguido contactar?

–Un amigo que tengo en la embajada me ha dejado llamar. No te puedes imaginar la locura que estamos viviendo. Solo es cuestión de tiempo que Hitler llegue hasta aquí.

–Puedo pedirle a Roger que acelere los visados.

–No sé, Caroline. Aquí está todo bloqueado.

–¿Qué otra cosa necesitas?

–Tengo que hablar rápido. Solo quiero que tú... –Oí unos chasquidos en la línea–. ¿Caroline? ¿Estás ahí?

–Paul, sigo aquí.

–¿Caroline?

–No me dejes, Paul.

Y la línea se cortó.

Me quedé unos segundos escuchando el tono de la línea y después colgué el auricular. Todos nos quedamos esperando a que el teléfono volviera a sonar. Roger y Pia se quedaron mirándome, con los brazos extendidos a lo largo de los costados. Ya había visto esas miradas antes. Lástima. Como cuando murió mi padre.

–Si consigue contactar de nuevo, te lo paso inmediatamente –prometió Pia.

Y yo volví a mi despacho con la terrible sensación de que esa había sido mi última conversación con Paul.

11

Kasia

1940-1941

ANTES DE QUE me diera tiempo a responderle a Zuzanna, la puerta de la taquilla se abrió tan bruscamente que se rompieron las bisagras y tres camisas negras de las SS entraron por ella. Uno agarró a Pietrik y lo levantó del suelo, y otro me cogió a mí por los brazos y me arrastró afuera. La caja se cayó y las monedas que tenía dentro salieron despedidas en todas direcciones.

–¡Solo estamos de paso! –exclamó Pietrik–. Es mi novia. ¡Ha habido un malentendido!

¿Su novia? Los soldados no dijeron nada, solo siguieron arrastrándonos. Yo busqué a Matka entre la gente. ¿Dónde estaba?

–Por favor, tengo dinero –suplicó Pietrik.

Uno de los soldados de las SS le dio un golpe en la mejilla. ¡Pietrik! Menudo estropicio le hizo en su bonita cara.

Los hombres de las SS nos sacaron entre la multitud y los que había en la cola se quedaron mirando y murmurando entre ellos. Me giré y vi al camisa parda que me había seguido un poco por detrás, llevando a Zuzanna y a Luiza agarradas por el brazo.

Matka cruzó la cola de la taquilla y echó a correr detrás de nosotros. La expresión de su cara me asustó más que todo lo demás. Solo había visto esa expresión una vez, en la cara de ojos asustados de un caballo tirado en la calle, muriéndose, después de que lo atropellara un carro. Matka abrazaba con fuerza contra su pecho la cestita del bocadillo.

–Vete a casa, Matka –grité.

–No, por favor, se están equivocando –les dijo a los soldados.

–*Kriminelle!* –gritó una mujer de la cola.

–No han hecho nada –respondió Matka, mirando a la gente con los ojos desorbitados como los del caballo–. Es mi hija. Y yo soy enfermera en la clínica.

Lo repitió varias veces y después salió corriendo otra vez detrás de nosotros, suplicándoles a los hombres que nos soltaran, hasta que uno dijo:

–Si tiene tantas ganas de venir con nosotros, nos la llevamos también.

Y agarró a Matka. Le quitó la cesta y se la tiró a una mujer alemana que estaba esperando en la cola.

–Pero ¿quién nos va a vender las entradas? –preguntó una *Fräulein* de la cola.

–¿Y por qué necesitáis entradas? –respondió uno de los soldados–. Entrad sin más. Esta noche es gratis.

Los alemanes dudaron, confusos, y se quedaron donde estaban mientras los hombres de las SS nos arrastraban hacia la oscuridad, con las trompetas de la *Canción de Horst Wessel* de fondo, atronando en la plaza.

SEPARARON A LOS hombres de las mujeres en el castillo de Lublin y al día siguiente nos metieron a unas cuantas en un camión y nos llevaron a la estación de tren. Muchas de las que estaban allí les daban cartas o sobornos a los soldados. Matka le entregó una carta a uno de ellos.

–Por favor, soy alemana. ¿Puede darle esto al *Oberscharführer* Lennart Fleischer? –Y le dio algo de dinero al hombre, que se metió ambas cosas en el bolsillo sin mirarlas.

Pero no tenían tiempo que perder y se limitaron a empujarnos. ¿Fleischer era el apellido de Lennart, *el Valiente*? Fleischer significa «carnicero». Ese apellido le pegaba.

Nos obligaron a Matka, a Zuzanna, a Luiza, a mí y a otras cien mujeres por lo menos a entrar en lo que en algún momento fue el vagón restaurante de un tren, al que le habían quitado todas las mesas, y después cerraron la puerta con un candado. Las ventanillas estaban aseguradas con barrotes de metal y allí dentro solo había, en un rincón, un cubo metálico para hacer nuestras necesidades.

Reconocí a unas cuantas chicas de mi antiguo grupo de exploradoras, entre ellas una aturdida Janina Grabowski. ¿Habría ido la Gestapo a por ella al piso de la calle Lipowa? Se me cayó el alma a los pies cuando vi que también estaba allí la señora Mikelsky, con su hijita en brazos. Las habían arrestado después de que la Gestapo pillara al señor Mikelsky repartiendo periódicos clandestinos. Su hija entonces tendría unos dos años. Le habían puesto el apropiado nombre de Jagoda*, porque parecía una baya silvestre con el pelo rubio.

Tras unas cuantas horas de viaje, nos detuvimos en Varsovia, pero pronto arrancamos de nuevo y el tren aumentó la velocidad. Ni una sola de las que estábamos en ese vagón lloró. La mayoría estábamos en silencio, abrumadas por la difícil carga que suponía la vergüenza de todo aquello.

Cuando cayó la noche me acerqué a la ventanilla y contemplé entre los barrotes los campos iluminados por la luna y los bosques oscuros que atravesábamos. Había algo perturbador en esos árboles que estaban tan cerca unos de otros.

Mientras la señora Mikelsky dormía, Luiza y yo hicimos turnos para cuidar a Jagoda. Era un poco pequeña para su edad y la niña llevaba solo un fino pijama de algodón, así que la abrazamos para darle calor. Pero incluso con esa tarea para distraernos, Luiza pronto se puso muy nerviosa.

–¿Qué va a hacer mi madre sin mí? –empezó a decir–. Yo siempre la ayudo a hornear.

–No te preocupes. Volveremos a casa pronto. Esto solo es temporal.

–¿Y Pietrik? –continuó Luiza–. ¿Irá en este tren?

El vagón se inclinó hacia la derecha y los excrementos que había en el cubo que utilizábamos como baño se derramaron y cayeron sobre dos mujeres que había sentadas en el suelo, que chillaron y se levantaron de un salto.

---

* Jagoda significa «baya» en polaco. *(N. de la T.)*

–¿Cómo quieres que lo sepa? –respondí–. Y habla más bajo. Hay gente durmiendo.

–¿Nos dejarán escribir cartas?

–Claro que sí, Luiza. Probablemente iremos a trabajar a alguna parte. A recoger remolacha o algo así.

–¿Y nos van a encerrar? –insistió Luiza.

–No lo sé, Lu. Ya veremos. No será para tanto.

La señora Mikelsky vino a por la niña y el tren se balanceó como una cuna del horror, lo que sacó a la mayoría de mis compañeras de viaje de su sueño inquieto. Luiza se apoyó contra mí al lado de la ventana, mientras Matka dormía con Zuzanna en el suelo, en un rincón. Las dos estaban preciosas ahí tumbadas, mi hermana con las largas piernas enroscadas bajo su cuerpo y la cabeza apoyada en el hombro de Matka, como un bebé.

Después Luiza ocupó el sitio de Zuzanna y se durmió por fin mientras seguíamos a buena velocidad hacia Alemania. Entonces mis propios demonios se colaron en mi mente. ¿Cómo había conseguido que nos arrestaran a todos? Una cosa era que yo sufriera por culpa de mi propia estupidez y otra muy distinta era arrastrar conmigo a todos los que quería. ¿Por qué había ido al cine? No había pensado bien las cosas y lo había estropeado todo. ¿Habría un juicio? Seguro que soltarían a las demás cuando se demostrara que no habían hecho nada y solo me encarcelarían a mí.

¿Ya habrían fusilado a Pietrik? Fusilaban a gente en el patio del castillo, todos lo sabíamos. Me eché a temblar. ¿Dónde estaba papá? Teníamos que bajarnos de ese tren inmediatamente si queríamos tener alguna esperanza. Me acerqué a la ventana y abrí el cierre. Aunque era de noche, se distinguían las siluetas de los abetos que pasaban a toda velocidad al lado del tren. Según avanzábamos hacia el oeste, el aire era cada vez más frío.

–Ya es hora de que descanses un poco tú también –sugirió Zuzanna.

–Tenemos que salir de aquí.

–Contrólate, Kasia.

–No puedo seguir aquí. –Mi ansiedad empezó a crecer–. ¿Por qué no puedo respirar?

Algo me apretaba el cuello, me lo oprimía.

–Para –ordenó Zuzanna–. Vas a asustar a Luiza. Y ya está bastante nerviosa.

Me doblé por la mitad.

–Me muero.

Zuzanna me volvió la muñeca hacia arriba y me puso la yema de los dedos en la parte interior.

–Tienes el pulso acelerado. Estás sufriendo un ataque de pánico. Respira. Inspira hondo. Y suelta el aire despacio.

Intenté llenar los pulmones de aire.

–Mírame, Kasia. Respira otra vez. No pares. Puede que tengas que estar así unos diez minutos hasta que se te pase.

A veces era útil tener una hermana que sabía de medicina. El episodio tardó en pasarse casi diez minutos.

Horas después cruzamos Poznań y después nos dirigimos al noroeste. La luz de la mañana dejó al descubierto las hojas de los árboles, más rojas y naranjas cuanto más nos alejábamos. Dormité un rato con la mejilla apoyada en los fríos barrotes de hierro y me desperté cuando el tren redujo la velocidad.

Luiza y las demás vinieron a la ventana, donde yo estaba.

–¿Qué pasa? –preguntó.

Cuando el tren entró en la estación, se oyó el sonido del silbato, largo y agudo.

Matka se abrió paso entre las mujeres y se colocó a mi lado.

–¿Qué ves?

Le di la mano.

–Un cartel que dice Fürstenberg-Mecklenburg.

Había unas mujeres en el andén que parecían gigantas rubias. Llevaban capas negras con capucha encima de los uniformes grises. Una tiró un cigarrillo y lo aplastó con la bota. Algunas tenían a su lado unos pastores alemanes de pelo oscuro que miraban los vagones y parecían ansiosos por nuestra llegada, como mascotas que esperan a su dueño. ¿Habrían estado allí antes?

–Alemania –anunció una mujer detrás de mí que estiraba el cuello para mirar por la ventanilla.

Luiza gimió. El silbato del tren sonó una segunda vez y yo empecé a respirar con dificultad de nuevo.

Matka me apretó la mano.

–Debe de ser un campo de trabajo.

–Veo la aguja de una iglesia –comenté.

Me resultaba tranquilizador pensar en los alemanes de esa ciudad, sentados en la iglesia los domingos cantando himnos.

–Personas temerosas de Dios –comentó alguien.

–¿Fürstenberg? –preguntó la señora Mikelsky–. Lo conozco. ¡Es una ciudad de vacaciones!

–Si trabajamos duro, no nos pasará nada –aseguró Matka.

Yo me agarré a los barrotes de hierro de la ventanilla para sujetarme cuando el tren paró con una sacudida.

–Al menos conocerán los mandamientos –comenté.

Ninguna de nosotras sabía lo equivocadas que estábamos. Cuando salimos del tren esa mañana, todas nos precipitamos de cabeza al mismísimo infierno.

12

Caroline

1941

SEGÚN SE FUE acercando la primavera, la situación en Francia se volvió más desesperada. Cada mañana a las diez, la recepción del consulado ya estaba atestada y mi día se presentaba agotador. Tras entrar de esa forma en París, los nazis habían sumido en una desesperación absoluta a los ciudadanos franceses que estaban atrapados en Nueva York, que en muchas ocasiones se habían quedado en muy malas circunstancias financieras, algo en lo que no podíamos ayudar. Como Roger me había prohibido tajantemente que les ofreciera mi propio dinero, solo me quedaba darles chocolatinas y prestarles un hombro en el que llorar.

Una mañana coloqué una de las cajas de zapatos de Betty en mi mesa y me puse a preparar un paquete para los huérfanos. No había vuelto a saber nada de Paul. Intentaba estar siempre ocupada para evitar los pensamientos negativos y para mantener a raya el dolor que sentía en el pecho.

–Tenemos un día repleto –anunció Pia, dejando una pila de carpetas en mi mesa–. Para empezar, tus amigas de la alta sociedad, que no aceptan un no por respuesta.

–Con esas pistas, puede ser mucha gente, Pia.

–Ay, no sé... Pris no sé qué y su madre.

Era Priscilla Huff, una rubia de piernas largas que también había asistido a la escuela Chapin, aunque era un año menor que yo. Perfecta con un traje azul de Mainbocher, se mostró desacostumbradamente amable. Electra Huff, una versión solo un poco menos estilizada de su hija, entró detrás y cerró la puerta.

–Qué despacho más chic que tienes, Caroline querida –saludó la señora Huff.

–Quiero adoptar a un niño francés, Caroline –soltó Priscilla como si estuviera pidiendo un Chateaubriand en el Stork Club–. Aceptaría incluso quedarme con gemelos, si hiciera falta.

–Hay una lista de espera muy larga para los pocos niños que están esperando ser adoptados, Priscilla, pero Pia te puede ayudar con el papeleo. Solo necesitas la firma de tu marido.

–¿Qué tal está Roger Fortier? –preguntó la señora Huff–. Tu jefe es un hombre encantador.

–Bueno, Caroline, ese es el problema –continuó Priscilla–. No estoy casada.

–Todavía –puntualizó la señora Huff, revisando los marcos de fotos de plata de la repisa–. Tienes dos ofertas sobre la mesa.

Metí un par de calcetines de color beis en la caja de zapatos. ¿Dos ofertas sobre la mesa? ¿Qué era esa mujer, una parcela de una hectárea en Palm Beach rodeada por un seto?

–Hacen falta un padre y una madre para adoptar, Priscilla.

–El francés de mamá es excelente. Y yo lo hablo *plus que* fluido también.

Priscilla cumplía el requisito de hablar el idioma. Cada año me ganaba en el concurso de redacciones en francés. Aunque el hecho de que todas las Navidades su cocinero preparara un *bûche de Noël* muy elaborado para toda la clase también la ayudaba un poco, porque todas sabíamos que a nuestra profesora de francés, la señorita Bengoyan, que era la única juez del concurso, le gustaba mucho el dulce. ¿Por qué tenía tantas ganas de fumarme un cigarrillo?

–Lo comprendo, Priscilla, pero yo no soy quien hace las reglas. Esos niños han vivido experiencias trágicas, como te puedes imaginar. Puede ser muy difícil, incluso tratándose de parejas casadas.

–¿Así que les envías cajas a los niños huérfanos, pero rechazas un hogar que no tiene nada de malo? Yo le puedo ofrecer lo mejor a cualquier niño.

Tal vez. Hasta que aparezca el siguiente capricho.

–Lo siento, Priscilla, pero tengo muchas citas esta mañana.

Me fui hasta el archivador.

–Pues se dice por ahí que tú vas a adoptar –dejó caer Priscilla.

–Se dicen muchas cosas por ahí –contesté.

–Parece que algunas sí que pueden saltarse las normas –comentó la señora Huff, ajustándose un guante.

–Yo perdí a mi padre cuando tenía once años, señora Huff. Crecer sin un padre es algo terrible. No le haría eso a ningún niño.

–¿Más terrible que no tener padres? –preguntó Priscilla.

Cerré de golpe un cajón del archivador.

–Eso es discutible, me temo. Pero es que no hay tantos niños franceses para adoptar.

Priscilla hizo un mohín y tuve que contenerme para no estrangularla.

–Creía que llegaban barcos llenos de huérfanos todos los días.

–No, son muy pocos en realidad. Después de lo que le pasó al *City of Benares*...

–¿Al qué? –interrumpió Priscilla.

La señora Huff cogió su bolso.

–Bueno, si es dinero lo que necesitas... He oído que tu madre y tú habéis tenido que dejar el Meadow Club.

Me senté en mi silla.

–Vendimos nuestra casa de Southampton, señora Huff, y ahora veraneamos en Connecticut, así que ya no vamos a visitar ese club. Y no, no puedes comprar un niño, Priscilla. Si leyeras el periódico de vez en cuando sabrías que el *City of Benares* era un barco de pasajeros británico que llevaba cien niños ingleses, enviados por sus padres a Canadá para que pudieran escapar de los bombardeos en Londres. Cuando iba de camino entre Liverpool y Halifax, Nueva Escocia...

La señora Huff apoyó las dos manos en mi mesa y se inclinó hacia delante.

–Nosotras estamos interesadas en un niño francés, Caroline.

–Cuando llevaban cuatro días de viaje y los niños, que tenían entre cuatro y quince años, ya estaban en pijama, listos para acostarse... –Sentí que se me llenaban los ojos de lágrimas.

Priscilla cruzó los brazos sobre el pecho.

–¿Y qué tiene eso que ver con adoptar un niño francés?

–Un submarino alemán hundió el barco, Priscilla. Setenta y siete de los cien niños que iban a bordo se ahogaron. Después de eso, se han cancelado abruptamente todos los programas de evacuación de niños que estaban en marcha. Al menos por ahora. Así que lo siento mucho, señoras, pero hoy no van a poder comprar un niño. Y ahora tengo que pedirles que se vayan. Estoy muy ocupada, como seguro que habrán podido deducir por lo llena que está la recepción.

Priscilla se miró las costuras de las medias.

–No hace falta que te pongas insolente, Caroline. Solo queremos ayudar.

Pia llamó a la puerta y entró justo a tiempo. Acompañó a las Huff a la puerta un momento antes de que Roger apareciera en el umbral de mi despacho.

–Te alegrará saber que te he concedido una autorización de seguridad de un nivel más alto, Caroline.

Abrí el cajón de la mesa y me puse a colocar una hilera de chocolatinas que acababa de traer. Esperaba que Roger no se fijara en que me temblaban las manos.

–¿Para qué?

–Hace tiempo que sabemos que hay campamentos de tránsito por toda la zona libre. Han estado reuniendo extranjeros allí como si fueran ganado. Sobre todo judíos, pero no exclusivamente. Ahora llegan informes de que los transportan a campos en Polonia y otros lugares. Y yo quería saber si tú podrías ocuparte del tema.

Me giré para mirar a Roger.

–¿De qué tema, exactamente?

–Necesitamos descubrir adónde van, quiénes y cuántos. Y por qué los han arrestado. Estoy cansado de decirle a la gente que no sé lo que les ha pasado a sus familiares.

–Por supuesto que me ocuparé, Roger.

Eso significaba tener acceso a información clasificada, o lo que era lo mismo, una butaca de primera fila para ver lo que estaba ocurriendo en Europa. Ya no tendría que esperar a que las noticias salieran en *The New York Times* para conocerlas. Y tal vez podría enterarme de algo sobre Paul.

–Me cuesta pedírtelo, porque tú no recibes un sueldo a cambio de tu trabajo.

–No te preocupes por eso, Roger. Mi madre y yo no necesitamos nada.

La verdad era que mi padre nos había dejado en una situación cómoda cuando murió, aunque eso no significaba que pudiéramos despreocuparnos por el dinero. Todavía teníamos algunas fuentes de ingresos y unas cuantas propiedades que podíamos vender. Y siempre quedaba la plata.

Cuando cerramos a la hora de comer, bajé corriendo a la Librairie de France que había al lado de Channel Gardens y les pedí prestados todos los atlas que tenían. Volví a mi despacho y me sumergí en un nuevo mundo de información clasificada. Fotos de reconocimiento británicas. Documentos confidenciales. Pia dejó un buen montón de documentos en mi mesa y yo me enfrasqué completamente en la investigación sobre los campos. Los campamentos de tránsito de la zona libre: Gurs, Le Vernet, Argelès-sur-Mer, Agde, Des Milles. Las fotos de vigilancia eran perturbadoras, detalladas, y estudiarlas era un poco voyerista; como espiar el jardín de un desconocido.

Le asigné a cada campamento una carpeta y pronto descubrí toda una nueva categoría más allá de los campamentos de tránsito.

Los campos de concentración.

Pegué un mapa en la pared de mi despacho y fui marcando con chinchetas cada campo que descubríamos. Roger me daba las listas y yo hacía el seguimiento. Pronto Austria, Polonia y Francia estuvieron salpicadas de chinchetas rojas, como si estuvieran enfermas de escarlatina.

Pasaron meses sin noticias de Paul. Con los nazis campando a sus anchas por Francia sin que nadie se interpusiera en su camino, costaba no imaginarse lo peor. Roger me transmitía las noticias que llegaban del otro lado del Atlántico. Al principio los franceses habían adoptado con los alemanes la actitud de esperar y ver. Cuando los oficiales alemanes ocuparon todas las mesas de los mejores restaurantes, los parisinos hicieron lo posible por ignorarlo. París ya había sido ocupada en otras ocasiones, después de todo. Parecían tener la esperanza de que todo iba a pasar sin más.

Pero como los nazis no eran muy buenos a la hora de comprender las indirectas, empezaron a requisar también los mejores productos de charcutería y los vinos más exquisitos, y anunciaron su plan de llevarse a Hamburgo toda la industria de la moda de París. Después llegaron las redadas y los arrestos de ciudadanos franceses sin previo aviso. Entonces empezamos a recibir informes sobre pequeños grupos de la resistencia que habían comenzado a cristalizar en varios lugares de París y a distribuir panfletos antialemanes, preparando así el terreno para organizar una efectiva red de inteligencia. Menos de una semana después de que recibiéramos esos primeros informes, se incrementó el volumen de las informaciones sobre las actividades clandestinas de la resistencia por toda Francia.

YO ME MANTENÍA ocupada gracias a mi trabajo con los huérfanos, y mi madre me ayudaba incansablemente. Una noche saqué todo lo que había en los armarios de la habitación de invitados del apartamento, buscando ropa que pudiéramos deshacer y convertir en prendas para los niños huérfanos mientras mi madre se dedicaba a coser los pocos trozos decentes de tela que teníamos.

La habitación de invitados era una curiosa mezcla de mi madre y mi padre, porque en el pasado fue el estudio de él y conservaba cierto aire masculino con su papel pintado de rayas y el escritorio doble de imitación de ébano, pero después se convirtió en la habitación de costura de mi madre, y desde entonces se veían los restos de sus labores por todas partes: patrones de vestidos de papel finísimo de color ámbar y maniquíes de costura acolchados de diferentes tallas que, por desgracia, con los años iban perdiendo poco a poco la cintura de avispa.

Saqué las bolsas de los mercadillos de segunda mano y las prendas de lana de invierno, buscando como loca trozos de tela suave. A mí nunca se me había dado muy bien coser y tampoco me importaba, porque estropeaba la postura, pero mi madre era una costurera estupenda. Se sentaba a coser, inclinada sobre la vieja Singer negra y la luz de la lámpara hacía que se le viera el pelo muy blanco. Cuando mi padre murió, su pelo castaño se volvió del color de las sales de Epsom casi de la noche a la mañana. Se lo cortó muy corto, empezó a llevar casi siempre ropa de montar y desterró el maquillaje. Siempre le habían encantado los caballos y estaba más cómoda con un cepillo para el pelo de los caballos en la mano que con uno de tocador de plata, pero fue muy triste ver que una mujer hermosa como ella se abandonaba así.

Escuchábamos las noticias sobre la guerra en la radio mientras trabajábamos:

19 de abril de 1941. Belfast, en Irlanda del Norte, recoge los escombros tras un grave bombardeo de la Luftwaffe, y Londres ha sufrido uno de los peores bombardeos aéreos hasta la fecha. Tras el comienzo del avance de las tropas alemanas hacia el interior de Grecia, el Primer Ministro griego, Alexandros Koryzis, ha decidido quitarse la vida y todos los británicos que había en el país han sido evacuados.

–Oh, apágalo, Caroline. Nunca se oyen buenas noticias.

–Al menos hemos echado una mano en la guerra.

Aunque Estados Unidos seguía siendo oficialmente una nación neutral, por fin habíamos empezado a patrullar por el Atlántico Norte.

–Y pensar que Hitler dentro de poco va a poder recorrer lo que queda del Partenón... –comentó mi madre–. ¿Cuándo piensa parar?

Dejé un abridor de costuras en el cubo de playa metálico que mi madre utilizaba como cajón de sastre para las bobinas y tijeras. El metal rozó con un poco de arena; todavía quedaban en el fondo unos granitos de la playa que había cerca de la casita familiar de mi madre en Gin Lane, Southampton. Una playa preciosa. Seguía viendo a mis padres allí, mi madre con un traje de baño negro y mi padre con traje y corbata, peleando con el periódico a causa del viento. Recordaba que el aire salado me hacía cosquillas en los pulmones. Por la noche, en el claroscuro del amplio salón, yo fingía leer con una mejilla apoyada en el sofá de tela, pero en realidad los miraba jugar al gin rummy, riendo y mirándose, sin poder apartar los ojos el uno del otro.

–Vámonos a Southampton, mamá. Un cambio de aires nos vendrá bien.

Ya habíamos vendido la casita de Gin Lane, pero Betty aún conservaba la suya.

–Oh, no, ahora aquello está lleno de neoyorquinos.

–Tú eres una de esas neoyorquinas, mamá.

–No discutas conmigo, cariño.

Procuraba evitar la playa. A ella también le traía recuerdos de mi padre.

–Bueno, tampoco podríamos ir ahora. Los orfanatos necesitan desesperadamente ropa de abrigo para cuando haga más frío.

–¿Todavía puedes enviar tus cajas de ayuda por correo?

–Los alemanes fomentan que la gente les envíe ayuda para los huérfanos, incluso a los que están en los campamentos de tránsito. Les hace ahorrar dinero.

–Qué amable por parte de esos *boches*.

Mi madre se refería siempre a los alemanes utilizando la palabra francesa *boche*, que significa «cabeza cuadrada». Era su pequeño acto de rebeldía.

Me volví hacia la cama y cogí un montón de chaquetas de lana de mi padre.

Ella tiró de la manga de una de ellas.

–Podemos cortar estas...

–No vamos a hacer pedazos las cosas de papá, mamá. Y además, necesitamos telas que los niños puedan llevar directamente sobre la piel.

Aparté las chaquetas de sus manos destructoras.

–Han pasado más de veinte años desde que murió, Caroline. Y el pelo de camello es el alimento favorito de las polillas.

–La verdad es que creo que voy a arreglar las chaquetas de mi padre para ponérmelas yo.

Con unos arreglillos, a mí me quedaban bien las chaquetas de mi padre. Estaban hechas con un buenísimo cachemir de dos hebras, lana de vicuña o espiguilla de excelente calidad, y cada botón de cuero era una obra de arte. Los bolsillos estaban forrados de un raso tan grueso que meter una mano dentro era como sumergirla en agua. Además, al llevar las chaquetas de mi padre sentía una parte de él cerca de mí. A veces, cuando estaba parada en una esquina esperando que cambiara un semáforo, encontraba restos de tabaco de puro en alguna arruga profunda o un caramelo de menta envuelto en papel celofán en un bolsillo escondido.

–No puedes quedarte con todas sus cosas viejas, Caroline.

–Así ahorramos dinero, mamá.

–Todavía no tenemos que recurrir a la beneficencia. Lo dices como si ya estuviéramos a punto de sentarnos a pedir en la puerta de una iglesia. Siempre nos apañamos.

–Tal vez deberíamos recortar en personal.

Después de la muerte de mi padre, mi madre empezó a coleccionar bocas que alimentar, igual que otras personas coleccionaban cucharas o porcelana china. No era raro encontrar en la habitación de invitados alguna alma necesitada, salida de cualquier albergue de indigentes, tumbada bajo un edredón de plumas y leyendo *Las uvas de la ira* con una copa de jerez en la mano.

–Hija, no es que tengamos lacayos con librea. Si hablas de Serge, él es de la familia. Además, es el mejor chef francés de la ciudad y no bebe tanto como la mayoría.

–¿Y el señor Gardener?

Esa pregunta no necesitaba respuesta. Nuestro jardinero, que casualmente se apellidaba Gardener*, también era prácticamente de la familia. Con sus ojos amables y su piel lisa y oscura como la de un caballo castaño, llevaba con nosotras desde que plantó nuestro jardín de Bethlehem, justo antes de que muriera mi padre. Se rumoreaba que su familia había llegado a Connecticut desde Carolina del Norte gracias al Ferrocarril Subterráneo**, que tenía una de sus paradas en la antigua Bird Tavern, que estaba justo

---

* Gardener significa «jardinero» en inglés. *(N. de la T.)*

** El Ferrocarril Subterráneo fue una red clandestina organizada en el siglo XIX en Estados Unidos y Canadá para ayudar a los esclavos afroamericanos a escapar de las plantaciones del sur hacia estados libres o Canadá. *(N. de la T.)*

enfrente de The Hay. Además de tener un don para cultivar rosas antiguas, el señor Gardener habría dado su vida por mi madre y ella por él. Se quedaría con nosotras para siempre.

–Y no nos vamos a quedar sin comer por mantener a unas cuantas doncellas –repuso mi madre–. Si quieres ahorrar cantidades irrisorias, pide que el consulado pague los envíos de las cajas para tus huérfanos.

–Roger paga los costes a medias conmigo, pero no tengo mucho que enviar esta vez. No se puede comprar ni un retal de tela.

–¿Y por qué no organizamos una obra de teatro para recaudar fondos? Te divertirá subir al escenario otra vez, cariño, y todavía tienes todos los vestidos.

Los vestidos. Metros y metros de tela guardados en un viejo baúl que nadie usaba para nada, y que eran perfectos para hacer todo tipo de ropa para niños.

–Mamá, eres un genio.

Fui corriendo a mi habitación y saqué el baúl del armario a rastras. Aún conservaba las pegatinas de recuerdo de todas las ciudades en las que me había subido al escenario: Boston, Chicago, Detroit, Pittsburgh. Lo llevé hasta el cuarto de invitados y el esfuerzo me dejó casi sin aliento. Tenía que dejar de robarle los cigarrillos a Pia.

Mi madre se irguió en su banco de costura cuando me vio entrar.

–Oh, no, no. No lo hagas, Caroline.

Abrí la tapa del baúl de un tirón y su contenido despidió un agradable aroma a cedro, seda vieja y maquillaje de teatro.

–Es una idea genial, mamá.

–No sé cómo puedes hacerlo, hija.

Habíamos ido consiguiendo accesorios y disfraces por todas partes (un corpiño de seda del siglo XIX aquí, un abanico de seda y hueso de Tiffany allá), pero mi madre me había confeccionado la mayoría de los vestidos que yo había llevado en el escenario, desde el de *Noche de Reyes*, que representé cuando todavía estaba en la escuela Chapin, hasta el de *Victoria Regina* de Broadway. No pude quedarme con todos los trajes, pero sí conservaba los que usé en el instituto, y mi madre solía confeccionar una copia de los que me puse en Broadway. Utilizaba los terciopelos de mejor calidad, las sedas de más bellos colores y los algodones más suaves. Y les ponía botones de madreperla que ella misma hacía con conchas de mejillón que recogía en la playa de Southhampton. Los botones que cosía mi madre se quedaban ahí para siempre.

–*El mercader de Venecia* –anuncié sacando una chaqueta de terciopelo morado y unos pantalones, ambos forrados con seda de color mostaza–. De aquí se pueden sacar dos camisas para niño. ¿Y qué podemos hacer con el forro?

–¿Ropa interior? –sugirió mi madre con un hilo de voz.

–Qué gran idea, mamá.

Extendí un vestido de raso de color coral, con el corpiño bordado con perlas naturales.

–*Noche de Reyes*.

–¿Es que no te da ni un poco de nostalgia?

–No, mamá. Y si te resistes, los cortaré yo.

Ella me arrebató el vestido.

–Ni hablar, Caroline.

Del baúl salió otro vestido de terciopelo de color jerez, una pelerina de armiño blanco falso y un traje de seda escarlata.

–*Bien está lo que bien acaba* –dije mostrando el vestido. ¿De verdad había tenido alguna vez la cintura tan estrecha?–. Podemos sacar seis camisones del manto y dos chaquetas del vestido. La piel puede servir para forrar el borde de los mitones.

Trabajamos hasta bien entrada la noche. Yo abría y cortaba costuras, hundiendo los dientes de mis tijeras dentadas en terciopelos y rasos.

–¿Alguna noticia de tu amigo Paul? –preguntó mamá.

–Ni una palabra. Ya ni siquiera nos llegan los periódicos franceses al consulado.

Aunque mi madre no sabía gran cosa de mi relación con Paul, de alguna forma entendía lo importante que era para mí. Con todo lo que estaba pasando en Francia, parecía casi tan preocupada por él como yo.

–¿Su mujer tiene una tienda de ropa?

–De lencería, en realidad. Se llama Les Jolies Choses.

–¿Lencería? –preguntó mi madre como si le hubiera dicho que Rena se dedicaba a hacer malabarismos con antorchas en llamas.

–Sí, mamá. Sujetadores y...

–Ya sé lo que es la lencería, Caroline.

–No la juzgues, mamá, por favor.

–Bueno, aunque Paul salga de esta guerra de una pieza, de un hombre nunca te puedes fiar.

–Yo quiero oírlo de su boca, mamá.

Mi madre abrió la costura de un forro de raso lavanda.

–Y los franceses... ya sabes cómo son. Las amistades con hombres casados son muy comunes allí, pero...

–Yo solo quiero recibir otra carta, mamá.

–Ya verás como cuando acabe esta guerra vendrá a llamar a tu puerta. Seguro que los alemanes le han buscado algún lugar especial. Al fin y al cabo es bastante famoso.

Eso no se me había ocurrido. ¿Los nazis tratarían de forma especial a Paul porque era famoso?

Cuando amaneció, la cama de invitados estaba cubierta de un exquisito muestrario de ropa infantil. Chaquetas y pantalones suaves. Jerséis y sombreros. Me lo llevé todo al trabajo y lo dejé en la mesa de Pia, aunque ella no apareció por ninguna parte.

SEMANAS DESPUÉS TENÍA a tres generaciones de la familia LeBlanc acampando en mi despacho, haciendo turnos para asearse en el lavabo del baño de señoras del consulado, cuando de repente Roger entró corriendo en mi despacho. Apoyó una mano en el marco de la puerta y vi que tenía la cara de color gris paloma, como su camisa. El estómago me dio un vuelco. Tenía cara de malas noticias: el ceño fruncido y la boca apretada, formando una fina línea. Mientras no cerrara la puerta, todo estaba bien.

Se pasó los dedos por el pelo.

–Caroline...

–Dilo sin más, Roger.

–Tengo noticias.

Yo me apoyé en mi archivador de madera.
–Suéltalas...
–Son malas, me temo, C.
–¿Me siento?
–Yo diría que sí –aconsejó Roger mientras cerraba la puerta.

13

Kasia

1941

SE ABRIERON LAS puertas del tren y todas nos quedamos dentro del vagón, como si estuviéramos congeladas.

–¡Fuera, fuera! –gritaron las guardias que había en el andén.

Nos clavaron los palos que llevaban y nos pegaron con ellos y con las porras de cuero. Si nunca les han pegado con una porra de cuero, les diré que escuece una barbaridad. A mí nunca me habían pegado con nada antes y el dolor hizo que me quedara bloqueada, pero entonces llegó lo peor de todo: los perros. Nos ladraban e intentaban mordernos. Se acercaban tanto que llegué a sentir su aliento cálido en las piernas.

–Oléis como cerdas –exclamó una guardia–. Polacas. Siempre llegan cubiertas de mierda.

Eso me enfureció más que ninguna otra cosa. ¿Solo nos daban un cubo pequeño para todas y después se quejaban de que olíamos mal?

Al amanecer de aquel domingo marchamos a paso rápido por el centro de Fürstenberg en filas de cinco. Yo tenía a Matka a un lado y a la señora Mikelsky con Jagoda al otro. Miré hacia atrás y vi a Zuzanna y a Luiza una fila por detrás, con los ojos vidriosos por culpa de esa peculiar clase de terror al que íbamos a llegar a acostumbrarnos. Fürstenberg parecía un pueblo medieval sacado de un cuento, con sus edificios con los tejados cubiertos de hierba y macetas llenas de petunias en los alféizares de las ventanas bien cerradas. ¿Los alemanes estarían todavía durmiendo en sus camas calentitas? ¿O se estarían vistiendo para ir a la iglesia? Alguien estaba ya despierto, porque en el aire flotaba el olor de tostadas y café recién hecho. En una persiana de una segunda planta se abrió una rendija y después se volvió a cerrar.

Las que no podían mantener el paso lo pagaban caro, porque a las más lentas las guardias les pegaban y los perros les mordían las piernas. Matka y yo sujetábamos a la señora Mikelsky para que no tropezara. Ella le masajeaba a la niña los pies, que se le habían vuelto azules por el frío. Los apretaba como si fueran masa de pan mientras avanzábamos deprisa.

Nos azuzaron para que siguiéramos por una carretera adoquinada que discurría junto a la orilla de un lago.

–¡Qué lago más bonito! –oí decir a Luiza desde detrás de nosotras–. ¿Nos dejarán venir a nadar?

No le respondimos. ¿Qué iban a hacer con nosotras? Estábamos en Alemania. Cuando era niña, viajar a Alemania siempre había sido divertido, pero nunca nos quedamos mucho tiempo. Con la mayoría de las cosas ya sabes más o menos lo que te puedes esperar. Como cuando ibas al circo por primera vez, que ya tenías una idea. Pero en este caso no.

Pronto vimos, al final de la carretera, un enorme edificio de ladrillo. Estábamos aún en septiembre, pero allí, tan al norte, los árboles cambiaban de color antes y ya se veían naranjas y rojos llameantes entre los pinos. Incluso la salvia plantada al pie del edificio de ladrillo estaba roja como la bandera nazi.

Cuando nos acercamos, empezamos a oír a lo lejos una atronadora música patriótica alemana y nos llegó el olor a patatas cocidas. Me sonaban las tripas.

–Es un *KZ* –dijo la mujer que tenía detrás, sin dirigirse a nadie en concreto–. Un *Konzentrationslager*.

Nunca había oído ese nombre. Ni tampoco sabía lo que era un campo de concentración, pero el sonido de la palabra hizo que un escalofrío me recorriera la espalda.

Nos aproximamos a los muros altos y lisos que rodeaban el campo y cruzamos las puertas metálicas verdes. Entramos en una plaza abierta, rodeada de edificios bajos de madera. A pesar del rugido de la música, oí claramente el zumbido del alto voltaje del alambre que coronaba los muros.

Una amplia carretera dividía el campo por la mitad; oficialmente se llamaba *Lagerstrasse,* carretera del campo, pero pronto empezamos a llamarla «la carretera hermosa».

Era una carretera muy bonita. Empezaba en la amplia plaza adoquinada, conocida por todas como *platz,* y cruzaba todo el campo. Estaba cubierta por una arena negra y brillante y trozos de escoria también negra que resplandecían al sol. Noté un olor dulce como la miel y me fijé en los árboles que flanqueaban la carretera hasta donde alcanzaba la vista: eran tilos. Sentí un gran consuelo al ver esos árboles, los favoritos de la Virgen María. En Polonia se reverenciaba a los tilos y daba mala suerte cortar uno. Delante de cada bloque había un alegre jardincito con flores y en la ventana de cada uno había una maceta de madera con geranios. Un lugar que estaba tan bien cuidado no podía ser muy malo, ¿no? Lo más extraño era una jaula plateada muy decorada que había al principio de la carretera hermosa, que estaba llena de animales exóticos: loros de alas amarillas, dos monos araña marrones que jugaban en la jaula como niños y un pavo real con una cabeza verde esmeralda que se paseaba tranquilamente luciendo sus plumas. El pavo real graznó y sentí otro escalofrío.

Matka nos reunió a su alrededor mientras lo observábamos todo. Al otro lado de la plaza, mujeres con vestidos a rayas aguardaban en posición de firmes, en filas de cinco. No nos miraron. Una guardia sacó un revólver de la funda que llevaba en la cadera y le preguntó a la guardia que estaba a su lado algo sobre él. Matka le echó un vistazo al arma y apartó la vista rápido.

Una mujer con un vestido a rayas pasó cerca de mí.

–¿Polacas? –preguntó. Su voz casi quedó ahogada por la música.

–Sí –respondí–. Todas somos polacas.

Los monos araña dejaron de jugar y nos observaron, agarrándose a los barrotes de la jaula.

–Os van a quitar toda la comida que llevéis, así quc, si tenéis algo, coméoslo rápido –me avisó, y se alejó para volver a su fila.

–Dadnos todo lo que llevéis. Aquí no lo vais a necesitar –dijo una mujer más mayor que pasó a nuestro lado con la mano extendida recorriendo toda la fila.

Nosotras nos cerramos los abrigos un poco más. ¿Por qué íbamos a renunciar a las pocas cosas que teníamos? Miré a Matka. Me dio la mano. Noté que temblaba cuando estrechó la mía. Yo solo quería una cama para dormir y algo que me sirviera para calmar la terrible sed que tenía.

Las guardias nos dirigieron al bloque polivalente, que estaba compuesto por dos grandes salas abiertas de techos bajos, con una ducha a un lado. Una guardia alta y rubia, que después descubriríamos que se llamaba Binz, estaba de pie junto la puerta; parecía tan irritable y atlética como el mismísimo Hitler.

–¡Deprisa, deprisa! –gritó y me azotó en el culo con su fusta.

Llegué a una mesa y una mujer con vestido a rayas que estaba detrás de ella apuntó mi nombre. Me dijo en alemán que me vaciara los bolsillos y metió en un sobre amarillo las pocas posesiones que tenía (un pañuelo, mi reloj, unas aspirinas... Los últimos vestigios de una vida normal) y lo colocó junto con otros en un archivador. Después me ordenaron que me desnudara bajo la atenta vigilancia de una presa.

–¡Adelante! –me gritó cuando estuve desnuda.

Vi a Matka, que venía detrás de mí, detenerse también delante de la mesa. Querían que les entregara su anillo, pero a ella le estaba costando sacárselo del dedo.

–Tiene el dedo hinchado –dijo una doctora que había allí, alta y rubia y con su bata blanca de médico.

Binz le cogió la mano a Matka, escupió sobre el anillo e intentó sacárselo. Matka volvió la cabeza.

–Intentadlo con vaselina –sugirió la doctora.

Binz volvió a escupir en el anillo y por fin consiguió liberarlo. La mujer que había tras la mesa lo metió en otro sobre amarillo y lo colocó en el archivador.

El anillo de Matka había desaparecido para siempre. ¿Cómo podían quitarle sus cosas a una persona así, sin más?

Vi a Janina Grabowski, que iba por delante de mí en la cola, peleando con una guardia y gritando. Estaba a punto de pasar por las manos de la peluquera. Una segunda guardia fue en ayuda de la primera y sujetó a Janina por los hombros.

–Paren, no... Por favor –suplicó mientras le cortaban el pelo.

Una guardia me empujó y perdí de vista a Matka, que fue devorada por la multitud de mujeres. Intenté cubrir mi desnudez cuando una presa con un triángulo verde en el hombro de su chaqueta a rayas me empujó para que me sentara en un taburete. Cuando sentí que me tocaban la cabeza con un palillo, supe que iba a pasar por lo mismo que Janina, y el corazón empezó a martillearme en el pecho con tanta fuerza que parecía que se me iba a salir en cualquier momento.

Noté el frío de las tijeras en la nuca y la mujer soltó un taco en alemán mientras se esforzaba por cortarme de un tajo la trenza. ¿Qué culpa tenía yo de que mi pelo fuera tan grueso? Tiró la trenza a un montón de pelo tan alto que casi llegaba al alféizar de la ventana, y después, como si quisiera vengarse de mí por dificultarle el trabajo, me afeitó el resto con brusquedad. Me temblaba todo el cuerpo mientras los mechones de pelo resbalaban por mis hombros desnudos y caían al suelo con cada chasquido de la maquinilla. Cuando terminó, me empujó para que me levantara del taburete. Me toqué la cabeza: lisa en su mayor parte, aunque con mechones aquí y allá. ¡Gracias a Dios que Pietrik no estaba allí para verlo! ¡Y qué frío tenía sin el pelo!

Una presa con un triángulo morado (una que estudiaba la Biblia, como sabría después) me empujó para que me tumbara sobre la mesa que usaban para los exámenes ginecológicos. Separé las piernas mientras una segunda presa me rasuraba con una navaja de afeitar recta. Me dejó la piel áspera y llena de cortes.

Entonces me enviaron adonde estaba la doctora, que ordenó:

–Sobre la mesa.

Después cogió un frío instrumento plateado, lo introdujo en mi cuerpo y me abrió con él. Y todo sin limpiarlo antes con un paño siquiera. Me mantuvo allí, con las piernas abiertas para que pudiera verme quien quisiera, y a continuación metió un dedo enguantado en mi interior y me palpó. A la doctora no le horrorizaba lo que estaba haciendo; parecía que para ella era como fregar un plato. Actuaba sin darle importancia al hecho de que yo era muy joven y con aquel reconocimiento me estaba violando de una manera que no se podía deshacer.

No me dio tiempo a lamentarme por mi virginidad perdida, porque las guardas nos hicieron formar en filas de cinco, todavía desnudas, y entrar en la sala de las duchas. Una ayudante con un mono blanco golpeaba con una porra a las mujeres que estaban delante de mí, dejándoles las nalgas amoratadas, mientras ellas corrían a ponerse bajo los cabezales de las duchas. Yo me quedé cerca de la señora Mikelsky y me preparé para el dolor del golpe de la porra. Ella aferraba contra el pecho a Jagoda, y temblaba tanto que parecía que ya le estuviera corriendo el agua fría por el cuerpo. Una presa con una insignia verde en la manga se acercó a la señora Mikelsky, agarró el cuerpecito desnudo de la niña y tiró de ella para quitársela a su madre. Pero la señora Mikelsky abrazó a Jagoda con fuerza.

–Dámela –gritó la presa.

Pero solo consiguió que la señora Mikelsky la agarrara con más fuerza.

–Es una niña muy buena –le dije a la presa.

Ella tiró más fuerte de la niña. ¿La iban a partir por la mitad?

–No lo puedes evitar –explicó la presa–. No montes una escena.

La niña chilló, lo que llamó la atención de la desagradable supervisora de las guardias, Dorothea Binz, que se acercó, casi corriendo, desde la parte de delante del edificio con una segunda guardia pisándole los talones. Dorothea significa «regalo de Dios»; no ha habido jamás una persona con un nombre peor elegido que el suyo.

Binz se paró al lado de la señora Mikelsky y señaló con su fusta de cuero a la pequeña y rubia Jagoda.

–¿Su padre es alemán?

La señora Mikelsky me miró con el ceño fruncido.

–No, polaco –contestó.

–Llévatela –ordenó Binz con un gesto de la fusta.

La guardia que había venido con Binz agarró a la señora Mikelsky por detrás mientras la presa arrancaba a Jagoda de los brazos de su madre.

–No, no, me he confundido –gritó la señora Mikelsky–. Sí, su padre es alemán... –Y me miró.

–De Berlín –añadí–. Un verdadero patriota.

La presa de la insignia verde se colocó a la desnuda Jagoda contra el hombro y miró a Binz.

–He dicho que te la lleves –repitió Binz con un gesto de la cabeza.

La presa se acomodó mejor a la niña sobre el hombro y se marchó, abriéndose paso entre las mujeres que iban llegando.

La señora Mikelsky se derrumbó y cayó al suelo, deshecha como un trozo de papel quemado, mientras veía cómo se llevaban a su bebé.

–No, por favor, ¿adónde la llevan? –preguntó.

Binz golpeó a la señora Mikelsky con la fusta en las costillas y la empujó hacia las duchas.

Yo crucé los brazos sobre mi pecho desnudo y me acerqué a Binz.

–Esa niña morirá sin su madre –dije.

Binz se volvió hacia mí con una expresión que me recordó a una tetera hirviendo.

–Es una crueldad enorme –insistí.

Binz levantó la fusta en mi dirección.

–Polacas... –dijo, casi escupiendo.

Cerré los ojos, preparándome para el mordisco del cuero. ¿Dónde recibiría el golpe?

Pero un segundo después sentí que unos brazos me rodeaban. Era Matka, con su terso cuerpo desnudo contra el mío.

–Por favor, señora guardia –dijo en su mejor alemán–. Ella no debería haberle hablado así, está fuera de sí. Lo sentimos mucho...

¿Sería el alemán de mi madre lo que provocó que Binz retrocediera? ¿O su forma de hablarle, tan amable?

–Ocúpese de que mantenga la boca cerrada –dijo Binz, sacudiendo la fusta en mi dirección y después desapareció entre la multitud.

Todavía un poco aturdida por lo que acababa de pasar, las guardias me guiaron hasta una ducha y mis lágrimas por la pobre señora Mikelsky se mezclaron con el agua fría.

NOS SACARON DE la cuarentena dos semanas después, solo con la falda y la blusa de uniforme, unos zuecos de madera enormes, un cepillo de dientes, una chaqueta fina, unas bragas grises estilo pololo, un cuenco metálico con una cuchara y un trozo de jabón que nos dijeron que tenía que durarnos dos meses. ¿Dos meses? ¡Seguro que dentro de dos meses estaríamos ya de vuelta en casa!

Nuestro nuevo hogar, el bloque 32, era mucho más grande que el bloque de la cuarentena. Las mujeres corriendo por todas partes, algunas con las camisas grises y los vestidos de rayas del uniforme, otras desnudas recién salidas de la ducha, se apresuraban a vestirse, arreglar sus colchones de paja o remeter las sábanas de cuadros azules y blancos. El bloque contaba con un baño pequeño con tres duchas y tres lavabos alargados que se llenaban mediante una espita. Allí las mujeres se sentaban, sin el más mínimo pudor, sobre una plataforma con agujeros para soltar las ofrendas de la naturaleza, que caían en el terreno pútrido que había debajo.

El olor del bloque era como el de un gallinero, mezclado con el de unas cuantas remolachas podridas y el de quinientos pies sucios. Todas las chicas del bloque hablaban polaco y la mayoría llevaban el triángulo rojo que las identificaba como presas políticas. Si había algo bueno en ese campo, era que muchas de las presas eran polacas (casi la mitad) y la mayoría estaban allí, como nosotras, por lo que los nazis denominaban «ofensas políticas». Después de las polacas, el siguiente grupo más numeroso era el de las alemanas arrestadas por infringir alguna de las muchas normas de Hitler o por algún verdadero delito, como el asesinato o el robo.

–¡Arregla bien la cama! –gritó Roza, la jefa del bloque, una mujer alemana con los párpados caídos.

Era de Berlín y algo mayor que mi madre. Después me enteré de que la habían arrestado por sacarle la lengua a un oficial alemán.

–¡Guarda tus utensilios para la comida!

Pronto aprenderíamos que la supervivencia en Ravensbrück giraba en torno al cuenco, la taza y la cuchara que teníamos cada una, y nuestra capacidad para protegerlos. Si los perdías de vista un momento, podían desaparecer y no volvías a recuperarlos. Por eso los llevábamos metidos bajo el uniforme, contra el pecho, o, si teníamos la suerte de conseguir un trozo de cuerda o de alambre, nos hacíamos un cinturón y los llevábamos atados a la cintura.

Luiza y Matka escogieron una litera de arriba, que las presas llamaban « cocoteros», porque estaban muy altas. Se encontraban muy cerca del techo, así que apenas podían incorporarse en sus camas, y en invierno colgaban carámbanos justo encima de donde estaban, pero en esas literas había más privacidad. Zuzanna y yo dormíamos justo enfrente.

Tuve que tragarme los celos que sentí porque Luiza durmiera con mi madre, mientras que yo tenía a Zuzanna, que estaba toda la noche revolviéndose y mascullando jerga de médicos. Cuando ella me despertaba, me pasaba el resto de la noche en la oscuridad, dándole vueltas a la cabeza, paralizada por la culpabilidad. ¿Cómo podía haber sido tan tonta para acabar consiguiendo que todas fuéramos a parar a aquel terrible lugar? Y para terminar de empeorar las cosas, en el bloque nunca había silencio: se oían a todas horas los aullidos de mujeres torturadas por las pesadillas o por el picor que provocaban los piojos, el ruido que hacían las que trabajaban en el turno de noche cuando volvían a dormir, la cháchara de las que no podían dormir y se dedicaban a intercambiar recetas o los gritos de las que se encontraban mal y pedían una palangana porque no les daba tiempo de llegar al baño.

A veces encontraba momentos para estar a solas con Matka. Esa noche, me subí a su litera antes de cenar.

–Siento haber hecho que te trajeran aquí, Matka. Si no hubieras venido a traerme el bocadillo... Si yo no hubiera...

–No pienses esas cosas –me interrumpió–. Aquí necesitas concentrar todas tus energías en ser más lista que los alemanes. Me alegro de estar aquí con vosotras, niñas. Todo va a salir bien.

Me dio un beso en la frente.

–Pero tu anillo... Los odio por habértelo quitado.

–Solo es un objeto, Kasia. No desperdicies tus energías en odiar. Acabará contigo, te lo aseguro. Céntrate en conservar las fuerzas. Eres ingeniosa. Encuentra una forma de engañarlos.

De repente entró la jefa de bloque, Roza. Tenía una cara amable, pero no sonrió cuando dio las instrucciones.

–Se empieza a trabajar a las ocho de la mañana. Las que no tengáis trabajos asignados, id a la oficina de trabajo, al lado del bloque donde os inspeccionaron al llegar. Ahí os darán vuestro número y vuestra insignia.

–¿Solo habla en alemán? –le pregunté a Matka en un susurro–. ¿Y las chicas que no la entienden?

–Ahora deberías rezar una oración de agradecimiento por las clases de alemán de *Herr* Speck. Puede que te salven la vida.

Tenía razón. Yo tenía suerte de hablar alemán, porque todos los anuncios se hacían en ese idioma, sin excepciones. Las que no hablaban alemán tenían una desventaja terrible, porque la ignorancia no era excusa para no obedecer las reglas.

A LA MAÑANA siguiente nos despertamos sobresaltadas por el sonido de una sirena. Cuando las luces de nuestro bloque se encendieron a las tres y media de la madrugada, yo acababa de dormirme y soñaba que estaba nadando con Pietrik en Lublin. Lo peor era esa sirena, con su sonido agudo y penetrante, que era como si saliera de las mismísimas entrañas del infierno. Con esa sirena de fondo, Roza y sus ayudantes, o *Stubova,* se pusieron a recorrer las hileras de camas. Una de las ayudantes golpeaba una sartén metálica, otra pinchaba a las que seguían durmiendo con la pata de un taburete y Roza echaba cacillos de agua que sacaba de un cubo en la cara de las mujeres que veía dormidas.

–¡Arriba! ¡Rápido! ¡Todo el mundo arriba! –gritaban.

Eso era un tipo especial de tortura.

Matka, Zuzanna, Luiza y yo fuimos al comedor, una sala alargada que había junto al dormitorio, y nos sentamos apretadas en el extremo de un banco. El desayuno allí era el mismo que nos habían dado mientras estábamos en cuarentena: una sopa amarillenta y tibia, que se parecía al agua que queda tras cocer unos nabos, y un trozo pequeño de pan que sabía a serrín. Cuando la sopa me llegó al estómago, estuvo a punto de volver a salir por donde había entrado.

Roza leyó la lista de las nuevas asignaciones para el trabajo.

A Matka la habían asignado al taller de encuadernación, uno de los trabajos más codiciados allí dentro. Era muy difícil morir de extenuación por un trabajo que se hacía sentado en una mesa.

A Luiza la hicieron ayudante de las estudiantes de la Biblia, que procesaban la piel de los conejos de angora. Los conejos de angora vivían en el extremo del campo, en jaulas especiales con calefacción, y a ellos les daban de comer lechuga fresca sacada del invernadero del comandante. Les afeitaban la piel regularmente y la enviaban al taller de sastrería, un enorme complejo de ocho almacenes interconectados en los que las presas hacían los uniformes del ejército alemán.

Zuzanna, que no había revelado que era médico, acabó organizando la mercancía confiscada, las montañas de objetos robados por Hitler que llegaban en trenes.

Y a mí me pusieron en la categoría de «trabajadora disponible», algo que era bueno y malo al mismo tiempo. Era bueno, porque a las que teníamos esa categoría nos hacían formar todos los días y, si no nos elegían para trabajar, podíamos pasarnos el día descansando en la litera. Pero era malo porque, si nos elegían, era para asignarnos los peores trabajos, como limpiar las letrinas o trabajar en la carretera. El trabajo en la carretera, en el que te utilizaban como un animal para tirar de una pesada apisonadora de hormigón, podía acabar con una persona en un solo día.

NUESTRAS PRIMERAS NAVIDADES en Ravensbrück fueron especialmente malas porque, cuando llegamos, muchas de nosotras estábamos convencidas de que para entonces ya estaríamos en casa. Matka, Zuzanna, Luiza y yo solo llevábamos allí tres meses, pero para nosotras habían sido como tres años. Habíamos recibido unas cuantas cartas de papá. Estaban escritas en alemán, porque era obligatorio, y la mayor parte de lo que nos contaba estaba tachado con rotulador negro. Solo se habían salvado unas cuantas palabras y su despedida: «Vuestro padre que os quiere». Nosotras también le escribíamos cartas, en una sola hoja del papel de cartas que nos proporcionaba el campo, y los censores solo nos permitían hablar del tiempo y mencionar algún pensamiento positivo un poco vago.

Cuando empezaron a acortarse los días, Zuzanna nos advirtió de que debíamos mantener el ánimo, porque la tristeza mataba más que las enfermedades. Había mujeres que se rendían, dejaban de comer y morían.

El día de Navidad empezó con la rotura de un cristal por el frío. El aire gélido se coló dentro del bloque y nos despertó a todas. ¿Ese viento endemoniado que nos había sacado de nuestras camas el día del nacimiento de Cristo sería un mal augurio para nosotras?

Todas las presas del campo llegamos a la *platz* arrastrando los pies para el *Appell*, el recuento general. En una oscuridad casi total, formamos junto a la clínica en filas de diez. Lo único que se oía en la *platz* era el ruido que hacían los zuecos cuando los golpeábamos contra el suelo para combatir el frío. ¡Cómo me habría gustado tener un abrigo calentito! Los focos hacían ráfagas sobre nuestras cabezas. Seguro que el recuento sería corto y sin contratiempos porque era Navidad. ¿Es que los alemanes no celebraban el nacimiento de Cristo? ¿Y Binz no se habría cogido libre el día de Navidad? Intenté no mirar el montón de cadáveres, apilados como leña al lado del almacén de ropa y cubiertos por una fina capa de nieve. Estaban allí esperando a que llegara la furgoneta de la morgue conducida por un hombre de la ciudad, que metía cada uno en una bolsa de papel con los bordes doblados y se los llevaba.

Una guardia joven que estaba en prácticas y que se llamaba Irma Grese, la protegida favorita de Binz, pasó rápido entre las filas contando y escribiendo los números en su portapapeles. Se detenía de vez en cuando para fumarse un cigarro, y se quedaba allí de pie, envuelta en una gruesa capa negra. Aunque Grese y Binz eran como una pareja de amigas adolescentes rebeldes e inseparables, ambas rubias y guapas, era imposible confundirlas. Binz era alta, con unas facciones un poco más toscas, y llevaba el pelo retirado de la cara y con un flequillo con un bucle cardado que le salía de la frente. Grese era menuda y guapa como una estrella de cine, con unos ojos azules almendrados y unos labios de un bonito color rosa natural. Bajo la gorra del uniforme llevaba el pelo peinado hacia atrás con dos brillantes tirabuzones que parecían canutillos rellenos de monedas de oro, cada uno cayéndole por un lado del cuello. Por desgracia para nosotras, a Irma no se le daban bien los números. Por culpa de esa torpeza, muchas veces sus cuentas no cuadraban con las de Binz y el recuento acababa durando tres o cuatro horas.

El sol asomó por el horizonte, dirigiendo sus rayos dorados hacia la *platz*, y todas dejamos escapar un sonoro suspiro colectivo de felicidad.

–¡Silencio! –gritó Irma.

A pesar de remolonear cuanto pudimos con la intención de quedarnos en el centro del grupo, donde hacía menos frío, esa mañana a nuestra pequeña familia de cinco le tocó la primera fila. Era un lugar peligroso, porque las presas del perímetro exterior estaban más expuestas a recibir ataques de guardias aburridas, y a veces volubles, y de sus perros. Yo estaba a un lado de Matka y Luiza al otro. La señora Mikelsky, a la que todas habíamos visto languidecer rápidamente desde que perdió a su hija, estaba entre Zuzanna y yo. Zuzanna le había diagnosticado disentería y depresión grave, una mala combinación.

Había estado nevando intermitentemente desde primeros de noviembre. Para distraerme me puse a contemplar a los pájaros que se sacudían la nieve de las alas. Me daban envidia, porque ellos podían ir y venir a su antojo. Un viento glacial azotaba el lago esa mañana, así que ayudamos a la señora Mikelsky a ponerse debajo de la pechera de su fina chaqueta de algodón dos capas de periódicos que habíamos conseguido por ahí, para que le sirvieran de aislamiento. Cuando Irma no miraba, le dábamos la espalda y nos frotábamos las unas contra las otras para calentarnos. Las guardias habían colocado en el extremo de la carretera hermosa un árbol de Navidad, un alto abeto sobre una robusta base de madera, que en ese momento se mecía con el viento.

La señora Mikelsky se bamboleaba igual que el árbol, así que la agarré del brazo para sujetarla. Sentí que el hueso de su codo me pinchaba la palma a pesar del algodón que lo cubría. ¿Estaría yo tan consumida como ella? La señora Mikelsky se apoyó contra mí y el periódico crujió y asomó por el cuello del vestido.

Yo le escondí el papel para que nadie lo viera.

–Tienes que permanecer erguida –le advertí.

–Lo siento, Kasia.

–Cuenta mentalmente. Ayuda.

–Silencio –me ordenó Zuzanna desde el otro lado de la señora Mikelsky–. Viene Binz.

Una oleada de pánico nos recorrió a todas cuando Binz cruzó las puertas del campo y después la *platz* subida en su bicicleta azul. ¿Se habría dormido en esa cama calentita que compartía con su novio casado, Edmund? Al menos esa mañana él no había venido para disfrutar del pasatiempo favorito de ambos: besuquearse mientras azotaban a una presa.

Binz pedaleaba con esfuerzo contra el viento, que hacía ondear su capa negra, con una mano en el manillar y la otra agarrando la correa de su perra. Llegó a la clínica, apoyó su bicicleta contra la pared y caminó por los adoquines con su paso de chica de granja acompañada por su perra, que tiraba de la correa. Mientras caminaba sacudía la fusta en el aire, como un niño con un juguete. Era una fusta nueva, hecha de cuero negro, y del extremo sobresalía una larga trenza de celofán.

La perra de Binz se llamaba *Adelige*, que significa «dama aristocrática», y era el pastor alemán más magnífico y más aterrador de todos los perros que había allí. Era de color negro y tenía una gruesa capa de pelo en el pecho, tan espeso que se podría hacer un buen abrigo con él. La perra respondía a una serie de órdenes que Binz le marcaba con un *clicker* de metal verde.

Binz fue derecha hacia la señora Mikelsky y la sacó de la fila empujándola con la fusta.

–Tú. Fuera.

Intenté ir con ella, pero Matka me frenó.

–¿De qué estabais hablando? –preguntó Binz. La perra se colocó a su lado.

–De nada, señora guardia –contestó la señora Mikelsky.

Irma se acercó a Binz.

–He terminado el recuento, señora.

Binz no respondió. Tenía la mirada fija en la señora Mikelsky.

–Mi niña Jagoda... –empezó a decir la señora Mikelsky.

–Tú no tienes niñas. No tienes nada. Solo eres un número.

¿Querría Binz lucirse delante de Irma?

La señora Mikelsky extendió una mano hacia Binz.

–Es una niña muy buena...

Binz cogió el periódico que llevaba la señora Mikelsky bajo el vestido y lo sacó de un tirón.

–¿De dónde has sacado esto? –preguntó Binz.

Irma se metió el portapapeles bajo el brazo y encendió otro cigarrillo.

La señora Mikelsky se irguió.

–No sé. Yo no tengo nada. Solo soy un número.

Aunque estaba a cinco pasos de ella, desde donde estaba vi que todo el cuerpo de Binz temblaba.

–Es verdad –contestó, y entonces echó el brazo hacia atrás y descargó la fusta sobre la mejilla de la señora Mikelsky.

El plástico le laceró la mejilla. Después, tras lanzarle una breve mirada a Irma, Binz se agachó y soltó la correa de la perra. Al principio *Adelige* se quedó sentada sin moverse, pero en cuanto oyó el *clicker* de Binz, se lanzó a por la señora Mikelsky con las orejas hacia atrás y enseñando los dientes. La perra atrapó su mano entre las mandíbulas y la sacudió de lado a lado hasta que mi profesora cayó de rodillas. Los gruñidos de la perra resonaron por toda la plaza cuando se tiró a por ella, le agarró con los dientes el cuello del vestido y la tiró sobre la nieve.

Matka tomó mi mano entre las suyas.

La señora Mikelsky rodó para ponerse de lado e intentó sentarse, pero la perra le mordió la garganta y la zarandeó.

Tuve que contener las ganas de vomitar cuando vi a la perra llevarse a rastras a la señora Mikelsky, dejando un rastro de color cereza en la nieve, como un lobo que acabara de cazar un ciervo.

El *clicker* metálico de Binz resonó de nuevo en la *platz*.

–¡*Adelige*, suéltala! –ordenó Binz.

La perra se sentó, jadeando, y fijó sus ojos amarillos en Binz.

–¡Siete siete siete seis! –gritó Binz.

Irma tiró el cigarrillo, que se quedó humeante sobre la nieve, con una espiral azul saliéndole de la punta, y escribió el número en su portapapeles.

La perra fue trotando hasta Binz, con el rabo entre las patas, y dejó a la señora Mikelsky allí tirada, inmóvil.

Binz se volvió y me hizo un gesto para que saliera de la fila. Yo di un paso adelante.

–¿Era amiga tuya?

Asentí.

–¿Sí? ¿Por qué?

–Era mi profesora de matemáticas, señora.

LAS LÁGRIMAS ME empañaban los ojos, pero me esforcé para que no cayeran. Las lágrimas hacían que Binz se enfureciera más.

Irma se tocó la bonita boca con los dedos y sonrió.

–Matemáticas polacas.

Binz me tiró un lápiz de cera violeta.

–Escríbelo –ordenó.

Todas habíamos sido testigos del proceso. Binz quería que le escribiera a la señora Mikelsky su número en el pecho, la última indignidad que tenían que soportar todas las presas muertas o moribundas. El corazón se me aceleró cuando seguí el oscuro rastro de color cereza que *Adelige* había dejado en la nieve hasta donde estaba mi profesora. Encontré a la señora Mikelsky boca arriba, con la garganta desgarrada y el hueco a la vista. Tenía salpicaduras de sangre en el pecho como si se lo hubieran pintado y la cara vuelta hacia mí con los ojos medio abiertos. El tajo que tenía en la mejilla era como una sonrisa macabra.

–Escríbelo –repitió Binz.

Limpié la sangre del pecho de la señora Mikelsky con la manga de mi chaqueta y escribí con la cera: 7776.

–Y ahora quita eso de en medio –ordenó después Binz.

Quería que arrastrara el cuerpo hasta el montón que había junto al almacén de ropa.

Agarré a la señora Mikelsky por las dos muñecas y la arrastré por la nieve. Su cuerpo todavía estaba caliente y yo soltaba nubes de vapor por la boca como un caballo de tiro. Fue espantoso. El odio me llenó el pecho. ¿Cómo iba a poder vivir sin venganza?

Para cuando llegué al montón de cuerpos cubierto de nieve y tan alto que me llegaba al hombro, tenía la cara húmeda por las lágrimas. Dejé cuidadosamente a la señora Mikelsky junto al montón, como si estuviera durmiendo. Nuestra leona. Nuestra esperanza. Nuestra Estrella Polar.

–Polacas... –le estaba diciendo Irma a Binz cuando pasé a su lado para volver a la fila–. ¿Por qué se molestan siquiera en enseñarles matemáticas?

–Eso digo yo –contestó Binz con una carcajada.

Me detuve y me volví hacia Irma.

–Al menos yo sé contar –repliqué.

El mordisco de la fusta de Binz no se hizo esperar.

14

Herta

1941

AL FINAL ME quedé en Ravensbrück.

Cuando me enteré de que mi padre había muerto y Mutti necesitaba rehabilitación para la espalda, mi salario se volvió aún más importante.

Me sentía sola allí, porque únicamente podía relacionarme con los médicos varones, así que cuando Fritz estaba ocupado, me recluía en mi despacho y me mantenía ocupada con mi álbum. Pegué una foto que Fritz le pidió a una camarera que nos hiciera cuando fuimos a comer a Fürstenberg, unas carteritas de cerillas y otros recuerdos. También artículos de periódico. La infantería alemana acababa de invadir la Unión Soviética, lo que suponía un gran éxito, así que tenía muchos artículos positivos que quería conservar.

Escribía a Mutti contándole que me estaba esforzando mucho por mantener la clínica limpia y en buen funcionamiento, y que, si lo conseguía, esperaba que el comandante apreciara el trabajo que había hecho.

Una noche, cuando volvía a mi casa una vez concluidas mis obligaciones, me fijé en que había luz en el taller de encuadernación. Me acerqué, deseando encontrar a alguien con quien hablar. Vi a Binz, que estaba sentada en un taburete bajo con la espalda muy recta, la barbilla alta y vestida con el uniforme. Una presa con una insignia roja estaba sentada en una silla frente a ella, haciéndole un retrato. Era una polaca a la que había visto el día que llegó, esa a la que Binz escupió para poder quitarle el anillo. Tenía una banda de piel más blanca en el dedo donde antes tenía el anillo.

Binz me hizo un gesto para que entrara en el taller, un espacio pequeño en el que se producía el material educativo del Reich. Había pilas de libros y panfletos en una mesa larga que estaba contra la pared.

–Pasa, doctora. Me están haciendo un retrato.

–No se mueva, por favor, señora supervisora –pidió la presa–. No puedo dibujarla bien si habla.

¿Una presa dándole órdenes a Binz? Aunque lo realmente extraño era que Binz las obedeciera.

–Esta es Halina, nuestra artista residente –explicó Binz–. Deberías ver el retrato que le encargó Koegel. Las medallas casi parecen de verdad.

La presa dejó de dibujar.

–¿Quiere que vuelva en otro momento, señora supervisora?

Cualquiera se habría dado cuenta de que el taller de encuadernación, que en otro tiempo era un desastre de papeles, tinta y otros materiales, estaba claramente mucho más organizado.

–¿Encargado? –le pregunté a la presa–. ¿Y cómo se lo pagan?

–Con pan, señora doctora –respondió.

–Y ella se lo da a las otras polacas –comentó Binz–. Está mal de la cabeza.

Resultaba tranquilizador, casi hipnótico, verla dibujar, marcando con el lápiz líneas cortas y leves sobre el papel.

–¿Es usted polaca? Pues habla muy bien alemán.

–Yo también lo pensé –reconoció Binz.

–Mi madre era alemana –explicó la presa mientras seguía dibujando, sin apartar los ojos de Binz–. Crecí en una finca a poca distancia de Osnabrück.

–¿Y su padre?

–Nació en Colonia, donde se había criado su madre. Su padre era polaco.

–Así que pertenece al grupo tres de la *Deutsche Volksliste* –indicó Binz.

La *Deutsche Volksliste*, la lista de los alemanes, dividía a las personas en cuatro categorías. Al grupo tres pertenecían en su mayor parte las personas de ascendencia alemana que después se habían convertido en polacas.

–Lo más cerca de ser una verdadera alemana que se puede estar –reconocí.

–Si usted lo dice, señora doctora –contestó ella.

Sonreí.

–Si una gallina pone un huevo en una pocilga, ¿eso convierte al pollo en un lechón?

–No, señora doctora.

Pasé detrás de la presa y la observé mientras terminaba las sombras de la barbilla de Binz. El retrato era impresionante. Aparte de reproducir sus rasgos, reflejaba su fuerza y su compleja personalidad.

–Voy a regalarle este retrato a Edmund por su cumpleaños –confesó Binz–. Yo quería un desnudo, pero a ella no se le dan bien.

Halina se ruborizó un poco, pero no apartó la vista de su cuaderno.

–Deberías encargarle un retrato, doctora –sugirió Binz–. A tu madre le gustará.

¿Querría mi madre un retrato mío, ahora que mi padre había muerto y ella estaba muy centrada en su nueva vida?

Binz sonrió.

–Y solo te va a costar un poco de pan.

La presa dejó el lápiz.

–Debería volver para el recuento.

–Halina, ya lo arreglaré yo después con la jefa de tu bloque –aseguró Binz–. Siéntate, doctora. De todas formas no tienes otra cosa que hacer esta noche, ¿no?

Binz se acercó a la presa para ver el dibujo terminado y aplaudió como una niña con zapatos nuevos.

–Se lo voy a dar a Edmund esta noche. No olvides apagar las luces cuando acabéis. Y Halina, le voy a decir a la jefa de tu bloque que vas a volver a las nueve. Mañana te enviaré una hogaza de pan blanco por esto.

Yo ocupé el lugar de Binz en el taburete. Halina pasó la página del cuaderno y empezó a dibujar, mirándome de vez en cuando.

–¿Por qué la enviaron aquí? –pregunté.

–No lo sé, señora doctora.

–¿Cómo puede ser que no lo sepa? La arrestaron...

–Arrestaron a mis hijas y yo intenté evitar que se las llevaran.

–¿Por qué las arrestaron?

–No lo sé.

Probablemente serían de la resistencia clandestina.

–¿Qué hacía cuando iba de visita a Osnabrück?

–Veníamos a la casa de campo de mis abuelos –contestó la presa en un alemán excelente–. Mi abuelo era juez. Y mi abuela era Judi Schneider.

–¿La pintora? El Führer colecciona sus cuadros. –La presa tenía el mismo talento que el Führer admiraba tanto en su abuela–. ¿Y de qué parte de Polonia viene?

–De Lublin, señora doctora.

–Allí hay una Facultad de Medicina muy buena –comenté.

–Sí, yo estudié enfermería allí.

–¿Es usted enfermera?

Sería estupendo tener a alguien culto e inteligente con quien poder hablar de medicina.

–Sí. Quiero decir que lo era. Ilustraba libros infantiles antes de...

–Nos vendría bien que trabajara en la *clínica*.

–No ejerzo de enfermera desde hace diez años, señora doctora.

–Eso no tiene importancia. Le diré a Binz que la reubique inmediatamente. ¿En qué bloque está?

–En el 32, señora doctora.

–Haré que le den la categoría de *Lagerprominent* y la pasen al bloque 1.

–Me gustaría quedarme donde estoy, por favor...

–El personal recluso de la clínica vive en el bloque 1. Allí no va a tratar solo a las presas, sino también al personal de las SS y sus familias. En el bloque 1 tendrá ropa de cama limpia y no encontrará ni un solo piojo.

–Sí, señora doctora. ¿Podrían venir mis hijas conmigo?

Lo había preguntado despreocupadamente, como si no le importara. Pero eso quedaba fuera de toda cuestión, por supuesto. El bloque 1 estaba reservado exclusivamente para trabajadoras de Clase I.

–Tal vez más adelante. La comida en el bloque 1 es fresca y te darán raciones dobles.

No mencioné que la comida de los bloques preferentes no contenía el fármaco que poníamos en la sopa que comían las demás todos los días, que servía para interrumpirles la menstruación e inhibirles el deseo sexual.

Tuve que posar dos veces más para que Halina terminara mi retrato. Después lo cubrió con un papel de seda blanco y lo dejó en mi despacho. Cuando levanté el papel protector, me quedé estupefacta. El nivel de detalle era asombroso. Nunca nadie había plasmado lo que yo era de una forma tan perfecta: una doctora del Reich con mi bata blanca, fuerte y competente. Seguro que Mutti lo enmarcaría.

Tardé unos días en conseguir que trasladaran a Halina del taller de encuadernación a la clínica, y como no pertenecía técnicamente a las SS, sino que era una especie de filial, la burocracia llevó un poco más de tiempo.

La enfermera Marschall, una mujer con la mandíbula cuadrada y las mejillas fofas, fue la única a la que no le gustó el cambio. El día que la hice abandonar su puesto en el mostrador de entrada de la clínica y la reemplacé por Halina, se presentó en mi despacho y se puso a graznar como un ganso. Hice que la trasladaran a una oficina en perfectas condiciones en la parte de atrás del edificio, un espacio que hasta entonces había sido un armario para los suministros.

En cuanto Halina se hizo cargo de todo, la clínica mejoró. Las pacientes respondían bien a su actitud eficiente, sin duda herencia de sus antepasados alemanes. Al final de su primer día había vaciado la mayoría de las camas, había hecho volver al trabajo a las que fingían enfermedades y había desinfectado todo el edificio. Y no hacía falta vigilarla, porque su capacidad a la hora de tomar decisiones era equivalente a la mía, así yo podía dedicarme a poner al día todo el papeleo atrasado que tenía. Por fin tenía a alguien en quien podía delegar. Seguro que el comandante notaría esos cambios muy pronto.

UNAS SEMANAS DESPUÉS, a Binz se le ocurrió un plan que a ella le pareció brillante.

Los varones del personal llevaban semanas planeando un viaje a Berlín durante la ausencia del comandante Koegel, que tenía que viajar a Bonn. Lo llamaban «misión especial» y ellos creían que era un secreto. Pero las mujeres del personal conocíamos todos los detalles de la misión, porque varias de las guardias de Binz se acostaban con sus compañeros masculinos. Iban a ir al Salón Kitty, un burdel de clase alta en un barrio rico de Berlín. Fritz no se unió al viaje porque había ido a Colonia para ver a su madre, pero casi todos los demás hombres del campo se subieron a varios autobuses y se fueron. Parecían unos colegiales traviesos que salían de excursión.

Eso dejó a cargo del campo a Binz y sus guardias, tres centinelas varones mayores de las SS que patrullaban el muro, el pobre guardia de la puerta, que fue el que sacó la pajita más corta cuando lo echaron a suertes, y a mí.

–Espero que nadie intente escaparse cuando vosotros no estéis –le dije a Adolf Winkelmann cuando se preparaba para irse.

–Todo esto está aprobado, doctora Oberheuser. Eres el oficial de mayor rango y por eso estás al mando esta noche. Y se han puesto *postenkette* extra, por precaución.

Estaba bien que hubieran puesto más centinelas, todos expertos tiradores, pero ellos no podían abandonar sus torretas.

Winkelmann se dirigió apresuradamente al autobús mientras varios de nuestros estimados colegas lo llamaban desde las ventanillas, amenazándolo con dejarlo en tierra.

En ausencia de los hombres, Binz sugirió hacer una fiesta en una de las casas de las guardias, un cómodo alojamiento parecido a un chalé que había en un extremo del complejo donde vivía el personal, al otro lado de los muros del campo. Y las guardias se esforzaron mucho para preparar la celebración. Habría carreras de relevos con bebida, baile y juegos de naipes. Incluso habían hecho que algunas presas polacas hicieran sus famosos recortes con papel de seda rojo y los colgaron por la casa como si fueran guirnaldas.

Yo decidí no ir a la fiesta. Preferí quedarme en mi despacho con Halina para terminar algunas cosas. No me supuso un problema porque, por primera vez desde que llegué al campo, por fin tenía una amiga inteligente, alguien con quien me gustaba estar. Ya no tenía que pasar el tiempo con Binz, que solo sabía contar historias guarras. Halina no solo había limpiado la clínica, también había reducido en tres cuartas partes el número de pacientes que esperaban tratamiento y, además, se había encargado de unos proyectos importantes para el comandante en el taller de encuadernación. Me enseñó unos libros que estaba preparando para el mismísimo Himmler. Eran crónicas sobre el trabajo que se hacía en el campo con la piel de los conejos de angora y tenía fotos detalladas. Ravensbrück era uno de los mejores productores de pelo de conejo y teníamos el doble de jaulas que Dachau. Halina encuadernaba cada libro a mano y forraba las cubiertas con suave tejido de angora.

–Tiene mucho papeleo, señora doctora –comentó Halina–. ¿Puedo ayudarla en algo?

Esa era mi frase favorita y ella siempre estaba dispuesta a ayudarme. Qué placer pasar mi tiempo con una presa competente que no me tenía miedo. Halina no tenía esa mirada de animal acosado, ni ese terror contagioso de las demás, que provocaba que cada vez que cruzaba el patio, procurara mirar las nubes o algún escarabajo que iba por el suelo... Cualquier cosa menos a ellas.

–Escriba las direcciones en estos sobres. Ya meteré yo el contenido después –pedí.

Enviábamos cartas de condolencias, también conocidas como «cartas de consuelo», a las familias de las presas que morían en el campo por la razón que fuera: las que se elegían como casos especiales y se les aplicaba la eutanasia; las que recibían un disparo cuando intentaban escapar; las que morían por causas naturales. Con mi terrible letra de médico yo escribía la mayoría de las cartas: «El cuerpo no se puede inspeccionar debido a precauciones higiénicas», por si la familia quería ver el cadáver. Era una farsa ridícula y me añadía al menos diez horas de trabajo a la semana, y eso que no me sobraba el tiempo precisamente, pero el comandante lo exigía para mantener las apariencias. Cuando Halina tenía algo de tiempo, ella se ocupaba de poner la dirección en los sobres, y al final sus montones de sobres eran mucho mayores que los de mis cartas terminadas.

–Debe de ser difícil para una familia recibir una carta así –comentó Halina mientras escribía la dirección en un sobre con su letra estilizada. ¿Tenía lágrimas en los ojos?

Junto a la carta de condolencias incluíamos un formulario oficial para que la familia solicitara las cenizas de la presa si lo deseaba. Si se aprobaba la solicitud, por cada presa se enviaban algo menos de dos kilos de cenizas genéricas en un recipiente metálico. Al menos yo no era la responsable de coordinar esa parte.

–Podemos descansar un poco –sugerí.

Halina se irguió en la silla.

–Oh, no, señora doctora, estoy bien. Pero me gustaría pedirle un favor. Solo si no...

–Vamos, dígame.

Halina me había sido de gran ayuda. Al menos tenía que escuchar su petición. Se lo debía.

Sacó una carta de su bolsillo.

–Me preguntaba si podría enviar esto. Es solo una carta para un amigo.

Estaba escrita en el papel del campo.

–La puedes enviar tú misma. Tienes permiso.

Halina apoyó una mano en la manga de mi bata de médico. Tenía un trozo de cuerda azul atado en el dedo anular.

–Pero los censores las destrozan. Lo tachan todo, incluso las frases sobre el tiempo o sobre qué tal hacemos la digestión.

Tomé la carta. Iba dirigida a un tal *Herr* Lennart Fleischer y tenía una dirección de Lublin.

¿Qué daño podía hacer enviarla? Después de todo, Halina había demostrado ser valiosa para el Reich. Pero la verdad es que sí que podía causar mucho daño. Si me pillaban haciendo algo así, el castigo podría ser muy duro. Como mínimo recibiría una reprimenda, seguro.

–Lo pensaré –prometí, y la guardé en el cajón de mi mesa.

Halina agachó la cabeza para volver a su tarea.

–Gracias, señora doctora.

Desde mi despacho en la clínica se oían la música y las risas que llegaban de la fiesta de Binz, en la zona de los alojamientos del personal, en un extremo del campo en medio del bosque. Me irritó pensar que habían tenido que irse casi todos los hombres del campo para que a mí me consideraran el miembro del personal de mayor rango.

Menos de una hora después de anochecer, Halina y yo estábamos avanzando mucho cuando oímos una enorme explosión y el suelo se sacudió por la vibración. Nos miramos y seguimos con nuestro trabajo. ¿Habría sido el tubo de escape de algún coche? Los ruidos fuertes no eran raros en el campo y a veces el lago los amplificaba.

Pero momentos después oímos los gritos de Binz y de las demás, que llegaban desde donde se estaba celebrando la fiesta.

–¡Doctora Oberheuser! ¡Ven rápido! Irma está herida.

La mirada de Halina se cruzó con la mía y las dos nos quedamos petrificadas.

En esas situaciones se apodera de ti el instinto de los profesionales médicos. Halina se levantó y salió corriendo. Yo la seguí, pisándole los talones. Llegamos a la puerta principal del campo y desde allí se oían más gritos procedentes de la casa que lindaba con el bosque.

–Abra la puerta –le ordené al guardia.

–Pero... –repuso y miró a Halina.

Las presas no podían cruzar esa puerta a no ser que fueran acompañadas de una guardia.

–Abra. Soy su superior.

¿Por qué la voz de una mujer casi nunca transmite el respeto que su emisora merece?

Tras dudar un segundo, el guardia abrió por fin la puerta.

Halina dudó.

–Vamos –la animé. Necesitaba una ayudante, pero ¿me reprenderían por eso?

Halina salió corriendo conmigo hasta la casa. El ruido que hacían sus pesados zuecos sobre la carretera de adoquines quedó amortiguado cuando pisamos el mullido suelo del bosque, cubierto de agujas de pino. La luna iluminaba el paisaje y nos permitía ver la casa al final del pinar, con todas las luces interiores apagadas.

Binz llegó a la carrera desde la casa.

–La cocina se ha derrumbado e Irma está tirada en el suelo –nos contó.

Irma Grese era una de las discípulas más fervientes de Binz y algunos decían que era incluso más dura con los castigos que ella. ¿Qué iba a decir el comandante?

Halina y yo no paramos de correr hasta llegar a la casa. Binz venía detrás.

–Por Dios, Binz, ¿cómo ha ocurrido algo así? –pregunté.

–La estufa de gas... Encendió un cigarrillo con ella y la maldita cosa explotó. Le dije que no fumara...

Halina y yo entramos en la casa y encontramos a Irma inconsciente en el suelo del salón. Se había ido la luz por culpa de la explosión y la habitación olía a gas. La pared de la cocina que estaba detrás de la estufa había desaparecido y encima colgaba un trozo de metal retorcido que al balancearse hacía un ruido extraño que parecía un gemido humano. Hasta el calendario de pared que había cerca de donde estábamos había quedado ladeado.

Halina y yo nos arrodillamos al lado de Irma. Aun en mitad de aquella oscuridad casi total vi que tenía la respiración acelerada. Le faltaba oxígeno. Y tenía el hombro del vestido empapado de sangre.

–Que alguien traiga una manta –ordené.

–Y una vela –pidió Binz.

–Todavía hay gas en el aire –contradijo Halina–. Traigan una linterna de pilas. Una que dé buena luz.

Binz se lo pensó un segundo. ¿Aceptar órdenes de una presa? Pero cedió.

–Una linterna –pidió Binz por fin a alguien que estaba a su espalda.

Intenté aplicar presión directa sobre el hombro de Irma, pero no veía bien en la oscuridad. El olor metálico de la sangre era inconfundible. En pocos segundos noté que el trapo con el que le apretaba se había empapado, volviendo la tela pegajosa.

–Tenemos que llevarla a la clínica –anuncié.

–En estas condiciones no llegará –aseguró Halina–. Habrá que trabajar aquí.

¿Estaba loca?

–No tenemos nada...

Las guardias de Binz se habían congregado a nuestro alrededor. Estaban todas muy calladas. Halina dudó durante un momento. ¿No quería salvar la vida de una guardia? Entonces extendió la mano y le arrancó la manga al vestido de Irma.

Binz protestó y se lanzó a por Halina.

–Pero ¿qué crees que estás haciendo?

Yo la contuve.

–Está destapando la herida –expliqué.

Eso no solo nos dio acceso a la lesión, sino que también reveló el origen de la hemorragia. Una de las chicas de Binz trajo una luz potente y pudimos evaluar los daños: pérdida de consciencia, múltiples contusiones, quemaduras de segundo grado y cianosis (piel fría y húmeda de color azulado, un síntoma de la falta de oxígeno). Pero el problema más inmediato era el origen de la hemorragia: un corte del tamaño de una baraja de naipes en el brazo, tal vez producido por algún trozo de hierro de la estufa que la explosión había convertido en un proyectil. La herida era tan profunda que se veía hasta el hueso. Coloqué los dedos en la muñeca de Irma; apenas tenía pulso. Eran lesiones muy graves.

Halina se quitó el vestido del uniforme por la cabeza y se quedó solo con la ropa interior gris y los zuecos de madera a pesar del aire frío de la noche. Se quitó los zuecos y empezó a hacer jirones su uniforme, sacando tiras largas de unos cinco centímetros de ancho. No me quedó más remedio que maravillarme ante la decisión que mostraba Halina. Se le habían enrojecido las mejillas por el esfuerzo y sus ojos brillaban a la luz de la linterna. Estaba hecha para ese trabajo.

Hasta entonces no me había dado cuenta de lo delgada que se había quedado Halina. Incluso con las raciones del bloque 1 estaba consumida, se le notaba sobre todo en los muslos y las caderas.

Pero tenía una piel blanca inmaculada, del color de la leche fresca. Prácticamente resplandecía bajo la luz indirecta.

–Tenemos que llevarla a la clínica –dijo Binz.

Yo me puse a ayudar a Halina a rasgar tiras de algodón. Ella enrolló los trozos de tela alrededor del brazo unos cinco centímetros por encima de la herida y los ató con un nudo simple perfecto.

–Primero hay que hacerle un torniquete –le contesté a Binz.

Fui hasta la pared donde estaba el calendario y le quité el palito de madera que lo sujetaba. Se lo di a Halina, que ató dos trozos de tela al palo para fabricar una especie de aparato de torsión. A continuación la ayudé a girar el palo hasta que la tela se quedó tensa y el sangrado se detuvo.

Pronto la paciente empezó a responder e improvisamos una camilla con una manta. Entre cuatro tumbaron a Irma en ella y la llevaron a toda prisa al campo. Le ordené a otra que trajera una manta y se la puse sobre los hombros a Halina, que estaba temblando después de lo que acababa de hacer.

Halina y yo salimos detrás de Binz y las otras chicas, y las seguimos hasta la clínica. Yo empecé a pensar en el tratamiento. Empezaríamos con un gotero intravenoso...

Pero Halina se quedó parada en medio de la oscuridad. ¿Qué estaba haciendo?

La vi mirar hacia el lago, que brillaba a la luz de la luna como si tuviera diamantes desparramados sobre su superficie.

–¿Qué pasa? –le pregunté.

¿Estaría también ella en estado de *shock*?

–Halina, vamos. Hay mucho que hacer.

Entonces me di cuenta: ¡estaba pensando en escapar! ¿Cómo podía ser? Una presa cubierta solo con la ropa interior y una manta no podía llegar lejos. Solo había habido tres intentos de fuga en Ravensbrück y dos habían acabado mal para las presas, que habían sido capturadas y devueltas al campo, donde las habían obligado a llevar un cartel que decía: ¡HURRA, HURRA, HE VUELTO!, y después las habían torturado y fusilado.

Eso era justo lo que me faltaba: que se escapara alguien mientras yo estaba al mando.

–Ven conmigo, vamos –insistí.

Halina seguía inmóvil, con el pelo rubio reluciente a la luz de la luna y la cara oculta por las sombras. En el silencio del bosque, oí las pequeñas olas del lago que acariciaban la orilla.

–He dicho que vamos –ordené–. Esa paciente necesita tratamiento inmediato.

Halina no se movió.

Un arco de luz procedente de la torre barrió el patio y fue hasta el lago. Nos estaban buscando.

–Esta noche le has hecho un gran servicio al Reich, Halina. Te recompensarán. Estoy segura. Ven conmigo, vamos.

Los perros ladraron desde sus casetas. ¿Cuánto tiempo pasaría hasta que nos dieran por desaparecidas y soltaran a los perros?

Halina seguía sin moverse. ¿Nos estarían viendo los centinelas desde la torre?

Por fin inspiró hondo y exhaló. La nube de vaho de su aliento se elevó como un espectro, iluminada por la luna.

–Solo quería ver el campo desde aquí –dijo con voz distante.

¿Por qué le había permitido cruzar esas puertas?

Halina inspiró hondo otra vez.

–Hace tanto tiempo que no respiro aire puro... El lago es tan...

–Vamos, rápido –insistí.

Se acercó lentamente hasta donde yo estaba y las dos volvimos andando hasta la clínica. El sonido de sus zuecos de madera resonaba por la carretera y yo tenía la bata empapada de sudor.

Hasta que la puerta no se cerró detrás de nosotras cuando entramos, no me atreví a respirar profundamente de nuevo.

AL DÍA SIGUIENTE se corrió la voz de lo que había pasado la noche anterior. Cuando volvieron el comandante y los hombres de sus respectivos viajes, Koegel en persona me dijo que estaba muy orgulloso por mi rapidez de decisión, y me dijo que le escribiría a Himmler para contarle lo ingeniosa y valiente que había sido a la hora de salvar a una de las mejores trabajadoras del Reich. Todo el campo me felicitó, excepto la enfermera Marschall, claro, que cada vez que surgía el tema se mostraba fría y fruncía mucho los labios porque estaba celosa de la polaca que me había ayudado.

ESA MISMA SEMANA, unos días después, Halina y yo estábamos sentadas la una al lado de la otra en mi mesa, ocupadas con el papeleo. Para entonces ya casi no hacía falta que nos dijéramos nada, porque conocíamos los ritmos y las rutinas de la otra a la perfección. La jefa de bloque le había dado permiso para quedarse después de que apagaran las luces, así que sabía que podríamos estar tranquilas. Esa mañana había estado en el edificio del *Bekleidung*, conocido por todos como el almacén de los bienes confiscados, el lugar donde se guardaban los objetos requisados por el Reich en todas las naciones que había conquistado Hitler. Los objetos (ropa, plata, vajillas y cosas similares) se clasificaban cuidadosamente, y no tardé en encontrar allí varias cosas útiles, entre ellas un jersey grueso para Halina y un fonógrafo con una limitada selección de grabaciones. Ordené a una reclusa con insignia verde que lo llevara a mi despacho, lo hiciera funcionar con la manivela y pusiera música a volumen bajo.

Una estudiante de la Biblia nos trajo pan y queso del comedor de oficiales, más para Halina que para mí, y yo puse un disco en el fonógrafo: *Un foxtrot de Varsovia*.

–Me encanta esta canción –comentó Halina.

Bajé un poco más el volumen. No hacía falta que toda la clínica se enterara de que estábamos escuchando una canción polaca.

Halina se balanceó un poco al ritmo de la música mientras seguía escribiendo las direcciones en los sobres.

–Yo aprendí a bailar el foxtrot con esta canción.

–¿Y me puedes enseñar? –pregunté.

¿Qué daño podía hacer? Todos los del campo sabían ese baile menos yo. No había tenido tiempo para esas cosas mientras estaba en la Facultad de Medicina.

Halina sacudió la cabeza.

–Oh, creo que no debería...

Me puse de pie.

–Insisto.

Halina se levantó muy despacio.

–Señora doctora, no soy la mejor profesora.

Sonreí.

–Venga, rápido, antes de que se acabe la canción.

Me puso una mano en la espalda y me cogió la mano con la otra.

–Se pone la mano en alto, como en otros bailes de salón –explicó Halina.

Dimos dos pasos adelante y uno al lado, siguiendo el ritmo de la música. Halina había sido demasiado modesta. Era una profesora de baile excelente.

–Lento, lento, rápido, rápido. ¿Ve?

No era difícil. Empecé a dominarlo muy pronto. Halina me hizo dar varias vueltas por el pequeño despacho, las dos perfectamente sincronizadas, y empezamos a reírnos de lo ridículamente bien que bailábamos juntas. Yo no me reía desde que llegué al campo.

Al final tuvimos que parar porque estábamos sin aliento. Le aparté un rizo de la frente a Halina.

Entonces se volvió y vi que se ponía tensa. Yo también me giré y encontré a la enfermera Marschall en la puerta, con un formulario de requisa de suministros en la mano. Ninguna de las dos habíamos oído abrirse la puerta.

Hice lo que pude por recuperar el aliento para hablar.

–¿Ocurre algo, Marschall?

Halina levantó la aguja del fonógrafo y la apartó del disco.

–Tengo una orden para los suministros –explicó Marschall–. Iba a dejarla en su mesa, pero ya veo que está muy ocupada. –Miró brevemente a Halina–. Además, se ha dejado el armario de la farmacia abierto.

–Yo me ocupo de eso. Y sí que estoy ocupada, así que si no le importa...

La enfermera Marschall me dio el formulario y se fue, pero no sin antes atravesar a Halina con una mirada penetrante.

Cuando Marschall se fue, cerrando la puerta tan silenciosamente como cuando la abrió, Halina y yo nos miramos. Algo invisible había escapado de la caja, algo peligroso, y ya no había forma de guardarlo de nuevo.

–Marschall tiene que aprender a llamar antes de entrar –dije.

Halina me miró fijamente, con la cara pálida.

–No parece muy contenta, señora doctora.

–Perro ladrador, poco mordedor –contesté encogiéndome de hombros–. Es una inútil.

Ojalá hubiera sabido en ese momento el precio que iba a pagar por subestimar a la enfermera Marschall.

15

Caroline

1941

ME AGARRÉ AL borde del cajón del archivador.

–¿Qué pasa, Roger?

–Me acabo de enterar, Caroline. He encontrado los nombres de Paul y Rena en una lista de arrestados.

¿Paul arrestado?

–Gracias por no decírmelo delante de Pia. –Conseguí contener las lágrimas, pero las carpetas marrones que tenía delante se volvieron borrosas–. ¿Sabemos algo del padre de Rena? Vivía con ellos en Ruán.

–Todavía no. Reviso las listas cada hora. Haremos todo lo posible para localizarlos, ya lo sabes.

–Al menos sabemos que están vivos. ¿De qué les acusan?

–Ojalá lo supiera. La información que llega desde Londres es fragmentaria. En la lista tampoco pone adónde los han llevado. Y hay algo más, C. Tres millones de soldados alemanes marchan ya sobre Rusia.

–¿Y qué pasa con el pacto de no agresión?

Hitler era un loco y un mentiroso, pero cada nuevo revés suponía un golpe todavía más duro.

–Hitler lo ha ignorado, C. El Oso no está contento.

Roger tenía la costumbre de referirse a los soviéticos como «el Oso». Y la verdad es que resultaba un nombre muy adecuado.

–Hitler se está apropiando de todo. Eso no nos augura nada bueno.

Tenía razón. A ese paso no tardaría en ser el dueño de medio mundo. ¿Iría después a por Inglaterra?

–Siento mucho todo esto, C.

Roger parecía sinceramente compungido. Tal vez se arrepentía de no haber hecho algo por Rena.

Ese día no fui capaz de hacer nada útil. Estaba completamente aturdida, con la mente llena de dudas. ¿Y si Paul se hubiera quedado aquí, a salvo en Nueva York? ¿Y si yo hubiera presionado más a Roger para conseguirle un visado a Rena?

Para complicar aún más el día, me telefonearon para informarme de que Betty Stockwell Merchant había tenido un bebé de más de tres kilos al que había puesto el nombre de Walter, como el padre de Betty. Aunque tenía mucho trabajo, me escapé a la hora de comer para ir a visitarla al hospital. Estaba deseando ver al bebé, aunque desde que me enteré había estado tragándome los celos que sentía con la ayuda de unos cuantos donuts con mermelada. Esperaba que un cambio de aires me sirviera para aclararme las ideas. Y además me vendría bien compartir con Betty mi preocupación por Paul.

De camino al hospital compré un ramo de tulipanes papagayo, los favoritos de Betty, aunque la verdad era que ella no necesitaba más flores. Su habitación en el hospital Saint Luke estaba igual que el establo del campeón *Whirlaway* después del derbi de Kentucky, a rebosar de ramos de flores enormes y presidida por una herradura hecha de rosas y claveles, que habían colocado sobre un caballete, con una cinta cruzada que decía: ¡ENHORABUENA! En un jarrón había dos docenas de rosas de un color azul bebé con los tallos un poco curvados hacia abajo, como si estuvieran avergonzadas.

–Gracias por los tulipanes, Caroline –dijo Betty. Estaba sentada en su cama de hospital, apoyada en las almohadas, guapísima con una chaquetilla de raso rosa y un turbante a juego–. Qué bien conoces mis gustos.

Entró una enfermera con el bebé. Sus zapatos de suela de goma no emitían ningún ruido al pisar los azulejos. Todos mis problemas se esfumaron en cuanto vi al niño.

–Cógelo, no tengas miedo –me animó Betty, haciéndome un gesto con la mano.

Acomodé al bebé en mis brazos, bien arropado, su peso cálido contra mi cuerpo. Tenía los puños cerrados colocados bajo la barbilla y la cara hinchada como la de un boxeador. El pequeño Walter tendría que ser duro para sobrevivir a unos padres que se llevaban mejor cuando estaban en diferentes zonas horarias.

–Sé que suena un poco desagradecido, Caroline, pero no estoy preparada para cuidar de un bebé –confesó Betty, enjugándose las lágrimas con un pañuelo.

–¿Pero cómo puedes decir eso, querida?

–Le dije a Phil que no quería un hijo tan pronto, pero no me hizo caso. Después de todo lo que he hecho por él. Si he llegado a ponerme zapatos de golf por ese hombre.

–Vas a ser una madre fantástica.

–El servicio aquí es excelente, Caroline –continuó Betty, un poco más contenta–. Mejor que en el Plaza, te lo digo en serio. Me traían el bebé cada hora hasta que les he dicho que lo dejasen en el nido. Aquí están especializados en bebés.

–Es un bebé precioso –comenté.

Le acaricié el puño, que era suave como el pétalo de una flor.

Walter se revolvió en mis brazos y sus párpados se agitaron en mitad del sueño. Sentí ese dolor que conocía más que de sobra y se me llenaron los ojos de lágrimas. No, por favor...

–Ahora tenemos que buscarte un marido y un bebé, Caroline. Y en ese orden, además.

–Yo ya no quiero saber nada de ese tema –aseguré.

–¿Ya has empezado a ponerte la ropa interior de tu madre? ¿No, verdad? Entonces todavía no has acabado.

La enfermera volvió, como si Betty hubiera pulsado el botón de debajo de la mesa para llamar a la doncella, y se llevó a Walter. Yo me aferré a él hasta el último segundo antes de entregárselo. Lo vi alejarse y sentí que los brazos se me habían quedado fríos y vacíos.

–Roger me ha dicho hoy que han arrestado a Paul y a Rena –solté.

–Oh, no, Caroline. Lo siento mucho, cariño. ¿Saben adónde los han llevado?

Me acerqué a la ventana con los brazos cruzados sobre el pecho.

–Nadie lo sabe. A una cárcel de París o a algún campo de tránsito seguramente. No sé qué hacer.

Abajo, en el parque, un niño intentaba volar una cometa, pero esta no hacía más que rebotar sobre la parte inferior, negándose a elevarse. La cola pesa demasiado. Quítale la cola y ya está, pensé.

–Pero qué doloroso para ti, querida –dijo Betty.

–No puedo trabajar.

–Cuando vuelva a casa voy a hacer una fiesta luau. Ayúdame a organizarla. O puedes ser mi pareja de bridge en la fiesta de los Vanderbilt. Iba a jugar con Pru, pero seguro que te deja el sitio encantada.

–No puedo pensar en fiestas ahora, Betty. Tengo que averiguar adónde han llevado a Paul.

–Lo que tienes que hacer es pasar página, C. Es muy triste, pero nunca podrías tener una vida normal con Paul Rodierre.

–¿Y quién establece lo que es normal?

–¿Por qué siempre eliges el camino difícil? David y tú podríais...

–Fue David quien me dejó...

–Se habría casado contigo si hubieras estado más tiempo con él. Una gira de diez teatros no es lo más conveniente para afianzar una relación. A los hombres les gusta ser el centro del mundo. Ahora que estás más asentada, debes apresurarte a casarte y tener hijos. Los óvulos de las mujeres se desintegran, ¿sabes?

La sola mención de esos óvulos que flotaban dentro de mí, frágiles y microscópicos, provocó que hiciera una mueca de dolor.

–Eso es ridículo, Betty.

–Eso se lo dices a tus ovarios. Hay hombres disponibles por toda Nueva York y tú vas persiguiendo a uno que está en una cárcel francesa.

–Tengo que volver al trabajo. ¿Te costaría mucho ser un poco comprensiva? Estamos hablando de las vidas de otras personas.

–Siento que no te guste oírlo, pero él no es de nuestra clase, cariño.

–¿Nuestra clase? Mi padre consiguió todo lo que tenía por sí mismo.

–Después de que sus padres lo enviaran al colegio St. Paul.

–Con todo el respeto hacia tu hermano, que tus padres te mimen no es algo muy útil para forjar el carácter.

–Y eso lo dice una mujer a quien vestían sus doncellas hasta que tuvo dieciséis años. Oh, seamos prácticas, Caroline. Todavía no es demasiado tarde...

–¿Para qué? ¿Para salvar mi reputación? ¿Para casarme con alguien que no soporto solo para tener un compañero de luau? Tú tienes un marido y un bebé, pero yo quiero ser feliz, Betty.

Betty acarició el dobladillo de raso de la manta.

–Bien, pero no vengas a llorar cuando todo termine mal.

Di media vuelta y salí de allí, preguntándome cómo podía tener una amiga a la que no le importaba un comino mi felicidad. No necesitaba a Betty. Tenía a mi madre. Y tendría que conformarme con eso por el momento.

No había forma humana de que abandonara a Paul.

UNOS DÍAS MÁS tarde, Roger me dijo que el consulado ya no podía ayudarme a financiar el envío de los paquetes a Francia. Pero seguían llegándome postales y cartas de los orfanatos franceses pidiéndome ayuda con mucha educación. ¿Cómo iba a decirles que no? No me atreví a pedirle a mi madre dinero de la cuenta destinada a los gastos de la casa. Desde que mi padre murió, ella había vivido con lo justo. Durante un tiempo esperé un milagro, pero al final me di cuenta de lo que tenía que hacer.

Ir a la tienda de antigüedades de Snyder & Goodrich.

Años antes mi madre me sugirió que vendiéramos parte de la plata, la que apenas usábamos, y que donáramos el dinero a la beneficencia. No me sorprendió, porque, además de su dinero, había heredado de Mamá Woolsey su predilección por la beneficencia. Mi madre no medía su valía por su patrimonio, así que estaba segura de que no iba a echar de menos unos cuantos tenedores de ostras que nadie había tocado desde la Guerra Civil.

Porque yo nunca vendería los tenedores normales, claro.

La tienda de antigüedades de Snyder & Goodrich se encontraba lo bastante lejos del centro como para resultar un lugar discreto. Estaba al lado de una floreciente tiendecita de postizos muy realistas. Nadie volvía a ser el mismo después de pasar por

Snyder & Goodrich y vender las herencias familiares para pagar los gastos de un tío al que le gustaba demasiado el juego o unos impuestos demasiado elevados. La prima segunda de Betty, cuyo marido fue a la cárcel por evasión de impuestos, se tomó un bote de pastillas el día que la porcelana de su boda acabó por necesidad en Snyder & Goodrich. Ella se recuperó, pero su reputación no.

A los que tenían toneladas de dinero no les importaban nada las apariencias. Tras la limpieza de primavera, enviaban a un chófer con librea o a una doncella con su uniforme a la tienda de antigüedades con los objetos de los que querían deshacerse. Una alfombra de Hamadán un poco descolorida. Unos cuencos de porcelana de Limoges para lavarse los dedos.

Mi madre nunca tuvo chófer para moverse por la ciudad y las pocas doncellas que seguían a nuestro servicio estaban en The Hay, así que una mañana saqué de la pirámide de envoltorios de tela del armario de la plata el correspondiente a los tenedores de ostras y lo llevé yo misma a la tienda. El señor Snyder se alegraría sin duda de ver la plata de los Woolsey.

Al entrar en la tienda, me engulló una nube de humo de puro. Daba la impresión de que había allí más vitrinas que en todo el Museo de Historia Natural. Las paredes estaban cubiertas de vitrinas que iban del suelo al techo, y había más por todo el perímetro de la sala, de la altura de un mostrador y separadas de la pared la distancia justa para que cupiera una persona. En todas se veía el rastro de pelusa que queda después de limpiar con limpiacristales y estaban llenas de enseres domésticos organizados por categorías: espadas con sus vainas repujadas y adornadas con borlas, monedas, cuadros y numerosos juegos de cristalería. Y, cómo no, cuberterías y vajillas de plata, en vitrinas distintas y colocadas un poco más allá, en un lugar discreto.

Un hombre elegante de más de sesenta años estaba junto a una de las vitrinas que llegaban a la altura de la cintura. Estaba lustrando un juego de caviar de plata que tenía sobre unas páginas extendidas de *The New York Times*. Vi unas cerillas, unos palitos quitacutículas de madera y unos trapos para abrillantar alrededor de un artículo del periódico, cuyo titular pude leer al revés: «Hitler inicia la guerra con Rusia. Sus ejércitos avanzan desde el Ártico hasta el mar Negro. Cae Damasco. Estados Unidos ha destituido al cónsul en Roma».

El hombre, que se presentó como el señor Snyder, abrió mi rollo de fieltro y sacó un tenedor para ostras con sumo cuidado, como si estuviera manipulando una delicada flor de azafrán. Se puso una lupa de joyero en un ojo y examinó el escudo familiar de los Woolsey que tenían grabado. Seguro que el señor Snyder se quedaría impresionado con ese escudo de armas, que quedaba extraordinario en la plata: dos leones muy ornamentados sujetaban el escudo en alto, y por encima de él, saliendo del casco de un caballero medieval, un brazo con una tibia en la mano.

El señor Snyder leyó las palabras escritas en la banda del escudo: *Manus Haec Inimica Tyrannis.*

–Es el lema de nuestra familia. Significa: «Esta mano es enemiga de los tiranos». –¿Cómo no iba a estar deseando el señor Snyder tener aquel trozo de historia en su tienda?–. ¿Cuánto me ofrece por ellas? –pregunté.

–Esto no es un mercadillo, señorita Ferriday. El mercadillo de Clignancourt está por allí –respondió, señalando en dirección a París con un dedo ennegrecido por el producto para lustrar.

El señor Snyder hablaba mi idioma de forma excelente, pero con un leve acento alemán. Aunque su nombre sonaba anglosajón, obviamente era descendiente de alemanes. Asumí que ese Snyder antes se escribiría Schneider y que lo había adaptado por el bien del negocio. Tras la Primera Guerra Mundial, los alemanes que se habían instalado en Estados Unidos sufrieron por culpa de los prejuicios, aunque las cosas habían cambiado en los últimos tiempos y ya había muchos estadounidenses que eran claramente proalemanes. El nombre de Goodrich probablemente lo añadió después para hacerlo sonar todo un poco más británico, porque allí no se veía a ningún señor Goodrich.

El señor Snyder se puso a palpar el tenedor, como un ciego tocando una cara, intentó doblar las puntas de los dientes y después le echó el aliento.

–Los dientes no están doblados. Eso es bueno. El sello está sucio. ¿Les han echado algún producto corrosivo?

–Nunca –aseguré–. Solo producto para limpiar la plata y un trapo suave.

Me contuve para no intentar buscar su favor con una sonrisa. Con los franceses, por ejemplo, la táctica de sonreír era una equivocación, porque para ellos era una señal de debilidad estadounidense.

El señor Snyder cogió el extremo cuadrado de una cerilla de madera y lo metió en el sello. Su rosado cuero cabelludo, que relucía bajo el escaso cabello blanco, era del mismo color que el producto para limpiar la plata del trapo.

–Bien –concluyó el señor Snyder, y me miró sacudiendo un dedo–. Pero siempre debe tener la plata lustrada y, cuando la vaya a necesitar, solo pulirla. El lustre la protege.

–Esos tenedores de plata pertenecieron a mi bisabuela, Eliza Woolsey –informé, y de repente sentí ganas de llorar. Eso me sorprendió.

–Todo lo que hay aquí perteneció a la bisabuela de alguien. No he sacado de las vitrinas un tenedor para limones, sardinas, cerezas u ostras en los últimos cinco años, así que mucho menos podría encontrar comprador para doce. No se pueden vender.

Pues para ser alguien que proclamaba los beneficios del lustre, tenía toda la plata bien pulida.

–Tal vez debería intentarlo en Sotheby's –aventuré.

El señor Snyder empezó a enrollar el paño marrón.

–Me parece una buena idea. Esos no distinguen entre un cucharón de caldo y una pala para frutos secos.

–La plata de los Woolsey sale en el libro *Los tesoros de la Guerra Civil*.

Él señaló con la mano una vitrina que tenía a su espalda.

–Esa ponchera Astor es de la Revolución Francesa.

El señor Snyder cambió de actitud cuando me dirigí a él en su lengua materna. Por primera vez me alegré de que mi padre hubiera insistido en que aprendiera alemán.

–El libro también menciona una copa con dos asas que perteneció a mi bisabuela Eliza Woolsey –dije esforzándome para encontrar el pasado del verbo pertenecer en alemán en algún rincón de mi cerebro.

–¿Cómo es que habla alemán? –preguntó con una sonrisa.

–Lo aprendí en el colegio. Fui a la escuela Chapin.

–¿Y esa copa de dos asas de la que habla es de plata maciza? –preguntó también en alemán.

–Sí, y de oro. Se la regaló la familia de un joven cabo al que ella curó en Gettysburg. Habría muerto si no hubiera sido por Eliza, y después le enviaron esa copa como agradecimiento, junto con una carta muy emotiva.

–Gettysburg, una batalla terrible. ¿Y está grabada?

–«Para Eliza Woolsey, con nuestra más profunda gratitud» –recité–. Y en la parte de delante se ve al dios Pan con unas cestas de flores de oro.

–¿Todavía tiene la carta?

–Sí, y en ella se detalla cómo el cabo logró salir de las ciénagas de Chickahominy.

–Es un buen certificado de procedencia –concedió el señor Snyder.

Habría preferido que me dispararan a separarme de aquella copa, pero la historia ablandó al señor Snyder lo bastante como para que terminara haciéndome una oferta por los tenedores.

–Cuarenta y cinco dólares es lo máximo que le puedo ofrecer –dijo–. La plata no se ha recuperado desde que las cosas se pusieron difíciles.

Habían pasado más de diez años desde el Martes Negro. En 1941 la economía estaba mejorando, pero había personas que todavía no eran capaces de pronunciar la palabra «depresión».

–Señor Snyder, podría fundirlas y conseguir setenta y cinco dólares.

–Sesenta.

–Acepto –respondí.

–Es un placer hacer negocios con usted –replicó el señor Snyder–. Es que por aquí vienen muchos judíos con unos aires que cualquiera diría que son ellos los que me están haciendo un favor a mí.

Yo me aparté del mostrador.

–Discúlpeme si le he dado la impresión de que voy a tolerar infamias como esa, señor Snyder. No sé cómo hacen ustedes las cosas en Alemania, pero yo no hago negocios con antisemitas.

Enrollé el trapo marrón con los tenedores dentro.

–Por favor, señorita Ferriday. He cometido una indiscreción. Discúlpeme.

–Este país se fundó sobre los principios de igualdad y justicia. Será mejor que no lo olvide. No creo que contribuya a su negocio que la gente piense que tiene usted opiniones negativas sobre algún colectivo en concreto.

–Lo recordaré –contestó, y me quitó los tenedores de las manos–. Acepte mis más sinceras disculpas, por favor.

–Disculpas aceptadas. Yo no le guardo rencor a nadie, señor Snyder, pero sí que soy muy exigente con la gente con la que hago negocios.

–Se lo agradezco, señorita Ferriday, y disculpe si la he ofendido.

Ese día salí de Snyder & Goodrich con un optimismo renovado, y suficiente dinero en efectivo en el bolsillo para mis paquetes de ayuda y para incluir también un bote de cereales en polvo con sabor a cacao. Me consolé con la idea de que a veces hay que hacer un trato con el diablo para ayudar a los que lo más lo necesitan. Había hecho negocios con un antisemita, pero había sido por el bien de los que sufrían por la guerra.

Gracias al señor Snyder, cincuenta niños franceses huérfanos sabrían que no nos habíamos olvidado de ellos.

16

Kasia

1941-1942

BINZ ME ENVIÓ dos semanas al búnker por mi insubordinación hacia Irma Grese. El bloque de castigo hacía honor a su reputación: confinamiento solitario en una celda fría y oscura, amueblada solo con un taburete de madera y donde campaban ejércitos de cucarachas. El tiempo que pasé allí lo dediqué a llorar la pérdida de la señora Mikelsky y planear mi venganza contra los alemanes. La oscuridad no dejaba de aumentar en mi pecho. Iban a pagar por lo que le habían hecho a mi profesora. Allí, en aquella celda oscura, fui reproduciendo diversas escenas en mi cabeza: yo liderando una huida masiva; yo asesinando a Binz con la pata de un taburete; yo escribiéndole cartas codificadas a papá en las que incluía todos los nombres. Tenía que ser paciente, pero el día de la venganza llegaría.

La primavera siguiente, un domingo, Matka vino a visitarnos. Eso era un regalo del cielo, porque desde que se la llevaron a los barracones de la élite, casi nunca la veíamos. Nos sorprendió cuando apareció junto a nuestra litera justo antes de la hora de apagar las luces. Luiza, Zuzanna y yo nos habíamos reunido para jugar a un juego muy tonto. Lo llamábamos «Qué llevaría para cruzar la carretera hermosa». Para entonces, la carretera hermosa había adquirido otro significado para nosotras. Cuando iban a ejecutar a alguna, la obligaban a recorrerla hasta el paredón de fusilamiento. Si había suerte, la elegida tenía tiempo antes de que se la llevaran para que su familia del campo le arreglara el pelo y la ropa, y poder hacer ese último trayecto lo más guapa posible.

El objeto del juego era imaginar lo más gracioso que llevaríamos cuando nos hicieran marchar hasta el paredón, de camino a la muerte. Por extraño que parezca, nos animaban juegos tan morbosos como «Humo rosa, humo azul», en el que intentábamos predecir el color del humo que produciría alguien cuando la incineraran. Después de doce horas de trabajo, exhaustas y muertas de hambre, nos ayudaba encontrar la forma de reírnos de todo.

Matka se subió a mi litera y me dio un beso en la frente. Llevaba el brazalete amarillo intenso de las presas privilegiadas que podían moverse libremente por todo el campo. Recorrí con el dedo las letras rojas bordadas que sobresalían sobre la tela del brazalete y sentí un escalofrío extraño.

Pero me esforcé por dejar a un lado las sensaciones negativas. ¡Qué alegría me dio verla! Me llamó la atención el trocito de cuerda azul que se había atado en el dedo anular. ¿Era para recordar que seguía casada con papá?

–No puedo quedarme mucho rato –dijo, todavía sin aliento tras haber venido corriendo desde el bloque 1.

Las puertas se cerraban a las nueve de la noche, sin excepciones. Aunque llevara el brazalete amarillo, si pillaban a Matka fuera de su bloque por la noche, iría al búnker o recibiría un castigo peor. Además, había nuevas normas para evitar las amistades, sobre todo entre las polacas: no se podía ir de visita a los otros bloques, ayudar a nadie durante el recuento, ni tampoco hablar con las otras sin permiso.

Matka nos dio un abrazo a cada una y yo inhalé profundamente su dulce aroma. De debajo de la falda sacó un paquete envuelto en un trapo blanco y limpio, y al abrirlo apareció una hogaza entera de pan blanco. La corteza de arriba estaba dorada y tenía cristales de sal. ¡Oh, ese olor a levadura! Una por una nos acercamos para tocarlo.

–¿Otra hogaza? –preguntó Zuzanna–. Pero ¿de dónde las sacas?

Matka sonrió.

–No os la comáis toda de una vez u os pondréis enfermas.

Zuzanna escondió la hogaza bajo su almohada. ¡Menudo regalo!

Luiza se acurrucó contra el cuerpo de Matka.

–Creo que ya he encontrado mi mayor talento.

–¿Ah, sí? –preguntó Matka–. Pues cuéntamelo, no me dejes en ascuas.

Luiza sacó un ovillo de lana azul bebé de su bolsillo. Yo se lo quité de la mano.

–¿Cómo lo has conseguido?

Ella lo recuperó.

–Lo cambié por un cigarrillo que me encontré en la *platz*. Mi supervisora dice que nunca ha visto a nadie tejer tan rápido. Hoy he hecho dos pares de calcetines. Ya no voy a seguir clasificando pieles de conejo. De ahora en adelante me voy a dedicar solo a tejer en el *Strickerei*.

El *Strickerei* era el taller de punto del campo, un lugar extraño, reservado para las que tejían mejor y más rápido. Cuando mirabas allí dentro, solo veías mujeres sentadas en hileras tejiendo a una velocidad vertiginosa, como una película que pasara demasiado rápido por el proyector.

Le puse una mano en el brazo a Luiza.

–Sabes que esos calcetines van al frente para calentar los pies de los soldados alemanes, ¿verdad?

Luiza se zafó de mi mano.

–No me importa. Cuando salgamos de aquí, voy a abrir una tienda de lanas. Las tendré de todos los colores y me pasaré el día tejiendo.

–Qué bonito –exclamó Matka, atrayendo a Luiza hacia sí–. Seguro que podrás hacerlo pronto. Papá y los demás... –Me lanzó una mirada. ¿Quiénes eran los demás? ¿Lennart?–. Estarán trabajando para liberarnos.

–Estábamos a punto de empezar a jugar a «Qué llevaría» –intervino Janina.

Todavía resultaba raro ver a Janina sin su pelo rojo fuego. Después de que en nuestro primer día en el campo le afeitaran la cabeza, el pelo le crecía muy fino y castaño, como el plumaje de una cría de gorrión. A muchas otras nos permitían conservar el pelo, pero Binz insistía en que a ella le afeitaran la cabeza regularmente, como castigo por haberse resistido tanto aquel día.

–Matka no va a querer jugar a eso –comentó Zuzanna con expresión seria.

–Es un juego muy tonto, pero ¿quieres jugar con nosotras? –preguntó Janina.

–Claro –contestó Matka–. Pero tenemos que darnos prisa.

Ella era capaz de hacer cualquier cosa para que estuviéramos contentas.

Janina nos instó a que nos acercáramos más.

–Tienes que decir qué te llevarías si tuvieras que recorrer la carretera hermosa.

Matka ladeó la cabeza.

–¿Te refieres a...?

–Tu último paseo. Por ejemplo, yo me llevaría los tacones más altos y más bonitos. De cuero negro... No, de ante... Para ir caminando bien erguida. Y el pelo de Rita Hayworth...

–Eso son dos cosas –replicó Luiza.

–Y un par de rellenos para el sujetador.

–Janina... –empezó a decir Zuzanna.

–¿Qué? Me gustaría tener tetas por una vez en mi vida. Si voy a morir, quiero estar espectacular.

Zuzanna se acercó.

–Yo me llevaría una caja de los mejores bombones polacos. De todas las clases: con crema de vainilla, con caramelo, con avellana...

–Para, por favor –interrumpió Janina.

No le gustaba nada que la gente hablara de comida, y se tapaba los oídos cuando las chicas se ponían a describir sus platos favoritos y a intercambiar recetas, algo que hacían continuamente.

Luiza se irguió.

–Yo llevaría mi labor de punto. Cuando Binz viera lo bonita que es, me perdonaría.

Matka sonreía mientras lo escuchaba todo. Era bonito verla sonreír.

Había llegado mi turno. Oí a una *Stubova* llamar a alguien desde el baño. Estaba cerca, así que hablé en voz baja.

–Yo me llevaría un colchón con un edredón de plumas gigante y dormiría todo el camino. Las guardias de Binz tendrían que llevarme en volandas y la propia Binz me abanicaría con una enorme pluma de avestruz rosa.

Janina contuvo una carcajada.

–¿Y tú qué llevarías? –le susurró Zuzanna a Matka, todavía riendo.

Matka se quedó pensando un momento, mirándose las manos. Tardó tanto que creímos que al final no iba a decir nada. Cuando por fin habló, tenía una expresión extraña en la cara.

–Yo llevaría un ramo de flores: rosas y lilas.

–Oh, a mí me encantan las lilas –exclamó Luiza.

–Caminaría con la cabeza alta y por el camino le daría mi ramo a las guardias, y les diría que no se sintieran culpables por lo que estaban haciendo.

¿Es que Matka no había entendido que el objetivo del juego era reírse un rato?

–Y cuando llegara al paredón, rechazaría la venda de los ojos y gritaría: ¡Viva Polonia! antes de... –Matka volvió a mirarse fijamente las manos–. Y os iba a echar mucho de menos a todas –concluyó con una leve sonrisa.

Esa respuesta tan seria hizo que desapareciera al instante la expresión feliz de la cara de Zuzanna. También al resto se nos quitaron las ganas de reírnos y nos quedamos muy calladas. No podíamos ni pensar en ello, era demasiado horrible.

Seguramente estábamos todas al borde de las lágrimas, por eso Matka cambió de tema.

–La clínica va mucho mejor ahora...

–¿Cómo se comporta la doctora? –pregunté. Tenía tantas preguntas y tan poco tiempo...

–Está satisfecha de que todo esté más organizado, pero ya no puedo permitir que las enfermas se queden allí un poco más del tiempo necesario. –Se inclinó y bajó la voz–. Las presas que no pueden trabajar son ejecutadas, así que procurad manteneros alejadas de ese lugar. No se puede confiar en la doctora. Lo mejor es que guardéis muy bien las distancias.

–Alemanes... –exclamó Zuzanna–. Me avergüenza que una parte de mí sea alemana, Matka.

–No digas eso. Deberías conocer a la farmacéutica de la ciudad, Paula Schultz. Es buena. Cuando viene a traer medicinas para las

SS, me da cosas de contrabando: tinte para que las mujeres mayores parezcan más jóvenes y se libren en las selecciones, estimulantes cardíacos para que las más débiles puedan aguantar en el recuento. Me ha dicho que los americanos...

Una *Stubova* pasó junto a nuestra litera limpiándose los dientes y escupió en una taza metálica.

–¡Luces fuera! –gritó.

Yo abracé a Matka con fuerza. No era capaz de dejarla ir. No dejé de llorar como una niña hasta que tuvo que separarse de mí. Salió sin hacer ruido para que no la pillaran. Me dio mucha vergüenza actuar así, pero verla alejarse con prisa y en medio de la oscuridad por la carretera hermosa, tras darse la vuelta un momento para lanzarnos un beso, era peor que el hambre o cualquier paliza.

Una agonía horrible.

UNOS DÍAS DESPUÉS, Roza vino al dormitorio antes del recuento de la mañana y leyó una lista de diez presas que tenían que ir a la clínica. Luiza, Zuzanna y yo estábamos en esa lista.

Después de que las otras se fueran a trabajar, Roza nos acompañó por la carretera hermosa hasta allí.

–Vamos, chicas –nos animó con amabilidad.

¿Dónde estaba la antigua Roza que nos daba bofetadas por retrasarnos? Empecé a sentir un mal presagio. El amanecer tiñó el cielo de rosa y azul a medida que íbamos acercándonos al bloque gris de la clínica.

Me volví hacia Zuzanna.

–¿Qué está ocurriendo?

–No lo sé –confesó mirando el sol de la mañana con los ojos entornados.

–Tenemos a Matka –dije con seguridad.

–Claro –contestó Zuzanna, algo distante.

La *Revier* estaba extrañamente silenciosa ese día. Matka no estaba en su puesto, en el mostrador de madera de la entrada. Me quedé mirando fijamente el taburete amarillo en el que se sentaba todos los días para revisar a los pacientes, que ese día estaba vacío.

–¿Dónde está tu madre? –me susurró Luiza cuando pasamos por delante.

Zuzanna miró alrededor.

–Tiene que estar por aquí, en alguna parte.

Roza nos dejó en manos de dos robustas enfermeras de las SS con sus uniformes marrones y aquellas cofias que parecía tartaletas blancas, sujetas con pasadores a su moño alto. Nos llevaron por un pasillo hasta una sala, una habitación blanca en la que habían conseguido meter tres literas y seis camastros. En una de las paredes había una ventana, del tamaño de un felpudo, que estaba tan alta que casi rozaba el techo bajo. De repente sentí como si las paredes se cerraran sobre mí. ¿Por qué parecía que no había aire en esa habitación?

Una chica que conocía de las exploradoras, Alfreda Prus, estaba sentada en una de las camas, vestida con una bata de hospital y con las manos en el regazo.

Me limpié el sudor del labio superior. ¿Qué nos iba a pasar?

Una de las enfermeras nos dijo que nos quitáramos la ropa, la dobláramos bien y nos pusiéramos unas batas de hospital con la parte de atrás abierta. Yo inspiré hondo, llenando el pecho de aire hasta que sentí que estaba a punto de explotar, y después lo fui soltando lentamente. Tenía que mantener la calma por Luiza.

Cuando las enfermeras se fueron, Zuzanna recorrió la sala. Cogió un portapapeles que había colgado de un gancho en el extremo de una cama y estudió el gráfico en blanco que tenía.

–¿Qué crees que hacen aquí? –preguntó Luiza.

–No estoy segura –contestó Zuzanna.

–Tú quédate a mi lado –dije yo.

–Yo llevo aquí ya dos días, con una gitana loca –contó Alfreda–. A ella se la llevaron esta mañana. ¿Qué creéis que nos van a hacer? Hay más chicas en la sala de al lado. He oído llorar a una.

Zuzanna fue hasta la puerta que unía las dos salas y agarró el picaporte metálico.

–Cerrado –informó.

Al poco rato, las enfermeras llevaron a la sala a más chicas polacas, entre ellas una alta y muy callada que se llamaba Regina, que llevaba unas gafas de leer redondas y daba clases de inglés a escondidas en nuestro bloque. Janina Grabowski también estaba allí. Nos pusimos las batas de hospital, y Janina y Regina se rieron al verse el trasero, que la bata abierta por detrás dejaba al descubierto.

–¿Tal vez quieran enviarnos a un subcampo y por eso nos van a hacer antes un examen especial? –aventuró Alfreda.

–O quizá vayan a mandarnos al burdel –aportó Regina.

Todas sabíamos que se había montado un burdel en otro campo. Binz había hecho más de un anuncio de reclutamiento durante el recuento. Prometía que, a cambio de unos meses de servicio voluntario, nos darían ropa y zapatos de la mejor calidad y tendríamos garantizada la libertad al acabar ese período.

–No digas eso, Regina –la regañé.

Luiza me cogió la mano. Nuestras palmas se unieron, ambas húmedas.

–Preferiría morir –dijo ella.

–Me he traído el libro de frases en inglés –comentó Regina, escondiéndolo bajo una de las almohadas.

Lo había hecho ella misma con ochenta hojas de papel higiénico, en las que había escrito con una letra minúscula.

–Pues sí que nos va a servir para mucho un libro –exclamó Janina–. Somos sus ratas de laboratorio. ¿Es que necesitas que te haga un dibujo para entenderlo?

–Espero que no haya agujas –comentó Alfreda.

Luiza se apretó contra mí.

–No puedo soportar las agujas –dijo.

Para tranquilizarnos, Luiza y yo nos sentamos en una cama y contemplamos cómo un chochín hacía un nido al otro lado de la ventana. Se iba volando y después volvía con más material de construcción. Después nos fuimos examinando la una a la otra sobre nuestros conocimientos de inglés: *Hello. My name is Kasia. Where might I find a taxicab?*

Pronto entró en la sala una enfermera con un termómetro, un cuenco de metal y una navaja.

–¿Por qué nos van a afeitar? –susurró Luiza.

–No lo sé –reconocí.

¿Es que nos iban a operar? Tenía que haber un error. ¿Cómo iba a permitir Matka que pasara algo así?

Gerda, la enfermera guapa, entró con otras dos. Una llevaba una bandeja llena de agujas y viales. Gerda fue directa a por Luiza.

–No, por favor –suplicó Luiza, rodeándome el cuello con los brazos.

Yo la abracé fuerte por la cintura.

–Por favor, no le haga daño –supliqué–. Llévеme a mí en vez de a ella.

Zuzanna vino a sentarse en la cama, al otro lado de Luiza.

–Tenga compasión. Luiza solo tiene quince años y le dan miedo las agujas.

Las que ayudaban a Gerda separaron los brazos de Luiza de mi cuello por la fuerza.

–No es para tanto –le dijo Gerda a Luiza con una sonrisa–. Dentro de un momento verás flores y oirás campanillas.

Llevaron a Luiza hasta una camilla y le estiraron un brazo. Yo me tapé los ojos cuando la oír chillar al notar el pinchazo de la aguja. Pero al momento Luiza se quedó adormecida de inmediato, y Gerda y las otras enfermeras se llevaron la camilla rodando.

Zuzanna vino hasta el camastro en el que yo estaba, al fondo de la sala.

–Me temo que van a...

–¿Operarnos? –Sentí una punzada de miedo solo con decirlo en voz alta.

–Me llevarán a mí después –aseguró–. Quieren deshacerse de las difíciles primero.

Desde el pasillo llegó el ruido de las ruedas giratorias de otra camilla.

–Tenemos que avisar a Matka –dije.

Gerda volvió a meter la camilla en la sala y le hizo señas a Zuzanna.

–*Auf die Bahre* –ordenó con una sonrisa. Súbete a la camilla.

–¿Pero qué está ocurriendo aquí? –Zuzanna se irguió–. Tenemos derecho a saberlo.

Gerda fue hasta donde estaba Zuzanna, la agarró del brazo y tiró de ella.

–Vamos. Es mejor que no alborotes. Tienes que ser valiente.

Yo agarré a Zuzanna por el otro brazo. Gerda intentó acercarla a la camilla.

–No puede hacernos esto –exclamé.

Zuzanna le dio un puñetazo a Gerda en el brazo y esta llamó a un par de robustas *Kapos* con triángulos verdes, que vinieron corriendo, subieron a Zuzanna a la camilla a la fuerza y la ataron con unas tiras de algodón blanco.

–Es mejor que no te resistas –continuó Gerda–. Todo esto se acabará pronto y te soltarán y podrás volver a Polonia.

¿Sería cierto?

–¿Adónde la lleváis? –pregunté a unas de las mujeres.

Janina y Regina estaban observándolo todo, abrazadas en una de las literas de abajo.

La *Kapo* me apartó de un empujón y Gerda consiguió clavarle una aguja en el brazo a Zuzanna.

–Somos presas, no conejillos de indias –repuse.

Zuzanna se quedó inmóvil y Gerda sacó la camilla de la sala.

–Te quiero, Kasia –murmuró cuando se la llevaban.

Pocos minutos después, Gerda vino a por mí. Yo me resistí y las *Kapos* tuvieron que obligarme a tumbarme en la camilla, pero cuando me ataron, empecé a temblar como si estuviera cubierta de hielo. Me estiraron el brazo y sentí el pinchazo de la aguja en la parte interna del codo.

–Estas chicas... Sois peores que los hombres –comentó con una carcajada.

¿Hombres? ¿Qué hombres? ¿Dónde estaban?

Perdí toda noción del tiempo. ¿Era morfina? Alguien me llevó en la camilla a una sala con una luz redonda en el techo y me puso una toalla sobre la cara. Sentí una inyección intravenosa y una mujer me dijo que contara hacia atrás. Yo conté en polaco y ella en alemán y me quedé inconsciente.

Me desperté en medio de la noche. ¿Estaba alucinando? Me encontraba otra vez en la sala, en mi camastro, y por la ventana solo se veía una luz tenue. Un haz de luz iluminó la habitación cuando la puerta se abrió y se cerró. Me llegó el olor de mi madre y durante unos segundos me pareció que estaba a mi lado, junto a la cama. Entonces sentí que me arropaba, levantando el colchón y remetiendo bien la sábana por debajo, como hacía siempre. ¡Matka! Después noté el contacto de sus labios en la frente, y permanecieron ahí un momento.

Intenté extender la mano para tocarla, pero no pude. Quédate, por favor, pensé.

Un momento después vi otro breve haz de luz y ella ya no estaba.

A LA MAÑANA SIGUIENTE me desperté como si acabara de salir de lo más profundo del océano.

–¿Matka? –Era Luiza quien la llamaba desde una cama que estaba al lado de la mía–. Tengo mucha sed, Matka.

–Estoy aquí, Luiza –dije.

Me incorporé apoyándome en los codos y vi que todas las camas estaban ocupadas. Todas las chicas, excepto Zuzanna, llevaban una escayola o vendas de papel en una pierna. Algunas gemían y llamaban a sus madres, sus maridos o sus hijos. Todas teníamos mucha sed. Me habían puesto en la cama que estaba más cerca de la ventana, y a Zuzanna en la misma hilera donde yo estaba, pero en el otro extremo, al lado de la puerta que daba al pasillo.

–¿Zuzanna? –la llamé, pero no contestó.

Había vomitado y tenía toda la ropa y las sábanas sucias.

–¡Matka! –grité lo más fuerte que pude.

¿De verdad había venido a visitarme la noche anterior? ¿O había sido un sueño?

Yo también tenía muchas náuseas y un dolor terrible. Cuando me desperté la primera vez, no estaba segura de que todavía conservara la pierna, pero entonces la vi, cubierta por una pesada escayola desde la punta de los dedos hasta la parte alta del muslo. Por dentro de la escayola notaba un material suave, como si tuviera la pierna envuelta en algodón. Algunas de nosotras teníamos símbolos escritos en las escayolas y los vendajes, en la parte de abajo, cerca del tobillo: AI, CII y cosas similares. A algunas les habían operado la pierna izquierda, a otras la derecha, y a unas cuantas, ambas. En mi escayola vi números romanos escritos con rotulador negro. ¿Qué significarían?

¡Cuánto rezamos para que nos dieran agua! Pero no nos permitieron beber a ninguna. La doctora Oberheuser nos dio un vaso cuando vino a vernos, pero tenía vinagre. Era imposible de beber.

Yo no lograba estar consciente mucho rato. Todas estábamos bastante groguis, pero Alfreda y Luiza estaban especialmente mal. Tenían una gran letra T en sus escayolas. Al principio Alfreda gritaba de dolor, pero pronto se le quedó el cuello rígido y la cabeza arqueada hacia atrás. Según fue avanzando la mañana, perdió la movilidad en los brazos y las piernas.

–Que alguien me ayude –suplicaba–. Agua. Por favor.

Janina consiguió levantarse el primer día y fue saltando a la pata coja de cama en cama, haciendo todo lo que podía para que estuviéramos cómodas: estiraba las mantas o les llevaba la cuña a las que la necesitaban.

–Pronto traerán agua –nos decía, aunque ella sufría constantemente arcadas por la sed.

–¡Matka, soy Kasia! –grité, esperando que me oyera desde el mostrador de la clínica.

Pero no vimos ni un alma, aparte de la doctora Oberheuser y la enfermera Gerda, que venían a vernos cama por cama.

A veces Luiza me despertaba en plena noche. ¿Cuánto tiempo llevábamos allí? ¿Dos días? ¿Dos semanas? No había forma de saberlo, porque no distinguíamos de ninguna manera una hora de la siguiente.

–Kasia, ¿estás despierta? –preguntó Luiza.

Cruzaban la sala a intervalos regulares unos rayos de luz que hacían arcos. Procedían de los focos de las torretas de vigilancia e iluminaban la cara pálida de Luiza, tensa por el dolor. Se estremecía porque sufría terribles escalofríos.

–Estoy aquí, Lu –aseguré.

Extendió el brazo en el espacio que separaba las dos literas y yo le agarré la mano fría.

–Dile a mi madre que he sido valiente.

–Se lo podrás decir tú.

–No, Kasia. Tengo mucho miedo. Creo que me voy a volver loca del miedo que tengo.

–Cuéntame una historia. Para que tengas el cerebro ocupado.

–¿Una historia de qué?

–De cualquier cosa. Cuéntame esa de la cicatriz de Pietrik.

–¿La del biberón? Te la he contado cien veces.

Esperé a que el arco de luz me iluminara la cara y la miré con la expresión más seria que pude conseguir.

–Cuéntamela otra vez.

–No puedo, Kasia.

–No te rindas, Lu. Cuéntame la historia.

Ella inspiró hondo.

–Cuando Pietrik era un bebé, mi abuela, que en paz descanse, le dio un biberón de cristal con agua para que bebiera en la cuna.

–¿Era un bebé bueno, Lu?

–Ya sabes que sí. Pero no sé cómo consiguió romper el biberón contra los barrotes de la cuna y se hizo un corte en el puente de la nariz. Nuestra Matka fue corriendo al oír sus aullidos.

–No te olvides de la sangre.

–Salía tanta sangre que estaba todo empapado. Mi abuela se desmayó en el suelo de la habitación. Se desmayaba mucho...

Luiza dejó la frase a medias.

–¿Y después? –insistí.

–Los médicos le cosieron. Por suerte el cristal no le dañó sus preciosos ojos azules, pero le quedó esa fea cicatriz en el puente de la nariz.

–A mí no me parece fea –comenté.

La luz reveló la sonrisa de Luiza, pero eso solo consiguió que pareciera aún más enferma.

–Aunque tuviera dos cabezas, tú seguirías loca por él, ¿a que sí?

–Supongo. Pero él está enamorado de Nadia. Y ella de él. Una chica no compra los diez bailes de un chico si no está enamorada de él.

–¿Sabes que puede que estés equivocada? Nadia me dijo que dejó algo para ti en vuestro lugar secreto.

¿Luiza sabía lo de nuestro lugar secreto? Nada era sagrado.

–Deberías dormir un poco.

–Vale, pero solo si me dices una cosa antes: ¿es pecado romper una promesa?

–Depende de la promesa –respondí.

Luiza giró la cara para mirarme. Hasta ese leve movimiento pareció provocarle un gran dolor.

–Pero es que me hice una cruz sobre el corazón. ¿Le parecerá mal a Dios?

–Dios nos debe una muy grande por habernos metido aquí.

–Eso es una blasfemia.

–Puedes contármelo, Lu. ¿A quién le hiciste la promesa?

–A Pietrik.

Se me aceleró el pulso. ¿Sería sobre mí?

–Júrame que nunca le dirás que te lo he dicho. Seguramente no lo vuelva a ver, pero no podría soportar que creyera que su hermana no sabía guardar un secreto.

–No pienses así, Luiza. Lo volverás a ver. Y ya sabes que yo sí sé guardar secretos.

–Me dijo que se dio cuenta de algo cuando bailasteis en el casino.

–¿De qué?

–De algo importante.

–Luiza, no me hagas sacártelo con sacacorchos...

–Vale. Me dijo que estaba enamorado de ti. Ya lo he dicho.

–No.

–Sí. Dijo que te lo iba a decir.

–Me temo que no voy a bailar mucho después de esto –comenté.

–No hagas como si no te importara. Tú también estás enamorada de él. Se te nota.

–Bueno, si lo quieres saber, pues sí. Pero él está loco por Nadia.

–No, que te quiere a ti. A mí no me mentiría. Tienes suerte de tener a mi hermano, Kasia. Los dos tendréis bebés y os haréis viejos juntos. –Se quedó un momento en silencio–. Lo voy a echar de menos. Y a mis padres. ¿Les dirás que he sido valiente, aunque no pueda serlo al final?

Le estuve sujetando la mano a Luiza hasta que se durmió. Después me dejé llevar también por el sueño, pensando en lo agradable que era sentirse querida, y en Pietrik cuando era un bebé y en que jamás me perdonaría si no le devolvía a Luiza.

PRONTO TODAS EMPEZAMOS a tener fiebre alta y muchas empeoraron. Me dolía mucho la pierna; era como si tuviera todo un enjambre de abejas picándome en la pantorrilla.

No vimos a la doctora Oberheuser hasta la noche siguiente, y para entonces Alfreda y Luiza ya no podían moverse; tenían todo el cuerpo rígido y las espaldas arqueadas. Intenté darle la mano a Luiza, pero tenía los dedos agarrotados. Ya no podía hablar, pero en sus ojos se veía que estaba aterrorizada.

Zuzanna recuperaba la consciencia a ratos, pero la mayor parte del tiempo no había forma de despertarla. Los breves períodos que pasaba despierta se quedaba hecha un ovillo, apretándose el vientre y gimiendo. ¿Qué le habían hecho a ella?

Cuando la doctora Oberheuser entró en la sala con la enfermera Gerda dijo:

–*Es stinkt hier*.

¿Qué podíamos hacer nosotras si la sala olía mal? La carne en proceso de putrefacción tenía esos inconvenientes.

–Por favor, señora doctora, ¿podría darme un poco de agua? –pedí, pero ella me ignoró y siguió yendo de una cama a otra, escribiendo en sus gráficos.

–*Gleiche, gleiche, gleiche*.

Igual, igual, igual era lo único que decía cada vez que llegaba junto a una cama y comparaba nuestras piernas operadas con las sanas.

–¡Zuzanna! –llamé.

¿Cómo no me contestaba? Estaba dormida de lado, con las rodillas apretadas contra el pecho.

La doctora Oberheuser se acercó a Luiza, le tomó el pulso y le hizo un gesto a la enfermera.

–Se puede llevar a esta –ordenó señalando a Luiza.

Se me heló la sangre en las venas.

–No, por favor, señora doctora. Luiza solo tiene quince años.

La enfermera Gerda trajo una camilla desde el pasillo y la colocó al lado de la cama de Luiza.

–Solo necesita más medicinas, por favor –supliqué.

La doctora Oberheuser se puso un dedo sobre los labios para indicarme que me callara.

–Por favor, deje que se quede conmigo –insistí.

Entre las dos levantaron a Luiza y la depositaron en la camilla.

Extendí la mano hacia la doctora.

–Estaremos calladas. Lo prometo.

La doctora Oberheuser vino hasta mi cama y me puso la mano en el brazo.

–No despiertes a las otras chicas.

–¿Dónde está mi madre? –pregunté–. Halina Kuzmerick.

La doctora Oberheuser se quedó petrificada allí, a mi lado, y apartó la mano despacio. En su cara apareció de repente una expresión indescifrable.

–Necesito hablar con ella –insistí.

La doctora se apartó.

–Tu amiga estará bien. No te preocupes. Solo la vamos a trasladar.

Intenté agarrarle la solapa de la bata, pero la escayola pesaba mucho y no pude incorporarme. La enfermera Gerda me clavó una aguja en el muslo.

–Dígale a mi madre que la necesito –logré decir.

En un instante la habitación se emborronó. ¿Adónde se habían llevado a Luiza? Intenté mantenerme despierta. ¿Era ella la que lloraba en la otra sala?

DESPUÉS DE ESO estuve a punto de volverme loca. Las que teníamos escayolas tuvimos que permanecer tumbadas en la cama durante días, escuchando una música clásica que reproducían una y otra vez en alguna parte del edificio de la clínica. ¿Dónde estaba mi madre? ¿Habría ayudado a Luiza? Perdimos totalmente la noción del tiempo. Pasado un período, que a nosotras nos pareció de varios meses, Zuzanna mejoró hasta el punto de poder incorporarse y sentarse. Le suplicó a la doctora Oberheuser que nos quitara o nos cambiara las escayolas, pero la doctora nos ignoró y siguió con su tarea. Muchos días estaba de mal humor, daba golpes con los portapapeles por todas partes y nos trataba con brusquedad.

Las escaras eran horribles, pero nada comparado con el profundo dolor de las incisiones.

Un día, Anise Postel-Vinay, la amiga francesa de Zuzanna con la que había coincidido trabajando en el almacén de la mercancía confiscada, logró lanzarnos por la ventana alta regalos que había conseguido sacar de la cocina de las SS. Todo cayó en mi cama, a mi alrededor: dos zanahorias y una manzana, un trozo de queso y un terrón de azúcar. Fue como maná caído del cielo.

–Eso es para las «conejas» –dijo para que lo oyéramos solo nosotras.

Si la pillaban, iría directa al búnker.

Yo até a la cuchara de la sopa una nota para Matka, escrita en un papel que me había dado Regina, y la tiré por la ventana.

–¿Puedes hacerle llegar esto a mi madre?

–Lo intentaré –respondió Anise.

La cuchara volvió por la ventana, sin la nota, y aterrizó sana y salva en mi cama.

–Desde las operaciones han prohibido a las presas enfermeras entrar en la clínica –explicó Anise.

¡Menuda noticia! Por eso Matka no había podido venir.

–Gracias, Anise –respondí.

Era maravilloso poder decirle a Matka que la echábamos de menos, aunque fuera solo en una nota.

Después de eso, el nombre de «conejas» se extendió y todos en el campo empezaron a llamarnos así. *Króliki* en polaco. Conejillos de indias de los médicos. *Lapins* en francés. Incluso la doctora Oberheuser nos llamaba *Versuchskaninchen*. Conejas de experimentación.

DURANTE SEMANAS, TODAS las que teníamos escayolas pasamos dificultades para utilizar las cuñas. A mí el picor constante de mi herida me volvía loca. Cuando me despertaba por la noche por el picor, me quedaba insomne y febril, sin poder volver a dormir, y me preocupaba por Luiza. ¿Qué le iba a decir a Pietrik? ¿Y a sus padres? No se iban a recuperar nunca de la pérdida de Lu.

Un día conseguí sacar un trozo largo de alambre de la estructura metálica de la cama y lo metí por dentro de la escayola para rascarme la incisión.

Y me alivió.

Compusimos un himno al pudín de pan. Regina nos leía su único libro en inglés y nos contaba historias sobre su hijo pequeño, Freddie, que acababa de empezar a andar cuando la arrestaron. Yo me pasaba horas mirando al pájaro que Luiza y yo vimos construyendo su nido el día que llegamos a la clínica. Me parecía precioso, hasta que me di cuenta de que el chochín estaba forrando su nueva casa con mechones de pelo humano, rubio, castaño y cobrizo, que entretejía entre las ramitas.

Una mañana, las enfermeras vinieron a llevarse a las chicas con escayolas.

–Ha llegado el día de quitaros las escayolas –anunció la enfermera Gerda, como si fuera la mañana de Navidad.

Me llevaron a mí primero. Estaba emocionada por la posibilidad de verme liberada por fin. Una enfermera me ayudó a subir a una camilla, me puso una toalla sobre la cara y me llevó a la sala de operaciones. Oí allí a varias personas, hombres y mujeres, entre ellas la doctora Oberheuser y la enfermera Gerda.

Me quedé tumbada en la camilla, aferrada a la sábana que tenía debajo, contenta porque tenía una toalla sobre la cara. ¿Quería verme la pierna? Recé para poder volver a caminar y a bailar.

¿Pietrik me vería horrorosa? Tal vez la pierna no estaría tan mal cuando me quitaran la escayola.

–Yo haré los honores –dijo una voz masculina, como si estuviera hablando de abrir una botella de champán caro. ¿Era el doctor Gebhardt?

Sentí un trozo de metal frío recorriéndome un lado de la pierna; eran una especie de tijeras con las que me estaban cortando la escayola. El aire me acarició la piel cuando los dos trozos de escayola se separaron y alguien los separó por un extremo. A pesar de que tenía la toalla sobre la cara, me llegó el hedor que salió al abrirla. Me senté, la toalla se cayó de mi cara y vi a los médicos y las enfermeras apartarse. La enfermera Gerda soltó una exclamación.

–Santo Dios –dijo el doctor Gebhardt.

Intenté apoyarme sobre los codos para verme la pierna, pero Gerda me puso otra vez la toalla sobre la cara y tiró de mí para que volviera a tumbarme. Conseguí zafarme, me senté otra vez y entonces vi por primera vez el horror de mi pierna.

17

Herta

1942

EN LA PRIMAVERA de 1942 los alemanes éramos optimistas.

Había rumores de que la guerra con dos frentes de Hitler iba a ser nuestra perdición, pero en Ravensbrück todas las mañanas leíamos buenas noticias en *Der Stürmer*. Según el periódico, nuestro Führer dominaba Europa, o al menos las zonas que necesitábamos. Seguro que la guerra se terminaría para el verano.

El final del año anterior había traído también un éxito para Japón, nuestro aliado, en su ofensiva contra los estadounidenses en Pearl Harbor, y esa primavera celebramos sus continuos avances militares. Una delegación japonesa había visitado Ravensbrück y se había quedado impresionada con lo bien arreglado que estaba el alojamiento de las estudiantes de la Biblia y con las macetas llenas de flores de los alféizares de las ventanas. Fue el propio Himmler quien ordenó que se instalaran esas jardineras, porque como Ravensbrück era un campo de exhibición, era esencial que causara una buena impresión.

Yo había llenado un álbum entero con los éxitos de Alemania en la campaña de Rusia: la captura de Kiev, el avance hacia Moscú. Era cierto que en esas tierras habíamos tenido que realizar nuestra mayor retirada, cuando estábamos solo a unos pocos kilómetros del Kremlin, por culpa del frío, de un invierno que llegó demasiado pronto y porque nuestros soldados combatían con unos uniformes demasiado ligeros. Pero cuando el Führer les pidió a los alemanes que enviaran ropa de abrigo para los chicos del ejército, todos enviamos botas de esquí, orejeras y medio millón de abrigos de piel. El periódico aseguraba que, como se acercaba el buen tiempo, se iban a producir rápidos avances a nuestro favor.

Mi carrera en Ravensbrück también estaba progresando rápidamente. En verano, el comandante Suhren reemplazó a Koegel, y a mí ese cambio me vino bien. Koegel era corpulento y enrevesado, mientras que Suhren era un hombre esbelto y conciso. También era encantador y apreció el duro trabajo que yo había desempeñado a la hora de organizar la clínica. Nos llevamos bien desde el principio.

Al poco de llegar, el comandante preparó su propia fiesta de bienvenida en su casa, un edificio de estuco beis, muy acogedor, con un tejado acabado en un alto pico y persianas verde bosque, que estaba en lo alto de un promontorio y tenía vistas al campo. Esa noche yo salí de mi alojamiento a las siete menos cinco y subí los empinados escalones que llevaban a la residencia del comandante.

Desde esa atalaya, Suhren tenía una visión clara de todo el campo y de la zona que lo rodeaba, incluido Uckermark, el campo juvenil, y el subcampo Siemens, a unos pocos kilómetros de distancia. Cuando cayó la noche, vi las filas de presas que volvían al campo principal después del trabajo. Después se encendieron los potentes focos del campo que iluminaban los bloques que había debajo. Sonó la sirena y las presas se dirigieron al patio para el recuento.

Estábamos probando los nuevos hornos. Dos chimeneas altísimas se elevaban por encima del nuevo crematorio y escupían humo y fuego hacia el cielo. La vista del lago era espectacular: una extensión de agua gris que terminaba en la orilla opuesta junto al grupo de casas de ladrillo del pintoresco Fürstenberg, entre las que destacaba la aguja de la iglesia. En el horizonte se veía que se acercaban unos nubarrones grises.

Cuando llegué a la puerta me encontré con varios miembros del personal del campo. Elfriede Suhren, la esposa delgada y rubia del comandante, nos abrió y nos indicó que pasáramos. A diferencia de su predecesora, Anna Koegel, que les gritaba a las presas peluqueras del salón de belleza del campo, Elfriede era una mujer amable, cuya principal tarea al parecer era cebar a sus cuatro hijos, como un granjero hace con sus gansos.

Crucé la casa, pasé ante un hombre mayor vestido con una chaqueta y una gorra tirolesas que estaba sentado al piano, tocando canciones populares alemanas, y entré en la pequeña biblioteca donde estaba Suhren, de pie en un rincón, disfrutando de la cerveza y los puros con Fritz y el doctor Rosenthal. Varios trofeos de caza cubrían las paredes: cabezas de ciervo, peces disecados, un jabalí ruso. Las estanterías de Suhren las ocupaba una amplia colección de figuritas de porcelana Hummel, aunque curiosamente solo tenía las de los niños varones.

Al principio los hombres estaban demasiado enfrascados en una conversación sobre su tema favorito como para fijarse en mí. Estaban hablando sobre el burdel al que Suhren estaba enviando a las presas de Ravensbrück, en Mauthausen, y daban detalles sobre cómo las afortunadas pasaban por una esterilización antes de ser enviadas allí. Fritz me vio y tuvo el detalle de hacer una mueca de disgusto.

Suhren y Rosenthal se apartaron y yo me acerqué a Fritz, que estaba bajo la cabeza del jabalí. Este tenía la boca abierta y mostraba una lengua rosa falsa.

Las cosas iban bien entre Fritz y yo. Habíamos ido juntos al cine del campo, que estaba sobre el complejo de garajes, a ver una película: *Stukas*, una conmovedora historia sobre un piloto alemán que se curaba de su depresión escuchando a Wagner. Fritz no paró de revolverse en su asiento durante toda la película, diciendo constantemente que todo eso era ridículo, pero fue agradable que pasáramos la velada los dos juntos. Me había regalado un jacinto en una maceta. Estaba en mi mesa y perfumaba el aire de mi despacho. Había sido muy inteligente al elegir una planta en una maceta en vez de flores cortadas, que se marchitaban muy rápido.

–Suhren tiene una casa muy bonita –comenté.

Fritz le dio un sorbo a la cerveza.

–Siempre y cuando no te gusten los animales a los que todavía les late el corazón.

Se oyó ladrar a un perro en la cocina. Por el sonido debía de ser de una raza pequeña. Esos eran los peores. Al menos las razas grandes tenían una utilidad: proteger la casa de los intrusos o cazar para traer comida.

Fuimos hasta la cocina, que era moderna y estaba limpia, y tenía brillantes armarios de roble y lo más avanzado en iluminación. Los invitados se servían un ponche rojo cereza de una ponchera de cristal tallado que había en la mesa de la cocina.

–¿Crees que Gebhardt le enviará a Himmler informes sobre los ensayos con las sulfamidas? –pregunté– ¿Y mencionará nuestros nombres?

Fritz me sujetó la puerta de la cocina para que saliera y los dos pasamos al comedor.

–A mí eso no me preocupa. Me voy.

Me detuve en seco, un poco mareada. ¿Cómo podía Fritz irse sin más? Era uno de mis pocos aliados. ¿Me iba a dejar con Binz y Winkelmann?

–¿Y por qué tan de repente? Tal vez deberías pensártelo...

Fritz se terminó la cerveza y dejó la jarra vacía sobre una vitrina que tenía dentro una perdiz disecada, con cara de susto, que simulaba haber quedado congelada en mitad del vuelo.

–Ya no aguanto más a Gebhardt, por si no te habías dado cuenta.

–El estrés le afecta a cada persona de forma diferente...

–No sabes ni la mitad de las cosas que pasan en Hohenlychen. Ayer hicimos un trasplante de brazo. Medio Berlín estaba allí, en ese balneario, disfrutando del espectáculo. El brazo fue cortesía de una pobre presa gitana.

Gebhardt no solo era un *Gruppenführer* de las SS y un *Generalleutnant* de las Waffen-SS, el médico personal del *Reichführer* de las SS, Himmler, y el cirujano jefe del personal médico de las SS del Reich... También era el jefe de personal de Hohenlychen, el floreciente hospital y balneario situado a catorce kilómetros del campo.

–¿Y por qué no me invitaron a mí?

–Has tenido suerte de que no lo hicieran, Herta. Es puro espectáculo. En cuanto a ese proyecto con las sulfamidas...

–Al menos tú puedes operar.

Fritz se rascó la barba incipiente.

–Es repulsivo hacerle eso a mujeres sanas. En las salas de recuperación el hedor es terrible.

–No hacen más que pedir más morfina.

–Pues dásela –respondió Fritz–. Que se la des no va a cambiar los resultados. Todo esto es inhumano.

–Gebhardt dice que les administremos una cantidad mínima de medicación para el dolor. ¿Y por qué has cambiado de opinión tan de repente sobre lo de sacrificar presas?

–Ya no puedo con ello, Herta. Todo ese sufrimiento...

–No tenemos otra opción.

–Sí que hay otras opciones, Herta. Si dejamos de operarlas, dejarán de sufrir. Gebhardt solo nos utiliza para hacerle el trabajo sucio, ¿es que no lo ves?

–No se puede evitar, Fritz.

¿Cómo podía dejar que el sentimentalismo interfiriera en su juicio? Las operaciones eran por el bien de Alemania.

–Bueno, pues yo me voy. Necesitan cirujanos en el frente para coser a nuestros hombres, que están muriendo en una guerra que no podemos ganar.

–Pero ¿cómo dices eso? Qué derrotista...

Fritz me acercó a él.

–Antes de irme quiero decirte una cosa: ten cuidado con tu nueva enfermera.

–¿Con Halina?

–He oído cosas...

–Cómo os gustan los cotilleos a los hombres. ¿Qué se dice por ahí?

–No sé si...

–Dímelo.

–Se dice que hay algo entre vosotros.

–Eso es lo más....

–Algo que no está en sintonía con los deseos del Führer.

Suhren y el doctor Gebhardt se abrieron paso entre los invitados y se acercaron a nosotros con una gran sonrisa en la cara, Suhren alto y pulcro, y Gebhardt pelirrojo y más bajito.

El comandante Suhren me estrechó la mano.

–*Fräulein* Oberheuser, tengo buenas noticias para usted.

¿Por qué no se dirigía a mí como «doctora»?

–Me alegra informarle de que una de mis primeras tareas será otorgarle un gran honor.

Gebhardt se acercó un poco más.

–Y no un honor cualquiera. La han recomendado para recibir la Cruz al Mérito de Guerra.

¿La Cruz al Mérito de Guerra? Mutti se iba a desmayar si volvía a casa con algo así: una cruz plateada con una cinta roja y negra. Esa distinción la había creado el mismísimo Führer. Iba a estar entre los pocos elegidos por Hitler para recibir ese honor. Adolf Eichmann y Albert Speer eran dos de ellos. ¿Se debería a mi participación en los experimentos con las sulfamidas?

Me volví para compartir mi alegría con Fritz.

Pero entonces me di cuenta de que se había ido.

YO FUI LA primera doctora en llegar al quirófano a la mañana siguiente, lista para mi primer día ayudando en una nueva ronda de operaciones para los experimentos con las sulfamidas. Fui al lavabo a lavarme. Me quité el anillo de Halina, que había cogido del sobre del *Effektenkammer*, donde se guardaban los objetos personales de las presas, y me lo guardé en el bolsillo. Era mejor que el doctor Gebhardt no viera en mi dedo un anillo tan vistoso como ese, porque las directrices del campo prohibían llevar joyas que llamaran la atención. Se lo devolvería a Halina algún día. Era un diamante precioso. Si no lo hubiera recuperado yo, a saber dónde habría acabado. En el dedo de Elfriede Suhren, seguro.

La enfermera Gerda tenía a las pacientes preparadas y sedadas. La enfermera Marschall había hecho un buen trabajo con las listas de pacientes para los experimentos. Todas estaban tumbadas en camillas y tapadas con una manta. Revisé el instrumental quirúrgico, abrí una caja de viales de Evipan y la dejé en la bandeja.

Habíamos preparado objetos para introducir en las heridas con el objetivo de simular heridas de guerra: clavos oxidados, astillas de madera y cristal, gravilla, y una mezcla de tierra del huerto con un cultivo de bacterias *Clostridiun tetani*. A cada paciente se le introducía un agente infeccioso diferente en la herida. El doctor Gebhardt había llegado desde el sanatorio de Hohenlychen en su coche privado esa misma mañana.

–Me alegro de que haya llegado temprano, doctora Oberheuser. El doctor Fischer no va a poder reunirse con nosotros.

–¿Está enfermo, doctor?

Gebhardt se quitó la chaqueta.

–Ha sido trasladado.

Intenté que no se notara mi decepción. ¿De verdad se había ido Fritz?

–¿Y puedo saber adónde, doctor?

–A la 10ª División de las SS, como cirujano jefe de una compañía médica asignada al 10º Regimiento Panzer, en el frente oeste –informó el doctor Gebhardt con la cara enrojecida–. Aparentemente él cree que será más útil allí...

¿Cómo podía haberse ido Fritz sin despedirse?

–Entiendo, doctor Gebhardt. Por cierto, hoy está trabajando la enfermera Gerda Quernheim.

–Bien. Me impresiona mucho su atención al detalle –dijo Gebhardt–. ¿Quiere tomar las riendas hoy?

–¿Se refiere a operar, doctor?

–¿Por qué no? ¿No le gustaría practicar?

–Sí, gracias, doctor –me apresuré a responder.

¿Me estaba pasando de verdad?

–Asegúrese de que tengan las caras cubiertas, doctora –apuntó el doctor Gebhardt–. Solo como precaución para mantener el anonimato. Y sea agresiva. Vaya directa. No hace falta que tenga excesivo cuidado con los tejidos.

Una tras otra Gerda fue trayendo a las pacientes con toallas sobre la cara.

Trabajamos hasta bien entrada la noche. Procuré no cerrar con prisas, haciendo con cuidado las suturas de nudo cuadrado, puntiagudas y negras como senderos de alambre de espino, para que protegieran cada incisión.

–No suelo hacer cumplidos, doctora Oberheuser, pero tiene usted un don para la cirugía que no se puede enseñar. Lo único que necesita es práctica.

¡Menudo elogio!

Acabamos la jornada con unas cuantas esterilizaciones, un nuevo tratamiento que había ordenado Himmler. Crucé el campo en silencio hasta mi alojamiento y dormí profundamente gracias a las pastillas de Luminal que tomaba para dormir. Solo me desperté una vez, cuando oí a Binz y su novio Edmund haciendo el amor en la bañera.

ME TOMÉ MI tiempo en vestirme a la mañana siguiente, sabiendo que las enfermeras se ocuparían de registrar las constantes vitales de las pacientes y que Halina gestionaría la clínica por mí, pero cuando llegué, aquello era un caos. Me encontré una nueva enfermera presa sentada en el lugar de Halina y una cola de pacientes que esperaban atención médica que llegaba hasta la puerta.

–Señora doctora, nos hemos quedado sin vendas de papel –me dijo la enfermera mientras agitaba un termómetro.

–¿Dónde está Halina?

–No lo sé, señora doctora. La supervisora Binz me ha dicho que me siente aquí.

Fui a la sala de recuperación para ver a las pacientes del día anterior. El olor que había allí era nauseabundo. Sabía que eso significaba que los cultivos estaban haciendo efecto, pero las gráficas estaban intactas y nadie había registrado las constantes. Una de las pacientes había salido de la cama e iba de acá para allá a la pata coja, viendo a otras pacientes.

–Necesitamos agua, por favor –pidió–. Y más cuñas.

Salí de la sala y encontré a Gerda en el pasillo, fumando un cigarrillo.

–Que no salgan de la cama –ordené–. El movimiento evita que la infección prospere.

Cerré la puerta con llave y fui a buscar a Binz. Después de recorrer medio campo, la encontré con los conejos de Angora, en un enorme complejo de jaulas con calefacción que las estudiantes de la Biblia mantenían inmaculado. Ella y una de sus subordinadas estaban acariciando a un conejito, una bolita de pelo blanco con orejas que parecían plumeros.

–¿Qué es lo que está pasando en la clínica? –pregunté.

La otra guardia volvió a meter al conejito en la jaula y desapareció lo más rápido que pudo.

–¿Entras aquí sin saludar ni nada? –respondió Binz–. Alguien tenía que ocuparse de eso.

–No tienes derecho...

–No se podía evitar –concluyó Binz cruzando los brazos sobre el pecho.

–Binz, lo que dices no tiene sentido.

–¿Es que no lo sabes?

Tuve que contenerme para no gritar.

–¿Dónde está Halina?

–Tal vez deberíamos hablar de esto en otro sitio.

–¿Qué has hecho, Binz?

–Por Dios, deja de lloriquear. No querrás que mis chicas te vean así. Te avisé sobre las polacas, ¿o no? Ahora la única culpable eres tú.

–No te entiendo.

–Bueno, pues yo tampoco. Suhren no se podía creer lo que ha estado haciendo esa polaca tuya. Dejémoslo en que simplemente vas a necesitar una nueva ayudante.

18

Caroline

1942

–VAYA HASTA EL fondo y espere mirando al frente –pidió nuestra nueva ascensorista, Estella.

Con sus zapatos ortopédicos y las medias de nailon hasta la rodilla, Estella estaba muy lejos de ser la ascensorista ideal de Rockefeller Junior. Tras el ataque de los japoneses sobre Pearl Harbor el año anterior, Estados Unidos por fin había entrado en la guerra, lo que había supuesto que todos los hombres jóvenes, se dedicaran a lo que se dedicaran, tuvieran que alistarse. Nuestro ascensorista fue uno de ellos.

–¿Sabes algo de Cuddy, Estella?

–El ejército no me da información, señorita Ferriday. Parece que ahora tienen graves problemas en Francia. Al menos eso dice Pia.

Estella tenía razón. Después de que Alemania invadiera la denominada zona libre de Francia en noviembre de 1942, la Francia de Vichy se había convertido en un estado títere. Los alemanes empezaron a enviar transportes desde los campos de tránsito de Francia hasta una compleja red de campos de concentración repartidos por Polonia y Alemania, así que yo ya iba por la tercera caja de chinchetas rojas.

–¿Eso te ha dicho Pia?

Para ser alguien que manejaba información secreta, Pia no estaba siendo muy discreta.

Cuando llegué a la recepción, escogí el camino largo para llegar a mi despacho y evitar así la mesa de Pia, pero ella era como las mambas negras, detectaba el más mínimo movimiento.

–Roger quiere verte, Caroline.

–Bien –dije, y giré sobre mis talones–. Por cierto, Pia, ¿tienes que contarle a Estella los asuntos que tratamos aquí? Se supone que se trata de información confidencial...

–Cuando quiera tu opinión, te la pediré –respondió Pia y eso me trajo a la mente un cartel que había visto en la jaula de los babuinos del zoo de París: CET ANIMAL EN CAS D'ATTAQUE VA SE DÉFENDRE, que significaba: «Si lo atacan, este animal se defenderá».

Fui al despacho de Roger. Al llegar, me quedé de piedra, porque era como si una tormenta hubiera pasado por allí y hubiera revuelto todos los libros y los papeles. Bajo su ventana, en la pista de hielo del Rockefeller Center, una fila de patinadores seguía a un Papá Noel escuálido sobre patines. Cuando este se paró de repente, todos cayeron como fichas de dominó.

–Tenemos que doblar la cantidad de paquetes de ayuda que enviamos a los huérfanos, Roger. Me han llegado las nuevas cifras. Hay más de doscientos mil niños franceses sin padres. Y cientos que no saben dónde están porque han tenido que ocultarse en la clandestinidad.

–Necesitamos muchas cosas, Caroline, pero Pearl Harbor lo ha cambiado todo.

–Puedo poner un poco de mi dinero...

–Ya conoces las normas. ¿Te importa cerrar la puerta? –dijo con una voz que solo podía describirse como temblorosa.

–¿Qué ocurre?

Me apoyé en el frío mármol de la chimenea. Que no fuera Paul, por favor.

–Unas cuantas cosas. ¿Tienes mucha información sobre Drancy?

–Seis carpetas llenas.

Drancy, un antiguo complejo de viviendas a las afueras de París, se había convertido en una especie de almacén de distribución por el que pasaban los prisioneros que llegaban de los cinco subcampos franceses antes de sacarlos del país. Según los pocos informes que había leído, era un lugar infernal, una sala de espera para la deportación. Estaba bajo el control de la policía francesa, pero supervisado por la Oficina de Asuntos Judíos de la Gestapo.

–¿Por qué, Roger? ¿Qué has descubierto?

¿Estaba Paul en ese lugar? Rena era judía, pero ¿podría suponer un riesgo para él también? Ella era ciudadana francesa, pero incluso en la zona supuestamente libre y controlada por Vichy, el antisemitismo se había convertido en ley en el nuevo estado y estaban arrestando a todos los judíos extranjeros. El espíritu de la Francia librepensadora había desaparecido de la noche a la mañana.

–Roger, dímelo ya. ¿Lo has encontrado?

–Han salido varios transportes con prisioneros franceses en dirección a campos repartidos por todos los dominios de Hitler.

–¿Paul iba en alguno de ellos?

Roger asintió.

–Oh, no, Roger.

–Un grupo de hombres franceses ha sido llevado a Natzweiler-Struthof, Caroline. Hay pruebas bastante fiables que sugieren que Paul estaría entre ellos.

Saqué una silla de la mesa de reuniones y me senté. Tenía las palmas húmedas y dejé dos marcas en la madera brillante que pronto se desvanecieron. Natzweiler.

Eran noticias terribles, pero extrañamente esperanzadoras, porque al menos significaban que seguía vivo.

–¿Y cómo puedes estar seguro?

–Solo había unos pocos hombres en el transporte de Paul que hubieran sido inspeccionados a la llegada a Drancy y todos han ido a Natzweiler.

–¿En la cordillera de los Vosgos?

Natzweiler-Struthof era el único campo de concentración nazi permanente en Francia y estaba situado a cincuenta kilómetros al sudoeste de Estrasburgo. Mi mente no hacía más que darle vueltas a informaciones que había leído sobre trabajos forzados y castigos corporales.

Roger asintió.

–Cerca de una pequeña ciudad adonde iban mis padres. Pintoresca, pero aislada.

Dejó una carpeta marrón sobre la mesa. Yo hojeé los documentos, buscando cualquier dato sobre los captores de Paul.

En una foto de reconocimiento de la Real Fuerza Aérea británica, vi que parecía un campo pequeño, solo veinte hileras de barracones y otros cuatro edificios, todos apiñados dentro de una zona amurallada, rodeada por un denso bosque cubierto de nieve. Muchísima nieve. ¿Se estaría Paul helando hasta la muerte mientras yo estaba sentada en una oficina calentita? Revisé la foto, buscando los grupos de presos reunidos en el exterior, intentando reconocer a Paul entre ellos.

–Gracias, Roger. Le pediré a Pia que haga una búsqueda.

–Se acabaron las búsquedas, Caroline. Washington ha roto oficialmente las relaciones diplomáticas con Francia.

Roger buscó entre una maraña de papeles que había en su mesa.

–¿Y cómo puede ser eso? Tenemos que llamar...

–¿A quién, Caroline? Ya no hay embajada en París. Y esta oficina está oficialmente cerrada. Me acabo de enterar. Me han ordenado destruir cualquier cosa que pueda comprometernos.

–¿Y qué hacemos? –pregunté.

Roger se levantó y miró por la ventana hacia donde estaban los patinadores.

–Me han dicho que me ponga en contacto con el consulado suizo.

–Por favor... Si a esos los tienen los alemanes en el bolsillo.

–Debemos arriar nuestra bandera. Mantendré las luces encendidas mientras pueda, pero no va a ser fácil. Tampoco van a trasferir más fondos hasta nueva orden.

–¿Tendremos al menos algún contacto con Francia?

–Con suerte llegarán paquetes a Londres desde la Francia libre, pero les está costando mucho encontrar barcos que quieran traerlos hasta aquí. Los suizos pueden pasar y hasta ahora hemos podido confiar en los británicos.

–Te agradezco tu ayuda para localizar a Paul, Roger.

–Hay algo más, Caroline. Sobre Paul.

Me preparé. ¿Qué podía ser peor que aquello?

–He encontrado el nombre de su mujer en una lista de fallecidas. Auschwitz-Birkenau. Rena Rodierre.

–¿Rena? Oh, no, Roger. No puede ser.

–Tifus. O eso dicen. Lo siento, Caroline.

Me quedé helada. ¿Cómo era eso posible? Pobre Rena. Seguro que Paul no lo sabía. Paul. ¿Cómo reaccionaría a la muerte de Rena? Era todo demasiado horrible.

Cogí una lupa y busqué en la foto. Si Paul estaba vivo, lo encontraría. Iba a hacer todo lo que pudiera por él, aunque tuviera que cruzar a nado el Atlántico para lograrlo.

EN LOS DÍAS que siguieron hice más visitas a Snyder & Goodrich. El poco dinero que el señor Snyder me daba me ayudaba a mantener a flote mi Fondo para Familias Francesas, y Roger pareció no darse cuenta. Pero el espectro del cierre del consulado por falta de financiación se cernía sobre nosotros. Sin contacto oficial con París y con el resto de Francia sumido en el caos, el cierre era lo más lógico. Pero que tuviera que ser precisamente cuando la gente más nos necesitaba parecía muy injusto. Además, era el único vínculo con Paul que me quedaba.

–Te vas a estropear la vista con tanta investigación –me dijo Roger una noche cuando se marchaba a casa, con el maletín en una mano y el sombrero en la otra.

–Estoy bien –respondí, tragándome la frustración–. Supongo que me pone nerviosa saber que nuestros aviones están bombardeando submarinos alemanes en el estuario de Long Island. Y todo lo que le está ocurriendo a Paul.

–Lo sé, C. ¿Vas a ir a la fiesta de los Vanderbilt? Tienes que salir un poco de aquí y divertirte.

Roger tenía razón. No le iba a servir de ayuda a nadie si estaba desquiciada y agotada.

Fui corriendo a casa y me puse mi mejor vestido negro y encima la chaqueta del esmoquin de papá, que había arreglado para que me quedara bien. Después me recogí el pelo en un moño alto. ¿Me hacía parecer más alta? Lo deshice. Estaba bastante bien para tener cuarenta años.

Para cuando llegué a casa de los Vanderbilt, un edificio de ladrillo en la esquina de la Quinta Avenida con la calle Cincuenta y Uno, justo al lado de donde estaba nuestro apartamento, ya tenía ganas de fiesta, aunque eso significara ver a Betty, que probablemente haría como que no me había visto e incluso negaría que me conocía. Me estremecí al pensar que me iba a encontrar con Jinx Whitney; había heredado de mi padre una intensa aversión por los necios Whitney. Lo mejor sería evitar a Jinx y charlar con los viejos amigos. ¿Es que no me debía a mí misma al menos seguir manteniendo relación con la gente de la buena sociedad? No podía pasarme todo el tiempo trabajando.

La casa de los Vanderbilt era un edificio antiguo y lleno de encanto, uno de los pocos vestigios que quedaban de la Edad de Oro, y era una pena que lo fueran a derribar, pero la zona se había pasado de moda y la reina de la Quinta Avenida tenía que bajar un poco su nivel de vida después de la muerte de su marido. Había recortado el personal, que había pasado de treinta a dieciocho personas, y se había mudado a una mansión más bonita incluso que esa. La señora Vanderbilt iba a aprovechar la fiesta de despedida de la casa para recaudar fondos. Aquella velada era una curiosa mezcla de torneo de bridge, baile y banquete, todo por una entrada de veinticinco dólares, y el dinero reunido se destinaría a la beneficencia.

Era la primera y la última vez que la gente corriente estaba invitada a entrar y recorrer aquellos corredores sacrosantos, así que muchos se quedaban parados, admirándolo todo. Una pareja joven paseaba boquiabierta por la primera planta sin haberse quitado siquiera los sombreros y los abrigos de paño. Miraban embelesados la carpintería con incrustaciones de oro y acariciaban los pilares de ónix. Un grupo contemplaba un fresco pompeyano que había en la entrada. Solo en ese vestíbulo se podrían alojar diez familias necesitadas.

–Merle Oberon está aquí –dijo un hombrecillo con el sombrero en la mano.

Los jugadores de bridge pasaron a la biblioteca y se sentaron en las treinta mesas de cartas colocadas bajo las lámparas de araña de cristal de roca. Los equipos se había organizado según el grupo al que pertenecían: la Junior League, la escuela Chapin, los universitarios y los de Princeton. El grupo de Chapin era uno de los más numerosos.

Delante de una chimenea tan grande que casi podía ponerme de pie dentro, dos camareros con esmoquin escribían los nombres con tiza en una enorme pizarra de puntuaciones, que se parecía a una de esas máquinas de apuestas mutuas que había en el hipódromo de Hialeah. Los puntos cardinales designaban a los jugadores: Norte y Sur, Este y Oeste.

Cuando la juventud dorada ocupó sus asientos en las mesas de cartas, me dirigí al comedor atraída por el delicioso olor de las costillas asadas y los bollos. Había bandejas con carnes frías y mariscos, que esperaban dentro de la mitad de su respectiva concha, un centro de mesa de iris de invernadero y, sobre un camino de mesa de damasco blanco, una ponchera de plata llena de *syllabub* lo bastante grande como para bañarse en ella. La orquesta tocaba canciones de Cole Porter e Irving Berlin y un camarero montaba guardia. ¿Tendrían contada la plata?

Desde que los japoneses atacaron Pearl Harbor, parecía que no quedaban hombres jóvenes en Nueva York; todos se habían alistado. Algunos universitarios habían vuelto a casa para pasar las vacaciones de Navidad y de ahí habían pasado directamente al ejército. De la noche a la mañana las armerías estaban llenas de soldados equipándose. La señora Vanderbilt había decidido que los soldados disfrutarían de admisión gratuita en la fiesta, y contemplar a tantos allí, con sus uniformes, era un espectáculo digno de ver. Los aviadores de la Marina que venían de Floyd Bennett Field, con sus chaquetas azul marino con adornos dorados, charlaban sobre la estrategia bélica con algunos reservistas del ejército.

La mayoría de nuestros chicos se habían entrenado en el fastuoso edificio histórico de Park Avenue Armory, con sus altos techos que recordaban a las grandes estaciones de tren europeas. Resultaba fácil distinguir a esos chicos de los otros, porque a la mayoría les habían hecho los uniformes a medida los mejores sastres de Nueva York. Siempre y cuando siguieran el reglamento de los uniformes, los soldados podían confeccionárselo con las mejores lanas y sedas, y ponerle los botones de latón o de carey más llamativos.

–¿No juegas, Caroline? –me preguntó la señora de Stewart Corbit Custer, amiga íntima de mi madre.

Le rocé la mejilla bien empolvada con los labios para saludarla. Me hacía especial ilusión verla esa noche. Iba muy arreglada con un vestido de gasa de seda de color aguamarina. A mi madre y a ella les encantaba contar la historia de cuánto se enfadó mi padre con ellas porque me llevaron a la exposición de aves de Madison Square Garden pocas semanas después de que naciera, y después a nuestra casa, en Southampton, en un moisés colocado sobre pilas de sacos de alpiste en el asiento de atrás del coche.

–Pretendes que las demás tengan alguna oportunidad, ¿no? –preguntó la señora Custer–. Haces bien, querida. Seguro que si jugaras, les harías morder el polvo a todas.

Por lo que se veía en el tablón de puntuaciones, los equipos de bridge que se habían formado eran formidables. La señora M. Field y la señora Cushing. La señora Noel y la señora Dykman. La señora Tansill y la señora Auchincloss.

–Es una pena que mamá no haya podido venir –comenté.

–Sí que lo es, querida. ¿Te importaría anotar las puntuaciones por mí? Siempre lo hace tu madre, y eres la persona más honesta que hay en esta habitación, estoy segura.

–Encantada, señora Custer.

–Estamos jugando con un límite de dos horas. Solo tienes que sumar los puntos cuando suene el gong y decirme quién ha ganado. Ya lo has visto hacer un millón de veces, por supuesto.

Dejé un montoncito de hojas de puntuación y una cajita de lápices verdes en cada mesa. Encontré a Betty en la biblioteca, de pie junto a Prudence Bowles, una prima de los Vanderbilt de ojos oscuros y carácter dulce; Jinx Whitney, una prima de los Rockefeller no tan dulce; y Kipper Lee, una chica un poco tonta con una sonrisa que mostraba demasiado las encías y una de las furias de Jinx.

Las cuatro formaban un apretado grupo (a caballo entre una melé de rugby y un sínodo papal) y escuchaban atentamente algo que les estaba contando Jinx. ¿Seguiría Betty enfadada conmigo?

Seguro que se ablandaría un poco si yo hacía el esfuerzo de acercarme.

–Y entonces le dije –contaba Jinx– que los miembros son hombres y que no podíamos hacer una excepción. No me importa si su padre es el presidente de los Estados Unidos. Ahora mismo estamos completos.

Al ver que los ojos de sus compañeras se dirigían hacia mí, Jinx se volvió.

Jinx, que nadie sabía cómo pero había conseguido casarse con un hombre rico, tenía un evidente parecido con un frigorífico, tanto en forma como en color.

–Oh, Caroline –saludó Jinx–. Dios mío, ¿vas disfrazada?

–Me alegro de verte, Jinx.

–Pero qué bien te queda el negro –contestó Jinx.

–Sí, estás muy guapa –añadió Pru–. Hace falta un tono de piel muy especial para poder llevar colores oscuros.

–Es cierto –intervino de nuevo Jinx–. Mi abuela llevaba ese mismo color en su velatorio. Todo el mundo dijo que se la veía muy natural.

–Pero, Caroline, tú estás preciosa, por supuesto –dijo Pru con tono alegre–. Por algo te eligieron Amapola del Año.

Jinx me dio la espalda. Todavía no se había recuperado de su derrota en el concurso de Amapola del Año de 1921. Había sido un gran honor que me escogieran a mí entre todas las debutantes de ese año. Con diecinueve años, me convertí en la cara de la nueva campaña de las amapolas, patrocinada por la Liga de Niños Americanos y Franceses, y mi foto apareció en todas las revistas y periódicos para promocionar la venta de amapolas de seda para poner en la solapa. Todo lo recaudado se destinó a ayudar a los soldados estadounidenses heridos en la Gran Guerra y a los niños enfermos de Francia.

–Claro que la mitad de todo el dinero de las amapolas fue a parar a Francia –repuso Jinx.

–Para ayudar a niños con tuberculosis. Fue un esfuerzo recíproco, Jinx. La mitad de los beneficios de las amapolas que se vendieron en Francia se utilizaron para poner lápidas en las tumbas de soldados estadounidenses.

–¿Quién quiere jugar al bridge? –interrumpió Jinx mirando a Betty.

–¿Alguien necesita compañera de juego? ¿Betty? –pregunté.

–Yo voy a jugar con Pru –contestó Betty, de repente muy interesada en los diamantes con corte *baguette* de su anillo de compromiso.

–Siento decirlo, pero ya estamos todas para la partida –puntualizó Jinx con un mohín–. Hace semanas que se hicieron los equipos, querida. Lo siento muchísimo.

–Caroline ha estado muy ocupada trabajando –comentó Betty.

Jinx se acercó a ella.

–¿Para quién jugáis Pru y tú, Betty?

–No lo he pensado –reconoció ella–. No creo que ganemos.

Betty tenía razón. Pru y ella jugaban fatal.

–Kipper y yo jugamos a favor de los Servicios para los Soldados Americanos –explicó Jinx.

–Pues qué bien –dije yo.

Jinx se volvió hacía mí.

–¿Tienes algún problema con eso, Caroline?

–Bueno, es que la mayoría de ese dinero se dedica a organizar fiestas.

–Alguien tiene que apoyar a nuestras tropas –repuso Jinx.

–Supongo. Si para ti apoyar significa reunir a unos cuantos civiles para beber ginebra mientras las tropas combaten, entonces sí.

–Betty, ¿qué te parece ser mi pareja de bridge la próxima vez? –dijo Jinx.

Jugueteaba con el pañuelo plisado como un acordeón que llevaba al cuello, que a mí me recordaba a las láminas que se forman debajo del sombrero de una seta. Pensé durante un momento en apretarle bien ese pañuelo, solo por diversión. Haría las delicias de los asistentes, porque todos habían imaginado hacerlo alguna vez.

–¿Y dónde está tu madre, Caroline? –continuó Jinx–. ¿Viene a la ciudad alguna vez o está siempre sola en esa casa de campo?

–No está sola. También está el cocinero –respondí.

Jinx le dio un sorbo a su agua con gas con una pajita diminuta.

–¿Está sola con el chef ruso?

–Lo siento, pero tengo que irme –dije de repente.

–¿Y ese atractivo jardinero negro? Bueno, hay que reconocer que los tiempos han cambiado.

–El señor Gardener ha sido un gran amigo de la familia en los momentos difíciles, Jinx. Sin duda mucho mejor amigo para nosotras que muchos otros de esa supuesta «sociedad educada».

–Caroline, envié un cheque para tus niños franceses –terció Pru, poniéndome una mano en el brazo.

¿Estaría intentando rebajar la tensión? Tenía un delicioso aire felino y daba la impresión de que, en las circunstancias adecuadas, podía enroscarse en tu regazo y ponerse a ronronear.

–Gracias, Pru. Las donaciones son siempre bienvenidas.

–No está permitido pedir dinero aquí esta noche, ¿sabes? –recriminó Jinx–. Lo pone en el programa. Y es un alivio. La caridad debe tener un límite.

–En tu casa, sin duda –respondí.

–No todas tenemos que clavarnos en una cruz, Caroline. Eres una mártir, como tu madre. No estás contenta si no estás tan mal como los pobres a los que ayudas.

Betty se revolvió y cambió el peso de un pie a otro. ¿Estrenaba zapatos de cocodrilo o estaba incómoda porque estaban criticando a mi madre?

–¿Y qué tal está Gran Liz? –pregunté.

Jinx se llamaba Elizabeth por su madre y desde que ella nació, la gente empezó a llamar a su madre Gran Liz, para diferenciarlas. Y no se podía decir que no fuera un nombre adecuado.

–¿Ya ha vuelto del rancho? –continué–. Ya sabrás que ahora hacen cursos de belleza para tallas grandes por correspondencia.

–Le está encantando Southampton –contestó Jinx–. Está en casa de los Murray, en Gin Lane. Han vaciado Mitchell Cottage, tu antigua casa, y le han dado un aire totalmente distinto. Les parecía que tenía un aspecto muy sombrío, con ese tejado a punto de caerse y todo lo demás.

–Me alegro por ellos –respondí.

–Es una pena que hayáis tenido que renunciar a la casa –continuó Jinx–. Y todo por tus débiles pulmones infantiles.

–¿No tenéis que ir ya a las mesas? –pregunté.

–Pobrecilla, qué pena que no puedas soportar el clima de Southampton. A mí me encanta el aire salado que llega del Atlántico. Viene desde la mismísima África.

–Jinx, basta ya –la cortó Betty.

–¿Tus padres acabaron en Connecticut por ti, Caroline? –preguntó Jinx.

¿Qué pasaría si le daba una bofetada a Jinx allí mismo, delante de todos? A mí me haría sentir mejor. Disfrutaría de la sensación de mi mano estrellándose contra su mejilla rechoncha.

–Sí –me limité a contestar.

–Es irónico, ¿no crees?

–En serio, Jinx. Es suficiente –intervino Betty.

–Es irónico porque, después de todo, los pulmones de tu padre fueron los que fallaron al final. Una tragedia, de verdad.

–Oh, siento mucho tu pérdida –dijo Kipper.

–Fue hace muchos años, Kipper, pero gracias de todas formas –agradecí.

–No me puedo imaginar lo culpable que tuviste que sentirte cuando él estaba allí, en la cama del apartamento, y ya no se podía hacer nada –continuó Jinx con una exagerada expresión de preocupación que sabía fingir muy bien–. Yo odio la palabra «neumonía», seguro que tú también. Es una palabra terrible.

Al menos Betty tuvo la decencia de mirar hacia otra parte.

–Si me disculpáis, tengo que irme.

Me pasé la mayor parte de la velada comiendo más gambas de lo socialmente aceptable y fingiendo escuchar a un abogado empresarial que hablaba de las dificultades que tenía su mujer porque su doncella vestía mejor que ella, mientras pensaba en alguna forma de poner en evidencia a Jinx Whitney.

Al final sonó el gong. Fui hasta la biblioteca y recogí las tarjetas de puntuación. La tensión en la sala era palpable, porque las únicas personas más competitivas que esos equipos de bridge eran los brókeres de Wall Street y los luchadores brasileños de jiu-jitsu. Al menos estos tenían prohibido sacarse los ojos.

Los invitados se acercaron al tablón de puntuaciones, abriéndose paso prácticamente a codazos, a la vez que intentaban parecer indiferentes los resultados. Jinx, de pie junto a Kipper, Betty y Pru, parecía más estropeada que un catálogo de Bergdorf Goodman en una reunión del Smith College.

–¿Qué tal te ha ido, Betty? –pregunté, intentando un acercamiento.

–Bueno, Pru tuvo suerte en una jugada.

–Creo que os hemos ganado, Pru –añadió Jinx.

Yo agité el montón de tarjetas.

–Ya veremos –contesté.

–¿Tú vas a sumar los puntos? –preguntó Jinx–. Pues que alguien repase tus cálculos. Sería un desastre si cometieras un error.

–No te preocupes, Jinx. ¿Cómo iba a sobresalir alguien más que Kipper y tú?

Me llevé el grueso montón al tocador, con aquellos grifos dorados con forma de cabeza de cisne que le habrían encantado a María Antonieta, y allí sumé las puntuaciones. Jinx y Kipper eran el equipo a batir, porque habían derrotado a Betty y a Pru.

Sonó el gong de nuevo para que se reunieran los jugadores y yo volví corriendo a la biblioteca. La señora Custer estaba con la señora Vanderbilt cerca de la pizarra. Esta última, resplandeciente gracias a sus diamantes con solera, estaba espectacular con un vestido de tafetán gris acero y un turbante a juego. ¿Era el champán o el cansancio porque nobleza obliga lo que le coloreaba las mejillas?

–Acércate, querida, ¿quiénes son los ganadores? –preguntó la señora Custer–. Me temo que no tenemos tiempo para ponerlo en la pizarra.

Le di el montón con la tarjeta de puntuaciones ganadora encima. La señora Custer se lo enseñó a la señora Vanderbilt y las dos sonrieron. Mientras me dirigía al fondo de la sala, la señora Custer tocó el gong y todos los invitados se acercaron desde las diferentes zonas de la casa. Los hombres con traje de noche dejaron paso a los que llevaban uniforme, y todos estiraron el cuello para ver mejor.

–Con gran placer voy a anunciar el nombre de los ganadores del torneo de bridge de esta noche –dijo la señora Vanderbilt–. Mi difunto marido seguro que consideraría esta como una buena despedida para nuestra vieja casa, porque hemos recaudado veinte mil dólares destinados a Cruz Roja.

La gente aplaudió y vitoreó, y Jinx y Kipper se abrieron paso hacia el frente.

–Y otros cinco mil para una organización benéfica muy afortunada. Sé que todos estarán deseosos de conocer los nombres de los hábiles ganadores que van a poder decir que son «los mejores de entre los mejores». Así que, sin más dilación, saludemos a nuestro equipo ganador...

La orquesta tocó una ráfaga de anticipación.

Jinx cogió a Kipper de la mano e hizo ademán de dirigirse hacia la pizarra.

–La señora Elizabeth Stockwell Merchant y la señora Prudence Vanderbilt Aldrich Bowles.

La señora Custer tiró las otras tarjetas de puntuación al fuego mientras Betty y Pru se abrían paso entre la gente. La señora Vanderbilt le dio el cheque a Betty, que parecía muy desconcertada.

–¿Y para qué organización benéfica jugaban esta noche, señoras? –preguntó la señora Vanderbilt.

–Una que me toca mucho el corazón –confesó Betty con una mano en el pecho–. El Fondo para Familias Francesas de Caroline Ferriday.

La gente aplaudió, y esos aplausos, educados al principio, crecieron cuando la señora Vanderbilt se enjugó una lágrima. La sonrisa de Betty me alegró, porque significaba que nuestra espinita había desaparecido.

Todo el mundo rodeó a Betty y a Pru, y yo me encaminé hacia la puerta, porque necesitaba respirar el aire fresco de la noche. De camino pasé junto a Jinx y Kipper.

–Siento que hayáis perdido –dije.

–Las matemáticas nunca fueron tu fuerte –contestó Jinx–. No creas que no voy a hacer que todo el mundo se entere de esto.

–Gracias, Jinx. Espero que lo hagas de verdad.

Salí e intenté ignorar la vocecilla de mi conciencia. Había falsificado los resultados. Pero había sido por una amiga. Intenté centrarme en todas las cosas buenas que Roger y yo íbamos a poder hacer con cinco mil dólares.

Volví a casa con un paso más alegre, porque esa noche había superado algo que tenía pendiente, algo que hacía mucho que tenía que dejar atrás. Por fin veía a ese grupo como lo que era, con algunas honrosas excepciones: una extraña colección de holgazanas y malcriadas, muchas de ellas con deudas con el banco o en situación tan precaria que tenían que recortar en todo menos en lo justo, a las que solo les interesaba quién estaba en la junta del Maidstone Club, el hierro que iban a usar para el hoyo quince en Pebble Beach o regañar al personal por haber dejado un trocito de cáscara en la langosta mientras engullían canapés sin parar. Jinx me había hecho un favor: me había liberado de perpetuar la alianza con la sociedad de Nueva York y me había quitado el miedo a estar en el lado equivocado.

Me había librado de pasarme la vida intentando agradar a esa gente, y de repente era libre para seguir mi propio camino.

19

Kasia

1942-1943

CUANDO GEBHARDT SEPARÓ la escayola y me vi la pierna, lo que apareció ante mis ojos ya no parecía una extremidad humana. Estaba hinchada como un tronco y cubierta de manchas azul oscuro o negro verdoso. Las suturas negras casi no podían mantener unidos los dos lados de la incisión que iba del tobillo a la rodilla.

No recordaba haber gritado, pero de vuelta en la habitación las chicas me dijeron que habían creído que me estaban operando otra vez, pero sin anestesia. Algunas oyeron mis gritos incluso desde el patio mientras esperaban para el recuento. El doctor Gebhardt enrolló una toalla y me la metió en la boca, y una de las enfermeras me inyectó algo para dormirme.

Cuando me desperté estaba de vuelta en la habitación y tenía la pierna vendada con gasas bien apretadas. La sensación en la zona de la incisión era como si me estuvieran cortando con un millar de cuchillos. Zuzanna salió de su cama para venir a examinármela. Separó un poco el borde de la gasa.

–¿Está muy mal? –pregunté.

–No está bien, Kasia. Creo que te han quitado parte del hueso. Y tal vez músculo.

No tenía sentido. ¿Por qué le iban a quitar músculo a una persona?

–¿Y para qué hacen todo esto?

–Puede que sea algún tipo de experimento –aventuró Zuzanna–. A ti te daban medicación, pero a algunas de las otras no.

–Tengo mucho calor –me quejé.

–Aguanta, Kasia. Matka vendrá pronto a ayudarnos.

ME OPERARON TRES veces más y tras cada una de ellas empezaba de nuevo el sufrimiento. Cada vez la fiebre era más alta y me costaba más recuperarme; era como si los médicos estuvieran intentando ver hasta dónde aguantaba antes de morirme. Cuando llegó la última operación, yo ya había perdido toda esperanza de volver a bailar y solo esperaba poder caminar. Estaba todo el día tumbada boca arriba, confusa, incapaz de mantenerme consciente mucho rato, soñando con Matka, Pietrik y Nadia, creyendo por momentos que estaba otra vez en casa.

Mientras estaba allí, totalmente a su merced, me iba enfureciendo cada vez más. Aunque era difícil saber cuántos días habían pasado, sabía que estábamos a finales del invierno de 1942, e intenté conservar el optimismo y pensar en volver a ver a Matka.

Regina nos hacía practicar una y otra vez los verbos ingleses y nos contaba historias graciosas sobre Freddie y la costumbre que tenía de salirse de la cuna. Janina nos enseñó francés. Había aprendido muchas frases cuando trabajaba en la peluquería de Lublin. Nos enseñó a decir «el secador está demasiado caliente» o «quiero una permanente instantánea en frío con un rizo medio suelto y mucho papel para permanente en las puntas, por favor». Gracias a las lecciones de Janina, acabé teniendo un curioso conocimiento práctico del francés, que incluía cosas como saber pedir ayuda para mi problema de caspa.

–No puedo seguir aquí tumbada más tiempo –dije un día.

–Vale –contestó Janina–. Pues vamos fuera a montar en bicicleta.

–Lo digo en serio. Tengo un plan.

–Oh, no –exclamó Zuzanna.

–Creo que deberíamos escribirles cartas secretas a nuestros familiares que siguen en casa.

Regina se incorporó apoyándose en los codos.

–¿Como en *Szatan z siódmej klasy*? Me encantó ese libro.

¿Qué niño no había leído en el colegio el libro de aventuras de Kornel Makuszyński sobre el niño detective?

–Sí, exacto –continué–. Lo hicimos en las exploradoras.

Zuzanna levantó la vista de la cuenta de miga de pan que estaba amasando para añadirla a una cuerda, junto a otras iguales, y fabricar un rosario casero. ¿Por qué no se comía el pan? Hacía mucho que había quedado claro que la oración no servía para nada. Hasta mi santa favorita, santa Inés, me había abandonado.

–Esa es una buena forma de conseguir que nos maten, Kasia –repuso Zuzanna.

–El niño del libro usaba zumo de limón –aportó Regina–. Codificaba las cartas de forma que con la primera letra de cada frase se leyera un mensaje.

Me senté como pude.

–Nuestra orina puede funcionar igual. Es ácida. Podríamos codificar mensajes escritos con orina...

–Es ingenioso –reconoció Regina.

–Es una locura –rechazó Zuzanna–. Olvídalo.

A ZUZANNA LE dieron el alta antes que a mí y desde entonces la eché mucho de menos. Oímos que habían llegado chicas nuevas a la habitación de al lado.

Una mañana como otra cualquiera, Janina hizo un comentario cuando la vieja enfermera Marschall hacía su ronda por nuestra habitación comprobando nuestras constantes, la nariz cubierta con una toalla para protegerse del hedor. Fue un comentario inofensivo sobre lo hartas que estábamos todas de estar allí. La enfermera Marschall salió de la habitación con su habitual actitud quisquillosa y al momento entró la doctora Oberheuser.

–Bueno, pues si no queréis estar aquí, ¡a la calle! –exclamó la doctora–. Ahora mismo. Levantaos y volved a vuestro bloque.

Al principio creímos que lo decía en broma, porque ninguna de nosotras estaba curada del todo. Pero pronto nos dimos cuenta de que hablaba en serio, porque Marschall empezó a tirar de nosotras y a empujarnos para que saliéramos de la cama.

–Pero no nos han dado zapatos... –empecé a decir.

–Fuera –ordenó la doctora Oberheuser, señalando la puerta con un brazo estirado –. Si no podéis andar, id a la pata coja.

Intenté levantarme, pero no pude y me caí. Para entonces ya no llevaba escayola, pero no podía apoyar peso en la pierna porque me producía un dolor terrible.

–Levantaos y largaos, rápido –insistió la doctora Oberheuser.

Me quedé petrificada allí, tirada en el suelo. La doctora Oberheuser me rodeó el brazo con sus fuertes dedos y tiró de mí. Me arrastró por toda la clínica hasta la puerta y me echó a la calle como si estuviera sacando una alfombra para limpiarla.

Entonces me tiró una muleta de madera y me dejó allí, sobre la fría y cortante escoria que cubría la carretera hermosa, con sus trozos como cristales que me atravesaban la piel. Miré alrededor para ver si Matka estaba por allí e intenté sentarme.

Era raro volver a estar en el exterior, fue como si de repente estuviera en la luna. Hacía frío y estaba nublado, se veía todo gris y no había pájaros en el cielo. Había ceniza flotando en el aire, como copos negros dentro de una bola de nieve de cristal sucio, y se notaba un nuevo olor. Una cuadrilla de limpieza estaba fregando los alféizares de los bloques, porque allí se había acumulado la ceniza como si fuera nieve negra. A lo lejos, justo detrás del búnker, al otro lado de los muros del campo, dos lenguas escarlatas gemelas se elevaban hacia el cielo desde la boca de unas chimeneas nuevas. Se oía el rugido del fuego desde casi cualquier lugar del campo. Aquello era un horno gigante que escupía un fuego salido directamente de lo más profundo del infierno.

Fue estupendo ver aparecer a Zuzanna, que vino corriendo hacia mí con una expresión de profunda preocupación en la cara. Me ayudó a levantarme y yo me apoyé en ella para dar un paso. Zuzanna, que ya llevaba una semana en nuestro nuevo alojamiento, me acompañó al bloque. Estaba deseando volver a ver a Matka.

No había dado más de un paso en varios meses, así que, aun con la ayuda de la muleta, el camino resultó demasiado para mí, sobre todo porque iba descalza pisando trozos cortantes de escoria. No me quedó más remedio que detenerme.

–No puedo. Déjame. Por favor.

–Vamos –me animó Zuzanna, que ya para entonces prácticamente me llevaba en brazos–. Pasito a pasito.

El bloque 31 era nuestro nuevo alojamiento. Era un bloque internacional: unas cuantas polacas, entre ellas todas las conejas, como ya nos conocían todos, francesas arrestadas por trabajar para la resistencia y enfermeras del Ejército Rojo, todas presas políticas. Ese bloque estaba todavía más lleno que el anterior.

Durante el tiempo que había estado en la clínica se había producido un cambio. Algunas presas, entre ellas las polacas, tenían permiso para recibir paquetes de sus familias. La sopa a esas alturas estaba todavía más aguada que antes, así que era fácil saber quién recibía paquetes de casa con comida y quién no. Las que los recibían estaban relativamente sanas. Las que no estaban tan esqueléticas que solo podían estar tumbadas en sus camas, sin fuerza para nada, ni para quitarse los piojos.

Me quedé dormida y me desperté cuando las chicas llegaron para comer. Zuzanna se arrodilló a mi lado y me dio la mano. Detrás de ella estaba su amiga Anise, una mujer guapa e ingeniosa, que parecía capaz de resolver cualquier problema.

–Te hemos echado de menos –dijo Anise–. Tenemos una jefa de bloque nueva. Marzenka. Es dura.

–Yo también os he echado de menos –respondí–. ¿A qué huele ahí fuera?

Zuzanna me apretó la mano.

–Han construido un crematorio. Hornos.

–¿Para qué?

Zuzanna dudó.

–Para quemar... –empezó a decir, pero no pudo terminar.

Pero yo lo adiviné, claro. Para quemar a aquellas de nosotras que tuviéramos la mala suerte de morir allí.

–Siento decírtelo, hermanita, pero todo el mundo se ha enterado de lo de Luiza y creo que es mejor que lo sepas por mí –continuó Zuzanna–. Una de las chicas noruegas me dijo que la vio en la sala que usan como morgue...

–No, tiene que ser un error.

Pobre Lu, tan dulce, nunca había hecho daño a nadie. Pietrik no me iba a perdonar nunca.

–No es un error. Me explicó que se le rompió el corazón al ver a una chica tan joven allí. También estaba Alfreda.

¿Luiza y Alfreda? ¿Muertas las dos? Era difícil de asimilar. ¿Por qué habían matado a unas chicas tan adorables?

–No le des muchas vueltas –aconsejó Zuzanna–. Céntrate en recuperarte. Al menos esta semana no tienes que trabajar. La enfermera Marschall te ha firmado un permiso de reposo.

–Es un ángel –contesté con ironía.

–Todo el campo está sublevado por lo que os han hecho a vosotras –comentó Anise–. Han operado a más de cincuenta chicas polacas y corre el rumor de que planean más operaciones. Las exploradoras se han organizado. Y ya son más de cien.

–Nos llamamos Mury –explicó Zuzanna. Muros–. Alguien encontró una insignia de las exploradoras en la ropa que trajeron del paredón de fusilamiento y las nuevas exploradoras hacen el juramento con ella.

–Han recopilado un montón de cosas buenas para vosotras –comentó Anise–. Un montón de pan. Y las chicas francesas han escrito para vosotras una obra de teatro que se llama *Las conejas*.

–¿Mi madre la ha visto?

Anise y Zuzanna se miraron. Anise me apretó la mano.

–Kasia...

–¿Qué? –¿Por qué parecían tan asustadas?–. Contádmelo. Zuzanna, por favor.

–Nadie ha visto a Matka desde que nos llevaron para operarnos –dijo Zuzanna.

Tenía los ojos vidriosos, pero ¿cómo podía estar tan tranquila?

Intenté sentarme, pero una punzada de dolor en la pierna me obligó a quedarme tumbada.

–Tal vez la hayan enviado a un campo satélite. Tal vez esté en el búnker.

–No, Kasia –insistió Anise–. Nunca estuvo allí. Creemos que tuvo que ser el día que os operaron.

¿Cómo podía ser? Tenía que ser un terrible error.

–Ya no está, Kasia –dijo Zuzanna.

–Imposible. ¿Y nadie vio nada? A ella siempre se le dio bien jugar al escondite, ¿te acuerdas de aquella vez que se escondió bajo mi cama?

–Kasia...

–Nos pasamos toda la mañana intentando encontrarla y al final resultó que se había quedado dormida.

–No creo que sea el caso, Kasia.

–Probablemente estará con las estudiantes de la Biblia –insistí–. Tal vez Suhren la ha puesto a cortar el pelo.

–No, Kasia.

–Es que no te importa lo bastante para buscarla –acusé a Zuzanna.

Zuzanna me puso el rosario que había fabricado en la mano.

–Claro que me importa.

Yo lo tiré al suelo.

–Nunca la has querido tanto como yo. –Una neblina negra empezó a crecer y me invadió la cara, los ojos, la nariz, y me arrastró con ella–. No me extraña que te hayas rendido tan pronto.

Zuzanna recogió su rosario.

–Voy a hacer como si no hubieras dicho eso, Kasia. Es la fiebre la que habla.

–No es necesario, porque lo digo en serio. Voy a volver a la clínica ahora mismo a buscarla. Me da igual que me maten.

Intenté salir de la cama, pero Zuzanna me obligó a quedarme allí. Yo luché contra ella hasta que me quedé sin fuerzas. Entonces me dormí y solo me desperté para hundirme más aún en la tristeza.

NECESITÉ UNOS CUANTOS días para asimilar que Matka no iba a volver.

Al principio esperaba que nuestra red polaca no hubiera podido encontrarla y que estuviera escondida en algún lugar seguro, o que la hubieran transferido a otro campo. Cuando les pedí a las chicas del bloque que me ayudaran a encontrarla todas fueron muy amables, pero días después quedó claro que creían que estaba muerta.

No iba a haber funeral. Ni cruz de madera. Ni un crespón negro clavado en nuestra puerta.

Mientras aprendía a usar la muleta, necesitaba que Anise y Zuzanna me acompañaran a la letrina. Janina también necesitaba ayuda. Las chicas que nos ayudaban eran muy atentas, pero a mí no me gustaba ser una carga. Me imaginé mi muerte. Si me tiraba sobre la valla electrificada sería un final maravilloso y rápido. Pero nadie iba a querer llevarme hasta allí.

Hasta ese momento, durante nuestro arresto, tras llegar al campo e incluso durante las operaciones, siempre había encontrado cosas buenas en las que pensar y el optimismo polaco en el que apoyarme, pero desde que Matka se había ido, ya no conseguía salir de la oscuridad. Me sentía como un pez sobre el que había leído cuando era pequeña: el pez del fango africano. Cada año, cuando llegaba la sequía, se enterraba bien profundo en el lodo y se quedaba allí durante semanas, ni vivo ni muerto, esperando a que llegaran las lluvias y lo devolvieran a la vida.

LA VIDA SIGUIÓ como siempre después de que nos echaran de la clínica: el despertar brutal, las horas infinitas en el recuento y el hambre terrible y corrosiva, nuestra compañera fiel. La única cosa que alteraba ese patrón era el terror que acompañaba el momento en que la jefa de bloque leía los nombres de las que iban a ser ejecutadas.

El procedimiento casi nunca variaba. Venía precedido de un aviso, que nos llegaba de las presas que trabajaban en la oficina, de que había llegado un correo de Berlín con una orden de ejecución y de que a los guardias que hacían las veces de verdugos les habían aprobado una ración extra de *schnapps*. Entonces Binz ordenaba que se cerraran algunos bloques. Cuando traían la sopa del mediodía, pero antes de que la sirvieran, la jefa de bloque leía los números de «las presas designadas». Las desafortunadas preparaban sus cosas y poco después llegaban Binz y sus subordinadas para llevárselas. Mi reacción tampoco variaba mucho: el miedo frío por si decían mi nombre y mi número. El alivio si no lo decían. Las terribles punzadas de tristeza al ver a una compañera realizar su último ritual.

El día en que anunciaron las primeras ejecuciones de las conejas, estábamos esperando, casi sin respirar, en los bancos del comedor, apretadas unas contra otras: Zuzanna a mi derecha, Regina a mi izquierda. Las que habíamos sido operadas acabábamos de conseguir volver a comer sentadas a la mesa, un hito importante porque significaba que ya no tenían que traernos la sopa a las literas. Había muchos rumores de que el comandante iba a organizar la ejecución para eliminar las pruebas del delito, pero ¿eran creíbles los rumores? Todos los días surgía uno nuevo, como el de que los estadounidenses vendrían a salvarnos o que ese día habría carne en la sopa.

–Atención –dijo Marzenka mientras dos chicas rusas metían como podían la olla de la sopa en el bloque–. Las presas con los números que voy a anunciar ahora, cuando terminen aquí, recogerán sus cosas y esperarán instrucciones.

Marzenka sacó un trozo de papel del bolsillo de la chaqueta y lo desdobló. En la sala solo se oía el crujido de ese papel.

–Número 7649.

A mi lado Regina se puso tensa.

Marzenka dijo los números de otras tres conejas que todavía estaban recuperándose en la clínica.

–No –exclamó Zuzanna–. Tiene que haber un error.

Yo rodeé a Regina con un brazo.

–Nada de histeria –ordenó Marzenka.

¿De verdad estaba pasando aquello?

–Podemos luchar contra esto, Regina –le susurré al oído.

Ella no respondió, solo cogió la cuchara y el cuenco y se lo dio a Zuzanna.

–Quiero que tú te quedes con esto –dijo.

Zuzanna cogió el cuenco con los ojos llenos de lágrimas. ¡Menudo regalo!

Regina se puso en pie.

–Janina, ¿me arreglas el pelo?

Janina asintió y fuimos con Regina hasta el dormitorio. Nos llevamos su cuenco con nosotras, porque si lo dejábamos allí tardarían segundos en robarlo.

–¿Sabéis qué era lo primero que hacían los espartanos condenados a muerte antes de sus ejecuciones? –preguntó Regina–. Pedían que les arreglaran el pelo.

Janina le quitó el pañuelo sucio a Regina. Normalmente arreglarse el pelo era una infracción que implicaba un castigo. La regla era que el pelo debía estar echado hacia atrás y cubierto con el pañuelo reglamentario, pero Binz se olvidaba de las normas cuando una presa estaba a punto de morir. A Regina le había crecido bastante el pelo, grueso y oscuro, durante su recuperación tras la operación. Janina se lo recogió en un moño francés muy bonito. Alguien de una litera de arriba le dio una horquilla, que seguro que le habría costado por lo menos una ración de pan.

–Kasia, quiero que tú te quedes con mi libro de frases en inglés –pidió Regina–. Los deberes para esta noche son las preposiciones. Y si pudieras llevarle mi *Troilo y Crésida* a mi Freddie cuando todo esto acabe...

Asentí.

–No voy a tomar la bebida –anunció Regina.

Todas sabíamos que a las que llevaban al paredón les ofrecían una bebida con un sedante para hacer las cosas más fáciles a todos.

–¿Creéis que seré lo bastante valiente para gritar «Viva Polonia»? –preguntó.

Yo le di la mano.

–Eso no importa...

–Sí que importa, Kasia. Ya sabes que lo odian.

Las presas se enfrentaban a la muerte de diferentes formas. Algunas lloraban y se enfurecían. Otras se quedaban muy calladas y rezaban. Regina se quedó cerca de su litera y nos leyó uno de sus pasajes favoritos de *Troilo y Crésida* muy rápido para poder leer lo máximo posible antes de que llegara Binz:

–«Oh, bravo Troilo. Miradle bien, sobrina: mirad cuán sangrienta está su espada, y su yelmo con más tajos que el de Héctor.

¡Qué aspecto el suyo, cómo luce! ¡Oh, mancebo admirable! Aún no tiene los veintitrés.»

Mientras Regina leía, las demás le pellizcamos las mejillas para que tuvieran un poco de color. Una chica que trabajaba en la cocina tenía un poco de zumo de remolacha y Janina le puso un poco a Regina en los labios.

En menos de cinco minutos entraron en tromba en el bloque Binz y sus guardias. Regina se acercó a mí abrazada a su libro.

–Cuéntale a todo el mundo lo que ha pasado aquí –pidió.

–Suelta eso –dijo Binz, y le arrancó el libro–. ¿Qué te preocupa tanto? El comandante en persona ha autorizado tu liberación.

¿Sería eso posible? Seguro que era otra mentira.

Janina desató la cuerda que llevaba en la cintura y ciñó con ella la de Regina, haciendo que el uniforme se pareciera más a un vestido de verdad.

–Fuera, fuera –gritó Binz, empujando a Regina con su porra de goma.

Regina fue cojeando hasta la puerta, porque no se le había curado del todo la pierna. En la puerta le dio sus gafas de leer a Zuzanna y se volvió para sonreírnos a todas. Se le veía un resplandor, una especie de brillo nuevo, y tenía las mejillas arreboladas.

Binz le tiró el libro a una guardia y empujó a Regina para que saliera a la carretera. Ni una sola de las presas pudimos evitar llorar. Qué valiente estaba siendo. Su nombre significa «reina» y era muy adecuado, porque ella ese día se mostraba verdaderamente regia. Si no hubiera sido por su forma renqueante de caminar, Regina podría haber sido una estrella de cine o una modelo de pasarela, alta y orgullosa en su camino por la carretera hermosa.

Con los corazones apesadumbrados, Zuzanna y yo compartimos la sopa de Regina con Janina. Nos sentimos muy culpables comiéndonosla, pero ella no habría querido que se desperdiciara. Nos dividimos una zanahoria dulce y diminuta, un manjar. Yo me iba a poner fuerte con la sopa de Regina e iba a vivir para contarle al mundo todo aquello.

Pronto a Zuzanna y a mí nos llamaron para que fuéramos a la *Strickerei* a tejer, pero estuvimos toda la tarde atentas, escuchando, esperando oír los disparos. ¿Tal vez Binz tenía razón y habían liberado a las chicas? ¿O las habrían enviado a un subcampo?

Más tarde oímos un camión que se dirigía hacia el lago y cuatro disparos amortiguados, uno después de otro, y rezamos mentalmente, porque rezar también era una infracción que conllevaba castigo. Después Anise me dijo que había oído a las chicas que trabajaban en la cocina, que estaba al lado del paredón de fusilamiento, contar que Binz se había llevado allí a las cuatro conejas para ejecutarlas. A una habían tenido que llevarla en brazos, porque las heridas de su pierna no habían sanado lo suficiente para que pudiera andar.

«Hemos llorado cuando las cuatro han gritado "¡Viva Polonia!" al final», habían dicho las chicas.

Después de eso ya no pude seguir acumulando furia y no hacer nada. ¿Seríamos nosotras las siguientes en ir al paredón? ¿Quién iba a quedar para contárselo al mundo? Aunque me mataran, yo tenía intención de poner en marcha mi plan.

UN DOMINGO, MIENTRAS Zuzanna dormía intentando superar un ataque de disentería, yo solté unas tablas que había encima de la litera de arriba y me colé en lo que llamábamos el Anexo, una especie de buhardilla donde las chicas subían a veces a fumar. Con mi pierna mala subir al Anexo era un suplicio. Había poca luz allí arriba y mis ojos tuvieron que acostumbrarse a la oscuridad mientras preparaba las herramientas para mi misión secreta.

Una carta, que había escrito en alemán, en una sola hoja del papel del campo, en la que con la primera letra de cada línea se formaba el mensaje «carta escrita con orina».

El palillo de dientes por el que había pagado media ración de pan.

Mi taza para beber, en la que guardaba mi tinta secreta aún caliente.

LOS PRIMEROS INTENTOS dejaron charquitos en el papel, pero pronto me acostumbré a escribir entre las líneas, me puse a contar lo de las operaciones e incluí los nombres de las conejas que habían ejecutado. Primero Regina, después Romana Sekula, Irena Poborcówna, Henryka Dembowska. Me hacía sentir bien contarle a papá lo de los pelotones de fusilamiento y las operaciones, y pedirle que se lo contara a todo el que pudiera. Para entonces ya habían operado a setenta de nosotras. Me iban a hacer falta muchas cartas para escribirle a papá todos los nombres. Le pedí que me enviara una bobina de hilo rojo como señal de que había recibido y comprendido la carta secreta.

A LA MAÑANA SIGUIENTE, al despertarnos, vimos que caía una llovizna fría. Nos situamos en filas de diez para el recuento, esperando que vinieran a recoger las cartas antes de ir al taller a trabajar. Yo mantuve mi carta seca guardándola bajo la manga de mi chaqueta. Cuando Marzenka recorrió mi fila para recoger las cartas, yo la saqué y la acaricié con un dedo. Estaba un poco deformada en los sitios en los que la orina había entrado en contacto con el papel. ¿Se daría cuenta Marzenka? ¿O los censores?

Marzenka se acercó y estiró el brazo con la palma hacia arriba. Me tembló la mano cuando le puse la carta en la palma. Y tuve que ahogar una exclamación cuando se resbaló y cayó flotando al suelo.

–Qué torpe –exclamó ella.

Yo me lancé para atraparla mientras caía, pero acabó boca arriba en un charco de barro.

–Yo no voy a tocar eso –avisó Marzenka.

Yo recogí la carta, le quité el barro con el dobladillo de mi vestido y se la tendí.

–Por favor, señora *Blockova*.

Ella la sacudió con dos dedos y entrecerró un ojo.

–¿Por qué te preocupa tanto esta carta?

La levantó para mirarla al trasluz del foco.

A mí me costaba respirar.

Me la devolvió.

–Has puesto como dirección la oficina de correos de Lublin.

Mantuve las manos sujetas tras la espalda.

–A la atención de Adalbert Kuzmerick. Mi padre trabaja allí, señora *Blockova*.

–Oh –fue lo único que dijo.

La echó a la pila y siguió adelante.

Deseé con todas mis fuerzas que esa carta hiciera su viaje sana y salva. «Ten cuidado con ella, Marzenka. Es nuestra única oportunidad.»

20

Herta

Navidad de 1943

CUANDO LLEGÓ LA Navidad de 1943, la moral en Ravensbrück había alcanzado un nuevo mínimo. Ese mismo año, meses antes, las tropas alemanas habían luchado con ganas en Stalingrado, a pesar de no estar bien armados ni equipados, pero al final se vieron obligadas a capitular. También tuvimos que enfrentarnos a un aumento en los bombardeos aliados sobre Berlín, pero nuestras tropas tomaron represalias en Gran Bretaña y nos hicimos con el control del norte de Italia y rescatamos a Mussolini, que había sido arrestado por los militares italianos. Así que todavía quedaban algunas cosas que celebrar.

Mientras la guerra continuaba con sus altibajos, la vida en Ravensbrück se complicaba. Nuevos transportes cargados de presas infectadas llegaban puntualmente desde todos los territorios conquistados por el Führer.

Sin Halina, la clínica era una casa de locos repleta de enfermas de todos los países. No me quedaba mucho tiempo para echar de menos a Fritz ni a Mutti. La mayoría de los días me refugiaba en mi despacho, pero alguien tenía que mantener el orden. Los médicos del campo necesitábamos un descanso y lo recibimos en forma de unas fiestas de Yule especialmente generosas. En toda Alemania los ciudadanos tenían que sufrir la reducción de sus raciones, pero el personal del campo todavía podía disfrutar de café de verdad, salami, vodka polaco y un buen champán.

Las festividades empezaron con un desfile. Binz y sus guardias entraron en el comedor vestidas de ángeles, con túnicas de raso blanco atadas a la cintura con cordones dorados. Incluso me convencieron a mí para que me disfrazara con ellas. Ese disfraz me vino bien, porque las mangas acampanadas me cubrían los cortes que tenía en los brazos y así evitaba preguntas y miradas embarazosas. Lo de cortarme era una fase, una forma de liberar tensiones, y tampoco era tan extraño dado el estrés que acumulaba a causa de todas mis obligaciones.

Binz y todos las guardias vestidas de ángeles llevaban un sombrero de papel de plata con una cruz que les salía de la frente y un palo alto coronado por una esvástica dorada que casi rozaba el techo bajo. Al pasar, cada una encendió una vela de las ramas de un árbol que había colocado en un rincón y que estaba cubierto del típico espumillón plateado. Después entraron los hombres de las SS vestidos de pastores, con túnicas y unos tocados alargados en la cabeza hechos de un material azul brillante. Al final de la procesión iba el comandante Suhren sobre unos zancos vestido de Papá Noel. Llevaba una túnica larga de fieltro rojo ribeteada de piel blanca y una vara en una mano. Tuvo que echarse hacia delante el sombrero puntiagudo para poder pasar por la puerta.

–¿Quién ha sido malo o desobediente? –gritó con los ojos brillantes.

Papá Noel dejó a un lado la vara y abrió un saco lleno de dulces. ¿Íbamos a disfrutar de ese lujo en tiempos de guerra? La cerveza, la bebida que había elegido el grupo, corría a raudales. Hasta Papá Noel tenía una jarra.

Cuando nos hablaron por primera vez de la nueva religión que había creado el nacionalsocialismo, nos resultó extraña, pero al final nos habíamos acostumbrado. Según el Führer, una persona podía ser alemana o cristiana, pero no ambas. Sugirió que Cristo fuéramos nosotros mismos, lo que resultaba una solución muy práctica.

Muchos alemanes se resistieron a ese cambio, pero todos los miembros de las SS se habían convertido a la nueva religión. Gradualmente los aspectos religiosos de la Navidad fueron reemplazados por símbolos del orgullo nacionalista y celebrábamos el solsticio de invierno en vez del nacimiento de Cristo. Pronto incluso Papá Noel quedó sustituido por Odín, el hombre del solsticio. Mutti se irritó cuando se enteró, porque a ella la habían criado como una protestante devota y mi padre era católico, pero al final acabó poniendo en casa tanto el «árbol del pueblo», coronado por una rueda solar germánica, como un árbol de Navidad tradicional. Esa nueva religión a mí me venía bien, porque me liberaba de los molestos problemas teológicos.

Me quedé sentada sola a un lado y contemplé a los ángeles y los pastores bailando y pasándoselo bien.

El comandante Suhren se acercó a mi mesa con su panza de Papá Noel hecha con una almohada, que se bamboleaba cuando caminaba.

–Veo que no come, *Fräulein* Oberheuser –dijo, poniendo su plato de carne y patatas asadas con mantequilla en la mesa.

TUVE QUE APARTAR la cara cuando me llegó el olor de la carne sanguinolenta.

–«Doctora», *Herr Kommandant*.

–Tiene que mantenerse fuerte. La carne tiene proteínas y hierro, ya lo sabe.

¿Es que no se le había ocurrido que un médico no necesitaba lecciones de nutrición?

–Contamos con usted –continuó–. Sé que no es fácil ahora que se ha ido Fritz y que el doctor Gebhardt está casi siempre fuera, dando conferencias. Y con el incidente...

¿Por qué todo el mundo se refería a lo que había pasado con Halina como «el incidente»?

–Estoy bien, *Herr Kommandant*.

Era cierto. El insomnio crónico era común entre los miembros del personal de los campos de concentración.

Suhren se echó un montón de sal en sus patatas mientras Binz y su novio Edmund se besaban en un rincón. Parecía que un ángel le hacía el boca a boca a un pastor. Binz, a la que hacía poco habían ascendido a subjefa de las guardias del campo, no estaba permitiendo que su nuevo cargo interfiriera en su vida amorosa.

–Estaría mejor si pudiéramos hacer algo con las conejas, comandante –solté.

–Tengo muchas cosas entre manos ahora mismo. Setenta subcampos, todos con sus problemas particulares. En Siemens se quejan de que las presas se les mueren en los bancos. Además, tengo las manos atadas en lo que respecta a la situación de las conejas, *Fräulein*. Desde que Berlín me dio el aviso, ya ni siquiera recibo informes sobre lo que pasa en mi propio campo. Y Gebhardt no se comunica conmigo.

Suhren había protestado por las operaciones de los experimentos con las sulfamidas, afirmando que necesitaba a las mujeres polacas para trabajar, pero Gebhardt apeló a sus amigos en las altas instancias y la petición de Suhren fue rechazada. Le obligaron a disculparse con Gebhardt cara a cara, un golpe para su ego que le había resultado muy humillante, por lo que parecía.

–¿Qué es lo que ha pasado últimamente? –preguntó Suhren, haciendo rodar una patata con el tenedor.

Seguro que lo había visto todo desde su despacho. ¿Por qué necesitaba mi versión?

–Bueno, después de que las conejas marcharan en protesta...

–¿Marcharan? Si la mitad de ellas no puede ni andar.

–Las llevaron hasta la plaza y exigieron ver a Binz.

–Algo he oído.

–Le dieron un manifiesto y exigieron por escrito que se interrumpieran las operaciones en el futuro.

–Ha tenido suerte de que no se haya producido una reyerta. ¿Y siguen operando de todas formas?

–Ahora en el búnker. Ahí abajo no podemos usar anestesia, pero es necesario para mantener la seguridad. Todo el campo se ha vuelto muy protector con ellas.

–¿Y cómo puedo ayudarla?

–En Berlín saben lo de la protesta y están estudiando la situación. Gebhardt dice que no irán más conejas al paredón de fusilamiento hasta nuevo aviso.

–¿Y?

Suhren observó a Binz y a Edmund en el rincón. Estaba perdiendo su atención.

–Si no podemos eliminar los resultados de esos experimentos, tal vez acabemos siendo nosotros los que carguemos con las culpas. Fritz se ha ido. Gebhardt está fuera.

Eso captó su atención de nuevo.

–Me temo que no puedo pasar por encima de Gebhardt. Él habla con el mismísimo Himmler todos los días.

–Pues algo hay que hacer. Y pronto. Si esto sale a la luz...

Suhren agitó la mano para quitarle importancia.

–Nuestra seguridad es casi perfecta. Solo tres presas han escapado y dos han sido detenidas de nuevo. El propio Himmler felicita a nuestros censores porque nunca permiten que nada salga de aquí.

Eso era una falsedad manifiesta. Yo había oído que a nuestros censores se les escapaban todo tipo de cosas. Binz encontraba pruebas de ello todos los días. Un bote de tinte para el pelo en una caja de copos de avena. Antibióticos en un tubo de pasta de dientes.

–Además, las cirugías se han realizado en secreto y las pacientes tenían los ojos tapados. Ninguna podría identificarla.

–Pero...

–Paciencia, querida. Yo me ocuparé de que se resuelva el problema. Déjemelo a mí.

Suhren se alejó dejando la servilleta tirada sobre el plato. La sangre de la ternera empapó la tela. Cuando el coro de ángeles un poco desaliñados de Binz se reunió para cantar un popurrí de canciones tradicionales alemanas, sentí el primer escalofrío de miedo. Sabía demasiado bien que los cabos sueltos tendían a provocar que se deshilachara toda la tela.

21

Caroline

Navidad de 1943

TODO EL TIEMPO libre que tuve ese diciembre lo pasé persiguiendo a los viajeros en la estación Grand Central para vender bonos de guerra. De la noche a la mañana apareció en la pared este de la estación un mural fotográfico de casi cuarenta metros con imágenes de la guerra. Barcos de guerra y aviones caza se cernían sobre una marea de viajeros, muchos de los cuales iban de uniforme. El lema del cartel no dejaba margen para ambigüedades en cuanto a su misión: COMPRE BONOS Y SELLOS DE DEFENSA AHORA.

Una tarde, una de las organistas de la estación, Mary Lee Read, de Denver, que tocaba de forma voluntaria durante las fiestas, se lanzó a interpretar una enérgica versión de *The Star-Spangled Banner*, el himno estadounidense. Todos los que estaban en la parte central de la estación se detuvieron y los viajeros se pusieron las manos sobre el corazón mientras escuchaban, lo que provocó que la gente perdiera un montón de trenes. El jefe de estación le pidió a Mary que no volviera a tocar esa canción y así se convirtió en la única organista de la historia de Nueva York a la que le prohibieron tocar el himno nacional de Estados Unidos.

Había mucha seguridad en Grand Central, porque habían atrapado a dos espías alemanes intentando sabotear la estación, pero a pesar de ello le otorgaron un permiso especial para vender bonos a un pequeño cuerpo de voluntarios, entre los que estábamos mi madre y yo. Y todos acabamos pensando que mi madre había encontrado su verdadera vocación, porque era un hacha vendiendo. Pobre del viajero cansado que se negara a darle al menos diez centavos por un sello de la guerra, porque una vez que comenzaba a ejercer presión, no había ni uno que no acabara insistiéndole que aceptara una donación adicional, lo que ella hacía encantada.

En esa época había gran cantidad de mujeres en la estación. Con tantos hombres en la guerra, hordas de mujeres se tuvieron que incorporar al trabajo. Incluso Betty trabajaba, escribiendo a máquina informes en la fábrica de armas. No era exactamente Rosie, la Remachadora, pero era un gran paso para ella.

Mi madre y yo pasamos la mañana de Navidad de 1943 en la iglesia de Saint Thomas, cerca de la estación, en la esquina de la Quinta Avenida y la calle Cincuenta y Tres. Escuchamos al padre Brooks, resplandeciente con sus mejores galas navideñas, predicar desde su magnífico atril de roble tallado una homilía en la que hizo todo lo posible por animarnos. La guerra pesaba mucho sobre la congregación, que en ese momento estaba compuesta principalmente por mujeres y hombres mayores. Había unos pocos soldados uniformados en los bancos, pero para entonces la mayoría ya habían sido desplegados en Europa o en el Pacífico, entre ellos nuestro ascensorista, Cuddy. Todos nosotros conocíamos a alguien que había sufrido algún golpe por la guerra. Yo recé por los que estaban a bordo del barco francés que Roger se había visto obligado a rechazar el día anterior, miles de desplazados europeos que buscaban asilo y que todavía esperaban frente a la costa.

Se me hacía insoportable contar los meses que habían pasado desde la última vez que tuve noticias de Paul. Roger suponía que debía seguir en el campo de concentración de Natzweiler. Por la información que yo había logrado reunir, sabía que muchos hombres franceses habían acabado en los Vosgos, haciendo trabajos forzados con un frío extremo. ¿Podía alguien sobrevivir dos años en un lugar como ese?

Ese año había llegado a nosotros una nueva información, lúgubre y perturbadora. En los escasos informes que recibíamos de la Cruz Roja y también en los papeles que llegaban de Nueva York y de Londres, quedaba claro que Hitler seguía adelante con su plan de aniquilar a los judíos, los eslavos, los gitanos y cualquier otro grupo que entrara dentro de que lo que él consideraba *Untermenschen*, personas inferiores, y así lograr más sitio para su

Lebensraum. Nos habían llegado informes sobre camiones de gas en la ciudad polaca de Chelmno y testimonios sobre exterminaciones masivas. Hitler había hablado abiertamente de su plan en sus arengas públicas, pero Roosevelt tardaba en reaccionar y seguía manteniendo la tasa de inmigración en el mínimo posible.

Saint Thomas era nuestro reducto de esperanza. Arrodillada allí, en aquella enorme iglesia, oliendo el aire perfumado de incienso y contemplando el magnífico altar de piedra, sentía que el mundo acabaría desenredándose por sí solo. Cuando era pequeña, mi padre y yo nos dedicábamos a memorizar las sesenta figuras de santos y personajes famosos que estaban tallados en la piedra de esa iglesia. San Policarpo. San Ignacio. San Cipriano. Llegamos hasta el cuarenta y seis, George Washington, antes de que mi padre muriera, y yo aprendí el resto sola. Estar allí me hacía sentir más cerca de él, sobre todo cuando el organista ponía a funcionar los mil quinientos cincuenta y un tubos del órgano para tocar *God Rest Ye Merry Gentlemen*, el villancico favorito de mi padre. Solo oír a los chicos del coro, con sus mejillas enrojecidas, cantar sobre la gloria de Dios le levantaba el ánimo a cualquiera.

Cuando el padre Brooks nos contó sus planes de alistarse en el ejército y unirse al «viejo 7º Regimiento» de Nueva York como su capellán, me puse a leer los nombres tallados en la pared de los que sirvieron en la Primera Guerra Mundial. Veinte de ellos, los que tenían su nombre escrito con letras doradas, dieron sus vidas por su país. ¿Cuántos más perderíamos en la Segunda Guerra Mundial? Nuestra parroquia tenía más de cuatrocientos de sus miembros alistados y ya habíamos sobrepasado el número de víctimas mortales de la Primera Guerra Mundial.

Yo había metido una de las cartas de Paul en mi libro de himnos, una carta rezagada que llegó mucho después de que invadieran Francia. La había leído y releído tantas veces que parecía papel de seda. La leí mientras el padre Brooks continuaba con su sermón.

Gracias, mi amor, por los botes de cacao en polvo. Créeme, nos viene bien cambiar un poco y dejar la bebida caliente que hace el padre de

Rena con las bellotas que recoge del suelo. No te alarmes si esta es la última carta en una temporada. Todos los periódicos predicen que pronto habrá una invasión. Pero mientras debes saber que te echo de menos y que no abandonas mis pensamientos nada más que unos pocos minutos mientras duermo. Nómbrame en tus oraciones y duerme bien entre tus sábanas de raso de color rosa sabiendo que pronto estaremos en la cafetería H&H, disfrutando del aire acondicionado y de la tarta de manzana...

SENTÍ QUE ALGUIEN me miraba y al volverme vi a David Stockwell al otro lado del pasillo, un banco por detrás de donde yo estaba, mirándome fija y abiertamente. ¿Qué significaba esa expresión de su cara? ¿Curiosidad? ¿Un poco de tristeza? Cerré mi libro de himnos cuando Sally Stockwell, que a pesar del frío que hacía en la gran nave de la iglesia parecía estar sudando mucho, se inclinó para saludarme y me sonrió. Betty también se inclinó y puso los ojos en blanco para trasmitirme su opinión sobre el largo sermón del padre Brooks.

Al final de la misa, el padre Brooks abandonó el altar y siguió a la escasa procesión de chicos del coro y hombres mayores. Mientras caminaban por el pasillo central, era evidente que sus filas habían quedado diezmadas porque muchos se habían ido a la guerra y habían cambiado sus túnicas escarlata por las pellizas de los uniformes militares. Cuando llegaron a la parte de atrás de la iglesia y entraron en la sacristía, la congregación empezó a salir.

Mi madre y yo nos unimos a Betty, David y Sally en el atrio de la iglesia, la exquisita entrada con un hermoso artesonada. Los tres se habían mantenido un poco apartados del resto de la gente, Betty porque llevaba un traje de un blanco inmaculado bajo un abrigo de visón danés, Sally porque estaba a punto de dar a luz a gemelos y su abrigo escarlata no le tapaba la barriga, y David porque era prácticamente el único hombre de Manhattan que no llevaba uniforme. Él afirmaba que su trabajo en el Departamento de Estado suponía un sacrificio igual al de los soldados, pero comparado con ir a la guerra, las largas comidas en el restaurante 21 no parecían una gran penuria.

Mi madre y yo llegamos donde estaban los tres y vimos a Sally abanicarse con el programa de la misa.

–Hola, Caroline –me saludó con una sonrisa temblorosa.

–Parece que tus bebés van a llegar en Navidad –comentó mi madre.

–Tres –corrigió Betty–. Ahora son trillizos. A mi madre le va a dar algo. Va a necesitar tres niñeras profesionales.

No era bastante con que las quintillizas Dionne estuvieran por todas partes para recordarme que yo no tenía hijos. También Sally Stockwell tenía que tener más de uno.

Cogí a David del codo.

–¿Puedo hablar contigo? En privado.

David me miró perplejo. ¿Tendría miedo de que quisiera hablarle de nuestra relación? A pesar de mis sentimientos, todavía heridos, no pude evitar notar que parecía estar mejorando con la edad.

–Espero que no se haya metido en ningún lío –comentó Betty.

–Puedo dedicarte un momento –contestó David–. Pero tenemos que volver a casa rápido. El cocinero tiene el asado en el horno.

Me llevé a David a un rincón tranquilo y él sonrió.

–Si esto es una apelación de última hora a mis sentimientos, no creo que la iglesia sea...

–¿Por qué no me devuelves las llamadas? –espeté.

La guerra no había interferido en la capacidad de David para vestir bien, clásico, casi rozando la categoría de presumido, con la corbata sobresaliendo un poco y los bolsillos de su abrigo de pelo de camello con los bordes perfectamente en su sitio.

–¿Cuándo fue la última vez que me hiciste tú un favor a mí?

–Solo necesito que llames a alguien para pedirle...

–Solo el Congreso puede ampliar las cuotas de inmigración, Caroline. Ya te lo he dicho.

–Pero tú tienes un cargo importante, David.

–¿Importante para qué?

–Roger ha tenido que rechazar otro barco esta mañana. Venía de El Havre. La mitad de los pasajeros son niños. Si pudieras pedir...

–El país no quiere más extranjeros.

–¿Extranjeros? La mitad de este país llegó aquí hace solo una generación. ¿Cómo puedes dejar que muera gente, David?

David me cogió la mano.

–Mira, C, sé que Paul Rodierre está allí y en una mala situación...

Aparté la mano.

–No es eso. ¿Cómo podemos cruzarnos de brazos? Es terrible.

El padre Brooks se unió a mi madre, Betty y Sally, e hizo la señal de la cruz sobre el vientre de Sally, lo que provocó que ella se abanicara aún más.

–Estamos en guerra, Caroline. Ganar es lo mejor que podemos hacer por esa gente.

–Eso es una cortina de humo y lo sabes. ¿Setenta mil judíos rumanos a los que aquí se les niega el asilo? ¿El *St. Louis* rechazado? ¿Cuántos inocentes vamos a devolver para que vayan al encuentro de una muerte segura?

El padre Brooks se volvió para mirarnos y David tiró de mí para ocultarnos mejor entre las sombras.

–Es un proceso lento, Caroline. Todos los formularios de solicitud de visado tienen que ser examinados cuidadosamente. Los espías nazis pueden entrar en el país fingiendo ser refugiados. Es por el bien de Estados Unidos.

–Es antisemitismo, David. Hubo un tiempo en que tú habrías hecho lo correcto.

–Hermano... –llamó Betty.

David le hizo un gesto con el índice para indicar que solo tardaba un momento.

–Por lo menos admite de qué va todo esto. Si no hubieras perdido la cabeza como una colegiala por tu novio casado, estarías en la Junior League, tejiendo calcetines para los soldados.

–No tendré en cuenta lo que acabas de decir si al menos me prometes que intentarás...

–Venga, David –insistió Betty.

–Vale, haré la petición.

–¿Me das tu palabra?

–Sí, por todos los santos. ¿Ya estás contenta?

–Sí –dije con una sonrisa.

Durante un segundo me pareció ver una expresión de tristeza cruzar la cara de David. ¿Se estaría arrepintiendo de haber roto conmigo? Era difícil de decir, porque desapareció tan rápido como había aparecido.

Cuando nos dimos la vuelta, vimos a mi madre y a Betty ayudando a Sally a tumbarse en el último banco. El padre Brooks la miraba como un padre ansioso y mi madre envió a uno de los niños del coro a buscar una palangana. Los gritos de Sally resonaron en la iglesia mientras mi madre preparaba un almohada con su abrigo para que la pobrecilla apoyara la cabeza.

–Dios mío –exclamó David, acongojado.

Betty llegó corriendo hasta David y le tiró del brazo.

–Ven aquí. Está a punto de reventar. No hay tiempo para llegar al hospital.

David no iba a llegar a casa para tomarse el asado de su cocinero después de todo.

22

Kasia

Navidad de 1943

LA NAVIDAD DE 1943 fue una época especialmente sombría para Zuzanna y para mí. Sin Matka y sin Luiza y con mi hermana consumida, no teníamos muchas razones para celebrar nada. No había llegado ni una carta ni un paquete de papá en todo ese tiempo. ¿Estaría vivo al menos?

Nos perdonaron el recuento de la tarde de Navidad para que las guardias del campo pudieran tener su celebración. Zuzanna se quedó en la cama a mi lado. Estaba tan delgada por la disentería que el hueso de la cadera le sobresalía bajo la fina manta mientras dormía. Como era médico, ella sabía lo que le estaba pasando e intentaba darme instrucciones para curarla, pero nada funcionaba, ni siquiera la poca sal y el agua limpia que las chicas de la cocina conseguían sacar clandestinamente. Aunque muchas de las presas compartían su preciada comida con todas las conejas, al no recibir paquetes de nuestra casa nos habíamos convertido en esqueletos andantes.

Zuzanna estaba tumbada de costado con las manos unidas bajo la barbilla y yo dormitaba a su lado con el pecho pegado a su espalda. Oír su respiración era lo único que me producía felicidad. Las mujeres de nuestro bloque hicieron una votación para permitirnos tener una litera de abajo para nosotras solas por nuestra situación. Fue un gesto extraordinario por su parte, porque en algunas literas dormían más de ocho presas. Las mujeres rusas, muchas de ellas médicos o enfermeras capturadas en el campo de batalla, eran especialmente amables con nosotras y fueron ellas las que promovieron la votación. Como regalo de Navidad, Anise nos dio un trozo de manta sin piojos que había sacado de uno de los montones del botín robado y yo envolví los pies descalzos de Zuzanna en ella.

Vi a unas cuantas chicas polacas meter un poco de hierba bajo un trozo de tela. Era una tradición navideña con la que cumplíamos en Polonia desde que éramos pequeñas: había que meter paja fresca bajo un mantel blanco, y después de la cena, las chicas vírgenes sacaban briznas de la paja de debajo del mantel para predecir su futuro. Una brizna verde predecía un matrimonio, una que se estuviera secando significaba que había que esperar, una seca hablaba de la temida soltería y una muy corta anunciaba una muerte prematura. Ese día a mí todas me parecían muy cortas.

Como Marzenka no estaba por allí temporalmente, algunas chicas polacas cantaron uno de mis villancicos favoritos, *Zdrów bądź Królu Anielski*, es decir, «Salud, rey de los ángeles» en voz baja y amortiguada, porque cantar o hablar en cualquier idioma que no fuera alemán estaba prohibido y podías acabar en el búnker.

La canción me devolvió a la Nochebuena en Polonia, con nuestro pequeño árbol adornado con carámbanos de papel de aluminio y velas; al intercambio de regalos con Nadia, que siempre eran libros; a la cena con sopa clara de remolacha, pescado caliente y dulces de Matka, y a la misa de Navidad, con nuestra familia sentada en el mismo banco que los Bakoski. Todos nosotros apretándonos con Pietrik y su madre, tan guapa que parecía un cisne de plumaje oscuro. Había sido bailarina de ballet antes de conocer al padre de Pietrik y siempre llevaba el pelo recogido en un moño en la nuca. El señor Bakoski, muy erguido con su uniforme militar, y Luiza con su nuevo abrigo rosa acurrucándose contra mí. Su familia sonriendo cuando Pietrik se acercaba un poco a mí para compartir el devocionario. Su aroma a clavo y canela tras haber ayudado a su madre a hornear esa mañana.

En aquella época pasaba mucho tiempo recordando (cualquier cosa me venía bien para escapar de aquel bloque gélido), pero sentía que el hambre no dejaba lugar alguno para el amor. Me pasaba la mayor parte del día pensando en pan e intentando librarme de los piojos que teníamos mi hermana y yo. Zuzanna había adoptado una rutina rigurosa de despioje porque le aterraba el tifus. Como médico conocía muy bien las consecuencias de contraer esa enfermedad.

Mis pensamientos se vieron interrumpidos cuando llegó el viejo electricista de Fürstenberg para arreglar el cableado del bloque. Era un visitante habitual que recibíamos con los brazos abiertos. Entró en el bloque, encorvado y con su pelo blanco, cargando con su bolsa de lona con herramientas y un taburete plegable de madera. Llevaba una chaqueta de *tweed* con manchas de humedad en los hombros y las mangas. Sacudió su sombrero de color amarillo mostaza para quitarle las gotas de lluvia y entonces hizo algo que siempre hacía, algo extraordinario.

Nos hizo una reverencia.

¡Una reverencia! ¿Cuánto tiempo había pasado desde que alguien hiciera algo así ante nosotras? Después fue al centro de la sala y desplegó el taburete. De camino miró a Zuzanna, dormida a mi lado, y sonrió. No sabía por qué, pero parecía especialmente encariñado con ella. Ella tenía ese efecto en la gente. ¿Le recordaría a su hija? En una visita anterior le había dado, sin que nadie lo notara, un terrón de azúcar envuelto en papel blanco que nos duró varios días. Incluso nos despertábamos en medio de la noche para darle unos cuantos lametones. Y una vez dejó caer «accidentalmente» cerca de su litera un sobre de analgésico para el dolor de cabeza.

Se preguntarán por qué unas chicas hambrientas se alegraban de ver a ese hombre alemán. La razón era que *Herr* Fenstermacher no era un obrero ordinario. Era un hombre amable y culto con una voz como la melaza caliente. Pero eso no era lo mejor.

Ese hombre nos cantaba. En francés.

Pero no cualquier canción. Canciones compuestas por él a partir de los titulares de los periódicos del día. Así nos enterábamos de novedades de la guerra escuchando el lejano sonido de las bombas al sur de donde estábamos. Pero *Herr* Fenstermacher nos traía, exponiéndose a un gran peligro, un regalo más precioso que el oro: noticias esperanzadoras. El apellido alemán Fenstermacher significa «fabricante de ventanas» y él sin duda era nuestra ventana al mundo.

Siempre empezaba igual. Se subía a su taburete y toqueteaba la bombilla desnuda mientras cantaba: *Recueillez près, les filles, et vous entendrez tout ce qui se passe dans le monde*, o sea, «acercaos, muchachas, y oiréis todas las cosas que están pasando en el mundo».

Ese día de Navidad nos cantó que las tropas estadounidenses habían aterrizado en suelo europeo; que Stalin, Roosevelt y Churchill se habían reunido en Teherán; y que la Real Fuerza Aérea británica estaba bombardeando Berlín con gran éxito. ¡Así que eran sus aviones los que oíamos volar sobre nosotras! Me imaginé a los guapos y jóvenes pilotos ingleses en sus aviones haciendo que se activaran las sirenas antiaéreas y provocando el pánico en Binz y sus guardias. ¿Sabrían esos pilotos que estábamos allí abajo, esperando a que nos liberaran?

Las que sabían francés les traducían en susurros a las otras. No se pueden imaginar lo felices que nos hizo recibir ese regalo. El electricista terminó con un alegre: «Feliz Navidad tengan ustedes, queridas muchachas. Que Dios nos ayude a todos pronto».

Cogió su bolsa de herramientas y se puso el sombrero de nuevo. Tenía los ojos llenos de lágrimas. ¿Cogería un resfriado con ese tiempo? A nosotras todo el mundo nos había olvidado. ¿Sabría él que era nuestro único aliado? Pasó al lado de nuestra litera y me saludó ladeando el sombrero. «Cuídese. Usted es nuestro único amigo», pensé.

Me alegró que Zuzanna pasara todo el tiempo dormida. Un día de descanso en el que no tendría que estar de pie bajo el aguanieve durante horas, mientras Binz y sus guardias hacían el recuento, la ayudaría a recuperarse. Solo después de que *Herr* Fenstermacher saliera por la puerta y retomara su camino vi lo que había dejado al pie de nuestra litera.

¡Un precioso par de calcetines de lana tejidos a mano!

Los cogí y apenas me pude creer lo suaves que eran. Me los pasé por la mejilla. Eran como el plumón de *Psina*. ¡Y qué color! Eran de un azul muy pálido, como un cielo de verano. Los puse bajo la barbilla de Zuzanna, entre sus manos unidas y su pecho. Un milagro de Navidad.

En cuanto *Herr* Fenstermacher se fue, la puerta del bloque se abrió y entró Marzenka, que se puso a golpear el suelo con los pies para quitarse el barro. Cómo le envidiábamos esas botas, porque los pies descalzos metidos en zuecos de madera demasiado grandes en pleno invierno eran una tortura más.

Marzenka llevaba un montón de paquetes en los brazos. El corazón se me aceleró al verlos. Era demasiado pedir que llegara un paquete para nosotras en Navidad después de tan larga espera.

La jefa fue recorriendo el bloque, diciendo nombres y tirando paquetes y cartas en algunas literas. «Qué raro que nos permitan recibir paquetes, teniendo en cuenta que somos presas políticas», pensé. Pero, por suerte para nosotras, el comandante Suhren era un hombre práctico. Si la familia de una presa le enviaba comida y ropa, eso le ahorraba dinero al campo, porque así hacían falta menos fondos para mantener viva a una trabajadora.

Para cuando Marzenka llegó a nuestra litera, solo le quedaban dos paquetes.

«Por favor, que uno sea para nosotras», supliqué mentalmente.

Redujo el paso al acercarse a nuestra litera.

–Feliz Navidad –dijo mostrando una sonrisa, algo poco habitual. Incluso ella se mostraba favorable a la causa de las conejas.

Marzenka tiró un paquete a nuestro colchón de paja que aterrizó con un golpe seco. Me senté y lo cogí. Sentí un leve mareo y me quedé unos momentos sujetando la caja envuelta en papel marrón y mirándola, simplemente digiriéndolo. Un paquete. Unas gotas de lluvia habían marcado el papel marrón, dándole aspecto de piel de animal, y habían emborronado la tinta de la dirección del remitente, pero era la de la oficina de correos de Lublin.

Papá.

¿Habría logrado descifrar el código y habría planchado la carta? ¿Debería despertar a Zuzanna para abrirlo juntas? El paquete ya estaba medio abierto, porque lo habían revisado los censores, así que me decidí y arranqué el papel marrón. En la mano me cayó una vieja lata de caramelos, que estaba fría al tacto. Abrí la tapa y me llegó el olor del chocolate rancio. ¡Chocolate! Me había olvidado del chocolate. Aunque estaba rancio se me hizo la boca agua.

En la lata había tres paquetitos envueltos en tela. Desenvolví el primero y encontré lo que quedaba de un pastel de semillas de amapola. ¡Era más de la mitad! Normalmente los censores se lo habrían comido todo. ¿Estaban siendo generosos porque era Navidad? Yo cogí una miguita y le di las gracias a Dios por crear las amapolas. Después lo envolví de nuevo rápidamente, porque lo iba a guardar para Zuzanna. El pastel polaco sería una buena medicina para ella.

En el siguiente paquete que desenvolví había un tubo de pasta de dientes. Estuve a punto de echarme a reír. Hacía mucho que no teníamos cepillos de dientes, pero era maravilloso ver algo familiar que nos recordaba a casa. Desenrosqué el tapón e inhalé el olor fresco a menta. Lo guardé bajo nuestro colchón; con una buena negociación, un tesoro como ese podría proporcionarnos una semana de ración extra de pan.

El último paquete era pequeño y estaba envuelto en un paño de cocina blanco de Matka, el que tenía dos pajaritos besándose bordados a punto de cruz. Nada más verlo me eché a llorar con unos sollozos entrecortados que me impedían avanzar, pero por fin desaté el paquetito. Las manos me temblaban tanto que me costó soltar el nudo. Cuando el paño se abrió y su contenido cayó en mi regazo, lo único que pude hacer fue mirarlo fijamente.

Era una bobina de hilo rojo.

Felicidad es una palabra muy trillada, pero solo se puede definir así lo que sentí ese día al saber que papá había entendido mi carta secreta. Necesité toda mi fuerza de voluntad para no levantarme y gritar de alegría en medio de la habitación. Lo que hice fue darle un beso a la bobina de hilo y meterla entre las manos unidas de mi hermana.

Ese fue el mejor regalo de Navidad de mi vida, porque gracias a él supe que ya no estaba sola.

23

Herta

1944

–VILMER HARTMAN HA venido a verla –anunció la enfermera Marschall con una mirada elocuente.

¿Por qué seguía entrando en mi despacho sin llamar?

Esa mañana me había levantado de mal humor y con un extraño zumbido en la cabeza. Tal vez se debiera a que el campo estaba a reventar. Ravensbrück se había construido para siete mil presas, pero ese verano ya albergaba a cerca de cuarenta y cinco mil. Tal vez fuera el ruido constante de las sirenas antiaéreas o las malas noticias que llegaban de la guerra. A principios de junio por el campo corrió el rumor de que los estadounidenses habían desembarcado en Francia. O tal vez fuera porque el campo estaba atestado de prisioneras con enfermedades infecciosas y casi todas las semanas tenía que vaciar la clínica totalmente, sacar a las pacientes que no podían trabajar y enviarlas a los transportes de la muerte. A pesar de unos cuantos cortes para aliviar la tensión, seguía sin poder dormir.

Para empeorarlo todo, Suhren no había hecho progresos con lo de las conejas. Los bloques estaban tan atestados y mal gestionados que sería imposible localizarlas sin un registro a fondo. Gerda me dijo que sus amigas intercambiaban sus números con ellas y las escondían donde podían, incluso en el bloque de las tuberculosas.

No estaba de humor para recibir visitas de viejos amigos.

Vilmer Hartman, un psicólogo que conocí en la Facultad de Medicina, quería visitar Uckermark, un antiguo campo juvenil para chicas que había cerca, adonde Suhren estaba mandando el excedente de presas. Sabía que los psicólogos hacían rondas por los campos para comprobar la salud mental del personal del campo y a mí eso me parecía una pérdida de tiempo cuando había tantas cosas importantes que hacer. Esperaba poder llevarlo a Uckermark, que completara su ronda de cinco minutos o menos, y después seguir con mis cosas sin complicaciones. Había planeado irme a casa pronto y meterme en una bañera de agua fría, porque estábamos en medio de una ola de calor. Estaba siendo el julio más caluroso desde que había registros.

Encontré a Vilmer delante del edificio de administración, esperando en el asiento del acompañante de un Kübelwagen. Yo me puse al volante, arranqué el motor y puse la radio para evitar la conversación.

«Alemania continúa con sus victorias. Los suministros aliados siguen escaseando mientras las tropas alemanas continúan con la operación Wacht am Rhein. Otras noticias del día son...»

Vilmer apagó la radio.

–¿Victorias? Pero cuántas mentiras. ¿Cómo podemos engañarnos así? Ya hemos perdido la guerra. Se acabó en Stalingrado.

–¿Y qué te trae por Ravensbrück, Vilmer? La última vez que te vi fue en clase de Biología. Lo estabas pasando mal con un feto de cerdo.

Vilmer sonrió.

–Esa clase estuvo a punto de acabar conmigo.

Vilmer era un hombre guapo, con una leve onda en su pelo rubio y una forma de hablar tranquila y suave. Llevaba ropa de civil, supuse que para ganarse la confianza de los pacientes con los que iba a hablar, y sus zapatos de cordobán, con pinta de caros, de alguna forma conseguían permanecer lustrosos a pesar del polvo del campo.

–El camino de la medicina no es para todos –comenté.

–Sin duda ser médico está mejor pagado –contestó Vilmer–, pero me gusta ser psicólogo.

Cuando llegamos a Uckermark aparqué y Vilmer, con sus modales de típico caballero alemán, rodeó el vehículo para abrirme la puerta. Examinó los tres bloques recién construidos y la enorme tienda de lona del ejército que había en la plaza donde se realizaban los recuentos, bajo la que cientos de presas esperaban de pie o sentadas, todavía con su ropa de calle.

Vilmer tenía una educación excelente, lo que se esperaba de un hombre culto alemán, pero era aburrido. Me pidió una cita una vez, pero yo estaba demasiado ocupada para salir con él.

–Publicas mucho, Vilmer. Te has forjado una gran carrera.

Me sacudí la manga de la bata blanca porque tenía ceniza negra.

–¿No hace demasiado calor para llevar manga larga hoy? –preguntó Vilmer–. No hace falta que vayas tan formal por mí.

–¿A qué has venido, Vilmer?

–A estudiar la conexión entre el trauma y la psicosis.

–¿Otro estudio? Pues aquí tienes un número infinito de sujetos para él, empezando por los que llenan el comedor de oficiales.

–Me interesan más las presas.

–¿Y a quién le importan ellas? Mejor no las toques. Te pueden contagiar algo.

–A mí me importan mucho –repuso Vilmer–. Solo es parte de mi misión, pero he aprendido mucho haciendo terapia conversacional con ellas.

–¿Y cuál es tu misión oficial? –pregunté.

Llegamos a la tienda y Vilmer se volvió para sonreírle a una presa.

–Evaluar la capacidad de la población reclusa para contribuir al Reich basándome en varios criterios.

En otras palabras: escoger para el sacrificio a aquellas que no estén mentalmente capacitadas para trabajar. Aunque antes de marcarlas para recibir el tratamiento especial, iba a investigar un poco con ellas.

–Vienes a observar a las ratas en el laberinto –concluí yo.

–Me gusta pensar que a ellas les ayuda hablar de ello. Pero ¿cuándo te has vuelto tan insensible, Herta?

–¿No debería estar tumbada en un diván para tener esta conversación?

–Te vendría bien. Pero no me sorprende, en realidad. Después de todo, has estado sufriendo una insensibilización sistemática durante años, desde la facultad. Recuerdo claramente un duelo con extremidades humanas en vez de espadas en el laboratorio de disección.

–¿Y tú has venido solo para observar a las presas?

–Oh, no. También para hacer un examen del personal del campo.

–¿Y eso me incluye a mí?

Vilmer se encogió de hombros.

–Todos tenemos un trabajo que hacer.

–¿Así que registrarás todo lo que diga y se lo pasarás a Suhren?

–Yo informo a Berlín.

–¿Y ellos te han dicho que me evalúes?

–Tú eres una de tantos, Herta. Los médicos de los campos están sometidos a riesgos especiales. Como colectivo, mostráis un profundo respeto por la autoridad y aceptáis, incluso anheláis, el *statu quo*.

–No podría vivir en un sitio tan sucio como este. –Me sacudí más ceniza de la bata–. ¿Y qué dice mi historial?

–Dímelo tú.

–Estoy segura de que ahí está reflejado el incidente con la polaca.

–Tal vez.

–Pero ¿qué hay que contar sobre eso? Encontré a una presa, una antigua enfermera, que me ayudó a renovar la clínica. La enfermera Marschall se puso celosa y buscó la forma de acabar con el asunto. Marschall... A esa sí que merece la pena estudiarla.

–¿Sabes por qué te hacen jugar al ajedrez con el doctor Winkelmann?

–No es un tema que comentemos, Vilmer.

Aunque al principio me enfurecí porque me obligaron a hacerle visitas regulares a mi orondo colega Winkelmann, al final había acabado encontrándolas extrañamente relajantes. Me ponía vaselina mentolada bajo la nariz para evitar su olor corporal y le veía comer una infinita sucesión de sándwiches de pescado mientras me arengaba sobre los beneficios del pescado para el cerebro. Había tenido citas peores.

–Asumo que creen que me acerqué demasiado a otra mujer y que me vendrá bien la compañía masculina.

–¿Y eso cómo te hace sentir?

–Mi trabajo no es sentir.

–Guardarte tus emociones no te va a ayudar, Herta.

Vilmer era muy blando, con esos tristes ojos marrones, como los de una vaca. Nunca fue el alumno más listo. Las enseñanzas de la Facultad de Medicina se habían desperdiciado con él.

–Todo el asunto me entristeció. Ella trabajaba mucho y era una buena persona.

–Mis notas dicen que estuviste en cama varios días. Por un ataque de ansiedad grave.

–Lo superé.

Todo se podía superar con trabajo duro y disciplina. ¿Por qué él le estaba dando tanta importancia a todo aquel asunto?

–Pareces molesta porque la bata se te ensucia con las cenizas del crematorio. ¿Quieres hablar de ello?

–Simplemente prefiero llevar una bata limpia, Vilmer. ¿Es eso una violación de alguna norma de conducta?

–No hace falta que levantes la voz, Herta. ¿Y esos episodios se han vuelto más frecuentes?

¿Tenía que soportar aquel interrogatorio mucho más tiempo?

–¿Qué tal duermes?

De repente me entró muchísimo calor allí de pie, al sol.

–No muy bien, Vilmer. Puede que tenga algo que ver con las sirenas que suenan a las cuatro de la madrugada. Pero a nadie le importa si duermo o no.

–¿Sientes que a nadie le importa? –preguntó Vilmer.

–¿Puedes dejar de preguntarme por mis sentimientos? *Mein Gott*, Vilmer. ¿Qué utilidad tiene preguntar cómo me siento?

Mi voz elevada atrajo la atención de una guardia. Eso era lo que me faltaba: más anotaciones en mi historial.

–Mira, este no es un lugar fácil para vivir –continuó Vilmer–. En tu archivo están las responsabilidades que tienes en el campo.

No puedes ser indiferente a todas ellas. No está en tu naturaleza acabar con vidas, Herta. Sin duda estás experimentando lo que llamamos entumecimiento emocional.

–Hago mi trabajo –contesté, tirando de las mangas de mi vestido para bajármelas hasta las muñecas.

–¿Ha habido más cortes?

¿Y qué si los había habido? Podía con ello.

–No, claro que no. Nada de cortes.

Vilmer se puso un cigarrillo entre los labios y abrió su mechero. Un rayo de sol se reflejó en el aluminio y me cegó un segundo.

–Herta, no se pueden hacer las dos cosas: matar y que te vean como sanadora al mismo tiempo. Eso tiene un precio.

–En mi tiempo libre, pienso en otras cosas.

–Eso es disociar y lo sabes. No es sano.

–Tampoco es sano fumar.

Vilmer hizo una mueca y tiró el cigarrillo, lo que provocó una pelea entre varias presas por conseguirlo.

–Mira, una cierta compartimentación es sana, pero tal vez te vendría bien un cambio de aires.

–¿Vas a recomendar que me transfieran?

–Creo que te vendría bien un cambio, sí. En este momento no hay mucho que puedas hacer para ayudar al Reich.

–¿Así que tienes intención de encerrarme en algún hospital de una ciudad pequeña, con un depresor de lengua y un frasco de aspirinas? Puede que tú no te tomaras en serio tu formación médica, pero yo he trabajado mucho para llegar donde estoy.

–La hostilidad no es necesaria, Herta.

Mi vestido era como un horno y estaba provocando que el sudor me resbalara por la espalda.

–¿Y ahora estoy siendo hostil? Por favor... ¿Has hecho alguna vez algo tan bien que te haya llevado a pensar que estás destinado a hacer grandes cosas? No, no escribas en mi historial: «Sufre delirios de grandeza». Esto es real. Soy médico, Vilmer. Eso es mi oxígeno. Por favor, no permitas que me envíen lejos.

–Este lío no va a acabar bien para Alemania, Herta. Seguro que lo ves. Vas a acabar en la cola del cadalso.

Me di la vuelta para volver al vehículo.

–Suhren se está encargando de todo.

Vilmer me siguió.

–¿Crees que Suhren te va a proteger? Huirá a Múnich. O a Austria. Gebhardt ya está haciendo presión para que lo nombren presidente de la Cruz Roja, como si eso le fuera a servir de absolución. ¿Por qué no pides una excedencia?

Esa debilidad era enfermiza. ¿Es que de la noche a la mañana todos los alemanes se habían vuelto de gelatina?

–Te dejo con tu investigación. –Me subí al vehículo y le tiré la bolsa con los bocadillos que había traído–. Puedo con esto, Vilmer. He llegado hasta aquí. No me lo arrebates todo, por favor.

Mientras salía conduciendo por las puertas de Uckermark, pasó a mi lado en dirección opuesta un camión que venía a recoger a un grupo de tratamiento especial. Vi a Vilmer por el espejo retrovisor, en cuclillas cerca de la tienda, hablando con unas judías húngaras. Charlando con ellas sobre sus sentimientos, seguro. Como si eso fuera a servir para ayudar al Reich.

UNOS MESES DESPUÉS, Suhren me llamó a su despacho. Tenía la cara cenicienta, del mismo tono que una lombriz de tierra.

–Nuestras fuentes me informan de que lo de las conejas de Gebhardt se ha filtrado. Berlín ha interceptado una transmisión que emitía el gobierno polaco en el exilio a través de la radio Swit, en la que se daban detalles sobre los experimentos. Lo llaman «vivisección» y mencionan mi nombre. También el de Binz. Dicen que nuestros crímenes requieren venganza y que la llevarán a cabo con un atizador ardiente.

–¿Mencionan a algún médico?

–Solo a Gebhardt. Dicen que una misión católica de Friburgo le ha enviado un mensaje al Vaticano.

–Se lo dije, comandante.

Él empezó a pasear arriba y abajo.

–¿Y cómo se ha filtrado? Hemos tenido mucho cuidado. Supongo que ahora tendremos que asegurarnos de que se atiende bien a las presas.

–No, comandante. Justo lo contrario. Como hablamos...

–La oficina de seguridad dice que el gobierno polaco en el exilio ha condenado a muerte a Gebhardt, ¿sabe? Ahora estamos a merced de la opinión de la comunidad internacional. Debemos tratar todo esto con sumo cuidado. Eso puede marcar la diferencia cuando las cosas... terminen.

–Será todo más fácil si nunca encuentran a esas mujeres. Es difícil que la opinión pública comente algo que nunca existió.

–Pero Himmler está hablando con Suecia para organizar transportes de presas a ese país en camiones de la Cruz Roja. Creo que eso puede provocar cierta indulgencia. Tal vez nos ayude. Espero que haya quedado claramente registrado que yo puse objeciones a las operaciones.

Pero ¿cómo podía Suhren ser tan ingenuo? No iba a haber indulgencia. Si Alemania perdía la guerra, los vencedores no se iban a preocupar de preguntar quién puso objeciones a qué. Suhren iría directo al patíbulo.

–¿Cree que el mundo nos va a mirar con buenos ojos cuando vean pruebas vivientes de lo que ha pasado aquí? Comandante, le harán responsable, diga usted lo que diga. Y a mí también.

Suhren miró por la ventana hacia las instalaciones del campo.

–¿Y cómo las encontramos? Las presas ya no llevan sus números. –Tenía los ojos inyectado en sangre. ¿Había estado bebiendo?–. En el recuento se escapan siempre. Intercambian sus números con los de las muertas.

Me acerqué a él.

–La mayoría deberían estar en el bloque 31. O escondidas debajo. Con el nuevo equipamiento...

–Por favor, Oberheuser...

A Suhren no le gustaba hablar del nuevo equipamiento y nadie mencionaba la palabra *gas*. Los nuevos miembros del personal, que acababan de llegar de Auschwitz, habían ayudado a montar un equipo improvisado en un antiguo cobertizo, al lado del crematorio. No era un trabajo muy delicado, pero haría mucho más sencilla la tarea de silenciar a las conejas.

–Le diré a Binz que cierre el bloque y llame al recuento –dijo Suhren–. Usted se ocupará personalmente de que atrapen a todas las conejas.

Ya era hora.

–¿Me está dando permiso para...?

–Haga lo que sea necesario, doctora. Solo asegúrese de que nadie pueda encontrar ni rastro de ellas.

24

Caroline

1944-1945

EL 25 DE agosto, Roger me llamó a The Hay, mi casa de Connecticut, y me dijo que tropas estadounidenses y de la Francia libre habían llegado a las afueras de París.

Y que estábamos en funcionamiento de nuevo.

Era sábado, así que había poco tráfico cuando entré en la ciudad pisando a fondo el acelerador. Pasé junto a los coches que recorrían Taconic Parkway haciendo chirriar las ruedas, hasta que vi unas luces azules parpadeantes en el espejo retrovisor. Cuando le expliqué las circunstancias al policía con cara aniñada que me paró, puso la sirena y me escoltó hasta el consulado.

En el despacho de Roger nos pusimos a recopilar información de todas las fuentes que teníamos a nuestra disposición. Leímos telegramas y cables, y escuchamos la radio, todo a la vez. Cuando nuestras tropas llegaron al Arco del Triunfo, nos volvimos locos de alegría y contactamos por teléfono con Burdeos y Londres. Las tropas estadounidenses, acompañadas por el general De Gaulle y el ejército de la Francia libre, habían entrado por el sur y marchaban sobre París, sobre los Campos Elíseos, montados en jeep y a pie. Hordas de parisinos se echaron a las calles para gritar: *Vive la France!* La gente dejaba sus casas, felices por la liberación. Aunque aún llegaba algún que otro disparo por parte de los francotiradores alemanes y sus tanques, no tardaron en ondear las banderas blancas de rendición detrás de sus búnkeres. Entonces, los dueños de restaurantes sacaron sus últimas botellas de champán de las bodegas y París se volvió loco de júbilo.

Al final de aquel día vimos desde el despacho de Roger cómo Lily Pons, la estrella de la Metropolitan Opera, cantaba *La*

Marsellesa ante treinta mil personas reunidas debajo de donde nosotros estábamos, en Rockefeller Plaza, para celebrar la victoria.

Todos estábamos convencidos de que solo era cuestión de tiempo que Hitler capitulara y Berlín cayera. Los aliados liberarían todos los campos de concentración. Envié telegramas y cartas a posibles centros de repatriación de toda Francia preguntando por Paul. ¿Cómo lograría volver a París?

AUNQUE HABÍAN LIBERADO Francia, la guerra continuó. Un día de abril me senté a la mesa del comedor de The Hay, todavía en pijama, para escribir un comunicado de prensa sobre las necesidades de los huérfanos de la Francia liberada. «Necesidad urgente de alimentos básicos en Francia: arroz, cacao azucarado, leche entera en polvo, frutas desecadas. También se necesita té y café para los niños algo más mayores.»

¿Cuánto tiempo había pasado desde que recibí la primera carta de Paul? Mis pesquisas no habían dado fruto. Había descargado una última tormenta de nieve sobre Bethlehem, pero hasta el invierno estaba cansado de sí mismo y los últimos copos silenciosos caían sobre la nieve intacta que cubría el jardín, que parecía un manto de franela blanca. Una nieve que no servía ni para hacer bolas, habría dicho mi padre.

Serge dejó en la mesita con forma de media luna que había al lado de la puerta principal las cartas que había recogido en la oficina de correos, que hicieron un ruido seco al aterrizar sobre la madera, y salió a quitar la nieve del sendero de entrada con una pala.

Yo me preparé un té en la cocina mientras fuera oscurecía. De camino al comedor, revisé el montón de correo. Encontré los sobres habituales. Un folleto de la exhibición equina que se celebraba todos los años en primavera en Bethlehem, en Ferriday Field, justo detrás de nuestra casa, para recaudar fondos para la biblioteca. La factura mensual de la leche de Elmwood Farm. Una invitación a un concierto de campanillas en la sede de la asociación de granjeros.

Pero uno de los sobres hizo que me quedara petrificada. Era de color crudo, igual que los otros que él me había enviado, y la dirección estaba escrita con la letra de Paul, un poco menos clara y fuerte, pero sin duda la suya, era inconfundible. El remite decía: «Hôtel Lutetia, 45, Boulevard Raspail».

Me temblaban las manos cuando rasgué un lado del sobre y saqué la carta para leer su contenido.

Cogí las botas que tenía en la cocina, me puse el abrigo de mi madre encima del pijama y salí corriendo por el jardín en dirección a la tienda de ultramarinos de Merrill Brothers, resquebrajando la capa de nieve crujiente con cada paso. Subí las escaleras a toda prisa y encontré a mi madre con el señor Merrill, ambos al lado de una pared cubierta de estanterías, ella con una botella trasparente de un brebaje de color avellana en la mano. Los dos se volvieron, sobresaltados.

El señor Merrill sonrió cuando entré. Llevaba un manojo de llaves en la cintura.

–Caroline, ¿cómo estás...?

–Ahora no, señor Merrill –lo interrumpí, todavía sujetando el picaporte mientras intentaba recuperar el aliento.

Aunque normalmente era un hombre parco, el guapo señor Merrill podía hablar de los pros y los contras de las bolsas de la compra de papel *ad infinitum* si se le daba el más mínimo pie.

Mi madre me miró.

–Por todos los santos, ¿qué ocurre, cariño?

Como no lograba recuperar el aliento, agité el sobre.

Mi madre se acercó a la puerta.

–Cierra la puerta, Caroline. Por Dios, ¿qué es lo que te pasa?

–Es de Paul. Está en...

–¿Dónde, hija?

–En el Hôtel Lutetia.

–¿Y por qué no lo has dicho antes, Caroline? –contestó devolviéndole el brebaje marrón al señor Merrill–. Iremos para allá mañana.

La verdad era que teníamos las maletas hechas desde hacía meses.

25

Kasia

1945

LA CARRETERA HERMOSA ya no lo era cuando llegó febrero de 1945. Los alemanes arrancaron las jardineras de las ventanas y muchos de los tilos para tener madera con la que calentarse. La carretera de escoria negra estaba cubierta de nieve derretida congelada y por todo el campo se veían montones de nieve mezclados con la ceniza que salía de los hornos. La jaula de los animales exóticos hacía mucho que había desaparecido.

Esquivé a numerosas mujeres que se habían atrevido a salir de los bloques, enfrentándose al frío, algunas reunidas en grupos y otras deambulando solas. Los domingos la carretera hermosa se llenaba de una heterogénea mezcla de mujeres de todas las nacionalidades. Algunas sujetaban entre varias un par de pololos o la falda del uniforme para que se secaran al aire. Desde que el Ejército Rojo había empezado a presionar desde el oeste y a avanzar a través de Polonia, el campo se había llenado hasta límites imposibles. Cada hora llegaban transportes con presas que los alemanes estaban evacuando de los campos de concentración de Auschwitz y Majdanek. Pronto tuvimos presas de veintidós países. Las polacas seguían siendo, con diferencia, el grupo más numeroso, pero ahora había también británicas, chinas y estadounidenses. Todo el mundo sabía que Himmler escondía en el búnker a sus *Prominente*, sus presos especiales, entre ellos un piloto estadounidense que habían atrapado cuando aterrizó en paracaídas cerca de Ravensbrück, después de saltar de su avión alcanzado.

Aunque la mayoría de nosotras vestíamos el mismo uniforme de rayas azules y grises, se podía adivinar la nacionalidad de una presa por la forma en que llevaba el suyo. Siempre se distinguía a las francesas. Se ataban el pañuelo de una forma única, elegante, y todas se cosían a partir de unos retales unos bolsitos muy chic que llamaban *bautli* y que utilizaban para guardar sus utensilios para la comida. Algunas incluso le cosían unos cuellos blancos a las camisas de sus uniformes y se hacían unos lazos muy bonitos con trapos. Las presas rusas, muchas enfermeras y médicos del Ejército Rojo capturadas en el campo de batalla, también eran inconfundibles. Eran un grupo disciplinado y todas llevaban los uniformes del campo exactamente de la misma forma. Habían logrado conservar sus botas de cuero del ejército ruso y llevaban el pañuelo reglamentario atado justo en la nuca con un nudo cuadrado perfecto.

Era fácil reconocer a las presas recién llegadas. Cuando las autoridades del campo se quedaron sin uniformes, las nuevas empezaron a llevar conjuntos desparejados que salían de los montones de mercancía requisada. Parecían pájaros exóticos con sus «disfraces de loro», como los llamábamos nosotras, porque eran una chillona mezcla de faldas arrugadas y blusas de colores alegres. Algunas tuvieron la suerte de encontrar chaquetas gruesas de hombre, que el personal del campo marcaba con una gran cruz de tiza en forma de aspa blanca sobre la espalda, por si las chicas que las llevaban intentaban escapar.

Dos chicas rusas habían instalado una improvisada tienda entre el bloque 29 y el 31, donde se podía comprar un jersey, medias o un peine a cambio de una ración de pan. Cerca se había apostado una vigilante para avisar si veía a Binz por alguna parte.

Corría el rumor de que Gemma La Guardia Gluck, hermana del alcalde de Nueva York, Fiorello La Guardia, era una de las presas. Las SS también habían capturado en Francia a un grupo de paracaidistas británicas. Luego estaba la sobrina de Charles de Gaulle, Geneviève. Y todo el mundo sabía que la hermana del propio Himmler había estado presa en Ravensbrück, arrestada por profanación de raza al haber tenido relaciones con un hombre polaco. Las chicas de la oficina de registro decían que no se había librado de los veinticinco latigazos que se especificaban en la sentencia.

Binz había subido aún más el volumen de la música que se reproducía en el campo, y no dejaba de bombardearnos con canciones de guerra y marchas militares. Miré al cielo cuando tres aviones pasaron sobre nuestras cabezas. Eran alemanes. Lo sabía por el rugido de los motores y porque no sonó la sirena antiaérea.

El verano anterior nos enteramos del desembarco de Normandía gracias a *Herr* Fenstermacher, pero la verdad era que no hacía falta que nadie nos dijera que Alemania estaba perdiendo la guerra, y rápido además. Había señales por todas partes. Los bombardeos aéreos diarios. Los recuentos cada vez más cortos. Menos trabajo.

Los nazis se estaban rindiendo.

Pero no dejaban de matarnos. Los camiones de transporte, negros y sin ventanas, llegaban a los bloques con más frecuencia que antes. El gordo doctor Winkelmann, con su abrigo largo de cuero, y su compañera, la vieja enfermera Marschall, recorrían el campo en busca de presas enfermas para llenar los camiones.

Las mujeres enfermas se ocultaban por todas partes para escapar a su destino: bajo los bloques, sobre los techos, detrás de los contenedores de carbón. Zuzanna se inventó un método que consistía en raspar los brazos de las mujeres que llegaban del evacuado Auschwitz para provocar que su piel tatuada pareciera infectada y así ocultar sus números azules. Cuando venían a buscar a las conejas, todas en el campo se esforzaban para ocultarnos. Algunas incluso se intercambiaban los números con nosotras, aunque supusiera exponerse a un grave peligro.

Los rumores corrían como el viento. Una enfermera-presa le dijo a Zuzanna que estaban enviando a las mujeres mayores que no podían trabajar a lo que antes había sido un campo para jóvenes, el *Jugendlager*, que estaba a menos de diez minutos de nuestro campo por carretera. Allí la comida era mejor y no había recuentos, decían. ¿Sería eso cierto?

A última hora de la tarde me dieron permiso para ir al edificio de administración para recoger un paquete que me habían enviado. Salí del bloque, feliz de poder caminar por fin sin la muleta, pero un momento después Karol, una *Jules* holandesa, me agarró del brazo y me arrastró hacia un lugar oscuro.

Se me encogió el corazón. No confiaba en la mayoría de las *Jules*, que eran uno de los nuevos colectivos que habían surgido en el último año en el campo. Normalmente eran presas alemanas con un triángulo verde o negro. Les gustaba ponerse chaqueta y pantalones de hombre, e incluso calzoncillos sacados de la mercancía requisada, se cortaban el pelo a lo chico y se movían por el campo con aire chulesco, un cigarrillo colgando de los labios y una actitud desagradable. Algunas marcaban con una cuchilla una X en la frente de la chica que les gustaba, lo que llamábamos «la cruz de las zorras», para dejar claro que era de su propiedad. Pero no todas estas presas eran malas. Conocía a varias agradables, y muchas veces era una ventaja estar con una de ellas, porque eso significaba protección y comida. El problema era que las receptoras de sus afectos no podían negarse, porque las *Jules* tenían contactos en las altas esferas y podían matar de hambre a una chica si no cooperaba.

–Están haciendo otra selección en la puerta de al lado –me dijo Karol–. Vamos a dar un paseo.

Nos alejamos del camión, cogiendo el camino largo hasta el edificio de administración, pero yo miré atrás y vi a Winkelmann y a la enfermera Marschall cargando mujeres en uno de los camiones negros sin ventanas. Un transporte de la muerte. Ninguna de las dos tenía que decirlo: cualquier que se acercara al ojo del huracán podía acabar arrastrada a su interior simplemente porque sí.

Por muy aterradoras que fueran algunas *Jules*, creo que ese día Karol me salvó la vida. Cuando pasó el peligro, le di las gracias y seguí mi camino.

Pasé junto a una larga tienda de lona que habían colocado en una zona abierta junto a la carretera hermosa para albergar a un grupo de presas recién llegadas. El campo estaba ya mucho más que lleno y no paraban de llegar transportes de todos los países. Suhren había tenido que montar tiendas para meterlas a todas. Esa estaba tan atestada de mujeres y niñas que no tenían donde sentarse. Muchas estaban de pie, intentando calmar a sus bebés.

–Kasia –me llamó alguien.

Me volví, sorprendida de oír mi nombre.

No la reconocí al principio, en medio de las sombras de la tienda, porque tenía la cara muy demacrada y su pelo corto rubio parecía gris por el polvo que lo cubría.

Nadia.

Estaba sentada en una vieja maleta y había una mujer tendida a su lado con la cabeza apoyada en su regazo. Nadia le acariciaba la frente y le susurraba algo. La miré un momento para asegurarme de que era ella y después me acerqué a la tienda sin que me viera la guardia.

–¿Nadia? –pregunté.

¿Sería una alucinación?

Ella levantó la cabeza y pareció que le pesaba demasiado para que la soportara su delgado cuello.

–Kasia –repitió. Su aliento formó una voluta de vapor blanco.

Qué bonito sonaba mi nombre cuando lo pronunciaba ella.

Extendió una mano para evitar que me acercara más.

–Acabo de ver que se llevaban arrastrando a una chica solo por hablar con nosotras. Además, la mitad de las que estamos aquí tenemos tifus. Ten cuidado.

Di otro paso hacia ella. ¡Pero qué día más feliz! ¿Podría llevarla a nuestro bloque?

–¿Cuánto tiempo llevas aquí? –pregunté con voz queda para que las guardias no nos oyeran.

–Llegamos anoche desde Auschwitz. Dicen que nos van a llevar al campo juvenil. Allí tendremos refugio.

–¿Cuándo?

–No lo sé –dijo mirando a la mujer de su regazo–. Tenemos mucha sed y ella necesita un lugar donde morir en paz.

–Nadia, ven rápido. Yo puedo esconderte.

–No puedo dejarla.

–Otra puede atenderla.

Me acerqué un poco más.

–No la reconoces, ¿no? Es mi madre, Kasia. No la dejaré nunca.

La señora Watroba... ¿Cómo las habían atrapado?

–Venid –insistí.

Sabía donde podía esconderlas a las dos.

–Sé lo que estás pensando, amiga, pero yo me quedo aquí con mi Matka.

–¿Qué os puedo traer?

Las guardias de Binz empezaron a meter a las presas en un camión.

–Nada. No te preocupes. Estaremos de vuelta en Lublin antes de que te des cuenta. Con Pietrik. Se alegrará de verte –dijo con una sonrisa auténtica.

La antigua Nadia.

–Pero él te quiere a ti –aseguré.

–¿Sabes cuántas veces me preguntó si a ti te gustaba él? Oye, dejé un libro para ti antes de irme. En nuestro sitio. Te va a encantar el capítulo cinco.

–Creo que nuestro sitio habrá desaparecido hace mucho, pero las dos iremos juntas a mirar cuando volvamos.

–Sí, claro.

De repente Nadia ahogó una exclamación y se llevó un puño al pecho. Tenía la mirada fija en mi pierna mala. Se me había deslizado uno de los calcetines de hombre desparejado que había cambiado por parte de nuestra pasta de dientes y había quedado al descubierto: ya la tenía curada, pero seguía atrofiada y consumida, porque le faltaban tendones y huesos, y la piel estaba brillante y tensa.

–Dios mío, Kasia, ¿qué le ha pasado a tu pierna? –Se le llenaron los ojos de lágrimas.

¿Estaba llorando por mí? ¿En su situación? Eso sí que era una buena amiga.

–Te lo contaré luego, pero ahora puedo traeros algo para beber. Tengo un poco de agua de lluvia guardada.

Nadia volvió a sonreír.

–Siempre tan ingeniosa, Kasia. A Matka le vendría muy bien.

–Ahora mismo vuelvo –dije, y salí corriendo hacia mi bloque.

La pierna me impedía ir muy rápido y para cuando volví con el agua, las guardias ya estaban subiendo a las últimas presas al camión descubierto. Cerraron la puerta de atrás, dieron dos golpes y el camión empezó a recorrer la carretera hermosa.

Nadia. ¡Había sido como una medicina verla! ¿Estaría a salvo en el campo juvenil? No sabía de nadie de Ravensbrück que hubiera ido allí. Recé para que fuera verdad lo que decían de aquel sitio. Pero ¿estaría Dios escuchando nuestras plegarias?

El camión siguió avanzando por la carretera hermosa y las lágrimas me corrieron por las mejillas cuando vislumbré a Nadia sosteniendo a su madre.

–Te volveré a ver, Nadia –grité corriendo como pude tras el camión.

Ella, entre la multitud, giró la cabeza, sonrió y levantó la mano.

Permanecí allí viendo alejarse el camión hasta que las luces traseras se volvieron borrosas. Me limpié las lágrimas. ¿Realmente irían a un lugar seguro? Costaba creer lo que nos decían los alemanes, pero fuera como fuese, las chicas danesas de la oficina de registro decían que los rusos llegarían pronto para liberar el campo. Al menos Nadia y su madre tendrían refugio. Nadia era la persona más fuerte que conocía.

Fui rápidamente hasta el edificio de administración para recoger mi paquete mientras la oscuridad caía sobre el campo. Una familia de ratas, grandes como gatos, cruzó la carretera por delante de mí. Ya no tenían miedo de las personas. Pedí mi paquete en la ventanilla y miré el remite: «Oficina de Correos de Lublin, Lublin, Polonia». Estaba escrito con la letra de papá. Lo abrí mientras recorría el pasillo en la dirección opuesta, con los zuecos de madera repiqueteando sobre el suelo reluciente, y saqué otra bobina de hilo rojo.

No me cansaba de verlas. Me había enviado otras dos después de la primera. ¿Habría conseguido papá difundir el mensaje para que lo supiera el mundo? Si íbamos a morir antes de que liberaran el campo, al menos se sabría lo que había pasado allí y los alemanes recibirían un castigo por lo que habían hecho. Sus paquetes habían ayudado a Zuzanna a curarse de su disentería, pero se había contagiado de algo cuando iba de bloque en bloque tratando de ayudar a otras presas. Dolor de cabeza, escalofríos, fiebre. Aunque solo con ver el sarpullido que tenía en los brazos ya sabíamos lo que era: tifus. Solo la liberación podría ayudarla.

Pasé ante la mesa de Brit Christiansen, una chica danesa que conocía, una de las muchas presas escandinavas que trabajaban en la oficina de registro. Era alta, con una melena corta rubia y las mejillas salpicadas de una bonita constelación de pecas beis. Nunca había conocido a ningún danés antes del campo, pero se habían convertido en mis personas favoritas: dulces, dignas de confianza, amables.

–Tengo dos mensajes para ti, pero tenemos que hablar rápido –me dijo Brit en voz baja–. Uno es que un hombre de las SS, uno con un cargo importante, ha venido hoy preguntando por tu madre.

–¿Qué? ¿Quién?

–No lo sé, pero era muy alto.

¡Lennart! ¿Aquí, en Ravensbrück? ¿Estaría Matka aquí, en alguna parte?

Brit tiró de mí para que me acercara más.

–Y hoy están a la caza de las conejas.

Esas palabras me pusieron toda la carne de gallina.

–Pero ya es casi de noche. ¿Una selección nocturna?

–Binz tiene ganas de guerra. Y también irá Suhren. Han doblado las raciones de licor para las guardias.

–Tenemos que escondernos –dije.

¿Podría conseguir que Zuzanna se escondiera bajo el bloque? O Anise podría escondernos con las judías húngaras otra vez. ¿En la zona restringida para las enfermas de tifus tal vez?

–Saben que os habéis estado escondiendo bajo el bloque, Kasia.

–Subiremos al anexo.

–Eso también lo saben. Y han llegado nuevos camiones.

Camiones. Un relámpago de miedo me recorrió. No había tiempo para ponerse histérica.

Volví corriendo al bloque.

Una oscuridad impenetrable me envolvía, porque esa noche no había luna. Los focos de los muros se encendieron mientras corría como podía con mi pierna mala de vuelta al bloque, esquivando mujeres.

No sientas nada. Si quieres vivir, no puedes sentir.

Supe en cuanto entré en el bloque que la noticia de la caza había llegado antes que yo, porque había chicas llorando y abrazándose. Empujé a mujeres de todos los países que había invadido Hitler. En la habitación se oía una mezcla confusa de diferentes idiomas: ruso, francés, húngaro, polaco. Encontré a Zuzanna en nuestra litera, con las rodillas contra el pecho, temblando por los escalofríos. Apenas levantó la cabeza cuando llegué.

–¿Te has enterado? –pregunté. Me senté a su lado en la litera y le acaricié la frente–. Van a venir a por las conejas. Tienes que levantarte, cariño.

Zuzanna abrió los ojos y los volvió a cerrar.

–No, Kasia.

Anise atravesó el grupo de gente a empujones, llamándome.

–Salid de aquí ya, Kasia –dijo Anise con su voz tranquila–. Vienen para acá. Binz y Suhren, con la doctora. La Cruz Roja ya se ha llevado a las chicas suecas y después van las francesas. Están delante del almacén de ropa. He dejado abierta la ventana de atrás para vosotras.

–¿En camiones? –pregunté.

–Sí. Utiliza el número 9284. Es seguro. Pero solo he podido conseguir uno.

Le agarré la muñeca.

–No te vayas, Anise. ¿Cómo sabemos que no es un transporte de la muerte?

¿Cuántas veces habíamos visto que engañaban a las mujeres para que se metieran en los camiones? Algunos parecían ambulancias, con cruces rojas pintadas en los laterales. Habíamos oído que los llevaban detrás del cobertizo de los pintores y apagaban el motor. Después la ropa de esas presas volvía al almacén con el inconfundible olor a gas.

–Es la Cruz Roja sueca, Kasia, la de verdad. Y tenéis que daros prisa.

–Chicas, recuento –anunció Marzenka, golpeando una cacerola con una cuchara de madera.

Anise salió corriendo tras mirar atrás una sola vez.

Le agarré la mano a Zuzanna y tiré de ella.

–Tenemos que...

–No, Kasia. Vete tú.

Intentó volver a tumbarse en la litera.

–Tenemos que escondernos debajo del bloque –dije mientras tiraba para levantarla, la sujetaba por la cintura y la llevaba entre la multitud hacia la puerta. Noté que pesaba muy poco, era como una rama seca.

Marzenka estaba de pie sobre un banco del comedor, ronca de tanto gritar para hacerse oír por encima del barullo.

–Vamos. Binz me ha dado su palabra de que no le hará daño a ninguna de vosotras.

Eso solo aumentó el pánico y muchas corrieron para llegar a la puerta, pero Binz y su perra aparecieron allí, a la cabeza del grupo de guardias. Al otro lado de la puerta estaban el comandante Suhren y la doctora Oberheuser, con su portapapeles en la mano. Yo estaba lo bastante cerca para ver la leve capa de nieve que había sobre los hombros de la capa gris de Binz. Su perra intentó morderle la pierna a Zuzanna y ella se apartó.

–Todas fuera para el recuento –ordenó Binz–. Si desobedecéis las órdenes, os dispararemos.

¿La doctora Oberheuser en una selección? Estábamos atrapadas y no teníamos más remedio que obedecer. No había tiempo para llegar a nuestro escondite. Yo me subí los calcetines. ¿Me reconocería?

Sujeté a Zuzanna mientras salíamos a la carretera hermosa, delante del bloque. Nos quedamos allí, en medio del frío aire de la noche, con las potentes luces de los focos dirigidas hacia nosotras. ¿Y si salíamos corriendo? Aunque hubiéramos tenido unas piernas sanas con las que correr, los perros nos habrían atrapado y matado. Sentía mucho calor por todo el cuerpo a pesar del frío. Había llegado el momento. ¿Por qué no habría llegado más rápido al bloque?

Binz y la doctora Oberheuser recorrieron las filas comprobando los números. Binz se paró delante de mí, con la fusta en la mano.

–Bájate los calcetines –ordenó.

Así era como iba a terminar todo.

Me bajé un calcetín y dejé al aire la pierna buena. Binz miró a la doctora Oberheuser.

La doctora se quedó parada un momento.

–¿Y bien, doctora? –preguntó Binz.

Contuve la respiración. La doctora pareció petrificada, como en una ensoñación, mientras me miraba fijamente. ¿Era odio o lástima? Hizo un gesto para señalar mi otra pierna.

–El otro –ordenó Binz.

Me bajé el otro calcetín, que pasó sobre las depresiones lisas donde antes estuvieron mis músculos. La doctora tuvo que reconocer su obra, porque asintió rápidamente en dirección a Binz y las dos pasaron a Zuzanna. Ella me miró. «Sé fuerte», decía esa mirada. Después iríamos al paredón. ¿Sería capaz de ser tan valiente como las otras y recorrer la carretera hermosa con la cabeza alta?

Al principio la doctora Oberheuser pareció desconcertada al ver a Zuzanna, porque sus cicatrices no eran tan visibles como las de las demás. ¿Dejaría ir a Zuzanna? Que me envíen solo a mí al paredón, recé para mis adentros. Que dejen vivir a mi hermana. Que una de la dos vuelva a casa con papá.

La doctora asintió en dirección a Binz.

Sí.

Zuzanna me dio la mano. Iríamos al paredón juntas, como siempre habíamos planeado, la una para la otra hasta el final.

Pero entonces ocurrió algo muy extraño.

Las luces se apagaron.

No solo los focos, sino todas las luces del campo. Fue como si la mano de Dios hubiera llegado para envolvernos en una oportuna oscuridad aterciopelada en la que no se veía nada. Las chicas se llamaban entre sí. Suhren, Oberheuser y Binz ladraban órdenes en la oscuridad. Los perros, confundidos, gruñían. Era increíble la cantidad de ruido que se oía en el campo con todas allí, en la carretera hermosa, llorando y gritando.

–*Adelige*, siéntate –ordenó Binz y su *clicker* resonó en la oscuridad.

Agarré a Zuzanna por la cintura y la aparté del grupo. Seguro que la luz volvería en cualquier momento. Extendí el brazo hacia delante para encontrar el camino y rocé a la doctora Oberheuser en la oscuridad. Una oleada del terrible perfume que llevaba nos envolvió. Pisé a Binz y sentí que ella movía los brazos en círculos para atraparnos.

–*Verdammtes Arschloch*! –exclamó.

Me dirigí al almacén de ropa con el corazón a punto de salírseme del pecho, adivinando la dirección en la oscuridad, rodeando a Zuzanna con un brazo y con el otro extendido hacia delante, como el quitapiedras de un tren. Chocaba con gente en la oscuridad. El fuego del crematorio a lo lejos no emitía luz suficiente para iluminar el campo, pero yo me orienté gracias a él. Llevaba a Zuzanna prácticamente a rastras, con todo su peso apoyado en mí.

Supe que estábamos en la zona correcta cuando vi un camión delante del almacén de ropa. El vehículo estaba iluminado desde el interior, la única luz que había en el campo. Cuando nos acercamos al edificio del almacén, oí hablar a unas chicas en francés. Busqué la ventana de atrás, ayudé a Zuzanna a encaramarse y después la seguí, tirando de mi pierna mala con un esfuerzo titánico. Hacía calor en la sala y el grupo de chicas que tuve que cruzar olía bien, a una mezcla de sudor y perfume.

Zuzanna se apoyó contra mí.

–No puedo continuar.

–Casi hemos llegado –aseguré–. Ahora podrás descansar.

Vi a Claire, la amiga de Anise, bajo la luz de una linterna.

–Kasia –saludó.

La tomé por el brazo.

–Estamos en la lista de Binz. En cuanto vuelva la luz, nos cogerán a Zuzanna y a mí.

–Las luces no van a volver a encenderse esta noche –aseguró Claire–. Las chicas rusas las han apagado. Szura apagó el transformador cuando se enteró de que Suhren iba a por las conejas. Toda la instalación eléctrica está inutilizada y no van a poder volver a encenderla hasta por la mañana.

–¿Cómo sabemos que estos camiones son de verdad de la Cruz Roja?

–Suhren ha intentado que no entraran con evasivas, pero han amenazado con echar abajo la puerta. Las chicas de la oficina dicen que el mismísimo Himmler ha dado su autorización al conde Bernadotte de Suecia para que nos saque de aquí.

Ya anteriormente habían inventado elaborados engaños para que las chicas accedieran a subirse a los camiones sin pelear, pero era nuestra última oportunidad.

–Anise me ha dado un número –dije.

–Pues aseguraos de entrar –advirtió Claire–. Es el último camión. Ya han llenado dos que están esperando en la puerta para salir.

Agarré a Zuzanna y crucé la multitud en la oscuridad. Por el francés que había aprendido me di cuenta de que todas las chicas estaban emocionadas ante la posibilidad de volver a casa. Cuando subieron las últimas, quedaron pocas en el almacén.

Llegué a la primera fila y vi que había dos hombres en la parte trasera del camión, comprobando los números. A uno no lo conocía. El otro era el gordo de Winkelmann, con su largo abrigo de cuero. La puerta de atrás del camión estaba abierta de par en par y se veía a las chicas francesas de pie, esperando. Una enfermera rubia con un uniforme blanco estaba dentro, ayudando a la gente a subir los escalones. Si eso era una treta nazi, era una muy elaborada, sin duda, pero muchas veces los guardias alemanes se ponían uniformes de médicos y enfermeras para engañarnos.

Empecé a respirar mejor cuando le dije a Winkelmann el número que Anise me había dado y ayudé a Zuzanna a subir al camión. Cuando llegó mi turno, la enfermera se inclinó hacia mí.

Puse un pie en un escalón de madera.

¿De verdad estaba pasando? ¿Me iba a casa? ¿A Lublin? ¿Con papá? La enfermera me sonrió, extendió su mano hacia mí y yo la cogí.

Winkelmann me paró poniéndome una porra blanca contra el pecho.

–Un momento. ¿Número?

La enfermera me agarró la mano con más fuerza.

–Ya han comprobado todos sus números. No tenemos tiempo para más discusiones.

Hablaba en alemán, pero con acento sueco. Nos íbamos a casa.

Winkelmann me empujó hacia atrás con la porra y la enfermera me soltó la mano.

–Mis órdenes son que solo presas francesas. Si esta chica es francesa, yo soy Charles de Gaulle.

–Sí que soy francesa –dije en alemán.

¿Estaría viendo cómo me temblaban las piernas?

–¿Sí? –cuestionó Winkelmann–. Dime algo en tu idioma, francesita.

Sin dudar, dije con el francés más enérgico que logré pronunciar:

–Este secador está muy caliente. ¿Me puedes cortar un poco más por los lados? Quiero una permanente instantánea en frío con un rizo medio suelto y mucho papel para permanente en las puntas. Y utilice un cepillo de cerdas de jabalí, porque es mejor para mi problema de caspa.

Winkelmann miró al otro hombre.

–Seguro que es polaca –dijo.

–Vamos, sube al camión –dijo el otro, y me hizo el gesto de que subiera.

–Tenemos que irnos –dijo la enfermera tirando de mí para subirme junto a Zuzanna–. Entra, rápido.

Cuando la enfermera empezó a cerrar las puertas, una presa corrió hacia el camión con un hatillo de ropa.

–¡Esperad, el equipaje! –gritó, y nos dio el hatillo.

–Eso es mío –dijo la dulce Pienotte Poirot, una amiga de Anise, desde la parte delantera del camión.

Las chicas le pasaron el hatillo y sus amigas se arremolinaron a su alrededor.

El camión arrancó con una sacudida y nos dirigimos hacia las puertas abiertas. Un corto camino hacia la libertad.

Por favor, que sea un camión de la Cruz Roja de verdad.

La barrera blanca de la entrada se levantó, el conductor pisó el acelerador y dejamos atrás las puertas. ¿Por qué no sentía la alegría de la liberación? Seguimos por la carretera que bordeaba el lago y Pienotte abrió su hatillo.

–Dios mío, es Guy –me dijo Claire.

Pienotte abrió la manta y de ella asomó un diminuto recién nacido, rosado y sano, con un buen mechón de pelo oscuro.

–Nació hace dos días. Gracias a Dios que no ha llorado. Es un niño muy listo.

Continuamos por la carretera, con los faros del camión iluminando el camino y las espaldas de nuestros escoltas, tres soldados alemanes que iban en moto.

Qué raro era estar en un camión otra vez. Cómo había echado de menos el agradable movimiento: el cambio de la marcha, el instante de duda y después la aceptación, el avance, el *ir* a alguna parte. La carretera pasó de los adoquines al pavimento liso, aplanado por la apisonadora de hormigón del equipo de carretera. Qué buen trabajo habéis hecho, chicas, pensé. Ojalá pudierais ver lo liso que ha quedado.

Cerca se oyó algo parecido al silbido de una tetera cuando hierve el agua.

Una bomba.

La tierra se estremeció, el camión se balanceó y el lago se iluminó como si se hubiera accionado el *flash* de una cámara.

–Son los aliados los que bombardean –dijo la enfermera–. Deben pensar que somos un convoy alemán.

El conductor apagó los faros y también el motor, y los escoltas alemanes nos dejaron y volvieron al campo. Sus faros traseros se fueron haciendo cada vez más pequeños en la oscuridad. La tetera silbó de nuevo y todas gritamos cuando el promontorio que había junto a nosotras se dividió en dos y nuestras caras se iluminaron como si estuviéramos alrededor de una hoguera. Al menos el impacto nos hizo sentir algo, recordar que estábamos vivas, y nos arrojó al suelo de goma. Yo sujeté a mi hermana contra mi cuerpo, nuestros huesos unidos, y caímos sobre otras. ¿Respiraba? ¿Y yo? La apreté contra mi pecho y noté que estaba caliente.

Pronto el motor volvió a arrancar y seguimos despacio el viaje hacia Suecia, nuestros dos corazones latiendo como uno.

26

Herta

1945

CUANDO LLEGÓ ABRIL de 1945, Alemania había perdido la guerra, aunque los medios de comunicación se negaban a admitirlo. Se iban a aferrar a su cuento de hadas hasta el final, pero yo sabía que la guerra estaba perdida porque escuchaba las radios extranjeras en mi habitación. Según la BBC, los aliados occidentales habían cruzado el Rin y las bajas alemanas aumentaban. Suhren aseguró que solo era cuestión de tiempo que Alemania recuperara París, pero yo sabía que estábamos vencidos. El 18 de abril oímos que los tanques estadounidenses habían entrado en mi ciudad natal, Düsseldorf, y la habían tomado sin dificultad. Los británicos y los estadounidenses se dirigían a toda velocidad hacia Berlín.

Una tarde me fui del campo, caminando junto a la orilla del lago. El musgo amortiguaba mis pasos y el asa de la maleta se me resbalaba de la mano. El lago estaba enfurecido y se veían volutas de espuma en su superficie. ¿Estaba revuelto por la brisa o por las almas de aquellas mujeres cuyas cenizas habían ido depositándose en el fondo, convertidas ya en cieno? ¿Cómo me podían culpar a mí? Yo solo había aceptado, por necesidad, un trabajo como médico en un campo. Era demasiado tarde para que levantaran sus dedos huesudos y me acusaran.

Cuando llegué a Fürstenberg, me encontré con un mar de alemanes, hombres, mujeres y niños, que caminaba con poco equipaje, algunos incluso solo con la ropa que llevaban encima. La mitad de los civiles de Fürstenberg ya se habían ido al sur, y parecía que la otra mitad estaba evacuando la ciudad justo ese día para escapar del Ejército Rojo. No hacía falta más que ver su postura corporal para identificar la humillación de la derrota. Me uní a la ingente corriente de desplazados y me vi engullida por la multitud, un poco aturdida. Costaba creer que todo se había acabado, que yo estaba huyendo. La vergüenza de aquello me dejaba sin fuerzas.

–¿Adónde van ustedes? –le pregunté a un hombre alemán con un abrigo de *tweed* y un sombrero de color amarillo mostaza.

Llevaba una jaula de pájaros a la espalda. Cuando el hombre caminaba, el pájaro, encaramado a su diminuto trapecio de madera, se bamboleaba.

–Vamos a coger carreteras secundarias para evitar Berlín y después al sur, a Múnich. Las tropas estadounidenses avanzan desde el oeste y los rusos, desde el este.

Me uní al grupo que se dirigía a Düsseldorf. Nuestro camino a pie fue largo y anodino. Evitábamos las rutas principales y utilizábamos senderos arbolados y caminos que cruzaban campos, dormíamos en coches abandonados y comíamos cualquier cosa que encontrábamos.

Me imaginé lo contenta que se pondría Mutti al verme. Había estado viviendo en un apartamento, una planta más arriba de donde vivíamos antes, con un hombre que se llamaba Gunther. En vacaciones estuve allí, pasando unos días con ellos. Era un vendedor de revistas bastante agradable. Y rico, a juzgar por su apartamento. Me imaginé las cebollas fritas y el puré de patatas con salsa de manzana que me haría ella, cuando llegara, en la cocina de aquella casa.

Estaba lloviznando cuando llegué a Düsseldorf. Procuré no llamar la atención, porque había soldados estadounidenses por todas partes, aunque seguro que yo no estaba en los primeros puestos de las listas de los más buscados. ¿Se fijarían siquiera en mí? Tenían otros peces más gordos de los que ocuparse.

Las calles de Düsseldorf estaban llenas de maletas abandonadas y cadáveres de personas y caballos. Pasé junto a la estación de tren, que habían bombardeado hasta reducirla a escombros. Cuando me acerqué al edificio de Mutti, pasé junto a un carromato saqueado y volcado al que dos mujeres mayores intentaban quitarle las ruedas. Por esa calle la gente iba y venía, algunos cargando con todas sus posesiones. Intenté mezclarme con ellos y parecer una desplazada más.

Cuando llegué a la puerta de Mutti, me alegró ver que el edificio de apartamentos no solo seguía en pie, sino que estaba en perfecto estado. Únicamente podía pensar en una bañera llena de agua y comida caliente. En el vestíbulo flotaba el olor a cebollas fritas. Algún afortunado había conseguido hacerse con algo de comer.

Llegué al tercer piso y toqué el timbre del apartamento de Gunther.

–¿Quién es? –preguntó una voz desde el otro lado de la puerta. Era Gunther.

–Soy Herta.

Él dudó. ¿Qué era ese zumbido dentro mi cabeza? ¿Sería por la deshidratación?

–¿Está mi madre? –pregunté.

Un cerrojo sonó y se abrió la puerta.

–Rápido, pasa –dijo Gunther.

Me agarró del brazo, tiró de mí hacia el interior y volvió a cerrar la puerta.

El apartamento seguía bien amueblado, con gruesas alfombras y sillones tapizados con terciopelo. Alguien había quitado el retrato del Führer de la pared, dejando un rectángulo de papel descolorido. Sí que se habían dado prisa...

–Dos saqueadores han intentado tirar la puerta abajo esta mañana. Ahí fuera reina la anarquía.

–Gunther...

–Todo el mundo le roba al de al lado. Las cosas les pertenecen a los que logran hacerse con ellas y ya está.

–Me muero de hambre –lo interrumpí.

–*Todo* el mundo se muere de hambre, Herta.

–En el campo todavía hacían la comida...

–La comida no es lo único que hacíais allí tus amigos y tú. La verdad se está sabiendo.

Fui hasta la radio.

–Tiene que haber raciones. Lo transmitirán...

–Nada de raciones, Herta. Ni de transmisiones. Las mujeres se prostituyen por una cucharada de azúcar.

Gunther no parecía haberse quedado sin comer muchas veces. Había perdido un poco de peso, pero seguía teniendo la piel tersa. Solo alguna arruga en el cuello. ¿Cómo había logrado librarse del servicio militar? Las cosas no tenían ningún sentido y el zumbido de mi cabeza aumentaba.

–Necesito un baño –pedí.

Gunther encendió un cigarrillo. ¿Cómo los conseguía?

–No puedes quedarte aquí. Saben lo que has hecho, Herta.

–¿Dónde está Mutti?

–Ha tenido que ir a la comisaría. Han venido a buscarte.

–¿A mí? ¿Por qué? –No necesitaba preguntar quién.

–Crímenes contra la humanidad, han dicho.

¿Cómo podían estar tras mi pista tan pronto?

–Solo con venir aquí estás poniendo en peligro a tu madre, Herta. Date un baño, pero tienes que encontrar otro sitio...

–Tal vez mi madre no esté de acuerdo con eso –protesté.

–Date un baño y después hablaremos.

Dejé mi maleta en el sofá.

–Voy a necesitar la ayuda de Mutti con unos asuntos.

Él dejó caer la ceniza en un cenicero.

–¿Asuntos de dinero?

–Entre otras cosas. Honorarios de abogados tal vez.

–¿Ah, sí? Si te pasa algo, el Estado se hará cargo de los costes.

–¿Si me pasa algo?

Gunther fue al armario del pasillo y trajo una toalla.

–Date ese baño mientras haya agua caliente. Hablaremos después.

Dejé mis cosas en la habitación de invitados y abrí el grifo de la bañera sin perder de vista la puerta del baño, porque en el fondo esperaba que Gunther llamara a las autoridades. Seguro que ya habían establecido una jerarquía militar aliada. Gunther no sería capaz de entregarme, me dije. Mutti se pondría furiosa. Pero Gunther nunca había sido un verdadero patriota y el relevo de poder convertía prácticamente a todo el mundo en sospechoso.

Eché el cerrojo y me tomé mi tiempo para llenar la bañera con agua muy caliente. Me metí en el agua, deslizándome por la pendiente de hierro fundido esmaltado hacia ese glorioso mar ardiente.

Sentí que todos mis músculos se aflojaban. ¿Dónde estaría Fritz? Volvería a solicitar mi antiguo trabajo en la clínica dermatológica. Si todavía estaba en pie y no se había convertido en un montón de escombros, claro. Ensayé mi charla con Mutti mientras me lavaba con jabón las piernas y los pies, ennegrecidos por el camino. Ella me apoyaría, dijera Gunther lo que dijera.

«¿Y qué? Estabas haciendo tu trabajo, Herta», diría cuando le contara lo del campo.

Pero ¿dónde estaba? Probablemente ahí fuera, haciendo todo lo que podía para conseguir un poco de pan.

Cerré los ojos y recordé los desayunos de Mutti: bollos calientes y mantequilla fresca. Y ese café...

¿Eso que oía eran pasos en el salón?

–¿Mutti? –llamé–. ¿Gunther?

Se oyó un fuerte golpe en la puerta del baño.

–¿Herta Oberheuser? –preguntó una voz desde el otro lado de la puerta. Quien hablaba tenía acento británico.

Mierda. El maldito Gunther. Sabía que no se podía confiar en él. ¿Cuánto le habrían pagado por entregarme?

–¡Ahora abro! –grité.

Perdí el control de mis extremidades allí, dentro de la bañera. ¿Podría escapar por la ventana? Algo duro golpeó la puerta y esta cedió. Creo que grité mientras estiraba el brazo para coger la toalla. Un soldado británico entró en el baño y yo me volví a sentar en la bañera, cubierta únicamente por una menguada capa de espuma.

–¿Herta Oberheuser? –preguntó.

Yo intenté cubrirme.

–No.

–Estoy aquí para arrestarla por crímenes de guerra y contra la humanidad.

–Yo no soy esa persona –respondí, en *shock*, como si fuera idiota.

¿Cómo podía haberme hecho Gunther algo así? Mutti se iba a poner furiosa.

–Yo no he hecho nada –dije.

–Salga de la bañera, *Fräulein* –ordenó el hombre.

Otro soldado británico entró en el baño con un chubasquero en la mano. Yo hice un gesto para que los dos se dieran la vuelta.

–La dejaremos a solas un momento –dijo el primer soldado, con la cara enrojecida. Me pasó una toalla, mirando siempre hacia otro lado–. Cúbrase con esto.

Cogí la toalla y él se fue y cerró la puerta. Salí de la bañera. Maldito Gunther, pensé mientras iba hasta el armario del baño. Encontré sus cuchillas de afeitar y volví a meterme a la bañera. El agua se estaba enfriando.

–*Fräulein?* –llamó el primer soldado desde el otro lado de la puerta.

–Un momento –dije mientras sacaba una cuchilla del paquete.

Busqué la arteria radial. No me costó encontrarla, porque el corazón me latía con fuerza. Clavé la hoja profundamente en la muñeca, justo en la arteria, y vi que se abría como un melocotón. El agua se volvió rosa. Me tumbé y sentí que se enfriaba. Estaba mareada. ¿Mutti lloraría cuando viera lo que había hecho? Al menos había sido en la bañera. No sería difícil de limpiar.

Antes de que pudiera hacer lo mismo con la otra arteria, el soldado volvió a entrar.

–Dios –exclamó cuando me vio. El agua ya estaba teñida de rojo para entonces–. ¡Teddy! –llamó a alguien–. ¡Dios! –volvió a exclamar.

Tras muchos gritos en inglés, me sacaron de la bañera.

A la mierda el pudor.

Estaba perdiendo la consciencia y no tenía intención de decirles cómo debían tratarme, pero noté con satisfacción que lo estaban haciendo muy bien sin mi ayuda. No tenía ni idea de por qué, pero me estaban levantando las piernas. Una forma segura de conseguir que me desangrara. Todavía tenía los pies negros por la suciedad y en cada uña se veía una media luna de mugre.

Perdí la consciencia, pero la recuperé cuando me sacaban en una camilla, con la muñeca bien vendada. Alguien sí había sabido lo que tenía que hacer. ¿Había algún médico entre ellos? ¿Se habría sorprendido de que una médico alemana hubiera hecho un trabajo tan malo?

–¿Por qué me has entregado? –intenté decirle a Gunther mientras los soldados británicos me bajaban por las escaleras hasta la calle.

Me subieron a una ambulancia.

Vi a Gunther mirando por una ventana de arriba, con la cara impasible. Más caras se asomaron a las ventanas. Hombres mayores. Mujeres. Miraban entre las cortinas.

Solo alemanes curiosos. Una niña con trenzas rubias se acercó a la ventana y su madre la apartó y bajó la persiana.

–Solo tiene curiosidad –murmuré.

–¿Qué? –me preguntó un inglés.

–Está en shock –explicó otro.

Unter schock? Un diagnóstico incompleto, médico inglés. Shock hipovolémico. Respiración acelerada. Debilidad generalizada. Piel fría y pegajosa al tacto.

Más caras se asomaron a las ventanas. Una casa entera.

Noté algo húmedo en la cara. ¿Era lluvia?

Esperaba que nadie la confundiera con lágrimas.

SEGUNDA PARTE

27

Caroline

Abril de 1945

MI MADRE, POSTRADA en la cama por una gripe, no pudo acompañarme a París, así que viajé sola. Se quedó muy preocupada, porque los aliados habían ayudado a liberar Francia, pero la guerra todavía no había acabado. ¿Cuántos submarinos solitarios quedarían aún en el Atlántico? Pero eso no me iba a desalentar ante la perspectiva de volver a ver a Paul después de cinco largos años. Para poder hacer el viaje tuve que llevarle más objetos de plata al señor Snyder. Cuatro tenacillas pequeñas. Cuchillos de mantequilla. Unos cuantos tenedores.

Atracamos en La Rochelle, al norte de Burdeos, el 12 de abril de 1945. Cuando estábamos desembarcando, el primer oficial nos anunció que el presidente Roosevelt había muerto en su casa de Warm Springs, Georgia, y un gemido colectivo salió de las gargantas de todos los que estábamos allí reunidos. El presidente había muerto antes de ver la rendición de los alemanes en Francia. No llegó a saber que Hitler acabó suicidándose.

Roger lo había organizado todo para que un coche con chófer me llevara hasta París. Yo me entretuve durante el viaje contemplando el país devastado desde el asiento de atrás. Una cosa era leer sobre la guerra en los periódicos y marcar los avances con chinchetas en un mapa, y otra muy distinta ver el país desgarrado. Habían pasado más de siete meses desde que las tropas aliadas ayudaron a liberar París, pero la destrucción todavía era evidente. Había manzanas enteras derruidas, edificios bombardeados y a muchas casas les faltaba alguna pared, dejando a la vista el corte transversal de las habitaciones, todavía con los muebles. Tuvimos que desviarnos varias veces durante el viaje porque había cráteres negros y secciones de macadán en las carreteras, del tamaño de un tanque, que habían volado por los aires y no se habían reparado. Al sur de París no quedaba en pie ni un solo puente sobre el Sena. Pero a pesar de tal devastación, era primavera y la ciudad se erguía hermosa sobre sus ruinas, el Arco del Triunfo intacto, con cinco banderas ondeando bajo su impresionante estructura.

Cuando llegué a París, les pedí prestado a los porteros su viejo Peugeot, que andaba gracias a un improvisado sistema basado en una estufa de leña, que tenía fijada en la parte de atrás. La falta de gasolina por la guerra había llevado a que se extendiera el uso de esos gasógenos caseros, y había unidades de gasificación por combustión de madera en las partes traseras de autobuses, taxis y coches privados. Era muy curioso ver esos vehículos circulando por las calles, todos con su propio tanque de combustión detrás. Los conductores se paraban en las gasolineras, no para comprar gasolina, sino para echarle madera a la estufa. Conducir un coche así por París era complicado, porque las calles estaban llenas de bicicletas, que se habían convertido en las dueñas de las carreteras. Como resultado, el metro era más popular que nunca. Se podía ver frecuentando sus profundidades incluso a los ciudadanos más ricos.

Llegué al cruce del Boulevard Raspail y la Rue de Sèvres por la noche y contuve un sollozo al ver el Hôtel Lutetia, aún en pie. Liberado de sus ocupantes nazis, el hotel de la Belle Époque se mantenía impertérrito, con el letrero luminoso que mostraba su nombre en lo más alto y la bandera tricolor ondeando de nuevo.

Crucé la entrada del hotel rodeada por un grupo de madres, maridos, esposas y novias de deportados que agitaban fotos de sus seres queridos perdidos y repetían sus nombres, esperando tener alguna noticia. El vestíbulo, con su suelo de azulejos blancos y negros cubierto de anuncios pisoteados y ramitas de lilas, estaba a rebosar de periodistas, trabajadores de la Cruz Roja y funcionarios del gobierno, todos compitiendo por lograr un hueco en el mostrador.

Una mujer frágil, vestida de negro y con la espalda encorvada, me agarró del brazo cuando me abría paso entre la multitud.

–¿Ha visto a este hombre? –dijo poniéndome delante de la cara la fotografía de un hombre de pelo blanco.

–No, lo siento –respondí.

En el comedor había grupos de supervivientes desconcertados, todavía con sus uniformes a rayas de los campos, sentados a mesas bajo lámparas de araña de cristal mientras unas camareras les servían lo mejor de lo mejor: ternera, champán, queso y pan recién hecho, todo sacado de las provisiones que habían dejado los nazis. Muchos deportados estaban sentados mirando fijamente la comida, incapaces de probar nada. Algunos, tras comer solo unos bocados, tenían que ir corriendo al lavabo.

Los que buscaban a alguien iban como podían hasta la Gran Galería, que tenía las paredes forradas de anuncios y fotos de personas desaparecidas, muchas tachadas con una gran X que significaba que los deportados nunca volverían. Ahí fue donde lo encontré.

«Paul Rodierre. Suite 515».

Corrí al ascensor, pero estaba tan lleno que no podían ni cerrar la puerta, así que fui corriendo hasta las escaleras. De camino pasé junto a hombres con la piel tirante sobre cráneo que deambulaban por los pasillos oscuros vestidos con uniformes de campo de concentración, que les colgaban prácticamente de los hombros. ¿Qué aspecto tendría Paul? Me preparé para encontrarlo en ese estado, o peor. No me importaba, siempre y cuando pudiera estar con él todos los días. Pagaría lo que fuera para que se recuperara.

Pasé ante habitaciones con las puertas abiertas que habían convertido en salas de hospital poniendo más camas. 511... 513... En el pasillo, dos gendarmes charlaban con una guapa enfermera. El amor había vuelto una vez acabada la guerra.

Encontré la espaciosa suite de la quinta planta. Las altas ventanas, que estaban abiertas, tenían vistas a la ciudad, a la Torre Eiffel, que se veía a lo lejos, y contra una pared había una preciosa cama francesa Beauvier de estilo Louis XVI con cabecero y piecero de mimbre. Trato de lujo para el famoso *monsieur* Rodierre.

Desde el umbral vi a Paul sentado en un sillón muy mullido, jugando a las cartas con otros tres hombres. La suave brisa agitaba las cortinas de las ventanas.

Paul estaba vestido con una camisa sencilla y había una enfermera sentada detrás de él, con un brazo apoyado en el respaldo de la silla mientras le tomaba el pulso con la otra mano. Era raro verlo en esa suite tan bonita, con las cortinas de damasco y las gruesas alfombras de lana. Me acerqué y miré las cartas de Paul por encima de su hombro.

–Yo no apostaría la casa si tuviera esa mano –dije.

Paul giró la cabeza y sonrió. Para mi alivio, tenía buen aspecto. Demacrado y con la cabeza recién afeitada, pero estaba vivo, aunque le sobraba la mitad de la camisa de algodón blanco. No podía esperar a llevarlo a casa, a su propia cama. Me gastaría todo el dinero que tenía en médicos si era necesario.

–¿No me has traído dinero para apostar? –preguntó Paul–. ¿Ni cigarrillos rusos? Ven y dame un beso.

Rodeé el sillón y vi, sobresaltada, que las piernas de Paul, que sobresalían por debajo de la camisa, eran largas y delgadas, con la articulación de las rodillas hinchadas, como si fueran las patas de un grillo.

–No me voy a romper, no te preocupes. No me creo ni una palabra de lo que dice el médico. Si mis ganancias sirven de referencia, estoy estupendamente.

–No sé por dónde empezar –dije, y me arrodillé al lado de su sillón, con miedo de tocarlo. ¿Le dolería estar tan delgado?

Un médico joven se acercó. Tenía la cabeza cubierta de cabello pelirrojo, que recordaba a los estambres apretados de una flor de azafrán.

–¿Es usted un familiar? –preguntó el médico.

–Es una amiga –explicó Paul–. La señorita Ferriday, de Nueva York.

El médico me miró de arriba abajo. Tenía los ojos inyectados en sangre. ¿Llevaría varios días sin dormir?

–¿Le importaría salir a dar un paseo conmigo, por favor? –pidió.

Sentí que me profesaba una reprobación injustificada, como si no le cayera bien por alguna razón.

–Soy el doctor Philippe Bedreaux –se presentó cuando llegamos al pasillo–. Llevo unas semanas tratando a Paul. Se ha estado recuperando muy bien del tifus, en parte gracias al cloranfenicol, un nuevo fármaco. Pero ha empeorado inexplicablemente de un día para otro. Neumonía.

–¿Neumonía? –Me quedé sin aire un momento. Como mi padre. *Pneumonie*. Sonaba mucho mejor en francés, pero era igual de letal. Una enfermedad que mi madre seguía llamando «fiebre pulmonar».

–Se recupera, pero todavía no está ni mucho menos fuera de peligro. ¿Se va a quedar en la ciudad?

–En el apartamento de mi madre, cerca de aquí. ¿Paul sabe lo de la muerte de su mujer?

–Sí. Fue un gran *shock* y se niega a hablar de ello. Ahora mismo tiene que dormir. Y en algún momento va a necesitar una rehabilitación física intensa para la atrofia muscular.

–¿Se recuperará del todo? –pregunté.

–Es muy pronto para saberlo, *mademoiselle*. En este caso nos enfrentamos a un cuerpo devastado. Ha perdido casi la mitad de su peso corporal total.

–Mentalmente parece estar bien –aventuré–. Juega al póquer...

–Es actor. Pone buena cara, pero debemos tener mucho cuidado. Su corazón y sus pulmones han sufrido un trauma grave.

–¿Entonces cuánto tiempo diría usted? ¿Dos semanas? ¿Tres?

–Tal como está ahora, puede que mañana no se despierte. Tiene que dejar que se recupere.

–Disculpe, doctor...

–La semana pasada le dimos el alta a un hombre joven para que pudiera volver a casa. Sus constantes vitales estaban bien, pero murió de fallo cardíaco la mañana que se iba de aquí. ¿Quién sabe cuándo está realmente curado un paciente?

–Es que tengo muchas ganas de...

–No debe fatigarse de ninguna forma: ni cocinar, ni paseos largos y, por supuesto, nada de... bueno...

–¿Qué, doctor?

–Nada de actividades extracurriculares...

–¿Disculpe?

–Reposo absoluto.

Paul, metido en la cama, *solo*. Eso era lo que quería decir.

Cuando el médico se fue, me senté junto a la cama de Paul, observando cómo su pecho subía y bajaba bajo la manta.

–No te vayas –dijo Paul.

Le acaricié la mejilla con el dorso de la mano.

–Nunca –prometí.

IBA A VER a Paul todos los días y por la noche volvía al apartamento de mi madre. Me alivió ver que ese lugar había sobrevivido a la guerra relativamente indemne gracias a la mujer de nuestro portero, *madame* Solange. El apartamento estaba sorprendentemente intacto, no tenía ni una grieta en las ventanas abatibles que iban del suelo al techo, ni en los suelos de madera de haya blanca, aunque una fina capa de polvo cubría todas las superficies. Los frascos con tapa de plata de mi tocador de caoba tenían una gruesa capa de polvo de unos cinco centímetros. El reloj de mesa del estudio de mi padre se había parado a las nueve y veinticinco y había una gotera en el dormitorio de mi madre. Un trozo del papel de pared adamascado se había despegado y colgaba como una oreja de cerdo llena de manchas.

Paul se pasó durmiendo la mayor parte de las dos primeras semanas, pero pronto pidió ir a su casa, la que Rena y él compartían en Ruán. El doctor Bedreaux accedió a regañadientes, haciendo más referencias vagas a la prohibición estricta de hacer el amor, que Paul recibió con una sonrisa. El doctor Bedreaux insistió en que un médico tenía que ver a Paul todos los días, y aunque la casa de Rena estaba a varios kilómetros a las afueras de París, con un acceso limitado a cuidados hospitalarios, yo accedí, dispuesta a pagar lo que hiciera falta para hacer feliz a Paul. Y así, con la ayuda de tres fuertes enfermeras, conseguimos meterlo en el asiento de delante del Peugeot.

En la carretera de camino a Ruán, había evidencias de los combates por todas partes, y de muchos edificios no quedaba más que la fachada. La impresionante catedral de Ruán, famosa por los cuadros de Monet, era uno de los pocos edificios que habían resultado indemnes. Paul me dirigió hacia una casa que parecía un búnker en una calle estrecha de Ruán, nada que ver con lo que yo me esperaba.

Ayudé a Paul a cruzar el camino de entrada mientras examinaba la casa, que parecía un fortín militar, fría y austera. Estaba diseñada al estilo Bauhaus, otro horror que Alemania había logrado introducir en Francia.

¿Vendrían los vecinos a darle la bienvenida? ¿Creerían que yo era una intrusa? Después de todo, Rena se había criado en esa casa, y Paul y ella vivían juntos allí. ¿Tendrían amigos, otras parejas que los echaban de menos en esa misma calle?

Paul y yo entramos y avanzamos muy despacio por el pasillo hasta el salón. Era una casa oscura, pero las habitaciones estaban decoradas con los luminosos estampados de la Provenza. Pensé en sugerirle a Paul que viviéramos en el apartamento de mi madre, con la preciosa luz que entraba por las mañanas, las paredes paneladas de madera en colores pastel y los muebles que mi madre y yo habíamos encontrado en el Marché aux Puces y otros anticuarios. Mi cómoda Louis XVI. La mesa exterior metálica de fin de siglo que había en la cocina. Mi madre se había vuelto un poco loca con los tejidos de *toile de Jouy*, pero había quedado bonito. Solo hacía falta limpiar bien el polvo.

Ayudé a Paul a subir las escaleras, dejamos atrás una acogedora habitación pequeñita con paredes forradas de tela amarilla y pasamos al dormitorio principal, donde antes dormían Paul y Rena. La cama era pequeña para un hombre tan alto como Paul y tenía un cobertor acolchado blanco y almohadones de rayas azules y blancas.

Coloqué una silla al lado de la cama y lo observé mientras dormía hasta bien entrada la noche. Horas después me tumbé en el banco acolchado de la ventana y yo también dormí un rato. Antes del amanecer, Paul habló.

–¿Rena?

–No, Paul. Soy Caroline.

–¿Caroline? Tengo mucho frío.

Cogí la manta con la que me había cubierto y lo arropé con ella.

–Creía que estaba en el hospital –explicó.

–No, estás en casa, cariño.

Se durmió antes de que yo tuviera tiempo de acabar la frase.

Me resultó raro preparar la comida en la cocina de Rena: las cazuelas de cobre todavía brillantes, los cajones llenos de trapos de algodón planchados y doblados en montones ordenados. Había poca comida porque en toda Francia costaba encontrar carne y verduras. Al principio improvisé. Con una cartilla de racionamiento, si tenías suerte, podías hacerte con pan y unas cuantas patatas, a veces también unas pocas zanahorias escuálidas, pero la mayor parte del país sobrevivía a base de sopas y tostadas. Después fui a saquear la despensa del apartamento de mi madre y encontré algo tan valioso como el oro: melaza, avena y bolsitas de té. Al final me enteré de que se podía comprar lo que uno quisiera en el mercado negro, aunque pagándolo muy caro.

Cada día le daba a Paul un antiguo remedio familiar que mi bisabuela Woolsey le administraba a los soldados que trató en Gettysburg: un huevo batido con un poco de agua de seltz en una copa de vino. También le preparada otros remedios de los Woolsey, como consomé de carne, ponche de leche y arroz con melaza. Le dije a Paul que eran viejas especialidades de Nueva Inglaterra heredadas de mi familia materna. Gracias a ellas, fue recuperando las fuerzas poco a poco.

–¿Te ayudaría hablarme del campo? –le pregunté una noche.

–No puedo hablar de ello, Caroline. Sé que tienes buena intención...

–Tienes que tratar de hacerlo al menos, Paul. Tal vez podrías empezar por la noche que vinieron aquí a buscarte. Poquito a poco.

Se quedó en silencio un momento.

–Vinieron a por mí sin previo aviso, porque pensaban que podría venirles bien para su causa. Rena estaba enferma, en cama. Tenía gripe. Me llevaron a su cuartel general y me dijeron muy amablemente que querían que grabara unas cosas: propaganda, claro. Pero me negué. Me mantuvieron en París un tiempo y después me enviaron a Drancy. Supongo que volvieron después a por

Rena y su padre. Ese fue el principio de sus redadas en busca de judíos.

–¿Cómo sabían que Rena estaba aquí?

–Lo sabían todo. Tal vez por la petición de visado. No sé. Drancy era horrible, Caroline. Les arrancaban los hijos a sus madres.

Paul hundió la cabeza hasta pegar la barbilla al pecho y se apretó la boca con la palma.

–Lo siento, Paul. Quizá esto es demasiado para ti.

–No, tienes razón. Tengo que hablar de ello. No te creerías cómo era el campo... Natzweiler.

–¿En Alsacia? Roger creía que estabas allí.

–Sí, en los Vosgos. Muchos morían solo por el frío y la altitud. Yo fui un cobarde. Rezaba para morir. Construimos parte del campo. Nuevos barracones y... –Intentó darle un sorbo al té, pero volvió a dejar la taza en el platillo–. Mejor que termine la historia después.

–Claro –me apresuré a decir–. ¿No te ayuda contarlo?

–Tal vez.

Arropé a Paul esa noche, feliz de que estuviera haciendo progresos.

LA TARDE DEL 8 de mayo me metí hasta los tobillos en el arroyo que había detrás de la casa de Paul para recolectar berros de sus orillas. Disfruté también de las flores de los castaños y las glicinias que empezaban a salir. Unas dedaleras moradas, una flor que en Connecticut tenía que mimar para que sobreviviera, allí salía por todas partes, como mala hierba. Oía a Paul silbando dentro de la casa y eso me hizo sonreír. Los hombres solo silban cuando están contentos. Al menos eso pasaba con mi padre.

De repente dejó de silbar y oí que me llamaba.

–Caroline...

Corrí por la hierba al oírle. ¿Se habría caído? El corazón me iba a mil por hora. Entré corriendo en la cocina, dejando huellas mojadas.

–Está hablando De Gaulle –explicó Paul.

Me encontré a Paul en perfectas condiciones, de pie junto a la radio. Recuperé el aliento, aliviada, justo a tiempo para oír al general De Gaulle anunciar el fin de la guerra en Europa.

¡Honor eterno, para nuestros ejércitos y sus líderes! ¡Honor para nuestra gente, a quienes las terribles pruebas que han tenido que pasar no han logrado reducir ni debilitar! Honor para las Naciones Unidas, que han mezclado su sangre, sus tristezas y su esperanza con las nuestras, y que hoy triunfan con nosotros. ¡Ah! ¡Y viva Francia!

Paul y yo salimos corriendo al jardín delantero y oímos las campanas de la catedral.

–Cuesta creerlo –dije al fin.

Aunque la primera parte de las capitulaciones alemanas se habían firmado en Reims el día anterior, no nos lo creímos del todo hasta que oímos al general De Gaulle por la radio y a nuestros vecinos fuera, tocando los cláxones de sus coches y ondeando la *tricolore* por las ventanillas.

La guerra en Europa había terminado.

Me puse uno de los pañuelos de mi madre y fui a su apartamento. Abrí las ventanas de par en par, esperando oír la algarabía de la celebración, pero París estaba extrañamente silencioso esa tarde, a pesar de las trascendentales noticias del fin de la guerra. Eso cambió según fueron pasando las horas, porque los jóvenes salieron a llenar parques y plazas.

–Vamos a la Place de la Concorde –sugirió Paul.

–¿Por qué no nos quedamos aquí a oír la radio? –contesté yo–. Puede que las multitudes sean demasiado para ti.

–No soy un inválido, Caroline. Vamos a disfrutar de este momento.

Era un día bonito y cálido y fuimos paseando hasta el Hôtel de Crillon, en la Place de la Concorde. El precioso edificio antiguo se elevaba sobre la plaza, con la *tricolore* agitándose entre sus columnas. Era todo muy surrealista: celebrar la liberación de Francia en la misma plaza en que guillotinaron al rey Luis XVI.

Cuando empezaron a alargarse las sombras en la plaza, las multitudes crecieron y apareció la policía militar estadounidense entre la gente, con sus cascos blancos, para asegurarse de que se podía entrar y salir de la embajada de Estados Unidos. Nosotros nos abrimos paso entre la gente, entre el sonido de los cánticos y los cláxones, y agitando pañuelos blancos por encima de nuestras cabezas. Nos empujaron y nos obligaron a desplazarnos cuando los jeeps del ejército estadounidense pasaron por allí. Jóvenes franceses, hombres y mujeres, iban subidos a sus estribos, abriendo botellas de champán y tirándole flores a la gente.

Cuando el sol desapareció, se encendieron las luces de la Place de la Concorde por primera vez desde que empezó la guerra. Se oyó un grito que salió de todas las gargantas allí reunidas cuando las Fontaines de la Concorde se iluminaron de nuevo y los peces de las fuentes, sujetos por ninfas marinas de bronce, empezaron a escupir hermosos chorros de agua hacia el cielo nocturno. La gente bailaba en la fuente completamente vestida, empapada hasta los huesos, loca de alegría porque París hubiera vuelto a ser lo que era.

A Paul se le cayó el pañuelo y una adolescente se agachó a recogerlo.

–Aquí tiene –dijo la chica–. Durante un segundo me ha parecido que usted era Paul Rodierre.

–Lo es –confirmé.

La chica se alejó bailando.

–Sí, ya, qué gracioso –dijo mirando por encima del hombro.

–No sabe lo que dice –intenté convencer a Paul, pero él sabía la verdad. Ya no era más que una sombra de su anterior yo.

Paul pareció perder toda la energía después de eso y nada más atardecer volvimos a casa. Mientras conducía hacia Ruán, empezaron a verse los fuegos artificiales sobre el Sena.

Cuando llegamos a casa, nos pusimos ropa cómoda: yo unos pantalones de tela suave y una camisa grande, y Paul su pijama de franela favorito de color marfil. Parecía retraído y más cansado de lo normal. Se sentó a la mesa de la cocina, encorvado, mientras yo preparaba la cena.

–¿Estás triste porque Rena no está aquí? –pregunté.

–No me ayuda que saques el tema. Ahora mismo parece que no puedes evitar intentar ser ella.

–No es eso lo que hago –repuse.

–Cocinas sus recetas, te vistes como ella. No lo hagas, por favor.

–¿Eso lo dices porque hoy me he puesto un pañuelo? –Quise saber.

–Relájate y hagamos que sea como en Nueva York.

–Fue la época más feliz de mi vida –confesé.

Era cierto. Habíamos tenido nuestras diferencias, pero desde que dejé de ocuparme de la medicación y la rutina de ejercicios de Paul, nuestra relación se había ido reforzando cada día. Además, gracias a los remedios de la familia Woolsey, Paul estaba empezando a engordar por fin.

–¿Entonces por qué no te mudas aquí? Definitivamente, quiero decir.

–Oh, no sé, Paul. Me ayudaría saber lo que tú sientes.

–Estoy loco por ti.

–¿Y eso por qué?

Paul pensó un momento.

–Eres muy trabajadora. Y eso lo respeto.

–¿Y eso es todo?

–Y me gusta la forma en que hablas francés, con tu acento americano. Es tremendamente sexy.

–Pero sin duda eso no es...

–Nunca me canso de estar contigo.

Se levantó y vino a mi lado, junto al fregadero.

–Me gustan tus imperfecciones. Tu sonrisa asimétrica.

Me toqué los labios. ¿Asimétrica?

–Y que no llevas un bolso gigante en el que siempre estás buscando algo.

Me tomó la mano.

–Me gusta que te pongas mi ropa. –Me desabrochó un botón del pecho–. Y tu piel blanca. Tan suave por todas partes... He pensado mucho en ella mientras estaba lejos.

Me rodeó la cintura con los brazos.

–Pero lo que más me gusta de ti es...

–¿Sí?

–Tu forma de besar. A veces creo que no me voy a recuperar cuando me besas. Es como ir a otro lugar.

Paul me apartó la camisa y me besó el cuello.

Sonreí.

–Es curioso, pero hay una palabra que nunca dices.

Paul se apartó.

–¿Por qué los estadounidenses necesitáis que se diga absolutamente todo? Le decís «te quiero» a todo el mundo, hasta al basurero.

–Creo que esa frase se inventó aquí.

–Si eso es lo que necesitas... *Te quiero.* No puedo imaginar mi vida sin ti. Trae tus cosas, tu ropa, tus libros. Convirtamos esta casa en un hogar para los dos.

–¿No tienes intención de volver a Nueva York?

Era maravilloso solo imaginárselo, estar con Paul para siempre.

–Sí. Pero que esta sea tu casa. Siempre podemos ir a Nueva York de visita. Y tu madre puede venirse a vivir aquí. Ya tenéis el apartamento.

–Echaré de menos el consulado, pero Roger tiene a Pia.

–Sí, así es.

–Me quedaré, claro –acepté.

–Bien –dijo Paul con una sonrisa.

Verlo sonreír de nuevo era como una medicina.

¿Era demasiado tarde para tener un hijo juntos? Yo ya tenía más de cuarenta. Pero siempre podríamos adoptar. En mi maleta guardaba una carpeta llena de preciosos bebés franceses que necesitaban un hogar. Tendríamos una familia de verdad. Y mi madre estaría encantada de poder celebrar una boda, por fin. Roger le había conseguido un visado y ya estaba de camino a París para visitarnos. Podría contárselo en persona.

–¿Y por qué no empezamos ya, desde esta noche? –propuso.

–Voy a por mis cosas.

¿De verdad estaba pasando? ¿Tenía medias de seda en el apartamento de mi madre?

–No te traigas maquillaje –pidió Paul–. Estás perfecta como estás.

–¿Ni siquiera pintalabios?

–Vete ya. Yo acabo la cena.

–No, Paul, por favor –supliqué–. El doctor Bedreaux dijo...

Paul se levantó y fue hasta la encimera. Sacó de un cuenco unas cuantas patatas nuevas oscuras, del color de las violetas. ¿Sería demasiado para él hacer la cena?

–No digas ni una palabra más o corres el riesgo de que cambie de idea –advirtió.

Cogí mi bolso.

–Nietzsche dijo que una dieta en la que predominan las patatas lleva al alcoholismo.

–Bien. Pues tráete una botella del vino de tu madre. Estamos de celebración.

En el viaje de casi dos horas en coche hasta París hice mentalmente una lista de las cosas que tenía que llevarme: pantalones pirata, medias de seda, la lencería nueva. Y al final iba a necesitar un permiso de conducir francés en regla.

En el apartamento eché las cortinas, llené una maleta y salí. Cuando estaba cerrando la puerta, oí que sonaba el teléfono de la cocina y, por primera vez en mi vida, lo ignoré. Si era mi madre, necesitaba un poco de tiempo antes de contarle toda la historia.

En el viaje de vuelta paré en nuestro mercado favorito y encontré una *baguette* pequeña y, aunque daba un poco de pena, me pareció un buen augurio. Volví a parar para echarle madera al motor y después me dirigí directa a Ruán, con las ventanillas abiertas y la radio del coche con el volumen alto, por la que sonaba Léo Marjane cantando *Alone Tonight*.

I am alone tonight, with my dreams...

Todos los periódicos cargaban contra el cantante de cabaré por haber aceptado entretener a los nazis durante la ocupación y haberlo hecho con demasiado entusiasmo, pero ninguna canción hablaba de la guerra como aquella. Me puse a cantar.

I am alone tonight, without your love...

Era maravilloso no estar sola por una vez en la vida. Las canciones tristes no lo son tanto cuando tienes a alguien que te quiere. Entré en la calle de la casa de Paul cantando, desatada. ¿A quién le importaba lo que pensaran los vecinos?

Tomé la curva y vi una ambulancia blanca aparcada en la acera delante de la casa de Paul, con el motor en marcha.

El tiempo se detuvo. ¿Estaría aparcada en la casa equivocada? Me acerqué y vi a una enfermera en la puerta principal, con una capa azul marino sobre el uniforme blanco.

Dios mío. Paul.

Apenas detuve el coche, salí de un salto. Corrí por el camino.

–¿Paul está herido? –pregunté con la respiración muy agitada.

–Venga rápido –dijo la enfermera, y entré en la casa tras ella.

28

Kasia

1945

–¿ESTOY SOÑANDO? –PREGUNTÓ Zuzanna cuando el ferry atracó en Gdansk rodeado de un aire salino en el que resonaban los estruendosos graznidos de las gaviotas y las golondrinas de mar.

Habíamos pasado dos meses en Malmö, Suecia, el lugar en el que Dios decidió encerrar todas las cosas hermosas de la naturaleza: la hierba más verde, el cielo del color de los acianos y unos niños que parecían nacidos de ese paisaje, con el pelo blanco como las nubes y los ojos del mismo azul cobalto del mar.

Nos costó irnos, porque allí nos trataban como a la realeza y nos servían *prinsesstårta* y *pitepalt* con mantequilla y mermelada de arándanos rojos a todas horas. Cuando recuperamos las fuerzas (tanto Zuzanna como yo engordamos cuarenta kilos), la mayoría de nosotras estábamos deseando volver a casa, estuviera donde estuviese. Polonia. Francia. Checoslovaquia. Unas cuantas mujeres a las que no les quedaba nada en sus países de origen decidieron empezar una nueva vida en Suecia. Algunas esperaron para ver qué ocurría con las anunciadas nuevas elecciones en Polonia antes de volver. Habíamos oído que después de la guerra el NKVD, el represivo comisariado soviético, gobernaba Polonia, pero Zuzanna y yo no lo dudamos. Teníamos muchas ganas de ver a papá.

Aunque no tenía palabras para agradecérselo a la gente que me había rescatado, cuanto más recuperaba las fuerzas, más furiosa me ponía. ¿Qué alegría me podía traer mi rescate? Veía que las mujeres que me rodeaban se recuperaban, deseando volver a sus antiguas vidas, pero yo lo único que sentía era un rabia enorme que no paraba de crecer en mis entrañas.

Cuando llegamos a la costa norte de Polonia en ferry, un chófer vino a buscarnos al puerto. Era un hombre joven de Varsovia, uno de los más de cien antiguos pilotos de la Fuerza Aérea polaca que se había unido a la Real Fuerza Aérea británica y había arriesgado su vida luchando contra la Luftwaffe. Solo era unos pocos años mayor que yo, pero con veintidós yo cargaba ya con la cojera y la postura encorvada de una mujer mayor.

Él le cogió el saco de tela a Zuzanna y nos ayudó a subir al coche. Sentí contra mi cuerpo el cuero del asiento de atrás, fresco y suave. ¿Cuánto tiempo hacía que no me sentaba en un automóvil? En ese momento me resultaba tan extraño como una nave espacial.

–¿Qué está ocurriendo en el mundo hoy? –preguntó Zuzanna cuando nos pusimos en camino mientras abría y cerraba varias veces el cenicero de metal que había en su puerta.

Yo abrí el mío y encontré dentro dos colillas de cigarrillos arrugadas. ¡Lo que habrían dado por ellas en el campo!

–¿Han oído lo que ocurre con el gobierno? –preguntó nuestro chófer.

–¿Que va a haber elecciones libres? –dijo Zuzanna.

Cruzamos el puerto de Gdansk, que habían bombardeado con insistencia durante la guerra.

–El gobierno en el exilio quiere volver –continuó el chófer–. Así que el Partido de los Trabajadores Polacos dice que hay que votar.

–¿Cree usted a Stalin? –pregunté yo.

–El Partido de los Trabajadores Polacos es...

–*Stalin*. Justo lo que necesitamos.

–Dicen que vamos a tener nuestro propio país, libre e independiente. La gente tiene esperanza.

–¿Por qué seguimos creyendo a los mentirosos? –pregunté–. El NKVD nunca nos va a liberar.

–Que nadie le oiga decir eso –advirtió el conductor.

–Eso suena muy libre e independiente –respondí sin poder contenerme.

Zuzanna y yo fuimos durmiendo la mayor parte del viaje hasta Lublin, y nos despertamos cuando el chófer se detuvo ante nuestra puerta.

–Hora de despertarse, señoritas –anunció el chófer cuando tiró del freno de mano.

Nos quedamos en el asiento de atrás y desde allí miramos la bombilla pelada que había al lado de la puerta de entrada de nuestra casa. Brillaba en medio de la oscuridad y atraía a un grupo frenético de gruesas polillas y otros bichos. En Ravensbrück las presas no habrían tenido problemas en comérselos.

–¿Te puedes creer que estemos aquí de verdad? –preguntó Zuzanna.

Salimos del coche como si acabáramos de aterrizar en la luna. Yo le rodeé la cintura a Zuzanna con el brazo. Ella se apoyó en mí y el hueso de su cadera chocó con el mío. La pierna mala me ardía de dolor cuando subí los preciosos escalones de la entrada.

Le habíamos enviado un telegrama a papá. ¿Nos estaría esperando con tarta de semillas de amapola y té? Giré el viejo picaporte de porcelana de la puerta de nuestro apartamento. Estaba cerrado con llave. Zuzanna buscó la llave de repuesto en el lugar donde la escondíamos siempre, detrás del ladrillo. ¡Seguía allí!

Nada más entrar en la cocina, me quedé sin aliento cuando fui verdaderamente consciente de algo: mi madre no estaba. La habitación estaba a oscuras, a excepción de la luz de la lamparita de la mesa de la cocina y el halo de la llama de una vela que había sobre la repisa de la chimenea. Unas cortinas amarillas, demasiado alegres, colgaban en las ventanas, y había una nueva colección de latas rojas en la encimera de madera de Matka. Amarillo y rojo. A Matka le encantaba el azul. Alguien había colgado un cuadro con un campo de flores silvestres en la pared en la que Matka pegaba sus dibujos de pájaros. Unos cuantos gorriones asomaban por detrás del cuadro; el pegamento que los fijaba a la pared estaba amarillento por los años. Fui hasta su mesa de dibujo. Alguien la había cubierto con un mantel de encaje barato. Encima había una imagen de la virgen María de una capilla de Gietrzwald y un marco de porcelana con una foto de una mujer mayor que saludaba con la mano desde un tren.

Después me acerqué a la repisa de la chimenea, a la foto de Matka en la que posaba muy seria con su perrito *Borys* en brazos.

Alguien había puesto un lazo negro bajo la foto, con los extremos retorcidos colgando por encima de la repisa. Sentí que me mareaba allí de pie, mirando la cara seria de mi madre bajo la luz danzarina de una vela. Un perro ladró en el dormitorio y Zuzanna dio un respingo.

¿*Felka*?

–¿Quién anda ahí? –preguntó papá, saliendo despacio al pasillo desde el dormitorio del fondo.

Se acercó a nosotras vestido solo con los calzoncillos a rayas. Mechones de pelo ralo y gris como el de una ardilla salían disparados en todas direcciones, y llevaba en la mano un revólver negro que yo no había visto nunca. *Felka* salió detrás de él, moviendo la cola muy rápido. Estaba muy grande y más gorda que la última vez que la vi, en esa misma cocina, con Matka.

–Somos nosotras, papá –saludó Zuzanna.

Papá se quedó como petrificado, con la boca abierta. ¿Cómo había podido envejecer tanto? Tenía todo el pelo gris, incluso el del pecho. *Felka* se nos acercó y se puso a corretear entre nosotras, empujándonos con su hocico húmedo.

–Hemos vuelto a casa –dije yo.

Tenía los ojos llenos de lágrimas. Papá abrió los brazos y las dos fuimos hacia él. Dejó el revólver en la encimera y nos abrazó tan fuerte que parecía que no nos iba a soltar nunca. ¡Qué felices éramos allí, abrazadas a él! Zuzanna y yo lloramos sobre sus hombros desnudos.

–¿No has recibido nuestro telegrama? –pregunté.

–¿Quién recibe telegramas en estos tiempos?

–¿Te enviaron una carta sobre lo de Matka?

–Sí. La letra del sobre se parecía a la suya, así que pensé que era una carta de ella. Pero era una carta estándar. Decía que fue por el tifus.

Le tomé la mano.

–No fue el tifus, papá.

–¿Qué fue entonces?

Parecía un niño pequeño. ¿Dónde estaba mi padre, que antes era tan fuerte?

–No lo sé –confesé.

Se apartó, con las manos en las caderas.

–Pero ¿no estabais las tres juntas?

Zuzanna hizo que se sentara en una silla de la cocina.

–Se la llevaron a otro bloque, papá. Trabajaba como enfermera...

–Y hacía retratos de los nazis. Eso fue lo que la mató. Acercarse demasiado a ellos.

¿Por qué lo dije? Sabía perfectamente que llevarme un bocadillo al cine aquella noche era lo que había hecho que la mataran.

Zuzanna se arrodilló al lado de papá.

–Recibiste las cartas de Kasia. ¿Cómo supiste descifrarlas?

–Puse a todo el personal de correos a averiguarlo. Sabíamos que tenía que haber algún tipo de código, pero nadie sabía interpretarlo. A la primera carta le eché agua. Pero después lo descubrimos. Se lo dije a cierta gente y ellos pasaron el mensaje a la gente en la resistencia clandestina de Londres, que corrió la voz. Pero fue Marthe la que dijo que teníamos que planchar la carta. Era un truco de no sé qué libro que ella conocía.

¿Marthe?

Me arrodillé al otro lado de mi padre.

–Gracias por el hilo rojo.

–Transmití el mensaje lo mejor que pude. ¿Sabéis que la BBC lo emitió? Lo que os hicieron a las dos... –Papá empezó a llorar de nuevo.

¡Qué duro ver a nuestro padre, un hombre tan fuerte, llorando!

Le cogí la mano.

–¿Has visto a Pietrik? ¿A Nadia?

–No. A ninguno de los dos. Y cuelgo las listas todos los días. El centro de la Cruz Roja también lo hace. Ojalá hubiéramos sabido que veníais. –Papá cogió un trapo y se secó las lágrimas–. Estábamos locos de preocupación.

¿Estábamos?

Zuzanna fue quien se fijó en ella primero. Estaba entre las sombras del umbral del dormitorio. Era una mujer gruesa con una bata. Zuzanna fue hasta ella y le tendió la mano.

–Soy Zuzanna –se presentó.

¿Una mujer en el dormitorio de papá?

–Yo soy Marthe –contestó la mujer–. He oído muchas cosas preciosas sobre vosotras dos.

Me levanté, inspiré hondo y examiné a la mujer. Era unos centímetros más alta que papá y llevaba la bata cerrada con un cordel. Tenía el pelo castaño peinado en una trenza que le llegaba hasta el regazo. Una mujer de campo. Papá había bajado mucho el listón.

Marthe fue al lado de papá, pero él no hizo ningún gesto para acercarse a ella.

–Marthe es de un pueblo cerca de Zamość. Ha sido una gran ayuda para mí durante estos años sin vosotras.

Papá parecía avergonzado de que Marthe estuviera allí. ¿Y quién no lo estaría ante la tesitura de presentar a su novia actual a las hijas de su mujer muerta?

–¿Por qué no nos sentamos? –propuso Marthe.

–Yo preferiría irme a la cama –contesté.

Eso parecía un trueque de los que se hacen en el mercado. Mis ojos se fijaron en la foto de Matka sobre la repisa. ¿Es que papá no la echaba de menos? ¿Cómo podía estar con otra?

Papá me hizo un gesto para que me acercara.

–Siéntate con nosotros, Kasia.

Marthe se sentó en la butaca favorita de Matka, la que había pintado de blanco, con el cojín de percal. Vi que Zuzanna se ponía a hablar con Marthe. Papá las miraba, feliz al ver que conectaban.

–Ojalá pudiera ofreceros algo de comer, pero nos hemos terminado lo que quedaba de pan –se disculpó Marthe.

Papá se rascó la barba incipiente.

–Ahora todo está peor que nunca. Desde que llegaron los rusos, apenas hay comida. Al menos los nazis hacían llegar harina a las panaderías.

–¿Así que hemos cambiado a los nazis por Stalin? –pregunté–. Pues ambos son iguales, en mi opinión.

–Yo me llevo bien con ellos –explicó papá–. Me han permitido mantener mi trabajo en la oficina de correos.

–¿Permitido? –pregunté.

–Ahora se pueden conseguir todos los cigarrillos rusos que quieras –intervino Marthe, con demasiada alegría–. Pero hay muy pocos huevos.

–Solo es cuestión de tiempo que todos acabemos llamándonos «camaradas» –comenté.

–Nos adaptaremos bien –dijo Zuzanna.

–Están buscando a los antiguos miembros de la resistencia –contó papá, mirándome de forma elocuente–. La semana pasada se llevaron a Mazur.

Sentí que un relámpago me recorría el cuerpo y de repente no podía respirar. ¿Mazur? Era un amigo de la infancia de Pietrik, un agente muy hábil y uno de los miembros de más alto rango de la resistencia. Él me tomó el juramento en el Ejército Nacional. Un verdadero patriota.

Inspirar hondo, soltar el aire despacio, repetí mentalmente.

–Yo ya he acabado con eso –respondí.

–Nos sacaron del campo en un camión sueco –explicó Zuzanna–. Deberías haber visto aquello cuando cruzamos la frontera con Dinamarca... Había un montón de gente reunida allí, con carteles de bienvenida. En Suecia fueron muy amables con nosotras. Cuando entramos ondeamos el estandarte de las exploradoras de Lublin, que alguien había encontrado en Ravensbrück entre la mercancía confiscada, y tenías que haber oído los vítores. La primera noche dormimos en el suelo de un museo.

–Entre dinosaurios con grandes dientes –aporté yo–. No era muy diferente del campo.

Zuzanna agarró su saco de lona.

–Después nos alojamos con una princesa en su mansión. Mira lo que nos dio cuando nos fuimos de Suecia. –Abrió el saco del que extrajo una caja blanca y la abrió–. Nos dieron una a cada una. –Empezó a sacar el contenido–. Sardinas en lata. Pan blanco y mantequilla. Mermelada de frutos del bosque y un trozo de chocolate.

Solo nos habíamos comido un poco de esa comida, la estábamos guardando.

–¿Leche en polvo? –exclamó papá–. ¡Cuánto tiempo hacía que no la veía!

–Qué amables –comentó Marthe–. Yo tengo una cartilla con una ración de harina que he estado guardando. Puedo hacer...

–No te molestes –interrumpí.

Papá agachó la cabeza y se pasó los dedos por el poco pelo que le quedaba.

–Siento lo de vuestra madre –dijo Marthe y se levantó.

–Eso parece –contesté.

–Kasia –me regañó papá.

Me llevé la butaca, con el cojín todavía caliente por las posaderas de Marthe.

–Buenas noches, papá –dije–. Buenas noches, Zuzanna.

Y me llevé la butaca a mi habitación. Cuando pasé junto a la repisa, procuré no mirar la foto de mi madre. Me resultaba demasiado difícil ver su cara, era como un puñetazo en el estómago. Entré en la habitación y cerré la puerta. La amante de mi padre no iba a acomodar su culo en la butaca de mi madre, por mucho que lo hubiera ayudado en los tiempos difíciles.

29

Caroline

1945

SEGUÍ A LA enfermera al interior de la casa y vi a un médico de la ambulancia en la cocina, al final del pasillo. Desde la puerta de entrada vi las patatas tiradas por el suelo y el brillo de un charco de aceite de oliva sobre los azulejos. ¿Cómo podía haber dejado solo a Paul después de las advertencias del doctor Bedreaux?

Cuando nos acercamos a la cocina, vi a Paul sentado a la mesa y a una enfermera a su lado tomándole el pulso. Sentí calor de nuevo en los brazos.

–Paul, estás bien. Gracias a Dios.

Paul me miró. ¿Había estado llorando?

–Hemos intentado llamarte. ¿Te lo puedes creer, Caroline? Casi parece un sueño.

Negué con la cabeza.

–No lo entiendo.

–Llamaron al timbre –continuó–. Es todo tan... surrealista.

–¿Quién llamó al timbre, Paul?

–Rena.

–¿Rena llamó al timbre? Paul, lo que dices no tiene sentido.

–La han subido arriba.

–¿Ha vuelto?

Mi voz sonaba distante, extraña.

Paul acarició una mancha del mantel.

–Ha estado en el hospital estadounidense.

¿Parecía feliz? La verdad era que no. Todo resultaba muy confuso.

–No ha podido hablar mucho. Al parecer una familia alemana la acogió.

Yo me derrumbé contra el marco de la puerta.

–Qué bien. –Fue lo único que logré decir–. Será mejor que me vaya.

Me giré para irme.

–Caroline, espera –me detuvo Paul–. ¿Adónde vas?

–Todo esto es demasiado.

–Lo sé. Lo siento, Caroline. Rena ha estado semanas en el hospital, demasiado enferma para hablar.

«Lo siento». Odiaba esas palabras. ¿Cuántas veces me las había dicho la gente cuando murió mi padre? *Je suis désolé*... Sonaba hermoso en francés, pero solo empeoraba las cosas.

–Tengo que irme a casa –dije.

Necesitaba tiempo para pensar y no quería desmoronarme delante de él. Su mujer estaba viva y no había sufrido una muerte trágica en un campo de concentración. En ese mismo momento, mientras hablábamos, estaba arriba, metida en la cama de ambos.

Paul miró fijamente las patatas del suelo.

–Sí. Hablaremos mañana.

–Cuando digo a casa, quiero decir a Connecticut –aclaré.

–No puedes irte allí ahora. Esto ha sido una sorpresa para todos.

–No puedo pensar con claridad. Tengo que irme.

¿Por qué no me rodeaba con sus brazos y me suplicaba que me quedara?

–Hablaremos mañana y buscaremos la forma de arreglarlo –dijo Paul, todavía petrificado en la silla.

No sé cómo llegué al coche y volví al apartamento de mi madre, pero una vez allí me sometí a un confinamiento voluntario, que pasé sobre todo en la cama, vestida con un pantalón de pijama y la camisa de Paul que me había traído puesta cuando salí de su casa. El teléfono de la cocina sonó unas cuantas veces, hasta que descolgué el auricular y lo dejé pendiendo del cable. «Si quiere hacer una llamada, cuelgue e inténtelo de nuevo, por favor», decía la grabación una y otra vez. Después unos pitidos cortos y al final, nada.

El timbre de la puerta sonaba varias veces al día, pero no iba a abrir.

Me castigaba todos los días (dejaba que se me enfriara el té caliente y después me lo bebía tibio y con demasiada leche) y me dejaba arrastrar por pensamientos sobre todo lo que podría haber sido. Podría haber sido un amor para siempre. Podría haber habido una boda. Un bebé. ¿De verdad había empeñado la mitad de la plata de mi madre para cuidar del marido de otra mujer hasta que se recuperó? Betty tenía razón. Había desperdiciado mi tiempo.

Una mañana mi madre entró en el apartamento y se plantó en el umbral de mi dormitorio con el paraguas empapado goteando sobre la alfombra.

Mi madre. Se me había olvidado que estaba a punto de llegar.

–Ahí fuera está lloviendo a cántaros –dijo a modo de saludo.

Bien, al menos los demás también estarán encerrados en casa y tristes como yo, pensé.

–Por todos los cielos, Caroline, ¿qué te ocurre? ¿Estás enferma? ¿Por qué no contestas al teléfono?

Yo no era francesa, cierto, pero ¿por eso no podía meterme en la cama y revolcarme en mi dolor?

–La mujer de Paul ha vuelto –anuncié.

–¿Qué? ¿De entre los muertos? ¿Cómo es posible? Pero ¿dónde ha estado todo este tiempo?

–No lo sé. En no sé qué hospital.

–Es increíble –dijo mi madre–. Pero bueno, tú tienes que reponerte.

–No puedo –contesté, y me subí el edredón para taparme los hombros.

–Te vas a dar un baño y te voy a preparar un té. Un baño lo arregla todo.

No había forma de llevarle la contraria a mi madre. Y tenía razón sobre lo del baño. Salí vestida con un pijama limpio y me senté en la mesa metálica de jardín de la cocina.

–Sabía que no iba a funcionar –declaré–. Yo no estoy hecha para ser feliz.

Mi madre me trajo una taza con una bolsita de té Mariage Frères Earl Grey y una tetera llena de agua caliente.

–«La tristeza es conocimiento...»

–Por favor, mamá. No puedo con Byron ahora mismo. Todo esto ha sido una ridícula fantasía. ¿Cómo he podido dejarme llevar tanto? Debería haberlo sabido. Tenía que esforzarme demasiado para que funcionara.

–Que tenga mujer no significa que no puedas estar con él –dijo mi madre.

Unas horas en Francia y su brújula moral había perdido totalmente el norte.

–Supongo. Pero ¿por qué es siempre todo tan difícil, mamá? Siempre hay algún impedimento.

Sonó el timbre.

Agarré a mi madre por la muñeca.

–No abras –pedí.

Pero ella fue a la puerta de todas maneras, lo cual hizo que me arrepintiera inmediatamente de haberla invitado a venir a Francia.

–Sea quien sea, no estoy –advertí cuando ya iba a abrir.

Mi madre abrió la puerta. Oí a una mujer que se presentaba como Rena.

Oh, Dios, Rena. Cualquiera menos ella.

Mi madre volvió a la cocina seguida por Rena y nos dejó solas. Rena se quedó de pie en la puerta. Llevaba un vestido de algodón que se le ceñía como si estuviera mojado y que dejaba al aire la clavícula que le sobresalía, y junto a ella, una concavidad del tamaño de un cuenco de sopa.

–Siento interrumpirte, Caroline –se disculpó. Parecía una colegiala cansada, todo ojos y mejillas hundidas–. He intentado llamar. –Su mirada se desplazó al auricular colgante del teléfono.

–Oh. –Fue lo único que logré decir.

Rena cambió el peso de un pie a otro.

–Paul también lo siente. También ha intentado llamarte...

–Siéntate, por favor –dije por fin.

Rena se pasó un dedo por detrás de la oreja, como si quisiera colocarse un mechón de pelo; una costumbre de antaño, al parecer, porque no tenía pelo que colocar.

–No quiero robarte mucho tiempo. Solo quería decirte cuánto lo siento.

–¿Que lo sientes?

Eché agua sobre la bolsita de tejido traslúcido. El olor de la naranja y la bergamota me provocó una violenta necesidad de uno de los pasteles de violeta de Serge.

–Siento cómo ha resultado todo –continuó.

–No tienes que disculparte, Rena.

–Creo que voy a sentarme un momento. No tardaré.

–Claro, ¿quieres un té? –ofrecí.

–No, gracias. No logro retener gran cosa en el estómago. Le he dicho a Paul que debería venir a verte. Para explicártelo todo...

Intenté darle un sorbo al té, pero no veía la taza; me retumbaba la cabeza y se me había nublado la vista.

–Me temo que Paul no se ha alegrado mucho de verme –afirmó.

Fuera, en la calle, unos niños jugaban entre risas a salpicarse los unos a los otros bajo la lluvia, y sus voces resonaban entre los edificios.

–Y seguramente tú desearías que estuviera muerta de verdad –continuó Rena–. Créeme, yo también lo he deseado con frecuencia. Habría avisado si hubiera podido. Fue un golpe de suerte conservar la vida.

–Lo comprendo.

–No, creo que no. ¿Cómo podrías? Fue una suerte que no siguieran el procedimiento habitual. Nos quitaron los zapatos, por eso lo sabíamos.

–Rena, no tienes que...

–Íbamos en el tren desde Majdanek hasta un subcampo, o eso creíamos. El tren redujo la velocidad en algún lugar de Polonia y nos hicieron salir. –Rena hizo una pausa y se puso a mirar por la ventana–. Estaba enferma. Tifus, creo. Casi no pude resistir el recorrido por el bosque que nos obligaron a hacer. Por el camino había billetes desparramados por todo el suelo. La gente que había pasado antes que nosotros los había tirado. Por si los alemanes los cogían, supongo. Alguien susurró que íbamos a trabajar, pero yo ya lo sabía. Llegamos a un cobertizo y nos dijeron que nos desnudáramos.

–Por favor, Rena. No tienes que contarme...

–Lo siento. ¿Es demasiado duro escucharlo?

Negué con la cabeza.

–Ocurrió muy rápido. Nos pusieron en fila al borde de una gran zanja...

Rena perdió el hilo y pareció que su mente se iba a algún otro lugar. Un momento después, retomó el relato.

–Cuando la chica que estaba a mi lado vio lo que había abajo, gritó. Su madre la abrazó y a ellas les dispararon las primeras. La fuerza de las detonaciones las empujó contra mí y las tres caímos resbalando por el lateral de tierra...

Rena se detuvo y yo no me atrevía ni a pestañear, por temor a interrumpirla.

–Me quedé quieta mientras otros cuerpos caían sobre mí. Pronto cesaron los disparos y supe que era casi de noche, porque la luz que se filtraba entre los cuerpos que había sobre mí estaba desapareciendo. Salí a cuatro patas de la zanja y busqué algo de ropa en el cobertizo. –Elevó la vista al techo–. Deberías haber visto las estrellas esa noche, formando grandes grupos por todo el cielo. Fue como si me estuvieran mirando, observando, tristes por no poder hacer nada. Crucé el bosque hasta que encontré una casa y un granjero y su mujer me acogieron. Una pareja alemana. Su hijo había muerto en el frente ruso. Al principio la mujer tenía miedo de que le robara el reloj, uno muy bonito, regalo de su hijo, porque un reloj como ese era una moneda de cambio muy valiosa. Pero la pareja acabó siendo muy buena conmigo. Me dejaron dormir en la cama de su hijo y me cuidaron mientras estuve enferma como si fuera de su familia. Me daban de comer pan caliente con mermelada de fresa. Y yo les pagué su hospitalidad contagiándoles mi enfermedad.

Le pasé a Rena una servilleta, que ella se acercó un segundo a un ojo y después al otro.

–El hombre murió primero. Cuando llegaron los rusos les dije que teníamos tifus, pero me pusieron un trapo en la cara y me violaron de todas formas. Después violaron a la mujer del granjero y se llevaron su reloj. Ella murió esa noche. No recuerdo mucho más, solo retazos, hasta que llegué al hospital de aquí. Así que, ya ves, habría venido antes, pero estaba...

–Siento lo que te ha ocurrido, Rena. ¿Por qué me cuentas todo esto?

–Sé lo que Paul significa para ti...

–¿Te lo ha dicho?

–Cuando volvió de Nueva York. En aquel momento no me importó, pero ahora las cosas son distintas.

Claro que las cosas eran distintas. Y de formas que ninguno de nosotros podía cambiar.

–Ojalá pudiera hacer lo que tú necesitas para ser feliz, Caroline, pero no puedo renunciar a Paul. Tal vez antes sí, pero ahora no.

Rena se agarró al borde de la mesa. Necesitaba descansar.

–Creo que deberías irte a casa con él, Rena.

–Sí, pero antes tengo que decirte algo.

¿Es que había algo más?

–Creo que no...

–No se lo he dicho a Paul todavía.

Inspiró hondo y se irguió.

–Rena, no hace falta...

–Se llevaron a Paul antes que a nosotros. Estaba muy enferma, no podía comer nada. Creía que era gripe, pero entonces me enteré... de que estaba... Esperando un hijo.

El mundo se detuvo un momento, como suspendido en el aire. ¿Esperando un hijo? Qué expresión francesa más hermosa.

–¿Embarazada?

Rena me sostuvo la mirada y asintió casi imperceptiblemente.

–¿Era de...? –Empecé a preguntar antes de darme cuenta de lo que estaba diciendo y después no pude acabar la frase.

–¿De Paul? –Rena se miró las manos durante mucho rato–. La guerra tiene efectos extraños sobre las personas, me temo. En nuestro caso nos unió. El bebé debió de saber lo que estaba pasando. Ella llegó el día que la Gestapo vino a buscarme. La mañana de Pascua.

¿Ella? Paul tenía una hija. Me apreté los labios con unos dedos helados.

–Nos avisaron de que iban a hacer una redada. Mi padre se llevó a la niña. Me dijo que iba a un convento que conocía. Se la llevó en una caja de zapatos. Era tan pequeñita...

–¿Adónde?

–No lo sé. Vinieron a por mí esa noche. Mi padre no había vuelto aún.

–Siento mucho tu pérdida, pero yo...

–Abandonaron el convento durante la guerra, así que estoy escribiendo a los orfanatos, pero Paul me ha dicho que...

–La verdad es que ahora mismo no estoy en condiciones de ayudarte, si eso es lo que me estás pidiendo.

Me levanté y llevé la taza al fregadero.

–Entiendo tu reticencia, Caroline. Yo no querría involucrarme si estuviera en tu lugar. Pero si pudieras reconsiderarlo...

–Me voy a Nueva York pronto –respondí con una mano sobre la fría porcelana del fregadero.

Rena también se levantó.

–Claro. Gracias por tu tiempo, Caroline.

Acompañé a Rena hasta la puerta y después, por la ventana, la vi caminar hasta el final de la manzana, sujetando el bolso sobre la cabeza para cubrirse como podía de la lluvia.

Solo pensar en tener que contactar con orfanatos para buscar a la hija de Paul y Rena me hizo volver a meterme en la cama. Al parecer sí que había sitio en la vida de Paul para un hijo, a pesar de que años atrás él había dicho que no. ¿Por qué me iba a molestar en encontrarla? Paul no había tenido en cuenta mis sentimientos en todo este asunto. Me había engañado una vez, pero había aprendido la lección. Había muchos detectives privados que se ganaban la vida buscando a seres queridos perdidos que podrían hacer una búsqueda mucho más exhaustiva que la mía.

Cuando la noche cayó sobre el apartamento, ya me había decidido. Paul y Rena estaban solos en su búsqueda.

30

Caroline

1945

A LA MAÑANA SIGUIENTE me desperté con hambre, porque lo único que tenía en el estómago era arrepentimiento. Era increíble la facilidad con que se había desbaratado mi vida. No dejaba de darle vueltas a la palabra francesa *dépaysement*: esa sensación de desorientación que se siente cuando te ves obligado a hacer un gran cambio. Mi madre se había dado una buena paliza limpiando el polvo, pero de repente el apartamento parecía especialmente descuidado: las ventanas necesitaban una buena limpieza también y el cable del teléfono estaba enmarañado. La solución de mi madre a mi situación fue obligarme a comer unos huevos, como si fuera un ganso que ceban para producir *foie gras*. Mientras comía sus huevos escalfados, le conté mi situación.

–¿Oíste la conversación que tuve con Rena?

–Solo algunos trozos. Parece una muchacha adorable.

–Supongo que sí. Pero no va a renunciar a Paul.

–Eso es un problema.

–La verdad es que no. ¿No es obvio? Él aún la quiere.

Mi madre cascó otro huevo y lo echó en el agua hirviendo.

–¿Y cómo lo sabes? No contestas al teléfono. Y Paul estuvo una hora pegado al timbre de la puerta anoche, pobre hombre.

–Estuvo cinco minutos, mamá, no exageres.

–Pero es una pena, en realidad. En otras circunstancias Rena y tú podríais haber sido buenas amigas.

–Ya tengo bastantes amigas, mamá, gracias.

–Bueno, pues no puedes darle la espalda a toda esta historia, cariño.

–Yo nunca voy a tener un hijo propio.

–Pero eso no significa que esté bien abandonar a su suerte a la suya. Antes de que te des cuenta te estarás preguntando...

–En resumen, mamá, que crees que debería intentar encontrar a su hija.

Ella me echó otro huevo en el plato.

–Bueno, sería de buena cristiana hacerlo.

–Esta mañana no me siento muy cristiana, me temo.

–Pues échate un poco de agua fría en la cara. Seguro que te ayuda.

¿Por qué la solución de mi madre a cualquier problema era un poco de agua fría? Solo llevaba un día en el apartamento conmigo y ya me parecía una eternidad. ¿Iba a poder soportarla toda la semana? Pronto empezarían a pasarse por allí sus amigas. ¿Iba a tener que aguantar sus miradas de lástima?

AL FINAL ENTRÉ en razón y me puse a buscar a la niña, aunque solo fuera para dejar atrás todo el asunto. Y bueno, también un poco para escapar del apartamento, porque mi madre iba a celebrar un homenaje a T. S. Eliot y el año que pasó en París, y los invitados tenían que ir disfrazados. Entre ellos estarían algunos de los amigos de mi madre. Aunque yo no había sido capaz de mantener a mi lado ni un solo admirador masculino, mi madre, solo pasadas unas semanas de su llegada a París, ya había conseguido atraer a una bandada de hombres devotos, la mayoría franceses mayores con boinas y expatriados estadounidenses. Se sentaban en nuestro salón a tomar el té y contemplar a mi madre siendo mi madre, felices simplemente de estar en su órbita.

Encontrar a una niña sin nombre en la Francia de la posguerra no era un proceso fácil, pero ya casi sin opciones y tras varios callejones sin salida, conseguí una pista que me llevó al orfanato de Saint-Philippe, en Meudon, uno de los muchos a los que les enviaba paquetes con productos básicos desde el consulado y uno de los que estaban recibiendo a niños desplazados por la guerra que habían sido recogidos en pisos francos, colegios y *châteaux* en ruinas de toda Francia, sobre todo del sur. Estaba al sudoeste de

París, en una impresionante mansión antigua de piedra con su propia iglesia románica. Su ubicación recordaba al monte Olimpo, porque estaba en lo alto de una colina cuya cumbre estaba oculta entre las nubes el día que yo fui.

Tuve que caminar bajo la lluvia cálida, porque se me había olvidado el paraguas, y subir unos cuantos escalones cubiertos de musgo. Intenté no pensar en lo que pasaría si encontraba a la niña. Sería oficialmente el fin de nuestra relación, a pesar de lo que Paul y yo tuvimos alguna vez. Según parecía, todavía estaba enamorado de Rena, después de todo. Al menos lo suficiente para haberle dado una hija.

La oficina del orfanato estaba llena de gente que había ido hasta allí con misiones similares a la mía. Los que habían tenido la precaución de llevar paraguas los sostenían a su lado, como murciélagos mojados, porque no había paragüero en la puerta. Un teléfono no paraba de sonar, pero nadie contestaba, y había cajas de cartón apiladas en un rincón. En la mesa había montones de pañales blancos, que parecían láminas de un milhojas, y los imperdibles para sujetarlos estaban desperdigados por la superficie.

La multitud se disgregó un poco y un hombre pasó con un niño llorando en brazos, envuelto en una tela. Llegó a la mesa y se lo tendió a la persona que estaba detrás, como si fuera una bomba a punto de estallar.

–Una abuela me acaba de dar esto.

La propietaria, que era quien estaba tras la mesa, cogió al niño. Era una mujer con cara aguileña toda vestida de negro, a excepción de un cuello blanco de fino encaje. Colocó al niño en su hatillo sobre la mesa y desenvolvió las capas de tela. Cuando levantó la vista vi que tenía unas medias lunas oscuras bajo los ojos.

–Es un niño. Nosotros solo aceptamos niñas.

Pero el hombre ya estaba saliendo por la puerta.

–¡Guillaume! –llamó ella mientras volvía a arropar al bebé con una rapidez y habilidad solo comparables a las de un tendero que envuelve un sándwich.

Un hombre llegó trotando, cogió al niño y se lo llevó corriendo.

Una mujer joven se acercó a la mesa.

–*Madame*...

La mujer extendió un dedo sin levantar la vista de sus papeles.

–Espere su turno. Las niñas están comiendo. Nadie puede verlas hasta las tres.

De una gotera del techo caían gruesas gotas sobre la mesa, que dejaban unas manchas verde oscuro en el lugar donde aterrizaban.

–Perdóneme, *madame* –dije yo–. Busco a una niña.

Ella revisó la lista de su portapapeles.

–Rellene el formulario –respondió.

Me acerqué un poco más.

–Es un caso especial.

–Es usted el quinto caso especial de hoy.

–Me llamo Caroline Ferriday. He trabajado con *madame* Bertillion. Le enviaba cajas con productos para los niños desde el consulado francés de Nueva York.

La mujer levantó la vista y ladeó la cabeza.

–¿Era usted quien enviaba las cajas? A las niñas les encanta la ropa. Está cosida de forma exquisita.

–De hecho, fui yo quien les envió ese bote de cacao en polvo de ahí –dije señalando una caja de cartón vacía.

–Gracias, *mademoiselle*, pero tuvimos que venderlo y no nos dieron gran cosa por él. Me temo que las niñas se quejaron de que sabía a comida de pájaros y no quisieron bebérselo. Necesitábamos *dinero*, señorita Ferriday, no cacao en polvo.

Cogí una lata que había sobre la mesa, en la que había unos tulipanes marchitos, tiré las flores a la papelera y coloqué la lata bajo la gotera para recoger el agua.

–Sé que está muy ocupada, *madame*, pero estoy buscando a una niña.

Madame me miró de arriba abajo.

–¿Suya?

–No, los padres fueron deportados y ahora están empezando a recuperarse.

–Lo siento, pero solo puedo entregarles los niños a sus padres o a un pariente. Hacen falta dos formularios de identificación.

–Solo estoy intentando localizar a la niña. Sus padres vendrán a recogerla si está aquí.

–Venga conmigo –dijo por fin.

Cogió el portapapeles y una pila enorme de cuencos metálicos y subí tras ella por unos escalones de piedra muy amplios. Por el camino la mujer iba dejando cuencos aquí y allá, donde iba encontrando goteras.

–¿Hay alguna posibilidad de que pueda ver a *madame* Bertillion? –pedí.

–Yo soy *madame* Bertillion.

¿Cómo era posible?

–Me escribía usted unas cartas preciosas –reconocí.

–Algunas personas resultan mejores sobre el papel –contestó ella con un triste encogimiento de hombros. ¿Habría dormido algo la noche anterior?– ¿Cómo se llama la niña?

–No lo sé, *madame*. Fue todo muy rápido. La madre fue deportada el día de su nacimiento.

–¿Que fue cuándo?

–El 1 de abril de 1941. El domingo de Pascua.

–¿Los nazis la deportaron en Pascua? Me sorprende que esos hombres temerosos de Dios no estuvieran en la iglesia.

–¿Podría revisar su registro?

–Está viendo usted mi registro, *mademoiselle*. –Levantó el portapapeles, que tenía sujeto un taco de papeles tan grueso como una guía telefónica, que se veía gastado, lleno de tachones y con unas manchas de vino de color oscuro que parecían los anillos olímpicos–. Tenemos niñas que han venido de toda Europa. Va a ser una búsqueda difícil.

Entramos en una sala de techos altos llena de camastros, todos con una almohada y una manta doblada a los pies.

–¿Cómo identifica a las niñas? –pregunté.

–Todas tienen asignado un número. Ese número está en una chapa que llevan en el pecho. Algunas niñas tenían nombre cuando llegaron. Muchas no. –Dejó los cuencos en una silla–. Durante la guerra muchas madres escribían el nombre de su hija en un trozo de papel y se lo prendían en la ropa antes de dejarla aquí, pero la mayoría de los papeles se cayeron o se emborronaron con la lluvia. Algunas cosían alguna señal en la ropa de sus hijas para poder identificarlas luego, pero muchas se cambiaron de ropa y se intercambiaron los nombres con otras. Y todavía nos dejan anónimamente muchos niños todos los días.

–Seguro que alguna recuerda su nombre.

–Las mayores quizá, pero cuando llegaron, muchas eran incapaces de hablar debido a las terribles experiencias que habían vivido, y los bebés no se acuerdan de los nombres. Así que aquí les asignamos uno. Les ponemos el nombre de su mes de nacimiento, si lo sabemos... Encontrará muchas Mai y Juin en el orfanato. También les ponemos el nombre del santo patrón del mes de su nacimiento o el de amigos y parientes... Incluso nombres de mascotas.

–¿Puede al menos comprobar qué niñas llegaron ese día? –pregunté.

–No tengo registros exactos. Estas niñas llegan de todas partes. Pisos francos. Colegios. Las traen granjeros que las han encontrado durmiendo sobre el heno. Algunas las han traído los únicos padres que han conocido y aquí descubren que no son quienes creían que eran.

–Debe de estar desbordada con la cantidad de padres que vendrán buscándolas.

–Vienen algunos, pero la mayoría de las niñas que hay aquí no tienen a nadie que las busque. Sus padres desaparecieron hace mucho. O no las quieren.

–¿Cómo podría alguien no querer a su propia hija?

–¿Eso cree, *mademoiselle*? ¿Es usted una experta en esto? Más de una cuarta parte de las niñas que hay aquí son de padre alemán y madre francesa. Niñas chucrut, las llaman. Nadie va a venir a por ellas. Otras nacieron en las residencias de producción del Lebensborn, la fábrica de bebés de Hitler, donde madres de buena procedencia racial daban a luz anónimamente a hijos ilegítimos de hombres de las SS.

–Pero esas casas estaban solo en Alemania...

–No, *mademoiselle*. Había una bastante concurrida aquí, en Francia. Y sabemos de otras en Dinamarca, Bélgica y Holanda. Varias en Noruega. Esos bebés ahora son parias. Y quién sabe cuántas de estas pequeñas rubias fueron raptadas de manos de sus madres... cientos de miles solo en Polonia, que tenían intención de criar en Alemania. No hay ningún registro de quiénes son sus padres.

–*Madame*, yo misma revisaré la lista para no hacerle perder su valioso tiempo.

Madame Bertillion se paró en seco y se volvió para mirarme.

–Está usted acostumbrada a salirse con la suya, ya veo.

Agarró los cuencos metálicos y me los puso en las manos. La pila, que noté alta y fría contra mi pecho, me llegaba casi hasta la barbilla.

–Miraré la lista, *mademoiselle*, si le reparte esto a las niñas. Solo uno a cada una. Tenga cuidado porque seguro que intentarán que les dé dos. Iré a buscarla si encuentro alguna coincidencia. No hago esto para ayudarla porque venga del consulado, sino porque llevo de pie desde las cinco de la mañana.

–Gracias, *madame*. ¿Dónde reparto los cuencos?

–Allí –dijo señalando con la palma abierta una puerta doble.

–¿Y qué hago con los que me sobren? –Tenía que haber de sobra, claro.

–No le va a sobrar ninguno –aseguró ella, e inclinó la cabeza para revisar la lista.

Crucé las puertas dobles y me encontré en una sala enorme, revestida de paneles de roble, que seguramente en algún momento se usó para bailar y dar fiestas. El techo se elevaba más de treinta metros y tenía pintado un trampantojo con un radiante cielo de verano, un bonito sustituto del día de perros que hacía fuera. Había cincuenta mesas largas, a las que se sentaban niñas que estaban agrupadas por edades, desde bebés hasta adolescentes. Estaban muy quietas en sus bancos, con las manos en el regazo, todas calladas como estatuas. Detrás de ellas esperaban seis mujeres con delantales blancos junto a enormes perolas de sopa, listas para servirla en cuanto se distribuyeran los cuencos.

Cuando me acerqué, todos los ojos se posaron en los cuencos y en mí. Me quedé inmóvil un momento, abrumada, pero me recuperé rápido. Esas niñas tendrían hambre.

Coloqué un cuenco delante de la primera niña de una mesa.

–*Merci, madame* –dijo la niña.

Coloqué otro delante de la siguiente niña.

–*Merci, madame*.

Examiné las caras en busca de algún parecido con Rena o Paul, pero mi tarea pronto resultó imposible. ¿Quién sabía si la niña se parecía a sus padres? ¿Seguiría viva siquiera?

Le cogí rápido el tranquillo al reparto de los cuencos y fui acercándome a las adolescentes. Al principio de la hilera una niña que no tendría más de trece años estaba sentada con un bebé en el regazo. El bebé estaba vestido con una camisa de terciopelo del color lavanda con botones de madreperla. Era obra de mi madre. Se alegraría de saberlo.

–La estás cuidando muy bien –le dije a la chica.

–No necesitamos dos cuencos, *mademoiselle*. Compartimos uno.

El bebé de su regazo me siguió con la mirada como un observador de estrellas a una estrella fugaz. Yo seguí avanzando con mis cuencos.

No había pasado mucho tiempo cuando vi aparecer a *madame*, que se acercó a mí, pasando junto a una de las hileras.

–Ha tenido suerte, *mademoiselle*. –Se detuvo un momento para recuperar el aliento, con una mano sobre su cuello de encaje–. Tenemos unas cuantas niñas con esa fecha de llegada y una niña de la edad que me dijo.

Seguí a *madame* hasta el final de una hilera y después fuimos hasta el principio de la siguiente, a una mesa en la que las niñas de cuatro años tomaban su sopa. Solo se oía el roce de las cucharas sobre el metal. El ruido de la habitación aumentó mientras seguía a *madame*. Los colores se intensificaron. ¿Sería la hija de Paul? Encontrarla significaría la felicidad para sus padres, pero lo opuesto para mí.

–Una niña nacida el 1 de abril de 1941 tiene que estar en el grupo de las de cuatro años, aquí –explicó mientras comprobaba la chapa identificativa de la niña y me la señalaba con una floritura–. Esta es Bernadette.

Era una niña pequeñita con el pelo rubio y la piel casi traslúcida, que me miró con ojos cautelosos.

–No sé –dije–. No es fácil de decir, pero yo creo que no es.

–Eso es todo lo que puedo hacer, entonces –respondió la mujer–. Estaré pendiente por si veo esa fecha de nacimiento. Que sus padres vengan por aquí cuando se recuperen.

Ya que estaba allí, me quedé en el comedor y ayudé a servir el resto de la comida. Entre *madame* Bertillion y yo servimos en los cuencos de las niñas una fragante sopa de cebolla, con muchas zanahorias y nabos, y le dimos a cada una un trozo de pan. Las únicas palabras que decían –«*Merci, madame*»– suponían un agradecimiento tremendo. Un avión pasó sobre nuestras cabezas y algunas se escondieron bajo las mesas, pensando que seguían estando en peligro. Muchas llevaban en los pies bloques de madera atados con una cuerda. Tomé nota mentalmente de que debía enviar zapatos. Y dinero.

Hice todo lo que pude para mirar a la cara a todas las niñas que tenían más o menos la edad correcta, buscando algún parecido. Cuando ya estábamos terminando de recoger los cuencos vacíos con una bandeja, una adolescente se acercó y me dio el suyo. La niña que llevaba en la cadera me dejó petrificada.

–*Madame*, ¿puede venir un momento? –pedí.

Dejé la bandeja sobre la mesa.

–¿Puede comprobar el número de esa niña?

Madame Bertillion anotó el número de la niña y fue a buscar su portapapeles.

No podía apartar la mirada de ella. Tenía el pelo oscuro y los ojos almendrados, como Paul, y también sus labios de color coral, pero todo lo demás era de Rena. La piel cobriza, la curva de la nariz... Hasta las orejas que asomaban entre el pelo.

–Esta niña no tiene fecha de llegada –dijo *madame*–. Lo siento mucho.

–Esta es la niña, *madame*. Estoy segura.

–Se llama Pascaline –dijo la adolescente.

Madame Bertillion inspiró hondo.

–¿Qué ocurre? –pregunté.

–Odio admitirlo, pero creo que su intuición está en lo cierto, señorita Ferriday –reconoció *madame* Bertillion casi sonriendo.

–¿Y por qué? –pregunté.

Sentí que las paredes de la sala se cerraban sobre nosotras.

–La niña se llama *Pascaline* –repitió *madame*, como si yo no me hubiera dado cuenta de algo obvio.

–¿Y qué, por todos los santos?

–Todo buen católico francés sabe que el nombre *Pascaline* significa «nacido en Pascua».

31

Kasia

1945

EL VERANO DEL año que Zuzanna y yo volvimos a casa intenté ser optimista, pero fue difícil. Cuando me enteré de lo que había pasado durante los casi cuatro años que habíamos estado en Ravensbrück, no pude entender por qué el mundo no vino en nuestra ayuda. Primero la invasión de Hitler en 1939 por el oeste y después la soviética el mismo mes desde el este. Aunque esas invasiones provocaron que Gran Bretaña y Francia le declararan la guerra a Alemania, no se envió ni a un solo soldado aliado para ayudarnos en la lucha. Nuestros primeros informes sobre lo que pasaba en Auschwitz, enviados al mundo occidental por la resistencia polaca, poniendo en gran riesgo nuestras vidas, tampoco recibieron respuesta. Nuestros informes sobre los miles de oficiales polacos asesinados en los bosques cerca de Katyń, entre los que seguramente estaba el padre de Pietrik, también fueron ignorados por todos.

Por todo eso, cuando el mundo celebró la rendición de Japón y el final oficial de la guerra, yo no me alegré. La guerra continuaba para nosotros, solo que ahora estábamos bajo el dominio de un nuevo dictador: Stalin. Aunque no se veía claramente, la mano de Stalin ya se cernía sobre nosotros. Muchos de los líderes de la resistencia polaca (varios de ellos amigos de Pietrik) fueron arrestados y finalmente asesinados por el Ejército Rojo y el NKVD, el brutal Comisariado del Pueblo para Asuntos Internos de Stalin. El NKVD lo formaban unos amables señores cuyo cometido era encontrar lo que ellos llamaban «enemigos del pueblo». Ejecutaron a decenas de miles de presos políticos y enviaron a otros miles más a los gulags. En vez de empezar de cero, Polonia seguía soportando nuevas formas de injusticia.

Como resultado, había que tener mucho cuidado con los lugares a los que íbamos, y siempre mirábamos por encima del hombro. Una de las primeras cosas que hice cuando llegué a casa fue ir a comprobar el escondite secreto que Nadia y yo utilizábamos para intercambiar libros antes de la guerra. Solo era un lugar que unas adolescentes usaban para jugar a los detectives mucho tiempo atrás. Fui a la calle donde antes vivía Nadia y el muro de piedra seguía allí, desmoronándose por los extremos, pero todavía en pie. ¿Estaría allí todavía el libro que me dejó Nadia?

Retiré la piedra de su hueco en la pared, saqué el libro y le quité el polvo a la cubierta amarilla. Era *Szatan z siódmej klasy* de Kornel Makuszyński, nuestro libro favorito, que nos habíamos intercambiado muchas veces. ¿Cómo había podido Nadia ir allí a dejarlo después de que la escondieran? Miré alrededor con cautela para asegurarme de que nadie me espiaba, me senté con la espalda apoyada en el muro y me quedé mirando el libro. El olor mohoso de la cubierta me recordó un tiempo en el que la vida era más sencilla, cuando nuestra mayor preocupación era una mala nota en un examen o un dolor de muelas.

El libro se abrió solo por el capítulo cinco y el regalo que me había dejado Nadia apareció ante mis ojos: eran los diez boletos para bailar con Pietrik, que Nadia había comprado para mí. Ese día, allí, contra el muro, me sentí demasiado furiosa para llorar. La infancia que habíamos perdido llegó a mí en tromba. Solo queríamos hablar con los chicos, bailar y leer novelas de misterio. Y poco después Nadia no estaba, tal vez se había ido para siempre. Lo único que me quedaba de ella era un libro y una foto enterrada en el jardín de atrás.

Cuando llegué a casa era última hora de la tarde y propuse que recuperáramos la foto de Nadia y los otros tesoros que enterramos al principio de la guerra.

–Tal vez deberíamos dejarlo para otro momento –contestó Zuzanna. No era nada propio de mi hermana estar allí plantada, en el jardín de atrás, retorciéndose las manos–. Quizá sería mejor hacerlo cuando estemos más adaptadas. Esto puede pasarnos factura emocional...

–No seas tan aprensiva –le recriminé–. ¿Por qué vamos a dejar las únicas pertenencias de valor que tenemos aquí enterradas?

Papá y yo ignoramos sus protestas y contamos los pasos.

Diez, once, doce.

¿Las latas metálicas habrían logrado mantener a salvo nuestros objetos más preciados?

Papá se quedó allí con los brazos junto a los costados y la pala en la mano durante un momento que pareció un minuto completo. ¿Estaba llorando? Entonces fue como si cobrara vida: clavó la pala en la dura tierra y empezó a cavar como si su vida dependiera de ello.

No había cavado demasiado cuando oímos que la pala chocaba con algo metálico. Los tres nos pusimos a sacar tierra del agujero con las manos y ayudamos a papá a recuperar las latas que habíamos enterrado tanto tiempo atrás. Nos quedamos sentados y sin aliento un rato, mirándolas. Zuzanna se echó a llorar con solo ver el agujero. ¿Echaba de menos a Matka? Una parte de mí estaba contenta por verla llorar, porque no demostraba su dolor muy a menudo.

Después papá sacó la caja metálica con la tapa de bisagras. Abrió la tapa y suspiró bajito cuando se liberó el aire que había dentro. La cerró rápidamente, pero no antes de que me diera tiempo a ver el viejo revólver plateado que había dentro. ¿Cuántas armas tenía ahora?

El mijo estaba al lado, sorprendentemente seco, y tal vez todavía comestible. Después empezamos a abrir las latas metálicas. Papá me dio una a mí y yo le rasqué la cera. Saqué la bufanda y al desenrollarla noté que seguía manteniendo el olor de Pietrik. Abrí la siguiente lata y en ella encontré la foto de Nadia y mía con la vaca. Incluso mi uniforme de las exploradoras estaba perfecto, y el vestido de pana que Matka había cosido para mi cuerpo de chica de dieciséis años seguía teniendo el mismo color rojo brillante. Me lo puse encima de la falda y la blusa y vi que me quedaba incluso grande, porque todavía no había recuperado todo mi peso. Nada de aquello me hizo llorar; estaba feliz de recuperar todas esas cosas que eran valiosas para mí.

La última lata que abrí era de galletas. Rompí el sello de cera y levanté la tapa. Saqué los pinceles de marta cibelina de Matka, que estaban como nuevos en su funda de franela, y entonces una oleada de tristeza me invadió y se estrelló contra mí allí mismo, en el jardín. Matka se había ido y no iba a volver a por sus pinceles. Y también eso era culpa mía. Merecía morir por haber hecho que mataran a mi madre. Papá y Zuzanna me abrazaron y los tres nos inclinamos sobre el agujero, llorando sin consuelo.

DURANTE TODO ESE tiempo mantuve la esperanza de que Nadia y Pietrik volvieran. Iba cada mañana a mirar la lista de deportados que habían regresado que colgaban en el corcho que había en el Centro de Repatriación de la Cruz Roja, en el hospital de Lublin. Una mañana de finales de verano especialmente hermosa fui a mirar, mi primera tarea de la mañana. El personal era amable, pero me daba cuenta de que estaban cansados de verme entrar todos los días con mi cojera. Caminaba despacio porque la pierna me dolía y eso les daba mucho tiempo para intentar evitarme. Cuando me veían acercarme, se alejaban o hacían como que estaban ocupados revolviendo papeles. Si conseguía que alguien me diera una respuesta, era breve.

–No. Ningún Pietrik Bakoski. Ni Nadia Watroba tampoco –me dijo la chica del mostrador esa mañana antes de que me diera tiempo a decir nada.

Después fui a correos para mirar la lista que papá colgaba en el frío vestíbulo. A finales del verano las gruesas listas que se colgaban antes allí habían quedado reducidas a una triste página. Seguí la lista con el dedo, primero mirando la W y después la B. Badowski, Baginski, Bajorek, Bakalar, Bal, Balcer. Me hacía sentir bien leer los nombres de los pocos afortunados que habían regresado, y muchas veces leía la lista entera antes de darme cuenta de que Pietrik Bakoski no estaba en ella.

Papá salió de su despacho, me vio mirando la lista y me hizo un gesto para que me acercara.

–Kasia, cariño, ¿puedes venir a mi despacho un momento?

¿Por qué se había puesto tan formal de repente?

Fui hasta su despacho, el mismo que había ocupado desde que yo tenía uso de razón, con su alto techo metálico y la gran mesa de roble llena de paquetes de todo tipo, que pronto serían entregados por papá o algún otro miembro de su personal. Parecía que faltaba algo. Tardé unos segundos en darme cuenta de qué era.

–¿Dónde está la bandera, papá?

La bandera polaca era una de las primeras cosas que papá había vuelto a poner en su despacho en cuanto los nazis abandonaron Lublin, para gran alegría de la gente que pasaba por la oficina de Correos. ¿Las nuevas autoridades le habrían presionado para que la quitara? Estaba cooperando con ellos, estaba claro.

Papá fue hasta la ventana y bajó la persiana.

–No tenemos mucho tiempo, pero tengo que decirte que me he enterado de algo. No te alarmes. Es algo que se puede arreglar.

No sé cómo será para el resto del mundo, pero cuando alguien dice: «No te alarmes», a mí me cuesta escuchar el resto de lo que tiene que decir, porque el miedo ya ha empezado a invadirme el cuerpo.

–¿A qué te refieres, papá?

No lo había visto tan asustado desde la noche en que enterramos nuestros tesoros en el jardín de atrás con Matka.

Matka. Solo pensar en ella era como una nueva herida.

–He oído que corren rumores sobre las chicas que volvisteis de Ravensbrück.

–¿Y quién los está contando?

–Esto es serio, Kasia. Dicen que no se puede confiar en vosotras.

–No te creas nada...

–También hablan de Zuzanna.

Eso hizo que me recorriera un escalofrío de miedo.

–¿Y quién lo está diciendo?

–Las autoridades...

–¿Quién? ¿El NKVD? Tengo que hablar con ellos.

–Esto no es algo que te puedas tomar a la ligera, Kasia.

–¿Que no se puede confiar en nosotras? Pero ¿qué significa eso?

–Creen que, como estuvisteis en Ravensbrück, que era un campo alemán, y trabajabais para los alemanes, estáis contaminadas por el fascismo.

–Eso es ridículo.

–Y te han visto realizando una actividad sospechosa. ¿Tienes un escondite secreto?

–¿El muro que hay al lado de la casa de Nadia? Eso es un juego de niñas, papá...

–Bueno, pues no vuelvas por allí. Te están vigilando.

–Pero ¿quién puede vivir...?

–¿Quieres que te vuelvan a llevar lejos? ¿Y esta vez para siempre? Ve a buscar a Zuzanna y destruid cualquier prueba que quede de que estuvisteis en ese lugar...

–¿Lo dices en serio?

–El uniforme de las exploradoras. Las cartas que me escribiste y que he guardado.

–Pero si leen las cartas verán...

–No se puede razonar con ellos, Kasia. Vete. Ya.

Esa tarde Zuzanna y yo hicimos una hoguera en el jardín de atrás, como las que se hacen normalmente para deshacerse de la basura, y quemamos las pocas cosas del campo que nos quedaban. Echamos a la pira las bolsas que nos habíamos hecho con nuestros antiguos uniformes. El libro de inglés de Regina. Mi uniforme de las exploradoras.

Dudé cuando llegamos a las cartas con orina que yo había enviado. Papá las había guardado en un cajón de la cocina, un montoncito que servía para contarle al mundo lo que estábamos sufriendo.

–No puedo quemar estas –dije agarrando con fuerza los sobres.

–Pusiste los nombres de todas las chicas ahí –repuso Zuzanna–. Tienes que protegerlas. ¿Y a quién le importan unas cartas viejas?

Pero yo seguí dudando.

Zuzanna cogió la carta de arriba y me la dio.

–Toma –dijo mientras tiraba el resto al fuego.

Al menos había salvado una.

Mientras el fuego chisporroteaba, unas leves cenizas negras salieron volando, igual que las que salían de las chimeneas de

Ravensbrück. Cuando acabamos, casi todas las pruebas de nuestra vida en el campo habían desaparecido.

«Quién querría conservar cosas como esas de todas formas», nos dijimos. Recuerdos de una época horrible. Pero ese acto hizo que el agujero negro de mi pecho creciera aún más. Yo era una *patriota*. Había hecho el juramento de servir a mi país. Había tenido que renunciar a mi juventud, a mi madre, a mi primer amor y a mi mejor amiga por Polonia. ¿Y ahora me acusaban de ser un espía enemiga?

INTENTÉ CENTRARME EN las cosas buenas. Pese a la terrible escasez de comida y la confusión de gente que volvía a Lublin, la reapertura de las fábricas demolidas fue un rayo de optimismo para todos que nos iluminó. Las universidades todavía no estaban reconstruidas ni en funcionamiento, pero la Cruz Roja daba clases de enfermería básica en el hospital.

Fui allí una mañana de finales de verano con la esperanza de aprender algo de enfermería. Entré en la sala de atrás del hospital, contenta de ver que el edificio había resultado prácticamente intacto tras los bombardeos. La enorme sala de la parte de atrás estaba llena de camas de campaña de tela que se dividían, casi a partes iguales, los soldados rusos y los civiles polacos procedentes de campos y de otros lugares. Regularmente las enfermeras y los médicos rusos traían en camillas de lona a heridos que sufrían todas las lesiones imaginables.

–Nos vamos a Varsovia –me dijo Karolina Uznetsky, una de mis enfermeras favoritas, mientras desdoblaba una cama plegable–. El ejército se va a hacer cargo del hospital.

Llenó un recipiente con agua tibia.

–Os voy a echar de menos a todos –dije, pero lo que quería decir en realidad era: «Quédate, por favor. Si te vas, ¿quién va a estar aquí cuando vuelva Pietrik?». Que se fueran significaba que habían tirado la toalla con los supervivientes.

–¿Qué te parece si te doy una clase gratis sobre cómo lavar a un encamado? –ofreció Karolina.

–Sí, enséñame.

¡Pero qué oportunidad! Todos sabíamos que lavar a un encamado era más complicado de lo que parecía.

–Empecemos por aquí –propuso Karolina.

Llevó el recipiente con agua y un montón de toallas a una fila de soldados con heridas especialmente graves. Las heridas en la cara eran las más difíciles de asimilar. Por algo habían quitado los espejos de los baños. Me obligué a mirar. ¿Cómo iba a ser enfermera si no podía mirar esas cosas? De repente se me olvidó hasta lo más básico de lo que había aprendido en el curso de la Cruz Roja. Karolina se colocó al lado del camastro de uno de los que estaban peor, un hombre de pelo oscuro que dormía de lado, hecho un ovillo. Tenía la cabeza envuelta en una gasa que se había empapado de sangre y al secarse parecía negra.

–Primero, te presentas al paciente –explicó Karolina, señalando al hombre del camastro–. Podemos saltarnos este paso, porque el paciente está inconsciente.

No exageraba al decir que idolatraba a Karolina. Ella era todo lo que debía ser una buena enfermera: lista, tranquila cuando se tenía que enfrentar a una herida desagradable, amable. Yo tenía que mejorar en *todas* esas cosas.

–Normalmente cerramos la cortina para mantener la privacidad del paciente –continuó Karolina–, pero en este caso vamos a ir directas a los trapos y los guantes de goma.

Yo me puse los guantes, suaves y empolvados por dentro, y el olor de la goma me animó. Karolina colocó un trapo sobre mi guante, como si fuera un mitón.

–Empieza lavándole la cara. No uses jabón en esa zona. Los ojos primero.

Me senté en una silla al lado del paciente y empecé a limpiarle los ojos, primero metiendo el trapo en las cuencas profundas y después yendo hacia afuera. ¿Lo notaría?

El soldado que estaba a su lado estaba tumbado boca arriba, con los brazos extendidos, roncando más alto que nadie que hubiera oído en mi vida (y eso que había bastantes candidatas en Ravensbrück).

–Intenta utilizar una parte diferente del trapo en cada pasada –indicó Karolina–. Tienes un don, Kasia.

Sus palabras me llenaron de orgullo. Después de todo, mi madre fue enfermera. ¿Tal vez sería algo que se llevaba en la sangre?

Había algo satisfactorio en lavar a los supervivientes y descubrir las capas limpias de piel rosada bajo toda esa mugre. La tierra se iba posando en el fondo del recipiente con agua. Al terminar, el agua estaba marrón oscuro, así que la renové con agua limpia del grifo.

Cuando regresé con el enfermo, los médicos entraban con otros dos soldados rusos más, que colocaron cerca. Uno tenía una fractura de cráneo y el otro estaba inconsciente. Empecé a lavar a uno de ellos. Esos hombres llevaban varios meses sin lavarse. Y yo sabía cómo era eso.

–Se te da bien esto, Kasia –comentó Karolina–. Deberías plantearte la posibilidad de venirte con nosotros a Varsovia. Nos vendría bien tu ayuda.

Pasé el trapo por la frente del soldado y después por una mejilla.

¿Y por qué no ir a Varsovia?, pensé. Papá me echaría de menos, pero a su querida Marthe no le importaría.

–La formación allí es de las mejores –continuó Karolina.

–Tal vez –respondí.

Estaba preparada para una nueva aventura. Varsovia sería un nuevo comienzo. Y a mí eso se me daba bien.

Pasé al siguiente paciente y empecé por la cara. Iba bastante rápido. No tardaría en acabar toda la fila. Le limpié con el trapo el puente de la nariz para sacar a la luz la piel rosada y...

Me quedé petrificada a media pasada.

–¿Qué ocurre, Kasia? –preguntó Karolina.

Mi mente lo estaba registrando todo, pero mi cuerpo se había quedado helado. Inspiré hondo por la nariz y agarré el asa de la camilla para sostenerme. No daría buena impresión que una enfermera en prácticas se desmayara en medio de la sala del hospital.

32

Kasia

1945

NO PODÍA SER él. Pietrik. ¿Cuántas veces la mente me había jugado malas pasadas con eso? «El diente», recordé. Le levanté el labio superior con el pulgar.

–Pero ¿qué haces, Kasia? –preguntó Karolina.

Dejó su recipiente en el suelo y vino hasta donde estaba yo.

Dios mío, *sí*. El diente mellado, justo un poco a un lado. Ese diente maravilloso. Me quedé unos segundos sentada, esperando a que mi cuerpo recuperara la conexión con mi cerebro. Sí, era él. Empecé a besarlo por toda la cara, con la mugre y todo. Él no recuperó la consciencia en ningún momento.

–¡Kasia! –exclamó Karolina, con los ojos como platos.

Llamé a las otras enfermeras con gestos, porque era incapaz de emitir palabras. Debía de parecer una náufraga en una isla desierta. Las enfermeras vinieron corriendo y Karolina les explicó que debía estar sufriendo algún tipo de crisis o ataque, porque me había puesto a besar a un soldado ruso y a llorar sin parar.

–Es él, es él –murmuraba.

–¿*Quién*, Kasia? –preguntó Karolina–. ¿Quién es? Cálmate, vamos.

–Es Pietrik –contesté.

–¿Tu Pietrik? ¿Estás segura?

Solo logré asentir y las chicas se lanzaron a abrazarme y a besarme.

Me ayudaron a quitarle el uniforme sucio y a acabar de lavarlo. Él estuvo todo el tiempo inconsciente. Yo me quedé sentada a su lado, cogiéndole la mano, maravillada por mi buena suerte. Les pedí a las enfermeras que fueran a buscar a Zuzanna, pero yo me quedé con Pietrik todo el tiempo; tenía miedo de que desapareciera.

Con ayuda de un traductor, nos enteramos, gracias al soldado ruso que estaba en la cama de al lado, de que Pietrik había luchado con ellos. Cuando los rusos liberaron el campo de concentración de Majdanek, el Ejército Rojo obligó a Pietrik a alistarse. Nos contó que Pietrik había estado en Majdanek desde que lo arrestaron y que había trabajado con el resto de los presos esclavizados en la construcción del campo.

Esa noche Zuzanna y papá me ayudaron a llevar a Pietrik a casa, a mi dormitorio. Había perdido mucha grasa corporal, pero Zuzanna lo examinó y dijo que era posible que se recuperara. Ella había visto muchos traumatismos en la cabeza. Muchas veces, cuando el edema se reducía, el paciente recuperaba la función cerebral normal.

PASARON SEMANAS HASTA que Pietrik abrió los ojos y más tiempo aún hasta que pudo hablar, pero yo agradecía cualquier avance. Llevaba conmigo una cajita de cerillas en la que guardaba un trocito de salchicha o un poco de jamón para él siempre que podía. Con el tiempo fue recuperando las fuerzas. El día que dijo sus primeras palabras («Subid la radio, por favor»), Zuzanna y yo lo celebramos con una fiesta privada mientras Pietrik nos miraba desde su cama con una leve sonrisa en la cara. Era como un pájaro que una vez encontré inconsciente en el alféizar de nuestra ventana de la cocina, después de estrellarse contra el cristal: iba volviendo en sí poco a poco. Y de repente un día se levantó y empezó a caminar de nuevo.

No le presionamos para que nos contara sus años en Majdanek y él tampoco dijo nada voluntariamente. Cada uno llevaba a cuestas su propio saco de recuerdos.

Cuando pudo andar, Pietrik decidió recuperar el tiempo perdido y consiguió que lo contrataran como guarda en la fábrica de vidrio que su propietario acababa de reabrir. Cuando su cuerpo fue recuperando la fuerza, aceptó, además, un trabajo como conductor en el Cuerpo de Ambulancias de Lublin. Pero a pesar de todo lo que estaba mejorando su cuerpo, parecía que una parte de él había desaparecido. La parte de los besos principalmente. Él dedicaba toda su energía al trabajo y evitaba cualquier posibilidad de entablar una relación amorosa conmigo. Y yo intentaba justificar su actitud como fuera: que estaba demasiado cansado, demasiado triste, demasiado feliz.

UNA MAÑANA ME desperté con el ruido de un trueno, pensando que estaba otra vez en Ravensbrück y que eran bombas que estallaban a lo lejos. Me relajé al ver las gotas en el cristal de la ventana de mi dormitorio. O más bien cuando recordé que ese día iba a ir con Pietrik en la ambulancia. Como era una enfermera en prácticas, podía sentarme delante con el conductor. Desde que evitaba quedarse a solas conmigo y apenas me tocaba, me encantaba poder pasar toda la mañana tan cerca de él, separados solo por el cambio de marchas. La lluvia lo obligaría a permanecer en la cabina de la ambulancia, con las ventanillas subidas, solo para mí.

Me acomodé en el asiento delantero. Me sentía muy elegante con mi uniforme de enfermera en prácticas y mi cofia. Tal vez me besara. ¿Podría yo besarlo primero? Eso era muy descarado, claro, pero ¿qué sabía yo de esas cosas en realidad? Había estado encerrada durante muchos de mis años de adolescencia, el momento en que se aprenden los rituales amorosos.

¿Todavía me encontraría atractiva Pietrik? Las medias blancas que llevábamos todas no conseguían camuflarme la pierna mala. A menudo la gente se paraba y se me quedaba mirando con una expresión que parecía decir: «Pero ¿qué te ha pasado?». ¿Le parecería grotesca? ¿Y si le decía lo que Luiza me había dicho sobre sus sentimientos hacia mí? Pero no podía traicionar el último deseo de su hermana antes de morir.

–Cuánto tráfico –exclamó, cambiando de marcha–. ¿De dónde saca la gasolina la gente de esta ciudad? Iremos al hospital por el camino largo.

Desde que había vuelto a casa, Pietrik se impacientaba y se enfadaba por la cosa más nimia: el tráfico lento, una palabra mal pronunciada, un poco de lluvia.

–No tenemos prisa –respondí–. Solo vamos a llevar camillas.

La lluvia caía más fuerte en ese momento y los limpiaparabrisas estaban librando una batalla perdida de antemano. Un aguacero, habría dicho Matka. Matka...

Entramos en la calle de Nadia.

–Vamos a pasar junto a su casa –dije.

–Lo sé, Kasia. Ya lo veo.

–No llegaste a decirme lo que significaba «Zegota». Lo que ponía en el sobre que recogí.

–Era el Consejo de Ayuda a los Judíos. La madre de Nadia conocía a uno de los fundadores.

–¿Dónde las escondiste?

–Prefiero no...

–No puedes evitar hablar de ello siempre.

Él redujo la marcha y se centró en conducir, con la mirada fija en la carretera.

–Estuvieron en diferentes pisos francos –dijo al fin–. Hasta que ya no eran seguros. También en el sótano de la farmacia del señor Z durante un tiempo. Cuando las arrestaron...

El tráfico se volvió más lento cuando nos acercamos al antiguo apartamento de Nadia. Su puerta naranja estaba reluciente por la lluvia.

Yo lo vi primero: un montoncito negro de pelo mojado en la puerta.

–Para, Pietrik. Es *Felka*.

–¿Otra vez? –exclamó Pietrik.

Tiró del freno de emergencia, encendió las luces parpadeantes que había en el techo de la ambulancia y salió de un salto. Yo también salí como pude de la alta cabina y subí hasta el último escalón. Ahí estaba *Felka,* hecha un ovillo en el felpudo, empapada, pero con pinta de no estar del todo arrepentida.

Los nuevos residentes eran los Riska, un amable profesor y su mujer, que habían tenido que abandonar Varsovia por los bombardeos. La señora Riska era prima de la señora Bakoski y se habían mudado a Lublin atraídos por la oferta de alojamiento gratuito que había hecho el nuevo gobierno, un poco porque muchos polacos no confiaban en él y habían permanecido fuera del país, preocupados por si Polonia no acababa siendo tan libre e independiente como afirmaba Stalin. Pero a pesar de la oferta, muchos se quedaron en Londres y otros lugares, esperando a ver qué pasaba.

Los Riska se mostraban comprensivos con el hecho de que *Felka* apareciera en su entrada a menudo y nos llamaban siempre que la encontraban allí. Papá lo había intentado todo para mantenerla en casa: encerrarla, atarla. Pero siempre conseguía escaparse. Y todos sabíamos a quién estaba esperando.

Mientras tratábamos de atraerla hacia la cabina seca, empezó a formarse una cola de coches detrás de la ambulancia que no podían pasar.

–Vamos, chica –dijo Pietrik de forma muy dulce, pero *Felka* no cedió–. Cógela por delante, yo la agarraré por detrás –me ordenó.

Llevamos a *Felka* hasta la calle. Cuando los conductores vieron que la ambulancia se había parado por un perro y no por un humano, empezaron a tocar el claxon.

Conseguimos meter a la perra en la cabina y ella se tumbó entre ambos, envuelta en una toalla. Cuando Pietrik se alejó de la casa, *Felka* se estremeció y se sacudió, lanzando gotas de agua por todas partes y directas a nuestras caras. Me sacudí un poco de barro de la parte de delante del uniforme. Seguro que después de eso ya no habría beso.

–Puede que Nadia esté en alguna parte –dije.

–Seca a *Felka* por detrás de las orejas. Le gusta.

Froté las orejas y el hocico entrecano de la perra con la toalla.

–Todavía hay deportados que vuelven a casa.

–No digas que es una persona desaparecida, Kasia. Di la verdad. Di que la asesinaron los nazis y que ya no está. Igual que el resto.

–Al menos van a celebrar una misa por tu madre mañana.

–No es solo por ella, Kasia. Es por doscientas personas y va a ser un circo. No vayas, por favor.

–Papá dice que va a haber agentes del NKVD allí.

–¿Y qué me van a hacer? ¿Matarme? Siempre y cuando lo hagan rápido, por mí estupendo.

–Están buscando a miembros de la resistencia. Cualquier miembro de alto rango...

–Yo era *soldado* del Ejército Rojo, Kasia...

–Pero contra tu voluntad.

–Bueno, pero eso me salva por ahora.

–Papá dice...

–Ya vale con tanto «papá dice», Kasia. ¿Es que no sabes pensar por ti misma?

Le froté la tripa a *Felka* con la toalla y ella se puso panza arriba.

–Creo que no debería haber hecho de correo para ti en su momento –solté.

–¿Es que no te das cuenta de que yo tengo que vivir con ello todos los días? No solo ha muerto mi hermana, que casi no tenía edad ni para quitarse la ortodoncia, sino también tu madre, Kasia, que era una persona a la que yo quería mucho. ¡Por no hablar de lo que te han hecho a ti! Y aquí estoy yo, sano y salvo. ¿Qué clase de hombre soy? A veces creo que si no te tuviera a ti... –Se giró y me miró–. No querría estar aquí.

Estudié detenidamente su rostro. ¿De verdad acababa de decir eso? Volvió a fijar la mirada en la carretera, pero yo lo había oído: «Si no te tuviera a ti...».

Le cogí la mano que tenía apoyada en el asiento.

–No digas eso, Pietrik. Es pecado mortal y...

Él apartó la mano.

–No importa. –Volvió a poner las dos manos en el volante y siguió conduciendo, sumido en sus pensamientos–. Olvida lo que he dicho.

Me alegró ver un poco del Pietrik de antes. Pero como el sol que se asoma en un día nublado, desapareció tan rápido como había salido.

NO HICE CASO de la petición de Pietrik de no ir a la misa en el castillo de Lublin. Se celebraba en honor de los trabajadores forzosos que fueron asesinados allí por los nazis antes de su retirada, entre ellos la madre de Pietrik. Yo había querido mucho a la señora Bakoski y sentía la necesidad de honrarla con los demás. Todo Lublin estaría allí. Y, además, conocía a muchas de las familias cuyas madres, hermanas o maridos habían muerto ese día. Todo el mundo conocía a alguien que había sufrido el impacto de ese asesinato masivo.

Empecé el día en la capilla del castillo, el lugar favorito de Matka, arrodillada por encima la multitud que se congregaba abajo. La capilla se había convertido en un lugar especial para mí también, un sitio donde aislarme. Un lugar donde rezar, hablar con mi madre en un ambiente calentito. Todavía no habían terminado de descubrir los preciosos frescos bizantinos, pero ya se veían trozos de ellos en los altos techos, entre los arcos góticos. Recé por los mismos de siempre: papá, Zuzanna, Pietrik. Por las almas de los muertos y desaparecidos. Por Nadia. Por Matka.

Desde la ventana de la capilla vi la multitud que se estaba reuniendo abajo, desperdigada por la ladera cubierta de hierba que había al otro lado del gran muro del castillo. Había venido gente de toda Polonia para presentar sus respetos. El coro de la iglesia cantaba mientras iban entrando los grupos de gente, mayor y joven, buscando los mejores sitios, los de delante, los que tendrían la mejor visión. Había un montón de sacerdotes con sus sotanas negras, y un grupo de monjas dominicas con sus cofias blancas que parecían cisnes gigantes. Familias de Lublin. Papá y Marthe también estaban allí, en alguna parte. Zuzanna lo escucharía todo desde una ventana abierta del hospital.

Bajé despacio por la escalera de caracol, porque mi pierna mala y unos escalones de piedra resbaladizos eran una mala combinación, y salí al patio donde nos reunieron a todas antes de llevarnos a Ravensbrück. ¿Había estado allí con Matka, Luiza y Zuzanna solo cinco años atrás?

Fui hasta la ladera cubierta de hierba y me abrí paso entre la multitud. Aunque había sido un otoño cálido, ese día hacía frío. La gente llevaba ramos de flores: sobre todo botones de oro, amapolas rojas y otras flores silvestres. Yo llevaba unas margaritas de floración tardía que había encontrado en un solar vacío. Las había envuelto en un trapo húmedo y el frío del agua hacía que me ardiera la mano, incluso con el guante que llevaba.

Me soplé la mano libre para calentármela y busqué a Pietrik entre la multitud. ¡Lo que daría por tener dos guantes! Había dividido con Zuzanna un par que le había regalado una mujer moribunda en el hospital. Yo tenía el derecho y ella el izquierdo.

Era difícil imaginar que hubiera más de trescientas personas enterradas allí, bajo esa colina, a la sombra de la gran fortaleza. Había familiares al final de los terrenos del castillo, donde la gente de la ciudad había enterrado como pudo, en una fosa común, a los asesinados. Alguien había colocado una gran cruz de madera en medio de la colina y seis sacerdotes esperaban debajo.

Los sacerdotes bendijeron la tumba y yo seguí atravesando la multitud en busca de Pietrik. ¿Estaría enfadado porque había ido? ¿Debería olvidarme de él? Una chica solo podía soportar una cierta cantidad de rechazo.

Me acerqué a un grupo de monjas que había reunidas en un extremo, con tarjetas de oraciones y velas en las manos, y unas cuantas con coronas colgadas del brazo. Vi a Pietrik cerca de ellas, un poco más allá. Estaba de pie solo, con la espalda muy recta, las manos metidas hasta el fondo de los bolsillos de la chaqueta de lona del uniforme de la fábrica de vidrio, los ojos fijos en la misa. Estaba cerca de una enorme pila de flores que los que venían a presentar sus respetos habían ido dejando allí, una montaña creciente de rojo, rosa y amarillo. Fui bajando poco a poco por la colina hacia él. Sentía un fuerte dolor en la pierna con cada paso.

Atravesé el grupo de monjas, aunque me quedé un momento entre ellas para aprovechar su calor, y después me colé entre el mar de hábitos negros y cuentas de rosarios que les llegaban a la cintura. Salí del grupo y fui hacia Pietrik. Si me había visto acercarme, no dio señal de ello. Cuando llegué donde estaba, vi que tenía los ojos enrojecidos. Me coloqué a su lado. Cerré la mano desnuda y me eché el aliento caliente en ella.

Pietrik se volvió para mirarme, con las pestañas pegadas por las lágrimas. Fui hasta el montón de flores, dejé las margaritas encima, me volví y regresé junto a él.

¿Debería quedarme? Había dejado las flores, había hecho lo que había venido a hacer: presentar mis respetos. Y él me había pedido que no fuera.

Al no recibir ningún gesto por parte de Pietrik, me giré para irme y, justo en ese momento, sentí su mano en mi brazo. Casi no me lo podía creer cuando vi que me rodeaba la muñeca con los dedos y tiraba de mí suavemente para que me quedara a su lado.

«Orgullo» es una palabra que se usa demasiado, pero eso es exactamente lo que sentí ese día mientras escuchaba al coro que emitía su canto hacia el cielo. Orgullo de que Pietrik quisiera que yo compartiera con él todo aquello. Lo bueno y lo malo.

Me buscó la mano desnuda, entrelazó sus dedos con los míos y se la llevó a los labios para besarla. Después la metió en su bolsillo, que tenía un forro interior de franela muy calentito.

33

Kasia

1946

EL EJÉRCITO LLEGÓ desde todas partes. Desde el *blitzkrieg* de Hitler no había habido una operación tan organizada como aquella. Llegaron con vestidos floreados y zapatos cómodos, cargando con cacerolas y platos, algunos aún humeantes, recién salidos del horno. La general Marthe coordinó todos los esfuerzos desde la oficina de correos y el resultado fue que hubo suficientes *pierogi* y bastante sopa de remolacha y estofado de cazador como para alimentar a los asistentes a seis banquetes de boda.

¿Una oficina de correos les parece un lugar extraño para celebrar una boda? Tal vez, pero era adecuada para lo que nosotros queríamos. Era un espacio grande y abierto de techos altos, y, además, podías matar dos pájaros de un tiro: recoger el correo y bailar con la novia. Aunque no es que la novia pudiera bailar, pero los invitados me iban enganchando dinero en el vestido de todas formas. Llevaba uno rosa pálido que no había elegido yo; Marthe me había sorprendido con una creación salida de su propia máquina de coser. Yo quería ir de blanco, pero no podía rechazar ese vestido porque estaba intentando mantener una relación cordial con ella por el bien de papá. En aquel momento solo quería que se acabara todo para estar a solas con Pietrik.

Había sido una mañana difícil por dos razones. Una era que los Riska habían llamado para decirnos que *Felka* había muerto el día anterior. La habían encontrado en los escalones de la entrada por última vez. La enterramos en el jardín trasero de nuestra casa.

Zuzanna y papá estuvieron allí, y vieron cómo Pietrik cavaba en la tierra y yo envolvía a *Felka* en la mantita de Nadia con la que la había traído a casa años atrás. Todos lloramos al despedir a nuestra ancianita. Papá más que ninguno.

No pude evitar pensar que *Felka* había sido una amiga fiel para Nadia y la había esperado hasta el fin, no como yo, que había seguido con mi vida y me había puesto a planear mi boda sin acordarme de Nadia y de que no iba a estar allí conmigo. Menuda amiga era.

El otro momento difícil por el que tuve que pasar la mañana de mi boda fue la bendición de la madre de la novia. Esa bendición era tan importante en una boda polaca que si la madre de la novia estaba muerta, todos los invitados iban con ella al cementerio a visitar su tumba antes de ir a la iglesia. Pero nosotros no podíamos ir al lago de Ravensbrück, que era el lugar donde seguramente habrían acabado las cenizas de Matka. Marthe había preparado una larga bendición, pero yo preferí que fuera Zuzanna quien la leyera, lo que hizo enrojecer a Marthe. Estaba resignada a llevarme bien con ella, pero no siempre me resultaba fácil. En mi vida Zuzanna estaba por delante de ella y siempre lo estaría.

La ceremonia en la iglesia fue breve. Aunque las elecciones libres todavía no se habían celebrado y las autoridades estalinistas no habían tomado oficialmente el control, el Partido de los Trabajadores Polacos de Moscú se consolidaba día a día y ellos no apoyaban nada que distrajera a los trabajadores de las necesidades colectivas de la gente, como una boda por la iglesia. Consideraban que eran espectáculos ridículos, así que la gente intentaba que no la vieran en esas ceremonias. Como resultado, solo tres de mis amigas enfermeras se atrevieron a asistir a la ceremonia, a pesar de que les podría haber costado sus trabajos. Los pocos amigos que le quedaban a Pietrik en la resistencia seguían escondidos en los bosques. Todos debíamos tener cuidado, porque incluso poner flores en una tumba de un antiguo miembro de la resistencia era causa de arresto.

Pero los invitados no se reprimieron a la hora de celebrarlo en la oficina de correos, porque era un lugar bastante privado. En cuanto llegamos, me rodearon y empezaron a prenderme billetes en el vestido, mi tradición favorita de todas. ¿De dónde habían sacado Marthe y sus amigas toda esa comida? Embutidos, salchichas, ensaladas. ¡Tres pasteles y delicados *chruściki!* Posiblemente la habrían conseguido en el mercado negro.

–Venid, es hora del *oczepiny* –anunció Marthe.

El *oczepiny* era el ritual de quitarle el velo a la novia y sustituirlo por una capota como símbolo de que estaba oficialmente casada. Primero las mujeres solteras rodeaban a la joven y le quitaban el velo; después las casadas hacían lo mismo y le colocaban la capota.

Marthe dio unas palmadas, levantando las manos por encima de la cabeza, y se acercaron las solteras.

–Zuzanna, quítale el velo.

–Ya sabe lo que tiene que hacer, Marthe –repuse.

La banda tocó y las chicas me rodearon con las manos unidas mientras mi hermana me quitaba las horquillas que sujetaban el velo de la madre de Pietrik. Me dolía la pierna mala por estar tanto rato de pie, pero ¿cómo iba a sentarme en las sillas plegables que había contra la pared como las señoras mayores? Había soñado con realizar ese ritual en mi boda desde la infancia.

Zuzanna me dio el velo y se unió al corro. Me tapé los ojos con una mano y tiré el velo con la otra, calculándolo perfectamente para que aterrizara en manos de Zuzanna. Si Dios quería, ella sería la siguiente.

–Ahora que se reúnan las mujeres casadas –pidió Marthe a la gente.

Ella tenía la capota blanca en la mano. ¿Dónde estaba Pietrik? Se lo estaba perdiendo todo.

–¿Quién va a ponerme la capota? –pregunté.

–Yo –dijo Marthe.

–Pero tiene que hacerlo una mujer casada.

Las casadas me rodearon formando un corro, cogidas de la mano.

Marthe se acercó.

–Kasia, solo es una tradición.

Las mujeres casadas empezaron a girar alrededor de Marthe y de mí al ritmo de la música. El olor del perfume de violetas y la sopa de remolacha era embriagador. Yo cogí una mano al azar y saqué a la mujer del curtidor al centro del círculo.

–La señora Wiznowsky me pondrá la capota.

Marthe me cogió la mano.

–Kasia, por favor. Déjame hacer esto.

La miré a sus ojos castaños y supe lo que tenía que hacer. Había sido buena conmigo después de todo. Nos había alimentado a Pietrik, a Zuzanna y a mí hasta que recuperamos la salud. Así que dejé que Marthe me pusiera la capota y en su cara apareció una enorme sonrisa. No había visto a una persona más feliz en mi vida.

Yo salí del corro de mujeres y los billetes ondearon mientras caminaba. ¿Dónde estaba Pietrik? Llevaba todo el día muy callado. Fui a buscarlo, pero tuve que detenerme un momento para que un amigo de papá me pusiera otro billete de un zloty en el vestido.

Lo encontré en el despacho de papá, solo, repantingado en su viejo sillón de cuero, con las manos en el regazo. Las lámparas estaban apagadas y solo se veía el haz de luz de una farola que se reflejaba en el cristal de una foto que había en la mesa. Era la favorita de papá, aunque yo tenía los ojos medio cerrados. Era una foto que había hecho mi madre, en la que él nos abrazaba a Zuzanna y a mí.

–Ven a la fiesta –le dije.

Le quité el mijo que todavía tenía en el pelo después de que los invitados nos lo tiraran al salir de la iglesia. Era el mijo que papá había enterrado aquella noche, tanto tiempo atrás. Aunque era peligroso llamar la atención sobre la ceremonia, me alegraba que la gente hubiera querido cumplir la tradición de tirarnos mijo.

Me arrodillé a su lado.

–No has comido nada. Ya casi no queda estofado y acaban de traer más salchichas de las que te gustan. Además, van a bailar el *kujawiak*.

–Enseguida voy, Kasia.

Pietrik era una persona callada, pero nunca lo había visto así de hosco.

–Todo el mundo se pregunta dónde está el novio –insistí.

Siguió callado largo rato, con la cara oculta entre las sombras.

–Pero qué cobarde soy, Kasia. Mis antiguos amigos de la resistencia escondidos en el bosque, comiendo hierba, mientras yo estoy aquí, de fiesta con un banquete.

La música de la sala alcanzó un ritmo frenético.

–No es culpa tuya que papá quiera proteger a su yerno. Nosotros también tenemos nuestros problemas...

–Estaba pensando en lo que mi padre haría si estuviera aquí. Él no era un cobarde.

Aunque Pietrik hablaba muy poco de ello, habían surgido nuevos rumores sobre lo ocurrido en el bosque de Katyń, y aunque los rusos culpaban a los nazis, todos sabíamos que fue el NKVD ruso quien asesinó allí a miles de agentes de la inteligencia polaca. Y era muy probable que el capitán Bakoski estuviera entre los ejecutados.

–¿De qué estás hablando?

Puse la cabeza en su regazo y sentí que tenía algo duro y frío en la mano. Cuando lo apartó, la luz arrancó un destello a su superficie plateada.

–¿El arma de papá? –pregunté–. ¿Es que estás...?

–Tenerla en la mano me hace sentir mejor –explicó Pietrik.

Se la quité.

–Es mejor que vuelvas a la fiesta –aconsejó Pietrik–. La novia no puede desaparecer así.

Se me heló la sangre solo con tocar esa arma, lisa y pesada.

–También quieren verte a ti –insistí yo.

Él no intentó volver a coger el arma. Abrí el cajón de la mesa de papá y la metí dentro.

–Oh, Pietrik –exclamé arrodillada a su lado.

Nos quedamos un rato allí, en la oscuridad, juntos, escuchando a los invitados cantar y a la banda tocar *Sto Lat*. Cien años de felicidad para el novio y la novia.

34

Herta

1947

LO QUE SE conoció como «el juicio de los doctores» en Núremberg fue una farsa de principio a fin y el trauma de todo aquello me provocó una serie de infecciones en los bronquios que me dejaron muy debilitada. La espera. Las enormes pilas de papeles que podrían haberse usado como combustible para evitar que los buenos alemanes se helaran de frío. Los 139 días del juicio, los 85 testigos y los infinitos interrogatorios de la defensa.

Solo el testimonio del doctor Gebhardt duró tres días, y fue especialmente difícil de presenciar. Al explicar con gran detalle las operaciones, lo único que consiguió fue arrastrarnos a Fritz y a mí al abismo con él. Gebhardt incluso se ofreció a permitir que le hicieran a él la misma intervención para demostrar lo inofensivos que eran esos procedimientos, pero no le hicieron caso.

¿Y por qué el mismo día que yo tenía que testificar le pedí a mi abogado, el doctor Alfred Seidl, que me dijera qué suerte habían corrido Binz y Marschall tras el juicio al personal de Ravensbrück, el denominado « juicio de Ravensbrück», que se había celebrado en Hamburgo? Aquello solo me creó más miedo por tener que subir al estrado esa mañana.

–Se llevaron a Elizabeth Marschall primero –me contó Alfred– y después a Dorothea Binz. Y a Vilmer Hartman al final. Las señoras primero, supongo.

Se me contrajeron los músculos del abdomen cuando me mostró la foto del periódico. En ella salía Vilmer, con las manos esposadas a la espalda, el cuello roto a la altura de la quinta vértebra y los pies, con sus bonitos zapatos, suspendidos en el aire. La horca había funcionado bien. El nudo, colocado bajo la parte izquierda de la mandíbula, le había roto el hueso axis, seccionándole la espina dorsal. Examiné las fotos de los demás, colgados como patos en el palo de un cazador, y me invadió un miedo terrible que hizo que me empezaran a temblar las manos. Muchos de ellos habían recurrido a la religión antes de subir los trece escalones del patíbulo. Todos fueron enterrados en tumbas sin nombre.

Lo que ocurrió ese día en el juzgado no contribuyó, ni mucho menos, a calmarme. Lo primero fue ver a una de las conejas del campo subir al estrado de los testigos.

–¿Puede identificar a la doctora Herta Oberheuser? –preguntó Alexander Hardy, uno de los abogados de la acusación.

Era un hombre razonablemente atractivo, aunque empezaba a clarearle el pelo.

La coneja me señaló. ¿Cómo podía ser? ¿Me recordaban? Yo no las recordaba a ellas. ¿Sabían mi nombre? Habíamos tenido mucho cuidado. Alfred me dijo que las polacas habían pedido que me extraditaran a Polonia para someterme a juicio allí. Solo *a mí*. ¿Es que los demás no habían hecho cosas peores? Alfred recurrió la petición y ganó el recurso.

Pronto llegó mi turno.

–Llamamos al estrado a Herta Oberheuser –pidió Hardy.

Fritz me lanzó una mirada con la que pretendía infundirme coraje. Yo inspiré hondo y sentí que me latía la cabeza. Fui hasta el estrado. La gente solo era una mancha borrosa, pero busqué a Mutti en la galería.

–¿Cómo pudo usted participar en los experimentos con la sulfamida y seguir con la conciencia tranquila, Herta Oberheuser? –preguntó Hardy.

–Esas presas eran mujeres polacas que estaban sentenciadas a muerte –contesté–. Iban a morir de todas formas. Y esa investigación ayudó a soldados alemanes. Gente de *mi sangre*.

Encontré a Mutti en la galería, apretándose los labios con la mano. ¿Gunther no estaba?

Hardy me señaló agitando un montón de papeles.

–¿Fusilaron o ejecutaron a alguna de esas mujeres después de someterlas a esos experimentos?

–Sí, pero eran presas políticas con...

Delante de mí, se encendió la bombilla roja de la tribuna de los testigos. A los intérpretes les costaba seguir mi declaración. Tendría que hablar más despacio.

–Eran presas... políticas... con... sentencias de muerte.

–Según lo manifestado en su declaración jurada sobre las inyecciones letales, admite usted que suministró cinco o seis inyecciones, ¿es correcto?

¿Por qué había admitido eso en mi declaración? ¿Podía fingir que no había entendido al traductor?

–No –afirmé.

–Bueno, usted administró unas inyecciones y tras recibirlas las personas murieron, ¿no?

–Sí, pero como he dicho en interrogatorios anteriores, fue con la intención de ayudar con mis conocimientos médicos a pacientes que estaban sufriendo una agonía antes de morir.

–Y esa ayuda tuvo un resultado de muerte, ¿no es así? –insistió Hardy.

Mantuve la mirada fija en las manos que tenía en el regazo.

–No.

–He dicho: «Y esa ayuda tuvo un resultado de muerte, ¿no es así?» –repitió Hardy.

El corazón me martilleaba mientras me estudiaba las manos.

–Como he dicho, las pacientes estaban moribundas y sufrían.

–Señorita Oberheuser, ¿le concedieron alguna vez algún honor o medalla?

–Recibí la Cruz al Mérito de Guerra, si no recuerdo mal.

–¿Y por qué recibió esa medalla?

–No lo sé.

Hardy se inclinó sobre su podio.

–¿Fue por su participación en los experimentos con la sulfamida?

–No, sin duda.

–No tengo más preguntas, señoría.

Aunque se presentaron pruebas de que los estadounidenses habían realizado experimentos similares a los que nos imputaban a nosotros, algo que afectó visiblemente a los jueces de ese país, al final los veredictos se iban a basar en el asunto de si las mujeres objeto de los experimentos se prestaron o no voluntarias. Yo no pude hacer más que deambular por el huerto que había en el patio de la prisión y esperar.

Fritz quedó destrozado por el juicio. Mientras otros doctores se lo tomaron con calma e intentaron encontrar la forma de librarse de la sentencia, Fritz se retrajo. No nos permitían hablar en el juzgado, pero una vez se dirigió a mí cuando entrábamos en el ascensor para bajar a nuestras celdas.

–Por mí, podrían colgarme ya –dijo–. Estoy acabado.

El abogado de Fritz fue el único defensor del juicio de los doctores que mostró arrepentimiento, algo que no les pasó desapercibido a los otros médicos, porque el resto permanecimos firmes hasta el final.

El día que hicieron pública nuestra sentencia, el 20 de agosto de 1947, yo llevaba un vestido abotonado de lana negra, con manga larga y un lazo blanco en el cuello que me habían dado en el juzgado. El corazón me golpeaba con fuerza el esternón mientras escuchaba las sentencias de mis colegas, que se fueron anunciando una por una en aquella sala enorme. Esperé mi turno en el pasillo, tras la puerta de madera de la sala, con un guardia estadounidense silencioso a mi lado. Ya sabía suficiente inglés por aquel entonces para entender cuál sería el destino del doctor Gebhardt.

–Doctor Karl Gebhardt, este Tribunal Militar número 1 lo encuentra y lo declara culpable de crímenes de guerra, crímenes contra la humanidad y pertenencia a una organización considerada criminal por sentencia del Tribunal Militar Internacional, como solicitaba la acusación que se ha ejercido contra usted. Por los crímenes mencionados ya ha ingresado en prisión y permanecerá en ella hasta la ejecución de la sentencia. Por todos ellos este Tribunal Militar número 1 le sentencia a usted, Karl Gebhardt, a muerte en la horca.

Cada vez me costaba más respirar. Cuando llegó mi turno, se abrió la puerta, entré en la sala y me puse los auriculares de la traducción. La sala adquirió unos colores muy brillantes, saturados e intensos, mientras buscaba a Mutti entre la gente.

–Herta Oberheuser, este Tribunal Militar número 1 la encuentra y la declara culpable de crímenes de guerra y crímenes contra la humanidad, como solicitaba la acusación que se ha ejercido contra usted.

Cuando oí la palabra *schuldig* por los auriculares por los que me llegaba la traducción, tuve que agarrarme al pasamanos.

Culpable.

Después llegó la sentencia. La escuché, inerte.

–Por los crímenes mencionados ya ha ingresado en prisión y permanecerá en ella hasta la ejecución de la sentencia. Por todos ellos este Tribunal Militar número 1 la sentencia a usted, Herta Oberheuser, a confinamiento durante veinte años, que tendrá que cumplir en una prisión u otro centro penitenciario habilitado, según determine la autoridad competente.

Yo me esforcé por no mostrar ni la más mínima reacción ante la sentencia. A Fritz lo condenaron a cadena perpetua y muchos otros corrieron la misma suerte que Gebhardt y se unieron a él en la horca. Yo sería una anciana cuando saliera de la cárcel. En el minuto y cuarenta segundos que necesitaron para sentenciarme, me arrebataron toda una vida de trabajo.

EL 2 DE junio de 1948 colgaron al doctor Gebhardt de una de las tres horcas portátiles que había en el gimnasio de la prisión. Leí en el periódico que los nudos que utilizaron ese día no estaban bien ajustados y que varios de los sentenciados siguieron con vida casi diez minutos después de ser colgados. Los estadounidenses no eran capaces ni de ejecutar una sentencia de muerte de forma satisfactoria. Me alegré de que el Führer se hubiera quitado la vida y no pudiera ver toda aquella parodia. No tardaron en llevarme en autobús a la prisión para criminales de guerra número 1 de Landsberg, en Baviera, para que empezara a cumplir allí mi sentencia. Me hundí con solo pensar que no iba a practicar la medicina durante todos esos años, y por eso empecé una campaña de envío de cartas.

Le envié la primera al alcalde de Stocksee.

35

Kasia

1947

ME PASÉ LA mayor parte del miércoles 25 de marzo de 1947 gritando a todo pulmón. En el Hospital del Pueblo de Lublin las enfermeras nos alegrábamos de oír esos gritos, porque eso significaba que se trataba de una madre sana. Un nacimiento que se producía en silencio solía tener un resultado triste. Me sentí aliviada al oír que los pulmones de mi bebé también funcionaban perfectamente, porque como enfermera de maternidad que era, había visto muchas veces cómo podían torcerse las cosas en segundos: partos de nalgas, bebés azules... Nuestros médicos (incluida mi hermana) eran excelentes, pero eran las enfermeras de la división de maternidad las que hacían la mayor parte. Yo tuve suerte de que el mío fuera un parto rutinario, porque escaseaba la medicación para el dolor y otros fármacos.

Pietrik se quedó junto a mi cama, con el bebé arropado en los brazos, y todas las enfermeras de la planta se congregaron a su alrededor. Llevaba una bata blanca de hospital encima de su mono de la fábrica y tenía a nuestra hija en brazos como si fuera lo más natural del mundo; no estaba ni tenso ni incómodo, como muchos padres primerizos. Por amables que fueran las visitas, yo solo quería estar a solas con mi bebé y empezar a conocerla.

–Dámela, Pietrik –pedí, ronca de tanto gritar.

Pietrik volvió a ponérmela en los brazos. Pronto me entró sueño, porque en la sala hacía calor, a pesar de que era grande y había más de cincuenta camas. La supervisora de mi planta había reservado para mí la mejor, junto a la pared más alejada, lejos de las ventanas por las que entraban corrientes de aire y al lado del radiador. Inhalé el olor agridulce de mi bebé y vi que la fontanela de la coronilla latía con un ritmo tranquilo. Era tan rubia como la niña de la señora Mikelsky. ¿Cuántos años tendría Jagoda? ¿Ocho? ¿Deberíamos llamar a nuestra hija Jagoda? Sería muy triste. Tal vez le iría mejor un nombre como Irenka.

Significaba «esperanza».

Pietrik insistía en llamarla Halina y me decía que a mi madre le habría gustado. ¿Pero es que no veía que era demasiado doloroso para mí decir el nombre de mi madre cien veces al día?

Sonaron unas campanillas que indicaban que empezaba la hora de visita y las enfermeras se dispersaron. Marthe fue la primera en llegar. Llevaba un plato de *pączki* en una mano y un montón de servilletas en la otra.

–Vengo con regalos –anunció–. ¿Un *pączek* para la madre?

Papá apareció detrás de ella, con el bolso de Marthe en la mano.

–No, gracias –contesté.

Yo me sentía tan redonda y gorda como un *pączek*. ¿Cuándo volvería Zuzanna para poder librarme de Marthe? Ella me había asistido en el parto, pero había tenido que irse para atender una fractura.

Marthe puso un *pączek* cubierto de azúcar sobre una servilleta y lo dejó a mi lado.

–No es momento para hacer dieta.

Me resistía a tomar dulces, no solo porque quería perder la grasa del embarazo, sino también porque tenía una caries en el colmillo izquierdo, un recuerdo de Ravensbrück, que me dolía cada vez que comía algo con azúcar.

Mi padre me besó la mano y la frente, y después besó al bebé.

–¿Qué tal estás, Kasia?

Pietrik tomó a la niña. Cuando me la quitó, sentí frío. Le pasó la niña a papá, que todavía tenía el bolso de Marthe colgado del brazo.

–Estamos pensando en llamarla Halina –anunció Pietrik.

–Bueno, a mí me gusta Irenka –intervine–. Significa «esperanza»...

–Halina, claro. Qué bonito –dijo papá.

¿Se le habían llenado los ojos de lágrimas?

–Se parece a ti, Pietrik –dijo Marthe–. ¿La vais a bautizar en casa? Ni se os ocurra hacerlo en una iglesia.

Tenía razón. El Partido Polaco de los Trabajadores ya no se limitaba a desaconsejar las ceremonias religiosas, entre ellas los bautizos y las bodas; las había prohibido abiertamente y se dedicaba a complicarles mucho la vida a aquellos que desobedecían esa norma. Marthe y papá seguían sin estar casados, aunque muchos sacerdotes casaban a parejas en secreto.

Marthe tomó al bebé de brazos de papá.

–Es posible que con tu pierna mala te cueste todo mucho cuando vuelvas a casa, Kasia. Yo cuidaré del bebé.

Mientras Marthe le hacía arrumacos al bebé, una ola de algo muy oscuro creció en mi interior. ¿Por qué no estaba allí mi madre? Matka iría por toda la sala con el bebé, luciéndolo, me contaría historias de cuando era pequeña y me haría reír.

De repente noté que tenía la cara mojada por las lágrimas. Había ayudado a cientos de madres a luchar contra la depresión postparto, pero era más difícil de lo que parecía. Era como si te tragara un agujero negro.

–Necesito que me devolváis al bebé, por favor –rogué.

De repente quería que todos se fueran, Pietrik también. Si no podía tener a mi madre, no quería a nadie allí conmigo.

Pietrik tomó al bebé del brazos de Marthe, que pareció contrariada por tener que soltarlo, y me lo entregó de nuevo.

–Kasia necesita descansar –dijo.

Marthe cogió su plato de *pączki*.

–Volveremos mañana con *pierogi*.

–No, gracias –contesté–. Aquí nos alimentan bien.

Cuando se fueron y Pietrik volvió a la fábrica, el bebé y yo estuvimos dormitando, pero el radiador empezó a soltar vapor con un silbido y me desperté sobresaltada, pensando que estaba otra vez en el tren que iba a Ravensbrück y que lo que sonaba era el silbato del tren al llegar al andén. Se me aceleró el corazón, pero me tranquilicé al ver al bebé. Mi hija se revolvió en mis brazos.

¿Halina? ¿Le íbamos a poner el nombre de mi madre al final? En ese momento apenas podía mirar una foto de ella sin derrumbarme. Y lo que era más aterrador aún, ¿podría el nombre de la niña trasladarle el mismo destino terrible que había tenido Matka? ¿Tener una vida maravillosa que se había visto truncada demasiado pronto? Me recorrió un escalofrío. Cosas más extrañas habían ocurrido.

Cuando Pietrik y papá empezaron a llamar a la niña Halina, cedí y yo también comencé a llamarla así. Necesitaba superarlo después de todo. Era madre y tenía responsabilidades, ya no era una niña. Además, todo el mundo decía que era un nombre precioso y que al bebé le iba bien. Se lo habíamos puesto en honor de mi madre, y ella habría estado encantada.

Aunque, no sabía por qué, no podía quitarme de la cabeza la idea de que debería haberla llamado Esperanza.

36

Caroline

1946-1947

DESPUÉS DE ENCONTRAR a la niña y organizarlo todo para que sus padres fueran a recogerla, me quedé en París haciendo todo lo posible por evitar a Paul. Ya era padre y yo no quería tener nada que ver con la ruptura de una familia. Aunque tampoco me resultaba difícil evitarlo, porque ellos seguían en casa de Rena, en Ruán.

Tal vez haya quien piense que no hay un lugar mejor para curarse de una herida sentimental que «la ciudad del amor», pero ese año, tras el fin de la guerra, todos los bancos de los parques estaban llenos de amantes que se besaban en público, algunos antes incluso del desayuno, recordatorios demasiado evidentes de mi amor perdido. Y no solo mi humor era sombrío, también lo eran las noticias que llegaban desde mi hogar, porque Roger me escribió para contarme que Cuddy, nuestro ascensorista, había muerto en combate en el Pacífico.

Parecía una drogadicta con un síndrome de abstinencia infernal. No dormía, no comía. ¿Por qué no podía seguir adelante volcándome en algún objetivo más ambicioso? Me iba a quedar soltera, sola el resto de mi vida. Cosas peores les ocurrían a muchas personas.

No me ayudó que nuestro buzón estuviera todos los días a rebosar de cartas de Paul. Mi madre las dejaba caer en un cesto del salón con un grandilocuente suspiro que habría quedado bien en un escenario. Más de una vez les había echado un vistazo, admirando la letra, y llegué a poner unas cuantas cerca de la lámpara para intentar ver al trasluz. ¿Pero por qué no leerlas? Porque eso solo serviría para prolongar la agonía.

Sentía que París me había engañado. Tanto la ciudad como yo habíamos tenido que encajar un golpe, pero la ciudad se estaba recuperando y empezaba a reconstruirse y a recoger los escombros. Si la industria de la moda servía como muestra, París estaba de vuelta. Ya albergaba elaborados desfiles de moda en las grandiosas casas de alta costura y sesiones de fotos para revistas con edificios en ruinas de fondo, mientras yo seguía deshaciéndome en lágrimas cuando veía a una paloma tullida o a un viejo frutero que tenía para vender tres manzanas llenas de gusanos expuestas sobre una toalla.

PASARON LOS MESES y una mañana de noviembre me desperté y decidí sumergirme en el trabajo y no pensar en Paul ni una vez al día. Ya no había nuevas cartas en la cesta y, afortunadamente, todavía había mucho que hacer en París, porque la reconstrucción estaba en pleno apogeo. Volcarme en las desgracias de otros sería una buena forma de olvidar mis problemas personales. ¿No había dicho el mismísimo lord Byron: «Los que están ocupados no tienen tiempo para las lágrimas»?

Seguía escaseando la gasolina, así que los parisinos iban en bicicleta a todas partes. También faltaban platos, cerillas y cuero para zapatos, aparte de comida decente. Los trabajadores seguían cultivando judías y patatas en la Esplanade des Invalides con arados tirados por caballos, pero había muy pocos huevos y se formaban unas colas interminables en las panaderías y las carnicerías en cuanto corría el más mínimo rumor de que había algo disponible.

Para poder complementar nuestra dieta, mi madre, gracias a una amiga que tenía en la tienda del puesto militar, se aseguró un suministro regular de las raciones que el ejército utilizaba durante la guerra. Cada bandeja de cartón tenía dentro un desayuno estadounidense en miniatura: una lata de jamón en dados y huevos, Nescafé, galletas envueltas en celofán, un paquete de chicles Wrigley y uno de cigarrillos Chesterfield. Era un milagro que nuestros chicos se hubieran mantenido vivos durante la guerra con esos desayunos, pero en aquella época cualquier alimento era precioso.

Mi madre era voluntaria en la ADIR, siglas francesas de la Asociación Nacional de Deportadas y Presas de la Resistencia, una nueva organización que ayudaba a las mujeres deportadas que volvían de los campos de concentración a recuperarse y organizar sus vidas. En muchas ocasiones, esas mujeres «afortunadas» lo habían perdido todo: sus maridos, sus hijos, sus casas. Y para empeorarlo aún más, el gobierno francés se centró en los hombres que habían vuelto, soldados sobre todo, pero en general cualquier hombre que hubiera sobrevivido a la guerra, mientras que las mujeres quedaban en segundo plano.

Yo también era voluntaria aquí y allá. Como muchos niños de París no tenían abrigos, mi madre y yo les pedimos a los grandes almacenes Le Bon Marché que nos permitieran colocar un punto de donación justo delante de las puertas del establecimiento, y accedieron. Sacaron percheros y mesas plegables a la zona que acordonaron para nosotras, y mi madre y yo nos pusimos a trabajar, colgando por tallas los abrigos infantiles donados. El precio de admisión en nuestra tiendecita improvisada era de un abrigo infantil. Los padres podían escoger un abrigo o chaqueta de una talla mayor, y la prenda que donaban la llevábamos a limpiar y después la distribuíamos. Le Bon Marché incluso anunció nuestra iniciativa al pie de su boletín de anuncios, con una foto un poco deprimente de mi madre y de mí.

Escogimos un perfecto día soleado de noviembre en el que parecía que todo París había decidido salir a ver lo que tenían las tiendas de ropa para la temporada que estaba a punto de empezar. Dior había sacado esa primavera su revolucionario *New Look*, con las cinturas estrechas y las faldas con volumen, y París estaba expectante por ver lo que iba a sacar después. Era difícil no sentirse optimista ese día, con el olor de castañas asadas en el aire y la música de un hombre que cantaba en el parque que había al lado una versión muy animada de *Le Chaland qui passe*.

Pronto se formó una cola y la gente se arremolinó alrededor de nuestra tiendecita. Mi madre me dejó a cargo de todo porque ella, que ya había adquirido el estatus de mariscal de campo en el mundo de las organizaciones benéficas francesas tras la Segunda Guerra Mundial, tenía que ir a supervisar la sopa que se estaba preparando en una cocina al otro lado de la ciudad. Yo estaba entusiasmada porque necesitaba desesperadamente una nueva misión en mi vida. Además, había desarrollado la habilidad de escoger el abrigo perfecto para cada niño. La clave era el color. Al fin y al cabo, estábamos en París. Un abrigo amarillo para un niño de piel cetrina era peor que no llevar abrigo.

El puesto de intercambio de abrigos estaba a reventar a media mañana, cuando me di cuenta de que no me había dado tiempo de abrir mi cajita con el desayuno militar. Entonces se me acercó una señora mayor.

–Disculpe, *mademoiselle*, ¿podría ayudarme, por favor?

Estaba demacrada, pero tenía el aire de una condesa. Iba muy bien vestida, con una falda de lana, un cárdigan y guantes blancos limpios. Llevaba un pañuelo rosa Saumur de Hermés un poco desvaído, sujeto con un broche con piedras preciosas con la forma de una perdiz, que lucía en el pecho una perla de los mares del sur. Incluso en esas duras circunstancias, o tal vez a consecuencia de ellas, las mujeres de París seguían arreglándose con toques inesperados, suscribiendo así la verdad universal de que demasiada simplicidad es timidez. En una mano la mujer tenía un paquete envuelto en papel blanco y llevaba un bastón de ratán colgado de la muñeca. En la otra mano sujetaba la correa de un caniche de color ébano. Era un animal magnífico y, como su dueña, estaba delgado pero iba muy bien arreglado.

–He traído un abrigo –dijo la señora.

Agarré el paquete, abrí el envoltorio y saqué el abrigo. Al extraerlo me llegó un olor almizclado de rosa y lavanda. Ese día había visto prendas preciosas, algunas con flores bordadas a mano en los bolsillos y botones esmaltados o preciosos forros de piel de conejo, pero ese abrigo merecía una categoría especial para él solo. ¿Cachemir? Era del color de un huevo de petirrojo y pesaba bastante, lo que me sorprendió, pero era suave y estaba forrado con raso blanco acolchado.

–Gracias por su donación, *madame*. Escoja otro, por favor. Tenemos muchos abrigos bonitos, creo que ninguno tan bonito como este, pero...

–Tiene relleno de plumón de ganso. Lo hicieron para mi nieta. Nunca llegó a ponérselo.

–Escoja usted misma del perchero el que más le guste. ¿Qué talla tiene su nieta ahora?

La mujer le acarició el cuello al perro. Al mirarla más de cerca noté que no llevaba la chaqueta bien abrochada, lo que hacía que la prenda estuviera extrañamente torcida. Y a su broche le faltaba un diamante. ¿Vendido o perdido?

–Oh, ella ya no está. Se la llevaron con su madre y su hermano hace años. Mi hija y una de nuestras doncellas habían estado imprimiendo panfletos en nuestra despensa.

La resistencia clandestina.

–Lo siento mucho... –Se me emborronó la vista. ¿Cómo podía consolar a otros si no podía controlar mis emociones?

–Lo guardé pensando que tal vez volviera a casa, pero después me llevaron a mí. ¿Se lo imagina? ¿Qué podían querer de una vieja como yo? Mi ama de llaves se llevó a mi perro a Saint-Étienne mientras yo estuve... bueno, lejos. Ahora él es mi única familia. –Sacudió la cabeza porque no podía continuar y después se irguió–. Tal vez ese abrigo le pueda servir a alguien.

Yo volví a meter el abrigo en el envoltorio.

–Gracias, *madame*. Me aseguraré de que vaya a un buen hogar. Hay café caliente dentro, si quiere.

Puso una mano enfundada en un guante sobre la mía durante un momento. Noté el algodón caliente y suave.

–Gracias, querida.

Saqué una tarjeta del bolsillo.

–Es de ADIR, una organización benéfica con la que colabora mi madre. Ayudan a mujeres que han vuelto de... bueno, de los campos. La dirigen mujeres que también fueron deportadas desde uno de sus apartamentos. Cerca del Jardin du Luxembourg.

–Gracias, *mademoiselle*.

La mujer cogió la tarjeta y se volvió.

–Espere, *madame*. –Saqué la caja con el desayuno militar de debajo de la mesa–. Tengo otra. ¿Quiere esta?

Ella miró la caja.

–Oh, no, querida, dásela a alguien más...
–Cójala, por favor.
–Está bien, tengo una vecina...
Sonreí.
–Una vecina. Muy bien. Me alegro de que alguien la aproveche.
La mujer se metió la caja bajo el brazo y salió de nuestro lugar de intercambio de abrigos entre los empujones de la gente.

Hubo muchas historias parecidas esa tarde y al final del día ya necesitaba un descanso, pero la multitud no hacía más que crecer. Para empeorar las cosas, la temperatura se había desplomado, lo que me hizo recordar que no tenía abrigo. Mi madre había puesto por equivocación nuestros abrigos en una de las pilas de donaciones y se los había llevado, así que yo me había quedado sin abrigo. El viento arreció y empezó a arrancar los abrigos de las resbaladizas perchas de madera.

Me agaché para recoger una chaqueta y al levantarme me quedé petrificada. Fue inevitable detectar a Paul en medio del gentío, porque era más alto que la mayoría. Y se abría camino hacia mí. Mi primer impulso fue perderme entre la multitud para no hablar con él, pero ¿quién se iba a ocupar del puesto? Seguro que a estas alturas ya habría pasado página. Se habría acostumbrado a su nueva vida y me habría olvidado.

Cuando se acercó no pude evitar darme cuenta de que estaba muy guapo con su chaqueta de terciopelo de color berenjena. Había estado comiendo bien, al parecer; seguía delgado, pero por fin iba recuperando algo de peso.

Paul vino directo hacia mí. A ambos nos empujaba la gente de un lado a otro. Me tendió un pequeño abrigo de *tweed* del color del trigo maduro, con un lazo tricolor un poco mustio sujeto en la parte delantera. Lo así con mucho cuidado para no tocarle. El mínimo roce y volvería a verme arrastrada por el torbellino Paul. Y el dolor volvería. E incluso empeoraría.

–¿Te acuerdas de mí? –preguntó.
Habían pasado casi dos años desde la última vez que nos vimos, en la mesa de su cocina.
–Gracias por su donación, *monsieur*. Escoja otro, por favor.

Era el abrigo de Pascaline, claro. Fino y ligero. ¿Mezcla de lana y algodón? Le habían bajado el dobladillo de las mangas dos veces, lo que había dejado dos rayas en los puños, oscuras como el grafito, y le habían cosido sobre el *tweed* dos bonitas coderas con puntadas diminutas y regulares. Rena.

–Siento haberte obligado a hablar conmigo, Caroline. Es obvio que no quieres.

–Tenemos muchos abrigos de buena calidad...

–¿Podrías mirarme, por favor? –Se pasó los dedos de la mano por los labios.

¿Paul nervioso? Era la primera vez que lo veía así. El terciopelo de su chaqueta estaba gastado a la altura del codo. ¿Es que a Rena no le importaba lo bastante como para arreglarle la chaqueta a él también?

Paul intentó cogerme del brazo.

–Ha sido todo terrible sin ti, C.

Yo me aparté. ¿Estaba actuando? Eso se le daba muy bien, no había duda.

–Puede escoger usted cualquier abrigo...

¿Por qué no podía parar de hablar de abrigos?

Paul se acercó.

–Estoy destrozado, Caroline.

Si estaba actuando, era el papel de su vida. Estaba claro que no había dormido mucho últimamente. Abrumada, me giré y agarré un perchero para que no lo tirara el viento.

Paul me cogió la muñeca y me obligó a volverme hacia él.

–¿Has leído alguna de mis cartas?

Yo me zafé de su mano.

–He estado ocupada. Deberías ver el apartamento. Mamá ha estado hirviendo algodón en la cocina...

–Si las hubieras leído, sabrías...

–Deberías verla: se sube a un taburete y revuelve el perol con un remo.

Me giré y me puse a colocar los abrigos. Él vino detrás de mí.

–¿Así que ya está? ¿Nunca más vamos a estar juntos?

Durante un momento se irguió aún más.

A Paul le sentaba bien el sufrimiento. Un sufrimiento desaliñado, sin afeitar, hermoso. Me concentré en abrochar un diminuto abrigo rosa.

Paul se apartó.

–Cuando leí que ibas a estar aquí, supe que tenía que venir a verte. He tenido que hacer autoestop desde Ruán.

–Pues entonces será mejor que vuelvas pronto. Parece que va a llover.

–¿Hay otra persona? He oído que estabas con un hombre...

–¿Qué?

–Y que os cogíais de la mano. En el Café George. Eres muy conocida, Caroline. Corren rumores. Al menos me debes una explicación.

Había comido con uno de los admiradores de mi madre, un conde de Amiens, que era un hombre con una gran barba y veinte años mayor que yo. Desconsolado porque mi madre no tenía tiempo para él, se pasó la mitad de la comida agarrándome la mano y suplicándome que intercediera en su favor (y a la vez impidiendo que pudiera tomarme mi *vichyssoise*).

–¿Cómo puedes ser tan insensible, Caroline?

–¿*Insensible?*

–Yo sigo sin poder trabajar y tú estás haciendo de buena samaritana por ahí, como si yo no significara nada para ti.

¿*Buena samaritana*? Sentí mucho calor y que se me erizaba la piel de la espalda, todo ello fruto de mi temperamento irlandés. Me volví para mirarlo.

–¿Y no fuiste tú insensible cuando decidiste tener una hija? –pregunté.

–Sabías que estaba casado...

–Dijiste que erais incompatibles, Paul. Que los niños complicaban las cosas, ¿te acuerdas? «No hay lugar para los niños en la vida de un actor», eso dijiste.

–Las cosas ocurren. Los adultos lidian con ellas. A menos que seas una mujer rica y mimada...

–¿Mimada? ¿En serio? ¿Es propio de una persona mimada renunciar a su felicidad por la de una niña que ni siquiera conoce?

¿Tienes idea de cómo es levantarse cada mañana sabiendo que tú y tu familia estáis juntos y yo estoy sola? No se te ocurra llamarme insensible.

Hasta que no se abrió la chaqueta y me envolvió con su terciopelo no me di cuenta de que estaba temblando.

–Sé sensata, Caroline. ¿Cómo vamos a volver a encontrar cualquiera de los dos lo que ya tenemos?

–Tienes razón –dije contra el algodón de su camiseta–. Seguro que eres el último hombre que queda en París.

Él rio y me apretó contra él.

–Te echo de menos, C.

Su delicioso olor nos envolvió a ambos, cubiertos con esa chaqueta, él con sus dedos entrelazados en la parte baja de mi espalda. Había echado mucho de menos ese olor a pino y cuero. Me rozó la mejilla con los labios.

–Vamos a comer algo –propuso–. Oigo los rugidos de tu estómago incluso por encima de esa horrible música que tocan. Un amigo mío tiene un local en el Barrio Latino que te va a encantar. Y ha hecho tarta de manzana. Con *crème fraîche* de verdad.

Qué maravilloso sería sentarme con Paul en el reservado de un bistró, en un banco con tapizado de cuero que nos permitiera sentarnos con las caderas pegadas, como muchos amantes habían hecho antes que nosotros. Puede que la comida fuera escasa, pero al menos habría pan caliente y vino. Hablaríamos de todo. ¿Cuál es la mejor *crème fraîche*? ¿La del sudeste o la del sudoeste de Francia? ¿Qué nueva obra debería hacer él? Cuánto me quería. ¿Y después qué? Él se iría a casa con su familia y me dejaría peor que antes.

–Me iré a Nueva York –ofreció Paul, con los labios suaves junto a mi oreja–. Será como antes.

Sentí su pecho contra el mío, solo separados por la seda de mi vestido y el algodón de su camiseta.

–No puedes irte de aquí sin más, Paul.

Aunque no tuviera familia, ya no podría ser como antes. El mundo era diferente ahora.

Paul se apartó, me sostuvo un poco alejada de su cuerpo y en su cara apareció esa sonrisa peligrosa.

–Necesito volver a Nueva York. Broadway se está recuperando, ¿sabes?

Me separé de él y me estremecí cuando el viento me levantó la falda del vestido. ¿Me estaba utilizando para escapar de sus nuevas responsabilidades? ¿Me quería a mí o solo buscaba un descanso de la vida familiar?

–Vamos, C. Podríamos hacer algo juntos. Tal vez Shakespeare. Hablémoslo durante la cena.

Sentí que una fría gota de lluvia me caía en la mano. Iba a tener que llevar los abrigos debajo de la marquesina de los grandes almacenes.

–Tienes que volver con tu familia, Paul.

Él dio un paso atrás.

–Eres irritante.

–Y tú eres padre.

–Pero te quiero...

–Quiere a tu hija. Si no lo haces, yo habré renunciado a todo por nada. Así que *actúa* si es necesario y pronto te darás cuenta de que lo haces de verdad. –Le toqué la manga–. No es tan difícil. Solo tienes que estar allí cuando se despierte por las noches asustada, si se tropieza y se cae en el colegio.

–Rena no quiere que esté...

–Pero tu hija sí. Quiere que le enseñes a navegar y que presumas de ella en el parque. No tienes idea de lo poderoso que es tu amor, Paul. Sin él, ella se enamorará del primer chico que le diga que la quiere y él le hará pedazos el corazón para siempre.

–¿Y por qué tirar por la borda todo lo que tenemos? Esa moral peregrina tuya es ridícula.

–Moral puritana –corregí.

–No creo que pueda.

–Puedes. ¿Sabes una cosa curiosa del dolor? Se vuelve más fácil con la práctica.

Le tendí el paquete envuelto en papel blanco.

–Este abrigo es perfecto para ella –dije–. Es un poco grande, pero ya crecerá.

–Te quiero, C. Y yo también soy muy testarudo, ya lo sabes.

–Quiérela a ella, Paul. Si no lo haces por ti, hazlo por mí.

–Te vas a despertar una mañana y te darás cuenta de que has cometido un error terrible.

Solo pude contener una sonrisa. ¿Como cada mañana, quería decir?

Paul siguió mirándome durante un buen rato, después se quitó la chaqueta y me la puso sobre los hombros. Solo llevaba debajo una camiseta vieja y raída en algunas partes. Era de antes de la guerra sin duda, porque le colgaba un poco, pero cuando Paul se quedó solo vestido con ella, a pesar de lo delgado que estaba, más de una de las mujeres del puesto se giraron para admirarlo.

–Siempre te ha quedado mejor a ti –aseguró.

El forro de raso de la chaqueta me hizo sentir bien al entrar en contacto con mi piel. Todavía conservaba el calor de su cuerpo.

Paul me dio un beso en ambas mejillas y cogió el paquete blanco. Yo acaricié la solapa de un bolsillo de terciopelo. Era tan suave como la oreja de un gato.

Levanté la vista justo a tiempo para ver la hermosa espalda de Paul alejarse entre la gente. Después me giré y aparté los percheros para que no se mojaran.

EN LOS MESES que siguieron, Paul me envió unas cuantas cartas más y yo intenté distraerme con mi voluntariado. Al menos tenía a mi madre, aunque ella no estaría conmigo para siempre. Nuestra vida se reducía a una rutina bien conocida por los que viven en residencias de ancianos: té con los amigos de mi madre, conversaciones que trataban de articulaciones sacroilíacas inflamadas, algún recado en la embajada para Roger y los conciertos del coro de la iglesia.

Eran días sosos, indistinguibles unos de otros, pero la visita de una amiga de mi madre una mañana lo cambió todo. Mi madre me había dicho que se iba a pasar por el apartamento una amiga suya, que se llamaba Anise Postel-Vinay, una mujer que había sido arrestada por trabajar para la resistencia francesa en la clandestinidad durante la guerra y después encerrada en el campo de concentración de Ravensbrück. Anise y sus amigas eran quienes habían fundado la ADIR. Aunque mi madre fue extrañamente evasiva cuando le pedí más detalles, accedí a ver a Anise cuando viniera al apartamento, seguramente a buscar ropa usada utilizable y comida en lata.

El día que vino Anise, mi madre, que estaba inmersa en su fase de ponchos muy poco favorecedores, llevaba una prenda de estilo caftán de cuadros rojos que había sacado de Dios sabía dónde. Cuando se ponía ese poncho los parisinos se quedaban mirándola, como preguntándose de dónde había salido esa prenda: seguramente de encima de una mesita y de debajo de un plato de buen queso.

Sonó el timbre y mi madre abrió la puerta. Detrás de Anise entraron dos hombres cargando con una camilla de lona, en la que había una mujer tapada con una manta de algodón blanco.

–Dios santo –exclamé.

Anise, una mujer guapa y decidida, se plantó sobre la alfombra Aubusson de nuestro salón y se pasó los dedos por el pelo corto.

–Buenos días, *madame* Ferriday. ¿Adónde la llevan los muchachos?

Yo me aparté un poco.

–¿Se va a quedar? ¿Aquí? Pero no sabíamos nada de esto.

Mi madre se acercó a la camilla.

–Anise me pidió que ayudáramos a esta amiga suya polaca –me explicó mi madre–. ¿Está inconsciente, Anise?

Anise puso la mano sobre la pierna de la mujer, cubierta por la manta.

–Muy sedada. Acaba de venir en avión desde Varsovia.

–Tiene que ir a un hospital, *madame* Vinay –repuse.

–Se llama Janina Grabowski. La conocí en el campo de concentración de Ravensbrück. La operaron los doctores nazis. –Anise le tocó la frente–. Tenemos que ocuparnos de ella de forma privada. La hemos sacado de Polonia sin el permiso de las autoridades.

¿Íbamos a alojar a una fugitiva polaca enferma?

–¿No podía obtener ayuda en Varsovia?

–La mayor parte de Varsovia ha quedado reducida a escombros, señorita Ferriday. Su sistema sanitario es un caos. Y hay escasez de antibióticos.

Anise apartó la manta para mostrar la pierna de la mujer. Bajo la gasa se veía una terrible infección.

–Llévenla a mi habitación –ordenó mi madre–. Voy a preparar vendajes limpios. –Por fin mi madre podía revivir aquellos días en que las mujeres Woolsey fueron enfermeras en el campo de batalla de la Guerra Civil Americana–. Llamaremos a nuestro médico personal para que la atienda.

Yo extendí una mano hacia la camilla.

–Esperen. He escuchado el juicio en la BBC. Se supone que los alemanes están reparando el daño causado...

–Nada de eso, señorita Ferriday. Alemania ha decidido no reconocer a la Polonia comunista como un país. La consideran parte de Rusia.

–Eso es ridículo.

–Janina es una chica adorable. Una vez me dio a mí una medicina que podría haber utilizado para ella y gracias a eso estoy aquí ahora. Ha sufrido más esta mañana de lo que va a sufrir usted en su vida, y es posible que se esté muriendo mientras hablamos.

Les hice un gesto a los hombres para que pasaran.

–Estamos encantadas de tenerla aquí –dije por fin.

–Bien. Gracias, *mademoiselle*.

Fui hasta la ventana.

–Que la lleven a mi cama. La primera puerta a la izquierda.

Los hombres llevaron la camilla por el pasillo hasta mi dormitorio y mi madre los siguió. Cuando pasaron a mi lado, vi que la sangre de la pierna de Janina estaba manchando la manta. Pero ¿dónde nos habíamos metido?

–Estamos a su servicio, *madame* Vinay –aseguré.

Anise fue hacia la puerta.

–Su madre me dijo que usted nos ayudaría. –Se volvió y casi sonrió–. Es una suerte. Porque hay otras sesenta y dos en el mismo sitio del que vino ella.

TERCERA PARTE

37

Kasia

1957

UNA NOCHE, DESPUÉS de mi último turno en el hospital, fui a recoger a Halina al centro infantil, que estaba en una de las muchas instalaciones controladas por el gobierno. En Lublin, en aquella época, a cualquier niño que tuviera a ambos padres trabajando se le asignaba un centro infantil, que era un lugar donde los niños en edad escolar pasaban la jornada aprendiendo matemáticas básicas, lectura y retórica del Partido Comunista. Yo me encaminé al que nos correspondía a nosotros, que estaba situado en un antiguo complejo de viviendas que había requisado el Partido, un lugar bastante insulso, beis y sin gracia, que olía a col y patatas cocidas, un olor que, aunque habían pasado doce años desde Ravensbrück, todavía no podía aguantar. Al menos lo financiaba el gobierno.

Mientras esperaba a que salieran los niños, me apoyé en la pared para quitarle algo de peso a mi pierna mala y miré mi nueva pulsera, que era parte de un plan que habíamos ideado el padre Skala y yo. El padre, un buen amigo de papá, era un antiguo cura ya jubilado. Animada por Zuzanna, le había pedido consejo porque estaba agobiada por mi responsabilidad como madre. Como me pasaba la vida haciendo malabarismos con el trabajo, el cuidado de mi hija y mi papel de esposa, siempre estaba muy cansada y cada vez perdía los nervios con más facilidad. El padre Skala me sugirió que, además de rezar, me pusiera una goma en la muñeca y la estrellara contra mi piel cada vez que sintiera que estaba a punto de dejarme llevar por el mal humor. Y así lo hice: llevaba una goma de un rojo apagado y me fustigaba con ella bastantes veces al día. Al final de la semana ya tenía la muñeca irritada.

–No corráis –les gritó la camarada Jinda, la líder de la unidad de Halina, a los niños que salían al encuentro de sus padres.

Era fácil distinguir a mi hija entre la multitud. Tenía el pelo rubio de Matka y era un palmo más alta que la mayoría de los niños. Con diez años, Halina iba un curso por detrás de los niños de su edad, porque no la habían dejado avanzar por no saberse las tablas de multiplicar. Era una maravilla verla: era mi recompensa, el premio que Dios me había dado por todo lo que había tenido que pasar. Los niños vinieron caminando junto a sus padres e intercambiaron el saludo reglamentario. Halina me dio la mano y un leve beso en la mejilla. Tenía un olor delicioso que era solo suyo, a jabón y aire fresco, incluso después de haber estado varias horas encerrada en ese lugar desagradable.

–Buenas tardes, Matka –saludó Halina.

La camarada Jinda comprobó con una sonrisa que todos los niños estaban con sus padres y se volvió para ir a buscar al siguiente grupo.

–¿Un beso de verdad para mami, Halina? –pedí.

Me tendió su pequeña mano.

–Ya sabes que no está permitido.

Nos fuimos hacia la puerta. ¡Pero qué niña más seria se había vuelto!

–¿Y qué tal está hoy la hija más maravillosa del mundo?

–Igual de maravillosa que las demás –repuso Halina.

–¿Qué tal la siesta? ¿Mejor?

En el centro infantil, a los niños les enseñaban a comer, dormir, incluso a ir al baño cuando se lo indicaban.

–Solo he fingido que dormía –dijo Halina.

En los años cincuenta, el Partido Obrero Unificado Polaco, la mal disimulada herramienta de Moscú en Polonia, ya se había hecho con el control total. Aunque Stalin ya había muerto, sus políticas seguían vivas. Les prometió a los aliados en Yalta que permitiría que se hicieran elecciones libres en los países de Europa del Este y que funcionaran como democracias, pero lo que hizo fue instalar un gobierno dirigido por el Partido Comunista en todos los países. Y Polonia no había sido una excepción. Acabamos con unas elecciones amañadas, en las que no había ni un solo partido político independiente, y no se admitía ni la más mínima crítica al Partido. Todas las políticas se basaban en las necesidades colectivas del pueblo. A mí me reasignaron como enfermera de traumatología en un nuevo hospital estatal, y a Pietrik lo emplearon en una fábrica a las afueras de Lublin, adonde lo llevaban en autobús cada día.

–Hablaré con tu profesora –ofrecí–. Tiene que asegurarse de que duermes bien.

Teniendo en cuenta que la dejaba allí a las cinco de la mañana y la recogía a las siete de la tarde, mi hija necesitaba dormir durante el día.

–No, Matka. No soy un bebé. Además, si te vuelves a quejar, la camarada Jinda volverá a ponerme la última en la cola de la comida. No pasa nada. Así me ha dado tiempo a pensar en lo que voy a pintar este fin de semana.

Me ardía la pierna cuando pasamos andando rápidamente por delante de una cola para el pan.

–No tenemos pinturas, Halina.

–Pero tenemos los pinceles de tu madre.

–¿Qué tal la clase de matemáticas?

–La camarada Jinda ha hecho tarjetas. Creo que voy a seguir en la clase de matemáticas para bebés hasta que tenga tu edad. Odio las tablas de multiplicar.

–Yo uso las matemáticas todos los días en mi trabajo de enfermera.

–Marthe dice que me comprará pinturas el día de mi santo.

–¿Cuándo es el examen de aptitud?

–No lo sé.

Halina cogió un palo de la carretera y fue dibujando líneas en la tierra que había a un lado de la carretera.

–¿Te ha dejado la camarada Jinda estar en el equipo azul?

–Sí –contestó Halina.

–¿Sin ponerte pegas?

–Sí. Cuando le dije que no había pruebas de que Jesús resucitara de entre los muertos me dejó hacer lo que quisiera.

Me paré en seco, lo que me produjo un relámpago de dolor en la pierna.

–¿Y quién te ha dicho eso? –quise saber.

–No sé –respondió, encogiéndose de hombros.

Dejé esa perturbadora información a un lado para tratarla más adelante con la camarada Jinda. Se suponía que la religión quedaba fuera del colegio. Ya era bastante malo que tuviéramos que ir a misa a escondidas. Todas las visitas a la iglesia significaban una marca negra en tu historial. Las autoridades pagaban a gente para que llevara el registro de esas cosas.

El centro infantil estaba a veinte minutos andando de nuestro apartamento. La pierna me dolía tras haber estado de pie la mayor parte del día atendiendo a los pacientes, pero yo tenía más suerte que la mayoría, porque podía ir a mi casa andando desde el centro infantil. A muchas enfermeras les habían asignado alojamientos fuera de la ciudad y solo podían ver a sus hijos los fines de semana.

También teníamos suerte de que papá, que todavía trabajaba en la oficina de correos, hubiera podido conservar nuestro apartamento. Pietrik, Halina y yo vivíamos en mi antiguo dormitorio; Zuzanna dormía en su antigua habitación diminuta, donde solo cabía la cama; y, aunque yo intentaba no pensar mucho en ello, papá y Marthe dormían en la habitación que Matka y él compartieron.

Cuando llegamos a la puerta, nos recibió el olor a dulces con mantequilla. Marthe había estado haciendo los *kołaczki* favoritos de Halina. Otra vez.

Halina fue corriendo a saludar a Marthe.

–*Babcia!*

–Mi pequeña *ciastko* –exclamó Marthe. Se giró delante del fogón y abrazó a Halina.

–¿Me has comprado pinturas? –preguntó Halina.

–¡Halina! –la regañé–. Eso no es de buena educación.

–No pasa nada –contestó Marthe, sentando a Halina a la mesa con un plato de *kołaczki* de melocotón delante–. Solo es una niña.

–Pero sabe lo que se puede decir y lo que no –reprendí.

Crucé el corto pasillo hasta mi habitación, sintiendo como si me estuvieran atravesando la pantorrilla con un atizador caliente a cada paso. Habíamos colocado mi antigua cama a un lado y la pequeña de Halina contra la otra pared. Yo compartía la cama con ella la mayoría de las noches. ¿Cuándo habíamos empezado a dormir separados Pietrik y yo? Pietrik estaba sentado leyendo un libro, todavía con el mono gris de la fábrica puesto. Le habían asignado la fábrica de ropa femenina de Lubgal, en el nuevo barrio periférico de Helenów, a las afueras de la ciudad. Tenía su propio taller de formación y complejos residenciales junto a la fábrica. Nos habíamos apuntado en una lista para solicitar un piso en uno de ellos.

Puede que suene extraño, pero me encantaba ese mono. Se le ajustaba en los sitios precisos: sus anchos hombros y sus largas piernas.

–¿Qué lees? –pregunté.

Me dolía la pierna y lo que más deseaba en el mundo era tumbarme en la cama.

Pietrik no me contestó. El libro tenía un forro de papel marrón, pero era *Doctor Zhivago*, uno de los muchos libros prohibidos. Habían enviado lejos a su amigo Aleksander por leer *Desobediencia civil*, el ensayo de Thoreau, así que Pietrik tenía mucho cuidado de dónde leía.

Tiré mi bolso sobre la cama.

–¿Qué tal el trabajo?

–Hoy se han llevado a Symbanski. Lo han arrancado de su banco. No ha cumplido la cuota. Los sobornó con una botella de vodka, pero se lo han llevado igual.

–Tenemos que verle el lado bueno...

–Necesitamos una tercera guerra mundial.

Me quité el uniforme y me quedé solo con la combinación, la que una vez él había dicho que hacía que me pareciera a Myrna Loy.

–Halina tiene que estudiar para el examen de matemáticas. ¿Puedes ayudarla?

Pietrik no apartó la mirada del libro.

–¿Y por qué importa eso? De todas formas va a acabar en una cadena de montaje, a mi lado.

–Si pudiera estudiar algo que tuviera que ver con la medicina...

–Déjala. –Pietrik dobló la esquina de una página–. Y no le des más la lata a su profesora.

Sentí que las paredes se cerraban sobre mí. Estrellé la goma contra mi piel. Me golpeó en la parte interior de la muñeca, pero no consiguió frenar mi furia creciente.

–Yo no le doy la lata a nadie –contradije.

–Te van a poner en alguna lista en cualquier momento. Y tu padre no va a poder sacarte de ella, por muy amigo que sea del Kremlin.

Agarré a Pietrik del brazo.

–Entiende... que necesito tener algo de poder de decisión sobre la vida de mi hija. Debemos encontrar tiempo para hablar de ello, a solas...

–Baja la voz, Kasia. –Pietrik tiró el libro sobre la cama y fue hacia la puerta–. Marthe ya sabe demasiado de nuestras cosas.

Salió y cerró la puerta. Le encantaban esas pequeñas rebeliones. La goma no me estaba ayudando, así que inspiré hondo para combatir la furia.

Cuando oí que Zuzanna llegaba de trabajar, me vestí apresuradamente. Salí del dormitorio y la vi darle un beso en la cabeza a Halina y robarle unos *kołaczki* del plato.

–¿Has comido hoy? –le pregunté a Zuzanna.

–Algunos tienen la costumbre de saludar a su hermana con un «hola» –dijo con una sonrisa torcida.

Tenía una medialuna oscura bajo cada ojo.

–¿Qué tal en el hospital? –preguntó Marthe.

–Bien –contestó Zuzanna–. Es posible que nos traigan diez camas nuevas.

–¿Y eso es bueno? –pregunté yo.

–Más trabajo por el mismo dinero –añadió Pietrik.

Vi una caja metálica de pinturas al lado del plato de Halina. Una marca británica muy sofisticada.

–¿De dónde han salido esas pinturas? –pregunté, intentando mantener la voz tranquila.

Sin duda no eran de una tienda. Para entonces ya no quedaban tiendas de titularidad privada y las del gobierno no vendían marcas extranjeras. Pero había pinturas en el mercado negro.

–Una amiga me las ha conseguido –explicó Marthe–. Un regalo de santo adelantado...

–Le he dicho que nada de pinturas –interrumpí.

–Déjalo estar –pidió Pietrik por lo bajo.

Cerré los ojos e inspiré hondo.

–Dame las pinturas, Halina.

–Kasia –intentó Zuzanna, poniéndome una mano en el hombro, pero me zafé de ella.

Fue entonces cuando me fijé en que debajo del plato de Halina había un pincel, uno con la punta de pelo de marta cibelina. El pincel de acuarela Kolinsky de Matka. La parte de níquel brillaba a la sombra del plato.

–¿De dónde has sacado eso? –dije. Me costaba respirar.

–Me lo ha dado Marthe –contestó Halina.

Marthe dio un paso para acercarse a mí.

–Tiene tanto talento...

–Dame el pincel, Halina –pedí con el brazo estirado y la palma hacia arriba.

Halina agarró las pinturas con una mano y el pincel con la otra, y se los puso en el regazo.

–Dámelos –repetí, acercándome.

–Déjalo –insistió Pietrik.

Sentí que la sangre me latía en los oídos y el corazón me martilleaba el pecho. Halina se levantó y fue corriendo hacia Marthe, con las pinturas y el pincel en la mano.

–Dámelos –dije de nuevo, yendo detrás de ella.

–Ha sido culpa mía –dijo Marthe, rodeando a mi hija con un brazo.

Agarré un extremo del pincel.

–No –exclamó Halina y tiró.

–Yo soy tu *madre*. Tienes que obedecerme a mí. No a la camarada Jinda. Ni a Marthe. A *mí*.

Halina no cedió y siguió aferrando las pinturas y el pincel contra el pecho.

–¡No! –dijo de nuevo Halina.

–Ella es... –empezó a decir Marthe.

–No te metas. ¿Me vas a dejar por una vez hablar con mi propia hija? –Estiré el brazo–. Dame las pinturas, Halina.

–Nunca –afirmó Halina decidida, mirándome a los ojos.

No pudo ser mi mano la que le dio la bofetada, porque ocurrió antes de que me diera tiempo a pensarlo, pero no sé cómo se estrelló con fuerza contra su cara. En cuanto mi mano se separó de su cara, deseé no haberlo hecho, pero ya nada podía arreglarlo.

–Kasia –exclamó Pietrik, con un tono que no era de acusación, sino de algo peor: decepción.

Halina ni siquiera lloró, solo dejó caer las pinturas y el pincel al suelo. Yo recogí el pincel negro y, agarrándolo con una mano por cada extremo, lo partí sobre el respaldo de una silla de la cocina. Emitió un crujido satisfactorio y dejó dos extremos irregulares, como bigotes de gato.

Me fui a mi dormitorio, temblando de vergüenza, y me quedé de pie en medio de la diminuta habitación, mirando la cama que compartíamos Halina y yo. Su osito de peluche estaba sentado contra la almohada. Me tumbé en la cama y abracé el osito contra el pecho. Olía a Halina. A dulzura y honestidad. Pero ¿en qué clase de madre me había convertido?

No tardó en abrirse la puerta del dormitorio y entró Marthe. Me senté con un gruñido.

Marthe cerró la puerta.

–Seguro que soy la última persona que quieres ver, pero nadie más se atrevía a venir.

–Por favor, Marthe... Esto no es...

–Llevo observándote doce años, Kasia. Y entiendo muchas más cosas de las que tú crees.

–No me encuentro bien. La pierna...

–Entiendo que tu madre tenía un cariño especial por ti. Que la perdiste, y eso es algo terrible, pero ha llegado el momento de seguir adelante. El momento de ser sincera.

–Pues sinceramente, me desautorizas. Yo soy la única que intenta disciplinar a mi hija. Tú solo cocinas para ella y le regalas cosas.

–Tu hija necesita amor.

–No me des lecciones. Yo la quiero.

–Pues tienes que dejar atrás todo eso y demostrárselo. –Marthe se sentó a mi lado en la cama–. Y no puedes obligar a Halina a ser algo que no es.

–Del arte nunca sale nada bueno.

–Lo que le ocurrió a tu madre fue una tragedia, pero dejémoslo atrás.

–Ahora quiero descansar.

–¿Y tu marido? Él también necesita ayuda, Kasia. Es tu vida, pero tu madre querría que le demostraras adoración a Halina. Tu padre y yo nos vamos a quedar en casa de unos amigos esta noche. Pietrik y Halina van a dormir en nuestra habitación para que tengas tiempo para pensar. Tienes elección. Regodearte en lo injusto que es todo o superarlo. Arréglalo. Deja que entren otras personas.

–Para ti es muy fácil decirlo. Tú no tienes que cargar con todo. Ni siquiera eres madre.

Marthe fue hacia la puerta.

–Y tú tampoco lo eres ahora mismo, querida niña.

Se fue, y por primera vez en mucho tiempo me quedé con la habitación para mí sola. Un espacio tranquilo en donde pensar y solucionar las cosas. Miré la goma flácida en la muñeca. En adelante seguiría mi intuición y utilizaría mis propios recursos.

Cuando me dormí, ya tenía un plan. Iba a mejorar las cosas. Buscaría ayuda, dejaría entrar a otras personas. Me aseguraría de pasar más tiempo con Halina. Pietrik y yo encontraríamos tiempo para estar juntos a solas. Había sobrevivido a Ravensbrück. ¿Cómo podía ser la vida cotidiana más difícil que aquello?

38

Caroline

1957-1958

CUANDO POR FIN dejamos París después de la guerra, mi madre y yo viajamos por medio mundo. La India e Italia. Un crucero por las costas británicas hasta Escocia.

Lo primero que hice cuando mi madre y yo aterrizamos en Nueva York para quedarnos fue ayudar a organizar el baile de Abril en París de ese año. Era un sofisticado acontecimiento social para recaudar fondos que se destinaban a varias organizaciones benéficas, francesas y estadounidenses, entre ellas mi nuevo Comité para las Conejas de Ravensbrück. Había pasado más de una década desde que Anise Postel-Vinay me habló de la causa; mi madre y yo habíamos establecido un vínculo muy fuerte con ella y manteníamos correspondencia regular con las mujeres polacas. Wallis Simpson, formalmente conocida como la duquesa de Windsor, la divorciada estadounidense que se había casado con el anterior rey de Inglaterra, el rey Eduardo VIII, iba a asistir al baile, y yo tenía intención de pedirle ayuda para mi causa.

El salón de baile del Waldorf nunca había estado más bonito. Famosos de Hollywood y personas influyentes de Washington hicieron infinitas rondas de saludos con vasos de whisky en la mano. Pero la atención la acaparaba una mujer. Todos los ojos estaban puestos en ella, fueran de mujeres u hombres: Marilyn Monroe.

Betty y yo éramos como hormiguitas en el comité que tenía que convertir el salón de baile en la idea que tenía una señora de Manhattan del País de las Maravillas francés. Una enorme pista de baile ocupaba el centro de la sala, flanqueada por largas mesas. Rodeamos el escenario con banderas tricolores y ayudamos a poner en el centro una enorme estatua dorada del general Lafayette a caballo, que se elevaba sobre un mar de lirios blancos. El comité de decoración no tuvo que escatimar, porque ese grupo tenía recursos de sobra. Los hombres llevaban esmoquin y las mujeres iban de rojo, blanco o azul. Marilyn Monroe se había puesto un vestido de lentejuelas azul medianoche que destacaba a la perfección todos sus encantos.

Yo esa noche me sentía como una verdadera sirena; llevaba un vestido de Schiaparelli azul hortensia, con una favorecedora cola corta que arrastraba por el suelo mientras deambulaba entre las mesas, supervisando los últimos detalles de la decoración. Me parecía que estaba fabulosa, a pesar de pasar ya de los cincuenta.

Puse una rosa roja sin espinas en un vial de plástico con agua al lado del plato de todas las invitadas. Fui leyendo las tarjetas mientras pasaba, un verdadero quién es quién dentro de una lista preferente de estrellas de Hollywood y peces gordos de la política: el senador John Kennedy, Jacqueline Kennedy, el señor Winston Guest, C. Z. Guest, Raymond Bolger, Gwendolyn Bolger.

El señor Paul Rodierre.

Fue como si me hubieran echado encima un jarro de agua fría. ¿Paul? ¿Cómo podía ser que no supiera que venía? Habían pasado diez años desde la última vez que nos vimos. A su lado estaba Leena Rodierre. ¿Se había vuelto a casar? Maravilloso. ¿Qué había pasado con Rena? Puse una rosa al lado del sitio de Leena lo más rápido que pude; quería alejarme todo lo posible y cuanto antes de Paul. Había visto su nombre en las noticias aquí y allá, cuando hablaban de sus nuevos proyectos como actor, pero no había visto sus películas. ¿Qué podría decirle?

La velada se inició con la entrada en el salón de baile, en un carruaje abierto tirado por dos caballos negros, del actor Jean Marais y la actriz Françoise Arnoul, vestidos con un uniforme militar francés. Estaba viendo el espectáculo cuando llegó Betty, radiante con un vestido de organza azul, y me dio una copa de champán.

–Deberías ver las bolsitas de regalo de este año, Caroline. Todo es de Dior. Y por fin hay caviar *del bueno*...

Las bolsitas de regalo del baile eran en realidad maletas llenas a reventar de artículos de lujo. Los invitados necesitaban la ayuda de los botones del hotel para llevarlas hasta sus coches.

–¿Te puedes creer toda la gente del cine que ha venido? Si hubieras seguido actuando, ahora estarías en las producciones más importantes.

–Sí, al lado de Gloria Swanson...

–Bueno, esta noche estás para un primer plano. Estás preciosa, de verdad. Ojalá pudiera decir lo mismo de Wallis Simpson. Está hecha un fósil. La he visto en el tocador y me ha hecho un cumplido por el vestido. «¿Es azul Wallis?», me ha preguntado. Por favor... Todo tiene que girar a su alrededor.

–Pero es positivo que haya venido.

–No le ha costado nada, Caroline. Vive aquí arriba. El personal tiene que llamarla «Su Alteza Real», aunque oficialmente no tiene permiso para utilizar ese título. Y el duque también está aquí. Parece un poco aturdido. Creo que Wallis lo tiene medicado.

–Al menos eso le dará buena prensa a la causa.

–¿Tú crees? Intenta apartar a los reporteros de Marilyn y Arthur.

–Le voy a pedir a Wallis que apoye la causa de las chicas polacas.

–Buena suerte, Caroline. Es muy tacaña.

–Pero si a lo único que se dedican ella y el duque es a las causas benéficas.

–Solo si hay una cámara cerca. Y hablando de cámaras, iba a dejar que te enteraras por ti misma, pero ha venido Paul Rodierre.

Me bebí la mitad de la copa de champán de un trago y noté que las burbujas bajaban por mi garganta como si fueran fuegos artificiales.

–¿Cómo lo sabes?

–Lo he visto. Con su nueva esposa. Una actriz casi infantil. Tiene buena pinta. Está moreno como una señora de Palm Beach. Seguro que los dos llevan faja. –Betty esperó mi reacción con la mirada entornada–. No vayas a huir ahora.

–No pasa nada –dije, aunque el estómago se me había puesto del revés–. He visto las tarjetas con sus nombres. No tengo nada que decirle.

–Bueno, si os ponéis a hablar, será mejor que no estéis cerca de los cuchillos.

–No digas tonterías –contesté vaciando la copa.

Hacía años que no lo veía y no tenía intención de sacar a relucir ahora viejas rencillas.

Betty fue a buscar a su marido, a quien acababa de ver serpenteando entre la gente con dos copas de champán, y yo intenté interceptar a Wallis Simpson. Aunque las opiniones sobre ella eran muchas y variadas, parecía una mujer compasiva. Esperaba que se mostrara comprensiva con la situación de las chicas polacas y que nos prestara su apoyo.

Me abrí paso como pude entre los invitados, y por el camino la cola de mi vestido acabó pisoteada por más de un zapato de charol. Encontré a Wallis en un extremo del salón con Rosemary Warburton Gaynor, esposa de un importante cirujano plástico, el doctor William C. T. Gaynor, y presidenta de la agrupación que organizaba el baile. De cerca era fácil comprender por qué Wallis había estado quince veces en la lista internacional de las mujeres mejor vestidas. Iba enfundada en un vestido tubo de encaje blanco del diseñador Mainbocher y llevaba el pelo oscuro recogido en un moño apretado. Su marido estaba allí cerca, escuchando solo a medias al embajador británico, pero sin apartar los ojos de Wallis, como un anciano perro bien entrenado que espera el sonido del silbato de su amo.

Wallis y Rosemary estaban de pie juntas (como gacelas junto a una charca), a tiro de piedra de donde estaba sentada Marilyn Monroe con su marido, Arthur Miller. Yo me acerqué, esperando que Rosemary me viera, y cogí otra copa de champán para que me ayudara a reunir el valor. Una no aborda todos los días a la duquesa de Windsor para pedirle dinero.

La adorable Rosemary no tardó en verme y pedirme que me uniera a ellas. Parecía contenta por la distracción.

–Caroline, ven a conocer a la duquesa.

Rosemary, con un vestido blanco largo hasta el suelo, con los hombros al aire y volantes en el bajo, me presentó.

–Su Excelencia, déjeme que le presente a mi amiga Caroline Ferriday. Caroline, te presento a Su Excelencia, la duquesa de Windsor.

Wallis dudó y después me tendió su mano enfundada en un guante de raso. Yo se la estreché, preguntándome cómo se dirige alguien a una mujer divorciada casada con un rey que ha abdicado. Seguí el ejemplo de Rosemary y me decidí por el mismo tratamiento.

–Su Excelencia –saludé.

Para entonces se había escrito tanto sobre Wallis Simpson que tenía la sensación de conocerla. La prensa estaba obsesionada con todos los aspectos de su vida: sus vestidos franceses, sus manos grandes, el lunar de su barbilla, su actitud desdeñosa y, sobre todo, su joyería.

Rosemary señaló la pista de baile.

–Caroline ha estado muy ocupada ayudándonos a montar todo esto.

–Encantada de conocerla –dijo Wallis.

Se me aceleró el corazón. ¿Cómo podía sacarle el tema de las conejas? ¿Por qué estaba tan nerviosa? Una vez había actuado en Boston ante una audiencia de Shriners con su fez, que se pasaban una botella de ginebra de mano en mano en la primera fila del teatro. Eso daba mucho más miedo que esto.

–¿Se pueden creer lo de Marilyn Monroe? –dejó caer Wallis, sin dirigirse a nadie en particular.

Miró hacia la horda de gente que se congregaba alrededor de la actriz y su marido. Un equipo de televisión francés estaba junto a su mesa, entrevistándolos para las noticias.

–Todos los fotógrafos que hay aquí están obsesionados con ella –continuó Wallis.

–Es por el vestido –apuntó Rosemary.

–Y a mí ni me han mirado –insistió Wallis.

La señora Gaynor se volvió hacia mí.

–Caroline se dedica a trabajar *incansablemente* para ayudar a los oprimidos, Excelencia. Y tiene ya cierta reputación.

–¿Y eso por qué? –preguntó Wallis, algo más animada tras aceptar una copa de champán de manos de un camarero con esmoquin.

Tal vez esperara oír algo escandaloso. Cuando tu propia reputación no tiene arreglo, te divierte oír las desgracias de otros.

–Una *buena* reputación, por supuesto –aclaró Rosemary–. Dirige la filial estadounidense de una organización francesa que ayuda a mujeres necesitadas. Le han concedido por su trabajo la Cruz de la Liberación y la Legión de Honor francesa, las dos.

–No te acerques a los canapés, cariño... Están salados –le dijo Wallis al duque, que estaba allí al lado aparentemente hipnotizado por la bandeja de un camarero que llevaba canapés de *mousse* de *foie*.

–Sí, dirijo la organización Amigas Estadounidenses de ADIR, Excelencia –intervine–. Trabajamos con mujeres que han regresado tras su confinamiento en un campo de concentración. Las ayudamos a llevar de nuevo una vida normal.

–¿Todavía están así? –preguntó Wallis tras volver a conectar con la conversación–. ¿Pero cuántos años han pasado desde la guerra? ¿Es que su gobierno no las ayuda?

–A algunas, pero necesitan más ayuda. Estamos intentando conseguir indemnizaciones para un grupo de mujeres de Ravensbrück, un campo de concentración en Alemania, cerca de Fürstenberg.

–El duque y yo hacemos todo lo posible por evitar cualquier lugar que tenga *berg* en el nombre.

Tras el viaje a Berlín que había hecho la pareja antes de la guerra, en el que los recibió el mismísimo Hitler, la prensa tenía la costumbre de recordarles continuamente esa metedura de pata, aunque habían pasado ya veinte años desde aquello.

–A esas mujeres las llaman las Conejas de Ravensbrück, Excelencia –expliqué–. Son mujeres polacas, casi niñas entonces, que los médicos del campo utilizaron para hacer experimentos.

–Una historia terrible –intervino Rosemary.

–¿Polacas? –preguntó Wallis frunciendo el ceño–. Creía que trabajaba para los franceses. Qué confuso es todo.

La atención de Wallis se centró entonces en una modelo del desfile que se detuvo para posar cerca de nosotras, con una mano en la cadera y la otra levantada para enseñar una pulsera de diamantes que tenía en la muñeca. El duque enarcó ambas cejas mirando a Wallis, como si le estuviera pidiendo opinión sobre la pulsera. Wallis le respondió con un encogimiento de hombros más bien indiferente.

–Ayudamos a mujeres de cualquier nacionalidad que hayan regresado de algún campo de concentración –aclaré–. Las condiciones son especialmente difíciles en Polonia. Muchas de las mujeres polacas están enfermas, algunas moribundas, y no han recibido ninguna compensación porque Alemania Occidental no reconoce a la Polonia comunista como un país.

Wallis miró alrededor, tal vez buscando una salida.

–Ahora mismo no estoy en una posición que me permita hacer donaciones. Tenemos que arañar aquí y allá y suplicar por lo poco que nos dan. Ni siquiera estamos en la lista civil, imagínese. Además, el mundo ya está cansado de muerte y destrucción. Esas historias ya aburren hasta a la gente que las vivió. ¿Quién *no* ha escrito ya unas memorias?

Wallis se volvió hacia el duque, le puso el pelo de Peter Pan en su lugar y después le recolocó las medallas doradas y las cintas del pecho. Le quitó un canapé de la mano, lo volvió a dejar en la bandeja de donde lo había cogido y le dio la mano.

–Vamos a subir a ver a los perros. –Le hizo un gesto al camarero que llevaba la bandeja de plata para que la siguiera–. Los pobres necesitan comer cada dos horas, como mínimo –comentó con una sonrisa, y se fue hacia la salida.

–Discúlpame, Rosemary –me excusé.

Aparentemente a Wallis no le había interesado mi causa lo más mínimo.

–Buena suerte con tu recaudación, querida –dijo Rosemary mientras me volvía para irme–. Yo te voy a hacer una donación. Y tal vez deberías pasarte a ver a Norman Cousins del *Saturday Review*. Él y su adorable esposa ayudaron a las doncellas de Hiroshima.

–Lo haré, Rosemary. Gracias.

Recorrí el perímetro del salón buscando más champán, dolida por el rechazo de Wallis. Tuve cuidado de no cruzarme con Paul, todo el tiempo jugando a ese juego que ya conocía: «Si yo fuera Paul Rodierre, ¿dónde estaría?». Él se colocaría lo más lejos posible del desfile de moda. Probablemente cerca de la comida.

Y sin duda al lado del bar.

Evité el bar y pasé junto a las modelos de Dior que daban vueltas y se pavoneaban entre los invitados. Un camarero circulaba entre la gente ofreciendo unas patatas microscópicas cubiertas de crema agria y caviar. ¿Toda la comida de esa noche era diminuta? Intenté acercarme a la bandeja, pero tuve que pararme en seco porque alguien me pisó la cola.

–Perdone... –dije y me giré.

Paul.

Y a su lado encontré a una criatura deslumbrante. Leena, seguro.

–Nietzsche dijo que una dieta en la que predominan las patatas lleva al alcoholismo –dijo Paul sin levantar el pie de mi cola.

Su voz me dejó sin habla. Y no ayudaba nada que su acompañante fuera casi demasiado guapa para mirarla, con unas pestañas espesas y el tipo de cara perfecta a la que un cigarrillo le proporciona la cantidad justa de crueldad. Era alta, de piernas largas y jovencísima.

–Veo que me estás persiguiendo –comentó Paul.

La chica se alejó hacia la zona del desfile dándole sorbos al champán, como si no se sintiera en absoluto amenazada. Si es que se había fijado en mí siquiera...

–Estaría bien que levantaras el pie –respondí.

–Es que tienes la costumbre de desaparecer –repuso Paul.

–Solo si me provocan.

No levantó el pie.

Esperaba que Paul se hubiera recuperado desde la última vez que lo vi, pero no estaba preparada para lo bien que lo encontré, muy en forma y extrañamente bronceado teniendo en cuenta que estábamos en abril.

–¿Voy a tener que quitarme el vestido?

Paul sonrió.

–Ya era hora de que esta fiesta se pusiera interesante.

–En serio, Paul. Es un Schiaparelli.

Me soltó la cola.

–Tengo las salidas cubiertas.

–No será necesario.

–¿Champán? –preguntó un camarero que pasaba con la bandeja de plata llena de copas altas.

–No, gracias –rechacé con toda la calma de la que fui capaz–. Tengo que irme.

–Pensé en llamarte anoche –dijo Paul–. Me dije que al menos tu madre hablaría conmigo.

–¿Después de todos estos años? Ya no importa.

–Pero me puse a beber coñac. Y ya sabes cómo es eso.

–La verdad es que no.

–Esperaba que estuvieras aquí. Rodeada de tu gente.

Me encogí de hombros.

–Es por una buena causa.

Se acercó otro camarero.

–¿Champán?

Paul cogió dos copas.

–Me gustaría que pudiéramos hablar de todo aquello.

–No es necesario. Han pasado casi diez años, Paul.

–¿Leíste alguna de mis cartas, al menos una?

–Tengo que irme, de verdad...

–¿Es que no tienes ni la más mínima curiosidad por saber mi versión?

Le cogí una copa con la mano temblorosa.

–La verdad es que no.

–¿Y no me lo debes? ¿Después de dejarme plantado?

–Si así es como lo recuerdas tú...

Vi a la nueva mujer de Paul examinar el vestido escarlata de una modelo. ¿Habría probado alguna vez el *foie gras*? ¿Cómo podía estar tan delgada en un país que miraba mal a la gente que hacía mucho ejercicio?

Se acercó un fotógrafo.

–¿Puedo hacerles una foto, señor Rodierre?

–¿Por qué no? –contestó Paul.

Me apretó contra él con más fuerza de la necesaria y me rodeó la cintura con un brazo. Todavía llevaba Sumare. ¿Le gustaría a su nueva esposa? Era imposible que no le gustara.

–Sonríe, Caroline. Finge que te caigo bien.

La luz del *flash* nos cegó a ambos durante un segundo.

–Gracias, señor Rodierre –dijo el fotógrafo, y se fue.

–La última vez que estuvimos en este salón, yo me hice con ese escenario –comentó Paul.

Yo solo asentí y fingí que estaba recuperando la vista después del *flash*, pero la verdad es que temía que si hablaba se me escaparan las lágrimas.

–Has estado tomando mucho el sol –comenté un momento después.

–Cannes. Ha sido horrible. Odio esas cosas.

–Seguro... ¿Dónde está Rena entonces?

–¿Quién sabe? La última vez que la vi estaba en la isla griega de Hidra con un muchacho al que le doblaba la edad.

–Qué suerte. –Lo decía en serio. Rena se merecía pasarse la vida al sol.

–Me dejaste tirado, pero la vida sigue, Caroline. Supongo que no he tomado las mejores decisiones en lo que respecta a las mujeres.

–Tal vez deberías dejarlas una temporada.

Paul sonrió.

–Me alegro de verte de nuevo, C. ¿Tienes hambre? Voy a llevar a Leena a conocer a gente del cine. Conozco un restaurante pequeñito junto al Hudson...

–Mira, Paul, obviamente no llegué nunca a conocerte de verdad. Dejémoslo así. Recordemos los buenos momentos. –Me giré–. Tengo que irme.

Paul me cogió de la muñeca.

–No ha habido nada mejor en mi vida que la temporada que pasamos en Nueva York. Después de eso, para mí se acabó el amor, ¿sabes?

–Eso parece –dije mirando a Leena coger un canapé de langosta de una bandeja.

–Pero ¿qué te ocurre? He pasado por un infierno. Tú no eres la única persona afectada por todo esto...

–*Mon cher* –le dijo Leena a Paul–, me muero de hambre. –Y le hizo un gesto para que fuera con ella.

Para esa mujer yo era completamente invisible.

–Ven aquí, cariño –la llamó Paul.

Leena se acercó. Había sido una noche larga. ¿De verdad tenía que conocer a su mujer?

–Oh, por favor, Paul. Prefiero que no...

Paul tiró de Leena hacia él y le rodeó la cintura con un brazo.

–Leena, me gustaría que conocieras a...

–¡Caroline Ferriday! –exclamó Leena–. ¿Cómo he podido no reconocerla? –La chica me cogió la mano y me acercó a ella–. Aunque claro, solo la conozco por fotografías. Con Helen Hayes. ¿Cómo fue compartir escenario con ella?

–Gracias, pero de verdad que tengo que irme.

–Está huyendo, Leena –advirtió Paul–. Será mejor que la retengas.

Leena me cogió el brazo con la otra mano.

–Oh, por favor, haría lo que fuera porque comiéramos juntas un día. En París. La próxima vez que vaya.

–Mejor no...

–Papá, tienes que convencerla.

Un escalofrío me recorrió los brazos.

¿Papá?

–Señorita Caroline Ferriday, le presento a Leena Rodierre –dijo Paul con una sonrisa que desde tan cerca era aún más peligrosa.

–Pascaline es mi nombre artístico, pero usted puede llamarme Leena.

¿Cómo no me había dado cuenta?

–Yo también he hecho de Balthasar, señorita Ferriday. Mi primer papel, igual que usted. Mi padre me lo ha contado todo sobre su vida.

–Llámame Caroline, cariño –contesté sin poder apartar los ojos de ella. Leena era una mezcla perfecta de sus padres, alta, con la presencia escénica de su padre, sin duda–. Seguro que estuviste perfecta de Balthasar, Leena.

La chica me rodeó con sus brazos y me abrazó fuerte. La preciosa niña que encontré en el orfanato de Saint-Philippe. Pascaline. Nacida en Pascua...

Pascaline me soltó.

–Dígame que *vendrá* a París, Caroline. Me van a dar mi primer papel protagonista. Significaría muchísimo para mí que usted estuviera allí.

Asentí. No pude hacer otra cosa, porque intentaba contener las lágrimas. Era una niña adorable con el encanto de su padre.

–Claro, cariño –concedí.

–Bueno, creo que tenemos que irnos –interrumpió Paul.

–Mi padre me va a presentar a gente del cine –explicó Leena.

–*Au revoir*, Caroline. –Paul me dio un beso en cada mejilla y noté el familiar roce de su barba, ese suplicio personal–. ¿Qué tal si esta vez contestas a mis cartas? Después de un tiempo, hasta yo me rindo.

–No has cambiado –contesté.

Sonrió.

–Supongo que en algún lugar, en un rincón de nuestros corazones, siempre tendremos veinte años.

Paul desapareció entre la gente y yo sentí el antiguo dolor que sufría cuando se iba, pero esta vez fue un poco más leve. ¿Acababa de pasar lo que parecía? ¿La hija de Paul me había invitado a París?

Escapé en un taxi después de que un botones metiera mi maleta de regalos en el maletero. Su contenido ya estaba destinado a obras benéficas. Cuando el taxi se alejó, vi brevemente a Paul entre la gente y sentí una oleada de *retrouvailles*, otra de esas palabras que siempre tenía que utilizar en francés porque significaba: «La felicidad de encontrarte con alguien que quieres después de mucho tiempo». Me abracé en la parte de atrás del taxi, nada triste por irme a casa sola.

¿Me escribiría? Tal vez. Y quizá yo le contestara, si encontraba tiempo.

AL DÍA SIGUIENTE hice caso a Rosemary Gaynor y llamé a Norman Cousins, el famoso director de la revista *Saturday Review*, con la esperanza de que tuviera un momento para charlar conmigo en su despacho. Tal vez así consiguiera que mencionara a las mujeres polacas en su revista. Me propuso que me pasara por su despacho por la tarde.

Esperé sentada en la recepción, hojeando un periódico. Fui directa a mirar las páginas de sociedad por costumbre y vi una página completa llena de fotos del baile de la víspera. Justo debajo de una de Marilyn Monroe con el embajador británico, que le miraba fijamente el escote, estaba la foto de Paul conmigo. Casi me caigo de la silla. Aunque su esmoquin tenía corte europeo, demasiado ceñido en la cintura, y yo tenía la cola del vestido sucia, hacíamos una pareja razonablemente atractiva. El pie de foto decía: «La señorita Ferriday y Paul Rodierre. ¿Volverán a Broadway?».

Todavía estaba impresionada por la foto cuando la recepcionista vino a buscarme y me acompañó a una sala de reuniones por un pasillo flanqueado por carteles de gran tamaño de las portadas de la revista rodeados por marcos de aluminio. Norman había reunido a su personal alrededor de la larga mesa y todos tenían delante un cuaderno de notas amarillo con las hojas rayadas.

–Encantado de conocerla, Caroline –saludó Norman, levantándose para recibirme.

Era imposible no quedarse cautivada por su atractivo un poco anticuado y su sonrisa generosa. Aunque hasta la pajarita más simple podía resultar muy poco favorecedora si la llevaba el hombre equivocado, Norman llevaba la suya de cuadros con aplomo.

–Tiene toda nuestra atención durante cinco minutos.

Norman fue hasta un extremo de la sala y se apoyó en la pared. Me quedé abrumada durante un momento al verme en presencia del director de una revista tan importante, alguien conocido en todo el mundo. De repente el estómago se me llenó de mariposas que no dejaban de revolotear y se me secó la boca. Entonces recordé un consejo que me dio Helen Hayes, que siempre me había resultado de ayuda en el escenario: «No aburras. Deja que tu cuerpo hable». Me erguí en toda mi estatura y empecé a hablar con determinación.

–Señor Cousins, como usted y su esposa han recaudado una considerable cantidad de dinero para las doncellas de Hiroshima... –Me detuve y miré a la gente que había en esa sala.

El personal de Norman no me estaba prestando atención. Jugueteaban con los relojes y los bolígrafos y garabateaban en las libretas. ¿Cómo podía conectar con una audiencia distraída?

–He pensado que tal vez también pudiera interesarles colaborar con un grupo de mujeres en circunstancias similares.

–¿Estamos hablando de mujeres polacas? –preguntó Norman, jugueteando con su grabadora de mano.

–Me temo que no puedo continuar si no me presta toda su atención, señor Cousins. Tengo poco tiempo y, como comprenderá, tengo que gestionarlo con la mayor eficacia.

Norman y los demás se inclinaron hacia delante, con los ojos puestos en mí. Había conseguido llamar su atención.

–Sí, mujeres polacas, católicas, presas políticas arrestadas por trabajar con la resistencia de su país. Retenidas en el campo de concentración de Ravensbrück, el mayor campo de concentración nazi para mujeres, y a las que sometieron a experimentos médicos. Hubo un juicio especial en Núremberg, el juicio de los doctores, pero el mundo se ha olvidado de sus víctimas y las supervivientes no han recibido ninguna ayuda ni apoyo.

Norman apartó la vista y miró por la ventana los bloques de piedra marrón de los depósitos de agua de Nueva York, que eran los protagonistas de las vistas desde allí arriba, a una altura de diez plantas.

–No sé si nuestros lectores estarán interesados en otra campaña similar tan pronto, señorita Ferriday.

–Todavía no se ha dejado de hablar del proyecto Hiroshima –dijo un hombre con la constitución de un alambre para limpiar pipas y unas gafas a lo Dave Garroway que eran demasiado grandes para su cabeza. Lo conocía de vista: era Walter Strong-Whitman. Iba a nuestra iglesia, pero nunca nos habían presentado.

–Operaron a esas mujeres para someterlas a una compleja serie de experimentos –insistí.

Les dejé sobre la mesa una serie de fotos de 20 × 25 centímetros para que las examinaran y me fijé en sus caras cuando le pasaban la foto al siguiente: sus expresiones eran de repulsión rayando en el horror.

Norman se acercó a la mesa.

–Dios mío, Caroline, si esto casi no parecen piernas. A esta le faltan huesos y músculos. ¿Cómo pueden caminar siquiera?

–Lo hacen, pero no muy bien, como podrán imaginar. Iban dando saltitos por el campo. Esa es una de las razones por las que les pusieron el apodo de «conejas». Por eso y porque los nazis las utilizaron como animales de laboratorio.

–¿Y cómo consiguieron volver a Polonia? –volvió a preguntar Norman.

–De diferentes formas. La Cruz Roja sueca rescató a algunas. A otras las enviaron a casa en tren cuando los rusos liberaron el campo.

–¿Y cuáles son sus necesidades inmediatas? –Quiso saber Norman.

Me acerqué a él.

–En Polonia, al otro lado del Telón de Acero, están teniendo graves problemas porque no tienen apenas acceso a cuidados médicos modernos y no han recibido ninguna compensación del gobierno alemán.

–El Telón de Acero –exclamó el señor Strong-Whitman con una carcajada–. A nosotros no nos conviene tener nada que ver con...

–Alemania Occidental ha compensado a otras deportadas, pero no a las conejas, porque no reconocen a la Polonia comunista como un país. Algunas han muerto por enfermedades muy comunes que aquí podemos curar.

–No sé, Caroline... –contestó Norman–. Los rusos no cooperan con nadie en estos tiempos.

–¿Y por qué tienen que sufrir estas chicas porque sus opresores no les permiten salir del país?

–Murphy consiguió entrar en Alemania Oriental para la historia de United Airlines –dijo un empleado joven.

–Esto puede pasar por un artículo de viajes –propuso una mujer que llevaba una bonita chaqueta de pata de gallo.

–La Pan Am podría ayudar –aportó otro.

–Es una idea terrible, Norman –insistió Strong-Whitman–. No podemos apelar a nuestros lectores por cada cosa que pasa por ahí, andar pidiéndoles dinero para esto o aquello. Seguro que les importa un comino Polonia.

–¿Y por qué no lo averiguamos? –pregunté yo.

–Esto es una revista literaria, señorita Ferriday –repuso Strong-Whitman–. No se puede esperar que cubramos todas las historias de caridad con las que se entretienen las señoras ociosas de la buena sociedad de Nueva York.

¿Señora ociosa? Inspiré hondo.

–Pueden mantener su calidad literaria y aun así ayudar a los desfavorecidos. Norman ha demostrado que eso es así con el caso de las doncellas.

–Podríamos escribir un artículo en la sección de Sociedad y poner una dirección para enviar donaciones –aventuró Norman–. Nada muy llamativo. Una página tal vez.

–La capacidad caritativa de este país está atrofiada –aseguró Strong-Whitman–. ¿Cuántos años han pasado desde que terminó la guerra? ¿Doce? Nadie va a hacer más donaciones.

–¿Qué dirección quiere que pongamos? –preguntó una mujer joven con una libreta de anillas.

–The Hay, Main Street, Bethlehem, Connecticut –dije sin vacilar.

¿De verdad iban a hacerlo? Noté que se me iban relajando todos los músculos.

–¿Está segura de que quiere que le envíen las cartas a su casa, señorita Ferriday? –preguntó la misma mujer.

–¿Qué tal funciona la oficina de correos de Bethlehem? ¿Podrán ocuparse del correo extra que pueda llegar? –inquirió Norman.

Pensé en nuestro cartero, Earl Johnson, blanco como la miga del pan de molde con su salacot y sus pantalones cortos de color caqui, que a veces se hacía un lío solo con que un apellido estuviera mal escrito.

–Funciona de forma excelente –aseguré–. Todos los años se ven desbordados por cientos de cartas, porque todo el mundo quiere tener el matasellos de allí en sus felicitaciones de Navidad. Nuestra oficina de correos estará a la altura, sin duda.

–Pues Bethlehem entonces –concluyó Norman–. Felicidades, Caroline. Vamos a intentar traer a sus conejas a Estados Unidos.

NORMAN TERMINÓ ESCRIBIENDO un artículo precioso de cuatro páginas sobre aquellas mujeres.

Comenzaba así: «Desde este momento en el que empiezo a escribir, sé que la mayor dificultad a la que me enfrento es convencer a la gente de que lo que se cuenta aquí no es un destello de lo que hay en las entrañas de un infierno imaginario, sino parte de nuestro mundo». Y a partir de ahí no hacía más que mejorar, describiendo detalladamente la difícil situación de las chicas y lo que necesitaban.

Tras la publicación del artículo llegaron algunas cartas: una preguntando si las chicas polacas necesitaban agente artístico, otra que quería saber si estarían dispuestas a aparecer en una reunión del 4-H. No me quedó más remedio que enfrentarme al hecho de que tal vez Estados Unidos estuviera cansado de tanta obra benéfica.

La semana siguiente, una preciosa mañana cálida de otoño que amaneció envuelta en una niebla tan espesa que parecía que mirásemos el mundo a través de una gasa de algodón, di de comer a los caballos del establo y fui hasta la oficina de correos de Bethlehem para recoger la correspondencia. Nuestra cerda, a la que mi madre había llamado *Lady Chatterley*, me siguió pisándome los talones, porque al parecer no quería perderme de vista.

Pasé por delante de las amigas de mi madre del Litchfield Garden Club, que estaban reunidas en el jardín, comiendo galletas rayadas de coco de Serge acompañadas de un ponche servido en una ponchera de cristal. Los vasitos de cristal lanzaban destellos arcoíris cuando los inclinaban para beber. Sally Bloss, la segunda de a bordo de mi madre, todavía llevaba los zuecos de trabajar en el jardín y un pañuelo en la cabeza atado como el babero de un niño, y estaba ante el grupo, dándoles una charla sobre el tema del día: las avispas, amigas de nuestros jardines. A su lado, Nellie Bird Wilson, una mujer de pelo castaño, no muy alta y delgada como un insecto palo, sujetaba en alto un avispero, presumiblemente vacío. El calendario social de mi madre estaba mucho más lleno que el mío y estaba siempre ocupada con su club de jardinería, sus eventos benéficos en Nutmeg Square y en el Round Dance Club, y entrenando a su equipo de béisbol.

Cuando llegué a la oficina de correos, al otro lado de la calle, a pocos pasos de The Hay, me recibió la bandera estadounidense ondeando sobre la puerta. *Lady Chatterley* se quedó fuera de la mosquitera, olisqueándola. La diminuta oficina de correos de Bethlehem era un laberinto de pequeñas salas dentro de la tienda de comestibles Johnson Brothers, que era el punto de reunión de la zona, además de la única gasolinera y el único sitio donde comprar un helado en el pueblo.

Encontré a Earl Johnson en la sala de clasificación del correo, un espacio estrecho no mucho más grande que un armario. Estaba encaramado a un taburete alto y detrás tenía una pared blanca llena de casilleros para el correo donde iba metiendo los sobres. A Earl le gustaba vestir con colores correspondientes a la parte más neutra del espectro y daba la impresión de que, si se quedaba quieto el tiempo suficiente, sería imposible distinguirlo de sus cartas. El sudor le resbalaba por la frente, sin duda consecuencia de los diez minutos que había tenido que dedicar esa mañana a la rigurosa labor de clasificar el correo.

Earl se inclinó hacia mí por la ventanilla y me pasó un folleto de la próxima feria de Bethlehem.

–Hace calor –dijo Earl, sin atreverse a mirarme a los ojos.

¿De verdad parecía yo tan feroz?

–Y que lo digas, Earl.

–Espero que no haya venido para ver al barbero del piso de abajo. Hoy no trabaja.

Cogí el folleto.

–¿No hay más correo para mí?

Earl se levantó y salió de su armario del correo.

–¿Puede ayudarme con una cosa, señorita Ferriday?

La vida rural tenía su encanto, pero de repente eché mucho de menos y valoré las cosas buenas de la oficina de correos de la Calle Treinta y Cuatro, un enorme complejo de eficiencia rodeado de columnas.

–¿Es necesario, Earl?

Earl me hizo un gesto para que lo siguiera por el pasillo que iba a la parte de atrás y yo obedecí. Se detuvo junto a una puerta cerrada.

–¿Qué? –pregunté–. Ábrala.

–No puedo –dijo encogiéndose de hombros.

Me abaniqué con el folleto.

–Vaya a por la llave, por todos los santos.

–No está cerrada con llave.

Agarré el picaporte, lo giré y después apoyé la cadera en la puerta y la empujé, pero solo se abrió una rendija, por la que se vio una habitación a oscuras.

–Hay algo bloqueando la puerta, Earl. Pero ¿a qué se dedica usted todo el día? No es tan difícil mantener la oficina ordenada.

–¡Clyde! –llamó Earl a voz en grito.

El sobrino del señor Gardener llegó corriendo.

–¿Sí, Earl? –dijo Clyde, delgado como un palo.

–La señorita Ferriday necesita que entres ahí –dijo Earl.

–Sí, señor –dijo Clyde, contento de tener una misión adecuada a su reducido tamaño.

Clyde se coló por la rendija de la puerta como una chinche que se cuela bajo el marco de una ventana.

Yo acerqué los labios a la rendija de la puerta.

–Abre la puerta, Clyde.

–No puedo, señorita Ferriday. Hay un montón de chismes delante.

–¿Chismes? –¿Dónde estaba aprendiendo Clyde esas palabras?–. Earl, hay que vaciar esta habitación.

Earl se limitó a rozar con el pie un nudo de la madera del suelo.

–Despeja una zona delante de la puerta, Clyde –pedí–. Y abre las persianas. Así podremos entrar a ayudarte.

Oí un ruido, un gruñido y el chasquido de una persiana al subir de pronto.

–Ya casi está, señorita Ferriday –dijo Clyde.

Abrió la puerta y en su cara apareció una preciosa sonrisa de dientes blancos y rectos, como las teclas de un piano Steinway.

La habitación estaba llena de sacos de lona, cada uno de ellos tan grande como el propio Clyde, con un sello que decía: CORREOS DE EE.UU. en letras azules. Los sacos ocupaban el suelo y el mostrador que rodeaba toda la habitación. Algunos habían reventado y se les desparramaban montones de cartas y paquetes por entre las dos asas de cuerda.

Yo pasé como pude entre la avalancha de sobres.

–Todos están dirigidos a no sé qué conejas, señorita Ferriday –explicó Clyde–. Mire, hay una de Hawái.

–Dios mío, Earl –exclamé, un poco mareada–. ¿Son todas para nosotras?

–Y tengo diez más en el camión. Las he estado metiendo aquí por las ventanas.

–¿Y qué ha pasado con eso de «Ni la nieve, ni la lluvia, ni el calor, ni la oscuridad de la noche podrán evitar que nuestros carteros completen puntualmente sus repartos», Earl?

–¿Perdone, señorita?

–¿Por qué no me lo ha dicho?

Cogí un puñado de cartas. Los remitentes eran de Boston, Las Vegas... incluso México.

–En Navidad tengo quince empleados de refuerzo –explicó Earl–. En verano solo estoy yo. Hay más en el sótano. Tantos que el barbero no ha podido entrar en su tienda.

El señor Gardener organizó a las señoras del club de jardinería de mi madre en una fila, armadas con carretillas, y entre todos llevamos el correo hasta nuestra casa. Clyde llevó un saco sobre los hombros, como un caballo de carga, y *Lady Chatterley* tuvo que correr para no quedarse atrás. Abrimos todas las cartas y formamos montones encima de la mesa del comedor. Según las íbamos abriendo, anunciábamos lo que contenían.

–¡La revista *Seventeen* va a diseñar una línea de ropa para las chicas! –dijo Sally Bloss–. El doctor Jacob Fine del Beth Israel Hospital dona asistencia médica...

Nellie Bird Wilson agitó una que llevaba un sello de Roy Rogers.

–Kevin Clausen de Baton Rouge nos envía su paga.

–Qué bonito por su parte –comenté mientras lo apuntaba todo.

Mi madre abría los sobres lo más rápido que podía.

–El National Jewish Hospital de Denver, Caroline.

–La Wayne State University –anunció el señor Gardener–. El doctor Jerome Krause, dentista.

Sally levantó una carta que tenía un membrete con un castillo azul.

–Disneylandia de Anaheim dona entradas. Las chicas serás las invitadas de honor del señor Disney.

–La Danforth Foundation envía un cheque, Caroline –dijo mi madre–. Un montón de dinero.

Nellie se abanicaba con un sobre mientras leía.

–La empresa Converse Rubber Company quiere diseñar una colección de zapatillas para las señoras.

–Ropa y bolsos de parte de Lane Bryant –añadió Serge.

Hicimos un montón con los radiólogos y osteópatas que donaban su asistencia médica y otro con los dentistas que ofrecían limpiezas gratis. Otro montón destinado a los hospitales que ofrecían camas. Familias desde Bar Harbor hasta San Diego les abrían las puertas de sus casas a las mujeres. Cuando cayó la noche sumamos el dinero y los cheques y obtuvimos un total de seis mil dólares, dinero más que suficiente para financiarles el viaje.

En el siguiente número de *Saturday Review*, Norman escribió que Estados Unidos había dado un «asombroso ejemplo de generosidad». Yo estaba exultante.

Nuestras conejas iban a venir a Estados Unidos.

39

Caroline

1958

El doctor Hitzig y yo llegamos a Polonia esa primavera. Fue un placer viajar con él, porque contaba con dos importantes virtudes: poseía una mente aguda y era de trato agradable, algo que normalmente solo se daba en los Amish. Era nuestro médico estadounidense experto en cirugía ortopédica y se encargaría de decidir qué mujeres polacas se encontraban lo bastante bien de salud como para soportar el viaje a Estados Unidos, que se realizaría ese mismo año unos meses después. Yo iba para organizar los documentos del viaje y allanar el camino.

La delegación oficial nos recibió y nos trasladó en un coche particular a la Clínica Ortopédica de Varsovia. Cuando entramos en la clínica, los médicos polacos rodearon al doctor Hitzig, le estrecharon la mano, le dieron palmaditas en la espalda y fueron con él hasta una mesa larga que había delante de un escenario improvisado. Yo me senté al lado del doctor Hitzig, junto con otros veintinueve médicos, polacos y rusos. También había dos miembros de ZBoWiD, la Unión de Combatientes por la Libertad y la Democracia, una asociación oficial de veteranos polacos, el organismo con el que Norman y yo habíamos trabajado en la reivindicación de los derechos de las conejas.

La clínica se parecía al Bethlehem Grange Hall; constaba de una sala muy amplia y con tanta corriente que se notaba el aire que entraba por las ventanas incluso desde el centro de la habitación.

Las tres primeras mujeres entraron en la clínica en un grupo apretado, subiéndose hasta la barbilla los cuellos de los abrigos. Todas llevaban un bolso de tela colgado del antebrazo y se veía el cansancio del viaje en sus caras. Parecía que a las tres les costaba caminar del dolor que tenían. Nuestro traductor, un joven muy serio con el pelo cortado como Stalin, se sentó al lado del doctor Hitzig. Las mujeres se dirigieron hacia un biombo situado detrás del escenario.

La primera de las conejas, una mujer guapa de unos treinta y cinco años, con el pelo corto y moreno y ojos oscuros, salió envuelta en una sencilla sábana blanca, como una diosa griega. Fue hasta la silla plegable que había en el escenario, haciendo una mueca de dolor a cada paso. Cuando se sentó, miró al público con la cabeza bien alta.

El doctor que dirigía el encuentro, el profesor Gruca, un hombre enérgico y amistoso, con un cuerpo con forma de boca de incendios, subió al escenario y leyó unos papeles. El traductor nos iba traduciendo tras unos intervalos que parecían interminables:

–«La muerte del amigo íntimo de Adolf Hitler, el *Obergruppenführer* de las SS, Reinhard Heydrich, precipitó los pseudoexperimentos médicos que se conocen como "las operaciones de las sulfamidas" en el campo de concentración de Ravensbrück. Llamaron al doctor Karl Gebhardt, amigo y médico personal de Heinrich Himmler, para que tratase a Heydrich, que había resultado gravemente herido en un intento de asesinato, un coche bomba que había colocado la resistencia checa.»

Yo no aparté la vista de la mujer del escenario, que escuchaba atentamente con la cabeza alta.

–«El doctor Gebhardt se negó a utilizar sulfamidas para tratar a Heydrich y prefirió otros tratamientos. Cuando Heydrich murió, Hitler acusó a Gebhardt de haber dejado que su amigo muriera a causa de la gangrena gaseosa. Como resultado, Himmler y Gebhardt planearon una forma de demostrarle a Hitler que la decisión de no utilizar las sulfamidas había sido la correcta: una serie de experimentos con presos, primero con los hombres encerrados en Sachsenhausen y después con las mujeres de Ravensbrück».

LA MUJER DEL escenario se apartó el pelo de la frente. Le temblaba la mano.

–«Gebhardt y su personal médico realizaron cirugías a mujeres en perfecto estado de salud, elegidas especialmente por sus piernas sanas y robustas, en las que reproducían heridas traumáticas. Añadieron cultivos bacteriológicos a las heridas para producir gangrena gaseosa, y después a algunas de las pacientes les administraron sulfamidas. Todas las pacientes que recibían sulfamida y morían, demostraban lo que afirmaba Gebhardt. Entre las presas operadas estaba –en ese momento el doctor Gruca señaló a la mujer de la silla– Kasia Bakoski, antes Kuzmerick, en la actualidad enfermera empleada por el Estado.»

El doctor apartó la sábana para mostrar la pierna de la mujer. A mi lado el doctor Hitzig dio un respingo. La parte inferior de su pierna estaba consumida y horriblemente desfigurada, como un pez al que se le hubieran sacado las entrañas.

–«A la señora Bakoski la operaron en 1942. Tuvo que soportar tres cirugías consecutivas, todas del Grupo I, en las que le introdujeron bacterias, madera, cristal y otros materiales. Se le practicó una incisión en la extremidad inferior izquierda y le suturaron los vasos sanguíneos de ambos lados.»

El doctor continuó y durante todo el tiempo Kasia mantuvo la barbilla bien alta, pero la expresión de su boca se suavizó. Y se le llenaron los ojos de lágrimas.

–«Introdujeron tierra con sílice y fragmentos de madera, y después suturaron la herida y la cubrieron con una escayola» –siguió explicando el médico.

¿Es que no veía que estaba afectada? Me levanté y me acerqué al escenario.

–«Le dejaron la escayola el tiempo suficiente para que desarrollara gangrena gaseosa y otras patologías –continuó el médico–. Después se introdujo el tratamiento con sulfamidas.»

Los médicos estaban tomando notas.

–«Además de la grave deformidad, que afecta a todo el sistema esquelético, la paciente sufre reacciones neurológicas postraumáticas, depresión...»

–Lo siento, pero... –dijo Kasia.

Se levantó, tapándose los ojos con una mano y sujetando la sábana con la otra.

Subí al escenario.

–No puede continuar de esta forma, doctor.

–Pero estas mujeres han accedido –respondió el doctor Gruca–. Los médicos han tenido que hacer un hueco en sus ocupadas agendas para estar aquí.

–Y también las mujeres, doctor. Los exámenes deben continuar en privado. Estaremos presentes el doctor Hitzig y yo, además de usted.

–Pero esto es muy...

Cogí a Kasia de la mano.

–Estas mujeres ya fueron víctimas una vez y no las van a volver a tratar así. Al menos mientras esté yo aquí.

–Continuemos en una consulta más pequeña –convino el doctor Hitzig.

Ayudé a Kasia a bajar del escenario, la acompañé detrás del biombo y la ayudé a vestirse.

–Gracias. Le agradezco mucho su ayuda –me dijo.

–Habla muy bien inglés, querida.

–No muy bien.

–Mucho mejor que yo polaco, eso seguro.

–Mi hermana Zuzanna no está aquí aún, pero está en la lista. Es médico. Y ella sí que habla bien inglés.

–La buscaré –aseguré.

Los exámenes continuaron de una forma más ortodoxa después de pasar a la consulta más pequeña, en la que solo estábamos el doctor Hitzig, el doctor Gruca y yo. La hermana de Kasia, Zuzanna, fue la última paciente que examinamos. Pidió que dejáramos que Kasia estuviera con ella y los médicos accedieron.

–Zuzanna Kuzmerick –leyó el doctor Hitzig–. Cuarenta y tres años. Miembro del grupo de control de las operaciones con sulfamidas. Le inyectaron estafilococos y bacterias del tétanos. Una de las pocas pacientes del grupo de control que, sin antibióticos, recuperó la salud por sí sola. En la actualidad refiere cefaleas localizadas en ambos hemisferios, mareos ocasionales y molestias gástricas. Posible úlcera gástrica, tratada con antiácidos.

De repente el doctor Hitzig dejó de leer.

–Continúe, doctor –lo animó Zuzanna–. No pasa nada.

El doctor Hitzig se quitó las gafas.

–No creo que...

–Ya lo sé –aseguró Zuzanna–. De hecho lo escribí yo. Dice que me esterilizaron en el campo, ¿no?

Kasia se levantó.

–Oh, no, Zuzanna.

–No pasa nada. Yo escribí ese informe. Por favor, doctor, continúe.

El doctor Hitzig se puso otra vez las gafas. Zuzanna se irguió en su silla cuando el doctor Hitzig empezó su examen, tocándole las glándulas de ambos lados del cuello.

–¿Es difícil para usted, que es médico, verse de repente convertida en paciente? –pregunté.

–No –aseguró Zuzanna–. Es importante ver la práctica desde ambos lados. Eso me hace mejor médico. Es una de las razones por las que quiero ir a Estados Unidos. Y para dar clases de medicina avanzada y aprender todo lo que pueda.

Zuzanna hablaba un inglés estupendo, con la bonita cadencia del acento polaco. Era un placer escucharla.

El doctor Hitzig colocó dos dedos en el lado izquierdo de su cuello.

–¿Qué es, doctor? –preguntó Zuzanna.

–Oh, no es nada –respondió el doctor Hitzig–. Creo que ya hemos acabado por ahora.

Mientras recogíamos y las mujeres polacas se preparaban para el viaje de vuelta, el doctor Hitzig se fue a hablar con sus colegas y yo saqué los regalos que les había llevado de Estados Unidos.

–Venid, chicas –pedí.

Les mostré uno de los preciosos bolsos de piel azul marino. La luz le arrancó un destello a la hebilla dorada.

–Los ha donado una tienda estadounidense estupenda que se llama Lane Bryant.

Las mujeres se quedaron petrificadas en el sitio, como si les hubieran salido raíces. Era un grupo muy serio.

–Chicas, no seáis tímidas –dije, acercándoles más el bolso–. Son gratis. Los han donado. Y el azul es el color que se lleva este año.

Siguieron sin moverse. Cogí una caja de Whitman's Sampler que tenía el nombre de la marca impreso en la tapa imitando el punto de cruz.

–¿A alguien le apetece un bombón? –Ninguna se acercó–. ¿Y Fig Newtons? Son galletas.

–¿Por qué no nos hacemos una foto? –propuso Kasia, señalando mi cámara Leica.

Se reunieron ante la cámara y se colocaron espontáneamente para la foto, como un ramo de flores en un jarrón.

–¿Cómo va a ser el viaje? –preguntó Kasia.

–Hasta ahora el plan es que lleguéis a Nueva York, y después os alojaréis en casas particulares de todo el país. Después el grupo volverá a reunirse en San Francisco, viajará a Los Ángeles y desde allí haréis un viaje por todo el país en autobús con parada en Las Vegas, Texas y para terminar, Washington D.C.

Kasia se lo tradujo a las otras, que se acercaron a ella para oírlo todo. Yo esperaba sonrisas, al menos, pero las mujeres permanecieron muy serias.

–Quieren saber de dónde saldrá el barco –preguntó Kasia.

–Oh, nada de barco –contesté yo–. La compañía aérea Pan American Airways ha donado los billetes de avión.

Hubo una discusión muy acalorada en polaco y muchas sonrisas después.

–La mayoría de nosotras nunca ha subido a un avión –confesó Kasia.

El doctor Hitzig se asomó por la puerta y todos los ojos se volvieron hacia él.

–Tenemos la lista definitiva –anunció–. ¿Puedo hablar con usted en privado, señorita Ferriday?

Yo me apresuré a ir con el doctor a la consulta.

–Pueden viajar todas –confirmó el doctor Hitzig.

–Estupendo –dije con un tremendo suspiro.

–Menos una. La doctora.

–¿Zuzanna? ¿Y por qué, por todos los santos?

–Siento decírselo, pero he encontrado un nódulo de Virchow inflamado –dijo.

–¿Un qué?

–Indica que hay un tumor cancerígeno.

–¿Y puede tratarse?

–Probablemente no. Es una clara indicación de cáncer de estómago. Tiene los días contados, me temo.

Volví con las mujeres, que esperaban en la puerta con los abrigos puestos, listas para regresar a casa. Le pedí a Zuzanna y a su hermana Kasia que se reunieran con el doctor Hitzig y conmigo en privado y las llevé a la consulta. Se sentaron en sillas plegables.

–Zuzanna, me temo que... –empezó el doctor Hitzig–. El bulto que he encontrado en su cuello es un nódulo de Virchow inflamado.

–¿La señal del diablo? –preguntó Zuzanna.

–Yo prefiero denominarlo «nódulo centinela» –corrigió el doctor Hitzig.

–Es un síntoma de cáncer gástrico, ¿no es así? –Quiso asegurarse Zuzanna.

–Me temo que sí.

–Qué mala suerte que me haya tocado uno que recibe su nombre de un médico alemán precisamente –bromeó Zuzanna con una sonrisa lánguida y los ojos llenos de lágrimas.

–¿Está seguro? –preguntó Kasia.

–Tenemos que hacer más pruebas –contestó el doctor Hitzig–. Pero el cuadro médico ha concluido que eso la convierte en no apta para viajar a Estados Unidos.

Kasia se levantó.

–¿Qué? Pero si el objetivo del viaje es conseguir la atención médica que no hay aquí. ¿Cómo puede llevarnos a las demás hasta allí y negárselo a la persona que más lo necesita? Puede ir ella en mi lugar.

–Esa no es la cuestión, Kasia –aseguré.

–Señorita Ferriday, usted nos habla de ayudarnos, pero en el fondo no le importamos. Nos trae bolsos elegantes y espera que los cojamos sin más.

–Creí que os gustarían...

–Somos *señoras*, señorita Ferriday. Señoras a las que no les gusta mucho que las llamen conejas, esos animales que viven en jaulas y que se asustan fácilmente. Señoras que viven en un país en el que no se pueden aceptar regalos. ¿No es obvio? ¿Un bolso nuevo que viene de Estados Unidos? Aquí desaparece gente por mucho menos. Una periodista polaca aceptó unos bombones de un estadounidense y no se la ha vuelto a ver.

Sentí un calor insoportable en las mejillas. ¿Cómo podía haber sido tan inocente?

–Kasia, por favor... –regañó Zuzanna.

–¿De verdad quiere ayudarnos, señorita Ferriday? Ayude a mi hermana.

Kasia se acercó al doctor Hitzig.

–Le pagaré lo que sea para que la incluya en esa lista.

–Sabremos más después de las pruebas... –dijo el doctor Hitzig.

–Mi hermana es una mujer que puede salvar vidas. Lo único que ha hecho en su vida ha sido ayudar a los demás. Si la tratan a ella, estarán tratando a miles de personas.

–Ojalá las cosas fueran de otra manera, pero todos los médicos que hay aquí están de acuerdo –concluyó el doctor Hitzig.

–No podemos pasar por encima del ZBoWiD –intervine yo.

–Me voy –dijo Kasia–. Esto es ridículo.

Y salió con prisa de allí.

–Lo siento mucho –le dije a Zuzanna.

Zuzanna me puso una mano sobre la manga.

–Lo comprendo, señorita Ferriday...

–Caroline, querida.

–Lo importante es que el resto de las chicas puedan ir a Estados Unidos.

Rodeé a Zuzanna con mis brazos y la abracé fuerte. Qué mujer más increíble. Pero qué delgada estaba. Y qué tragedia que estuviera enferma. Ojalá pudiera prepararle alguno de los remedios de la familia Woolsey.

Cuando por fin nos separamos, Zuzanna me tomó la mano.

–No se preocupe por mi hermana, Caroline. Kasia se pone muy tensa a veces. Hemos pasado por muchas cosas juntas. Pero le agradecemos mucho sus regalos –dijo con una sonrisa–. Y si no le importa dejarlos en el guardarropa, yo me aseguraré de que las chicas se los lleven cuando no las vea nadie.

40

Kasia

1958

EL DÍA ANTES del viaje a Estados Unidos, nuestro diminuto dormitorio estaba lleno de ropa, alguna mía, pero la mayor parte prestada. Pietrik se frotaba la espalda, que le dolía tras bajar mi maleta del estante del armario y volver a subirla en varias ocasiones, porque había hecho el equipaje para luego deshacerlo seis veces. Pietrik se había ganado en la fábrica una radio, un premio por ser el trabajador más productivo. La teníamos puesta y subimos el volumen porque estaba sonando Eddie Fisher, ese hombre tan guapo que era mi cantante favorito.

Dungaree doll, dungaree doll

Paint your initials on my jeans...

Pietrik me cogió y nos balanceamos al ritmo de la música. Sería estupendo poder volver a bailar. Pero ¿cómo iba a ir a Estados Unidos para que me operaran sin Zuzanna?

Solté a Pietrik y seguí vaciando la maleta.

–Sin Zuzanna no voy.

Pietrik se sentó en la cama al lado de la maleta abierta, la vieja maleta verde de Matka.

–Zuzanna te ha dicho que vayas. ¿Cómo vas a dejar pasar esta oportunidad?

Quería subir a ese avión. Lo deseaba como no había deseado nada en mucho tiempo. Iba a tener la oportunidad de que me arreglaran la pierna y de recuperar la normalidad, o casi. Solo pensar en que tal vez no volviera a sentir dolor me hacía sentir exultante. Y a todas las chicas les iban a hacer un tratamiento dental. ¿Me podrían arreglar la caries los dentistas? Se había puesto tan mal que ya casi nunca sonreía. Además, ¿cómo sería llegar volando a Nueva

York y ver las vistas desde arriba? Y a California. Los periódicos de Lublin ya nos habían convertido en celebridades.

Saqué mi vestido bueno de la maleta y volví a colgarlo en el armario.

–Pero ¿cómo voy a dejar a Zuzanna aquí?

–Te vamos a echar de menos si te vas –aseguró–. Pero piensa en todas las cosas que te perderías si no, Kasia. Zuzanna es la persona que más ganas tiene de que vayas. ¿Y Halina? ¿Qué pensará si ve que su madre tiene miedo?

Pensar en volar en avión por primera vez hacía que me doliera el estómago. Y mejor no recordar que tendría que utilizar mi horrible inglés en Estados Unidos y que tendría que pasar por otra operación.

–Voy a estar fuera varios meses. ¿Quién me asegura que Zuzanna seguirá viva hasta que vuelva?

Pietrik me cogió la mano.

–Nosotros cuidaremos de ella.

Era agradable sentir su mano alrededor de la mía. Me aparté y cerré los seguros de la maleta vacía.

–No voy a cambiar de opinión –aseguré.

Pietrik volvió a coger mi maleta y a subirla al estante de arriba del armario.

–Tienes que aprender a aceptar que hay cosas que no puedes cambiar.

–¿Y por eso es mejor que deje aquí a mi hermana, muriéndose? No pienso...

Me volví y vi a Zuzanna en el umbral de la puerta del dormitorio.

–Oh, yo...

¿Me habría oído?

Zuzanna entró en la habitación con las manos tras la espalda.

–No te preocupes por eso, Kasia.

Me preparé, con los brazos cruzados sobre el pecho.

–No me voy sin ti.

–Me alegro –respondió ella.

–¿No estás enfadada conmigo?

Ella sonrió.

–En absoluto.

La abracé y sentí las costillas bajo la parte de atrás de su vestido.

–Bien, porque no te dejaría por nada del mundo.

–Bueno, eso me hace feliz –dijo ella–. Porque si me voy a morir, quiero que tú estés conmigo. –Sacó del bolsillo un sobre de telegrama–. Sobre todo porque estaremos en Nueva York, juntas.

Sacó una hoja de papel del sobre, carraspeó y leyó:

–«Señorita Zuzanna Kuzmerick con permiso para viajar a EE.UU. STOP Documentos de viaje llegarán a tiempo STOP Vaya al aeropuerto de Varsovia con el grupo con destino a Nueva York STOP Buen viaje STOP Caroline Ferriday STOP».

Pietrik volvió al armario y bajó la maleta otra vez mientras Zuzanna y yo nos movíamos abrazadas al ritmo de la suave voz de Eddie Fisher.

Together, together, together...

41

Kasia

Diciembre de 1958

ATERRIZAMOS EN EL aeropuerto Idlewild de Nueva York a las 8.30 de la mañana. Éramos treinta y cinco mujeres polacas muy emocionadas. El barullo en polaco que se oía en ese avión era ensordecedor, pero los otros pasajeros fueron muy amables; parecían estar disfrutando solo con vernos.

Caroline vino a nuestro encuentro cuando bajamos los escalones del avión (algunas muy despacio) y nos dirigió hacia una fila de sillas de ruedas. El nombre Caroline significa «alegría», así que no era extraño que todas nos alegráramos tanto de verla. Estaba preciosa con un traje azul marino, un pañuelo francés y un sombrerito de fieltro encantador coronado por una pluma.

–¿Por qué no está casada? –preguntaron todas las chicas polacas.

Alta, delgada, con una belleza delicada y la actitud regia de una verdadera reina, en Polonia Caroline recibiría varias proposiciones de matrimonio al día.

Cuando cruzamos la aduana, nos rodearon un montón de reporteros, gente de la Cruz Roja y amigas de Caroline... ¡No veíamos más que destellos de *flashes* por todas partes!

–¿Qué les ha parecido Estados Unidos hasta ahora? –preguntó un reportero poniéndome un micrófono ante la cara.

–Si la comida del avión sirve de muestra, creo que va a ser un viaje estupendo –contesté, y todos rieron.

–Le doy la bienvenida a las damas polacas –dijo Caroline rodeando la cintura de Zuzanna con un brazo–. Ellas son una rama de olivo que une continentes separados por muchos kilómetros.

Nunca en mi vida había visto tantas caras sonrientes reunidas en el mismo lugar.

Esa semana el grupo se separó y cada chica fue a una ciudad diferente. Zuzanna y yo nos quedamos en Nueva York, con Caroline, para recibir tratamiento en el hospital Mount Sinai. Otras fueron a Boston para someterse a cirugía reconstructiva o a Detroit, Baltimore y Cleveland para operaciones de corazón. Dos fueron al National Jewish Hospital de Denver para recibir el mejor tratamiento contra la tuberculosis que había en el mundo, porque todavía tenían afectados los pulmones.

Mi hermana y yo tuvimos suerte de quedarnos en Nueva York, porque allí había muchísimas cosas que ver. Caroline nos llevó en coche por toda la ciudad, con Zuzanna a su lado en el asiento de delante, claro. Caroline parecía no cansarse nunca de Zuzanna; se habían convertido de un día para otro en las mejores amigas.

–Chicas, ahí está Central Park, uno de los parques más bonitos del mundo.

–Nosotros tenemos parques preciosos en Polonia –comenté yo.

Hablaba de su ciudad como si fuera la única.

Recorrimos la Quinta Avenida. Cientos de coches atestaban las calles, muchos con una sola persona dentro. ¡Qué despilfarro! ¿Cómo permitían eso?

En nuestro primer día en el hospital Mount Sinai, no paramos ni un minuto. Nos hicieron análisis de sangre y todas las pruebas imaginables. Se trataba de un complejo enorme, diez veces más grande que cualquier hospital polaco. Necesitábamos un buen rato para desplazarnos a cualquier parte, porque el dolor de mi pierna me obligaba a detenerme a descansar cada poco tiempo y porque Caroline iba parando a todos los que veía para presentarnos.

–Estas señoras han venido desde Polonia hasta aquí para recibir tratamiento –decía.

La gente era educada, pero nos miraba con lástima. Caroline era muy amable al presentarnos, pero eso hacía imposible que pasáramos desapercibidas.

Las puertas de entrada del hospital, que eran de cristal, se abrieron como por arte de magia y Caroline entró decidida con

Zuzanna, porque teníamos prisa por ver al médico. Zuzanna no dejaba de mirar a su alrededor, fijándose hasta en el más mínimo detalle.

–¿Te lo puedes creer? Este sitio es enorme.

Caroline se volvió sin detenerse.

–Seis plantas. Y todas con lo último de lo último.

–¿Y cómo pueden conocer a los pacientes en un lugar tan grande? –pregunté.

Zuzanna redujo el paso para caminar a mi lado.

–Esto es el futuro de la medicina. Estoy deseando ver la sala de rehabilitación.

–En casa también tenemos de eso –repliqué.

–¿Qué? ¿Una cuerda para saltar y dos mancuernas? Aquí tienen una unidad de hidroterapia. Hay personas que estarían muy agradecidas de poder recibir un tratamiento así.

Nos pusimos camisones de hospital y la enfermera me colocó una pulsera de papel en la muñeca. Cuando fuimos a que nos hicieran radiografías, yo me llevé el bolso y la ropa conmigo, aunque nos ofrecieron una taquilla para guardarlo todo.

–¿Has visto este equipamiento? –preguntó Zuzanna.

Me puse una bata suave sobre el camisón.

–Nuestro hospital también lo tiene. Solo que no es tan nuevo.

Fuimos hasta la consulta del médico calzadas con unas zapatillas que nos dijeron que nos podíamos quedar.

–Deje que yo me ocupe de sus cosas –se ofreció la enfermera del médico, una mujer alta que llevaba una cofia con volantes.

Intentó quitarme la ropa y el bolso de las manos, pero yo los agarré con fuerza.

–Prefiero tenerlas conmigo, gracias.

La enfermera me ayudó a subirme a un taburete para alcanzar a sentarme en la camilla. El papel crujió debajo de mí cuando me senté. El doctor Howard Rusk era un hombre guapo, con una buena mata de pelo blanco y una cara amable. Me enseñó una cajita metálica que le cabía en la mano.

–¿Me da permiso para grabar mis notas con este aparato? Me ahorra tiempo.

¿Un médico pidiéndole permiso a una paciente? Eso sí que era una novedad.

Asentí y el doctor Rusk habló cerca de la cajita.

–Las operaciones realizadas en el campo de concentración de Ravensbrück, en Fürstenberg, Alemania, a lo largo de 1942, dejaron a la señora Bakoski, mujer caucásica de treinta y cinco años, de ascendencia polaco-germana, con una función muscular reducida en la pantorrilla izquierda, complicada por el alojamiento de elementos extraños.

Colocó mi radiografía bajo el soporte metálico de la caja de luz y la encendió.

Zuzanna se volvió hacia mí, con la boca abierta. Había una caja de luz en todas las consultas. Nosotras en Polonia solo teníamos una en todo el hospital.

En la radiografía se veían un montón de objetos desperdigados por mi pierna. ¡Qué extraño era verlos con tanta nitidez! Tenía muchas radiografías, pero nunca las había visto con esa claridad. Eso me recordó la sala de operaciones de Ravensbrück, con todos y cada uno de sus detalles. El doctor Gebhardt. La doctora Oberheuser. Empecé a sudar cuando el médico colocó otra radiografía en la caja de luz.

–La tibia se ha reducido seis centímetros, lo que ha resultado en una forma de caminar antiálgica. Se ha desarrollado una red de neuromas alrededor de ese punto, causa parcial del dolor nervioso localizado que sufre la señora Bakoski. El tratamiento recomendado es el siguiente: cirugía para extraer los elementos extraños y los neuromas con el fin de aumentar el flujo sanguíneo y reducir el dolor, y posterior cirugía plástica reconstructiva. Se recomiendan prótesis ortopédicas, medicación analgésica si la paciente la necesita y evaluación psiquiátrica postoperatoria rutinaria.

Cuando el doctor Rusk apagó el aparato de grabación, me costaba respirar. ¿Lo notaría él?

–¿Alguna pregunta, señora Bakoski?

–Después de la operación, ¿seguiré teniendo dolores?

–No puedo asegurarle nada. Hay posibilidades de que todavía tenga dolor, sí, pero se verá reducido sustancialmente. Y su cojera también mejorará mucho.

–No tengo más preguntas, doctor. Gracias.

Me bajé de la camilla, deseando escapar de la consulta y de las radiografías que tenía allí colgadas.

–También vamos a hacerle una evaluación psiquiátrica postoperatoria.

–No estoy loca, doctor.

–Es el procedimiento estándar. A las doncellas de Hiroshima les resultó útil. –El médico ayudó a Zuzanna a subir a la camilla–. Bien, pues pasará la noche aquí y empezaremos por la mañana. Puede esperar aquí o ir a la recepción para que le hagan el ingreso.

–¿La operación va a ser mañana? –pregunté.

–Cuando antes la hagamos, antes se recuperará.

¿Recuperarme? Mi mente volvió a la sala de recuperación de la *Revier*. ¿Cómo podía volver a pasar por todo eso?

El doctor Rusk pasó a examinar a Zuzanna y yo salí de la consulta. Una oleada de pánico me arrastró. ¿Me dolería la cirugía? ¿Estaría muchos días escayolada y sin poder moverme?

Volví a ponerme mi ropa y recorrí el laberinto de pasillos hasta que por fin encontré las puertas mágicas y las crucé. No iba a haber operación. Seguiría tan feliz con mi cojera antiálgica.

42

Kasia

1958

CUANDO LLEGUÉ A la calle, me arranqué la pulsera del hospital y la tiré a una papelera. Me sentí bien siendo una persona anónima que caminaba por las calles atestadas de Nueva York.

Se encendió la luz del semáforo que significaba «No cruzar». Yo me detuve en la acera, pero el resto de la gente siguió su camino hacia el otro lado de la calle.

Paseé hasta que me dolió la pierna, mirando sombreros en los escaparates, y después volví a la sala de espera del hospital. Me senté y hojeé unas revistas; lo de mirar revistas era mi parte favorita de las visitas a los médicos, sobre todo si eran revistas americanas. Hojeé *Saturday Review*. Me detuve al ver un anuncio de *El diario de Anna Frank*, una nueva película que proyectaban en el cine. Una actriz muy guapa, vestida con una falda de campesina, estaba sentada con las piernas cruzadas y sonreía desde la página. Esa era la idea estadounidense de cómo debió de ser Anna Frank.

Entonces encontré un artículo y me quedé helada. Se titulaba «Las *Lapin* están en camino» y lo había escrito un tal Norman Cousins. *Lapin*. ¡Qué bonita era la palabra «coneja» en francés! La historia, de la forma que él la contaba, sonaba preciosa.

> Hasta el momento, trescientos lectores del *Saturday Review* han contribuido con casi 6.000 dólares al fondo general para las *Lapin*... Pero lo más costoso está aún por llegar, por supuesto...

Qué generosa había sido la gente de Estados Unidos con nosotras.

De repente Caroline y Zuzanna aparecieron a mi lado.

–Kasia, ¿dónde estabas? –preguntó Caroline–. Te hemos estado llamando por megafonía.

–Necesitaba un poco de aire. ¿Podemos irnos ya?

–¿Iros? –Parecía que Caroline estaba a punto de desmayarse–. Te están esperando para ingresarte. ¿Dónde está tu pulsera identificativa?

–Yo no quiero...

–¿Sabes que nos hemos metido en todo este lío por ti? El doctor Rusk es uno de los mejores cirujanos de Estados Unidos. –La pluma de su sombrero se sacudía mientras hablaba.

–Pero nadie me ha preguntado si esto es lo que yo quiero –respondí.

A Caroline se le enrojecieron las mejillas.

–Estás poniendo en riesgo todo por lo que hemos trabajado. Y ahora Zuzanna también se está retrasando.

Zuzanna me cogió por el brazo de muy malos modos.

–¿Puedo hablar con Kasia en privado? –pidió.

Las dos nos alejamos y giramos una esquina.

–¿Es que has perdido la cabeza?

–No puedo hacer esto otra vez –reconocí.

–Sé que esto es difícil para ti, pero no vas a volver a tener esta oportunidad.

–Déjame que lo piense.

–No, Kasia. Es ahora o nunca.

–Solo pensar en llevar otra escayola... ¿Y cómo sé que podré confiar en ellos cuando esté dormida?

–No te van a poner una escayola. Se lo he preguntado. Y yo estaré contigo. Para tenerlo todo controlado.

–¿Te quedarás conmigo?

–Me lavaré para entrar en el quirófano, si me dejan, y veré toda la operación. Nadie te va a hacer daño. Solo yo, si no vuelves ahí dentro ahora mismo.

CUANDO ME DESPERTÉ después de la cirugía, pensé que estaba otra vez en la clínica de Ravensbrück. Se me aceleró el pulso, pero cuando me toqué la pierna, que estaba envuelta en un vendaje limpio, recordé dónde estaba de verdad y sentí que el alivio me invadía todo el cuerpo, hasta las puntas de los dedos. La mejor parte era que apenas sentía dolor. Me estaban administrando la morfina intravenosa, así que no iban a tener que clavarme una aguja cada cierto tiempo. No tardé en poder comer dieta blanda e incluso beber café. Mi cama tenía seis botones para ajustar su posición y disponía de una enfermera para mí sola que se llamaba Dot y que venía de no sé qué isla larga cerca de Manhattan. Tenía una cofia blanca con rayas negras en la parte superior, que significaba que se había formado en el Monte Sinaí. No era muy distinta de la cofia que yo llevaba en mi país.

La tarde siguiente caminé por primera vez y, aunque tuve que apoyar casi todo mi peso en dos enfermeras, dar un paso sin las habituales punzadas de dolor fue la mejor sensación del mundo.

Cuando Dot me trajo la comida, no podía dejar de hablar.

–Ahora voy a ir caminando a todas partes. Y bailaré con mi marido otra vez.

Dot vino después a llevarse la bandeja de la comida, algo que en Lublin haría una auxiliar.

–Parece que perteneces al club de los platos vacíos.

Me lo había comido todo, por supuesto.

–Hoy vas a ver a la doctora Krazny. Es muy agradable hablar con ella.

Me guardé los paquetitos de sal de la bandeja en el bolsillo.

–¿Una psiquiatra? No, gracias.

Justo lo que necesitaba, que enviaran un informe a Lublin que dijera que estaba loca. Había desaparecido gente por menos.

–No tienes que ir andando. Te llevaré en una silla de ruedas. –¿Dot estaba mascando chicle? ¿Se lo permitían?–. La doctora Krazny es un encanto. Ojalá yo pudiera sentarme con ella una hora para hablar de *mis* problemas.

Apareció en mi puerta la supervisora de la planta.

–Dot, ya ha llegado tu silla. Mejor que la cojas antes de que te la quite alguien.

–Espera un minuto –pidió. ¿Responderle así a una supervisora? Dot no duraría mucho en la planta de traumatología de mi hospital–. ¿Entonces quieres rechazar el tratamiento? Si te empeñas en guardártelo todo dentro, acabará saliendo de alguna otra forma.

–Gracias por preocuparte –respondí.

Costaba adaptarse a esa costumbre que tenían los estadounidenses de darte consejos que no les habías pedido.

Cuando Dot me aseguró que todos los informes eran confidenciales y que no los iban a enviar a Polonia, accedí a ver a la doctora Krazny. No estaba muy convencida de eso de la confidencialidad, pero creí que sería peor si me negaba.

La consulta de la doctora estaba ordenada pero atestada, y no me ayudó a calmar mis nervios. Por una pequeña ventana vi unos copos de nieve bailando por la acción del viento. Me sorprendió ver que la doctora era joven. Llevaba unas bonitas gafas negras que se curvaban hacia arriba en los extremos. El título que tenía colgado en la pared parecía nuevo. Probablemente acababa de salir de la facultad. ¿Tendría tan poca experiencia como para calificarme de enferma mental cuando yo estaba perfectamente? Tendría que procurar mantener la compostura.

Apenas me miró cuando el auxiliar que empujaba mi silla me metió en la consulta.

–Llega tarde. Ha pasado la mitad de su tiempo.

–Quizá ha sido un error venir, entonces –respondí.

–Puede irse, si quiere.

¿Es que no tenían una doctora más simpática en todo el hospital?

–Es usted muy joven...

La doctora le puso el capuchón a su pluma y la dejó sobre la mesa.

–No estamos aquí para hablar de mí.

Intenté girar las ruedas de goma de la silla, pero el camillero había puesto los frenos.

–No puedo quedarme aquí –dije.

La doctora se arrellanó en su silla.

–En este país puede elegir.

Me apreté un dedo índice contra el otro.

–Lo primero que tengo que decirle es que no estoy mentalmente inestable.

–Soy psiquiatra. Solo estoy aquí para hablar.

¿Podía contarle lo del bocadillo de queso?

–En Polonia también tenemos psiquiatras –contesté.

–Uno por cada cinco mil polacos, he oído. Seguro que les cuesta conseguir una cita.

–Habría sido más fácil si los alemanes no los hubieran matado a todos.

La doctora cogió mi historial.

–Aquí dice que tiene problemas para dormir...

–Mi hermana es médico. Ella fue la que escribió eso.

–Y que le cuesta respirar cuando está en espacios pequeños. Eso se conoce como episodio de pánico por claustrofobia desarrollado en la edad adulta.

–Soy enfermera. Sé cómo se llama.

–Entonces también sabrá cómo detener esos ataques. ¿Lo consigue? –Se me quedó mirando fijamente–. Estuvo usted en un campo de concentración.

–Está en mi historial...

–Ravensbrück. ¿Solo había mujeres?

–Sí.

–¿Las torturaban?

–Todos los días eran una tortura.

Eso le arrancó una media sonrisa a la doctora Krazny.

–No necesito su compasión.

La doctora Krazny se irguió en la silla.

–Ya veo.

Volvió a mirar el historial.

–Su madre... –empezó.

Inspiré hondo.

–Me trajo un bocadillo de queso y la arrestaron a la vez que a mí.

–Espero que no piense que fue culpa suya.

Me examiné las uñas. Claro que había sido culpa mía.

–¿No volvió con usted? Del campo.

–Desapareció. No sé qué le ocurrió.

–¿Tiene alguna idea?

–No pienso en ello.

–¿Ni siquiera una sospecha?

Miré un pequeño remolino de nieve que giraba sobre el alféizar de la ventana.

–Allí pasaban cosas –dije por fin.

–¿Le importaría explicarse? Así es como funciona esto.

Me aparté el pelo de la frente.

–Simplemente desapareció. Estaba ayudando a una doctora.

–¿Lo hizo la doctora?

–No lo sé.

–¿Qué cree usted?

–No es tan fácil. Usted no lo entiende. –La nieve se pegaba a los cristales de la ventana, encerrándonos allí dentro. Empezó a costarme respirar. En ese momento no. No era lugar para tener un episodio–. Muchos de los colegas de la doctora fueron ejecutados, pero ella está en la cárcel.

–¿Y cómo se siente por eso?

–Bien. Siempre y cuando se quede allí.

–¿Y cuando cumpla su condena?

–No termina hasta 1967. Pensaré en ello entonces.

–¿Preferiría que la hubieran ejecutado también?

–No.

La doctora Krazny me miró con las cejas levantadas.

–¿Por qué?

–Ella sabe lo que le pasó a mi madre.

–¿Cómo era su relación con su madre? ¿La quería?

–Claro que sí. Yo era su favorita. ¿Y qué tiene eso que ver? –Me pellizqué la mano para evitar que me cayeran las lágrimas.

La doctora negó con la cabeza.

–No sé.

–¿Y qué *cree* usted, doctora?

La doctora Krazny se quitó las gafas y limpió los cristales.

–Sé que los temas sin resolver hacen estragos en la mente. Producen hostilidad. Destrozan relaciones. –Volvió a ponerse las gafas y se quedó mirándome durante un buen rato–. No suelo darle consejos a mis pacientes, señora Bakoski...

–Pues no empiece ahora.

–Pero usted tiene suerte de estar viva.

–¿*Suerte*? –Tenía las palmas húmedas por el sudor–. Por favor...

–Ha sufrido, pero sigue aquí.

–A veces desearía que no fuera así. No sabe cómo es.

–Lo que sí sé es que se está aferrando al dolor por la pérdida de su madre. Después de todo es lo único que tiene, ¿no? Si renuncia a eso, tendrá que dejar ir la última cosa que le queda de ella.

Me volví para mirar hacia la ventana.

–También sé que le queda mucho trabajo por hacer y que va a tener que ponerse manos a la obra. Ese es el secreto para mejorar. –La doctora recogió sus papeles y los cuadró sobre la mesa–. Auxiliar –llamó–, la señora Bakoski necesita que la lleve a su habitación.

–No puedo hacerlo sola –reconocí.

La doctora se inclinó hacia mí.

–Mire, señora Bakoski, no va a mejorar hasta que llegue al fondo de toda esa ira. Y si yo fuera usted, aceptaría toda la compasión que me brindara la gente. Va a necesitar toda la ayuda del mundo y más.

CAROLINE NOS LLEVÓ a pasar la Navidad a su casa de campo, que ella llamaba The Hay, al norte de Nueva York, en Bethlehem, Connecticut. Se le llenaron los ojos de lágrimas cuando nos dijo que su difunto padre le había puesto ese nombre a la casa en recuerdo de la finca que su familia tuvo una vez en Inglaterra.

Nos dijo que en Connecticut, el aire era más limpio al estar más al norte, y que sería bueno para nuestra recuperación. Y tal vez fuera cierto, porque yo no tardé en poder dar cortos paseos. Tanto Zuzanna como yo empezamos a encontrarnos mucho mejor en casa de Caroline. Puede que tuviera algo que ver con su madre, la señora Ferriday, que nos trató como a unas reinas. Desde el momento en que nos recibió en la puerta, vestida con el traje típico polaco, hasta que nos fuimos a California, se preocupó tanto por nosotras como si fuéramos sus propias hijas. Incluso aprendió unas cuantas frases en polaco para que nos sintiéramos más como en casa.

Era maravilloso poder caminar como una persona normal otra vez. La señora Ferriday me prestó su abrigo de pieles y las dos salíamos a caminar, cogidas del brazo, por la finca. Íbamos hasta el establo calentito, que olía a dulce heno y a caballos, donde el sol se colaba de soslayo por las altas ventanas. O hasta la casita donde Caroline jugaba cuando era pequeña, una versión en miniatura de la casa principal, que tenía hasta una cocina que funcionaba.

Pero incluso con ese tratamiento especial, yo no podía evitar echar de menos Polonia y a Pietrik y Halina. Y no me ayudaba que Caroline mostrara claramente su preferencia por Zuzanna; incluso se levantaba temprano cada mañana para tomarse el té con ella; se sentaban las dos muy juntas y compartían cotilleos, o se reían de bromas que solo conocían ellas. Era comprensible, porque todo el mundo adoraba a Zuzanna. Pero, por muy agradecida que les estuviera a las Ferriday, estaba deseando recuperar a mi hermana.

Intenté pensar en las cosas buenas. Bethlehem era un lugar muy bonito para pasar las Navidades. Y Caroline nos llevaba a todas partes: a la tiendecita que había al otro lado del parque del pueblo, Merrill Brothers, donde vendían todo lo que imaginable, incluso melones y judías verdes en invierno, o a misa a la abadía de Regina Laudis, donde vivían unas monjas de clausura que cantaban unos preciosos y evocadores himnos. Un domingo, el día que libraba su chófer, la propia Caroline nos llevó a misa en el largo coche de color verde, tan grande que en él cabíamos todos, incluido Serge, el cocinero ruso, y todavía quedaba espacio. Caroline no apartó la vista de la carretera durante todo el camino y agarraba el volante tan fuerte que pensé que lo iba a romper. La señora Ferriday me contó después que cuando Caroline cogía ese coche, pasaba de boca en boca por todo el pueblo el aviso de que era mejor no andar por las carreteras.

Pero donde yo era más feliz era en la casa, porque The Hay era la más bonita que había visto en mi vida: alta y blanca, con postigos negros y suficiente espacio para una familia de diez personas. Los muebles eran bastante antiguos, pero bonitos, sobre todo las cortinas del salón que la señora Ferriday había decorado con un bordado de Crewel muy complicado. Los establos estaban detrás y en ellos vivían tres caballos, un bonito pastor alemán que se llamaba *Lucky* (que al principio nos aterraba a Zuzanna y a mí, hasta que descubrimos que era un compañero muy bueno y leal), unas cuantas ovejas y gallinas, y una cerda que seguía a Caroline a todas partes y a la que ella hablaba en francés.

–Vamos, *chérie* –le decía cuando el animal caminaba tras ella–. *Dépêchez-vous. Vous pouvez être beau, mais cela ne signifie pas que je vais attendre.* –Lo que significaba: «Puede que seas preciosa, pero eso no significa que te vaya a esperar».

La cerda a veces entraba en la casa detrás de Caroline, subía las escaleras con gran esfuerzo, e iba con ella a su dormitorio.

Caroline se convertía en otra persona en Connecticut. Limpiaba los establos vestida con vaqueros y una gorra de cazador e incluso una vez se subió al tejado con la vieja escopeta de su padre para asustar a unos conejos que ella decía que ese año se habían comido sus lechugas. Ahí estaba la respuesta al misterio de por qué no estaba casada esa mujer.

EL DÍA DE Navidad fue difícil, con Pietrik y Halina a medio mundo de distancia. Nos escribíamos cartas constantemente, claro, y Pietrik me envió un paquete con mis dulces navideños favoritos y un dibujo a lápiz de papá y Marthe que había hecho Halina, pero aun así no podía evitar estar todo el tiempo al borde de las lágrimas.

Me ayudaba tener a Zuzanna cerca. Ella no había necesitado una cirugía reconstructiva como yo, pero estaba sufriendo por culpa de la ronda de quimioterapia que le estaban administrando para vencer el cáncer. Seguía débil, así que el día de Navidad, Caroline nos acomodó a ambas en el salón, en un lugar calentito junto al fuego, a mí en una silla de ruedas y a Zuzanna en el sillón de orejas del padre de Caroline. Esa era la habitación que más me gustaba de la casa, porque tenía vistas al jardín, con sus grandes setos perfectamente recortados a lo largo del sendero, siempre espléndidos, incluso en invierno.

Todas nos reunimos junto al fuego, delante del árbol de Navidad que había en un rincón, coronado por un ángel que rozaba el techo. Caroline había dejado bajo el árbol una sorpresa para Zuzanna y otra para mí: un frasco de perfume que Zuzanna se había quedado mirando en una tienda que se llamaba Bergdorf Goodman y una colección de libros para mí, entre los que se encontraba *El poder del pensamiento positivo* de Norman Vincent Peale. A mí no se me había ocurrido comprarle un regalo a ella, pero Zuzanna había hecho un cuadro de recortes de papel para Caroline y la señora Ferriday en el que estaba representada la casa con todos sus animales: los caballos, la cerda, las gallinas y los gatos. Incluso estaban el perro *Lucky* y su loro gris africano. Zuzanna dijo que era de las dos, pero estaba más que claro quién había creado esa obra de arte.

La señora Ferriday le pidió a Serge que preparara la cena tradicional polaca de doce platos, que nos comimos con ganas, solo parando de vez en cuando para soltar exclamaciones de pura felicidad. Después de la cena, la señora Ferriday me llevó en la silla de ruedas a la enorme cocina antigua que había en la parte de atrás de la casa. Esa era mi segunda habitación favorita, con su suelo de azulejos negros y blancos y el fregadero de porcelana blanca tan grande que podría bañarse en él un adulto no muy corpulento.

Me senté a la mesa de la cocina con Caroline y la señora Ferriday, y vi a Zuzanna y a Serge lavar los platos juntos. Mi hermana seguía con pocas fuerzas, pero insistió en fregar. Había perdido todo el pelo por la radioterapia, estaba completamente calva, como muchas de nosotras en el campo, y se había atado uno de los pañuelos franceses de Caroline alrededor de la cabeza, como una lechera. Serge había estado toda la noche cerca de ella, incluso después de la cena. Yo ya sabía que ellos dos eran más que amigos. La había visto regresar a hurtadillas a nuestro dormitorio justo antes del amanecer, cuando volvía de la zona de las habitaciones del servicio. Se me llenaban los ojos de lágrimas con solo pensarlo. ¿Cómo podía mi hermana guardarme ese secreto?

Caroline nos sirvió café. A Matka le habría encantado estar allí, aunque solo fuera por el café. La señora Ferriday abrió un paquete de mis galletas favoritas, Fig Newtons, y nos sirvió un dedo de un licor anaranjado en unos vasitos.

–¿Qué tal están los análisis de sangre de Zuzanna? –preguntó.

–Están mejorando –explicó Caroline–. Los médicos son optimistas.

–Es una buena noticia, pero tal vez necesites más tratamiento, Zuzanna –comentó la señora Ferriday.

Zuzanna sonrió.

–Entonces quizá pueda quedarme indefinidamente.

Serge le sonrió. Había que ser imbécil para no ver que sentían algo el uno por el otro. ¿Un ruso? Era guapo, con ese estilo sencillo de los rusos, pero ¿qué diría papá?

–Vamos a California primero –intervine yo–. Estoy deseando ver las casas de las estrellas de cine. Dicen que Rodeo Drive está lleno de estrellas.

–Tienes que salir por ahí y sonreírle a todos los californianos –me animó la señora Ferriday–. Ese diente te ha quedado muy bien, cariño.

Sonreí y me pasé la lengua por mi nuevo colmillo, que había sustituido al que tenía afectado por la caries. ¿Qué pensaría Pietrik de mi nueva sonrisa?

Le di un mordisco a una galleta y la acompañé con el brandy, que me bebí de un trago, como hacíamos en casa con el vodka.

Caroline olió la leche y se echó un poco en el café.

–En Los Ángeles hay cosas más interesantes que ver que famosos. Las Brea Tar Pits, por ejemplo.

–¿Bestias muertas atrapadas en brea? –exclamó la señora Ferriday–. Puaj. Deja que estas chicas se diviertan, hija.

Era una pena que la señora Ferriday no viniera a California con nosotras. Cogió la botella de brandy y empezó a rellenarnos los vasitos.

Caroline le quitó la botella.

–No les sirvas más brandy, mamá.

–Por Dios, Caroline. Es Navidad.

–Kasia ya ha tomado demasiado. Está *convaleciente*, mamá.

–Un poco de brandy nunca le ha hecho daño a ningún paciente. Las Woolsey les frotaban las encías a los bebés con brandy.

Caroline se levantó, retiró la botella de la mesa y la dejó en la encimera. La señora Ferriday me sonrió y puso los ojos en blanco. ¡Qué afortunada era Caroline por tener a su madre!

Zuzanna y Serge no se dieron cuenta de nada de lo que estaba pasando. Nunca había visto a dos personas más felices fregando platos. Se reían y jugueteaban con los dedos llenos de jabón.

Caroline levantó su taza de café para brindar.

–Feliz Navidad a todos.

–*Wesołych Świąt* –dijimos la señora Ferriday y yo, brindando con nuestros vasos vacíos.

Feliz Navidad.

43

Kasia

1959

LA PRIMAVERA SIGUIENTE todas viajamos desde las diferentes ciudades en las que estábamos hasta el aeropuerto internacional de San Francisco. Para entonces ya llevábamos varios meses fuera y todas echábamos de menos nuestras casas, pero San Francisco nunca había visto tantas mujeres polacas felices. Janina vino desde Francia. Se había estado recuperando allí con la ayuda de Anise y había ido a una escuela de peluquería en París, así que nuestros peinados mejoraron mucho con su llegada. ¡Cuánto nos gustó California! El aire era fresco y limpio, y el sol nos venía muy bien a las que habíamos pasado el invierno en la fría Nueva Inglaterra.

Por muy bonito que fuera San Francisco, Los Ángeles era el plato fuerte de la Costa Oeste. Tendrían que haber oído las conversaciones en el autobús. ¿Adónde iríamos primero? ¿Al teatro chino Grauman? ¿A Rodeo Drive? Y lo mejor de todo era que yo podía andar. Como una persona normal. Con algo de dolor, pero sin una cojera evidente. Además, la cirugía plástica me había reconstruido la pantorrilla y había conseguido que mi pierna pareciera más normal. El doctor Rusk me había recetado unos analgésicos, pero podría haberme pasado el día entero caminando por Rodeo Drive.

Fuimos a Disneylandia, un lugar del que habíamos oído hablar mucho. Las treinta y seis llegamos en un autobús con aire acondicionado. Caroline lo estaba grabando todo con una cámara de ocho milímetros, como una directora de Hollywood. Se llevó su guitarra y tocaba a la hora de la comida, pero eso no nos estropeaba la mañana. Frontierland fue de lo más divertido. Fuimos a la isla de Tom Sawyer en una balsa de troncos. Zuzanna se enamoró de los Tres cerditos. Le llegaron al corazón esas tres pobres almas atrapadas en ropa de humanos a punto de reventar, con unas cejas negras que parecían paréntesis pintadas en sus cabezas de papel maché, que les daban una expresión de sorpresa perpetua. Cuando lo mencionó, Caroline se empeñó en hacerle un millón de fotos con esos cerditos enormes y calvos.

Las cosas se pusieron tensas durante el viaje en el Casey Jr. Circus. Era el tren para niños que rodeaba el perímetro del parque. En principio no daba miedo, pero el sonido de su silbato nos había estado siguiendo por el parque todo el día. Cuando llegó el momento de subirnos, Janina no pudo. Era difícil olvidar otro tren en el que habíamos subido.

Después de California cruzamos Estados Unidos parando en el Gran Cañón y Las Vegas. Zuzanna pensó que había roto una máquina tragaperras cuando las luces empezaron a parpadear y la máquina escupió dinero. Para cuando llegamos a Washington D.C., donde nos invitaron a una sesión especial del Congreso, ya nos sentíamos como estrellas de cine.

A nuestro regreso a Nueva York, nos separamos para alojarnos con diferentes familias durante nuestra última semana. Zuzanna y yo seguimos siendo las invitadas de Caroline, esta vez en su apartamento de Nueva York. Caroline estaba todo el día pendiente de mi hermana, como una mamá gallina, y la sorprendió con un nuevo camisón y unas zapatillas. Cuando los médicos nos dieron las buenas noticias de que el cáncer de Zuzanna estaba oficialmente en remisión, Caroline lo celebró comprándonos vestidos en Bergdorf Goodman a las dos. Nunca habrán visto a una mujer más feliz; cualquiera habría pensado que Caroline era la madre de Zuzanna.

Si su forma de comer servía de muestra, mi hermana se estaba recuperando a velocidad récord. Puede que también tuviera algo que ver que estuviéramos en Manhattan, el lugar con el que Zuzanna siempre había soñado. O tal vez fuera por el cocinero ruso de Caroline, que la estaba cebando con comida polaca.

O quizá fuera por las cafeterías Automat.

–Cuando me muera, quiero venir aquí –dijo Zuzanna sosteniendo su taza de porcelana blanca bajo el surtidor con forma de delfín plateado. El café cayó en la taza, oscuro y fragante.

Si Nueva York era nuestra Tierra de Oz, Automat era nuestra Ciudad Esmeralda. Como decía la cajita de cerillas de publicidad, se trataba de HORN & HARDART AUTOMAT EN LA CINCUENTA Y SIETE CON LA SEXTA. Dentro hacía suficiente calor para poder quitarse el abrigo y la comida aparecía como por arte de magia. En las cabinas de cristal, unas mujeres alegres vestidas de negro cambiaban los billetes en monedas con ayuda de unos dedales de goma. Metías una moneda en una ranura que había al lado de la comida que querías y se abría una puertecita. Y así podías elegir un pollo asado, tarta de manzana o unas judías estofadas al estilo Boston, marrones y dulzonas. ¡Había más de cuatrocientos platos distintos! Queríamos comer allí todos los días.

Zuzanna y yo encajábamos en ese lugar. Con nuestros vestidos de Bergdorf Goodman estábamos a la altura del nuevo nombre que nos habían puesto: «Las damas de Ravensbrück». Era difícil creer que nuestro viaje estuviera a punto de terminar, que pronto tomaríamos el avión de vuelta y lo dejaríamos todo atrás, pero yo estaba deseando llegar a casa y ver a Pietrik y a Halina. Me costaba admitirlo, pero iba a echar de menos a Caroline, que había hecho tanto por todas nosotras, aunque iba a ser agradable tener por fin a Zuzanna para mí sola durante el viaje de vuelta a casa para reírnos y hablar de todo.

Zuzanna puso su bandeja frente a la mía.

–Estoy engordando, Kasia. ¿No te encanta el puré de patatas?

En su plato, unos guisantes de color esmeralda rodaban sobre un montón de puré de patata que tenía un charco de salsa marrón encima.

Vino a nuestra mesa una mujer con una jarra de café recién hecho y se acercó para servirme en la taza.

–No –dije poniendo una mano encima, porque no había pedido más café.

–Te lo rellenan gratis –explicó Zuzanna.

Nueva York estaba lleno de sorpresas como esa.

Zuzanna hundió el tenedor en el puré, atrapó unos cuantos guisantes y se los comió. Estaba preciosa, como una modelo de pasarela.

–Lo que habríamos dado por tener guisantes entonces –dijo.

No era capaz de decir el nombre de Ravensbrück.

–Al menos, ahora Herta Oberheuser está en una fría celda comiendo judías de lata –respondí.

–Deberías considerar dejar atrás el rencor, Kasia.

–No los perdonaré nunca, si eso es lo que quieres decir.

–Aferrarte al dolor solo te hace daño.

No solía molestarme la actitud de mi hermana, pero su positividad a veces resultaba irritante. ¿Cómo iba a perdonarlos? Algunos días el odio era lo único que me hacía seguir adelante.

Cambié de tema.

–Me alegro de que estés engordando –comenté–. Papá no te va a reconocer. Pareces otra persona. Una persona que no ha hecho todavía la maleta, por cierto.

Zuzanna no apartó la vista del puré.

–Tengo que pedirte un favor, Kasia.

Sonreí. ¿Qué no haría yo por mi hermana? Me pasé la lengua por el diente nuevo, para comprobar que seguía allí. Era mi *souvenir* favorito, liso y perfecto, exactamente del mismo color que los otros. Me pasaba el día ensayando sonrisas solo por diversión. Un grupo de hombres y mujeres jóvenes entraron en la cafetería y se sentaron a una mesa. Un chico besó a una chica con decisión y durante bastante tiempo, allí, en público. Qué libres y felices parecían. Lo estaba viendo todo con mis elegantes gafas nuevas.

–Lo que quieras –contesté.

Zuzanna sacó una carpeta de su bolso y la colocó al lado de mi bandeja.

–Necesito que me ayudes. A elegir...

Abrí la carpeta y miré las fotografías que había dentro. Había seis o siete fotos en blanco y negro, fotos de cara, cortadas a la altura de los hombros, como fotografías de pasaporte. Todas eran de niños. Algunos muy pequeños, otros un poco más mayores.

Cerré la carpeta.

–¿Qué es esto?

Zuzanna hizo dibujos con el tenedor en el puré.

–Me lo ha dado Caroline.

–¿Para qué? –Le agarré la mano libre–. Zuzanna, ¿qué ocurre?

Ella apartó la mano.

–Llevo un tiempo queriendo decírtelo... La semana pasada estaba en el hospital y me pidieron mi opinión sobre un caso.

–Eso pasa a menudo. Pero ¿qué tiene que ver eso con todo lo demás?

–Después me pidieron que diera clases.

–¿*Aquí*?

–Sí, aquí. ¿Dónde si no, Kasia? Y le pedí a Caroline que ampliara mi visado.

–¿No vienes a casa?

¿Por qué había luchado tanto para llevarla allí? ¿Para perderla?

–Claro que voy a casa. No seas tonta. Pero me han concedido una ampliación especial para médicos.

–Es por el cocinero, ¿no?

¿Por qué había dejado que eso continuara tanto tiempo?

Zuzanna me miró con su expresión seria de doctora.

–Tiene nombre, Kasia.

–A papá le va a dar un ataque. Yo no se lo pienso decir.

–Las fotos de los niños son de Caroline. Necesitan un hogar. Uno que se llama Julien ha perdido a ambos padres en un accidente en Ingonish, en la costa de Cabo Bretón, en Canadá.

–Para eso están los orfanatos.

–Es un bebé, Kasia. Caroline dice que si Serge y yo hacemos las cosas... más... permanentes...

–¿*Casarte* con él? Espero que lo estés diciendo en broma.

–Ella podría ayudarnos a adoptar. Cuando yo esté bien del todo. Queremos abrir un restaurante los dos juntos. Crêpes y quiches al principio...

–¿Así que yo me voy a casa sola y tú te quedas aquí para casarte con un cocinero ruso, abrir un restaurante francés y criar al hijo de otra persona?

–Tengo cuarenta y cuatro años y no tengo nada, Kasia. Tú ya tienes tu familia. Esta es mi única oportunidad.

–En casa podrías...

–¿Hacer qué? ¿Trabajar hasta la muerte en el hospital? ¿Ayudando a dar a luz a los bebés de los demás? ¿Sabes lo que se siente? Voy a hacer todo lo que pueda por tener una vida feliz el tiempo que me quede. Y te sugiero que hagas lo mismo. Es lo que habría querido Matka.

–¿Y qué sabes tú de Matka? ¿Crees que ella habría querido que tú te acostaras con un ruso y le dieras la espalda a todo lo que tienes en Lublin?

Zuzanna cogió la carpeta y volvió a meterla en su bolso.

Y se fue sin mirar atrás, dejando la bandeja en la mesa, aunque apenas había tocado el puré de patatas.

CAROLINE NOS LLEVÓ de nuevo a The Hay para pasar los últimos días del viaje. Mi última mañana en Connecticut me desperté sobresaltada, porque estaba soñando que volaba sobre campos de trigo, agarrada de la mano de mi madre. Era uno de esos sueños felices tan reales que podrías jurar que estaban ocurriendo de verdad, hasta que me di cuenta de que no era la mano de Matka la que agarraba la mía, sino la fría mano de Herta Oberheuser.

Me senté en la cama con el corazón martilleándome en el pecho. ¿Dónde estaba? A salvo en el dormitorio de invitados de Caroline. Toqué la cama a mi lado. Fría. ¿Se habría levantado ya Zuzanna? Habría ido a ver a su amiguito ruso. Tal vez fuera bueno que se quedara. Estaría a salvo y bien cuidada. Pero ¿cómo iba a volver a Lublin sin ella?

Recorrí el pasillo descalza, crucé el dormitorio de altos techos de Caroline, dejando atrás su perfecta cama con dosel, y llegué a las ventanas que daban al jardín de abajo. Un querubín con alas de piedra se alzaba en medio de los podados setos circulares para vigilar los tulipanes y las campanillas. Caroline estaba arrodillada junto a un rosal. Salía vapor de una taza blanca que tenía a su lado en la hierba. La brisa agitaba un mar de lilas que había detrás de ella.

Inhalé profundamente la seguridad que exudaba todo y exhalé; el vaho de mi respiración sobre el cristal hizo que la escena se convirtiera en una mancha de color verde eléctrico y lavanda. Me moría por ver a Pietrik y a Halina de nuevo, pero allí, en aquella casa antigua, nada podía hacerme daño y había un océano entero entre mis problemas y yo.

Me vestí y bajé al piso de abajo en busca de mi hermana y un café caliente. Como en la cocina no encontré ninguna de las dos cosas, me quedé ante la ventana, mirando dubitativa a Caroline trabajar en el jardín. Llevaba unos guantes de jardinería de lona y el pelo sujeto por un pañuelo mientras arrancaba las malas hierbas que asomaban entre los tallos espinosos. La cerda de Caroline dormía con la boca abierta a tiro de piedra de una planta de lilas, arañando el suelo con las pezuñas como si estuviera corriendo en sueños. ¿Debería acompañarlas? No estaba de humor para un sermón.

Caroline me vio en la ventana y me hizo un gesto con la pala para que saliera.

No me quedó más remedio que salir por la puerta de la cocina.

–¿Has visto a Zuzanna? –pregunté.

–Serge y ella han llevado a mi madre a Woodbury. Ven y ayúdame con las malas hierbas, Kasia. Es bueno para el alma.

Y también lo es el café, pensé.

Recorrí el camino de gravilla y me arrodillé al lado de Caroline. La casa se cernía sobre nosotras como un enorme barco blanco en un mar de lilas moradas que se agitaban al viento. Nunca había visto lilas de esos colores; iban del berenjena oscuro, casi negro, al lavanda más claro.

–Perdona que me haya servido lo que quedaba del café –se disculpó–. Los que se han levantado primero se han bebido la mayor parte.

¿Era una provocación? La ignoré.

–Me parece que has diseñado un jardín perfecto –la felicité.

–Oh, fue mi madre. Acabábamos de venir aquí y mi padre llamó a unos paisajistas para que diseñaran un jardín. Pillaron desprevenida a mi madre cuando le preguntaron qué plan tenía. Ella cogió un lápiz, dibujó el diseño de la alfombra de Aubusson de la biblioteca y se lo dio a aquellos hombres. Y a mí me parece que es bonito.

Donde yo estaba arrodillada, el olor a rosas y lilas casi se podía cortar de lo denso que era.

–Qué fragancia más maravillosa.

Caroline arrancó un diente de león, con su raíz peluda y todo, y lo tiró a un cubo.

–El olor es más fuerte por la mañana. Cuando el sol está en lo más alto, las plantas se secan y las flores se guardan su fragancia para ellas.

¿Por qué no había hablado antes con Caroline de su jardín? Las dos compartíamos el amor por las flores. Cogí un desplantador de su cubo y saqué de la tierra una planta verde con un satisfactorio ruido seco. Trabajamos sin decir nada, clavando las herramientas en la tierra oscura. Solo se oían los trinos de los pájaros que charlaban en los árboles cercanos y el suave ronquido de la cerda.

–Tengo que decirte que eres el pilar de tu familia, Kasia, querida.

¡Qué agradable era oír ese cumplido!

–Supongo que sí.

–La primera vez que te vi en aquel escenario en Varsovia supe que tenías una fuerza especial.

–La verdad es que no. Desde que mi madre...

Caroline apoyó en mi brazo una mano con su guante de tela.

–Parece que tu madre era una mujer extraordinaria, más o menos como tú. Fuerte. Firme. Estoy segura de que la querías mucho.

Asentí.

–Cuando mi padre falleció, creí que me iba a morir. Fue hace mucho tiempo, pero no pasa un día sin que desee que él estuviera aquí. –Caroline señaló las lilas que se agitaban cerca de nosotras–. A él le encantaban. Ver florecer sus lilas favoritas cuando él no está es un recordatorio precioso, pero también muy triste.

Caroline se frotó la mejilla con el dorso del guante y se dejó una mancha oscura bajo un ojo. Después se quitó los guantes.

–Pero de alguna forma resulta adecuado... A mi padre le encantaba el detalle de que las lilas solo florecieran tras un invierno duro.

Caroline extendió la mano y me apartó el pelo de la frente casi sin tocarme. ¿Cuántas veces había hecho eso mi madre?

–Es un milagro que toda esta belleza emerja tras pasar por condiciones tan duras, ¿no crees?

De repente se me llenaron los ojos de lágrimas y la hierba que tenía delante se convirtió en un manchón borroso. Solo pude asentir.

Caroline sonrió.

–Le pediré al señor Gardener que os prepare unos esquejes de lilas para que los plantéis en Lublin.

–Para Zuzanna no será necesario –solté.

Caroline se sentó sobre los talones.

–Quería habértelo dicho antes...

–No pasa nada. Está bien en realidad. Al principio estaba triste, pero tú la has ayudado de formas que yo nunca podría. A ponerse bien. A tener un niño algún día. A mi madre le habría gustado eso. No sé cómo agradecértelo.

Caroline me apretó la mano.

–No es necesario, Kasia, cariño.

–Nos has dado mucho a Zuzanna y a mí. Ojalá tuviera yo algo que darte.

–Tú has sido buena para nosotras, sobre todo para mi madre.

Seguimos arrancando malas hierbas en silencio. Iba a echar de menos Bethlehem.

Caroline se volvió hacia mí.

–Bueno, hay una cosa, Kasia...

–¿Qué es?

–Algo que hace tiempo que quiero comentarte.

–Dímelo.

–Tiene que ver con alguien... alguien que conociste.

–Pídeme lo que sea.

–Bueno, es sobre Herta Oberheuser, en realidad.

Solo con oír su nombre sentí náuseas. Me apoyé en la hierba para sostenerme.

–¿Qué pasa con ella?

–Siento mucho sacar el tema, pero mis fuentes me dicen que la han liberado antes de tiempo...

Me levanté, mareada, con el desplantador en la mano.

–Es imposible. Los alemanes no pueden haberla dejado salir...

¿Por qué no podía respirar?

–Por lo que sabemos, lo hicieron los estadounidenses. En 1952. Con discreción.

Caminé en dirección a la casa y después volví.

–¿Lleva fuera todo este tiempo? ¿Y por qué lo hicieron? Hubo un juicio...

–No lo sé, Kasia. Con Rusia intentando atraer a los doctores alemanes para alejarlos de Estados Unidos, tal vez estaban intentando ganarse su favor. No sé cómo lo hacen, pero los alemanes pierden todas las guerras y ganan todas las paces.

–Tus fuentes se equivocan.

Caroline se levantó y me tocó la manga.

–Creen que el gobierno de Alemania Occidental ha ayudado a Herta a establecerse en Stocksee, al norte de Alemania. Es posible que esté ejerciendo la medicina otra vez... Como médico de familia.

Me zafé de su mano.

–No lo puedo creer, ha matado a gente. Me hizo esto –dije, apartándome la falda.

Caroline se acercó.

–Lo sé, Kasia. Pero podemos luchar contra ello.

Reí.

–¿Contra ellos? ¿Y cómo exactamente?

–Primero necesitamos que alguien haga una identificación.

–Y ese alguien tendría que ser...

–Solo si te sientes cómoda con ello.

El sol salió desde detrás de los árboles y me calentó los hombros.

–¿*Cómoda*? No, no estoy cómoda con ello. –Tiré la herramienta al cubo, donde aterrizó con un repiqueteo–. ¿Cómo puedes sugerirme siquiera que vaya a ver a Herta Oberheuser? –De repente me pareció que el calor del sol era insoportable.

–Necesitamos una fotografía o un recibo oficial de su consulta. Si no, son solo rumores.

–¿Que le haga una foto a Herta Oberheuser? Tienes que estar de broma.

–Yo te conseguiré papeles para viajar y dinero.

¿De verdad me estaba pidiendo que fuera a ver a Herta? Recordé su cara. Su mirada de autosuficiencia. La expresión aburrida. Y el estómago se me contrajo. ¿Iba a vomitar allí mismo, sobre la hierba perfecta?

–Lo siento. Has sido muy buena con nosotras, pero no, gracias.

Empecé a caminar hacia la casa por el sendero de gravilla.

Caroline me siguió.

–A veces tenemos que sacrificarnos por un bien mayor.

Me detuve y me volví.

–¿Sacrificar*nos*?

¿Así que Zuzanna se iba a quedar allí, a salvo, mientras yo iba sola al encuentro de Herta?

–Solo piénsalo, cariño.

–Pero...

–Tómate todo el tiempo que necesites. Voy a preparar otra cafetera.

La cerda se despertó sobresaltada, se puso de pie con dificultad y nos siguió por el camino hacia la casa. La gravilla crujía bajo nuestros pies.

Me hacía sentir bien que Caroline me necesitara, pero me estaba pidiendo algo imposible. ¿Que fuera a ver a la doctora Oberheuser? ¿Y tendría que hablar con ella? ¿Me reconocería? ¿Recordaría a Matka?

Para cuando llegamos a la casa, me di cuenta de que Caroline tenía razón sobre las flores. Desde que había salido el sol, la fragancia había desaparecido.

44

Kasia

1959

CUANDO REGRESÉ A Lublin, las cosas habían cambiado mucho. Llevaba fuera menos de nueve meses, pero era como si hubieran pasado diez años. Pietrik había trasladado a nuestra familia a un apartamento para nosotros solos a las afueras de la ciudad, junto a la fábrica de ropa femenina de Lubgal, donde trabajaba. El piso entero era más pequeño que la cocina de Caroline en Connecticut, pero era nuestro, de los tres. No estaba papá. Ni Marthe. Zuzanna estaba con Serge en Connecticut. Dos dormitorios enteros para nosotros.

La cocina era muy reducida, con el espacio justo para poder girarse. En mi día libre me dediqué a coser unas cortinas azules que a Matka le habrían encantado, con una tela de cuadros y pájaros en el bajo. Y coloqué en el alféizar de la ventana de la cocina las dos botellitas de vodka que me había dado la azafata en el vuelo de vuelta a casa.

Pietrik parecía contento de tenerme otra vez en casa. ¿Me habría echado de menos? No me lo iba a decir, ni yo se lo iba a preguntar, pero cuando vino a buscarme al aeropuerto con una rosa de color rosado en la mano, no paraba de sonreír. Y yo también sonreía todo el rato, luciendo mi diente nuevo. Tal vez mejoraran las cosas entre nosotros. ¿Por qué me sentía tan tímida con él, que era mi marido? También podía caminar mucho mejor. Los analgésicos para el dolor que me había dado el médico se estaban acabando, así que a veces me ponía irritable. Pero estaba deseando que las cosas mejorasen, volver a como era todo antes de la guerra.

ESE OTOÑO, UN día a última hora de la tarde, fui a la oficina de correos para ver a papá. Él me pasó un paquete entre los barrotes de la ventanilla de recogida.

–Lo he interceptado antes de que lo vieran los censores –me susurró.

El paquete era más o menos del tamaño de una caja de zapatos y estaba envuelto en papel marrón.

–Ten cuidado con lo que te envían tus amigas.

El remite ponía: «C. Ferriday. Calle 31 Este con calle 50, Nueva York, estado de Nueva York, EE.UU.». Caroline, inteligentemente, no lo había enviado desde el consulado. Si lo hubiera hecho, lo habrían abierto seguro. Pero cualquier comunicación con Occidente era sospechosa y quedaba anotada en tu historial.

–Y una carta de Zuzanna –añadió papá.

Parecía tener curiosidad, pero yo me metí las dos cosas bajo el abrigo.

Fui a nuestro apartamento y subí los tres pisos de escaleras caminando por fin como una persona normal. Halina había puesto un póster nuevo en nuestra puerta: EXPOSICIÓN DE ARTE EN EL DISTRITO 10: POLONIA A TRAVÉS DE SUS CARTELES. Era gráfico y austero, un estilo nuevo en ella. ¿Cómo se me podía haber olvidado que la exposición era esa noche? Desde que me fui, Halina se había volcado en el arte con fuerzas renovadas. Intenté no pensar en ello.

Dejé el paquete marrón en la mesa de la cocina y me quedé mirándolo. Sabía lo que había dentro.

Oí que una piedrecita se estrellaba contra la ventana de la cocina y fui a ver quién la había tirado. Seguro que los hijos de los vecinos. Abrí el seguro de la ventana, ya pensando en regañarlos, pero a quien vi abajo fue a Pietrik.

–¡Hace un día precioso! –exclamó–. Baja.

–¡Vas a romper la ventana con esas piedras! –contesté, apoyándome en los antebrazos sobre el alféizar.

Seguía siendo guapo, como un niño. Un poco más grueso a la altura de la cintura, pero fuéramos adonde fuéramos las mujeres se quedaban mirándolo cuando creían que yo no me daba cuenta.

–¿Es que me vas a hacer subir a buscarte? –preguntó con una sonrisa y las manos en las caderas.

Cerré la ventana y él apareció arriba segundos después. Llegó al apartamento sin aliento y con las mejillas enrojecidas. Se acercó e intentó besarme, pero yo le giré la cara.

–¿Te acuerdas de mí? Soy tu marido –dijo, sorprendido.

–Creo que tengo la gripe. Me duelen los músculos. Y no dejo de sudar.

–¿Todavía? –preguntó Pietrik–. Tal vez sea porque no te estás tomando las pastillas.

–No sé –respondí.

Pietrik puso una mano sobre el paquete.

–¿Qué es?

–Es de Caroline –contesté.

–Vale. –Pietrik me tiró la caja–. Ábrela.

La agarré al vuelo.

–Todavía no.

–¿Y a qué esperas, Kasia?

–Ya sé lo que hay dentro. Quiere que vaya a una ciudad de Alemania que se llama Stocksee. Para identificar...

–¿A quién?

Volví a poner la caja en la mesa.

–A Herta Oberheuser.

–¿Ha salido de la cárcel? –exclamó Pietrik.

–Creen que tiene una consulta médica allí. Y necesitan la identificación de un testigo, de alguien que sepa qué apariencia tiene.

–¿Y sigue siendo médico? ¿Vas a ir?

No dije nada.

–Vas a necesitar papeles especiales, Kasia. E, incluso con ellos, no hay garantía de que te dejen entrar.

–Eso es lo que hay en la caja –afirmé.

–Y no es barato. Solo la gasolina...

–También hay dinero para todo eso ahí dentro –aseguré–. Conociendo a Caroline, habrá zlotys y marcos.

Pietrik se acercó a mí.

–Tenemos que ir, Kasia. Por fin podemos hacer *algo* para devolverles lo que nos hicieron. Iré contigo. Cruzar la frontera es muy arriesgado. ¿Sabes cuánta gente ha muerto al intentarlo?

–Ilegalmente. Pero la gente la cruza legalmente todos los días.

–Ahora es más difícil. Además, esa zona está llena de bombas trampa y campos de minas. Y patrullan por ella cincuenta mil guardias de la RDA, todos tiradores de élite. Si tienen la más mínima duda, disparan primero. –Pietrik me cogió las manos entre las suyas–. Iré contigo. Halina puede quedarse con tus padres.

–Yo ya no quiero saber nada, Pietrik. De la resistencia. De Ravensbrück. Necesito pasar página.

–Ese es el problema, que no puedes. ¿Has cruzado más de dos palabras con tu hija desde que has vuelto a casa?

–Ha estado ocupada con las clases de arte...

–Te ha echado de menos cuando no estabas. Hizo un calendario e iba tachando los días uno por uno hasta que has vuelto.

–Pero ahora trabajo dos turnos –repliqué.

Pietrik me agarró por los hombros.

–¿Es que no puedes hacer un hueco para ella?

–Ella siempre está en casa de Marthe...

Fue hasta la silla sobre la que había dejado la chaqueta y la agarró.

–Siempre es cosa de otro, Kasia. –Pietrik fue hacia la puerta–. No aprendes, ¿no?

–¿Adónde vas?

–A la exposición de nuestra hija.

Yo di un paso hacia él. ¿Cómo podía irse sin más?

–¿Y la cena?

–Comeré algo por ahí. –Se paró en el umbral–. Y piénsate bien lo de ir a Stocksee conmigo. No todos los días se tiene la oportunidad de hacer algo así, Kasia.

Me volví y le oí cerrar la puerta. Sentí náuseas. Lo vi por la ventana, alejándose con las manos en los bolsillos. Halina se encontró con él en la calle. Llevaba una carpeta negra llena de dibujos. Se abrazaron y después tomaron caminos distintos, porque

Halina venía hacia el apartamento. Cuando llegó arriba, yo todavía estaba enfadada.

–Tienes muy mala cara –dijo Halina a modo de saludo.

–Gracias.

–¿Vas a ir a ver mi exposición esta noche? Ojalá puedas venir.

Halina parecía cada vez más una artista: ese día llevaba puesta una de las camisas viejas de Pietrik, que estaba salpicada de pintura, y el pelo rubio recogido en la coronilla, como solía hacer mi madre. Me costaba mirarla porque era una reproducción casi exacta de Matka.

Metí el paquete de Caroline debajo de la mesa.

–Tengo cosas que hacer.

–No has venido a ninguna de mis exposiciones, Matka. Un profesor quiere comprar uno de mis carteles.

Miré por la ventana.

–Es mejor que corras para alcanzar a tu padre. Él te comprará algo para cenar.

–Van a servir queso en la exposición –replicó Halina.

–Y vodka, supongo.

–Sí.

Si el arte moderno no era lo bastante moderno, a cualquiera se lo parecería después de beberse un vaso de alcohol de doscientos grados.

–Corre si quieres alcanzar a tu padre –insistí.

Halina se fue sin decir adiós. Yo volví a la ventana y la estuve mirando desde que llegó a la calle de abajo. Se la veía muy pequeña. ¿Se volvería para despedirse con la mano? No. Al menos Halina tenía conexión con uno de sus padres.

Abrí la carta de Zuzanna, que era corta y directa, lo habitual cuando tenía malas noticias. No iba a volver. Había vuelto a ampliar su visado y dejaba entrever que estaba preparando la boda. Pero había algo bueno, al menos. Los médicos del Mount Sinai habían dicho que su cáncer seguía en remisión.

Brindé por ello con una de las botellitas de vodka del avión.

Solo había cereales en el armario, así que me preparé un cuenco y me serví un vaso del vodka de Pietrik. No estaba mal para ser un vodka que alguien hacía en su sótano. Como decía papá, se notaba el sabor de las patatas. Tenía más sabor que el del avión y lograría mantenerlo en el estómago siempre y cuando no pensara en los contenidos de mi estómago, pasta de cereales y vodka, ahí, mezclándose.

No me sorprendía que Pietrik lo bebiera de vez en cuando. Hacía que te hormigueara todo el cuerpo y te calentaba los dedos, los brazos, las orejas y la cabeza. Cuando me puse mi vestido estadounidense, todo mi cuerpo estaba un poco entumecido, incluso mi cerebro. Le sonreí al espejo. Con el diente reparado, podía volver a mirarme. ¿Por qué no podía ir a disfrutar de la gran noche de mi hija? Las medias de nailon me cubrían las cicatrices que me quedaban. Incluso mi marido se alegraría de verme.

Solo había un corto paseo hasta el colegio de Halina. Entré en el gimnasio y lo encontré lleno de brillantes focos que iluminaban los carteles colgados en paredes de hormigón. La gente se congregaba delante de ellos, admirando las obras de los alumnos. Marthe y papá estaban en un extremo de la sala, hablando con una pareja de aspecto bohemio. En el otro extremo había botellas de vodka y unos platos de cartón con daditos de queso encima de una mesita.

–¡Has venido, Matka! –exclamó Halina con una sonrisa–. Es la primera vez. Ven que te lo enseñe todo.

Pietrik estaba de pie en un rincón, con una mano apoyada en una pared, enfrascado en una conversación con una mujer que llevaba un sombrero rojo.

–Creo que voy a comer un poco de queso primero –dije. De repente sentí que me faltaba el aire.

Fuimos a la mesa del refrigerio y cogí unos daditos de queso y un vaso de cartón con vodka.

–¿Desde cuándo bebes vodka? –preguntó Halina.

–No viene mal probar cosas nuevas –respondí.

Di un sorbo para probarlo y después eché atrás la cabeza y me lo bebí de un trago. Era más suave y tenía un sabor más refinado que el que teníamos en casa. Me estaba convirtiendo en una experta en vodka.

–Ven que te enseñe mi autorretrato –ofreció Halina.

Me agarró la mano y se me llenaron los ojos de lágrimas. ¿Cuándo fue la última vez que me había dado la mano?

La obra de Halina estaba agrupada en una pared, toda llena de colores vivos. Gráfica y potente. Había un retrato de una mujer cocinando, Marthe sin duda, pintado como si fuera la imagen que se obtiene al mirar por un caleidoscopio. A su lado se veía un pez con cuerpo de automóvil, lleno de engranajes y mecanismos.

–¿Te gusta el de la cocina? –preguntó Halina.

–¿El de Marthe? Tiene unos colores muy bonitos.

–No es Marthe, eres tú –explicó–. Lo he hecho con azules. Tu color favorito.

Noté más lágrimas en los ojos y los colores se mezclaron como si estuvieran diluyéndose en una jarra con agua.

–¿Soy yo? Qué bonito.

–Pero espera a ver el mejor. Un profesor quiere comprármelo, pero me parece que prefiero quedármelo.

Intenté secarme los ojos con una servilleta mientras Halina me llevaba al extremo de la pared, a su autorretrato. Cuando estuve delante del lienzo, me pareció que la imagen del cuadro estaba a punto de salirse de allí y morderme. Estaba llena de vida.

–¿Qué te parece? –preguntó Halina.

Era el cuadro más grande de la sala. Representaba la cara de una mujer con el pelo rubio y la cabeza envuelta por un alambre de espino.

Era mi madre.

De repente sentí calor por todo el cuerpo y la cabeza empezó a darme vueltas.

–Necesito sentarme.

–No te ha gustado –comentó Halina, y cruzó los brazos sobre el pecho.

–Sí, sí me gusta. Pero necesito sentarme.

Me senté en una silla plegable y, mientras Halina iba a buscarme otro vodka, vi a Pietrik riéndose con su amiga. Yo tenía mis razones para no salir mucho.

Halina fue a por Pietrik y lo trajo de la mano adonde yo estaba.

–Toma, Matka –dijo, y me dio el vodka.

–¿Qué es lo que te ha arrastrado hasta aquí? –preguntó Pietrik con una sonrisa–. ¿Una manada de caballos salvajes?

–Tú seguro que no –respondí.

La sonrisa de Pietrik desapareció.

–Aquí no, Kasia.

–Te lo estabas pasando muy bien –dije señalando con la barbilla a la mujer del sombrero rojo. Veía borroso y el alcohol me había soltado la lengua.

–¿Has bebido? –preguntó.

–¿Es que solo puedes beber tú? –exclamé, dándole un sorbo al vaso de cartón. Sentí que recuperaba la claridad de pensamiento.

Pietrik me quitó el vaso.

–Voy a llevarte a casa.

Yo le arranqué el vaso y me levanté justo cuando llegaron Marthe y papá, con la profesora de arte de Halina detrás de ellos.

–¿Es usted la madre de Halina? –preguntó la profesora, una mujer guapa de pelo oscuro, que llevaba unas gafas redondas negras y un caftán violeta.

La profesora le rodeó los hombros a Halina con una manga que parecía el ala de un murciélago.

–Halina y yo hablamos mucho –dijo la profesora–. Habla muy bien de usted.

–¿Oh, en serio? ¿De verdad admite que tiene madre?

Todo el grupo soltó una carcajada, tal vez demasiado estridente. Y eso que lo que había dicho no era un chiste.

–Oh, bueno, adolescentes, ya se sabe –contestó la profesora–. ¿Ha visto el autorretrato de Halina? Un profesor de la universidad dice que es su obra favorita de la exposición.

–Es mi madre –dije.

–¿Perdón? –preguntó la profesora.

Marthe y papá se miraron. La sala giraba a mi alrededor como un tiovivo.

–Halina se ha pintado *a sí misma*, Kasia –explicó Marthe.

–Si hubieras conocido a mi madre, no estarías durmiendo en su cama ahora –espeté.

–Nos vamos a casa –intervino Pietrik.

Yo me zafé de sus dedos cuando me agarró.

–Tal vez Halina no le haya contado en una de sus largas conversaciones que yo hice que mataran a mi madre por culpa de mi trabajo para la resistencia. Y eso después de todo lo que ella hizo por mí.

Me llevé el vaso a los labios, pero lo vi doblarse en mi mano y el vodka se derramó por toda la parte delantera del vestido.

–Pietrik, nos vamos a llevar a Halina a nuestra casa esta noche –ofreció Marthe.

–Sí, mi madre era una artista, igual que Halina, pero le hacía retratos a mala gente, nazis, la verdad, para qué negarlo. –Sentí la cara llena de lágrimas–. ¿Qué le pasó? Solo Dios lo sabe, señora profesora de arte, porque no pudo despedirse, pero hágame caso, la mujer de ese cartel es mi madre.

Después de eso, solo recuerdo que Pietrik tuvo que sostenerme durante todo el camino a casa y que no nos quedó más remedio que parar para que vomitara en un callejón y para que me limpiara los cereales del vestido que me había traído de Estados Unidos.

A LA MAÑANA SIGUIENTE, me desperté antes del amanecer.

–Agua –pedí.

De nuevo pensé que estaba en la clínica de Ravensbrück.

Me senté en la cama de Halina y vi que me habían quitado el vestido y puesto un camisón. ¿Pietrik me había cambiado de ropa? Los acontecimientos de la noche anterior emergieron en mi cerebro y me ruboricé allí, en medio de la oscuridad. Me había puesto en evidencia. Incluso antes de que me diera tiempo a levantarme, supe que iba a ir a Stocksee.

Pasé por delante de la habitación de Pietrik. Dormía, con un brazo sobre la cara y el pecho desnudo. ¿Y si me acurrucaba a su lado? ¿Por qué no tenía valor para dormir con mi marido?

Cuando el amanecer se coló por la ventana, con cuidado de no hacer ruido, reuní lo necesario para pasar unos días fuera y saqué el paquete de Caroline. En la pequeña caja encontré los papeles para viajar, dinero alemán, dinero polaco y una carta con el franqueo alemán para el periódico más grande de Alemania, en la que se detallaban los crímenes de guerra de Herta Oberheuser en Ravensbrück y se explicaba que había sido liberada antes de tiempo, tres mapas, una lista de gasolineras verificadas en las que podía echar combustible e instrucciones detalladas para el viaje. También había una nota de disculpa porque solo había podido conseguir papeles para una persona y un paquete de galletas Fig Newtons. Metí la caja en la maleta y la cerré. Pietrik se revolvió en la habitación de al lado.

Yo me quedé helada un segundo. ¿Debería dejarle una nota? Escribí unas palabras de despedida en el papel que envolvía la caja de Caroline y bajé las escaleras hasta el viejo coche turquesa que papá me prestaba de vez en cuando y que Pietrik conseguía mantener con vida desde hacía muchos años. Como decía papá, ese coche tenía encima más óxido que pintura, pero servía para desplazarnos adonde necesitábamos ir.

Al principio me puse histérica mientras conducía. ¿Y si de verdad era Herta? ¿Me haría daño? ¿Se lo haría yo? Cuando ya llevaba un rato en camino, se me fue aclarando un poco la cabeza. Era uno de los pocos conductores que había en la carretera tan temprano. Extendí el mapa, saqué las instrucciones y las coloqué en el asiento de al lado, puse la radio bien alta, bajé la ventanilla y me comí el paquete entero de galletas para desayunar. En el paquete decía: «Nuevo envase. Mejor sabor», y la verdad es que me supieron mejor que nunca, blanda y jugosa por fuera y el higo dulce en su interior. Comérmelas me mejoró mucho el humor. Tal vez hubiera sido una buena idea hacer ese viaje.

De camino al noroeste pasé por bastantes pueblos abandonados, uno tras otro. El único color que se veía en esos pueblos, en su mayoría grises, era el rojo sobre blanco de los carteles de propaganda que proclamaban las virtudes del socialismo y la INQUEBRANTABLE AMISTAD CON LAS GENTES DE LA UNIÓN SOVIÉTICA.

Ese viaje era complicado, porque a Alemania le habían arrebatado todos los territorios que ocupó durante la guerra. La parte este se la habían devuelto a la Polonia ocupada por los rusos y la parte oeste se la habían dividido los aliados occidentales. Se habían creado dos nuevos estados a partir de la Alemania ocupada: la Alemania Occidental libre, que ya no estaba ocupada en su totalidad por los aliados, y al este la República Democrática, o RDA, la parte más pequeña.

Me llevó un día entero cruzar Polonia y Alemania Oriental. Las carreteras estaban llenas de baches enormes, muchas estaban cubiertas de basura, y no se veían muchos coches particulares. Un convoy militar soviético pasó a mi lado, con las matrículas tapadas con pintura. Los soldados que iban en la parte de atrás de los camiones me miraron como si fuera un monstruo de circo. La primera noche dormí en el coche con un ojo abierto, alerta por si venían ladrones.

Al día siguiente, en medio de una densa niebla y una lluvia persistente, llegué a la frontera interior alemana, el límite de mil trescientos noventa y tres kilómetros que separaba Alemania Occidental de los territorios soviéticos. Caroline me había dirigido por una de las pocas rutas abiertas a los no alemanes, la ruta de tránsito más septentrional que desembocaba en el punto de control de Lübeck/Schlutup. Cuando me acerqué a la garita y la barrera con rayas rojas que bloqueaba la carretera, reduje la velocidad y me situé detrás del último coche de la cola.

Una lluvia leve caía sobre el techo del coche mientras esperaba. Me dediqué a examinar la torre de vigilancia blanca de hormigón que se veía sobre el muro, a lo lejos. ¿Me estarían controlando desde ahí arriba? ¿Verían mi coche moribundo en la cola, escupiendo humo morado? En alguna parte ladró un perro, y yo miré el campo agreste que nos rodeaba y la larga valla metálica que flanqueaba la carretera. ¿Sería ahí, al otro lado de la valla, donde estaban las bombas trampa? No me pasaría nada siempre y cuando no saliera del coche.

La cola avanzó poco a poco. Los limpiaparabrisas no me servían de nada, porque hacía mucho que algún vándalo había robado las gomas. Apagué la radio para poder concentrarme. ¿Dónde estaba Zuzanna cuando la necesitaba? Oh, sí... Disfrutando de su nueva vida en Nueva York. Volví a comprobar mis papeles por enésima vez. Tres páginas firmadas con tinta y con una floritura. «Kasia Kuzmerick, embajadora cultural», decían. Acaricié con el dedo el sello que sobresalía. Yo no tenía pinta de embajadora cultural, pero esos papeles me hacían sentir importante. Segura.

Para cuando llegué a la barrera, tenía el vestido empapado de sudor bajo el grueso abrigo. Bajé la ventanilla para hablar con el soldado de Alemania Oriental.

–*Polski*? –preguntó.

Asentí y le di los papeles. Les echó un vistazo y se fue hacia la garita con mis papeles en la mano.

–No apague el motor –me dijo en alemán.

Esperé mirando el indicador de la gasolina. ¿Estaba bajando poco a poco mientras lo miraba? Otros dos soldados abrieron las cortinas de la garita y me miraron. Por fin salió un oficial de mediana edad y se acercó a mi coche.

–Salga del coche –me dijo en polaco con acento alemán.

–¿Por qué? –pregunté–. ¿Dónde están mis papeles?

–Los hemos incautado –contestó el oficial.

¿Por qué no le hice caso a Pietrik? Quizá tuviera razón. Algunos no aprendemos nunca.

45

Kasia

1959

ME COSTÓ SALIR del coche, delante del puesto de control, porque la puerta no quería abrirse por mucho que yo la empujara. Tuve que irme al otro lado, hasta el asiento del acompañante, para diversión de los soldados que estaban plantados junto a la barrera, luciendo sus armas.

La lluvia había quedado reducida a una fina llovizna. Vi cómo se acumulaba formando gruesas gotas sobre la brillante ala del sombrero del oficial que me había ordenado que saliera. Apoyé una mano en el capó del coche, porque me parecía que me iban a fallar las piernas en cualquier momento, pero la aparté rápido porque el metal estaba ardiendo por el motor. ¿Iba a recalentarse allí precisamente?

–Tiene unos papeles muy llamativos –dijo el oficial–. Pero se los hemos reemplazado por un pase para un día.

–Pero son...

–Si no le gusta, dé la vuelta –me interrumpió el oficial–. Sea como sea, quite de en medio este coche. Está en las últimas.

Cogí el pase. ¿Habría visto que me temblaban los dedos? El pase, que ya se había mojado y que era del tamaño de un paquete de cigarrillos, era un triste sustitutivo de mis magníficos papeles.

–Asegúrese de volver mañana, antes de las seis de la mañana, o se quedará a vivir con nosotros aquí, en esta casita.

Y le hizo un gesto al siguiente coche para que avanzara, lo que suponía el fin de la conversación.

Volví al asiento del conductor y noté que estaba empapada en un sudor frío fruto del alivio. El segundo punto de control fue más fácil y, cuando los soldados de la frontera de Alemania Occidental me dejaron pasar, entré en el país y seguí conduciendo hacia el norte, hacia Stocksee.

Alemania Occidental era otro mundo, un País de las Maravillas de campos verdes y granjas perfectas. La carretera estaba lisa y me adelantaban constantemente camiones modernos que recorrían esa ruta de transporte tan popular, porque mi coche se negaba a ir a más de ochenta kilómetros por hora. Solo me detuve una vez, en la primera oficina de telégrafos que encontré, para enviarle un mensaje a Caroline diciéndole que estaba en camino.

En algún lugar de las afueras de Stocksee oí un ruido metálico horrible, y al volverme vi que el silenciador del coche caía al asfalto y rebotaba hasta el arcén. Di marcha atrás, recogí la pieza alargada de metal y la dejé en el asiento trasero. Después de eso mi coche empezó a sonar como una motocicleta ruidosa cada vez que pisaba el acelerador, pero ¿qué otra opción tenía? Debía seguir adelante.

Entré con dificultades en Stocksee a primera hora de la tarde, y me estremecí al ver el cartel que decía: ¡BIENVENIDOS A STOCKSEE! ¿Sería ese el hogar de Herta? Era una población rural cerca de un lago que tenía el mismo nombre. Un lago grande, tranquilo y oscuro. A Herta debían de gustarle los sitios con lago.

Dejé atrás praderas de hierba ondulante y entré en el corazón de Stocksee, un lugar pequeño y bien cuidado. Si la ropa de los habitantes servía de muestra, Stocksee era un lugar conservador, porque la mayoría llevaban el *Tracht* tradicional, los hombres con pantalones de cuero, chaquetas *Trachten* y sombreros alpinos, y las mujeres con vestidos de falda con peto. Reduje la velocidad al pasar junto a una acera y le pedí ayuda a un hombre en mi mejor alemán, un poco oxidado.

–Disculpe, señor, ¿podría decirme dónde está Dorfstrasse?

El hombre me ignoró y siguió caminado. Sentí que me recorría un relámpago de miedo cuando vi pasar por la acera a una mujer que se parecía a Gerda Quernheim, la enfermera del campo. ¿Podría ser ella? ¿Fuera de la cárcel tan pronto?

Encontré la consulta de la doctora. Era un edificio de ladrillo de una sola planta pintado de blanco. Aparqué en la misma calle pero un poco alejada, aliviada de poder parar el coche, y me quedé sentada dentro, lo que atrajo las miradas hostiles de los transeúntes. Una persona miró en el asiento de atrás y se quedó observando el silenciador. Intenté calmar mi respiración y reunir valor. ¿Debería volverme a casa? ¿Llamar a la policía y pedir ayuda? Aunque posiblemente no saliera bien.

Un Mercedes-Benz plateado pasó a mi lado y aparcó junto a la acera, justo delante de la consulta de la doctora. Era un modelo antiguo, pero era el tipo de coche que Pietrik habría admirado.

Una mujer salió del interior. ¿Podría ser Herta la persona que conducía un coche tan caro? ¿Por qué se me habían olvidado las gafas? El corazón me latía como loco y daba brincos como un pez. La mujer estaba demasiado delgada para ser ella, ¿no? Noté que mis manos resbalaban sobre el volante mientras la miraba entrar en la consulta.

Me pasé al asiento del acompañante, salí con un chirrido de bisagras y me sacudí las manos, mojadas como dos bayetas, intentando tranquilizarme. Entré en la consulta de la doctora y me detuve para leer la placa de bronce que había junto a su puerta: CLÍNICA DE MEDICINA FAMILIAR. Debajo estaban pintadas las palabras: LOS NIÑOS NOS ENCANTAN. ¿Niños? No podía ser Herta. ¿Quién iba a dejar que una mujer como esa tocara a sus pequeños?

La sala de espera no era grande, pero estaba inesperadamente ordenada y limpia. Las paredes tenían pintados bancos de peces y tortugas y había un acuario en un rincón. Me senté y hojeé una revista, mirando de vez en cuando a los pacientes y esperando para ver si ella pasaba por allí. Era difícil mirar a esos bebés bien alimentados, con la piel aterciopelada, y pensar que podía ser Herta la que los iba a examinar. Cuando decían sus nombres, las madres entraban para ver al médico, como hacíamos nosotras en el campo. ¿Les pondría ella las inyecciones o eso se lo dejaría a una enfermera?

Vi que un pez ángel que había en el acuario aspiraba piedrecitas del fondo de gravilla de color rosa y después las escupía. Una madre alemana se sentó enfrente de mí. Era la viva imagen de la pureza aria. Los nazis la habrían puesto en la portada de una revista durante la guerra. Pensé en contarle cómo mataban a los bebés en Ravensbrück, pero me lo pensé mejor. Nunca se debía dar información de forma voluntaria. Los alemanes siempre sospechaban de esas cosas.

Aunque la temperatura en la sala era fresca, notaba que me corría el sudor por la espalda. Para calmarme hojeé la revista *Madre alemana*. Hacía mucho que había acabado la guerra, pero las *Hausfrauen* no habían cambiado. Seguían trabajando duro, pero ya no era para su querido Führer. Si la revista servía de muestra, los alemanes habían empezado a adorar a un nuevo ídolo: los bienes de consumo. Automóviles Volkswagen, cadenas de música, lavavajillas y televisiones. Al menos en eso habían mejorado. La recepcionista abrió su ventanilla con un ruido de arrastre.

–¿Tiene cita? –me preguntó.

Llevaba sombra azul en los párpados. ¿Maquillaje? El Führer no lo habría aprobado.

Me levanté.

–No, pero me gustaría que me atendiera la doctora, si tiene algún hueco.

Me dio un portapapeles con un largo formulario sujeto con una pinza plateada.

–Rellene esto y veré si es posible –dijo.

A los alemanes les seguía encantando el papeleo.

Rellené el formulario con mi nombre real y mi apellido de casada y una dirección falsa del cercano pueblo de Plön. Costaba leer lo que había escrito porque me temblaban mucho los dedos. ¿Por qué preocuparme? Hacía mucho que había acabado la guerra. Hitler estaba muerto. ¿Qué podía hacerme Herta?

Escuché la música mientras esperaba. ¿Era Tchaikovsky? No me estaba sirviendo para relajarme.

Entró la última paciente y yo me quedé allí sentada, sola. ¿Se acordaría de mí? Estaba segura de que reconocería su trabajo.

La recepcionista apareció en la ventanilla.

–La doctora la atenderá después de esta última paciente. Me voy a ir dentro de poco, así que ¿podría entregarme su formulario, por favor?

–Claro –dije, y le di el portapapeles.

¿Iba a quedarme allí sola con la doctora? ¿Debería irme?

Fui a colgar el abrigo al perchero de madera que había en un rincón, en el que solo había una bata blanca de médico. La placa de identificación que había sujeta al bolsillo de la solapa decía: «Dra. Oberheuser». Sentí un escalofrío. Qué raro me resultaba ver ese nombre impreso. En Ravensbrück el personal tenía mucho cuidado de no revelar sus nombres. Aunque los conocíamos bien de todas formas.

La recepcionista se levantó, ordenó su mesa y se preparó para irse.

¿Por qué quedarme? Si me iba en ese momento, nadie sabría que había estado allí. Caroline podría enviar a otra persona.

La última madre cruzó la sala de espera con su bebé apoyado en el hombro y me sonrió cuando salía. Recordé a la niña de la señora Mikelsky con una punzada de tristeza. Podía seguir a esa simpática mujer, salir de esa sala de espera e irme a casa, a Lublin. Me puse apresuradamente el abrigo y me dirigí a la puerta con la boca abierta, intentando respirar. Llegué y toqué el metal del picaporte.

Vete, me dije.

Pero antes de que pudiera girarlo, la recepcionista abrió la puerta que llevaba a la consulta del fondo.

–¿Kasia Bakoski? –llamó con una sonrisa–. La doctora la verá ahora.

46

Caroline

1959

El 25 de octubre de 1959 amaneció perfecto para una boda. Mi madre estaba extrañamente contenta, a pesar de que Estados Unidos había lanzado al espacio en una misión a Júpiter a los monos *Able* y *Baker*, y ella estaba ocupadísima con una campaña de envío de cartas para evitar esa crueldad con los animales.

Ese había sido un año de primeras veces. La primera vez que venía de visita diplomática a Estados Unidos un primer ministro soviético: Nikita Khrushchev. La primera vez que se representaba el musical *Gypsy* en Broadway. La primera vez que se celebraba una boda en The Hay.

La boda de Serge y Zuzanna tenía garantizada la protección contra los elementos porque habíamos puesto una carpa, no sin grandes dificultades, en la terraza de abajo, más allá del jardín. Teníamos un tiempo inusual para la época y hacía calor, pero con un poco de niebla y un ambiente de tormenta.

No era una boda de la alta sociedad, ni mucho menos, como quedó demostrado por la procesión que formamos de vuelta a casa desde la iglesia. Nuestro escandaloso y reducido grupo salió de la iglesia católica de Bethlehem, pasó por el parque del pueblo y después desembarcó en The Hay, acompañado del ensordecedor repicar de las campanas de todas las iglesias del lugar. Todo Bethlehem había venido a compartir el gran día de Zuzanna y Serge, excepto Earl Johnson, que sentía que era su deber quedarse a atender la oficina de correos.

Mi madre, vestida de tafetán gris para no acaparar demasiada atención, encabezaba la procesión, y a su lado iba el señor Merrill, el de la tienda. Ella caminaba hacia atrás para dirigir a sus amigos de la orquesta rusa, que llevaban los instrumentos adornados con bonitas flores y cintas. Estaban tocando una animada versión con la balalaika de *Jesús, alegría de los hombres,* de Bach, una verdadera maravilla.

Detrás iban los novios. Serge estaba impresionante con uno de los trajes de sarga de mi padre, que habíamos arreglado para él, y en la cara lucía la amplia sonrisa que se veía normalmente en un hombre que sujetaba un gran pez espada, recién pescado, en el muelle de Cayo Hueso. ¿Qué hombre no estaría orgulloso de casarse con Zuzanna? Ella tenía una parte de Audrey Hepburn y otra de Grace Kelly, pero con el carácter de un corderito. Zuzanna y su tozuda hermana Kasia eran tan diferentes como la noche y el día. Kasia era muy directa; Zuzanna más sutil.

Mi madre le había hecho a Zuzanna un vestido de encaje de color crudo. Era favorecedor, incluso con billetes de un dólar prendidos por todas partes, cumpliendo con la tradición polaca. La brisa los agitaba como los volantes de una falda. La novia llevaba un ramillete de rosas de la especie Souvenir de la Malmaison del señor Gardener, fragantes y de un tono rosado suave. El novio también llevaba un adorno: un niño de diez meses que se llamaba Julien, con las mejillas tersas y redondas como un melocotón y una gruesa mata de pelo que, como decía mi madre, «era negro y lacio como el de un chino». Ese niño precioso era oficialmente suyo desde hacía dos semanas, y desde entonces sus pies no habían tocado tierra firme, porque estaba constantemente rodeado de adultos que lo tenían siempre en brazos.

Detrás de diversos primos y conocidos estábamos Betty y yo. Ella iba resplandeciente con un traje de Chanel y una estola de piel, cuyas cabezas de visón rebotaban con cada paso que daba. Yo llevaba un vestido con falda de tubo de seda salvaje color lavanda que mi madre había improvisado y que Zuzanna dijo que era adecuado para la madre de la novia, lo que me hizo llorar incluso antes de que empezara la misa. En la retaguardia iba *Lady Chatterley*, la cerda, con un collar de margaritas al cuello y, como muchos de los invitados, deseando hincarle el diente a un buen trozo de tarta.

Nuestra procesión por fin llegó al sendero de gravilla de la entrada. Detrás, más allá de la casa, tras los establos, los campos de heno se extendían hasta la calle del otro lado: Munger Lane. Ya habían cosechado el heno, lo que había dejado el campo desnudo y lleno de tallos secos de paja. Los arces y los olmos que flanqueaban el campo, que ya se estaban tornando de color escarlata, se agitaban suavemente con la brisa. Desde allí la vista se dirigía de forma natural al final del prado, más allá del huerto, a la casita en la que yo jugaba de niña.

Examiné la réplica en madera blanca de la verdadera casa, con su robusta chimenea y la entrada con su frontón y unos bancos de tamaño infantil. La puerta negra resplandecía al sol y las cortinas de seda que había hecho Zuzanna, del color de los sauces frondosos, se escapaban por las ventanas empujadas por la brisa. No me sorprendía que se hubiera convertido en una especie de refugio para Zuzanna, el lugar adonde iba cuando el mundo era demasiado pesado para ella. Una vez, tras la muerte de mi padre, fue mi lugar de recogimiento, donde me pasaba los días leyendo.

Mientras la procesión rodeaba la casa para dirigirse al jardín de atrás, Betty y yo nos fuimos a la cocina para recoger los *petits fours* que el ayudante de Serge había preparado.

Serge había abierto un restaurante en el cercano pueblo de Woodbury, el sitio adonde iban a pasar el fin de semana los habitantes adinerados de Manhattan. Lo había llamado Serge! y era un lugar diminuto e inmaculado, que tenía cola en la puerta los sábados por la noche. Eso no le sorprendió a nadie, porque todo el mundo sabía que si se privaba a los neoyorquinos de buena comida francesa durante más de veinticuatro horas, se volvían imposibles y se ponían a buscarla desesperados. Aunque tal vez fueran los postres polacos de Zuzanna los que atraían cada vez a más gente.

–Me encantan las tradiciones polacas, ¿a ti no, Caroline? ¿Prenderle dinero a la novia en el vestido? Es una genialidad. –Betty cogió un *petit four* de una caja y se lo metió entero en la boca.

Me puse uno de los delantales nuevos de Serge, que tenía en la parte frontal su logotipo: una S negra.

–Betty, será mejor que dejes de colocarle billetes de cien dólares a la novia en el vestido. Es un poco vulgar.

–Pero es una tradición muy práctica.

–Al menos esto distrae a Zuzanna. Así no pensará en que no hay nadie de su familia en la boda.

–Esos dos necesitan una luna de miel, Caroline. Tiene que ser agotador para ellos cuidar de un niño al que le están saliendo los dientes.

–Zuzanna echa de menos a su hermana.

–¿Kasia? Pues tráela, por todos los santos.

–No es tan fácil, Betty. Polonia es un país comunista. Me ha costado mucho conseguirle un visado de tránsito para ir a Alemania...

–¿Para enfrentarse a esa doctora? Caroline, de verdad...

–Le he enviado todo lo que puede necesitar, pero no he sabido nada de ella.

Le había enviado el paquete a Polonia por correo urgente semanas atrás, con dinero más que suficiente para su viaje a Stocksee, pero todavía no sabía nada de nada. Y yo no era la única que estaba esperando saber si la doctora era realmente Herta Oberheuser. Un montón de médicos británicos estaba dispuesto a ayudarme a presionar al gobierno alemán para que le revocaran la licencia médica. Anise y sus amigas también estaban más que listas para luchar. Herta solo era uno de los muchos criminales de guerra nazis de nuestra lista que tendrían que rendir cuentas por lo que hicieron.

–Tu poder de persuasión es impresionante, amiga. Yo no me iría por ahí, a una ciudad alemana dejada de la mano de Dios, para identificar a una doctora nazi trastornada.

¿Cómo conseguía Betty reducir cualquier situación al absurdo? ¿Me había aprovechado de Kasia al pedirle que identificara a Herta? Pero ella estaría bien: era una mujer fuerte y capaz, no muy diferente de como era yo a su edad.

–Bueno, pero no te preocupes por eso ahora, Caroline. Tengo un regalo para ti.

–Pero no era necesario...

Betty colocó una bolsa de viaje de Schiaparelli sobre la mesa de la cocina.

–Es preciosa, Betty.

–Oh, no. La bolsa es de mi madre y quiere que se la devuelva. Desde que se ha hecho mayor se ha vuelto muy agarrada. Pero el regalo está dentro.

Metí la mano en la bolsa. Noté una funda de franela y la inconfundible sensación del metal envuelto en tela, y supe inmediatamente lo que era.

–Oh, Betty... –Tuve que agarrarme a la mesa para sostenerme.

Saqué el rollo de franela y al desenvolverlo apareció una hilera de tenedores de ostras.

–Están todos ahí –explicó Betty–. Llevo años comprándoselos al señor Snyder. Yo soy la primera a la que llama cuando tiene algo bueno, ¿sabes? Y cuando se hizo con la plata de las Woolsey...

Saqué los veinte rollos de la bolsa y los amontoné en la mesa formando una pirámide de franela marrón. Estaban incluso las pinzas de plata para los *petits fours*.

Betty me abrazó y yo apoyé la mejilla contra el fresco y suave visón.

–Vamos, no te pongas a llorar aquí, Caroline. Es un día feliz.

Qué afortunada era de tener una amiga tan generosa. Mi madre había fingido que no le importaba que empeñara los cubiertos, pero seguro que iba a estar encantada de saber que toda la plata de los Woolsey estaba de vuelta.

Betty y yo colocamos la tarta de boda en una mesa auxiliar que había en el jardín y utilicé las pinzas de plata, que había dado por perdidas tanto tiempo atrás, para servir los *petits fours*. La feliz pareja estaba allí, rodeada de los invitados, con un fondo otoñal de hortensias tardías con sus globos de flores blancas, que parecían transeúntes que estiraban sus cuellos para ver lo que se celebraba. Mi madre consiguió cortar la tarta con Julien en brazos, mientras la pareja compartía su copa de enamorados con dos asas llena de vodka y Betty y los miembros de la orquesta gritaban: *Gorki! Gorki!*, que significa literalmente «¡Amargo!», una forma tradicional de animarlos a beber.

Cuando volví a la casa a por más limonada, oí el timbre de una bicicleta y al volverme me encontré a Earl Johnson girando la esquina de la casa. Sus ruedas dejaron sobre la hierba una marca oscura que parecía una serpiente. Iba en su bicicleta Schwinn Hornet, con el faro delantero cromado y una cesta de mimbre blanca adornada con margaritas de plástico amarillas.

Earl se quitó la gorra y tuvo la decencia de parecer avergonzado.

–Disculpe que haya pasado por la hierba, señorita Ferriday.

–No te preocupes, Earl –contesté. ¿Qué importaba que le hubiera pedido mil veces que no pasara sobre la hierba con la bicicleta?–. Solo es hierba. Pero tal vez la próxima vez podría intentar entrar caminando.

Zuzanna nos vio y se acercó, con el niño apoyado en la cadera. De camino arrancó una ramita de lilas otoñales tardías. Las pasó por debajo de la barbilla de Julien, lo que provocó que el niño subiera y bajara las piernas de pura felicidad, como una ranita. Qué seguro era el paso de Zuzanna desde que se había recuperado por fin.

Earl se quedó allí, sobre su bicicleta.

–Tengo una carta para usted. De... –Entornó los ojos para ver el remite.

Yo se la arranqué de las manos.

–Gracias, Earl.

La miré un segundo, lo suficiente para ver la letra de Paul, y me la guardé en el bolsillo del delantal. Allí palpé la carta con los dedos y noté que era voluminosa. Era una buena señal. Hacía poco que la Pan Am había empezado a hacer vuelos directos entre Nueva York y París, ¿sería una casualidad?

Earl sacó otro sobre de la cesta de su bicicleta.

–Y un telegrama. Que viene desde lejos, tanto como Alemania Occidental. –Me lo dio y esperó con las manos en el manillar.

–Gracias, Earl. Yo me encargo.

Earl se giró, se despidió con un «buenos días» y se fue caminando y agarrando la bicicleta hasta la entrada de la casa, pero mi madre lo interceptó y lo invitó a tomar un poco de tarta.

Zuzanna me agarró del brazo con una mirada expectante en los ojos.

Rasgué un lateral del sobre y saqué el telegrama.

–Es de Kasia. Lo envía desde Alemania Occidental.

Noté el olor a óxido de cinc y polvos de talco cuando Zuzanna me envolvió la mano con las suyas, frías, pero suaves y cariñosas. Las manos de una madre.

–¿Quieres que lo lea en voz alta? –pregunté.

Zuzanna asintió.

–Dice: «De camino a Stocksee. Voy sola».

–¿Eso es todo? –dijo Zuzanna–. Tiene que haber más.

–Lo siento, pero eso es todo, cariño. Y firma con un «Kasia».

Zuzanna me soltó la mano y recuperó la compostura.

–Así que va a ir. Para ver si es realmente Herta. Pero *¿sola*?

–Me temo que sí. Ya sabes lo importante que es esto. Es una mujer valiente. Estará bien.

Zuzanna apretó a Julien contra su cuerpo.

–Tú no sabes cómo son.

Se giró y fue hacia la casita, con el bebé mirándome por encima de su hombro, una figura que se iba alejando, con un puñito brillante metido en la boca. La banda empezó a tocar *Young Love* de Sonny James mientras yo contemplaba a Zuzanna cruzando el prado.

Cuando llegó a la casita, entró y cerró la puerta con suavidad, dejándome con la sensación creciente de que esta vez había ido demasiado lejos.

47

Kasia

1959

LA RECEPCIONISTA ME acompañó a la consulta de la doctora.

–Espere aquí –pidió.

Estaba bien amueblada; tenía una alfombra oriental, paredes verde pálido y unas ventanas con cuarterones con vistas a un jardín tranquilo. Olía a cuero y a madera antigua, y los muebles parecían caros: un sofá tapizado en tela, una mesita auxiliar marrón brillante con patas que imitaban las garras de un león, una silla de cuero alta tras la amplia mesa de médico. Al otro lado de la mesa había una silla pintada de negro con asiento de mimbre, claramente pensada para los pacientes. ¿De verdad sería ahí donde Herta pasaba sus días? Si era así, había mejorado bastante con respecto a su último despacho. Y estaba claro que no estaba comiendo judías en lata.

–Es usted su última cita –explicó la recepcionista–. La doctora ha tenido un día muy largo. Ha hecho dos cirugías por la mañana.

–Hay cosas que nunca cambian –comenté.

–¿Disculpe?

Fui hasta la silla.

–Oh, nada.

Me temblaban las manos cuanto me agarré a los brazos de madera de la silla y me senté. Había unas estanterías empotradas en una pared y se veía un reloj de porcelana rosa en un estante.

–Yo me voy ya –continuó la recepcionista–. Este es su recibo. La doctora vendrá enseguida.

–Gracias.

Miré el recibo. La parte superior tenía impreso con una bonita letra: «Doctora Herta Oberheuser». ¡La prueba que necesitaba!

Estuve a punto de agarrarle la mano a la recepcionista y pedirle que se quedara allí conmigo, pero solo la miré marcharse. ¿Qué podía pasar? Cerró la puerta despacio. Si esa era en realidad la consulta de Herta, qué bien me iba a sentir recriminándoselo todo y dando después un portazo al salir.

Me levanté y fui hasta la estantería. La alfombra amortiguaba mis pasos. Pasé un dedo por una bonita colección de libros encuadernados en cuero y saqué un pesado volumen: *Atlas de cirugía general*. La especialidad de Herta. Volví a poner el libro en su lugar y me acerqué a los óleos con marcos dorados que había en la pared, que tenían escenas de vacas en un campo. En la mesa había un protector de escritorio, un teléfono, una caja de pañuelos y una jarra de agua de plata sobre un plato de porcelana. La jarra estaba sudando. Ya éramos dos.

Miré los títulos enmarcados de la pared. ACADEMIA DE MEDICINA PRÁCTICA DE DÜSSELDORF. DERMATOLOGÍA. Había otro de enfermedades infecciosas. ¿No tenía título de cirugía? Me serví un vaso de agua.

La puerta se abrió y me giré para ver entrar en la consulta a la mujer que había salido del Mercedes plateado. Me quedé petrificada, de repente sentí la boca como si la tuviera llena de arena y dejé el vaso en la mesa. Era Herta.

Ella fue hasta la mesa con un portapapeles en la mano, la bata blanca de médico y un estetoscopio negro colgado del cuello. Gracias a Dios que no intentó estrecharme la mano, porque tenía las palmas empapadas.

Me senté cuando noté que se me aflojaba todo el cuerpo. Ella miró los papeles de su portapapeles con una actitud entre aburrida e irritada.

–¿Qué puedo hacer por usted, señora Bakoski? ¿Es una paciente nueva?

–Sí, nueva –contesté, aferrándome las manos en el regazo para que dejaran de temblarme–. Estoy buscando un médico de familia.

Se sentó en su silla de cuero y se acercó a la mesa.

–¿Es polaca? –preguntó mientras destapaba su pluma.

¿Era un leve desdén lo que había notado en su voz?

–Sí –contesté, obligándome a sonreír–. Mi marido tiene una tienda.

¿Por qué estaba temblando tanto? ¿Qué era lo peor que podía pasar? El comandante Suhren estaba en una caja de pino en un cementerio alemán. ¿O no? Al ritmo al que estaban apareciendo los nazis en ese pueblo, no me hubiera extrañado encontrarme a Suhren nadando de espaldas en el lago.

–¿Y vive en Plön? –Frunció el ceño, agarró el vaso que yo había dejado en la mesa y puso un posavasos de tela debajo.

–Sí –afirmé.

–¿En Schule Strasse?

–Eso es.

–Es curioso, porque no hay una calle que se llame así en Plön.

–¿He puesto Schule Strasse? Es que somos nuevos en el pueblo.

Al otro lado de la ventana, una urraca agitó las alas.

–¿Y en qué puedo ayudarla, señora Bakoski?

¿Cómo podía no haberme reconocido cuando yo tenía su cara grabada a fuego en la mente?

–¿Podría hablarme de su formación y su experiencia? –pedí.

–Me formé en dermatología y hace poco que pasé a ejercer la medicina de familia, tras haber trabajado muchos años en el Hohenlychen Sanatorium y en un gran hospital universitario en Berlín.

Mi corazón dejó de latir tan fuerte y empecé a sentirme más cómoda en mi papel. Definitivamente no me había reconocido.

–Oh, qué interesante –contesté–. ¿Y antes de eso?

–Fui médico en un campo de reeducación de mujeres en Fürstenberg.

Se acomodó en la silla con los dedos extendidos y unidos. No había duda de que era ella, pero Herta había cambiado. Se había vuelto más refinada y llevaba el pelo más largo y ropa cara. La cárcel no la había hundido, sino que la había vuelto más sofisticada. Todo mi cuerpo se tensó al pensarlo. ¿Cómo podía ser que esa criminal estuviera disfrutando de una vida de lujos mientras su víctima iba por ahí conduciendo una chatarra?

–Oh, Fürstenberg es precioso –comenté–. Con su lago y todo lo demás. Muy bonito.

–¿Ha estado allí?

Ese era el momento. Tenía elección. Podía irme tras haberla identificado o quedarme para conseguir lo que yo quería de verdad.

–Sí. Estuve presa allí.

El reloj sonó para marcar los dos cuartos.

–Eso fue hace mucho tiempo –dijo Herta. Se irguió en la silla y organizó las cosas de su mesa, aunque no hacía falta–. Si no tiene más preguntas, tengo que ver a otros pacientes y ya voy con retraso.

Ahí estaba la antigua Herta. Solo podía ser amable durante un tiempo limitado.

–Yo soy su última paciente –contesté.

Herta sonrió. La primera vez que la veía hacerlo.

–¿Por qué sacar a la luz viejas historias? ¿Ha venido aquí buscando una especie de justicia personal?

Todos los discursos que había ensayado se desvanecieron.

–De verdad no me reconoce, ¿no?

Su sonrisa desapareció.

–Usted me operó. Mató a niñas. Bebés. ¿Cómo pudo hacerlo?

–Hacía mi trabajo. Y me pasé años en prisión solo por haber realizado una investigación académica.

–*Cinco* años. La sentencia era de veinte. ¿Y esa es su excusa? ¿Una investigación académica?

–Una investigación para salvar a soldados alemanes. Y para su información, el gobierno alemán lleva muchos años ejerciendo su derecho a utilizar criminales ejecutados para fines de investigación.

–Solo que en este caso no estábamos *muertas*, Herta.

Herta me miró más de cerca.

–Ya he cumplido mi pena. Si me disculpa...

–Mi madre también estuvo en Ravensbrück.

Herta cerró el cajón de su mesa con un poco más de fuerza de la necesaria.

–No esperará que me acuerde de todas las *Häftlinge*.

–Halina Kuzmerick.

–No me suena –contestó Herta sin dudar un segundo.

–Usted hizo que la trasladaran al bloque 1.

–Más de cien mil *Häftlinge* pasaron por Ravensbrück –repuso Herta.

–No vuelva a decir *Häftlinge.*

–No recuerdo a esa persona –insistió Herta, lanzándome una mirada furtiva.

¿Me tenía miedo?

–Halina Kuzmerick –repetí–. Era enfermera. Trabajó con usted en la clínica.

–Había tres turnos de enfermeras-presas. ¿Espera que recuerde a una en concreto?

–Era rubia y hablaba alemán con fluidez. Era artista.

Herta sonrió.

–Me gustaría ayudarla, pero tengo muy mala memoria. Siento no recordar a todas las enfermeras que hacían retratos.

Las nubes de fuera se abrieron y un rayo de sol se coló por la ventana e iluminó la mesa de Herta. Todo se ralentizó.

–Yo no he dicho que hiciera retratos.

–Voy a tener que pedirle que se vaya. Estoy muy ocupada. Mi...

Me levanté.

–¿Qué le pasó a mi madre?

–Si es inteligente, volverá a Polonia.

Me acerqué a su mesa.

–Puede que la hayan dejado salir, pero hay gente que cree que merece un castigo mayor. Mucha gente. Gente poderosa.

–Yo pagué el precio.

Herta tapó su pluma y la tiró sobre el protector de escritorio. El sol arrancó un destello de su anillo y este proyectó un caleidoscopio de luz sobre su mesa.

–Qué anillo más bonito –dije.

–Era de mi abuela –contestó Herta.

–Está enferma. Lo suyo es patológico.

Herta miró por la ventana.

–No sé qué quiere decir con eso.

–*Patológico* significa alguien que manifiesta un comportamiento inadaptado...

–Este anillo lleva en mi familia...

–No se moleste, Herta.

Herta sacó un elegante talonario de cuero del cajón.

–¿Es dinero lo que quiere? Parece que todas las polacas se pasan la vida pidiendo.

–Si no me dice exactamente lo que le ocurrió a mi madre, iré a hablar con la gente que me ha enviado y les diré que está aquí, con su Mercedes-Benz y su clínica en la que trata a bebés. Y después iré a los periódicos y se lo contaré todo. Cómo mataba a la gente. A los niños. A sus madres. A ancianas. Y que ahora está aquí, como si nada hubiera pasado.

–Yo no...

–Y entonces los cuadros elegantes desaparecerán. Y también sus libros encuadernados en cuero.

–¡Está bien!

–Y también el bonito reloj...

–Basta *ya*. Déjeme pensar. –Herta se miró las manos–. Si no recuerdo mal, era muy buena en su trabajo. Sí, consiguió que la clínica funcionara muy bien.

–¿Y? –A ese ritmo iba a llegar tarde al punto de control.

Herta ladeó la cabeza.

–¿Cómo sé que no se lo va a contar a los periódicos de todas formas?

–Siga hablando –ordené.

–Bueno... robaba. *Todo* tipo de cosas. Vendas. Sulfamidas. No me lo podía creer. Al parecer una farmacéutica de la ciudad, que se llamaba Paula Schultz, venía con suministros para la farmacia de las SS y le pasaba cosas a ella a escondidas. Estimulantes cardíacos. Betún de los zapatos para teñir el pelo a las mujeres mayores y que...

–Ya sé para qué sirve. Continúe.

–Todo eso ya era bastante malo, pero además estaba lo de la lista.

Herta volvió a lanzarme una mirada breve.

Me incliné hacia ella.

–¿Qué lista?

–La lista de las cirugías para los experimentos con la sulfamida. La enfermera Marschall descubrió que su madre también intentó... bueno... modificarla.

–¿Modificarla cómo? –pregunté, aunque ya lo sabía.

–Intentó sacarlas a su hermana y a usted. Y a otra presa.

–¿Y por eso la mataron? –pregunté, con los ojos llenos de lágrimas.

–La enviaron al búnker primero. Después la enfermera Marschall le contó a Suhren lo del carbón. Que lo cogía para preparar remedios para las *Häftlinge* con disentería. Yo no llegué a contarle que había abierto el armario de la farmacia para hacerse con medicamentos, pero lo del carbón fue suficiente para Suhren.

–¿Suficiente para matarla? –pregunté, sintiéndome como si estuviera a punto de ser absorbida por un agujero negro.

–Le estaba robando *al Reich* –justificó Herta.

–Y usted no hizo nada para evitarlo.

–Yo ni siquiera sabía lo que estaba pasando.

–¿Fue al paredón?

Estiré el brazo para coger el bolso, buscando un pañuelo, porque no podía continuar.

Herta retomó su cantinela.

–La verdad es que tengo que irme ya –dijo y empezó a levantarse.

–*Siéntese* –bufé–. ¿Quién le disparó?

–No creo...

–¿Quién le disparó, Herta? –pregunté más alto.

–Otto Poll –respondió Herta, hablando más rápido esta vez–. Binz lo sacó de un profundo sueño.

Sí que me tenía miedo. Solo de pensarlo conseguí erguirme un poco más.

–¿Cómo ocurrió?

–Usted no querrá...

–¿*Cómo* ocurrió? No voy a volver a preguntárselo.

Herta suspiró con los labios apretados.

–¿Quiere saberlo? Bien. De camino al paredón Halina no dejaba de decirle a Otto que conocía a un hombre de las SS. Alguien de arriba. Lennart no sé qué. «Póngase en contacto con él. Él responderá por mí», decía. Yo le había enviado a ese tal Lennart una carta porque ella me lo pidió. A pesar del gran riesgo que suponía para mí.

Por eso Brit vio a Lennart en el campo. Lennart, *el Valiente*, había acudido al rescate de Matka después de todo. Solo que llegó demasiado tarde.

–Continúe –insistí.

–Otto no dejaba de decirle a Binz: «¿Estás segura?». A él le encantaban las mujeres. Entonces Halina pidió un favor...

–¿Qué favor?

–«Solo déjenme ver a mis hijas una vez más», pidió y Suhren lo permitió... Un buen gesto por su parte, teniendo en cuenta lo grave de su traición. Yo no tenía ni idea de que las había operado a su hermana y a usted. Binz la llevó a donde estaban las dos, todavía dormidas. Después de eso, no opuso más resistencia, se fue en silencio. Cuando Suhren llegó al paredón, se pusieron manos a la obra. «Hazlo», le dijo Binz a Otto, pero el arma se le encasquilló. Él lloraba. Ella lloraba. Fue un *desastre*.

–¿Y? –insistí.

–Esto es muy sórdido –dijo Herta.

¿De verdad quería saberlo?

–Cuéntemelo.

–Al final lo hizo. –Herta hizo una pausa.

Se hizo un denso silencio. Solo se oía el ruido lejano de unos niños jugando en el jardín.

–¿Cómo? –pregunté.

«Solo tienes que acabar con esto y podrás volver al coche y a casa.»

Herta se revolvió en la silla y el cuero crujió.

–Cuando no se lo esperaba.

Por fin había oído la historia que llevaba tanto tiempo esperando. Me senté, sintiéndome vacía como un globo deshinchado, pero extrañamente viva. Por duro que fuera, de repente quería saber todos los detalles, porque cada uno parecía calar en lo más profundo de mi ser y devolverme a la vida.

–¿Gritó? Le daban pavor las armas.

–Estaba de espaldas. No se lo esperaba.

Herta se enjugó una lágrima.

–¿Y cómo se sintió?

–¿Yo? –preguntó Herta–. No lo sé.

–Debió de sentir *algo* cuando se enteró.

–Me quedé muy triste. –Sacó un pañuelo de la caja–. ¿Ya está contenta? Era una buena trabajadora. De pura raza alemana prácticamente. Suhren me estaba castigando a mí por haberme acercado demasiado a ella.

–¿Lo hizo?

Herta se encogió de hombros.

–Teníamos cierta amistad.

Sabía que a la doctora le gustaba Matka, pero ¿de verdad mi madre se hizo amiga de esa criminal? Seguro que Matka solo fingía para poder hacerse con los suministros.

–Si hubiera sabido que éramos las hijas de Halina, ¿nos habría sacado de la lista?

Herta entrelazó los dedos y se quedó mirándose los pulgares. Nos llegó el distante zumbido de un cortacésped.

Tras varios segundos, me levanté.

–Ya veo. Gracias por contarme la historia.

¿Por qué le estaba dando las gracias? Era todo muy surrealista. ¿Por qué no podía recriminárselo todo, decirle que se fuera al infierno?

Empecé a caminar hacia la puerta y después me volví.

–Devuélvame el anillo –exigí.

Ella se puso las manos sobre el pecho.

–Quíteselo ahora mismo y póngalo sobre la mesa.

La idea de tocarle la mano me daba náuseas.

Herta se quedó sentada muy quieta durante un segundo y después tiró del anillo.

–Tengo los dedos hinchados –se excusó.

–Déjeme ver. –Inspiré hondo y le cogí la mano.

Escupí sobre el anillo y giré la banda de oro de un lado a otro. El anillo salió y dejó al descubierto una estrecha zona más blanca en la base del dedo.

–Ya está –dijo Herta evitando mirarme a los ojos–. ¿Está satisfecha? Pues váyase ya. –Se levantó, fue hasta la ventana y miró al jardín–. Y espero que mantenga su parte del trato. ¿No se lo dirá a los periódicos? ¿Me da su palabra?

Froté el anillo contra mi falda, lo limpié para quitarle cualquier rastro de Herta y me lo puse en el anular izquierdo. Lo noté frío y pesado. Me quedaba perfecto.

Matka.

Fui hacia la puerta.

–No volverá a saber de mí –respondí.

Herta se volvió desde la ventana.

–Señora Bakoski...

Me detuve.

Herta estaba allí de pie, con la mano en un puño apoyado contra el pecho.

–Yo...

–¿Qué?

–Solo quería decirle que...

Se oía el tictac del reloj.

–La traería de vuelta si pudiera.

La miré durante un largo rato.

–Yo también –confesé.

Salí de la consulta notando una ligereza que era una novedad. Dejé la puerta entreabierta. Ya no necesitaba oír la vibración del portazo.

ENCONTRÉ LA OFICINA de telégrafos de Stocksee y mandé dos telegramas breves.

El primero fue para Pietrik y Halina: «Estoy bien. Volveré a casa pronto».

El otro era para Caroline, en Connecticut: «Identificación positiva de Herta Oberheuser. No hay duda».

Hice pedazos la carta para el periódico. Caroline se ocuparía de Herta a su debido tiempo. A mí ya no me importaba.

Fui en el coche hasta el punto de control de Lübeck/Schlutup y lo crucé sin problema. Aunque no había dormido, me sentía despierta y viva durante el viaje por carretera que me llevaba a casa, a Lublin. Mi motor sin silenciador parecía más potente y respondía bien cada vez que pisaba el acelerador mientras conducía entre las suaves colinas para volver con mi familia. La luz de la luna iluminaba el camino entre brezales anchos y oscuros, casitas azules y blancas y abedules plateados que brillaban en medio del bosque oscuro.

Reproduje mentalmente la conversación con Herta, disfrutando de la idea de que mi madre había podido despedirse. Me toqué la frente y sonreí. Ese beso que noté en sueños había sido real.

Bajé un poco la ventanilla y dejé que entrara el olor del otoño en el coche a oscuras. El olor del heno recién cortado me devolvió a aquel día en la Pradera de los Ciervos, al calor de Pietrik a mi lado, a la imagen de él con Halina en brazos cuando era bebé, sentado a la mesa a la hora del desayuno, leyendo el periódico con ella arropada en brazos. No quería soltarla. Qué fácil era verse atrapado en una maraña de problemas.

Cuando llegué a las afueras de Lublin todavía estaba oscuro; era ese momento de penumbra que se producía después de que apagaran las farolas y antes de que llegara la primera luz del amanecer, el instante en que todo era posible.

Recorrí las calles despacio para no despertar a la ciudad y pasé junto a las lecheras silenciosas que salían con las vacas, cuyos cencerros resonaban en la oscuridad.

Crucé la plaza que había bajo el castillo de Lublin, donde una vez estuvo el gueto que ya había desaparecido, demolido por los trabajadores forzosos durante la guerra. De él solo quedaba una placa metálica. Dejé atrás nuestra casita rosa, donde *Felka* yacía en una tumba en el jardín y donde las lilas de Caroline ya estaban creciendo, camino de convertirse en una planta fuerte y preciosa. Seguí por la calle por la que Matka me llevaba al colegio. Sonreí al recordarla. Ya no sentía clavarse en mi pecho un cuchillo ardiendo cuando pensaba en ella. Vi el nuevo hospital y pensé en Zuzanna, que estaba con Caroline, y deseé que estuviera bien. Tal vez Halina y yo pudiéramos ir a Nueva York algún día. A ella le gustarían los museos de arte.

Cuando llegué al apartamento me quité los zapatos y caminé por el pasillo hasta la habitación de Halina. Me quedé de pie en la oscuridad, contemplando su pecho subir y bajar. El anillo de Matka proyectaba destellos de luz sobre la cama mientras mi hija descansaba allí, con el pelo desparramado sobre la almohada como oro líquido. Ella no se movió, ni siquiera cuando le metí bajo la almohada el rollo de franela roja con los pinceles, la arropé y le di un beso en la coronilla.

Fui a la cama de Pietrik, que estaba envuelto en una oscuridad casi total, con un brazo sobre los ojos. Me desabroché el vestido, lo dejé caer al suelo y me metí bajo las sábanas, donde encontré su cuerpo liso e inhalé el dulce olor a sudor, cigarrillos rusos y hogar.

Me estrechó contra él y, por primera vez en mucho tiempo, sentí que mi corazón hacía ese clic, como el de una polvera.

NOTA DE LA AUTORA

LAS MUJERES DE la casa de las lilas está basado en una historia real. Caroline Ferriday y Herta Oberheuser son personajes reales. También lo son todos los miembros del personal de Ravensbrück que se mencionan aquí, los padres de Herta y los de Caroline, Eliza y Henry Ferriday. Al devolverles la vida a estos personajes he procurado representarlos de la forma más justa y realista posible. Durante mi lectura de las cartas de Caroline y de los testimonios del juicio de los doctores y de los de los propios supervivientes, encontré pistas sobre las que posiblemente fueron sus motivaciones. Los diálogos que se reproducen en la novela son invención mía, pero he utilizado testimonios reales siempre que ha sido posible, por ejemplo, en el capítulo sobre el juicio de los doctores, y he citado palabras de Caroline sacadas de sus cartas, de historias que ella escribió y de relatos de gente que la conoció.

En Ravensbrück, el único gran campo de concentración de Hitler solo para mujeres, la vida de una presa dependía de su relación con las otras mujeres. Incluso en la actualidad, más de setenta años después, las supervivientes hablan de sus «hermanas» del campo, así que me pareció una buena idea utilizar a dos verdaderas hermanas como protagonistas de mi historia. Kasia Kuzmerick y su hermana Zuzanna están basadas libremente en Nina Iwanska y su hermana doctora, Krystyna. Ambas fueron operadas en el campo. Pero les di forma a esos personajes a partir de las características y experiencias de setenta y cuatro «conejas» polacas. A lo largo de mi investigación llegué a querer a cada una de esas mujeres y espero que mis personajes sirvan como muestra de su espíritu y su coraje. Como yo tengo dos hermanas, cinco cuñadas a las que quiero mucho y dos hijas cuyo vínculo fraternal he visto crecer durante los últimos veinticuatro años, me resultó imposible no sentirme conmovida por la historia de Nina y Krystyna.

La primera vez que supe de Caroline Ferriday fue a través de un artículo de la revista *Victoria* que se publicó en 1999, titulado *Caroline's Incredible Lilacs* (Las increíbles lilas de Caroline). En el artículo había fotos de una casa blanca de madera en Bethlehem, Connecticut, que la familia llamaba The Hay, ahora conocida como Bellamy-Ferriday House. También había fotografías de su jardín, lleno de rosas antiguas y arbustos de lilas. Como he sido siempre una aficionada a todo lo que tenga que ver con el color lila, llevé conmigo ese artículo hasta que se desgastó. Entonces tenía tres hijos pequeños y no me quedaba mucho tiempo libre, pero fui a visitar la casa varios años después, sin saber que ese viaje iba a llevar a la creación de la novela que ahora tienen en sus manos.

Fui en coche hasta Bethlehem un domingo de mayo y aparqué en la entrada de gravilla. Yo era la única visita del día, así que pude respirar la esencia de la casa, que permanecía como la había dejado Caroline en 1990, cuando falleció, con su papel de pared desvaído, la cama con dosel y las cortinas con sus bordados de Crewel hechos a mano por su madre, Eliza.

Cuando terminó la visita, la guía se detuvo en el rellano de la escalera que hay a la salida del dormitorio principal de la segunda planta para señalarme su mesa y la máquina de escribir, las medallas y la foto de Charles de Gaulle que tenía encima. La guía tomó una foto en blanco y negro de unas sonrientes mujeres de mediana edad, colocadas muy juntas en tres filas.

«Estas son las mujeres polacas que Caroline trajo a Estados Unidos. En Ravensbrück las conocían como "las conejas" por dos razones: porque después de que las operaran iban dando saltitos por el campo y porque habían sido los conejillos de indias de los nazis», comentó.

Mientras volvía a casa por Taconic Parkway con la planta de lilas que había comprado, que provenía de un esqueje de las mismísimas lilas de Caroline y llenaba el coche con su dulce perfume, la historia no dejaba de darme vueltas en la cabeza. Caroline fue una verdadera heroína con una vida fascinante, debutante de joven y actriz de Broadway, despertó a un Estados Unidos hastiado tras la guerra y dedicó su vida a ayudar a mujeres que otros habían olvidado. Bajo la fuerte influencia de sus antepasados Woolsey, abolicionistas incondicionales, también trabajó para ayudar a establecer el primer banco negro en Harlem. ¿Y por qué parecía que nadie sabía nada de ella?

Dediqué todo mi tiempo libre a investigar sobre esta mujer, Ravensbrück y la Segunda Guerra Mundial. Todas las tardes que podía escaparme, las pasaba en el almacén del sótano que había bajo el antiguo establo junto a The Hay, lo que hoy es el centro de visitantes, hojeando libros antiguos y cartas, totalmente absorbida por el pasado de Caroline. Cuando Connecticut Landmarks y su administradora, Kristin Havill, lo catalogaron todo y lo pusieron a salvo en cajas de archivo, Kristin me las subía y bajaba amablemente por las escaleras para que yo pudiera revisar su contenido. Caroline también dejó archivos en el United States Holocaust Memorial Museum de Washington y en Nanterre, a las afueras de París, un rastro que sentía que me estaba llamando a seguirlo.

Según iba descubriendo más cosas sobre la vida de Caroline, estas se iban entrecruzando con otras partes integrales de la historia, sobre todo con las de las mujeres polacas que fueron víctimas de las operaciones en Ravensbrück. A partir de memorias y otros relatos empecé a descubrir sus viajes y cómo Caroline llegó a quererlas como si fueran sus hijas. Pegué fotografías de las setenta y cuatro mujeres polacas por todo mi despacho y planifiqué un viaje a Polonia para ver con mis propios ojos Lublin, el lugar donde muchas vivieron y fueron arrestadas.

Otra persona seguía saliendo constantemente durante mi investigación sobre Ravensbrück, la única mujer del personal médico del campo de mujeres y la única doctora juzgada en Núremberg: la doctora Herta Oberheuser. ¿Cómo podía haber hecho lo que hizo, sobre todo a otras mujeres? También puse su foto en mi despacho, aunque en una pared diferente, junto a las fotografías de los otros miembros del personal del campo de Ravensbrück, y añadí la historia de Herta a las que quería contar.

Me mudé a Atlanta desde Connecticut en 2009 y empecé a escribir, al principio sentada en el recinto de hormigón rodeado por una valla metálica que construimos para el perro, esperando que eso me ayudara a imaginar lo que era estar presa y sentir lo que sintieron las mujeres de Ravensbrück. Pero según iba leyendo más relatos de primera mano sobre esas mujeres, me di cuenta de que no necesitaba sentarme en una jaula para sentir lo mismo que ellas. Eran capaces de transmitírmelo perfectamente con sus palabras. La terrorífica incertidumbre. El dolor de perder a tus amigas, tu madre o tus hermanas. El hambre. Acabé comiendo de forma compulsiva, porque quería comer por ellas.

El verano siguiente fui a Polonia y a Alemania con mi hijo de diecisiete años, que me hacía de cámara. Aterrizamos en Varsovia el 25 de julio de 2010 y nos dirigimos a Lublin con Anna Sachanowicz, nuestra encantadora intérprete, una profesora de un colegio de un barrio de Varsovia.

Mientras paseábamos por Lublin, viendo los lugares de los que hablaban las supervivientes en sus memorias, la historia fue cobrando vida. Recorrimos el enorme castillo de la ciudad, donde encarcelaron al principio a las mujeres de Ravensbrück, y pasamos la tarde en el increíble Museo de «La Casa bajo el Reloj», en el que se conservan las celdas en las que muchos agentes de la resistencia fueron torturados. También se puede ver una de las cartas secretas que utilizaron las chicas para contarle al mundo lo de sus operaciones. Crucé la Puerta de Cracovia, que soportó los bombardeos nazis, y la amplia plaza al pie del castillo de Lublin, donde una vez estuvo el gueto judío. Eso me dio energías renovadas para intentar hacer que el mundo recordara. Fuéramos adonde fuéramos, los habitantes de Lublin nos contaban sus experiencias durante los años de la guerra y nos hablaban de la masacre del bosque de Katyń, de los años estalinistas y de cómo fue la vida tras el Telón de Acero.

En Varsovia tuve la gran suerte de entrevistar a una superviviente de Ravensbrück: Alicja Kubecka. Su relato sobre el tiempo que estuvo presa en Ravensbrück me proporcionó muchos detalles históricos increíbles, pero su actitud de perdón hacia sus captores puso mi mundo patas arriba. ¿Cómo podía no guardar rencor ni odiar a los alemanes? ¿Cómo era capaz no solo de perdonarlos, sino de ir de visita a Alemania todos los años, a petición de ellos, para ayudar a la curación de esa herida?

Mi hijo y yo decidimos tomar un tren que sigue una ruta similar a la que hicieron las conejas aquel terrible día en que las transportaron, en septiembre de 1941. En el camino de Varsovia a Berlín vimos cómo las sencillas estaciones de Polonia daban paso a las estaciones más modernas de Alemania. Para cuando llegamos a la elegante *Hauptbahnhof* de Berlín, una sofisticada maravilla de la ingeniería, nos había quedado claro que Polonia quedó muy desfasada por sus años al otro lado del Telón de Acero.

Cuando bajamos del tren en Fürstenberg, pisando el mismo andén en el que se bajaron las damas de Ravensbrück, se produjo un momento surrealista. Mi hijo y yo hicimos el mismo camino que obligaron a recorrer a las presas, y de repente apareció el campo ante nuestros ojos; la puerta metálica de la entrada y las hileras de barracones ya no estaban, pero el enorme muro sigue allí. En la actualidad todavía se mantiene el crematorio y el lugar donde estaba la cámara de gas (un antiguo cobertizo para pintores, al que le encontraron otra utilidad, y que posteriormente demolieron). También se puede ver el paredón de fusilamiento. Y el lago donde tiraban las cenizas de las presas. La casa del comandante todavía preside el campo y permanece aún en pie el almacén del botín, el enorme complejo de edificios donde los nazis organizaban las mercancías que requisaban.

Cuando volví a Estados Unidos, estuve más de tres años escribiendo, aunque hice un parón para viajar a París y revisar los archivos de Caroline en Nanterre. Allí me senté junto a un traductor francés que me leyó todas las cartas de Caroline, muchas de ellas intercambiadas entre Caroline y Anise Postel-Vinay, una de sus compañeras en lo que ella veía como una vida dedicada a la búsqueda de justicia. Cada noche, después de volver en el *Métro* desde Nanterre, entraba en el grandioso Hôtel Lutetia y dormía en una de las habitaciones que hicieron las veces de habitación de hospital para los que volvían de los campos.

Ese mismo año también pasé un tiempo en el United States Holocaust Memorial Museum de Washington D. C., donde Caroline dejó la tercera parte de sus archivos, papeles no solo de su trabajo con las conejas, sino también de su labor posterior en la persecución de Klaus Barbie en colaboración con sus amigas francesas de la ADIR, una organización francesa que se dedicaba a ayudar a los deportados que volvían de los campos de concentración.

Mi objetivo con toda esta investigación era escribir una crónica de ficción de lo que ocurrió en Ravensbrück, para llevar a los lectores a los lugares que pisaron las personas implicadas en la historia de las conejas, y tal vez darles un perspectiva realista de lo que debieron sentir, con el fin de infundirle vida a una historia que ha escapado a la atención del gran público.

Cuando le cuento a la gente la historia de aquellas mujeres, muchas personas se preguntan qué pasó al final con Herta Oberheuser. Fritz Fischer y ella escaparon de la horca tras los juicios de Núremberg. A ella la sentenciaron a veinte años de prisión, pero tras cinco fue liberada discretamente en 1952; el gobierno estadounidense conmutó su sentencia, tal vez para ganarse el favor de los alemanes en un momento de gran presión durante la época de la Guerra Fría. Ella volvió a practicar la medicina en Stocksee, al norte de Alemania, y se especializó en medicina de familia. Cuando a Herta la reconoció una superviviente de Ravensbrück, Caroline y Anise Postel-Vinay convencieron a un grupo de médicos británicos para que presionaran al gobierno alemán para que le revocara la licencia médica. Ella intentó impedirlo con la ayuda de sus amigos poderosos, pero Caroline se sentó ante su máquina de escribir para conseguir el apoyo de la prensa de Estados Unidos, Gran Bretaña y Alemania, y por fin en 1960 se la revocaron y se vio obligada a cerrar permanentemente su consulta.

Tras una campaña con mucho éxito en apoyo de las damas de Ravensbrück, promovida por Caroline con la ayuda de Norman Cousins, el doctor Hitzig y el abogado Benjamin Ferencz, en 1964 el gobierno alemán finalmente les concedió indemnizaciones a esas mujeres. Fue uno de los mayores triunfos de Caroline, porque supuso un proceso especialmente complicado, dado que Polonia estaba bajo el control ruso y Bonn se negaba a reconocerlo como país.

En los años que siguieron Caroline mantuvo un contacto continuo con muchas de las mujeres. Las acogió en su casa y ellas acabaron viéndola como su madrina, como la llamaban en las cartas que le dirigían. Ella escribió que para ella eran como sus hijas.

Una importante desviación de la realidad que he incluido en esta novela es la relación entre Caroline y Paul Rodierre, un personaje que ha nacido de mi imaginación. Involucré a Caroline en esa relación para proporcionarle una conexión más personal con Francia y darle un poco más de dramatismo a lo que ocurrió allí. Me gusta pensar que no se enfadaría mucho conmigo, porque le he creado una pareja literaria realmente atractiva.

Caroline murió en 1990 y dejó su adorada casa al cuidado de Connecticut Landmarks, que la ha mantenido en perfectas condiciones, como ella quería. Merece una visita en cualquier época del año, pero especialmente a finales de mayo, cuando florecen las lilas, porque así podrán entender por qué Caroline y su madre no podían alejarse de ese jardín durante mucho tiempo.

Si mi versión de la historia les ha inspirado y quieren saber más sobre los acontecimientos que se narran hay muchos libros de ficción histórica y memorias que tratan los mismos temas, por ejemplo: *Women in the Resistance and in the Holocaust*, recopilado y prologado por Vera Laska, *The Jewish Women of Ravensbrück Concentration Camp*, de Rochelle G. Saidel y *Ravensbrück* de Sarah Helm.

Que disfruten del viaje. Con suerte los llevará a lugares que nunca imaginaron.

AGRADECIMIENTOS

QUIERO DARLES LAS gracias a todos aquellos que han convertido la escritura en *Las mujeres de la casa de las lilas* en un placer, a los que voy a enumerar a continuación.

A mi marido, Michael Kelly, que se ha leído con ilusión todos los borradores, que ha compartido conmigo el sueño de contar la historia de Caroline Ferriday y que nunca dudó que este día llegaría.

A mi hija Katherine, por su sabiduría suprema, sus ánimos y por ser mi modelo para el ingenio y la intuición de Kasia.

A mi hija Mary, por sus espléndidas sugerencias editoriales, su apoyo alentador e inagotable y por inspirarme el personaje de Zuzanna.

A mi hijo, Michael, por viajar conmigo a Polonia, por hablar conmigo de infinitas variaciones de la trama mientras íbamos y veníamos del instituto cada día y por su relámpago en la arena.

A Kara Cesare de Ballantine Bantam Dell, la editora más generosa y con más talento que podría haber deseado, que entendió y luchó por la historia de Caroline como nadie.

A Nina Arazoza y a todo el equipo de Ballantine Bantam Dell por su perfecta colaboración y su entusiasmo: Debbie Aroff, Barbara Bachman, Susan Corcoran, Melanie DeNardo, Katie Herman, Kim Hovey y Paolo Pepe, por nombrar solo a unos cuantos.

A mi increíble agente, Alexandra Machinist, que me rescató del montón de las historias sensibleras e insistió en que había que contar esta historia, y la hizo realidad.

A Betty Kelly Sargent, por su apoyo y su experiencia en los inicios y porque me dijo: «Lo único que necesito es un capítulo».

A mis hermanas, Polly Simpkins, por su sabiduría, su generosidad y su amor incondicional, y Sally Hatcher, un modelo de hermana mayor.

A Alexandra Shelley, editora independiente extraordinaria, por su sinceridad, su profundo conocimiento de la materia y su ayuda con el manuscrito.

A la maravillosa Alicja Kubecka, superviviente de Ravensbrück, por su amistad y por contarme increíbles historias de pérdida y perdón.

A Wanda Rosiewicz y Stanislawa Sledziejowska-Osiczko, víctimas ambas de los experimentos con las sulfamidas de Ravensbrück, por su ternura y su amor y por compartir con valentía los detalles de los experimentos que hicieron con ellas.

A mi madre, Joanne Hall, que podría tener una casa llena de antigüedades hermosas, pero prefirió una casa llena de niños.

A mi padre, William Hall, por su positividad.

A mi cuñada, la escritora Mary Pat Kelly, que me dijo: «No lo pienses, hazlo».

A Alexander Neave, Benjamin Ferencz, George McCleary y Cecile Bernard, que conocieron a Caroline y compartieron generosamente conmigo sus recuerdos sobre ella.

A Kristin Havill, Erica Dorsett-Mathews, Marj C. Vitz, Carol McCleary y Barbara Bradbury-Pape de Bellamy-Ferriday House and Gardens, Connecticut Landmarks, por compartir sus amplios conocimientos y por su apoyo.

A las queridas amigas de mi madre Betty Cottle, Jan Van Riper y Shirley Kennedy, que me enseñaron cómo una generación de mujeres fuertes de Nueva Inglaterra pudo hacer que el mundo fuera un lugar mucho mejor.

A la directora de cine Stacey Fitzgerald, por su amistad y por mostrarme la importancia de la ayuda mutua y la cooperación.

A Kristy Wentz, por su amor y por mantener mi vida en su sitio.

A Jamie Latiolais, por su colorida brujería y sus perspicaces comentarios sobre el manuscrito.

Al doctor Janusz Tajchert y a la doctora Agnieszka Fedorowicz, que me recibieron con los brazos abiertos en Polonia y me ofrecieron sus conocimientos sobre Ravensbrück y los experimentos con las sulfamidas.

A Bernard Dugaud, que compartió conmigo su ser francés y su champán.

A Barbara Oratowska, directora del Museum of Martyrdom «Under the Clock» de Lublin, Polonia, por sus historias sobre Lublin y las Conejas y por su dedicación al cuidado de las supervivientes de Ravensbrück que quedan.

A Anna Sachanowicz, que me hizo de guía e intérprete en nuestro viaje por Polonia, y a Justyna Ndulue, que nos ayudó en Alemania.

A Hanna Nowakowskicz, por su amistad y su ayuda.

A David Marwell, director del Museum of Jewish Heritage, por su tiempo.

A Nancy Slonim Aronie, por su fabuloso taller de escritura, el Chilmark Writing Workshop.

A Natasa Lekic y a Andrea Walker de New York Book Editors, por su ayuda y sus ánimos.

A Carol y a Chuck Ganz, por su apoyo.

A Carol Ann Brown, presidenta de Bethlehem Historical Society and Museum, en Bethlehem, Connecticut, por su testimonio sobre el precioso pasado de Bethlehem.

A Jack Alexander y Chris McArdle del Arnold Arboretum de la Universidad de Harvard, por compartir conmigo sus amplios conocimientos sobre las lilas.

A Janie Hampton, autora de *How the Girl Guides Won the War*, por su ayuda en la investigación.

Y a Irene Tomaszewski, por su ayuda y por ser, junto con Tecia Werbowski, la coatura del libro: *Code Name: Zegota: Rescuing Jews in Occupied Poland, 1942–1945*.

GUÍA DE LECTURA

MARTHA HALL KELLY descubrió por casualidad la historia de Caroline Ferriday, una actriz y filántropa estadounidense que ayudó a cincuenta mujeres supervivientes del campo de concentración de Ravensbrück. Conocidas como «las conejas», estas mujeres tuvieron que rehacer sus vidas después de su paso por el campo de concentración nazi tristemente conocido por los experimentos médicos que se practicaron en mujeres polacas.

Preguntas y temas para el debate

1. ¿Cómo crees que la forma de alternar los puntos de vista enriquece la narración? ¿En algún momento hubieras preferido una sola voz narradora? ¿Por qué o por qué no?
2. Los escenarios principales de esta novela son muy diferentes: el glamuroso mundo del Nueva York de Caroline, lleno de eventos benéficos y culturales, y la sombría realidad de la vida en un campo de concentración. ¿De qué forma ese contraste entre los dos escenarios te ha condicionado durante la lectura?
3. La relación de Caroline con Paul es complicada, pues él es un hombre casado. ¿En algún momento has estado en desacuerdo con alguna de las decisiones que toma Caroline con respecto a Paul? ¿Cuándo y por qué?
4. Cuando Caroline empieza a implicarse cada vez más en su trabajo con el Fondo para Familias Francesas y más adelante con las conejas de Ravensbrück, ¿te parece que ella

cambia de alguna forma? Si crees que es así, ¿en qué aspecto de sus interacciones con los demás notas esos cambios?

5. En el tiempo que pasan en Ravensbrück, Kasia y las otras presas encuentran forma sutiles, y otras que no lo son tanto, de expresar su resistencia. ¿Cuáles te han parecido que tienen más fuerza? ¿Y las más emotivas? ¿Y las más eficaces?
6. Cuando Kasia descubre que van a la caza de las conejas piensa: «No sientas nada. Si quieres vivir, no puedes sentir». ¿Estás de acuerdo con esta afirmación? ¿Qué crees que refleja esa frase sobre la naturaleza de la supervivencia? ¿Es relevante para algún otro personaje del libro, aparte de para las presas?
7. ¿Te parece Herta un personaje al que puedes comprender? ¿Por qué o por qué no?
8. Cuando Vilmer Hartman visita Ravensbrück se muestra preocupado por el estado mental de Herta. ¿Qué crees que revela eso sobre el personaje de la doctora? ¿Se te había ocurrido antes alguna de las cosas que le dice Vilmer?
9. Aunque los nazis se aseguraban de que los alemanes recibieran noticias desde un solo punto de vista, el padre de Herta sigue leyendo todos los periódicos que encuentra. ¿Cómo se puede relacionar este hecho con el uso de los medios que hacemos hoy en día?
10. ¿Te parece que el anillo de Halina es un símbolo importante en la novela? ¿Qué sentimientos despierta en Herta este anillo? ¿Por qué lo guardó?
11. A lo largo de la novela, dentro y fuera de Ravensbrück, los personajes pasan por situaciones angustiosas y difíciles. ¿Recuerdas alguna en especial? ¿Por qué crees que la autora decidió incluirla?
12. Si tuvieras que elegir un solo mensaje o una lección que refleje las experiencias de cada uno de los personajes principales –Caroline, Kasia y Herta–, ¿cuáles serían y por qué?
13. Muchos de los temas que aparecen en *Las mujeres de la casa de las lilas* (los derechos humanos, la resistencia política, la

supervivencia) son resultado directo de la situación histórica creada por la Segunda Guerra Mundial. ¿En qué medida son relevantes estos temas en la situación actual?

14. En *Las mujeres de la casa de las lilas* también se tratan las relaciones interpersonales, como la amistad entre mujeres, las relaciones madre-hija, el amor, la infidelidad o la salud mental, entre otros. ¿Qué impacto tienen estos temas sobre las vidas de los personajes?
15. ¿Qué sentimientos crees que pretendía despertar la autora en los lectores cuando decidió escribir este libro?

Aquí puedes comenzar a leer

Las rosas olvidadas, la precuela

de **Las mujeres de la casa de las lilas,**

una novela que reescribe la historia

con testimonios femeninos

Prólogo

Luba

1912

Si le metí aquel ciempiés en la zapatilla a Eliza fue porque pensaba que quería quitarme a mi hermana Sofya. Yo tenía ocho años y acababa de perder a mi madre. No podía perder a mi hermana también.

Eliza Ferriday nos había llevado a pasar una semana a su piso de París, a nosotras, dos primas rusas del zar a las que habían obligado a abandonar su hogar en la ciudad de San Petersburgo justo antes de Navidad. Nuestro padre se había vuelto a casar y estaba en Cerdeña de luna de miel con su nueva esposa, Agnessa, que me odiaba desde que, cuando vino a vernos a nuestra casa en noviembre, puse a prueba mi experimento de los ciempiés con ella. Detestaba especialmente lo que a mí más me interesaba, la astronomía, y consiguió convencer a mi padre para que me quitara los mapas de las constelaciones con la excusa de que me distraían de mis clases de francés. Si bien intentó congraciarse conmigo regalándome un juego de té de Limoges para muñecas, me pasé la mayor parte del mes recluida en mi habitación.

Cuando dieron a Sofya vacaciones en la escuela Brillantmont a la que asistía, en los Alpes suizos, nos encontramos en Ginebra, donde tomamos el tren a París. Delgada y pálida, destrozada aún por la súbita muerte de nuestra madre en la primavera del año anterior, Sofya apenas dijo nada en todo el viaje; no sacó la nariz de la montaña de libros que llevaba en la maleta. Al llegar a la estación de Lyon, se incorporó y observó a los otros viajeros que habían hecho el viaje con nosotras mientras bajaban al andén. ¿Estaría pensando en nuestra madre, que solía ir a recogerla cuando volvía a casa en vacaciones?

Sola en París, esperando a que su marido y su hija llegaran de Nueva York, Eliza se dedicaba en cuerpo y alma a hacernos felices, no nos dejaba solas ni un minuto. El primer día nos llevó a un comedor social en Le Marais y allí me di cuenta de que el vínculo que había entre mi hermana y ella era cada vez más fuerte. La facilidad que tenía para hacerla reír era asombrosa. Trabajaban en sincronía, codo con codo, sirviendo sopa de una enorme olla plateada en cuencos, mientras que yo me ocupaba de recogerlos ya vacíos de las mesas.

Al día siguiente me fijé, muerta de envidia, en cómo paseaban las dos juntas cogidas del brazo por el mercado navideño, decidiendo qué era mejor para la cena, si ganso o pato, y qué bombones comprar en el establecimiento de Á la Mère de Famille. Todas las noches jugábamos a las cartas junto a la chimenea y ellas me dejaban ganar para poder seguir conversando sobre novelas, hombres y otros temas igual de aburridos, y luego se quedaban hasta altas horas de la madrugada charlando todavía un rato más. ¡Qué ganas tenía de volver a San Petersburgo y disfrutar de mi hermana para mí sola!

La víspera de nuestra vuelta a casa, poco después de que me fuera a la cama, entraron en mi habitación y me despertaron. Aún ardían algunas ascuas en la chimenea.

—Despierta, cariño —me susurró Sofya al oído mientras me apartaba el pelo de la frente como solía hacer mamá—. Ponte el abrigo encima del pijama y ven con nosotras.

—Tenemos una sorpresa para ti —dijo Eliza.

Medio dormida, salí junto a ellas a la calle con el frío que hacía. Fuimos dando un paseo por la ciudad silenciosa hasta la torre Eiffel y nos detuvimos debajo de un enorme globo oscuro, que se levantaba como una sombra amenazadora sobre nosotras.

—¿Qué es esto? —pregunté.

Eliza y Sofya me hicieron subir a toda prisa tres tramos de escaleras de hierro y cruzar unas gruesas cortinas de terciopelo que daban paso a una habitación oscura. Aunque no había luz, pude distinguir unas tumbonas, como esas que hay en la cubierta de los barcos, pero tapizadas. Eliza y mi hermana se sentaron cada una en una y a mí me dejaron la que estaba entre ellas dos. Había más gente a la derecha y la izquierda de donde estábamos nosotras.

—¿Me habéis despertado para esto? —le susurré a Sofya.

—Tú espera y verás —respondió.

Me tomó la mano cuando la cúpula del techo se llenó de constelaciones estelares que reproducían el mapa del cielo que había contemplado desde tierra cien veces. A la luz de las estrellas pude comprobar que estábamos en un auditorio lleno de gente, donde todos observábamos el techo.

—Lo llaman globo celeste —dijo Eliza—. Un planetario.

Estaba allí tumbada, observando atónita las constelaciones que iban apareciendo en el cielo añil. La balanza de Libra. El resplandeciente Escorpio. Incluso Draco, una constelación poco brillante que se aleja serpenteando de la Osa Menor.

Sofya se inclinó hacia mí y me susurró:

—Ahí es donde vive mamá.

Allí estaba, contemplando el paso de la luna llena a un lechoso cuarto menguante sin respirar siquiera, presa de una felicidad que no sentía desde que murió mi madre.

Eliza me tomó la otra mano y noté su calidez.

—Pensamos que te gustaría.

Allí tumbadas las tres, observando el movimiento de los astros sobre nuestra cabeza, me di cuenta de que no había perdido una hermana, sino que había ganado otra y era fantástica.

1

Eliza

1914

Era una fiesta como tantas otras de las que se celebraban en Southampton, con los mismos pasatiempos de siempre. Cróquet. Bádminton. Demostraciones de sutil crueldad social. La fiesta tenía lugar en casa de mi madre, en Gin Lane, una construcción asimétrica con revestimiento de madera rodeada por un inclinado terreno cubierto de césped ya reseco que bajaba hasta el mar. La casa, llamada Queen Anne Cottage, (aunque todos los habitantes del lugar se referían a ella como Mitchell Cottage en honor a la familia de mi padre), se alzaba junto a otras similares a lo largo de la zona desprovista de árboles de South Fork, en Long Island, Nueva York, como una hilera de pasajeros que contemplaran el mar desde la cubierta de un barco.

Si hubiera prestado más atención aquel día, tal vez habría podido predecir cuáles de los chicos que empuñaban risueños sus cestas de cróquet morirían poco después en el bosque de Argonne, o qué mujeres cambiarían sus vestidos de seda de color marfil por el crespón del luto. Jamás me habría imaginado que yo sería una de ellas.

Estábamos a finales de mayo y hacía frío, algo inusual en esa época, para celebrar una fiesta al aire libre, pero mi madre se empeñó en despedir a nuestros amigos rusos, los Stréshnev, con estilo. Me encontraba de pie en el amplio y frío salón que había al fondo de la casa. Desde aquella estancia, como si fuera la cámara del timonel de un barco de vapor, se disfrutaba de una vista perfecta del jardín gracias al mirador, con los cristales cubiertos de un glaseado mate a causa del aire salobre, que hacía que el paisaje y la figura de los invitados que bajaban por la pendiente de césped hacia las dunas se vieran borrosos.

Sentí que unos brazos me rodeaban por la cintura y al darme la vuelta vi que era mi hija, Caroline, que a sus once años casi me llegaba por el hombro, con su pelo rubio dorado recogido en una coleta con un lazo blanco. La acompañaba su amiga Betty Stockwell, todo lo contrario que mi hija: bastante más baja, mediría unos trece centímetros menos, y con el pelo oscuro. Una preciosidad de niña. Aunque las dos llevaban un vestido blanco idéntico, se parecían como un huevo a una castaña.

Caroline me estrechó la cintura.

—Nos vamos a dar un paseo por la playa. Y padre dice que lamenta haberse vestido sin tu ayuda esta mañana, pero que no le confisques su licor Dubonnet.

Le acaricié la espalda con la mano.

—Dile a tu padre que los hombres daltónicos que insisten en incluir calcetines amarillos en su vestuario no tienen perdón.

Caroline me sonrió.

—Eres mi madre favorita.

Y salió corriendo por el césped en dirección a la playa, dejando atrás a los hombres que bajaban con una mano sujeta al sombrero de paja y ataviados con pantalones de franela que la brisa agitaba. Las damas, con zapatillas de lona y trajes de lino de color crema sobre delicados cuerpos de encaje lencero, levantaban el rostro al sol, recién llegadas de lugares como Palm Beach, contentas de sentir de nuevo la brisa norteña. Las amigas sufragistas de mi madre, vestidas en su mayoría con vestidos de tafetán y seda de color negro, contrastaban por lo oscuro de su vestimenta con el césped pálido, como una bandada de cuervos entre los tallos dorados del lino.

Mi madre se acercó y enlazó el brazo con el mío.

—Hace un poco de frío para pasear por la playa.

A sus setenta años, mi madre, Caroline Carson Woolsey Mitchell, a la que sus hermanas llamaba Carrie, medía lo mismo que yo, un metro ochenta y tres, y era la típica mujer fuerte y resuelta de Nueva Inglaterra descendiente de una antigua estirpe yanqui que había capeado penas y huracanes a partes iguales.

—No les pasará nada, madre.

Entorné los ojos para ver a mi Henry, Caroline y Betty, que estaban ya cerca de la orilla. La falda del vestido blanco que llevaba Caroline se hinchaba con el viento; parecía que fuera a echar a volar.

—¿Se han quitado los zapatos? —preguntó mi madre—. Espero que suban pronto.

El viento levantaba crestas blancas en la superficie del océano mientras los tres paseaban por la orilla, con la cabeza inclinada hacia abajo.

Mi madre me rodeó con los brazos.

—¿De qué hablarán Caroline y Henry?

—De todo. Andan perdidos en su propio mundo.

La brisa le arrancó a Henry su canotier de paja, dejando a la vista una mata de pelo cobrizo que brillaba al sol, y Caroline salió disparada a recogerlo del agua.

—Qué afortunada es de tener un padre que la adora —comentó.

Y tenía toda la razón, como siempre. Pero ¿y si Caroline se despertaba otra vez y se pasaba la mitad de la noche tosiendo por culpa del aire marino?

Mi marido nos saludó desde la playa, como un náufrago en mitad de una isla desierta.

—Henry se va a quemar esa piel tan clara que tiene —dije yo devolviéndole el saludo.

—Los irlandeses son delicados —apuntó mi madre, saludando también.

—Medio irlandés, madre.

Ella me dio unas palmaditas en la mano.

—Te van a echar de menos.

—No estaré fuera mucho tiempo.

Sofya y su familia habían venido a vernos y llevaban un mes con nosotros. Se suponía que me marchaba con ellos a San Petersburgo al día siguiente.

—Me preocupa. Rusia está muy lejos. Saratoga es agradable en esta época del año.

—Puede que no tenga más oportunidades de visitar Rusia. Las iglesias. El *ballet*...

—Los campesinos hambrientos.

—Baja la voz, madre.

—Suprimieron el vasallaje, pero los pobres del zar siguen siendo esclavos.

—Voy a volverme loca aquí encerrada. Caroline estará bien con Henry.

—Por lo menos no hay guerra. Por el momento.

Según aquellos que leían el periódico de cabo a rabo, los periodistas predecían conflictos con Alemania, pero el mundo había estado al borde de entrar en guerra tantas veces ya que muchos neoyorquinos no prestaban especial interés al asunto.

—No te preocupes, madre.

Se alejó y yo salí al porche. Me recibió una mezcla de conversaciones educadas interrumpidas por el batir de las olas y los golpes intermitentes del mazo en el partido de cróquet. Me abrí paso entre los invitados, envueltos en seda y lana de cachemir, en busca de mi amiga Sofya.

Los amigos de mis padres procedían de dos ámbitos bien diferenciados. Aunque mi padre había muerto hacía ya varios años, mi madre seguía invitando a sus amigos a todas las reuniones que celebraba. Había sido el líder del Partido Republicano en Nueva York y sus amigos reflejaban esa imagen: colegas abogados y sus esposas, financieros y algún que otro magnate hecho a sí mismo.

Continúa en tu librería
